LA FABRIQUE
DU CHEF-D'ŒUVRE

Sous la direction de
Sébastien Le Fol

LA FABRIQUE DU CHEF-D'ŒUVRE

Comment naissent les classiques

PERRIN

92, avenue de France
75013 Paris
Tél. : 01 44 16 08 00

ISBN : 978-2-262-09514-7

Dépôt légal : janvier 2022

Mise en pages : Nord Compo

Sommaire

Préface

Le roman des classiques

par Sébastien Le Fol

« Vous êtes un dinosaure… »

Drôle de comparaison pour un éloge. Adressé, de surcroît, à un jeune homme de vingt-huit ans. Philippe Tesson entame ainsi le mien. Le patron emblématique de *Combat* et du *Quotidien de Paris* a été chargé de me remettre le prix Louis-Hachette pour la presse écrite. La cérémonie a lieu au Ritz. L'article qui me vaut cette distinction est une enquête sur Milan Kundera. Vexé par un article assassin du critique Angelo Rinaldi, l'auteur de *L'Insoutenable Légèreté de l'être* n'a pas souhaité publier son nouveau roman d'abord en France, mais en Espagne.

Quelle ironie que ce prix ! J'étais venu au journalisme littéraire par accident. Il n'y avait pas de livres dans le pavillon de banlieue de mon enfance et de mon adolescence. À part *La Valise en carton* de Linda de Suza et *Jamais sans ma fille* de Betty Mahmoody, que ma mère avait achetés par correspondance, après avoir découpé un bon de commande en dernière page de *Télé 7 Jours*, le magazine qui donnait les programmes.

Le proviseur adjoint du collège Guillaume-Apollinaire de Plaisir, dans les Yvelines, croyait en moi. Après l'obtention de mon brevet, il me proposa de garder le contact au lycée. Le samedi après-midi, je lui rendais visite dans son appartement de fonction. J'en repartais avec des livres que je dévorais aussitôt rentré chez mes parents. C'est ainsi que je découvris

Montherlant, Gary, Mauriac, Nimier, Gracq et un certain Jean-René Huguenin, étoile filante de la littérature ayant laissé le plus beau des bréviaires adolescents : son journal.

Ces écrivains devinrent les amis, les grands frères de l'enfant timide et solitaire que j'étais. Leurs romans, véritables sésames, me donnèrent les codes et les clés qui me manquaient pour faire bonne figure dans le petit monde parisien que je fréquente professionnellement depuis vingt-cinq ans.

Au *Figaro littéraire* où Jean-Marie Rouart m'a donné ma chance, je joue les Jules Huret, ce reporter de la fin du XIXe siècle à qui l'on doit les premières interviews d'écrivains[1] : Mallarmé, Anatole France, Verlaine… Une sorte d'ancêtre de Bernard Pivot. Tel un candidat à l'Académie française, je rends visite aux grandes plumes de l'époque. Je ne convoite pas leur vote.

Non, je veux déjà tout savoir de leurs secrets de fabrication. Quand et comment écrivent-ils leurs romans ? Qu'est-ce qui leur passe par la tête au moment où ils se penchent sur la feuille blanche ? Je ne veux rien ignorer de leurs faits et gestes. J'exige qu'ils m'ouvrent grande la porte de leur cabinet de travail.

Michel Tournier, le père de *Vendredi*, me reçoit ainsi dans son presbytère de Choisel, en vallée de Chevreuse, autour d'un plat de saucisses Herta cuites dans une eau croupie, je le cuisine sur le naufragé Robinson et le bombarde de questions sur *Le Roi des Aulnes*. Dans son *bed and breakfast* irlandais, Michel Houellebecq me dévoile les secrets de ses *Particules élémentaires* devant des films de Louis de Funès : *Pouic-Pouic*, *Hibernatus*…

Je m'entends encore demander à Patrick Modiano s'il remplit des fiches sur les gens qu'il rencontre. J'attends encore la réponse… Jean d'Ormesson me confesse dans son hôtel particulier de Neuilly-sur-Seine qu'avant chaque passage à « Apostrophes », l'émission littéraire phare des années 1970 à 1990, il applique des côtelettes crues sur ses joues pour conserver sa

1. Jules Huret, *Enquête sur l'évolution littéraire*, Éditions Thot, 1982.

fraîcheur juvénile. Au Lutetia, le palace parisien où elle reçoit, Françoise Sagan murmure son humour bref et intelligent qui jure avec sa désespérance. Où Jean-Marie Gustave Le Clézio a-t-il la tête tandis que j'égrène devant lui mes questions ? Au Nouveau-Mexique ? À l'île Maurice ? Ou en Bretagne ?

Je veux aussi savoir ce que ces créateurs pensent. Philippe Tesson avait bien raison : j'appartiens à l'une des dernières générations pour laquelle la littérature représente encore « un pouvoir spirituel laïque[2] », selon l'expression de l'historien Paul Bénichou dans son maître livre *Le Sacre de l'écrivain*. Le merveilleux historien y raconte l'autre révolution qui s'est produite en France entre la fin du XVIIIe siècle et le milieu du XIXe siècle. Deux phénomènes majeurs bouleversent alors le pays : l'avènement de la foi philosophique des Lumières et l'explosion du romantisme. Philosophes et écrivains détrônent les anciens pouvoirs spirituels de la monarchie absolue et revendiquent leur héritage. C'est à cette époque charnière, raconte Bénichou, que « la figure idéale de l'homme de lettres se compose dans tout son prestige ». Dès lors, on parle de « sacerdoce littéraire ».

Est-ce parce que j'ai manqué de livres les quinze premières années de ma vie ? Les grands écrivains sont sacrés pour moi. Je pénètre dans les bibliothèques comme dans les abbayes cisterciennes : sur la pointe des pieds. Je n'ai pas reçu le baptême, mais j'éprouve la foi du converti.

Au *Figaro littéraire*, mon journalisme s'exerce côté sacristie. Mon truc, ce sont les dessous de l'art. Malpropres, comme ceux de la politique, déplore Henri Raczymow dans son essai *La Mort du grand écrivain*[3]. J'ai bien « l'amour de l'art, mais je n'en ai pas la religion », comme disait Flaubert à Louise Colet. Mes reportages dans la république des lettres – ce « Conseil d'État dans l'institution parlementaire de l'esprit », selon le mot de l'immense critique littéraire de la *Nouvelle Revue fran-*

2. Paul Bénichou, *Le Sacre de l'écrivain (1750-1830)*, Gallimard, 1996.
3. Henri Raczymow, *La Mort du grand écrivain*, Stock, 1994.

çaise Albert Thibaudet[4] – participent de cette désacralisation de la littérature.

« Le génie est un Christ », disait Chateaubriand. Je ne vois, au contraire, qu'artisans, ouvriers ou moines travailleurs. Je vais visiter les « gendelettres » comme j'irais à l'usine.

C'est pourquoi l'atelier de l'écrivain occupe une place centrale dans les pages que vous allez lire. Au XIXe siècle, le mot « fabrique » était péjoratif. Le pamphlétaire Eugène de Mirecourt l'utilise dès 1845 pour dénigrer Alexandre Dumas dans une brochure intitulée *Fabrique de romans, maison Alexandre Dumas et Cie*.

Albert Thibaudet dépeint Victor Hugo comme un « ouvrier poète », un « grand *Homo faber* ». « Chez lui, écrit-il, la nature ouvrière, technicienne, domine tout. » Narrant l'épopée des *Misérables* avec son brio coutumier, le journaliste Jean-François Kahn parle d'un « forçat des mots ». Jules Verne travaille à *Vingt mille lieues sous les mers* avec l'obstination d'une « bête de Somme », selon Benoît Heimermann.

À propos de Chateaubriand, Thibaudet remarque : « Il passe sa vie à élever sa pyramide. » Francis Ponge compare les *Mémoires d'outre-tombe* à un « Louvre de lecture ». L'historien Arnaud Teyssier voit avec sa pénétration coutumière dans les *Mémoires de guerre* de Charles de Gaulle une cathédrale en prose. Thierry Lentz dépeint le dernier Napoléon du *Mémorial* dictant à Las Cases ses pages d'histoire qui confisqueront le jugement de la postérité pour l'ériger au rang de ce professeur d'énergie admiré par Barrès. Les grands écrivains sont des bâtisseurs. C'est le patrimoine, bien vivant, qu'ils nous ont légué, que l'on va visiter dans les belles pages qui vont suivre. Non pas en touristes indifférents, à qui ce passé ne parlerait plus. Mais en héritiers curieux, avides de se réapproprier cette part d'eux-mêmes.

---

4. Albert Thibaudet, *Histoire de la littérature française*, CNRS Éditions, coll. « Biblis », 2016.

Car, en matière littéraire, la France fait (faisait ?) exception. C'est avec la gastronomie, si l'on veut, le seul domaine dans lequel elle règne en maître depuis la Renaissance. « Son identité politique, la seule que l'on puisse définir, réside dans sa littérature[5] », explique magistralement Alain-Gérard Slama dans *Les écrivains qui ont fait la République*, reprenant à son compte le beau mot de Mona Ozouf de « patrie littéraire[6] ». « Notre culture est littéraire, écrit-il, notre histoire est littéraire, notre politique est littéraire, nos paysages sont littéraires. Notre passé, nos valeurs, nos idées, nos peurs et nos mœurs se déchiffrent d'abord à travers leur expression littéraire. Depuis le Moyen Âge, la France s'est regardée dans ce miroir, elle s'est identifiée à cette image, elle a évolué avec elle ; chaque génération s'est appuyée sur elle pour éduquer la suivante, en sorte que tout le pays lui doit ce qu'il est. La vie politique française est, dans un même mouvement, la cause et l'effet des œuvres de ses écrivains. »

Certains de nos héros historiques furent de véritables écrivains, à l'instar justement de Bonaparte et de De Gaulle, dont le *Mémorial de Sainte-Hélène* et les *Mémoires de guerre* méritent leur place dans notre panthéon et figurent à ce titre dans la prestigieuse « Bibliothèque de la Pléiade ». Albert Thibaudet classe le premier parmi les « livres du siècle qui ont le plus agi sur les imaginations ». Bien des pages sont d'une beauté inépuisable. Telle interpellation à Chateaubriand, venue de Sainte-Hélène, vaut les plus belles pages des *Mémoires d'outre-tombe*. On prête à Bonaparte cette phrase : « Quel roman que ma vie ! » L'art du politique français fut longtemps littéraire. La symphonie en prose de l'œuvre justifiait et éclairait son action tout en permettant de prendre date pour la postérité. Jusqu'à Georges Pompidou, en tout cas, dont *Le Nœud gor-*

---

5. Alain-Gérard Slama, *Les écrivains qui ont fait la République*, Plon, 2012.

6. Mona Ozouf, *Récits d'une patrie littéraire*, Fayard, coll. « Les Indispensables de l'histoire », 2006.

dien[7] demeurera, chacun s'accorde à le dire, comme le dernier grand manifeste d'un candidat lettré.

La conscience nationale a été façonnée par ses chefs-d'œuvre. Chacun d'entre eux peint un des traits hexagonaux, comme le montre encore Slama : Rabelais la truculence, Molière le sens critique, Montaigne et Hugo l'universalisme, La Fontaine l'épicurisme, Pascal la soif d'absolu, Rousseau la passion démocratique, Chateaubriand le narcissisme, Balzac, Dumas et Jules Verne l'imagination, Stendhal l'insolence, Flaubert la colère, Proust le psychologisme, Céline le cynisme…

La France, en littérature, c'est le jardin d'Éden. Il suffit de se baisser pour récolter une plante rare, une essence extraordinaire. Comment autant d'œuvres aussi puissantes ont-elles pu pousser sur cette étrange portion de terre labourée par les conflits et qui a pourtant fini par faire une patrie ? Y régnerait-il un microclimat propice à l'éclosion du génie littéraire ? Notre vieux pays est une corne d'abondance. Comment faire son choix parmi cette multitude luxuriante ? La place étant limitée par essence dans cet ouvrage, il nous a fallu nous en tenir à une bonne vingtaine d'élus. Autant dire un défi quasi impossible à relever quand les aspirants légitimes se comptent par centaines.

Toutes les objections sont recevables. On aura raison de déplorer l'absence de la poésie (même si elle n'est plus guère lue de nos jours) ou de tel ou tel auteur (Corneille, Racine, Descartes, La Rochefoucauld, Zola, Rimbaud, Gide, Valéry, Bernanos…). On sera même fondé à critiquer la présence de tel autre (Tocqueville, trop libéral, Dumas, pas assez sérieux, Verne, trop enfantin…). Que diable vient donc faire un traité sur l'art gastronomique (la *Physiologie du goût* de Brillat-Savarin) au milieu d'un si prestigieux aréopage ? s'étonneront certains.

Le choix – dont je me défausse, comme il est d'usage, sur l'éditeur – a tenté d'englober tous les genres et toutes les géné-

7. Georges Pompidou, *Le Nœud gordien*, Perrin, 2019, avec une préface d'Éric Roussel.

rations, en ne retenant que des textes non seulement cardinaux pour leur époque, mais qui ont aussi traversé les siècles, puisque tous sont encore disponibles aujourd'hui et demeurent des « *very long sellers* ».

Au début des années 1980, André Lagarde et Laurent Michard, les deux professeurs de lettres aux lycées Louis-le-Grand et Henri-IV qui avaient créé le fameux manuel de littérature « Lagarde et Michard[8] », avaient déjà été interrogés sur la rigueur de leur sélection. Ils avaient emprunté leur définition du « classique » en littérature à André Gide : « Tout auteur susceptible d'un perpétuel renouvellement ». Tous ceux qui figurent dans cette *Fabrique du chef-d'œuvre* correspondent à la terminologie gidienne. Leurs noms sont comme des légendes, des emblèmes « chargés d'une émotion particulière, d'un investissement imaginaire », pour reprendre les mots d'Henri Raczymow. Au fil des siècles, les lecteurs se sont approprié leurs œuvres. Leurs personnages ont pris la dimension de mythes sans cesse revisités.

On pourra toujours discuter des critères qui ont présidé à la sélection finale de ce panthéon passionné. J'aimerais que l'on puisse en dire ce que Michel Déon écrivit dans sa préface d'*Une histoire de la littérature française*[9] de Kléber Haedens : « C'est resté un livre délectable et savoureux qui se moque de la mode et des partis pris, et dont l'enthousiasme, la grâce et l'esprit malicieux redonnent du goût à la chose littéraire si assombrie par le byzantinisme des écoles, la pédanterie de la critique universitaire et une vogue romanesque pour le récit désincarné où l'homme n'a plus ni cœur, ni passions, ni larmes. »

Le choix des contributeurs s'est fait dans cet état d'esprit, ambitieux et éclectique. Le principe de l'amalgame, cher aux révolutionnaires, a prévalu. Le sommaire mêle les âges et les for-

---

8. Toute la collection est publiée par les éditions Bordas.

9. Kléber Haedens, *Une histoire de la littérature française,* Grasset, coll. « Les Cahiers rouges », 1988.

mations : journalistes, écrivains, historiens, universitaires confirmés et talents émergents… Chacun a reçu le même cahier des charges : raconter « comme un roman » l'histoire d'une œuvre monumentale. Quelle a été sa genèse ? Comment a-t-elle été écrite ? Quelle a été sa réception ? Sa postérité ?

Quel roman (d'aventures) que la littérature ! « L'histoire d'un roman est un roman », écrivait à juste titre l'éditeur et éminent proustien Bernard de Fallois. Suspenses, rebondissements, énigmes, ratures, tâtonnements, découvertes… On ne s'ennuie pas un seul instant dans les pages qui vont suivre. Ça éructe, ça soupire, ça fume !

La plume de Jérôme Dupuis fait littéralement surgir sous nos yeux Louis-Ferdinand Céline écrivant à la diable entre deux malades au dispensaire de Clichy, sur la table des cafés de Pigalle ou dans son petit appartement de Montmartre. L'auteur du *Voyage au bout de la nuit* jette ses mots sur tout ce qui lui tombe sous la main : papier à en-tête des sanatoriums de Plaine-Joux-Mont-Blanc, papier à lettres du Grand Hôtel de Stockholm.

À la différence d'un polar, l'énigme que représente chaque grand livre n'est pas toujours résolue. Comme le rappelle Laurence Plazenet dans son texte sur les *Pensées* de Pascal, « pour les écrivains d'antan, la genèse d'un livre relève d'une arrière-cour : elle ne s'exhibe donc pas. Jamais le mystère qui l'enveloppe ne sera tout à fait levé ».

« Est-il certain que les *Pensées* avaient vocation à paraître ? », s'interroge l'éminente spécialiste du XVIIe siècle. L'édition du texte que nous connaissons « invente très largement un livre que Pascal n'a ni écrit, ni même conçu ».

Rien de tel avec Chateaubriand qui, relève encore Thibaudet, « impose aux lettres françaises le type de ces vies publiques de grands écrivains, de l'œuvre aménagée en demeure historique, en demeure remplie du maître, comme le Versailles de Louis XIV ». Olivier Frébourg raconte en orfèvre l'incroyable histoire de la genèse d'une œuvre conçue de bout en bout comme un catafalque pour l'éternité.

En creux, c'est aussi toute l'histoire d'un métier, l'édition, que raconte *La Fabrique du chef-d'œuvre*. Avec ses servitudes et ses grandeurs. Derrière tout génie, il y a un artisan qui, tel un orfèvre, polit, sertit le texte, choisit le grammage du papier, le cartonné et l'illustration de la couverture. Mais aussi négocie avec ses auteurs leur à-valoir sans excès d'aménité. Du bon commerce au service de l'esprit. Il n'y aurait peut-être pas de Gustave Flaubert sans Michel Lévy ni de Jules Verne sans Pierre-Jules Hetzel.

On se figure le talent littéraire comme une prédisposition, un claquement de doigts. La compagnie des grands écrivains compte certes quelques « cracheurs de feu » ou « volcans des pages », pour citer François-Guillaume Lorrain qui raconte comment Stendhal vint à bout du premier jet du *Rouge et le Noir* en quatre semaines. Mais la confection de la plupart des pyramides de l'esprit s'inscrit dans le temps long, voire très long. Derrière l'artiste se cache presque toujours un guerrier des mots, rivé à son pupitre comme un forçat. Trente années d'écriture (du 4 octobre 1811 au 25 septembre 1841) pour les *Mémoires d'outre-tombe*, douze pour *Splendeurs et misères des courtisanes* (1835 à 1847), cinq pour *Madame Bovary*. En septembre 1845, Victor Hugo écrit les premières lignes d'un texte intitulé *Misères* qui accouchera seize ans plus tard des *Misérables*. On est frappé par la fébrilité qui entoure la gestation de ces joyaux, leur fragilité même. Certains d'entre eux étaient perdus. En 1948, Marguerite Yourcenar retrouve « la malle qu'elle avait dû, en partant précipitamment, laisser à l'hôtel Meurice de Lausanne, en 1939 », raconte Josyane Savigneau. À l'intérieur, quelques feuillets écrits de sa main, dont le papier a jauni et dont le texte commence par « Mon cher Marc ». C'est le fragment d'un manuscrit perdu, celui des *Mémoires d'Hadrien*...

On l'a peut-être oublié, mais le beau nom d'écrivain est non seulement un état en France, mais aussi un métier. Aucun diplôme n'y prépare. Il n'existe pas, par exemple, d'école nationale de la fable, genre que La Fontaine a porté à sa perfection. « C'est un art dont l'efficacité réclame une sûreté et simultanément une souplesse, celle du roseau, qui ne s'apprennent pas à l'école, écrit Jean-Michel Delacomptée, mais germent dans la lente macération des lectures auxquelles on s'adonne durant les heures de loisir, et qui inclinent aux chimères romanesques, aux divagations pensives. »

L'écriture est un sport de combat, une épreuve physique, une souffrance morale. De l'endurance, il en faut aussi pour obtenir une publication, surtout quand il s'agit de la première. Si tous les chefs-d'œuvre ici réunis ne suscitent aucune contestation aujourd'hui, leur qualité n'a pas paru aussi éclatante en leur temps. Il faudra deux ans à Marcel Proust pour obtenir la publication des premiers volumes de sa *Recherche*. Un premier éditeur, Jacques Madeleine (ça ne s'invente pas !), de chez Fasquelle, estime qu'« au bout de sept cent douze pages de manuscrit, on n'a aucune, aucune notion de ce dont il s'agit ».

Un deuxième, Alfred Humblot, délivre ce jugement cruel : « Je ne puis comprendre qu'un monsieur puisse employer trente pages à décrire comment il se tourne et se retourne dans son lit avant de trouver le sommeil. » La NRF, qui ne s'en est jamais remise, refusera le manuscrit sans même l'avoir lu. Il semblerait, raconte Mathilde Brézet, que le paquet déposé par Proust n'ait même pas été ouvert…

À quoi tient l'existence en littérature ! Dans son *En lisant en écrivant*[10], Julien Gracq note : « Le massif romanesque du XIXe siècle, tel qu'on en découvre en 1978 le panorama, avec ses trois sommets neigeux : Balzac, Stendhal, Flaubert, et, un peu inférieur en altitude, le pic Zola, n'avait pas tout à fait, au temps de mes études, la même configuration. […] Il n'est pas impossible, loin de là, qu'il change encore sensiblement d'aspect dans les vingt années à venir. L'intronisation, aujourd'hui acquise, de Tolkien comme de Simenon dans le tableau de littérature contemporaine, en élargissant brusquement les limites du roman "noble", va amener rétroactivement dans celui du XIXe siècle la promotion de Dumas comme elle a amené celle de Jules Verne

10. Julien Gracq, *En lisant en écrivant*, Éditions Corti, 1980.

(pourtant presque aussi impensable à sa manière, il y a trente ans encore, que l'était pour le siècle dernier la réintégration de Sade dans la littérature du XVIIIe siècle). »

Le chemin de la reconnaissance dans un pays de statuts comme le nôtre relève du chemin de croix. L'esprit, pour ne pas dire la morgue, aristocratique s'est recomposé dans la critique et à l'université sous l'impulsion des avant-gardes artistiques et politiques, souligne Marcel Gauchet : « La France est le pays de la mode, Or, il n'y a pas de mode sans mépris. Si vous n'étiez pas structuraliste dans les années 1970, vous passiez pour un plouc[11]. »

Les arbitres des élégances littéraires distinguent aujourd'hui comme hier le « noble » du « vil ». Ce dernier est d'abord rangé dans la catégorie « mauvais genre ». Jusqu'à ce que ce « mauvais genre » soit reconnu par la faculté, ce qui arrive tôt ou tard. « La Sorbonne condamnait Rabelais pour obscénité, raille Sébastien Lapaque dans le beau texte d'ouverture qu'il consacre à l'histoire méconnue de son *Gargantua*. Mais la Sorbonne a-t-elle jamais compris quelque chose aux écrivains ? »

L'ambition de cette *Fabrique du chef-d'œuvre* est de sortir la littérature de son enfermement universitaire, de tendre la main aux lecteurs, comme nous y invite Antoine Compagnon, dont le travail rayonne bien au-delà du Collège de France.

Sont-ils des « dinosaures », pour reprendre le mot de Philippe Tesson, celles et ceux qui croient encore aux forces de l'esprit ? Il se publie encore près de 600 romans à chaque rentrée de septembre, mais la vision littéraire qui prédominait en France tend à disparaître, déplore Alain Finkielkraut. Pour l'auteur de *La Défaite de la pensée*, nous sommes entrés dans le crépuscule de l'« après-littérature[12] » : « Ce n'est pas seulement la littérature que notre monde a de plus en plus de mal à comprendre, écrit-il, c'est ce dont elle est porteuse, à savoir

11. Sébastien Le Fol, *Reste à ta place…!,* Albin Michel, 2021.
12. Alain Finkielkraut, *L'Après-littérature,* Stock, 2021.

la vie dans sa complexité, ses ambivalences, ses nuances, son clair-obscur. »

Dans ce monde devenu littéral, à quoi bon consacrer un ouvrage ambitieux, et que nous espérons novateur, aux classiques de notre littérature et à leur histoire ? N'est-ce pas de la confiture pour les cochons ? Un cautère sur une jambe de bois ? Oser parler de chefs-d'œuvre dans une époque relativiste ! Quel toupet ! Cet ouvrage se garde de tout déclinisme. Il est un acte de foi et, partant, d'espérance. Il montre à quel point toutes ces féeries de l'esprit sont encore vivantes, belles, inspirantes. Et comment elles peuvent encore nourrir notre futur. Ni inventaire ni conservatoire, cette *Fabrique* entend renouer avec notre aspiration à l'universel et à son corollaire : l'élévation par la puissance et la beauté des textes.

1

GARGANTUA
de François Rabelais
(1534-1535)

par Sébastien LAPAQUE

Hénaurme ! Excessif et diplomate, pourfendeur des sachants mais volontiers proche du pouvoir, prêtre et jouisseur, philosophe et polémiste avant l'heure, déroutant en tout, le père des lettres françaises conjugue les superlatifs et les paradoxes, à l'instar de son maître livre qui jette un pont entre un Moyen Âge dont il est l'héritier et une Renaissance dont il deviendra l'emblème. Irréductibles à toute classification hâtive, l'immensité de son œuvre et le génie de sa langue continuent à irradier notre histoire littéraire et, plus largement, à incarner l'esprit français dans ce qu'il conserve de meilleur, à commencer par l'humanisme qui conjugue la véritable tolérance avec la truculence et la joie de vivre.

C'est à Chinon que tout commence, avec la naissance de Gargantua à La Devinière, à dix kilomètres au sud-ouest du château où Jeanne d'Arc se présenta au Dauphin, le futur Charles VII, le 8 mars 1429. Une « étrange nativité », à vrai dire, l'enfant étant venu au monde par l'oreille gauche de sa mère Gargamelle, « fille du roi des Parpaillos, belle gouge et de belle trogne », poussant ce cri qui s'entend plus souvent dans les estaminets que dans les maternités : « À boyre ! À boyre ! » Et c'est à Chinon que tout finit, au terme du *Cinquiesme Livre*, lorsque

Panurge et ses compagnons viennent entendre le mot de la « Dive Bouteille » sous terre, dans les profondeurs des « caves painctes » : « TRINCH ».

Chinon, donc. « Ville insigne, ville noble, ville antique, voyre première du monde » ; Chinon, cité fameuse au XVIe siècle pour son tuffeau, ses ruelles, sa forteresse royale et sa tour de l'Horloge, dont la cloche, la Marie-Javelle, égrène les heures dans la majesté des matins et des soirs depuis la fin du XIVe siècle ; « Chinon, deux foys, trois foyzs Chinon, petite ville, grand renom, assise sur pierre ancienne, au haut le boys, au pied Vienne ». « Car je suis né et ay esté nourry jeune au jardin de France : c'est Touraine », explique Rabelais pour éclairer l'avantage, jamais démenti dans son œuvre, accordé à sa ville natale et au « païs de vache » de son enfance. « Il existe une manière de déconner qui est lumineuse, roborative et fraternelle. Rabelais en est le champion. C'est une grâce du Ciel, et un signe, qu'il soit né français, de Chinon », se réjouit Jacques Perret dans sa présentation du *Pantagruel* publié au Livre de Poche en 1964.

Chinon est l'alpha et l'oméga des aventures de Grandgousier, Gargantua et Pantagruel, joyeuse lignée de géants dont les « faits et dicts heroiques » racontés par François Rabelais consacrèrent la langue française d'Angers à Metz et de Montpellier à Paris. Avant eux, la France patoisait, jargonnait, langue d'oc ici, langue d'oïl là, latin pour les bonnets carrés, argot pour les mauvais garçons. Après eux, le très chrétien royaume s'était doté du beau langage français. Certains moments historiques sont élus. On parle alors d'« époque », un mot issu du grec ancien *épochè*, employé pour désigner la suspension du passage du temps. Que l'on songe à ces trois dates. 1532 : publication du *Pantagruel* ; 1533 : naissance de Michel de Montaigne ; 1539 : ordonnance de Villers-Cotterêts faisant du français la langue officielle du royaume. Sept ans. Comme dans les histoires écrites par Dieu. Sept ans pour fournir à la langue française un premier chef-d'œuvre, un premier avenir, une première garantie. Tout avait débuté quatre ou cinq décennies auparavant, en 1483 ou 1494 – l'on ignore jusqu'à ce jour la date de la naissance de François

Rabelais, fils d'Antoine Rabelais, licencié ès lois et avocat au siège de Chinon, propriétaire de diverses maisons, de champs, prés, métairies et terres à chanvre du côté de l'abbaye de Seuilly, dans des lieux qui ont servi de décor à son fils pour mettre en scène les guerres picrocholines entre les fouaciers de Lerné et ceux du pays de Gargantua.

L'enfant du siècle

On ne connaît pas non plus la date exacte de publication du *Gargantua*, saga évoquant la naissance, l'éducation, l'entrée dans le monde, les batailles et la fin heureuse à l'abbaye de Thélème du père de Pantagruel. Dans ce livre qui s'ouvre sur l'apostrophe « Amis » et se ferme sur les mots « bonne chère », tout est de l'invention de l'auteur, hors le nom du héros. Dans la suite des cinq tomes qui composent le cycle rabelaisien, *Gargantua* prend chronologiquement la première place, suivi par le *Pantagruel*, le *Tiers Livre*, le *Quart Livre* et le *Cinquiesme Livre*, posthume. Le volume des *Œuvres complètes* de Rabelais dans la « Bibliothèque de la Pléiade » le reprend en tête. En 1532, Rabelais avait attribué *Pantagruel, roy des Dipsodes, restitue à son naturel, avec des faictz et prouesses espoventables* à un mystérieux « M. Alcofribas Nasier, abstracteur de quinte essence ». Le médecin personnel du cardinal Jean du Bellay, l'oncle de l'auteur de *L'Olive*, choisit à nouveau la discrétion de l'anagramme en 1534, ou plus certainement au premier semestre de 1535, lorsque parut *La Vie très horrificque du grand Gargantua, père de Pantagruel,* dont l'édition de 1542, expurgée par l'écrivain de certains quolibets contre les théologiens, fait aujourd'hui référence. En recherche de paix avec la Sorbonne après les violentes polémiques du mitan des années 1530, François Ier avait probablement fait savoir à l'écrivain qu'il devait mesurer ses railleries par l'intermédiaire de son protecteur, le cardinal du Bellay. Un siècle plus tard, Louis XIV intervint de la même manière pour protéger Molière de la colère des dévots lors de la querelle du *Tartuffe*.

Dans le *Gargantua*, la critique que fait Rabelais de la Sorbonne tout comme ses moqueries contre la cour de Rome s'inscrivent dans la droite ligne de la politique royale. Ses rugissements contre les hommes de loi, barbouilleurs de papier, clercs, notaires et greffiers – sans oublier l'huissier du *Pantagruel* dont l'âme mangée en fricassée donne la colique au diable – étaient accordés au souci de François Ier au moment où émergeait l'idée de souveraineté, défendue par Rabelais dans le récit des guerres picrocholines. Rabelais a bien mérité de la couronne – partant de la France –, en ridiculisant Charles Quint sous les traits de Picrochole, conquérant vaniteux lancé dans une bataille absurde par ses conseillers, le duc de Menuail, le comte Spadassin et le capitaine Merdaille, au chapitre XXXIII du *Gargantua*. Sa célébration du règne de François Ier se prolonge dans le *Quart Livre*, où le récit de la navigation de Pantagruel, Panurge, frère Jean des Entommeures et leurs compagnons vers Chinon et la Dive Bouteille doit probablement être lu comme un hommage aux voyages du capitaine malouin Jacques Cartier vers le Canada voulus et financés par le roi, qui avait contesté le traité de Tordesillas (1494) par lequel les Espagnols et les Portugais s'étaient partagé le Nouveau Monde avec cette phrase fameuse, très rabelaisienne en son insolence : « Je voudrais bien voir la clause du testament d'Adam qui m'exclut du partage du monde. » Chez nos deux François, parfaits ornements du génie français, même inspiration, même élan, même joie. En 1545, *Pantagruel* et *Gargantua* figuraient dans le catalogue des livres scandaleux censurés par la Sorbonne, rejoints par le *Tiers Livre* l'année suivante. Le roi, qui vivait entouré de poètes, de peintres et de musiciens, leur avait heureusement accordé un privilège, que renouvela son fils Henri II, après sa mort en 1547.

*

Pour évoquer Rabelais et son œuvre, les dates manquent. L'une d'entre elles est cependant gravée dans le tuffeau de Touraine, à La Devinière, la maison natale de Rabelais et de Gargantua, qui a traversé les siècles, les orages et les catastrophes. Elle se visite aujourd'hui comme si l'écrivain venait de quitter ses parents pour entrer comme novice chez les cordeliers du couvent des Baumettes à Angers. Dans une pièce du premier étage que la tradition dit être sa chambre d'enfant, on lit ce graffiti sur le rebord de la fenêtre : *8 APRILIS 1509*. Peut-être la date du dernier coup d'œil du jeune François, traversé de souvenirs et de rêves, sur la vallée dont il peuplera ses créatures d'encre et de papier.

L'aventure commençait dans une Europe renaissante où la communication n'avait besoin ni des technologies de l'information ni de gadgets électroniques pour être active. Aux Baumettes peut-être ou, plus certainement, au couvent de Fontenay-le-Comte, chez les cordeliers – le surnom des franciscains de la province de France depuis le règne de Saint Louis –, Rabelais reçut la tonsure et prit l'habit monastique fait de gros drap gris et d'une ceinture de corde.

Devenu frère, François fut franciscain dix ou douze ans durant et s'attacha à mettre ses pas dans ceux du Poverello d'Assise – ce qui explique les innombrables blagues de couvent qui parsèment le *Gargantua*. Les lecteurs modernes sont naïfs lorsqu'ils se persuadent que l'épisode des six pèlerins mangés en salade (ch. XXXVIII) procède d'une veine anticléricale. Ils négligent l'immense liberté des contemporains de saint Thomas More (1478-1535) en matière de plaisanteries religieuses dont le théoricien soviétique de la littérature Mikhaïl Bakhtine a proposé un tableau saisissant dans *L'Œuvre de François Rabelais et la culture populaire au Moyen Âge et sous la Renaissance*. Le goût de la grosse farce, la verve populaire, les histoires de rots et de pets étaient une tradition chez les frères mineurs depuis l'origine, quand François d'Assise et ses compagnons se présentaient comme des *ioculatores Domini*, des « jongleurs de Dieu ». Le tableau du monde clérical et du monde monastique tels que

Rabelais les voit et tels qu'il les moque dans le *Gargantua* ne peut pas être séparé de la profession de foi des derniers chapitres du livre. Comme Barbey d'Aurevilly et Bernanos longtemps après lui, Rabelais, qui termina sa vie en occupant la charge de curé de Meudon, était convaincu qu'on ne croit sincèrement qu'à ce dont on est capable de se moquer. Et chez les cordeliers, la blague ne manquait pas.

Genèses

Pour connaître l'éducation que reçut Rabelais chez les franciscains, il faut se reporter à ses livres, et notamment à *Gargantua*, le deuxième d'entre eux. Les sources étant lacunaires, c'est l'œuvre qui éclaire sa biographie, et non le contraire. Comme sa créature au chapitre XIV du *Gargantua*, le créateur fut « institué en lettres latines » par un théologien. Le *Donat* était le manuel de base pour apprendre la langue de Virgile ; on lisait peu alors les Pères de l'Église ; la formation scolastique, dont Rabelais se moque à la suite d'Érasme, était fondée sur le rabâchage de l'œuvre du franciscain Duns Scot et de ses glossateurs au style amphigourique, hyperlatinisant et articulé en périodes interminables. Commentaires, commentaires de commentaires, commentaires de commentaires de commentaires… On comprend les raisons pour lesquelles les partisans de la « créance Évangélique » ressentirent le besoin d'aller boire à la source. Dans l'œuvre de François Rabelais comme dans celle d'Érasme, notamment dans son *Éloge de la folie*, ce besoin se traduit par un immense appétit spirituel.

Au XVIe siècle, les franciscains étaient plus farceurs et les bénédictins plus taciturnes, fidèles depuis mille ans aux rugueuses disciplines de la règle de saint Benoît. Après une décennie passée sous la bure des cordeliers – l'habit dont se couvrira Balzac pour écrire ses romans au château de Saché, à vingt-cinq kilomètres au nord-est de Chinon –, l'écrivain le plus bavard et le plus rigolard de son siècle demanda étonnamment à revêtir le scapulaire et le capuchon noirs des fils de saint Benoît, notamment parce que son goût pour le grec l'avait rendu suspect à Fontenay-le-Comte, mais aussi parce que le début du XVIe siècle, marqué par la rupture fracassante du moine allemand Luther avec l'Église catholique romaine en 1517, le fut également, chez les doctes, les érudits et les lettrés frottés de latin et de grec, par une attirance nouvelle pour la vie monastique.

Au milieu des années 1520, Rabelais passa ainsi des franciscains aux bénédictins grâce à un indult de Clément VII et poursuivit son apprentissage sous la protection de l'évêque humaniste Geoffroy d'Estissac, à Ligugé, en Poitou, une abbaye dont Michel Houellebecq a fait le cadre d'un chapitre de son roman *Soumission*. Aucun lien cependant entre la « plateforme » déprimée de l'auteur de *Sérotonine* et la langue joyeuse, gourmande, inventive, insolente et colorée de messire François Rabelais, dont le souvenir à Ligugé est perpétué par une chambre de la tour de l'abbaye où il aurait séjourné quelques années.

*

Chez les bénédictins, Rabelais n'était pas venu pour rire ni se moquer du monde monastique comme on s'autorisait à le faire au sein des ordres mendiants apparus au XIIIe siècle, chez les franciscains et les dominicains – qui étaient des religieux consacrés eux aussi, mais pas des moines, ainsi qu'on le croit souvent. Sous son capuchon, le jeune humaniste était venu trouver de la liberté et des livres – la bibliothèque du père abbé était composée de quatre-vingts volumes, un trésor pour l'époque – et peut-être apprendre à mettre son rire en sourdine. Pour saint Benoît, le rire fréquent, secoué ou bruyant, est le contraire de l'humilité. Au sein du cloître, on ne doit pas rire ; la *Règle* est sévère : « Les plaisanteries, les paroles inutiles et qu'on dit seulement pour faire rire les autres, nous les condamnons partout et pour toujours. » Le sage se reconnaît à la sobriété de son langage et de son attitude. Ce qui ne veut pas dire qu'il n'a pas d'humour. Jusqu'à nos jours, les bénédictins ont souvent été très drôles, Rabelais en a fait l'expérience à Ligugé. Mais leur drôlerie est enveloppée de silence et surtout d'attente, l'attente d'un rire plus intense, promis par les Béatitudes (Lc, 6, 21) : « Bienheureux ceux qui pleurent, parce qu'ils riront. » Dans le chapitre LVII de *Gargantua*, qui explique « Comment estoient reiglez les Thelemites a leur maniere de vivre », Rabelais s'en est peut-être souvenu. Il avait sans doute laissé le rire gras et sonore de sa jeunesse carabine et tapageuse pour se souvenir que les Pères du désert avaient redécouvert l'*eutrapelia,* la vertu aristotélicienne de la bonne humeur, située au « juste milieu » entre le rire et les larmes, et qui se rattache au « bon zèle » des moines évoqué par saint Benoît à la fin de la *Règle.*

Le Moyen Âge tardif et le XVIe siècle furent hantés par cette dialectique du rire et des larmes. À considérer le spectacle du monde, fallait-il en rire avec Démocrite ou en pleurer avec Héraclite ? « Je ris en pleurs et attends sans espoir », avait écrit François Villon dans sa *Ballade du concours de Blois* en 1458. « Mieux est de ris que de larmes escripre, /Pour ce que rire est le propre de l'homme », lui répondit Rabelais dans le dizain qui ouvre le *Gargantua.*

Détestant les longues figures des « Sarrabovittes, Cagots, Escargots, Hypocrites, Cafards, Frappards, Botineurs et autres telles sectes de gens », Rabelais ne sut pas durablement s'attacher aux interdictions de la règle bénédictine. Dans le deuxième volet des aventures de ses joyeux géants, la naissance de Pantagruel est d'ailleurs saluée par un gigantesque éclat de rire de son père Gargantua, malgré la mort de sa femme en couches. « Ho mon petit filz (disoit il) mon coillon, mon peton, que tu es joly, et tant je suis tenu à dieu de ce qu'il m'a donné un si beau filz tant joyeux, tant riant, tant joly. Ho, ho, ho, ho, que suis ayse, beuvons ho, laissons toute melancholie, apporte du meilleur... »

Dans son œuvre, Rabelais se moque généreusement des moines oisifs, incultes, ribauds, « mache-merde », mais cela ne signifie pas qu'il fut un faux frère. Le dispositif allusif qui sous-tend le texte du *Gargantua* prouve qu'il avait une connaissance précise de l'Écriture, de certaines sources patristiques et de la scolastique médiévale. Détournements, citations, paraphrases : il joue avec les œuvres d'Augustin, Bonaventure et Thomas d'Aquin parce qu'il a longtemps entretenu avec elles un commerce passionné. Anticlérical, Rabelais ? En homme qui observa les mœurs des gens d'Église dès son voyage à Rome avec le cardinal Jean du Bellay – en 1534, peu de temps avant la publication du *Gargantua* – ; en humaniste qui vivait le renversement carnavalesque du monde comme une quête de l'origine. Comment l'expliquer aux professeurs qui vont répétant que l'auteur du *Gargantua* avait cessé d'être chrétien pour adhérer au rationalisme moderne ? Grand mangeur et franc buveur autant que peuvent l'être ses personnages, homme de fidélité et de foi, Rabelais échappe à leurs classifications étriquées. Trop français !... Trop hénaurme Rabelais !...

Au fil de soixante ou soixante-dix ans d'une existence pleine de secrets, Rabelais fut tour à tour novice, humaniste, carabin, érudit, médecin, professeur, savant, voyageur, éducateur, polémiste, inventeur de mots nouveaux, curé de paroisse... Pourquoi n'aurait-il pas été un bénédictin agélaste quelques années, le temps de se familiariser avec les psaumes ? Personne ne le voit plus dans notre époque coupée de ses racines spirituelles, mais les allusions parodiques au bréviaire monastique abondent dans le *Gargantua.* Ainsi dans le chapitre XLI, « Comment le moyne feist dormir Gargantua, et de ses heures et bréviaire ».

À l'école de saint Benoît, le moine mis en scène par Rabelais sait que la tristesse n'est pas chrétienne. À son réveil, il se met donc en appétit en récitant un « joyeux petite bréviaire au matin [...] à troys psaumes et troys leçons », ce qui correspond aux matines des grandes fêtes. « Ou rien du tout qui ne veult », précise le moine, précédant de quelques chapitres le « Fais ce que vouldras », la devise de l'abbaye de Thélème. « Jamais je ne me assujettis à heures ; les heures sont faites pour l'homme et non l'homme pour les heures. Pour tant je fays des miennes à guise d'estrivières [courroie des étriers], je les acourcis ou allonge quand bon me semble. *Brevis oratio penetrant celos, longa potatio evacuati cyphos* [Courte prière remplit le ciel, longue boisson remplit les gobelets]. » On l'aura compris, Rabelais se défiait des moulins à prières, des pèlerinages, du culte des reliques et des effusions d'eau bénite. Mais quand le bénédictin du *Gargantua* ouvre son bréviaire, c'est l'âme joyeuse, et il récite les heures des grandes fêtes. Toute la religion de Rabelais s'éclaire dans ce chapitre : ce qui est fait sans joie, sans amour et sans liberté peut être oublié.

À Ligugé, dont la bibliothèque était beaucoup plus étoffée que celle de Fontenay-le-Comte, Rabelais, qui avait déjà été ordonné prêtre et célébrait les saints mystères, passa de belles années. Il approfondit ses humanités dans le silence et la prière, et se constitua un vaste patrimoine culinaire, œnologique, folklorique, botanique, ethnologique et linguistique. Soucieux d'être initié au beau langage, le moine qui rêvait déjà d'être écrivain approfondit son latin et surtout apprit le grec, ce qui lui servit lorsqu'il quitta l'abbaye pour commencer des études de médecine. Après sa mort à Paris, le 9 ou le 14 avril 1553 – encore une date que l'on ignore –, l'ancien temps a connu une longue suite de raconteurs de Rabelais qui ont volontiers doré sa légende à l'or fin. Mais nous avons connu, nous, des biographes modernes plus modestes et plus scrupuleux qui ont refusé de remplir artificiellement les zones d'ombre de son existence et même les obscurités de son œuvre, car, comme celle de François Villon, elle a ses mystères.

Vers 1525, Rabelais quitta le froc pour l'habit de prêtre séculier. L'année du désastre de Pavie, il séjournait probablement à Lyon. La défaite de François Ier fut celle de tout le royaume. À Paris et à Montpellier, il étudia la médecine à partir de l'automne 1530. Quel âge avait-il à ce moment-là ? Quarante-sept ans, peut-être. Deux ans plus tard, à l'approche de ses cinquante ans, il devint médecin à l'hôtel-Dieu de Lyon et publia le *Pantagruel*. La gloire, François ! Prêtre, médecin, écrivain, il ajouta une corde à son arc en 1534 en devenant diplomate au service du cardinal Jean du Bellay, missionné à Rome par le roi de France.

C'est à cette époque qu'il rédigea *Gargantua*, dont la variété des langages et des caractères traduit l'inspiration d'un grand voyageur. Docteur de la faculté de Montpellier en 1537, Rabelais enseigna et exerça la médecine, à Lyon d'abord, puis à Metz, ville épiscopale où il trouva refuge en 1546 après la condamnation du *Tiers Livre* par la Sorbonne. Les « Sophistes, Sorbillans, Sorbonagres, Sorbonigenes, Sorbonicoles, Sorboniformes, Sorbonisecques, Niborcisans, Borsonisans, Saniborsans » brocardés au chapitre XVIII du *Pantagruel* ne l'ont pas lâché sa vie durant, mais il avait de puissants protecteurs, à la fois dans l'Église, en la personne du pape Paul III, et au sommet de l'État.

L'ami des hommes

Cher vieux Rabelais ! À peine sait-on ce qu'on lui doit. « Science sans conscience n'est que ruine de l'âme » ? C'est lui. « Manger son blé en herbe » ? Encore lui. « Faute d'argent, c'est douleur sans non pareille », « Tout vient à point à qui sait attendre », « Adieu panier, vendanges sont faites » ? Toujours lui. Ses farces hantent nos vies, ses images nos phrases, ses rêves nos appétits.

Il est l'ami de tous, l'ami par excellence. Dans la suite des aventures de ses turbulents héros, depuis le *Gargantua* jusqu'au *Cinquiesme Livre*, on ne s'étonne pas de le voir insister sur la camaraderie qui lie Pantagruel à Panurge. Qu'on songe à quelque joyeux épisode du *Tiers Livre* dans lequel Panurge, las de la vie militaire et de ses rigueurs, songe à se marier. La Renaissance, qui redécouvrait le livre VIII de l'*Éthique à Nicomaque*, se faisait de l'amitié une idée que ne peuvent pas se figurer les citoyens-téléspectateurs-consommateurs d'un monde où la guerre de tous contre tous s'est généralisée par l'intermédiaire d'avocats, des hommes payés pour « vendre des paroles » ainsi que les moque Pantagruel dans le *Quart Livre*. Le mot « utopie » n'est jamais déplacé chez Rabelais.

Badebec, femme de Gargantua et mère de Pantagruel, est la fille du roi des Amarotes en Utopie. Une contrée que Pantagruel défend contre l'invasion des Dipsodes. Par là, Rabelais salue son contemporain Thomas More, vrai écrivain et vrai catholique lui aussi, décapité sur ordre du roi d'Angleterre en 1535, dont le grand livre avait paru à Louvain en 1516. L'utopie est une idée qui lui plaît. Dans l'amitié, il entrevoit la plus généreuse et la plus profonde d'entre elles. On le comprend à suivre les aventures de Pantagruel, Panurge, Épistémon, frère Jean des Entommeures, Carpalim et Xénomane, qui embarquent au port de Thalasse, près de Saint-Malo, pour rejoindre le séjour de la Dive Bouteille. L'amitié, cette utopie, fonde seule la maxime « Fais ce que vouldras » qui orne la porte de l'abbaye de Thélème. Au royaume ensoleillé des copains d'abord, plus besoin de police ni de clergé, de lois ou de punitions. « Quand les hommes sont amis, il n'y a plus besoin de justice, tandis que s'ils se contentent d'être justes, ils ont en outre besoin d'amitié, et la plus grande expression de la justice est, dans l'opinion générale, de la nature de l'amitié. » *Magister Aristoteteles dixit.*

À Paris, où il a commencé ses études de médecine, qu'il achèvera à Montpellier, Rabelais a connu la fraternité des tavernes, les chahuts d'étudiants et les rondes de nuit avec ses compagnons autour de la montagne Sainte-Geneviève. De cet esprit de joie, de cette enfance éternelle, de cette liberté frondeuse témoignent les farces, les inventions, les énumérations dont il fit la matière du *Gargantua*. « Sommeliers, ô créateurs de nouvelles formes, rendez-moy de non-beuvant beuvant ! », s'écrie Grandgousier dans les « Propos des bien-yvres » au chapitre V du livre. Créateur de nouvelles formes, cubiste avant l'heure, Rabelais défriche, renouvelle et dégèle le langage, pour reprendre la belle image du *Quart Livre* lorsque Pantagruel et ses compagnons découvrent les paroles gelées : « Nous y veismes des motz de gueule, des motz de sinople, des motz de azur, des motz de sable, des motz dorez. Les quelz, estre quelque peu eschauffez entre nos mains, fondoient comme neiges, et les oyons realement. » La Sorbonne, qui condamna Rabelais pour obscénité, n'y comprenait rien. Mais la Sorbonne a-t-elle jamais compris quelque chose aux écrivains ? Il n'y a rien de moins pornographique que le gigantesque éclat de rire avec lequel l'auteur du *Pantagruel* moque les cagots, les pédants et les hypocrites de son temps.

Rabelais est un hôte délicat. À sa table, il laisse du pain pour des siècles de littérature. La Fontaine, Diderot, Balzac, Victor Hugo, Léon Daudet et Céline sauront s'en souvenir. L'extraordinaire roman que constitue la suite de *Gargantua*, *Pantagruel*, le *Tiers Livre*, le *Quart Livre* et le *Cinquiesme Livre*, explore toutes les formes : miroir du prince, livre de chevalerie, récit de voyage, traité métaphysique, chronique, hagiographie, bibliographie, théâtre. On sent la jubilation qu'a l'écrivain d'inventer des mots, des situations et des héros. Ces personnages secondaires si vivants et si drôles : la Sibylle de Panzoust, Janotus de Bragmardo, le professeur de théologie à la Sorbonne, Trouillogan, le philosophe sceptique, le roi Pichrocole, Épistémon, le précepteur de Pantagruel, Grippeminaud, l'archiduc des Chats-Fourrés, et Bacbuc, la prêtresse de la Dive Bouteille.

Il n'est pas étonnant que certains chapitres soient installés dans notre imaginaire national : les guerres picrocholines, l'abbaye de Thélème, les moutons de Panurge, la Dive Bouteille. Rabelais est un classique : un écrivain dont tout le monde parle, mais que personne n'a lu. Hélas ! Car lire Rabelais, c'est faire un beau voyage. Sa langue n'est pas un obstacle. En s'y plongeant, on découvre qu'elle est vivante dans ses racines, sa sève et ses ramifications nerveuses. Le *Gargantua* et le *Pantagruel* se lisent en version originale dans des volumes comportant un lexique. Quand la suite s'obscurcit – *Tiers Livre*, *Quart Livre*, *Cinquiesme Livre* –, des translations en français contemporain redonnent à Rabelais ses belles couleurs, comme une peinture nettoyée. Elles nous permettent de continuer le voyage jusqu'aux « caves painctes » et à la Dive Bouteille.

C'est à Chinon que tout finit.

Bibliographie sélective

De Rabelais

La vie tres horrificque du grand Gargantua, père de Pantagruel jadis composee par M. Alcofribas abstracteur de quinte essence. Livre plein de Pantagruelisme, Lyon, François Juste, 1542 (dernière édition revue du vivant de l'auteur).

Œuvres complètes, édition de Jacques Boulenger, Gallimard, coll. « Bibliothèque de la Pléiade », 1955.

Les Œuvres romanesques, traduites en français moderne par Françoise Joukovsky, Honoré Champion éditeur, 2000.

Gargantua, édition de Françoise Joukovsky, GF-Flammarion, 1993.

Sur Rabelais

Bakhtine, Mikhaïl, *L'Œuvre de François Rabelais et la culture populaire au Moyen Âge et sous la Renaissance*, Gallimard, coll. « Tel », 1982.

Charpentier, Françoise, Gargantua *de Rabelais*, Éd. Pédagogie moderne, 1980.

Gilson, Étienne, *Rabelais franciscain*, Vrin, 1924.

Huchon, Mireille, *Rabelais*, Gallimard, coll. « NRF Biographies », 2011.

Ménager, Daniel, *Pantagruel et Gargantua*, Hatier, 1978.

Screech, Michael, *Rabelais*, Gallimard, coll. « Tel », 2008.

2

Les Essais de Michel de Montaigne (1580-1588)

par Antoine Compagnon

*Montaigne quitta sa charge de conseiller au parlement de Bordeaux en 1570, à l'âge de trente-sept ans. Retiré dans ses terres, adepte de l'*otium studiosum, *le « loisir lettré », il lut, médita et écrivit. La première édition des livres I et II des* Essais *parut en 1580 à Bordeaux chez Simon Millanges. Après un voyage en France, Suisse, Allemagne et Italie en 1580-1581, puis deux mandats de maire de Bordeaux de 1581 à 1585, il se remit aux* Essais. *Ceux-ci parurent en 1588 en trois livres, les deux premiers très augmentés, chez Abel L'Angelier à Paris. Jusqu'à sa mort en 1592, Montaigne continua de truffer d'additions marginales l'édition de 1588 des* Essais, *dont une édition posthume, établie par Pierre de Brach et Marie de Gournay, fut publiée en 1595.*

Les trois Montaigne

Depuis Mlle de Gournay, sa « fille d'alliance », chaque génération s'est confectionné son Montaigne en choisissant dans *Les Essais* tel ou tel chapitre préféré, et Montaigne n'a jamais quitté les feux de la rampe. Pascal s'est disputé avec lui dans l'*Entretien avec M. de Saci* comme s'il était son adversaire le plus vivant.

Malebranche a jugé indispensable de le réfuter longuement dans la *Recherche de la vérité*. Après 1870, dans les débuts de la Troisième République, on s'en est pris à son conservatisme politique et à son légitimisme monarchique, et on l'a même accusé de couardise comme maire de Bordeaux, sous prétexte qu'il aurait déserté sa ville malade de la peste. Si sa prétendue mauvaise influence devait être combattue, c'était qu'elle s'imposait. En 1892, pour le troisième centenaire de sa mort, qui a coïncidé avec la disparition d'Ernest Renan, on a fait d'eux des confrères en scepticisme et en dilettantisme. En 1933, pour le quatrième centenaire de sa naissance, la République ne lui a plus cherché querelle, mais le canonisa définitivement grâce à l'évolution philosophique que Pierre Villey discernait dans sa pensée : du stoïcisme au scepticisme et à l'épicurisme. Ainsi était-il rangé et assagi, rendu inoffensif et accessible aux enfants des écoles.

Dans sa photographie officielle comme président de la République, prise par Gisèle Freund en 1981, François Mitterrand se fit représenter dans la bibliothèque du palais de l'Élysée tenant *Les Essais* à la main. Durant quatorze années à la fin du XXe siècle, le livre de Montaigne a figuré dans toutes les mairies et les ambassades de France, dans le bureau des élus et des fonctionnaires. Pour donner de lui-même aux Français l'image d'un homme de culture et d'un humaniste, et pour donner au monde l'image d'une France éprise de liberté et de tolérance, et inspiratrice des droits de l'homme, François Mitterrand élut Montaigne. À la vérité, quel autre écrivain aurait-il pu choisir ?

On posait à André Gide, en 1929 à Berlin, la traditionnelle question du Panthéon des lettres : quel écrivain français placer auprès de Goethe comme phare de la culture européenne ? Suivant le cliché obligé depuis le romantisme, chaque littérature nationale – et chaque nation, car rien n'exprime mieux l'esprit d'une nation que sa littérature – s'incarne dans un écrivain souverain, tels Dante, Shakespeare, Cervantès, Goethe ou Pouchkine, mais la littérature française manque de cet être suprême dont graver le nom au fronton des monuments et des bibliothèques auprès d'Homère et de Virgile. Molière ou Hugo feraient-ils l'affaire ? Mais l'un est comique et l'autre politique. Ou bien Voltaire ou Rousseau ? Mais la faute qu'on leur attribue depuis 1789 divise encore le pays. Aucun écrivain ne semble s'imposer, car la littérature française avance par couples, à chaque moment de son histoire ainsi que dans sa durée : Corneille et Racine à l'âge classique, Voltaire et Rousseau pour les Lumières, Hugo et Baudelaire pour la poésie, Sarraute et Duras plus récemment, ou encore Montaigne et Pascal, ou Balzac et Proust d'un siècle à l'autre.

Or Gide répondit Montaigne sans état d'âme. L'auteur de *L'Immoraliste* voyait en l'auteur des *Essais* le Goethe français, non seulement le meilleur représentant de l'esprit de la nation, mais aussi un écrivain de valeur universelle. Car Montaigne – ainsi s'explique le choix de Gide – ne se réduit pas à l'esprit français qu'il représente par excellence, ou à l'idéal de l'« honnête homme » qu'il transmit à l'âge classique et aux Lumières, ou encore à la tradition de l'« humanisme civique » qui devait mener jusqu'à l'invention de l'« intellectuel » français à la fin du XIXe siècle. Montaigne est, comme Charles Du Bos l'affirmait, « le plus grand Européen de la littérature française ». Disciple de Socrate et de Plutarque, traducteur de Raimond Sebond, lecteur du Tasse, il est avec Érasme le grand passeur de la Renaissance. Shakespeare lui doit le Caliban de *La Tempête*, bien avant qu'Emerson et Nietzsche, ou Walter Pater et Stefan Zweig, ne dialoguent avec lui. Dans les mêmes années de l'entre-deux-guerres et des derniers feux de l'humanisme, c'est-à-dire de la croyance que la lecture assidue des grands livres nous permet de vivre mieux, Albert Thibaudet faisait de lui « le père de l'esprit critique », c'est-à-dire de la curiosité, de la bienveillance, du discernement. À Berlin, Gide – il vaut sans doute la peine de signaler que le journaliste qui l'interrogeait s'appelait Walter Benjamin –, Gide défendait en lui un modèle pour la réconciliation franco-allemande et pour la défense de la paix dans une Europe de la culture, une nouvelle république des lettres, car cette Europe eût été bien inspirée de cultiver la tradition qui faisait son unité, comme Montaigne avait tenté, avec ceux qu'on nommait alors les « Politiques », de surmonter les divisions religieuses de la France durant les guerres civiles. La statue de Montaigne par Paul Landowski fut alors dressée en face de la Sorbonne : les passants, d'où qu'ils viennent, en caressent le pied, comme la mule du pape que Montaigne avait baisée durant son voyage en Italie.

Tous ces éloges – de même que les blâmes – relèvent sans doute du malentendu, du parti pris, voire de la propagande, mais la littérature vit de ce genre de quiproquos ou d'abus. Les historiens de la littérature, par un effort « sisyphien », cherchent à reconduire les textes à leur sens original, mais, d'une part, ils n'y parviennent jamais – et heureusement, car ils figeraient notre interprétation de la littérature –, d'autre part, on n'arrête pas le progrès, si l'on peut appeler « progrès » la succession des lectures qui renouvellent les grands écrivains, c'est-à-dire les déforment et leur amènent de nouveaux lecteurs, souvent en dépit du sens original. Le contresens n'est-il pas la vie même de la littérature ? Sans lui, elle reste enfermée dans les bibliothèques comme les morts dans les cimetières. À la philologie, qui retourne à l'origine des textes, s'oppose le mouvement ininterrompu de l'allégorie, qui tire les textes à nous, les adapte à nos questions, les malmène et les transmet. Aussi ne nous plaignons pas que Montaigne, comme les autres grands écrivains, ait été souvent lu malgré lui, tiré à hue et à dia, et acceptons que la lecture que nous en faisons aujourd'hui soit aussi provisoire que toutes celles qui l'ont précédée. Comme nos prédécesseurs, nous avons notre Montaigne, nous nous attachons à des pages sur lesquelles on n'avait pas trop insisté jusque-là, à une phrase qui se trouve en harmonie avec notre sensibilité d'aujourd'hui, et c'est tant mieux, car c'est ainsi que vit une tradition, que le passé a un avenir.

Le Montaigne de François Mitterrand en 1981 était encore celui de Gide en 1929, un homme universel, un grand écrivain inspiré, sur le modèle des romantiques, un moderne, précurseur de la naissance de l'individu, de la tolérance, de la philosophie des Lumières, de la croyance au progrès et des droits de l'homme. « Sans doute l'importance d'un auteur tient-elle non seulement à sa valeur propre, mais encore et beaucoup à l'opportunité de son message », reconnaissait Gide. Tous deux appréciaient non pas le Montaigne des philologues, mais le Montaigne des amateurs et des « honnêtes gens » : chez celui-ci, le « suffisant lecteur » trouve des réponses aux questions neuves qu'il se pose ; il déniche dans *Les Essais*, comme le prévoyait Montaigne, des « perfections autres que celles que l'auteur y a mises et aperçues ». Les philologues auront beau nous objecter que Montaigne était un prémoderne qui voyait l'âge d'or loin derrière lui, il a longtemps été lu, par un anachronisme fécond, du point de vue des Lumières, du romantisme, de la modernité ou même de la postmodernité, comme notre grand frère.

À côté du Montaigne de la Sorbonne, du Montaigne des professeurs, il y a donc un autre Montaigne qui compte plus, celui des « suffisants lecteurs ». Ceux-ci le comprennent à leur façon même si, au fond, on peut penser que ce qu'ils cherchent tous, génération après génération, dans *Les Essais*, c'est simplement un peu d'« humaine sagesse », une éthique de la bonne vie, une morale de la vie publique comme de la vie privée. Or les deux Montaigne ont récemment changé. Savants ou amateurs, nous ne lisons plus *Les Essais* comme il y a quarante ou trente ans, comme en 1980, pour le quatrième centenaire de leur première édition, ou comme en 1992, pour le quatrième centenaire de la mort de leur auteur. La tradition, c'est le changement dans la durée, et c'est pourquoi il nous faut refaire périodiquement nos éditions et nos traductions des grandes œuvres du passé, les mettre à jour afin qu'elles correspondent mieux à nos attentes.

Deux éditions

Le texte même des *Essais* s'est beaucoup renouvelé, de manière imprévue et surprenante. Il y a trente ans, nous lisions tous Montaigne dans l'exemplaire de Bordeaux et nous n'aurions pas imaginé autre chose. Aucun autre texte n'était d'ailleurs disponible en librairie. Or, depuis une trentaine d'années, la balance penche en faveur d'un autre texte, celui de l'édition posthume de 1595 procurée par Marie de Gournay, qui fait presque l'unanimité des éditeurs et des traducteurs aujourd'hui. De tels renversements du consensus philologique sont curieux à observer.

Montaigne publia deux éditions des *Essais* de son vivant, les livres I et II en 1580, puis les livres I, II et III, avec des additions importantes dans les deux premiers livres, en 1588. Il continua ensuite, jusqu'à sa mort en 1592, de faire des ajouts dans les marges de son livre. Mlle de Gournay publia après sa mort l'édition de 1595, laquelle comprend des additions copieuses et capitales aux trois livres, et diffère sensiblement du texte de 1588. C'est cette édition posthume de 1595 qui fut traditionnellement rééditée jusqu'à la fin du XIXe siècle et dans laquelle on a lu Montaigne, depuis Pascal jusqu'à Renan, en passant par Rousseau et Montesquieu, ou encore Emerson et Nietzsche.

Or la tradition critique fut soudain bousculée par l'édition municipale des *Essais*, établie par Fortunat Strowski au tout début du XXe siècle, sur la base de l'exemplaire de Bordeaux, c'est-à-dire d'un volume de l'édition de 1588 appartenant à la bibliothèque municipale de Bordeaux et contenant de nombreux ajouts de la main de Montaigne. Strowski en donna une édition qui distinguait les couches successives du texte : 1580, 1588, additions ultérieures. C'était, semble-t-il, l'éminent critique Ferdinand Brunetière qui, inspiré par les éditions synoptiques de la Bible, lui avait suggéré l'idée d'une telle présentation. Pierre Villey, grand érudit, spécialiste des sources antiques des *Essais*, reprit ce principe au début des années 1920 dans une édition plus accessible, et il désigna les trois couches du texte par des lettres (*a* : 1580 ; *b* : 1588 ; *c* : additions manuscrites de l'exemplaire de Bordeaux). Ensuite, cette édition fut reprise par toutes les éditions courantes des *Essais*, par exemple celle de la « Bibliothèque de la Pléiade » d'Albert Thibaudet et Maurice Rat dans les années 1930, jusqu'à la fin du XXe siècle.

Le malheur, c'est que les différences entre l'exemplaire de Bordeaux et l'édition posthume de Mlle de Gournay étaient nombreuses et significatives. Strowski et Villey, qui se méfiaient des interventions de Mlle de Gournay, choisirent l'exemplaire de Bordeaux comme texte de base parce qu'il était attesté, mais ils furent parfois contraints de tenir compte de l'édition de 1595, notamment lorsque l'exemplaire de Bordeaux présentait des lacunes ou des rognures, si bien que l'édition dans laquelle nous avions pris l'habitude de lire Montaigne complétait le cas échéant le texte de l'exemplaire de Bordeaux par les leçons de l'édition posthume. Nous disposions donc d'une version composite à laquelle les spécialistes ne pouvaient pas se fier dans le détail et qui les contraignait à aller vérifier sans cesse l'état du texte qu'ils commentaient : en 1580, 1588, 1592, 1595, quel était-il exactement ?

Il est toujours difficile de se prononcer sur l'origine des révolutions, qu'elles soient politiques ou textuelles, mais les spécialistes ont commencé à se plaindre de plus en plus vivement des éditions des *Essais* fondées sur l'exemplaire de Bordeaux. Par contrecoup, ils en sont retournés à l'édition de 1595 et se sont mis à réhabiliter Mlle de Gournay. Pour sauver son édition, il suffisait de faire l'hypothèse que celle-ci avait eu pour base une copie établie par Montaigne, portant ses ultimes annotations. Cette copie aujourd'hui perdue – un exemplaire de l'édition de 1588 farci d'additions – aurait été fournie par Mlle de Gournay à l'imprimeur. Quant à l'exemplaire de Bordeaux, il n'en aurait été que le manuscrit de travail et ne représenterait donc pas les dernières volontés de l'écrivain. Ainsi sommes-nous revenus vers Mlle de Gournay et lisons-nous désormais Montaigne dans un texte auquel les éditeurs modernes n'ont pas touché. En quelques années, l'exemplaire de Bordeaux a été ravalé au rang de brouillon, tandis que, par un beau *mea culpa* de la tradition critique, l'exactitude de Mlle de Gournay et la fiabilité de son édition posthume étaient entièrement réévaluées.

Nous en sommes là : la nouvelle édition de la « Bibliothèque de la Pléiade », publiée en 2007, suit le texte de 1595 tel quel. D'autres bouleversements accompagnent cette première révolution et témoignent de notre goût contemporain. Strowski et surtout Villey, puis tous leurs descendants, avaient jugé nécessaire, en bons élèves de la Troisième République, de rendre le texte des *Essais* plus accessible aux lecteurs qu'ils avaient à l'esprit, c'est-à-dire les lycéens et les étudiants. Aussi avaient-ils modernisé l'orthographe et la ponctuation, et surtout – c'était l'adaptation la plus visible – divisé le texte en paragraphes, alors que les chapitres de Montaigne se présentaient d'une seule coulée, parfois pendant de très nombreuses pages – plusieurs centaines pour l'« Apologie de Raimond Sebond » –, puisque le paragraphe n'avait pas encore été inventé. Bref, les éditions de Montaigne auxquelles nous étions habitués étaient des artefacts, et nous lisions un autre livre que celui que Montaigne avait voulu.

Aujourd'hui, le purisme semble l'emporter et l'on préfère revenir à un texte authentique, fidèle au dessein de son auteur, même si ce texte est plus difficile à lire : la nouvelle Pléiade nous donne donc non seulement le texte de 1595, mais dans la ponctuation de 1595, et sans les paragraphes devenus traditionnels au XXe siècle. D'autre part, conformément à l'édition de 1595 de Mlle de Gournay et pour aller jusqu'au bout de la récusation de l'exemplaire de Bordeaux, le texte des *Essais* nous est dorénavant procuré dans des éditions qui ne distinguent plus les couches du texte. Comme pour empêcher le lecteur de se raccrocher à la prétendue évolution des idées de Montaigne et à un sens final des *Essais* ; comme pour le contraindre à explorer ceux-ci sans repères, à s'égarer dans leur terrain compliqué et à y tracer lui-même son chemin.

Nous ne nous trouvons plus devant une reconstitution archéologique idéale ou scolaire des *Essais* et nous lisons Montaigne comme on l'a lu aux XVIIe, XVIIIe et XIXe siècles. Mais l'authenticité a un coût. Sans paragraphes, dans une ponctuation étrange, peu systématique, et sans l'indication des couches, *Les Essais* sont plus difficiles à déchiffrer. L'indication des couches du texte permettait de parcourir le raisonnement initial de Montaigne et de reconnaître ses articulations – ses *et* et ses *mais* –, avant que celles-ci ne soient distendues par les ajouts et enfouies sous les commentaires.

Faisons notre deuil du Montaigne de notre jeunesse, celui du XXe siècle que Villey avait inventé pour nous, car le choix de l'exemplaire de Bordeaux et l'indication des couches du texte étaient deux décisions solidaires. Les trois couches correspondaient *grosso modo* aux trois époques qu'on distinguait par commodité dans sa pensée – le stoïcisme, le scepticisme et l'épicurisme –, elles aussi des approximations pédagogiques. Bref, notre Montaigne du XXe siècle était trop ordonné, trop scolaire ; celui du XXIe est plus embrouillé et confus, probablement plus fidèle.

Montaigne n'imaginait pas que nous le lirions aujourd'hui. « J'escris mon livre à peu d'hommes, et à peu d'années », annonçait-il prudemment, à moins que ce ne fût une profession d'humilité. Son expérience lui avait appris que la langue française avait tant évolué depuis son enfance qu'il ne pensait pas que les prochains siècles pussent comprendre la langue de ses *Essais* : « Si ç'eust esté une matiere de durée, il l'eust fallu commettre à un langage plus ferme : Selon la variation continuelle, qui a suivy le nostre jusques à cette heure, qui peut esperer que sa forme presente soit en usage, d'icy à cinquante ans ? » Montaigne écrivit pourtant *Les Essais* en français, non pas en latin, car son projet de se peindre dans sa vérité ordinaire était inséparable du choix de la langue vulgaire, celle de la vie familière.

Ses *Essais* nous parlent encore après beaucoup plus du demi-siècle qu'il prévoyait. Toutefois, près de cinq siècles après leur rédaction, qui peut encore les lire sans effort ? Leur langue, qui n'est pas toujours facile, déroute de plus en plus les jeunes lecteurs. D'un côté, les éditions actuelles se sont faites plus authentiques et donc plus difficiles. De l'autre, quand on se propose de donner des éditions des *Essais* en français moderne, c'est-à-dire des traductions, les puristes protestent. Faut-il imposer de lire Montaigne dans l'original, même si de moins en moins de lecteurs en sont capables, ou bien se résoudre à donner des traductions des *Essais* en français moderne afin de leur conserver des lecteurs jeunes ? Faut-il rajeunir la langue de Montaigne ? La question laisse perplexe et n'est pas tranchée, encore que le climat soit en train de changer.

Auprès de la Pléiade pour puristes, Gallimard a réédité dans la collection « Quarto » (2009) une « adaptation » des *Essais* en français moderne par André Lanly (Champion, 1989 et 2002). Une autre édition modernisée des *Essais* a été proposée par Claude Pinganaud (Arléa, 2002). Enfin, la collection « Bouquins » a publié en 2019 une adaptation de Bernard Combeaud, la meilleure des trois. La cause paraît donc entendue : nous sommes décidément entrés dans l'âge de la modernisation de la langue de Montaigne.

Une postérité plurielle

Le Montaigne des philologues a changé : il est plus pur et dur que jamais. Mais l'autre Montaigne, celui des liseurs, celui des critiques, celui qu'on tire à nous pour le lire encore, pour lui poser nos propres questions, devenu plus accessible en français moderne, lui aussi n'est plus le même.

Il y a cinquante ans, le dernier Montaigne, celui que nous lisions avec passion, c'était par exemple celui que Jean-Yves Pouilloux venait de révéler dans *Lire les « Essais »* (1969), titre calqué sur le *Lire « Le Capital »* d'Althusser. Pouilloux lisait Montaigne comme Althusser avait lu Marx : il proclamait le retour au texte en dépit des gloses et faisait bon marché du prétendu humanisme de son auteur. Ce Montaigne-là était rebelle à la sagesse bourgeoise dans laquelle on le classait depuis que Pierre Charron, au XVIIe siècle, avait extrait de son désordre des maximes morales univoques. Et il était réfractaire à l'évolution philosophique qui permettait de l'expliquer aux écoliers depuis

Brunetière, Strowski et Villey. Revenant au texte, Pouilloux se montrait attentif au détail de son accumulation, notamment à ses citations, à ses apories et à ses bévues. C'est à ce Montaigne-là, structuraliste si l'on veut, ou même déjà déconstruit, que les étudiants de ma génération furent initiés, un Montaigne très éloigné des leçons bien-pensantes qu'on apprenait au lycée.

Depuis, il y a eu plusieurs autres Montaigne, par exemple le grand patron de l'intertextualité. Nous découvrions dans *Les Essais* – encore mieux que chez Rabelais – le comble du dialogisme à la manière de Mikhaïl Bakhtine, depuis la citation jusqu'au plagiat. « Nous ne faisons que nous entregloser », avait reconnu Montaigne. Nous fîmes de lui un nominaliste et un prophète de la théorie du texte : on ne sort pas du langage, du discours et de l'interprétation, car « tout fourmille de commentaires ». Toutes ces idées sont dans *Les Essais*, mais aussi autre chose. On en était là en 1980, pour le quatrième centenaire des livres I et II.

Vers 1992, pour le quatrième centenaire de sa mort, un autre Montaigne s'imposa, justement le Montaigne de l'Autre avec un grand A, celui du voyage, du Nouveau Monde, celui des chapitres « Des cannibales » et « Des coches », sans doute les plus lus encore aujourd'hui. Claude Lévi-Strauss, dans *Tristes Tropiques* (1955), avait déjà pris comme patron auprès de Rousseau ce Montaigne sensible à la différence des cultures et à l'arbitraire des coutumes : « Nous les pouvons donc bien appeler barbares, eu égard aux règles de la coutume, mais non pas eu égard à nous, qui les surpassons en toute sorte de barbarie. » L'auteur des *Essais* était érigé en inventeur du relativisme culturel ou même du multiculturalisme à la mode de la fin du XXe siècle : « Tout cela ne va pas trop mal : mais quoy, ils ne portent point de hauts-de-chausses ! »

Il y eut aussi le Montaigne de « Sur des vers de Virgile », au centre du beau livre de Jean Starobinski, *Montaigne en mouvement* (1982) : non seulement la thèse de l'évolution était décidément réfutée, puisque le rouet du stoïcisme, du scepticisme et de l'épicurisme se répétait partout et toujours dans *Les Essais*, quel que fût le thème effleuré – tel était le « mouvement » perpétuel sur lequel Starobinski insistait –, mais la dialectique du même et de l'autre n'aboutissait pas non plus, et le Montaigne intertextuel ou nominaliste était lui aussi congédié. Pour parler du plus intime de lui-même – son corps, son sexe –, Montaigne avait non seulement découvert qu'il devait passer par la citation des poètes latins, notamment Lucrèce et Virgile, mais il avait aussi compris que pour dire les choses les plus nues, il fallait non pas parler franchement et directement, mais suggérer et laisser entendre : « Les vers de ces deux poètes, traitant réservément et discrètement de la lascivité comme ils font, me semblent la découvrir et éclairer de plus près. » Ainsi l'indirection, la métaphore étaient-elles sauvées et la littérature se révélait-elle supérieure à tous les autres discours, notamment la philosophie.

À l'âge de l'écriture de soi, l'autoportrait de Montaigne devait retenir l'attention. « Je suis moi-même la matière de mon livre », confiait l'auteur dans la dédicace, annonce que, par un anachronisme, nous avions trop tendance à comprendre au sens de la confession romantique de la subjectivité, même si en vérité Montaigne ne trace son premier portrait de lui-même que loin dans le livre II, au chapitre « De la praesumption ». Mais Michel Foucault nous rappela, dans *Le Souci de soi* (1984), la tradition d'une autre « écriture de soi » ou « technique de la vie » venue de l'Antiquité, et il nous fit mieux comprendre que Montaigne parlait déjà de lui dans les chapitres dits impersonnels du livre I, que nous négligions. Le chapitre « De l'oisiveté » nous avait pourtant prévenus : Montaigne s'était retiré pour se retrouver, pour « s'entretenir soy mesmes, et s'arrester et rasseoir en soy » ; au lieu de cela, il avait rencontré la mélancolie, des « chimères et monstres fantasques », et il s'était mis à écrire pour se guérir ; il avait commencé de tenir registre de ses lectures comme les ascètes de l'Antiquité tardive, païenne et chrétienne. L'introspection de Montaigne consignant exemples, pensées et citations dans des carnets n'eut d'abord rien de personnel ; le moi ne lui préexistait pas ; au contraire, il s'agissait de le constituer à travers les lectures et l'écriture. Dans *Les Essais*, l'écriture de soi est inséparable de la constitution de soi. L'identité n'est pas à rechercher dans la révélation d'une histoire cachée, comme le voudrait la tradition de l'autobiographie fondée sur les *Confessions* de saint Augustin ou de Rousseau, mais dans la composition d'un moi studieux à travers les livres et le livre.

À l'époque du postcolonialisme et du postmodernisme, la grande leçon des *Essais* a pu être entendue comme celle du relativisme ou même du nihilisme qui traverserait les trois livres, depuis l'ouverture du livre I avec « Par divers moyens on arrive à pareille fin », en passant par la reprise du même thème à l'orée du livre II avec « De l'inconstance de nos actions », jusqu'à la conclusion frappante du livre II : « Et ne fut jamais au monde deux opinions pareilles, non plus que deux poils ou deux grains. Leur plus universelle qualité, c'est la diversité. » Et l'on ne prétendait plus qu'il y eût ensuite dépassement vers une leçon quelle qu'elle fût.

Gardons-nous pourtant de faire trop vite de Montaigne un nihiliste en transformant son scepticisme métaphysique en indifférence morale, sous prétexte de ses propres déclarations, par exemple dans « De mesnager sa volonté » : « J'ay peu me mesler des charges publiques, sans me despartir de moy, de la largeur d'une ongle, et me donner à autruy sans m'oster à moy. » Retiré des affaires du monde, réfugié dans sa tour, cet homme n'en a pas moins continué d'avoir une activité publique intense : il fut le maire de Bordeaux au temps des conflits entre catholiques et protestants et de la guerre civile, le pire des maux – « monstrueuse guerre », comme il dit –, et un intermédiaire politique engagé entre le roi de France et le roi de Navarre. Cet homme d'introspection fut aussi un homme d'action. Il connut « la desloyauté, la tyrannie, la cruauté, qui sont noz fautes ordinaires », rappelle-t-il dans « Des cannibales », mais il ne fut jamais prêt à les excuser au nom de la relativité des valeurs morales. Ennemi déclaré du machiavélisme contemporain, niant que la fin justifie jamais les moyens, il croit à l'ancienne vertu de la *fides* ou de la foi, c'est-à-dire de la fidélité à la parole donnée, base même de la confiance et du commerce entre les hommes. Autrement dit, la limite de son relativisme ontologique, ce sont quelques certitudes morales auxquelles nous portons aujourd'hui plus d'attention que naguère. Tout bouge en ce monde, aucune connaissance n'est certaine, mais c'est justement une raison de plus pour tenir parole, pour défendre une éthique de justice, d'honneur et de responsabilité.

Un grand texte survit dans les aléas de ses lectures. On a lu tout ce qu'on a voulu dans *Les Essais*, et c'est très bien ainsi : cela prouve le pouvoir de la littérature ; si l'on cesse de se disputer à propos de son sens et de son contresens, c'est qu'elle nous devient indifférente. Il n'est donc pas question de se plaindre de l'usage ni de l'abus que l'on fait des *Essais*, souvent en dépit de leur contexte. Il serait plus inquiétant que l'on cessât de les interpréter malgré eux, parce que cela voudrait dire qu'ils ne nous parleraient plus. La meilleure défense de la littérature, c'est l'appropriation, non le respect transi.

Mais les écrivains d'aujourd'hui semblent avoir perdu l'habitude de commenter la littérature du passé. C'était jusqu'ici une tradition française : les écrivains écrivaient sur leurs prédécesseurs et passaient le relais à leurs successeurs, comme dans le *Tableau de la littérature française* réuni en 1939 par Malraux, où Gide avait fait le « Montaigne ». Après Michel Butor (*Essais sur les « Essais »*, 1968) ou Michel Chaillou (*Domestique chez Montaigne*, 1983), quel écrivain nous a donné à lire son Montaigne ? Pierre Bergounioux l'évoque brièvement dans son *Bréviaire de littérature à l'usage des vivants* (2004) auprès de Cervantès et de Shakespeare, louant la nouveauté et la témérité d'une pensée toujours proche de nous.

Désormais abordés sans grille d'interprétation d'ensemble, sans schéma surimposé, *Les Essais* sont redevenus pour nous une masse enchevêtrée de détails, de notations et de réflexions, un texte sans cesse récrit, corrigé et amplifié, mais jamais clos ni achevé, un *blog*, comme on dit à présent. Montaigne avait appris de Plutarque l'intérêt du détail : « Tout mouvement nous découvre », reconnaissait-il. C'est ce qui l'opposait aux « faiseurs de livres » :

« Il n'est subject si vain, qui ne merite un rang en cette rapsodie », disait-il du sien. Nous acceptons plus aisément que nos grands-parents que l'essai soit par définition une mise en question ouverte, que les formulations qu'il propose soient toujours provisoires, à prolonger et à approfondir, et que Montaigne les complique inlassablement par de nouveaux exemples et de nouvelles citations. Ne disait-il pas lui-même vers la fin des *Essais* : « Qui ne voit, que j'ay pris une route, par laquelle sans cesse et sans travail, j'iray autant, qu'il y aura d'ancre et de papier au monde ? »

L'éthique des *Essais*, dont nous nous détournions à la grande époque de la théorie, est revenue au centre de notre attachement à la littérature. Et, comme jadis, nous sommes sensibles à la somme infinie des observations morales contenues dans leurs pages. L'humilité du vaincu incite parfois un vainqueur à la magnanimité, mais il arrive qu'un vaincu soit sauvé par sa fierté, nous dit Montaigne à la première page des *Essais*. Jouant avec les écoles et les doctrines sans s'arrêter à aucune, allant et venant entre les livres et l'expérience, Montaigne est toujours à la recherche de la vie bonne : *Montaigne ou la conscience heureuse*, disait Marcel Conche dans son portrait de 1964, revenu en librairie au tournant des siècles.

Notre moment présent est modeste, réfléchi. Nous nous méfions des systèmes. Il n'y en a pas chez Montaigne : c'est pourquoi nous nous retrouvons en lui. Son affaire est « l'usage du monde », suivant le titre discret du récit de voyage de Nicolas Bouvier, emprunté aux *Essais*. Leur actualité, c'est celle d'une pensée émancipée, promeneuse et plurielle, d'une pensée à l'essai, ennemie de tous les fanatismes et de tous les fondamentalismes, d'une pensée politique au sens noble, portant sur l'identité de la nation par-delà les croyances et les dévotions. Si le mot n'était pas suspect en français, nous n'hésiterions pas à célébrer en Montaigne le fondateur même du libéralisme. La tolérance et la liberté – la liberté négative d'Isaiah Berlin –, telles sont en effet les suprêmes valeurs exaltées dans *Les Essais*, et même l'égalité des sexes : « Il est bien plus aisé d'accuser un sexe, que d'excuser l'autre. C'est ce qu'on dict : le fourgon se moque de la poele. »

Bibliographie sélective

Éditions de référence

Les Essais, édition réalisée par Denis Bjaï, Bénédicte Boudou, Jean Céard et Isabelle Pantin, sous la direction de Jean Céard, Librairie générale française, coll. « La Pochothèque », 2001.

Les Essais, nouvelle édition de Jean Balsamo, Alain Legros, Michel Magnien et Catherine Magnien-Simonin, Gallimard, coll. « Bibliothèque de la Pléiade », 2007.

Les Essais, nouvelle édition établie par Bernard Combeaud, préface de Michel Onfray, Robert Laffont/Mollat, coll. « Bouquins », 2019.

« MONtaigne à L'Œuvre » (MONLOE), https://montaigne.univ-tours.fr/

Sur Montaigne

Butor, Michel, *Essais sur les « Essais »* (1968), Gallimard, coll. « NRF Essais », 1993.

Chaillou, Michel, *Domestique chez Montaigne* (1983), Gallimard, coll. « L'Imaginaire », 2010.

Compagnon, Antoine, *Un été avec Montaigne*, Équateurs/France Inter, 2013.

Conche, Marcel, *Montaigne ou la conscience heureuse* (1964), PUF, coll. « Quadrige », 2002.

Friedrich, Hugo, *Montaigne* (1968), Gallimard, coll. « Tel », 1984.

Nakam, Géralde, *Montaigne et son temps* (1982), Gallimard, coll. « Tel », 1993.

Pouilloux, Jean-Yves, *Lire les « Essais » de Montaigne* (1969), in *Montaigne. L'éveil de la pensée*, Champion, 1995.

Starobinski, Jean, *Montaigne en mouvement* (1982), Gallimard, coll. « Folio Essais », 1993.

Thibaudet, Albert, *Montaigne* (1963), Gallimard, coll. « Les Cahiers de la NRF », 1997.

Tournon, André, *Montaigne. La glose et l'essai* (1983), Champion, 2001.

3

Les Fables de Jean de La Fontaine (1668-1694)

par Jean-Michel Delacomptée

Jean de La Fontaine fut baptisé le 8 juillet 1621 à Château-Thierry, voilà exactement quatre siècles. Personne n'ignore qu'il s'est rendu immensément célèbre par ses Fables. *En revanche, les voies qu'il a empruntées avant de s'imposer sont moins connues. Sa réussite fut en effet tardive. Entamée au sein du cercle de gens de lettres et d'artistes protégés par le surintendant des Finances Nicolas Fouquet, son œuvre s'est épanouie après la chute de celui-ci, au lendemain d'un voyage qui éloigna La Fontaine de Paris pendant quelques mois. Évoquer cette gestation tout en éclairant sa vie permet d'appréhender l'accueil reçu par ses* Fables *dans une société où, comme les contes dont il cultivait également le goût, elles bénéficiaient d'un moindre prestige que les genres « nobles » (épopée, tragédie, comédie) auxquels Louis XIV réservait ses attentions. C'est dans ce cadre culturel et politique qu'émergea le génie du poète réputé le plus français de tous.*

Sur le chemin des Fables

Du 25 août au 19 septembre 1663, La Fontaine fit un voyage en Limousin. Trois semaines pour parcourir les quatre cents kilomètres qui séparent Paris de Limoges. C'est l'unique périple qu'il ait accompli. Il accompagnait l'oncle de sa femme, Jacques Jannart, substitut du procureur général Nicolas Fouquet, richissime surintendant des Finances et magnifique mécène, auprès de qui La Fontaine avait été introduit quelques années plus tôt. Emprisonné à Vincennes, Fouquet attendait les suites du procès dressé contre lui par Louis XIV. Entraîné dans la chute de son maître, Jacques Jannart avait reçu l'ordre de s'exiler à Limoges, où Mme Fouquet était assignée à résidence. On ne sait trop pourquoi son neveu l'accompagnait. À quarante-deux ans, il avait pour toute publication une comédie en vers écrite en 1654, *L'Eunuque*, imitée de Térence, un échec complet. Pendant les dix années qui suivirent, il ne publia plus rien sous son nom.

Au moment du voyage, celui en qui Hippolyte Taine verra notre Homère n'était donc guère mieux connu que sa comédie. Pourquoi notre Homère ? Parce que, dit Taine, ses *Fables* « sont notre épopée ; nous n'en avons point d'autre », qu'il « est universel comme Homère » et que « les enfants l'apprennent par cœur, comme jadis ceux d'Athènes récitaient Homère ». Immense éloge qui fait de La Fontaine le plus français des poètes. Un éloge que ne renierait certainement pas Fabrice Lucchini, qui affirmait récemment dans un entretien : « Moi, je pense comme Péguy : "Je suis français, qu'est-ce que ça veut dire ? C'est apprendre une fable de La Fontaine." » Par la tonalité musicale des scènes animalières qu'elles ont incrustées dans nos mémoires comme par leurs morales passées en proverbes, ses *Fables* ont infusé dans notre langue comme en nous-mêmes.

Mais il fallait d'abord qu'elles infusent en lui. Le chemin fut long. Le premier recueil, 284 fables réparties en six livres, ne sera publié qu'au printemps 1668, le second en 1678, onze livres qu'il augmentera d'un douzième en 1693. N'ayant, en août 1663, toujours rien produit de mémorable, La Fontaine pouvait, à un âge qui commençait à se faner (quarante-deux ans), douter de sa réussite future.

Il avait néanmoins de bonnes raisons d'espérer. Il travaillait à l'écriture de contes. Et en décembre 1664, un an après son périple, il remit à l'éditeur parisien Claude Barbin le manuscrit de ses *Nouvelles en vers tirées de Boccace et de l'Arioste*, aussitôt suivies des *Contes et nouvelles en vers*, puis, en janvier 1666, d'une *Deuxième partie des Contes et nouvelles en vers*. Autant dire qu'il ne chômait pas. Depuis l'échec de sa comédie, il versifiait à longs traits. Lisait abondamment, comme il l'avait toujours fait. Cherchait sa voie à tâtons, variait les tentatives. Comment acquérir le succès auquel il aspirait, sous ses airs modestes et sa tenue négligée d'incurable rêveur ? Ses *Nouvelles* et ses *Contes*, textes gaiement licencieux, lui en apportèrent un lot immédiat. Toutefois la censure veillait, et il refusait de s'enfermer dans un genre. En outre, il visait plus haut que les récits gracieusement grivois dont il divertissait le public. Dès ses débuts, sa comédie ratée l'atteste, il souhaitait vouer sa plume aux modèles les plus nobles.

La poésie épique illustrée par Homère, par l'*Énéide* de Virgile, par la *Jérusalem délivrée* du Tasse trônait au sommet de la hiérarchie des genres littéraires. Venaient ensuite la tragédie, la comédie, l'élégie, l'ode, le sonnet, le rondeau, la ballade, l'épître, l'épigramme, et les contes pour finir, auxquels Boccace et Marguerite de Navarre avaient donné de l'éclat. Les fables se situaient tout en bas de l'échelle. Là est le paradoxe, et en même temps le défi : se vêtir de gloire par leur truchement, en les magnifiant.

Les fables servaient d'objet d'étude aux collégiens qui s'escrimaient à traduire en français les apologues d'Ésope, et pareillement ceux de Phèdre, ancien esclave affranchi de l'empereur Auguste, qui généralement avait adapté ceux d'Ésope et, en les traduisant du grec en latin, les avait mis en vers.

Il est significatif que La Fontaine n'eût que dédain pour les régents de collège et les écoliers. Durant sa scolarité au lycée de Château-Thierry, sa ville natale, dont le nom s'abrégeait alors en Chaüry, il avait appris à lire couramment le latin. Mais ce qu'il aimait, c'était dévorer *L'Astrée* d'Honoré d'Urfé, roman pastoral de plus de cinq mille pages dont le dernier tome avait été publié en 1627, six ans après sa naissance. Le roman – un *best-seller* – raconte le parfait amour entre une bergère, Astrée, et un berger, Céladon, dans « un pays nommé Forez, qui en sa petitesse contient ce qu'il y a de plus rare au reste des Gaules… Plusieurs ruisseaux en divers lieux vont baignant la plaine de leurs claires ondes, mais l'un des plus beaux est Lignon, qui vagabonde en son cours »… Cette tonalité d'irréalité imprégnée de nature, La Fontaine en enveloppera ses fables.

Des régents de collège, il méprisait la jactance prétentieuse, et des écoliers la sottise doublée de friponnerie. Montaigne, dont *Les Essais* lui étaient familiers, ne pensait pas autrement. Ce mépris relevait de l'habitude, presque du rite, pour les gens de qualité. La Fontaine s'irritait d'autant plus de cette hâblerie qu'elle s'opposait à l'idéal du fabuliste tel qu'il le concevait. Le point est primordial :

> Une morale nue apporte de l'ennui ;
> Le conte fait passer le précepte avec lui.
> En ces sortes de feinte il faut instruire et plaire,
> Et conter pour conter me semble peu d'affaire.
> C'est par cette raison qu'égayant leur esprit,
> Nombre de gens fameux en ce genre ont écrit.
> Tous ont fui l'ornement et le trop d'étendue.
> On ne voit point chez eux de parole perdue.

L'art du fabuliste est économe. Il doit toucher sa cible par l'intelligence sensible et l'exactitude, ce qui nécessite un équilibre parfait entre le juste-assez et le rien-de-trop, la précision d'un je-ne-sais-quoi nimbé d'un flou où le non-dit s'invite tout en piquant la curiosité. C'est un art dont l'efficacité réclame une sûreté et simultanément une souplesse, celle du roseau, qui ne s'apprennent pas à l'école, mais germent dans la lente macération des lectures auxquelles on s'adonne durant les heures de loisir, et qui inclinent aux chimères romanesques, aux divagations pensives.

Il écrivait sous le signe de Malherbe, chaque mot à sa place, aucun ornement, de la musique réglée à la note près, une euphonie sans désaccords. Écrire était, pour les classiques, tendre l'oreille, que rien ne la blesse. Le miracle de La Fontaine procède de cette perfection. Dès le premier recueil des *Fables*, les lecteurs le saluèrent chapeau bas. On le jugea bientôt inégalable. C'est même l'une de ses particularités : il n'était pas le premier à écrire des fables, il n'a pas inventé le genre, mais il y a aussitôt régné en monarque absolu. Il n'existe pas de poète, de peintre, de musicien, de philosophe, de prince ni de conquérant dont on puisse dire qu'il a atteint la perfection dans son art, au point d'y être incomparable.

Tirer les fables de l'ornière où les enfonçait l'enseignement poussif du latin, leur conférer un lustre nouveau relève d'un exploit digne d'un fils chéri des Muses.

Certes, le théologien janséniste Louis-Isaac Lemaître de Sacy, qui se préoccupait de pédagogie, avait traduit en français, aux alentours de 1650, les apologues de Phèdre, s'attachant à défendre la dignité du genre comme La Fontaine s'y emploiera dès la préface du premier recueil de ses *Fables*, où il convoque Socrate pour les nouer à la poésie et à la musique. Mais Lemaître de Sacy s'était borné à traduire les apologues de l'affranchi d'Auguste, sans vouloir les imiter, encore moins en inventer, ni puiser à d'autres sources. S'il inventera peu lui-même, La Fontaine, par sa virtuosité, convertira les textes d'origine en diamants. Et ce faisant, il parviendra, ce qui n'est pas le moindre de ses mérites, à combler l'abîme entre l'huile de coude du registre scolaire et le caractère raffiné de la culture mondaine.

Voyant dans le respect de la hiérarchie des genres le meilleur moyen d'accéder à la gloire, il commença par se lancer dans une épopée en alexandrins, *Adonis*, inspirée des *Métamorphoses* d'Ovide, qu'en 1658 il présenta sous forme de manuscrit à Fouquet, qui venait de réchapper d'une grave maladie, et à qui elle plut. En 1660, il produisit un ballet aux allures de farce, *Les Rieurs du Beau-Richard*, joué dans sa bonne ville de Château-

Thierry. Ensuite une célébration en prose et en vers du château de Vaux-le-Vicomte nouvellement bâti, *Le Songe de Vaux*, où il a consumé, dit-il, trois années. En 1662, une *Élégie aux nymphes de Vaux*, où il prit la défense de son mécène bien-aimé qui, séduit par ses vers, l'avait pensionné.

Fidèle en amitié quitte à en pâtir, La Fontaine avait la gratitude chevillée au corps, voir *Le Loup et la Cigogne, Le Cerf et la Vigne*, ou *Le Villageois et le Serpent*. Alors, après l'*Élégie aux nymphes de Vaux*, il publia anonymement une *Ode au Roi*, là encore en défense de Fouquet. Le texte resta sans réponse de la part de son royal destinataire.

Il avait commis jusque-là, pour l'essentiel, des chansons, des épigrammes, des ballades. Des piécettes dignes de louanges certes, mais pas encore de quoi se rendre célèbre.

À Vaux cependant – donc avant la chute de Fouquet –, un événement en apparence minime était intervenu qui allait tout changer. Dans la petite Académie que le surintendant avait rassemblée sous sa bienveillante protection, on trouvait des lettrés de haut vol, parmi lesquels se distinguaient le poète et traducteur François de Maucroix, ami intime de La Fontaine depuis les bancs de l'école à Château-Thierry, les poètes Charles Perrault, qui sera chargé par Colbert de la politique culturelle du royaume, Gilles Ménage, érudit hargneux aux reparties délicieusement spirituelles, Paul Pellisson, académicien précoce et secrétaire de Fouquet qu'il refusera de renier, fidélité payée de quatre ans à la Bastille, le moraliste libertin Saint-Évremond, bientôt exilé en Angleterre, Madeleine de Scudéry, fameuse par ses romans pastoraux, et la très vive Mme de Sévigné. Tout cela constituait un cercle de personnages éblouissants, gens de plumes badines, lyriques, burlesques ou savantes, toutes vouées au culte du Parnasse.

Un jour, en 1657, devant ce cercle, La Fontaine avait lu une épître en vers de sa composition, adressée à une abbesse pour laquelle il éprouvait de doux sentiments, et même avec laquelle, assure Tallemant des Réaux dans ses *Historiettes*, il était du dernier bien. Mme de Sévigné avait réagi avec sa vivacité coutumière, enthousiasmée par la gaillardise galante dont l'épître étincelait. Deux jours plus tard, La Fontaine envoya un dizain à Fouquet pour lui confier combien il se félicitait d'un compliment auquel il ne s'attendait probablement pas :

> Entre les dieux, et c'est chose notoire,
> En me louant Sévigné me plaça.

« Entre les dieux » : c'était la place d'honneur où vous élevait le langage des Muses, le plus noble qui fût, celui des vers propres à dérouler poétiquement les fictions, autrement dit les contes, récits de pure imagination faits pour plaire sans instruire, et les fables, affabulations comme leur nom l'indique, soutenues par une morale de bon sens et, par là même, de portée universelle.

Cet enthousiasme de la pétillante marquise, artiste dans l'âme, lui indiquait la voie à suivre, celle conforme à la vraie nature de son talent : l'art de conter.

Ne faire que ce que l'on fait parfaitement

En 1671, alors qu'il était déjà célèbre, il publia deux recueils : une troisième partie des *Contes*, où figurait *Le Songe de Vaux*, et *Fables nouvelles et autres poésies*. Mme de Sévigné écrit à sa fille, Mme de Grignan, qui n'appréciait pas les œuvres du fabuliste : « Ne jetez pas si loin les livres de La Fontaine. Il y a des fables qui vous raviront et des contes qui vous charmeront. » Elle ajoute : « Il n'y a que ce qui est de ce style qui n'est point plat. Je voudrais faire une fable qui lui fît entendre combien cela est misérable de forcer son esprit à sortir de son genre, et combien la folie de vouloir chanter sur tous les tons fait une mauvaise musique. Il ne faut point qu'il sorte du talent qu'il a de conter. »

Comme La Fontaine n'a jamais cessé de réfléchir à l'art d'écrire, il s'est avisé lui-même qu'il prenait un risque à sortir de ce qu'il maîtrisait le mieux – les contes et nouvelles en vers, et, bien sûr, aux yeux de la postérité, les fables, qui représentent pourtant à peine un tiers de ses œuvres publiées. Dans l'« Avertissement » qui introduit *Le Songe de Vaux*, il se montre incertain que l'ouvrage plaise « aux gens d'aujourd'hui ; car la poésie lyrique ni l'héroïque, qui doivent y régner, ne sont plus en vogue comme elles étaient alors », dix ans plus tôt. Sa remarque ne traduit pas seulement le souci constant de coller aux goûts du public, elle souligne l'évolution de la littérature dans une époque (les années 1680) dominée par la querelle des Anciens et des Modernes. Il fera partie des Anciens aux côtés de Racine, Boileau, La Bruyère, contre les Modernes conduits par son ami Perrault.

Profession de foi, déjà, dans *Le Meunier, son Fils et l'Âne* :

> L'invention des arts étant un droit d'aînesse,
> Nous devons l'apologue à l'ancienne Grèce.
> Mais ce champ ne se peut tellement moissonner
> Que les derniers venus n'y trouvent à glaner.
> La feinte est un pays plein de terres désertes.

La feinte : la fiction, à propos de laquelle le lexicographe et académicien Antoine Furetière précise, dans son *Dictionnaire* publié après sa mort, en 1690 : « Le principal point de la poésie est de savoir bien feindre, bien inventer un sujet. »

Pour les Anciens, les auteurs de l'Antiquité gréco-latine étaient indépassables, au mieux pouvait-on les imiter. Pour les Modernes, les auteurs du siècle de Louis le Grand égalaient ceux du siècle d'Auguste. Il ne s'agissait pas d'un conflit de générations, puisque La Fontaine était contemporain de Perrault, comme Fouquet, Mme de Sévigné, Molière, Pascal ou Bossuet, et que la génération de Louis XIV, qui succéda à la sienne, comprenait Racine, Boileau et La Bruyère. Tous ces gens se fréquentaient, aucune frontière infranchissable ne les séparait. L'Académie française en réunissait la plupart.

Mais on discerne sans peine la contradiction que La Fontaine a dû surmonter : par les sources auxquelles il puisait les thèmes de ses fables, il relevait de l'Antiquité, à laquelle il rend régulièrement hommage, mais par le désir de coller étroitement au goût du public il lui fallait en moderniser les formes, sans se départir de son ambition de réussir dans les genres pour lesquels il manquait de talent et qui, de surcroît, séduisaient de moins en moins les lecteurs.

Au fond, il savait bien que l'avis de Mme de Sévigné était le bon, comme il le souligne dans *L'Âne et le Petit Chien* :

> Ne forçons point notre talent,
> Nous ne ferions rien avec grâce :
> Jamais un lourdaud, quoi qu'il fasse,
> Ne saurait passer pour galant.

Le plus grand poète du XVI*e* *siècle*

Le voyage en Limousin effectué à la fin l'été 1663 marque une franche césure entre l'obscurité des petits applaudissements entre amis et la lumière éclatante de l'admiration publique.

De ce voyage, on possède un aperçu par les lettres qu'il adressa à sa femme. Un spécialiste de son œuvre, François Damien, en quintessencie l'intérêt : « Cette correspondance en forme de "galanterie" constitue le lieu d'élaboration d'une réflexion politique et esthétique en cours de gestation et forme le laboratoire d'invention des *Contes* et des *Fables* à venir. »

Nul doute qu'en bénéficiant d'un séjour loin de Paris qui lui donnait le temps de méditer sur la discrétion de ses entreprises littéraires et sur sa conception d'une poésie par laquelle il pourrait accomplir sa vocation, La Fontaine s'est sciemment préparé à fusionner l'influence de la cour de Vaux, dont la libre fantaisie, la gaieté appartenaient à la Renaissance, et les attentes du public contemporain de ses fables. Il s'agissait de conserver l'esprit du siècle des fastueux mécènes privés, tel le connétable Anne de Montmorency, retrouvés dans la magnificence libérale de Fouquet, sans heurter de front l'académisme contraignant de l'État louis-quatorzien. Du XVIe siècle, il s'est imprégné de tout l'arrière-fond culturel, en particulier littéraire, de l'ensemble de ballades, fabliaux, madrigaux, quatrains, dizains, rondeaux, sonnets qui inspirent amplement les *Fables*, où les expressions rieuses de Rabelais et l'empreinte aérienne de Marot tiennent une place essentielle.

Sainte-Beuve déclare dans le portrait qu'il a brossé de lui : « Il a été, sous Louis XIV, le dernier et le plus grand des poètes du XVIe siècle. » Il l'a été en effet, mais en coulant sa poésie dans la rigueur du Grand Siècle. Et s'il a versifié avec un naturel prodigieux, il y avait sous ce naturel un permanent et minutieux travail. Le causeur des *Lundis* note à juste titre que, dans ses manuscrits, on observe « beaucoup de ratures et de changements ; les mêmes morceaux y sont recopiés plusieurs fois, et souvent avec des corrections heureuses. Par exemple, on a retrouvé, tout entière de sa main, une première ébauche de la fable intitulée *Le Renard, les Mouches et le Hérisson* ; et, en la comparant à celle qu'il a fait imprimer, on voit que les deux versions n'ont de commun que deux vers. » Sainte-Beuve signale également le soin religieux qu'avait La Fontaine de remédier aux fautes d'impression, dont il fit faire un *errata* dans le second recueil des *Fables*, priant même les lecteurs de corriger ces fautes à la main s'ils voulaient pleinement « jouir de leur lecture ». Une chose frappe, d'ailleurs, dans son écriture manuscrite : son aspect régulier, soigné, d'une lisibilité recherchée, où les mots à peine différenciés forment des lignes qui paraissent couler comme l'eau d'une rivière.

L'effort de rédaction auquel il s'est astreint couronnait l'énorme monument des textes, français ou traduits, qu'il a lus sans discontinuer, piochés notamment dans l'inépuisable bibliothèque que Fouquet, bibliophile invétéré, possédait dans sa propriété de Saint-Mandé. Ces textes, on en relève la trace dans les innombrables sources dont il s'est inspiré, depuis les plus anciennes – Hippocrate, Ésope, Platon, Phèdre, *Satires* et *Odes* d'Horace, *Énéide* et *Géorgiques* de Virgile, *Métamorphoses* d'Ovide, *Questions naturelles* de Sénèque, *Institution oratoire* de

Quintilien, *Fables* d'Avianus – jusqu'à celles d'humanistes italiens de la Renaissance comme Laurentius Abstémius, auteur de centaines de fables en général traduites du grec ou du latin, Gabriele Faerno, Cesaro Pavesi, Giovan Mario Verdizzotti, Simon Maioli. En outre, les sources incluent aussi bien les contemporains, par exemple les *Fabula Æsopia* de Gilles Ménage, que l'exotisme des fables de Pilpaï, moraliste de l'Orient antique dont *Le Livre des lumières ou la Conduite des rois* avait été traduit du sanscrit en 1644, et dont La Fontaine souligne, dans l'avertissement du second recueil, l'apport pour ses derniers thèmes : « Je dirai, comme dans un élan de reconnaissance, que j'en dois la plus grande partie à Pilpaï, sage indien. » S'il est un terme qui définit par excellence sa démarche, dans le choix des sources et des thèmes comme dans le style, c'est celui-ci : « la variété ». Une façon d'écrire dont rend compte son usage jusqu'alors inédit des vers irréguliers, mais aussi de sentir, d'imaginer et, finalement, de vivre.

Lors de son voyage, passant par Orléans, Blois, Amboise, où il se désole au souvenir de Fouquet qui avait été cloîtré dans une chambre du château, puis Richelieu dont le château l'émerveille, avant d'arriver à Limoges à la mi-septembre, La Fontaine eut l'occasion d'admirer par l'ouverture du carrosse qui les transportait, lui et son oncle, la Loire des Valois, les paysages et œuvres d'art de la France médiévale, de la Renaissance et de son époque. Ce lui fut une leçon de géographie, d'histoire, d'architecture.

Malgré le profit qu'il en a retiré, le fabuliste n'était pas voyageur. À quoi bon s'éloigner de ses amis et des endroits où l'on se plaît ? À voyager, il n'arrive que de fâcheuses aventures, la fable des deux pigeons en porte témoignage. L'ennui est mauvais maître, mieux vaut rester chez soi. Le paradoxe est que, hormis bien manger, bien boire, converser aimablement et, au-dessus de tout, écrire de la poésie, La Fontaine s'ennuyait. Homme de tempérament mélancolique, inquiet, toujours songeur – le « songe » est omniprésent dans ses œuvres –, il est semblable au lièvre du *Lièvre et les Grenouilles*, où il crayonne son autoportrait :

Un Lièvre en son gîte songeait
(Car que faire en un gîte, à moins que l'on ne songe ?) ;
Dans un profond ennui ce Lièvre se plongeait :
Cet animal est triste, et la crainte le ronge [...].
Un souffle, une ombre, un rien, tout lui donnait la fièvre.

Ce n'était pas la peur qui le tourmentait, encore qu'il craignît les voleurs dans les forêts que traversait la route vers Limoges, mais une agitation, une instabilité perpétuelles. Ce que confirme un autre autoportrait, explicitement croqué dans le discours qu'il lut le jour de sa réception à l'Académie française en mai 1684, à soixante-trois ans, où, faisant l'éloge de Mme de la Sablière, élégante femme de lettres au salon recherché qui l'hébergea vingt ans – ce fut l'un de ses lieux à Paris, puisqu'il n'y possédait nul logis en propre –, il s'accuse :

Quelque part que tu sois, on voit à tout propos
L'inconstance d'une âme en ses plaisirs légère,
Inquiète, et partout hôte passagère.
Ta conduite et tes vers, chez toi tout s'en ressent.

« Inquiète » prend ici le sens de « chagrine ». Ce n'est pas aller par monts et par vaux qui pouvait longtemps le distraire. D'autant que voyager signifie se lever tôt. Pour un épicurien paresseux comme lui, lézarder au lit puis écrire à loisir l'emportait sur le pesant fardeau de sillonner le royaume. Dans l'épitaphe qu'il jeta sur le papier trente ans avant sa mort, il écrit tranquillement que, de son temps, il fit deux parts : « L'une à dormir, et l'autre à ne rien faire. »

D'où sa réputation d'original lunaire. Il arpentait son monde intérieur. Cela étant, il se rendait régulièrement à Chaûry pour traiter des affaires et voir son épouse, née Marie Héricart. Quand il l'épousa, en novembre 1647, il avait vingt-six ans, elle quatorze et demi, ce qui était courant pour les filles. Pas un mariage d'amour, mais d'intérêt. Marie Héricart, avec un joli minois et une dot de 30 000 livres, représentait un bon parti pour un maître des eaux et forêts en Champagne, charge que lui avait léguée son père, de quoi vivre à son aise sans produire trop d'efforts. Quand on est, comme La Fontaine, un panier percé, on perçoit l'avantage. Ce qui ne l'a pas empêché de finir ruiné après avoir vendu tous ses biens, dont la belle maison natale qu'il possédait à Château-Thierry, aujourd'hui le musée qui lui est consacré, où, pour écrire, il s'installait dans son cabinet de travail au premier étage d'une aile de la maison dotée d'une tapisserie et d'un escalier particulier aujourd'hui disparu (la maison-musée fait actuellement l'objet d'une importante rénovation).

Tallemant des Réaux affirme que Marie était une coquette, mais que La Fontaine s'en moquait. Comme on l'avertissait qu'un homme la cajolait, il répondit : « Ma foi ! qu'il fasse ce qu'il pourra, je ne m'en soucie point. Il s'en lassera comme j'y ai fait. » L'union conjugale n'était pas son fort : « J'ai vu beaucoup d'hymens, aucuns d'eux ne me tente. »

Il eut un fils, qu'il négligea, préférant la vie de plaisirs à la vie de famille. Il recherchait l'amour, qu'il célèbre à longueur de vers, mais qu'il redoute, victime autrefois d'une bergère, dit-il, voyage sentimental duquel il est à jamais revenu :

> Amour est un étrange maître.
> Heureux qui peut ne le connaître
> Que par récits, lui ni ses coups !

En fables, l'amour s'ébat à moindre prix. Ou en contes. Les deux genres s'enlacent si étroitement qu'il passe de l'un à l'autre, comme de la prose aux vers et des vers à la prose. À preuve, les *Contes et nouvelles en vers* publiés au lendemain de son voyage, ouvrage rapidement suivi des *Fables*, entamées dans la foulée. À preuve encore, il quitta en 1668 les fables du premier recueil pour reprendre les *Amours de Psyché et de Cupidon* dont la prose lui a coûté, dit-il dans la préface, autant que les vers. L'achevé d'imprimer date du 31 janvier 1669, et il interrompt ainsi le recueil – variété, diversité, brièveté et légèreté obligent, ennemies bienfaisantes de l'ennui :

> Bornons ici cette carrière.
> Les longs ouvrages me font peur.
> Loin d'épuiser une matière,
> On n'en doit prendre que la fleur.
> Il s'en va temps que je reprenne
> Un peu de force et d'haleine
> Pour fournir à d'autres projets.
> Amour, ce tyran de ma vie,
> Veut que je change de sujet.

Chantre de la douceur, il entretenait avec Marie des liens assez cordiaux pour que, durant son voyage, il lui écrive de longues épîtres pour lui raconter le pays qu'il découvrait. Conter, à l'évidence, là étaient son génie et sa joie.

Dans ces lettres à sa femme, La Fontaine déploie le ton enjoué que l'on retrouve partout dans ses œuvres. Et ces lettres – six, pas une de plus, les autres étant perdues comme le gros de sa correspondance –, il les parsème de vers. C'est le cas de toutes les missives qu'il adressait à ses amis, à Mme Fouquet, à la duchesse de Bouillon, nièce de Mazarin, épouse du duc qui avait Château-Thierry en apanage, à Saint-Évremont, à ses protecteurs, le prince de Conti, ou, sur ses vieux jours, le duc de Vendôme, libertin impénitent qu'il visitait dans son château d'Anet pour s'y débaucher. Toujours prose et poésie s'entremêlent chez lui. Il versifiait comme un rossignol chante.

Poésie, mode d'emploi

C'est aussi qu'à l'époque, tout le monde versifiait. Jean Loret, poète protégé de Fouquet, ultérieurement surnommé « le père de la presse », scribouillait chaque semaine sept ou huit cents vers dans sa *Muze historique*, feuille de chou volubile où nouvelles de la Cour, faits politiques, événements littéraires et potins de toutes sortes abreuvaient nombre de lecteurs curieux de s'informer sur les grandes questions du jour et les petits faits mondains, creuset d'une opinion publique en formation. On versifiait dans les odes qui flattaient Louis XIV et qui louaient les puissants, dans les tragédies de Corneille, Racine, Quinault, dans les comédies de Molière, dans les *Satires* de Boileau ou son *Art poétique*. Les beaux esprits versifiaient dans les bouts-rimés qui égayaient les salons, comme dans les billets galants qu'ils adressaient aux dames. On versifiait avec le même entrain, la même verve que celle qui aiguisait les conversations dans les milieux où brillaient les honnêtes gens, et qui animait les lettres qu'on y lisait, prétendument privées mais écrites pour y être lues. À commencer justement par celles de La Fontaine à sa femme.

Tel était le mode de lecture : moins en silence que dans le partage à voix haute. On se réjouissait de pratiquer la belle langue française, tant elle émerveillait par sa vigueur, sa clarté, sa souplesse et sa grâce, à rebours du latin d'église, celui des médecins à chapeau pointu, des magistrats en robe rouge à col et manches d'hermine, des doctes à bonnet carré. Apprendre les fables par cœur, comme y insiste Taine : ce sont des histoires qui se récitent, qu'on mûrit en bouche, une manducation mentale et charnelle, un exercice verbal logiquement prisé d'une société d'oralité où l'on applaudissait le verbe subtilement tourné. Société, aussi, où l'on jouait, ce qui valait pour les cartes valant pour les vocables, les mots insufflés par la voix. Cette façon de risquer un trait comme les dés qu'on lance, et l'oisiveté insouciante dans l'écoulement du temps qui ne pèse rien, sauf des fortunes entières. La Fontaine était joueur endurci, de là les sacs d'écus qu'il a dilapidés.

Autant que les propos qu'on proférait, savoir comment dire recueillait les suffrages. Avoir de l'esprit tient à la manière autant qu'à la matière. Le bon goût ravit, il est caressant, suave à dispenser comme à recevoir, forme d'extrême politesse dans l'usage des phrases, dans le velours de leur choix, le ton. Il fallait se montrer gai, gracile, léger, voleter de fleur en fleur, vitesse agile des tournures, précise connaissance de la mythologie, sans jamais user de termes vulgaires, ni grossières ficelles, ni graves considérations, tout devait chatoyer, ce à quoi les fables en vers excellent. Telle était alors la mode, à laquelle La Fontaine s'est délecté d'obéir, seule voie vers le succès. C'en était la clé.

Ce maître des mots a combiné à la perfection toutes les ressources de la langue française, l'allure la plus déliée, la plus flexible, les tours les plus fins, tout en respectant, sans jamais faillir, la simplicité la plus évidente, la plus accessible. Il a joué de toutes les notes de sa « musette », comme il dit, cet instrument des bergers.

Du style héroï-comique pour qualifier « maître Jean Lapin », « capitaine Renard », « le peuple souriquois », avec un art confirmé pour nommer l'estomac : « Messer Gaster » (hérité de Rabelais), les grenouilles : la « gent marécageuse », les souris : la « gent trotte-menu ».

L'emploi de termes familiers, ainsi le cheval convoité par le loup :

> L'autre qui s'en doutait lui lâche une ruade,
> Qui vous lui met en marmelade
> Les mandibules et les dents.

Les archaïsmes, ainsi dans *La Grenouille et le Rat* :

> Tel, comme dit Merlin, cuide engeigner autrui,
> Qui souvent s'engeigne soi-même,

citant littéralement *Le Premier Volume de Merlin* (1498).

En cent endroits, le vocabulaire propre à visualiser une scène de la vie paysanne, témoins ces vers fameux :

> Perrette sur sa tête ayant un Pot au lait
> Bien posé sur un coussinet,
> Prétendait arriver sans encombre à la ville.

Légère et court vêtue, elle allait à grands pas,
Ayant mis ce jour-là, pour être plus agile,
Cotillon simple, et souliers plats.

Ou à visualiser un animal, par exemple le coquelet décrit par le souriceau à sa mère :

Il a la voix perçante et rude,
Sur la tête un morceau de chair,
Une sorte de bras dont il s'élève en l'air
Comme pour prendre sa volée,
La queue en panache étoilée.

Il est des plus habiles à manier l'humour exquis, comme dans *Le Lion, le Loup et le Renard*, ce dernier disant au lion :

Messire loup vous servira,
S'il vous plaît, de robe de chambre.

Assez sûr de lui pour se permettre des néologismes : « le gobeur » d'huître, ou bien, dans *Le Chat et le Renard*, il crée « archipatelins » à partir de *La Farce de Maître Patelin*, tout en empruntant à Rabelais « patte-pelus », synonyme de flatteur hypocrite, et en rapprochant « croquer » et « escroquer » :

Le Chat et le Renard, comme beaux petits saints,
S'en allaient en pèlerinage.
C'étaient deux vrais Tartufs, deux archipatelins,
Deux francs Patte-pelus qui, des frais du voyage,
Croquant mainte volaille, escroquant maint fromage,
S'indemnisaient à qui mieux mieux.

Ou encore (mais sa maîtrise inouïe du discours fourmille de trouvailles dont l'analyse interminable se poursuit à foison chez les spécialistes de son œuvre), il imite les formules des Précieuses, mais sans rien de ridicule, tant sa langue s'énonce au naturel, par exemple quand il désigne la lune : « l'astre au front d'argent ».

Il a une infinité de façons d'embarquer qui le lit, qui l'écoute. Suggestions, allusions, analogies, personnifications, hyperboles, métaphores, il met à contribution toutes les figures de rhétorique par lesquelles il établit un système de connivences avec ses lecteurs, tissu d'émotions personnellement vécues, d'histoires entendues, de souvenirs livresques, une méthode où priment les dialogues, les clins d'œil, les sourires toujours au bord des lèvres, si bien que se plonger dans les *Fables*, c'est se retrouver soi-même.

Un monde où tous les êtres parlent

L'enfance se prêtait merveilleusement à l'exercice. En elle, royaume des contiguïtés et des mélanges fluides, les frontières traditionnelles de la raison s'effacent, les anecdotes, les scènes, les images se fondent en un flot diversement rythmé dont la puissance évocatoire s'empare aussitôt du lecteur, de l'auditeur, quel que soit son âge.

Dédiant à Mme de Montespan le manifeste qui ouvre le second recueil des *Fables*, où il érige en divinité Ésope par qui, dit-il, l'apologue fut inventé, « don qui vient des Immortels » – depuis le triomphe du premier recueil, il sait quelle est sa place, et il multiplie désormais l'emploi du « je », quoique sans prétention –, il explique « ce bel art » :

> C'est proprement un charme : il rend l'âme attentive,
> Ou plutôt il la tient captive,
> Nous attachant à des récits
> Qui mènent à son gré les cœurs et les esprits.

Comment mieux retenir l'attention des enfants ? Mieux leur enseigner les apparences du monde, leur révéler le caractère et les mœurs des hommes, la sottise, la cruauté, l'orgueil, la vanité, l'envie, la tendresse parfois, l'amour, les initier aux mille aspects de la nature, force illusoire du chêne, clair ruisseau où boit une colombe, champs de blé mûr, leur mettre sous les yeux le multiple et vaste spectacle de la France rurale, évidemment leur présenter la palette bigarrée de la faune en toutes ses composantes, et enfin les conduire à bien se comporter ?

C'est pourquoi, ayant assidûment travaillé à ses fables après son voyage en Limousin et le succès de ses contes et nouvelles, il dédie au Dauphin, âgé de sept ans, le premier recueil, dont l'achevé d'imprimer est daté du 31 mars 1668, paru sous la forme d'un luxueux in-quarto suivi, en octobre, d'une parution en petit format in-12, version « poche » :

> Tout parle en mon ouvrage, et même les poissons :
> Ce qu'ils disent s'adresse à tous tant que nous sommes.
> Je me sers d'animaux pour instruire les hommes.

De même, il dédiera au duc de Bourgogne, âgé de onze ans, le douzième et dernier livre, en 1693, dont la première fable raconte l'aventure où les Grecs, compagnons d'Ulysse, ayant abordé un rivage où Circé tenait sa cour,

> S'abandonnèrent à des charmes
> Qui métamorphosaient en bêtes les humains.

Tout parle dans l'univers des *Fables*, nous ramenant à une époque mythique que La Fontaine évoque dans *Le Lion amoureux*, fable dédiée à Mlle de Sévigné, fille de la marquise :

> Du temps que les bêtes parlaient,
> Les lions entre autres voulaient
> Être admis dans notre alliance.
> Pourquoi non ? puisque leur engeance
> Valait la nôtre en ce temps-là,
> Ayant courage, intelligence,
> Et belle hure outre cela.

Pourquoi non, en effet ? Se profile en ce lieu la conception des animaux sensibles que La Fontaine défendait contre la théorie, professée par Descartes, de l'animal-machine. Les animaux, pour lui, avaient une âme

> pareille en tous tant que nous sommes,
> Sages, fous, enfants, idiots,
> Hôtes de l'univers, sous le nom d'animaux.

Une âme certes « imparfaite et grossière », car il en supposait une autre « entre nous et les anges commune en un certain degré », et qui représente la raison.

Cependant, il n'y a pas que les animaux qui parlent, il y a aussi les jardins, la mer, la montagne, le soleil, le vent, jusqu'à une lime d'acier qu'un serpent affamé, la rencontrant « pour tout potage », se met « à ronger », parabole hostile aux censeurs qui « n'étant bons à rien », cherchaient « sur tout à mordre » (le doux La Fontaine se rebelle volontiers contre les critiques injustes). Rien ne s'oppose à la fantasmagorie d'êtres et d'événements qui défient la raison raisonnante des adultes. Chaque élément peut se mélanger à d'autres dans un kaléidoscope d'illusions comme sur la lune qui, n'ayant nulle part « sa surface unie », fait que l'ombre avec la lumière y trace souvent « Un homme, un bœuf, un éléphant ». Jeu d'illusions, ou de reflets dans un miroir trompeur, où la vertu des apologues consiste à exprimer la vérité des choses sous le masque d'un mensonge, à savoir : d'une fiction. Ainsi procède, avec ce génie inspiré, la connaissance poétique du monde.

Et l'on comprend alors ce que ses fables ont d'universel, et en quoi le regard enfantin forme un filtre magique pour appréhender les réalités que nous cache le sérieux de nos représentations ordinaires et communes :

> Le monde est vieux, dit-on, je le crois ; cependant
> Il le faut amuser encor comme un enfant.

Ainsi conclut-il *Le Pouvoir des fables*, ces aimables mensonges plus vrais que la vérité visible. Pédagogie du plaisir, la seule efficace, et qui vaut pour tout un chacun, car par le détour pris, il nous apprend à voir. Comme si, en regardant à distance, on regardait beaucoup mieux.

Fin du voyage

Cette mise à distance réclamait beaucoup d'énergie. On ne s'en rend pas compte, parce que ses vers témoignent d'une aisance extraordinaire et qu'on a l'impression, à le lire, qu'il a toujours conservé l'imaginaire et l'ardeur de l'enfance. Mais en dépit d'une santé robuste, le corps fatiguait. En août 1692, à soixante-dix ans passés, n'ayant ménagé ni son foie ni ses nuits, il adresse une lettre à l'un de ses amis, le chevalier de Sillery, neveu de La Rochefoucauld, où il écrit : « Je suis épuisé, usé, sans le moindre feu, et ne sais comment j'ai pu tirer de ma tête ces derniers vers » – ceux qu'il venait de mêler à sa lettre. Il poursuit : « Quand je dis que je suis sans feu, c'est de celui qui a fait les fables et les contes que je veux parler. »

Trois ans plus tard, le 13 avril 1695, il rendra l'âme. On découvrira qu'il portait un cilice. Personnage ambivalent, épris des jouissances terrestres, pourtant proche des jansénistes, rêvant de repos et de solitude, il n'avait rien à léguer, sinon ses œuvres, dont la postérité nourrira les salles de classe, substituant à l'huile de coude des traductions scolaires de fables antiques l'éloquente féerie de ses vers.

Signe de l'immense succès aussitôt rencontré par les *Fables*, quarante éditions paraîtront du vivant de La Fontaine, illustrées par les meilleurs spécialistes, comme le peintre et graveur François Chauveau. Un succès ininterrompu au fil des siècles, avec des publications sous toutes les formes, luxueuses, bon marché, pour adultes, pour enfants, avec des illustrateurs de premier ordre, dont Grandville, Gustave Doré, Auguste Vimar, Gustave Moreau au

XIXe siècle, puis Benjamin Rabier, Chagall ou Calvet-Rogniat au siècle suivant.

Quelques mois après sa mort, Charles Perrault, son collègue à l'Académie, qui faisait pourtant partie des Modernes, le plaça parmi *Les Hommes illustres qui ont paru en France pendant ce siècle.* L'auteur des *Contes de ma mère l'Oye* écrit : « Son plus bel ouvrage et qui vivra éternellement, c'est son recueil de *Fables* d'Ésope, qu'il a traduites ou paraphrasées. » L'hommage que lui a rendu La Bruyère, en sa présence, lors du discours de réception à l'Académie française que l'auteur des *Caractères* prononça le 15 juin 1693, avait encore plus d'éclat : « Il instruit en badinant, persuade aux hommes la vertu par l'organe des bêtes, élève les petits sujets jusqu'au sublime : homme unique dans son genre d'écrire, toujours original, soit qu'il invente, soit qu'il traduise ; qui a été au-delà de ses modèles, modèle lui-même difficile à imiter. »

La Fontaine n'eut pourtant pas que des admirateurs. Par exemple, Rousseau, dans l'*Émile*, le déconseille pour les enfants. Lamartine, dans la préface de ses *Méditations*, affiche sa détestation de l'homme et de l'œuvre. Ses contempteurs lui reprochent une sécheresse de cœur de vieillard, de n'avoir que méfiance et défiance pour morale. La libre gaieté de La Fontaine fait mauvais ménage avec la sensibilité romantique, qui lui préfère les orages de l'âme.

La mort de l'incomparable fabuliste fut l'une des tiges du bouquet final où s'éteignit la fine fleur de l'âge classique : Mme de Lafayette en 1693, La Bruyère et Mme de Sévigné en 1696, Racine en 1699, Charles Perrault en 1703, Bossuet en 1704. Après quoi vint l'âge des philosophes. La poésie, sous d'autres formes, mit plus d'un siècle à renaître, comme si, en un siècle éminemment politique à l'envers du règne de Louis le Grand, elle n'avait plus son mot à dire.

Bibliographie sélective

Éditions de référence

Dernière édition revue par La Fontaine : *Fables choisies, mises en vers par M. de La Fontaine*, Paris, Barbin, 1692, 4 vol. in-12, avec un cinquième volume paru en 1694, comprenant les fables de l'actuel livre XII.

Œuvres complètes, Éditions du Seuil, coll. « L'Intégrale », 1965.

Œuvres complètes, tome 1, édition de Jean-Pierre Collinet, illustrations de François Chauveau, Gallimard, coll. « Bibliothèque de la Pléiade », 1991.

Fables, édition de Marc Fumaroli, Le Livre de Poche, 1997.

Fables, édition de Jean-Charles Darmon et Sabine Gruffat, Le Livre de Poche, 2020.

Fables, édition de Jean-Pierre Collinet, préface d'Yves Le Pestipon, illustrations de Grandville, Gallimard, coll. « Bibliothèque de la Pléiade », avril 2021.

Jean de La Fontaine. Relation d'un voyage de Paris en Limousin (1663), texte établi, présenté et annoté par Damien Fortin, Éditions Hermann, 2018.

Études sur La Fontaine

Clarac, Pierre, *La Fontaine*, Hatier, 1959.

Duchêne, Roger, *La Fontaine*, Fayard, 1990.

Fumaroli, Marc, *Le Poète et le Roi*, Éditions de Fallois, 1997 ; rééd. Le Livre de Poche, 1999.

Plessy, Bernard, *Jean de La Fontaine*, Lyon, LUGD, coll. « Hommes et Régions », 1995.

Sainte-Beuve, *Portraits littéraires*, Robert Laffont, coll. « Bouquins », 1993.

À écouter

Quand La Fontaine vous est conté…, fables dites par Jean-Laurent Cochet, Canal 33, 2000.

À voir

La Fontaine par cœur, film de Jean Berthier, DVD, Lumina Films.

4

TARTUFFE

de Molière
(1669)

par Stéphane HOFFMANN

Louis XIV aimait Molière. Il le soutenait et l'a prouvé de bien des manières. Pourtant, il n'a pu, pendant cinq ans, retenir l'interdiction qui lui fut faite de représenter Tartuffe. *Créée en pleine querelle janséniste, cette pièce gênait le pouvoir dans une société toute cléricale. Son interdiction fut un hommage au génie de son auteur et, plus largement, à la force de la comédie, ancrant son caractère à la fois frondeur et universel.*

Molière finit par triompher après avoir lutté de toutes les manières, signant la victoire de la dérision sur les pesanteurs et les coteries.

On comprend mieux pourquoi cette « guerre de Tartuffe *» nous parle encore aujourd'hui.*

On ne s'ennuie pas, dans les années 1660, à la cour du roi de France. Mazarin au tombeau, Fouquet au cachot, la reine mère mourant bientôt, Louis XIV fête sa vingtaine entre sa femme, ses maîtresses et ses amis. Pendant la décennie, il fera cinq enfants à la première, autant à la duchesse de La Vallière, puis deux, en 1669, à la marquise de Montespan.

Avec ses amis, le roi chasse, danse et goûte, d'un château à l'autre, aux spectacles qui lui sont offerts.

Colbert veille au grain, le duc de Saint-Aignan veille à l'ivresse. Le premier, légué par Mazarin, est indispensable aux affaires. Le second, excellent soldat, loyal pendant la Fronde, délaisse peu à peu la vie militaire, entre à l'Académie française, se répand à la Cour et s'occupe des plaisirs du roi.

C'est donc tout naturellement à Saint-Aignan que Louis XIV confie, en mai 1664, l'organisation des Plaisirs de l'île enchantée, qui durent six jours et se déploient dans les jardins de Versailles. Six cents invités, autant d'artificiers, baladins, cavaliers, chanteurs, comédiens, danseurs, poètes et machinistes pour la plus coûteuse et la plus longue des fêtes données par le roi depuis son accession au trône. Avec l'appui enthousiaste de Colbert, qui porte la double charge des finances et, dirait-on aujourd'hui, de la communication par la culture.

Dans ces fêtes se mêlent politique et plaisir. Officiellement données en l'honneur de la reine mère Anne d'Autriche et de la reine Marie-Thérèse, elles doivent montrer la puissance du jeune roi.

Un roi qui n'oublie pas ses amours, puisque sa maîtresse, la délicieuse Louise de La Baume Le Blanc, faite duchesse de La Vallière trois ans plus tard, passe, à la table de la famille royale, toutes ces journées qui, racontera l'album relatant l'événement, mêleront « course de bague, collation ornée de machines, comédie mêlée de danse et de musique, ballet du palais d'Alcine, feu d'artifice, et autres fêtes galantes et magnifiques, faites par le roi à Versailles le 7 mai 1664 et continuées plusieurs autres jours ».

Les spectacles s'enchaînent. On donne quatre comédies, dont deux nouvelles, jouées par la Troupe de Monsieur, frère du roi, autrement dit la compagnie dirigée et animée par Molière qui signe, pour la deuxième journée, le 8 mai, le texte de *La Princesse d'Élide*, « comédie galante, avec musique et entrées de ballet », sur une musique de Lully et des ballets de Pierre Beauchamp.

La veille de la clôture de ces fêtes, le 12 mai, est donné *Tartuffe ou l'Hypocrite*, nouvelle comédie en trois actes.

C'est un succès. Le roi rit, la Cour aussi. On papote, on ragote, on cherche des modèles. Ce Tartuffe est-il l'abbé de Pons, amoureux de Ninon de Lenclos ? Est-il l'abbé de Roquette, amoureux d'Anne-Geneviève de Bourbon-Condé, duchesse de Longueville ? Dix jours plus tard, Jean Loret, dans *La Muse historique*, évoquera une « comédie morale de grand mérite et très fort au goût de la cour ».

Et pourtant, entre-temps, le spectacle est interdit. « Quoiqu'on ne doutât point des bonnes intentions de l'auteur, dit la relation officielle, le Roi défendit les représentations de la pièce en public et se priva Soi-même de ce plaisir pour n'en pas laisser abuser à d'autres moins capables d'en faire un juste discernement. »

D'où vient le coup ?

Pas de la reine mère, longtemps soupçonnée. Certes, Anne d'Autriche est attachée à la religion, mais sa piété est souvent outrée, pour la parade, et elle aime le divertissement, la comédie et la farce. De surcroît, selon madame de Motteville, sa confidente, elle n'a pas à cette époque un grand crédit auprès du roi. Ajoutons que celui-ci, qui n'hésitait pas à imposer à sa mère, à sa femme, à son confesseur et à toute la Cour sa maîtresse bien-aimée, aurait tout aussi bien pu leur imposer ce *Tartuffe*, nouvelle comédie de son auteur préféré, dont il a accepté d'être le parrain du fils qui venait de lui naître.

Le coup n'est pas venu non plus des dévots, dont l'influence est nulle. Le roi et Colbert se méfient de ceux qui veulent soumettre l'État à l'Église. Certes, la société du temps est baignée de religion, mais les dévots restent à leur place et la Compagnie du Saint-Sacrement, par exemple, veut « agir dans la société plutôt que dans la politique, unir les forces catholiques pour (re)christianiser le corps social davantage que l'État », assure l'historien Alain Tallon. Ajoutons que cette Compagnie du Saint-Sacrement n'a aucun crédit à la Cour – elle sera dissoute en 1666 – et reste sans grande autorité, quelle que soit la qualité de certains de ses membres, comme Vincent de Paul, mort en 1660.

Il y a, certes, bien des exaltés, comme Pierre Roullé, curé de la paroisse Saint-Barthélemy à Paris. Trois mois après la création de *Tartuffe*, il publie un livre glorifiant Louis XIV d'avoir interdit la pièce et présentant Molière comme « un démon vêtu de chair et habillé en homme, et le plus impie et libertin qui fût jamais dans les siècles passés ». Mais c'est un fanatique que le roi ne peut entendre. Le vrai pourfendeur de *Tartuffe* se nomme Hardouin de Péréfixe, ancien précepteur de Louis XIV, nouvel archevêque de Paris, et garant de l'unité de l'Église de France.

Disons qu'en 1664, *Tartuffe* tombe mal parce qu'il tombe trop bien. En génial analyste des mœurs de son temps, Molière a bien saisi l'intérêt de critiquer les faux dévots, très ostensiblement pâmés devant Dieu pour mieux manipuler les naïfs. Après *L'École des maris* (1661) et *L'École des femmes* (1662), où il représentait avec succès de nouvelles manières de vivre, comment n'aurait-il pas touché au religieux dans une époque baignée de religion ? L'harmonie entre piété et vie mondaine est une des préoccupations importantes des gens du XVIIe siècle. Ils ont lu *Introduction à la vie dévote* de François de Sales et *Dévotion aisée* de Pierre Le Moyne. Les longues guerres de Religion sont à portée de mémoire, la vivacité religieuse rendue peut-être encore plus éclatante par la littérature libertine et « l'exemple » du roi et de sa Cour s'adonnant aux plaisirs. La dévotion catholique s'oppose ostensiblement au puritanisme protestant.

Le sujet de *Tartuffe* tombe donc très bien.

Pourtant, parce que l'Église catholique n'est pas unie, en France, en ce milieu du XVIIe siècle, il tombe très mal. La querelle sur le jansénisme, c'est-à-dire sur la conciliation entre la grâce, la prédestination et la liberté, n'est toujours pas réglée.

Richelieu, puis Mazarin ont lutté contre les jansénistes, leur austère vertu et leur ferment de division au sein de l'Église.

Depuis leur échec, quelques frondeurs sont naturellement devenus jansénistes. C'est le cas de la duchesse de Longueville, évoquée plus haut, ou de son frère le prince de Conti, ancien protecteur de Molière, membre de la Compagnie du Saint-Sacrement et auteur, en 1666, d'un *Traité de la comédie et des spectacles* dans lequel il condamnera les théâtres de Corneille et de Molière, alors même que, depuis le concile de Trente (1542-1563), l'Église ne voue plus aux gémonies ni la comédie ni les comédiens. Les jansénistes s'opposent de concert à l'Église et au pouvoir royal. Voilà aussi pourquoi ils sont dangereux.

L'archevêque de Paris, en cette année 1664, leur mène une guerre ouverte, et notamment aux religieuses. Le 14 juin – soit un mois après la création de *Tartuffe* –, il se rend à Port-Royal pour leur demander de se soumettre. Ayant refusé, elles seront, au cours de l'été, privées de sacrements et dispersées dans divers couvents. Affaire qu'Henry de Montherlant racontera dans *Port-Royal*, pièce créée en 1954 à la Comédie-Française, maison de Molière !

Donc, dans ce contexte, selon l'archevêque, le roi ne peut se contredire. Il ne peut, d'un côté, se porter garant de l'unité de l'Église de France et, de l'autre, permettre la représentation d'une pièce que le bas clergé et les dévots jugent insultante. Molière a subi, pour *Tartuffe*, un dommage collatéral, une balle perdue, des querelles religieuses de son temps. Et, plus blessant peut-être pour lui, l'archevêque de Paris lui a signifié qu'un comédien n'avait pas à se mêler des affaires de l'Église en se moquant des faux directeurs de conscience.

Autrement dit : que Molière reste à sa place !

La contre-attaque de Molière

Or, il ne le fait pas ; pire, il se défend, c'est-à-dire qu'il attaque. D'autant plus vivement que, également chef de troupe, il a ces « étranges gens » que sont les comédiens à faire vivre.

Il riposte donc de deux manières : par un placet, puis par une pièce nouvelle.

Le placet est présenté au cours du mois d'août – mois pendant lequel les religieuses sont chassées de Port-Royal –, après l'attaque délirante du curé Roullé vouant Molière aux flammes de l'enfer. Il commence par le célèbre : « Sire, le devoir de la comédie étant de corriger les hommes en les divertissant, j'ai cru que, dans l'emploi où je me trouve, je n'avais rien de mieux à faire que d'attaquer par des peintures ridicules les vices de mon siècle. » Suivent une évocation de l'hypocrisie et une dénonciation des « tartuffes » qui « ont eu l'adresse de trouver grâce auprès de Votre Majesté ».

Ce placet ne changera rien au sort de la pièce, mais le roi tiendra à marquer l'estime qu'il a pour son auteur en lui accordant une bourse de mille livres.

Le 20 septembre, la pièce (en trois actes) sera tout de même jouée chez Monsieur à Villers-Cotterêts puis, deux mois plus tard, à la demande du Grand Condé, au Raincy, chez la princesse Palatine.

Mais l'interdiction publique de *Tartuffe* perdure et met à mal les finances de la troupe. Molière doit se remettre au travail, car la prospérité de sa compagnie est fondée sur lui et lui seul. Dans la quinzaine de saisons de sa carrière à Paris, il a composé vingt-neuf comédies, soit une centaine d'actes, sachant que sa troupe joua quatre-vingt-quinze pièces, et qu'il apparut dans presque toutes. Si l'on ajoute à cette grande activité les lourdes charges administratives, il n'y a pas à s'étonner que l'auteur-acteur-metteur en scène et entrepreneur, exténué, soit mort à cinquante et un ans – âge auquel mourront aussi Balzac et Proust, notons-le en passant sans en tirer aucune conclusion. Il est vrai que c'était un temps où on ne lésinait pas : l'Espagnol Tirso de Molina, mort en 1648 à l'âge de soixante-huit ans, n'écrivit-il pas trois cent dix-sept pièces dont, en 1630, la première version de *Don Juan* sous le titre *El Burlador de Sevilla*, ou *L'Abuseur de Séville* ?

Pressé par la nécessité, Molière compose donc sa propre version de ce sujet à la mode, et voici *Don Juan ou le Festin de pierre*. On vient d'en voir à Paris deux variations : par Dorimont en 1659 et, la même année, par Claude Deschamps, sieur de Villiers, sous le titre *Le Festin de pierre ou le Fils criminel*.

Ce troisième *Dom Juan* français, écrit dans l'urgence, est fait un peu de bric et de broc, avec décors et costumes somptueux – Dom Juan, notamment, se pavane dans un habit brodé d'or – et des machines à couper le souffle. Créée le 15 février 1665 avec succès, la pièce quitte la scène le 20 mars après quinze représentations et de bonnes recettes. Molière, bien qu'il en ait reçu l'autorisation, n'en imprime pas le texte. Le spectacle coûtait cher, et tout ce que la troupe en attendait – le sauvetage de la saison 1664-1665 – avait été gagné : on passerait donc à autre chose.

De surcroît, la guerre née de *Tartuffe* n'a pas désarmé ses ennemis. L'auteur s'est d'abord défendu pied à pied : placet au roi, lecture de la pièce dans les salons, représentations privées, demandes de levée de l'interdiction. En vain. *Dom Juan* est plein de piques contre ses accusateurs, notamment la tirade sur l'hypocrisie (acte V, scène 2), qui commence ainsi : « Il n'y a plus de honte maintenant à cela : l'hypocrisie est un vice à la mode, et tous les vices à la mode passent pour vertus », et déplaît fortement, notamment au prince de Conti – que certains ont pensé être le modèle de Dom Juan : « Y a-t-il une école d'athéisme plus ouverte ? proteste-t-il. L'auteur confie la cause de Dieu à un valet à qui il fait dire, pour la soutenir, toutes les impertinences du monde. » Ajoutons, en avril, la parution d'un pamphlet anonyme, où Molière est accusé de défendre l'athéisme et de s'en prendre à la dévotion « en dérision de tant de bons pasteurs, que l'on fait passer pour des Tartuffes, et dont l'on décrie artificieusement la conduite ».

La tirade de Dom Juan a servi à Molière, note Pierre Gaxotte, « à déchirer les masques. Il a fait dire sur scène tout ce qu'il pensait de ses ennemis, tout ce qu'il jugeait utile d'apprendre au public. Il a tiré en pleine lumière les faux dévots et leurs complices, les zélés indiscrets. Il a révélé leurs manigances, leurs complots, leurs façons d'agir. Il a proclamé leur violence. Le coup est porté, l'effet produit. Sans doute a-t-il jugé qu'en s'obstinant il emploierait une partie de ses forces dans une action secondaire, créerait de nouveaux embarras à Louis XIV et compromettrait l'avenir de *Tartuffe*, à qui il tenait davantage parce qu'il était vraiment de lui. »

Contre ses adversaires, Molière a toujours eu la même attitude : le silence, ou presque. Avant la guerre de *Tartuffe*, qui dure de 1664 à 1669, il a connu, en 1662, la querelle de *L'École des femmes*. On lui reproche alors de piller tout le monde, de se répéter sans cesse, d'être vaniteux, impie, détestable acteur.

Molière y réplique en 1663 par *La Critique de* L'École des femmes, puis par *L'Impromptu de Versailles*, et c'est tout : « Voilà toute la réponse qu'ils auront de moi. » À ces pamphlets et insultes d'hommes de lettres et de comédiens, il réplique par des œuvres nouvelles, d'une hauteur à laquelle les attaquants ne pourront jamais l'atteindre. Son génie le met hors de portée.

Sans lui accorder le droit de jouer publiquement *Tartuffe*, Louis XIV témoigne ostensiblement l'estime qu'il lui porte. En juin 1665, il demande la troupe à son frère et la prend officiellement sous sa protection. De « Troupe de Monsieur », elle devient ainsi « La Troupe du Roi, au Palais-Royal », avec 6 000 livres de pension – soit six fois plus que précédemment –, et cela trois mois seulement après la création de *Dom Juan*, et en pleine querelle de Port-Royal. Contrairement à ce que l'on pense, le roi ne peut pas tout, mais fait tout ce qu'il peut pour soutenir Molière. Les libelles injurieux cessent aussitôt. « À peine sept ans après son arrivée à Paris, note son plus récent biographe Georges Forestier, Molière avait réussi l'inimaginable : se rendre indispensable au point de pousser le roi à devenir le patron de la troupe plutôt que de paraître emprunter, séjour après séjour, fête après fête, la Troupe de Monsieur son frère. Le Roi-Soleil ne devait rien devoir à personne, fût-ce à son propre frère : le théâtre, comme tous les autres divertissements offerts à la Cour, c'était l'affaire du roi seul. »

En ce même été, le journaliste Jean Donneau de Visé, qui ne cessait depuis des années de piller et d'attaquer durement Molière, tourne brusquement casaque et se met à le défendre pour *Le Festin de pierre.* « Sa plaidoirie est intéressante, commente l'écrivain François Rey, un des meilleurs spécialistes de cette époque, non seulement par les arguments qu'elle oppose au réquisitoire de Rochemont, mais par ce qu'elle fait entendre de la position de Louis XIV et accessoirement d'Anne d'Autriche. Donneau est en effet bien placé pour savoir que toute la cour, à commencer par le roi, soutient Molière, s'agissant du *Tartuffe*, du *Festin de pierre* et de la polémique qui a occupé les douze mois écoulés. On peut le croire, lorsqu'il affirme que le roi "savait bien ce qu'il faisait en laissant jouer *Le Festin de pierre*, qu'il ne voulait plus que les tartuffes eussent plus d'autorité que lui dans son royaume, et qu'il ne croyait pas qu'ils pussent être juges équitables, puisqu'ils étaient intéressés". »

Le vent tourne ?

Il semble d'abord tourner en faveur de Molière. Les salons lui sont acquis. À de nombreuses reprises, depuis 1664, on l'invite à lire sa pièce. Au Raincy, le 8 novembre 1665, un an après une première représentation du *Tartuffe* en trois actes chez la princesse Palatine – Molière présente une version augmentée d'un quatrième acte, « l'acte V de la version définitive », précise Georges Forestier. « L'affaire s'ébruita, poursuit-il, et quelques semaines plus tard le jeune abbé Bossuet, lassé de voir que Molière conservait une sorte d'exclusivité dans la dénonciation de l'hypocrisie, champ dévolu à l'Église, consacra une partie de son *Sermon sur le Jugement dernier* à développer l'idée selon laquelle « de tous les pécheurs qui se cachent, aucuns ne seront découverts avec plus de honte que les faux dévots et les hypocrites ». « C'était le 29 novembre 1665, précise toujours Forestier, dans la chapelle du Louvre, devant le roi, la famille royale et ceux des courtisans qui avaient pu y prendre place. »

Début 1666 meurent deux ennemis de *Tartuffe*. L'un, présumé, le 20 janvier : la reine mère Anne d'Autriche. L'autre, déclaré, le 21 février : Armand de Bourbon, prince de Conti. La disparition de la première fera plus de tort à Molière que celle du second, puisque, si la Cour continue de chasser, de festoyer et de jouer, musique et spectacles sont, officiellement pour neuf mois, interdits en signe de deuil, et les théâtres fermés. Molière en profite pour terminer une pièce commencée depuis plusieurs années – fin 1663 – : *Le Misanthrope*. Créée le 4 juin – le deuil n'avait guère duré ! –, elle remporte un grand succès. Dans *La Muse de la Cour* du 17 juin, le comédien et auteur dramatique Adrien de Subligny écrit :

> Pour changer un peu de discours, Une chose de fort grand cours
> Et de beauté très singulière Est une pièce de Molière. Toute la Cour en dit du bien :
> Après son *Misanthrope* il ne faut plus voir rien ; C'est un chef-d'œuvre inimitable.

Mais *Tartuffe* reste dans les esprits, et bien au-delà de Paris. Retirée à Rome, la reine Christine de Suède en a fait demander, en février 1666, par voie diplomatique, à Hugues de Lionne, ministre d'État et secrétaire d'État aux Affaires étrangères, une représentation privée. Lionne refuse. Mais cette requête montre que la pièce, malgré – ou à cause de – l'interdiction, continue de se répandre et d'intéresser. Molière n'a d'ailleurs pas perdu l'espoir de la faire représenter. D'autant qu'il l'a remaniée pendant une maladie et rebaptisée *L'Imposteur*, le personnage principal se nommant désormais Panulphe, un laïc directeur de conscience. Retouches de surface, les passages qui avaient fait scandale n'ayant pas été enlevés.

Nous sommes alors en 1667, pendant l'été. En pleine guerre contre les Pays-Bas espagnols, Louis XIV, après la prise de

Tournai et de Douai par la France, vient séjourner à Compiègne, d'où il fait à Saint-Cloud une visite à Madame, qui relève d'une fausse couche, et arrache au roi la permission de faire représenter cette nouvelle version.

Permission toute verbale, mais qui suffit à Molière pour la créer, le vendredi 5 août, au Palais-Royal. Avec un grand succès, puisque la recette atteint la somme exceptionnelle de 1 890 livres. *L'Imposteur* s'annonce comme le triomphe de l'été. Un certain Desfontaines écrit à Hugues de Lionne :

> Molière donna hier la première représentation de son *Imposteur*, qui n'est autre chose que *Tartuffe*, qu'il appelle présentement Panulphe. Si Votre Éminence était en état de venir entendre cette pièce, je crois qu'elle y prendrait du plaisir. Il en donne demain la seconde représentation, mais je crains que ce ne soit la dernière : les petits collets y sont si maltraités que je ne doute point qu'ils fassent tous leurs efforts pour la faire supprimer.

En effet, il n'y aura pas de deuxième représentation. Dès le lendemain, Guillaume de Lamoignon, premier président du parlement de Paris, qui en est resté à la décision royale de 1664, interdit la pièce et fait placer des gardes aux entrées du théâtre. « Avec toute la bonne volonté que j'ai pour vous, dit-il à Molière devant Boileau, qui le rapporte dans une lettre à son ami Claude Brossette, je ne saurais vous permettre de jouer votre comédie. Je suis persuadé qu'elle est fort belle et fort instructive, mais il ne convient pas à des comédiens d'instruire les hommes sur les matières de la morale chrétienne et de la religion ; ce n'est pas au théâtre de prêcher l'Évangile. Quand le Roi sera de retour, il vous permettra, s'il le trouve à propos, de représenter le *Tartuffe*. »

La foudre

Molière n'attendra pas le retour du roi, qui assiège Lille. Instantanément, il envoie dans les Flandres La Grange et La Thorillière, et les charge d'un second placet : « Sire, c'est une chose bien téméraire à moi que de venir importuner un grand monarque au milieu de ses glorieuses conquêtes. [...] La Cabale s'est réveillée. » Louis XIV prend connaissance de la demande. « Sa Majesté nous fit dire qu'à son retour à Paris, il ferait examiner la pièce de *Tartuffe* et que nous la jouerions. » Mais, entre-temps, le 11 août, Hardouin de Péréfixe édite un mandement excommuniant tous ceux qui se rendraient coupables « de représenter, lire ou entendre réciter la susdite comédie, soit publiquement soit en particulier, sous quelque nom et quelque prétexte que ce soit ». Mesure plus sévère qu'en 1664. L'ordre est publié dans toutes les églises de l'archevêché de Paris. Le prélat juge en effet que *Tartuffe* est une « comédie très dangereuse, d'autant plus capable de nuire à la religion que, sous prétexte de condamner l'hypocrisie ou la fausse dévotion, elle donne lieu d'en accuser indifféremment tous ceux qui font profession de la plus solide piété, et les expose par ce moyen aux railleries et aux calomnies continuelles des libertins ».

Bien que ce mandement soit, selon la tradition de l'Église, exagéré, le roi, rentré de campagne, n'ira pas contre et maintiendra l'interdiction. « Toute la mauvaise humeur de Molière, conclut Boileau, retomba sur Monsieur l'Archevêque, qu'il regardait comme le chef de la cabale des dévots qui lui était contraire. » L'affaire restera au point mort toute l'année 1668, où l'on peut juste noter que le prince de Condé fera représenter *Tartuffe* à Chantilly le 20 septembre. Sera-t-il excommunié ? Pas du tout : Chantilly n'est pas dans le territoire épiscopal de Paris, et le mandement de Péréfixe ne le concerne pas.

Le 13 janvier 1668 est créé, puis joué trois jours plus tard aux Tuileries devant le roi, *Amphitryon*, la nouvelle comédie de Molière. « On a peine, s'enthousiasme Pierre Gaxotte, à comprendre comment, dans cette période d'épreuves et de cruelles déceptions, il a pu écrire sa comédie la plus légère, qui se prêterait au libertinage pour qui voudrait la pousser dans ce sens, mais où jamais il n'a déployé plus de gaieté, plus de saveur, plus d'ingéniosité dans le détail, plus de drôlerie dans le "classement", un sens plus vif du théâtre. La vivacité du dialogue, l'éclat et le brio du style, l'allégresse du rythme brisé et sans cesse rebondissant par l'emploi du vers libre qui, dans toute notre poésie classique, ne s'est produit avec autant de bonheur que dans les fables de La Fontaine, tout cela fait dans l'œuvre de Molière quelque chose de si exceptionnel qu'on en vient à discerner dans la perfection du style et de la parodie la preuve d'une sérénité retrouvée, d'un plaisir pur d'écrire, d'une gratuité qui, en dépit des circonstances, implique pour lui la détente, l'abandon heureux à la verve et aux jeux désintéressés de la poésie. Les ressources de Molière sont infinies et la manière dont il oublie ses ennemis pour redevenir son maître force l'admiration. Où trouve-t-on plus de courage ? »

Il lui faudra encore, pour faire vivre son théâtre, écrire *L'Avare*, créé en septembre 1668, avant que, début 1669, *Tartuffe* ne soit enfin autorisé. Le 3 février, le pape Clément IX exprime sa satisfaction de la « soumission » et de « l'obéissance » des jansénistes. La paix de l'Église est revenue, les dévots sont affaiblis, les mentalités ont évolué, autant d'éléments qui expliquent que le roi autorise son protégé à faire représenter sa pièce, ce qu'il fait dès le 5 février sans annonce ni affiche. Le simple bouche-à-oreille remplit le théâtre et fait grimper la recette à 2 860 livres, ce qui est un record pour le Palais-Royal. Après quatre ans de lutte où il n'a rien lâché, Molière triomphe.

Il triomphe, mais il est fatigué, affaibli. En cinq ans, il a perdu sa santé, vu mourir son fils, sa femme Armande s'éloigner, Jean Racine trahir qui, après avoir fait jouer sa première pièce, *La Thébaïde*, par la troupe de Molière, a donné, en 1665, son

Alexandre le Grand à la fois à cette troupe et à celle de l'Hôtel de Bourgogne ; et enfin, ses ennemis jamais n'ont désarmé.

Oser écrire Tartuffe

Ce qu'il y a de merveilleux avec Molière, c'est son parfait naturel lié à une naïveté qui n'exclut pas la rouerie.

Il a ce qu'il faut de calcul et de ruse lorsqu'il s'agit de défendre son œuvre. Ses placets au roi sont des chefs-d'œuvre d'analyse, d'habileté et d'impertinence, sans jamais déroger au respect dû au monarque : leur analyse pourrait en remontrer aux meilleurs avocats. Mais cette adresse vient au secours de la plus élémentaire des revendications : pouvoir s'exprimer et faire jouer ses pièces librement.

Les ennuis que Molière a eus toute sa vie montrent la force de la comédie et la puissance dévastatrice du rire. L'audacieux ne caresse jamais dans le sens du poil : il ne caresse pas du tout. Il va droit au but, dévoile les ridicules de son époque, et celle-ci est mise à nu, ce qui explique la force de l'hostilité qu'il suscite.

Dans *La Critique de* L'École des femmes (1663), il défend la comédie, qu'il trouve plus difficile à faire que la tragédie. « Car enfin, explique Dorante [mais c'est bien Molière qui parle ici], je trouve qu'il est bien plus aisé de se guider sur de grands sentiments, de braver en vers la Fortune, accuser les Destins et dire des injures aux dieux que d'entrer comme il le faut dans le ridicule des hommes et de rendre agréablement sur le théâtre les défauts de tout le monde. » Les héros tragiques sont des figures exemplaires, inhumaines et intemporelles. « Mais lorsque vous peignez des hommes, il faut les peindre d'après nature..., vous n'avez rien fait si vous n'y faites pas reconnaître les gens de votre siècle... Il y faut plaisanter et c'est une étrange entreprise que celle de faire rire les honnêtes gens. »

Les « honnêtes gens » sont ceux qui ne bousculent pas l'ordre des choses et laissent vivre en paix leur entourage. *Tartuffe*, c'est la dislocation d'une famille par la folie d'Orgon. De même, les excès d'Harpagon dans *L'Avare*, de Monsieur Jourdain dans *Le Bourgeois gentilhomme*, de Philaminte dans *Les Femmes savantes* et d'Argan dans *Le Malade imaginaire* font le malheur des leurs, alors que le snobisme de Georges Dandin, les provocations de Dom Juan ou la concupiscence d'Arnolphe ne font le malheur que d'eux-mêmes.

Il a fallu du cran à Molière pour écrire *Tartuffe* à une époque aussi cléricale. Représentée en pleine querelle religieuse, alors que l'Église, presque toute-puissante, se bat contre les jansénistes et cherche à montrer un visage uni, on peut comprendre que la pièce ait été discutée et combattue. Mais à ce point, on peut dire que son combat fut un hommage à l'esprit critique et, au-delà, au pouvoir de la comédie.

De cette guerre de *Tartuffe*, qui dura cinq ans, Molière sort vainqueur mais, on l'a dit, épuisé. À partir de février 1669, à l'affiche pendant cinq semaines consécutives, la pièce est un triomphe sans pareil et la gloire de son auteur atteint son sommet.

« *L'Imposteur, ou le Tartuffe,* comédie par J.-B.P. de Molière – rebaptisé en cours d'impression *Le Tartuffe, ou l'Imposteur* –, raconte Georges Forestier, fut achevé d'imprimer le 23 mars, un mois et demi après sa création. » Molière fixa le prix de ce petit volume de cent vingt pages au double de celui fixé pour *L'Avare* et *Georges Dandin*. « Malgré ce prix exorbitant – et la douzaine de contrefaçons vendues moitié prix –, le tirage de plus de 1 500 exemplaires fut épuisé en deux mois. Un phénomène exceptionnel », précise son biographe, qui ajoute : « *Tartuffe* a dû rapporter au couple Molière au moins 20 000 livres, soit 220 000 euros. »

Mais Molière est malade, affaibli, à bout de forces. Lorsqu'il meurt, quatre ans plus tard, le curé de Saint-Eustache lui refuse la sépulture chrétienne. Armande se rebiffe, écrit à l'archevêque de Paris – ce n'est plus Péréfixe, mort deux ans plus tôt, mais François Harlay de Champvallon, « corrompu, scandaleux, incorrigible, faux, malin, artificieux, ennemi de toute vertu et qui fait gémir tous les gens de bien », selon Fénelon, « si connu par ses intrigues galantes », ajoute Voltaire –, puis Louis XIV lui-même, qui fait dire à l'archevêque « d'éviter l'éclat et le scandale ». Ce dernier autorise l'inhumation en terre sainte, mais « à condition que ce sera sans aucune pompe et avec deux prêtres seulement, et hors des heures du jour, et qu'il ne sera fait aucun service solennel pour lui ni dans ladite paroisse Saint-Eustache, ni ailleurs, même dans aucune église des réguliers, et que notre présente permission sera sans préjudice aux règles du rituel de notre Église que nous voulons être observées selon leur forme et teneur ». Son cercueil ne fut recouvert que du poêle des tapissiers.

Plus de trois siècles plus tard, la puissance de ces puissants d'alors est réduite en poussière. On ne se rappelle leurs noms, et encore, que pour l'affront qu'ils ont fait à Molière, dont la verve et la jeunesse passent les siècles. *Tartuffe*, écrit par exemple Michael Edwards, est un « exemple éclatant de haute comédie, ouvrage universel et gloire du théâtre français ».

D'après *L'Avant-Scène* du 15 novembre 1966, *Tartuffe* a été joué dix fois par an entre 1700 et 1730, six fois par an entre 1750 et 1780 et sept fois par an entre 1890 et 1920. Et, à la Comédie-Française, jusqu'en 1950, il a été joué plus de 4 000 fois, contre 637 *Le Bourgeois gentilhomme*, 3 500 *Le Misanthrope*, 2 000 fois *L'École des femmes* et 3 000 fois *Le Malade imaginaire*.

Le site « Les Archives du spectacle » répertorie, depuis 1669, plus de cent cinquante productions de *Tartuffe*, dont la moitié pour ces vingt dernières années. On a pu voir *Tartuffe* au cinéma (par F.W. Murnau, Jean Meyer et Gérard Depardieu notamment), à l'opéra (musique de Kirke Mechem, création à l'opéra de San Francisco en 1980) et même en bande dessinée en 2008.

Quatre cents ans après sa naissance, Molière est toujours parmi nous.

Bibliographie sélective

On trouvera sur le site www.gallica.bnf.fr l'édition originale de *Tartuffe*.

De Molière

Georges Couton a réalisé, pour la collection « Bibliothèque de la Pléiade », chez Gallimard, en 1971, l'édition complète et commentée des œuvres de Molière. *Tartuffe* se trouve dans le premier volume.

Sur Molière

EDWARDS, Michael, *Le Rire de Molière*, Éditions de Fallois, 2012.
FORESTIER, Georges, *Molière*, Gallimard, 2019.
GAXOTTE, Pierre, *Molière*, Flammarion, 1977.
REY, François, LACOUTURE, Jean, *Molière et le Roi, l'affaire* Tartuffe, Éditions du Seuil, 2007.

5

LES PENSÉES de Blaise Pascal (1670)

par Laurence PLAZENET

Au milieu du mois de janvier 1670, à Paris, le libraire Guillaume Desprez mit en vente un livre de 365 pages qu'il avait achevé d'imprimer moins de quinze jours plus tôt. L'ouvrage s'intitulait Les Pensées de Monsieur Pascal sur la Religion et sur quelques autres sujets. *Il coûtait 50 sols (environ 76 euros), une somme élevée, à considérer les prix du reste du catalogue. Le volume connut un succès fulgurant. Touchant théologiens, moralistes, poètes, romanciers, essayistes ou dramaturges, l'œuvre suscita d'innombrables commentaires, des rejets, des réponses, des variations, de Pierre Nicole et Mme de Lafayette à Peter Handke ou Jean-Philippe Toussaint, en passant par Voltaire, Sainte-Beuve, Chateaubriand, Baudelaire, Tolstoï et Nietzsche. L'histoire de sa genèse, pourtant, loin d'offrir aucune légende dorée, trouble cette apothéose. Elle révèle la fragilité du texte tant célébré, ses métamorphoses, ses incertitudes, voire elle aboutit à une énigme.*

Il n'existe pas une lettre, pas une confidence de Pascal sur les *Pensées* : l'homme du XVIIe siècle n'expose pas plus le processus intime qui aboutit à la création d'une œuvre qu'il ne se fait peindre en robe de chambre. Distinguant farouchement entre ce qui relève du for privé, lieu d'une fragile liberté, et l'espace public, où l'on se montre en habit, sous son meilleur jour, il enveloppe le premier de secret. La genèse d'un livre relève d'une arrière-cour : elle ne s'exhibe pas. Son silence a une conséquence : l'histoire des *Pensées* ne saurait être qu'objet d'hypothèses et scrutation de preuves élusives. Jamais le mystère qui l'enveloppe ne sera tout à fait levé.

Une jambe, un œil et un miracle

Au début de l'année 1646, un haut magistrat clermontois féru de sciences, Étienne Pascal, commissaire pour l'impôt à Rouen depuis six ans, est informé que deux gentilshommes doivent se battre en duel. Homme de bien, il se précipite pour séparer les combattants : le point d'honneur, qui décime la noblesse, est sévèrement interdit et puni. Sa bonne action est mal récompensée : Étienne Pascal tombe et se démet la cuisse. Il mande pour le soigner deux jeunes seigneurs passionnés de chirurgie et d'anatomie, les frères Deslandes, qui passent pour les meilleurs médecins de la région. Ils acceptent sa requête et viennent séjourner trois mois auprès du blessé et de ses enfants : son fils Blaise, un savant de vingt-trois ans d'une stupéfiante précocité, et la cadette, Jacqueline, vive et douée pour la poésie. Or les Deslandes sont des disciples de Jean Guillebert, un prêtre naguère proche de l'abbé de Saint-Cyran, le directeur spirituel de Port-Royal, mort trois ans plus tôt. Ces chrétiens fervents, « regardant comme un très grand dommage que tant de beaux talents fussent seulement employés à des sciences humaines dont ils connaissaient tous bien le néant et le vide », entreprennent de convertir leurs hôtes. Le fils est le premier touché par un discours qui l'exhorte à changer radicalement d'existence pour vivre chaque instant selon les exigences d'une foi ardente. Sa sœur, son père, puis son aînée, Gilberte, et le mari de celle-ci, Florin Périer, l'imitent bientôt. De retour à Paris en 1647, Blaise et Jacqueline deviennent des familiers du monastère de Port-Royal. Ils s'imprègnent de l'esprit particulier de la maison, entre observance rigoureuse de la règle de saint Benoît et retour affirmé à la théologie augustinienne. Rapidement, Jacqueline souhaite y devenir religieuse. Elle prononce ses vœux le 5 juin 1653.

Pascal, à cette date, est accaparé par ses travaux scientifiques. La perte de son père, en septembre 1651, puis le départ de sa cadette l'ont ébranlé, mais il ne s'éloigne guère de la foi ni de Port-Royal. Dans la nuit du 23 au 24 novembre 1654, il fait, durant quelques heures, l'expérience de la brûlante évidence de Dieu. La joie le transperce. Pascal consigne le souvenir de ce moment de certitude rayonnante dans un poème-mémorial qu'il coud à l'intérieur de ses habits : il veillera à l'y conserver jusqu'au jour de sa mort. Transformé, le pénitent accomplit en janvier 1655 une retraite à Port-Royal des Champs et compose, vraisemblablement au cours de la même période, un *Abrégé de la vie de Jésus-Christ,* une réflexion *De l'esprit géométrique* et des *Écrits sur la grâce,* tout imprégnés de la profonde connaissance qu'il a acquise, depuis dix ans, de saint Augustin, des Écritures et de Saint-Cyran. Aussi, lorsque la querelle autour de l'*Augustinus* (1640) de Jansénius[1] se déchaîne et que le théologien Antoine Arnauld, qui défend l'ouvrage, se voit menacé d'être condamné par la Sorbonne, Pascal rejoint naturellement la poignée d'hommes qui se réunissent pour l'aider à se justifier. Il compose la première de dix-huit « petites lettres » ou *Provinciales*, ainsi appelées parce qu'elles reposent sur la fiction d'un Parisien qui écrit à un ami de province pour l'informer de l'évolution du débat qui oppose les partisans de saint Augustin, ralliés à Jansénius et proches de Port-Royal, aux zélateurs de la doctrine assouplie de la grâce qu'avait proposée le jésuite Luis de Molina. La pièce est publiée le 23 janvier 1656. Sa verve, son intelligence, la façon

1. Publié à titre posthume, l'ouvrage s'emploie à revenir à la lettre des textes de saint Augustin, opacifiés par des siècles de glose. Il s'efforce, en particulier, de proposer une synthèse de la pensée du docteur de l'Église sur la question de la grâce.

dont elle expose au grand public les termes d'une querelle théologique qui intéresse chacun font sensation.

Deux des filles de Gilberte Périer séjournent alors au monastère de Port-Royal. Pascal raconte dans une déposition datée du 8 juin 1656 que l'une d'entre elles, la petite Marguerite, âgée de onze ans, souffre depuis 1652 d'une fistule lacrymale qui lui ravage le côté gauche du visage : du pus coule de son œil, de son nez, et passe même à travers sa bouche. Les médecins ont proposé d'opérer par le feu. Une relation parisienne ayant suggéré un traitement moins violent, le père, alarmé par la brutalité du premier et ses maigres chances de succès, a confié à son épouse le soin de conduire sa fille en consultation dans la capitale. Au début de l'année 1655, Gilberte installe l'enfant et une de ses sœurs à Port-Royal, qui a coutume d'accueillir de jeunes pensionnaires. Hélas, les eaux qu'on applique sur la plaie ne font aucun effet. L'infection est si nauséabonde qu'il faut écarter la fillette des autres. Elle ne peut presque plus dormir, ni s'alimenter. Lui brosse-t-on les cheveux, le geste lui arrache des larmes de douleur. Après le nouvel an 1656, décision est prise de cautériser. L'opération doit avoir lieu au printemps. Le 24 mars, la veille de l'intervention, la petite malade est menée adorer une sainte épine de la Couronne du Christ qui se trouve en dépôt au monastère. Il est à peu près trois heures de l'après-midi. Elle est la dernière de la procession. La moniale qui prend soin d'elle lui suggère d'appliquer la relique sur son œil. L'enfant, sur-le-champ, est guérie, mais elle ne s'en ouvre pas aussitôt à sa gardienne. Le lendemain, au moment d'opérer, les médecins ôtent les pansements qui couvrent le visage de la petite fille : la plaie a disparu. On s'effare. On sonde le nez, la bouche, l'œil. La guérison est complète. On s'informe. Le miracle devient une évidence. L'événement est bientôt rendu public, attirant foule, tandis qu'un aréopage d'hommes de l'art, dont le médecin personnel du roi, viennent attester le prodige. Devant une telle effervescence, les poursuites qui étaient menées contre Port-Royal sont suspendues. Gilberte Périer raconte dans sa *Vie de M. Pascal* : « Mon frère fut sensiblement touché de cette grâce, qu'il regardait comme faite à lui-même, puisque c'était sur une personne qui, outre la proximité, était encore sa fille spirituelle dans le baptême ; [...] sa consolation fut extrême de voir que Dieu se manifestait si clairement dans un temps où la foi paraissait comme éteinte dans les cœurs de la plupart du monde. La joie qu'il en eut fut si grande [...] qu'en ayant l'esprit tout occupé, Dieu lui inspira une infinité de pensées admirables sur les miracles qui, lui donnant de nouvelles lumières sur la religion, redoublèrent l'amour et le respect qu'il avait toujours eus pour elle. Et ce fut l'occasion qui fit naître cet extrême désir qu'il avait de travailler à réfuter les principaux et les plus forts raisonnements des athées. »

Les *Pensées* – le terme figure sous la plume de la narratrice – trouvent leur première impulsion dans le miracle de la Sainte Épine. L'origine de l'ouvrage est intime. Elle procède d'un mouvement de « joie » et s'apparente à une action de grâces. Pour le savant, la faveur dont sa filleule a bénéficié ne peut avoir qu'une cause : Dieu approuve la campagne des *Provinciales* où il vient de s'engager. La constatation a un corollaire : Dieu n'est pas irrévocablement caché. Ces réflexions inspirent à Pascal un profond renouvellement de sa foi et l'amènent à se pencher sur la question des miracles, puis de la grâce. Dans un troisième temps, il résout de « travailler à réfuter les principaux et les plus forts raisonnements des athées », c'est-à-dire, à scruter l'usage du terme au XVIIe siècle, de ces incrédules déclarés que sont les libertins. Ces esprits forts, en effet, veulent s'affranchir de tous les dogmes. La préface de la première édition des *Pensées*, parue en 1670, élargit le propos de Pascal. Il voulait, affirme-t-elle, « déclarer la guerre [...] non seulement aux athées, aux infidèles, et aux hérétiques qui refusent de soumettre les fausses lumières de leur raison à la foi [...] ; mais même aux chrétiens et aux catholiques [...] qui ne vivent pas néanmoins selon la pureté des maximes de l'Évangile ». Son projet relève de la théologie fondamentale, qui considère les fondements de la foi et de la révélation. Il croise aussi un genre rhétorique ancien, celui de l'apologie. Pascal rencontre ainsi une vieille tradition du discours chrétien, l'apologétique, dont l'objet est de démontrer par des arguments rationnels et historiques les vérités de la Révélation. Ses auteurs ont pour usage de se livrer à un éloge des merveilles de la Création : leur contemplation éblouie ne doit-elle pas convaincre de vénérer celui qui se trouve au principe d'une œuvre aussi parfaite ? Pascal, sensible à l'échec de cette méthode sur ses contemporains, assoiffés de raison et d'analyse rigoureuse, élabore une nouvelle stratégie.

Pénétré de théologie augustinienne, il voit dans l'homme une créature qui s'est détournée de Dieu en commettant le péché originel. S'est-elle préférée à Lui ? Dieu, en retour, l'a abandonnée au chaos de ses passions : c'est la leçon de *La Cité de Dieu*. Amour forcené de soi, sensualité, orgueil, paresse éloignent de la vérité et de sa recherche plus sûrement qu'aucun principe intellectuel. Ainsi faut-il, avant toute chose, ébranler l'empire de ces concupiscences. Pour Pascal, c'est la conscience de sa misère qui doit prouver à l'homme qu'il est raisonnable de croire. Tous ses plaisirs le déçoivent. Rapidement, il les trouve fades et illimités : ils le laissent inquiet, parce qu'ils ne comblent pas en lui une attente qui les excède. Voulant de l'infini dans un monde fini, l'homme manifeste qu'il demeure en lui une réminiscence de son ancienne union à l'infini de Dieu, avant la chute. Sans cesse, obscurément, c'est elle qui l'empêche de se satisfaire de sa condition. L'auteur du *Discours sur les* Pensées *de M. Pascal* pose : celui-ci « [...] n'a pas prétendu donner la foi aux hommes, ni leur changer le cœur. Son but était de prouver qu'il n'y avait point de vérité mieux appuyée dans le monde que celle de la Religion chrétienne, et que ceux qui sont assez malheureux pour en douter, sont visiblement coupables d'un aveuglement volontaire [...] ». Pascal veut désaveugler son lecteur en lui montrant que c'est son éternel boitement dans le monde qui lui révèle la nécessité de l'existence de Dieu et de la foi. Son œuvre doit persuader qu'il n'existe, à l'horizon de toute vie, qu'une seule urgence : retourner, par la conversion, au plein champ de la lumière et du feu, à la joie. « Joie, joie, joie, pleurs de joie », scande le *Mémorial*.

Scriptorium et « chiffons fragiles »

La réflexion de Pascal est passée par plusieurs étapes, l'élaboration de son texte aussi. La *Vie de M. Pascal*, quelques témoignages contemporains, l'analyse matérielle du manuscrit autographe des *Pensées,* y compris l'étude du filigrane des feuilles de papier utilisées par l'auteur, autorisent à reconstituer ce cheminement. Entre mars 1656 et la fin de l'année 1658, Pascal élabore son projet. Il prend des notes très brèves. Elles se composent parfois d'un seul mot, peuvent former une phrase ou s'étendre un peu davantage : elles s'apparentent à des mémentos. Il arrive que Pascal laisse un espace blanc dans une proposition qu'il entend compléter plus tard. Son écriture est petite, très cursive, difficile à déchiffrer. Elle emploie des ligatures et des abréviations, néglige à l'occasion les apostrophes, distingue peu entre majuscules et minuscules. Les voyelles sont tassées. Ce sont autant de marques d'un travail hâtif, voire impatient. Pascal revient ensuite sur ces ébauches. Il reprend, amplifie, développe par vagues successives. Il barre aussi. Il corrige. Réunit par des accolades, permute. Premiers jets, brouillons et mises au net sont mêlés. Quelques unités, exceptionnellement mises en forme et polies, courent d'une page sur l'autre. Un trait horizontal tracé à gauche d'un texte sert à indiquer qu'il constitue un fragment autonome ; certaines réflexions sont pourvues d'un titre. La fin de la campagne des *Provinciales* (la dernière lettre est publiée le 24 mars 1657) amène enfin Pascal à dépasser toute idée de polémique relative à la grâce pour se consacrer entièrement à l'invention d'un nouveau type d'apologie. En juin 1658, son dessein et la méthode qu'il entend observer ont atteint un degré de clarté suffisant pour qu'il franchisse deux étapes capitales. Avec des ciseaux, il découpe chaque énoncé indépendant, quelle que soit sa forme ou sa taille, et réunit ces différentes pièces selon le développement dans lequel elles doivent s'insérer, fabriquant de véritables dossiers. Il les dispose en « liasses », c'est-à-dire qu'il relie chacun d'entre eux par un fil qui permet de les modifier à loisir : il suffit de le dénouer pour enfiler une nouvelle unité ou, pour changer l'ordre interne de chaque papier et la structure de l'exposé, de réenfiler la liasse. À peu près au même moment, Pascal expose l'ouvrage qu'il conçoit devant une petite assemblée probablement réunie dans le salon de Mme de Sablé. Cette grande dame, qui loge alors dans un appartement bâti contre le monastère de Port-Royal, est un relais essentiel entre les mondains, dont elle est issue, et les théologiens du groupe. Aucun témoin de la rencontre n'a laissé de récit de la présentation à laquelle Pascal se livra. Mais, saisis par la nouveauté et l'intelligence du propos, plusieurs de ses auditeurs durent en faire part précisément à leurs proches, car l'auteur de la préface de 1670 et celui du *Discours sur les* Pensées *de M. Pascal* en proposent, sans s'être concertés, des relations très ressemblantes. À la fin du mois de juin 1658, Pascal, cependant, revient aux mathématiques. Il lance le concours de la « roulette » et, surmené, tombe malade. Il part se rétablir à Clermont, délaissant pendant des mois son projet d'apologie. Il le reprend en rentrant à Paris, au cours de l'automne 1660. Le père Paul Beurrier, le curé de Saint-Étienne-du-Mont qui assista Pascal au cours des dernières semaines de sa vie, raconte qu'il aurait fait, deux ans avant de mourir le 19 août 1662, une retraite spirituelle et décidé de se consacrer désormais principalement au grand œuvre qu'il avait négligé.

La plus grande partie du manuscrit des *Pensées* est autographe, mais il est possible d'y déceler l'intervention, à l'occasion, de quelques autres mains. L'auteur a dû utiliser des secrétaires ou des copistes, quand il était fatigué ou malade. Une seule de ces écritures a pu être identifiée : il s'agit de celle de sa sœur Gilberte. Comme elle réside ordinairement à Clermont et que Pascal a été incapable d'activité intellectuelle lorsqu'il a séjourné près d'elle en 1659, il est vraisemblable qu'elle a travaillé pour lui après être venue s'établir à Paris en juin 1661. La préface de 1670 va dans le même sens. Après avoir évoqué la maladie qui tourmente Pascal à partir de 1658 et contraint ses proches à « le détourner d'écrire » pour ménager sa santé, elle observe :

« C'est néanmoins pendant ces quatre années de langueur et de maladie qu'il a fait et écrit tout ce qu'on a de lui de cet ouvrage qu'il méditait [...]. » Contrairement à une opinion longtemps reçue, Pascal augmente donc les *Pensées* jusqu'aux jours qui précèdent sa disparition prématurée à trente-neuf ans. Le détail n'est pas sans importance : il signifie que les *Pensées* reflètent les préoccupations charitables et spirituelles qui l'accaparent alors. Gilberte évoque longuement celles-ci dans la *Vie* qu'elle consacre à son frère ; elles sont un gage de son extrême piété.

L'assistance que Pascal sollicita dut demeurer ponctuelle, car nul ne connaît l'état d'avancement de son livre quand il meurt. La préface de 1670 explique quel fut le désappointement de ses parents en découvrant le matériau qu'il laissait : « [...] ce n'était que les premières expressions de ses pensées qu'il écrivait sur de petits morceaux de papier à mesure qu'elles lui venaient dans l'esprit. Et tout cela était si imparfait et si mal écrit qu'on a eu toutes les peines du monde à les déchiffrer. La première chose que l'on fit fut de les faire copier tels qu'ils étaient, et dans la même confusion qu'on les avait trouvés. » Le nombre de termes négatifs et de redondances que contiennent ces quelques lignes trahit combien la déception fut vive devant les huit cents fragments disparates d'un manuscrit qualifié, par un de ses éditeurs, de « chiffons fragiles ». Deux des copies réalisées à cette date ont été conservées. Leur étude montre qu'elles doivent permettre une consultation plus aisée du texte, et assurer la préservation du manuscrit original, mais qu'elles ne relèvent pas de la volonté de préparer une édition. L'état de l'œuvre ne paraît pas en autoriser l'idée. Vingt jours après la mort de Pascal, Pierre Nicole, un des hommes engagés dans le déchiffrage des *Pensées*, formule en effet ce jugement abrupt : « Il sera peu connu dans la postérité, ce qui nous reste d'ouvrages de lui n'étant pas capables de faire connaître la vaste étendue de cet esprit. » Le beau-frère de Pascal note pour sa part : « [...] ce que l'on a trouvé dans ses papiers [...] ne consiste presque en un amas de pensées détachées pour un grand ouvrage qu'il méditait [...]. » La conclusion est irrévocable : « Ses amis [...]

se voient privés par sa mort de l'espérance de plusieurs ouvrages très considérables auxquels il avait dessein de s'employer tout entier pour le service de l'Église. »

En 1664, Florin et Gilberte Périer rentrent à Clermont. Ils emportent dans leurs bagages le manuscrit des *Pensées*, pieuse relique d'un immense espoir déçu : il n'est à leurs yeux que la trace d'un ouvrage grandiose qui ne sera jamais. À leur mort, il devient la propriété d'un de leurs fils, l'abbé Louis Périer. Probablement pour éviter sa dispersion, il colle ses 741 fragments, tels qu'ils se présentent, sur 246 grandes feuilles de papier, dont l'ensemble, une fois relié, forme un album, paginé de 1 à 492. Quand le fragment comporte du texte sur ses deux faces, la feuille qui le reçoit est découpée pour permettre sa lecture recto et verso. Afin de gagner de la place, certains papiers ont été rognés, d'autres découpés en plusieurs morceaux : altérée, leur apparence prive parfois le lecteur de quelques mots qu'ils contenaient. Le 25 septembre 1711, deux jours avant son soixantième anniversaire, Louis Périer confie le volume à la bibliothèque de l'abbaye Saint-Germain-des-Prés, à Paris. Intitulé *Recueil original*, il se trouve aujourd'hui à la Bibliothèque nationale.

L'invention d'un livre

Pendant plusieurs années, le sort de l'apologie pascalienne est réglé : elle n'existe pas. Puis, soudain, le 27 décembre 1666, Florin Périer reçoit un privilège[2], qu'il cède le 8 juin à Guillaume Desprez, le libraire attitré du groupe de Port-Royal, pour plusieurs ouvrages de son défunt beau-frère, dont des *Fragments et pensées de M. Pascal*. Ainsi, par un étonnant rebondissement, les Périer envisagent-ils désormais d'éditer l'œuvre inachevée dont ils paraissaient avoir fait leur deuil. Cette décision repose sur des

2. Un privilège est, sous l'Ancien Régime, une autorisation de publier qui garantit, pendant une durée variable qu'il établit, les droits exclusifs d'un auteur ou d'un libraire imprimeur sur un texte.

raisons purement pratiques. En publiant, Florin Périer entend prévenir la parution d'une éventuelle édition pirate. La mésaventure était arrivée à des opuscules mathématiques de Pascal et, tout récemment, en 1666, à sa *Prière pour demander à Dieu le bon usage des maladies.* L'édition des *Pensées* est mise en chantier par prudence, sinon sous la contrainte. En 1670, la préface du volume prétend qu'il fallut « céder à l'impatience et au grand désir que tout le monde témoignait de les voir imprimé[e]s ». Le propos relève d'une habile stratégie de promotion. Il est loin de correspondre aux sentiments initiaux de la famille de l'auteur. Le projet voit le jour, néanmoins, à un moment particulier. Parues en 1665, les *Maximes* de La Rochefoucauld ont obtenu un triomphe : leur succès montre qu'il existe une appétence du public pour un texte discontinu, souvent elliptique, sa signification fût-elle ambiguë. La nécessité de résoudre une énigme avive, en réalité, la curiosité des lecteurs cultivés et mondains de l'époque, friands de jeux d'esprit, bouts-rimés, charades ou rébus.

Le privilège annonce des *Fragments et pensées de M. Pascal.* D'où vient ce titre, sachant que le manuscrit de l'auteur n'en comporte aucun ? Le premier terme, manifestement, décrit la forme du livre à venir, considéré par les Périer comme incomplet. « Pensées » reprend un vocable qu'on trouve chez Pascal lui-même, lorsqu'il explique que la manière d'écrire « qui s'insinue le mieux, qui demeure plus dans la mémoire et qui se fait le plus citer, [...] est toute composée de pensées nées sur les entretiens ordinaires de la vie ». La remarque permet, par ailleurs, de comprendre que l'auteur entend privilégier une réflexion vive, familière, dérivée d'échanges oraux. Autant que « fragments », et du point de vue même de Pascal, « pensées » implique que l'ouvrage constitue, dans la lignée de Montaigne, une œuvre essentiellement inchoative et négligente des axiomes de la rhétorique. « La vraie éloquence se moque de l'éloquence. »

Une dizaine d'ouvrages ont été imprimés sous le titre de *Pensées* au milieu des années 1660, mais ils ne semblent guère avoir pu servir de modèles. Jamais ils n'utilisent « pensées » de façon absolue dans leurs titres. Plusieurs d'entre eux sont des recueils poétiques ; les autres proposent des proses développées d'un format assez uniforme et un discours dévotieux banal. Un seul volume attire l'attention. Il s'agit d'une traduction des « choses pour moi-même » de Marc Aurèle dédiée à la reine Christine de Suède et parue à Paris en 1651 sous le titre : *Pensées morales de Marc Antonin Empereur ; de soi et à soi-même*. La référence peut avoir été voulue pour mettre explicitement en regard de ce monument de la philosophie stoïcienne l'œuvre d'un auteur qui la combat au nom de la représentation augustinienne de l'homme déchu et abandonné à ses passions.

Les *Pensées* naissent dans la discorde, même si la courtoisie des parties évite tout heurt frontal. En 1666, deux groupes se font face et doivent collaborer, bien qu'ils n'aient pas la même vision de l'œuvre. D'un côté, se trouvent Florin et Gilberte Périer, ainsi que leur fils aîné, Étienne. Né en 1642, ce dernier a vingt-quatre ans. C'est un jeune homme, mais il a étudié aux Petites Écoles de Port-Royal et, après leur dispersion, est allé vivre chez son oncle, rue des Francs-Bourgeois, fréquentant le collège d'Harcourt, tout proche et lié au monastère par plusieurs de ses maîtres. Ces liens lui confèrent une légitimité dont son âge aurait pu le priver. Ainsi représente-t-il ses parents au cours de leurs tractations avec les « pascalins ». Le mot désigne un petit groupe d'hommes du monde qui ont fréquenté Pascal et l'admirent intensément. Le premier d'entre eux est Artus Gouffier, duc de Roannez. De haute naissance, il avait fait la connaissance de Pascal lorsqu'ils fréquentaient tous les deux la paroisse Saint-Merri, acquise aux vues de Port-Royal. Les deux hommes sont vite devenus des intimes : l'écrivain avait persuadé Roannez de se convertir et de renoncer à la plupart de ses charges. C'est lui aussi qui avait accompagné sa sœur, Charlotte de Roannez, en 1656, après qu'elle eut rompu, par désir de prendre le voile, le projet de mariage dans lequel elle était engagée. Deux familiers du duc participent aux débats : Nicolas Filleau de La Chaise et Philippe Goibaud du Bois, un brillant traducteur de saint Augustin. Deux aristocrates collaborent encore au projet : Louis-Henri de Loménie, comte de

Brienne, et Henri-Joseph de Peyre, comte de Tréville. Globalement, les pascalins représentent le grand monde, une élite sociale et intellectuelle, augustinienne et savante. Pour les questions de théologie, ils s'appuient sur Antoine Arnauld, le célèbre docteur de Sorbonne, et Pierre Nicole, qui a enseigné aux Petites Écoles. Tous ont déjà collaboré à diverses occasions, notamment au cours de la campagne des *Provinciales*. Sainte-Beuve parle dans son *Port-Royal* d'un « petit comité » qui aurait assuré l'édition des *Pensées*. L'expression a fait florès, mais elle est inexacte, car de fortes divergences opposent les deux groupes.

Les Périer tiennent un discours très critique sur le manuscrit de Pascal, mais ils y voient, en dépit de ses défauts, une relique sacrée. Sa fragilité même ajoute à la piété qu'il leur inspire. Elle les incite à en prendre un soin jaloux et à refuser toute transformation qu'on pourrait lui faire subir. Face à eux, le duc de Roannez et ses proches considèrent que, si les fragments manuscrits sont imparfaits, ils sont aptes néanmoins à témoigner du projet de Pascal et à en faire goûter l'exceptionnelle valeur. Filleau de La Chaise perçoit que l'ambition même du livre a pu imposer à son auteur de procéder par juxtaposition de pièces disparates : « Ce devait être un composé de pièces et de ressorts différents [...] », juge-t-il dans son *Discours sur les* Pensées *de M. Pascal*. Ce dernier n'entendait pas, en effet, renouveler l'art de l'apologie du seul point de vue des arguments, mais aussi de la composition : « tout pouvait entrer dans le livre de M. Pascal », « il y fallait parler de tout, et en parler raisonnablement », car « tout conduit à la Religion ». Filleau nie l'idée d'une confusion involontaire et déplorable de l'œuvre. Son « désordre » est « le véritable ordre », parce qu'il est adapté à la faiblesse de l'esprit de l'homme après la chute, inconstant et pour un rien distrait. Cette variété se rapproche en outre de ce que Pascal présente lui-même comme l'ordre du cœur ou de la charité dans les Écritures ou chez saint Paul. Cet ordre ne consiste pas à procéder « par principe et démonstration », mais à « échauffer », à embraser le lecteur. « Plénitude de nourriture et peu de substance » : contre la *copia*, contre l'abondance régulière de la rhétorique, diffuse et creuse, Pascal prône la brièveté intense, le feu de l'éclair, la révélation ramassée d'une parole entre oracle et prophétie. Pour « toucher », il faut la force plutôt que des blandices. Pascal ne veut pas plaire (*placere*) ; il veut soumettre son lecteur (*flectere*). La déliaison autorise mieux le harcèlement, la « mitraille » (Philippe Sellier). Les *Pensées* tiennent de la bombe à fragmentation. Les pascalins comprennent ces hardiesses, mais, hommes du monde, sensibles aux goûts et aux attentes de leurs pairs, ils sont prêts à intervenir sur le texte original pour que le style volontiers archaïsant ou trivial de Pascal ne les rebute pas. Deux attitudes éditoriales se font donc concurrence. Que se passe-t-il dans les faits ?

La famille, qui réside à Clermont, détient le manuscrit et les deux ou trois copies primitives faites en 1662. Le volume qu'on a conservé et qu'on appelle « la Première copie » sert à préparer l'édition. Il s'agit d'un volume de 472 pages écrites recto verso, encadré par trois feuilles doubles et composé de soixante-deux cahiers de taille variable. Au début se trouve une table des matières. Chaque cahier correspond à la transcription d'une série autonome de fragments. Leur texte porte la trace de corrections, à la plume, à la sanguine ou à la mine de plomb, venant de plusieurs mains et brouillant parfois la distinction entre ce qui appartient à la copie originelle et ce qui relève d'un ajout postérieur. Trois écritures reviennent le plus souvent et ont pu être identifiées : ce sont celles d'Arnauld, de Nicole et d'Étienne Périer. L'observation révèle encore que les cahiers qui contiennent des corrections de la main de Nicole n'en comportent pas de celle d'Arnauld : pour travailler plus vite, une répartition des tâches a eu lieu. Cette division répond aussi à une nécessité à une date où Arnauld et Nicole, contraints à la clandestinité[3], ne peuvent résider au même endroit. Les Périer n'accordent néanmoins aucun blanc-seing à leurs collaborateurs. Gilberte exerce un contrôle vétilleux.

3. Les deux auteurs doivent quitter la France pour Bruxelles, lors de la reprise des persécutions contre Port-Royal.

Deux lettres du comte de Brienne, datées l'une du 16 novembre, l'autre du 7 décembre 1668, révèlent quelles laborieuses discussions suscitent les divergences entre les deux équipes. Dans le premier courrier, Brienne informe Gilberte du travail de « revue » mené à Paris. Les fragments subissent « tous les examens de M. de Roannez, ce qui n'est pas peu de chose », observe l'épistolier. C'est dire, en filigrane, que ce dernier ne se prive pas de faire des coupes dans le manuscrit. Brienne prie ensuite sa destinataire de lui envoyer « au plus tôt les cahiers de M. Pascal qui [lui] restent », car, face aux corrections intempestives de Roannez, Gilberte fait de la résistance passive. S'abstenant de transmettre les originaux dont ses interlocuteurs ont besoin, elle bloque un processus éditorial qui la heurte. Brienne lui écrit de nouveau en décembre. Il insiste cette fois sur les scrupules et la légitimité du travail des pascalins. Non seulement ils ne souhaitent qu'« éclaircir » et « embellir », mais ne suivent-ils pas une pratique de l'auteur lui-même ? Le comte rappelle que Pascal a refait la dix-huitième *Provinciale* « jusqu'à treize fois ». La lettre est longue, méticuleuse, répétitive, presque servile, quand Brienne réclame une fois de plus à Gilberte les cahiers qu'elle conserve par-devers elle. Il y a urgence : une partie des réviseurs souhaitent commencer à imprimer. Au cours de son plaidoyer, le duc formule avec clarté l'objection majeure que la « révision » inspire à sa destinataire : « [...] vous avez regardé le travail de M. de Roannez comme un grand commentaire, et rien n'est moins semblable à ce qu'il a fait que cette idée [...]. » Le 30 novembre, un accord est trouvé... mais il ne concerne pas la préface qui doit être ajoutée au volume.

Le *Discours sur les* Pensées *de M. Pascal* de Filleau de La Chaise correspond, en effet, au texte initialement prévu par les pascalins. Or, quand Gilberte le découvre, elle s'oppose aux vues qu'il défend. Son opposition est telle que la famille décide de préparer une nouvelle préface, dont le soin est confié au jeune Étienne. Filleau prend dès 1670 un privilège pour publier à part sa présentation de l'œuvre, mais, courtoisement, il sursoit à l'opération jusqu'en 1672. Selon la préface du neveu, la famille de Pascal a renoncé à l'idée de publier les fragments « dans le même état qu'on les avait trouvés » à cause des imperfections et de la confusion dont ils faisaient preuve, mais elle a refusé « d'éclaircir les pensées obscures, d'achever celles qui étaient imparfaites, et, en prenant dans tous ces fragments le dessein de M. Pascal, de suppléer en quelque sorte l'ouvrage qu'il voulait faire », comme le souhaitaient les pascalins. Le lecteur suppose donc que le texte mis à sa disposition ne procède qu'à des aménagements véniels. En réalité, non seulement une stricte sélection a été opérée (la première édition propose 406 « pensées » détachées les unes des autres par des fleurons, quand le manuscrit en compte près de 800), mais de nombreuses corrections de style et de vocabulaire ont été appliquées, afin de rendre le texte conforme au goût des mondains et des puristes. Les tournures vieillies sont modernisées, les formules équivoques éclaircies, afin de ne prêter à aucune critique, linguistique ou théologique. Des idées sont atténuées, ou amendées. Les fragments, pour finir, sont rassemblés en grandes familles dont les titres posent avec insistance l'intention religieuse de l'ensemble : « Contre l'indifférence des athées », « Marques de la véritable religion », « Véritable Religion prouvée par les contrariétés qui sont dans l'homme, et par le péché originel », etc. Les rubriques morales (« Grandeur de l'homme », « Pensées sur la mort », « Pensées morales » ou les très imprécises « Pensées diverses ») sont rejetées à la fin du livre. Imprimée à la fin du volume, la *Prière pour demander à Dieu le bon usage des maladies* vient renchérir sur la préface d'Étienne Périer pour encadrer les *Pensées* et constituer l'ouvrage en manuel pieux à la gloire d'un Pascal que tout invite à tenir pour un saint.

Une édition « pré-originale » est tirée à une quarantaine d'exemplaires en 1669. Elle permet aux Périer et à quelques proches de procéder à une dernière relecture. Envoyée à des ecclésiastiques soigneusement choisis, elle leur donne les moyens d'écrire les « approbations » qui seront imprimées dans le volume définitif. Celui-ci sort finalement de presse le 2 janvier 1670 : le succès est immédiat. Cette édition, dite « de Port-Royal », sera la base de toute édition des *Pensées* lue et traduite jusqu'au milieu du XIXe siècle. Or elle invente très largement un livre que Pascal n'a pas écrit, ni même conçu, sous la forme où il est présenté. Dans une lettre où il évoque l'admiration de Mme de Lafayette pour les *Pensées*, Nicole observe encore, quant à lui : « J'y ai trouvé un grand nombre de pierres assez bien taillées et capables d'orner un grand bâtiment, mais le reste ne m'a paru que des matériaux confus, sans que je visse assez l'usage qu'il en voulait faire. » Un travail remarquable a été accompli : il a permis que les *Pensées* suscitent un intérêt sans faille pendant deux cents ans. Mais quelle œuvre propose-t-il au public, sinon une chimère ?

Ce brouillage originel ne fait qu'augmenter avec les éditions proposées par Condorcet en 1776 et par l'abbé Bossut en 1779. Le philosophe et le savant jésuite, auteur de nombreux travaux de mécanique et de mathématiques, ne modifient pas la lettre des fragments publiés en 1670, mais ils changent l'ordre du texte, donnant la primauté aux pensées dont le fond philosophique est le plus fort. La découverte de ces manipulations provoque, au XIXe siècle, une véritable révolution éditoriale.

Avis de recherche

Les *Pensées* n'ont rien perdu de leur pouvoir de fascination après la Révolution. Au contraire, elles deviennent un lieu privilégié du débat contemporain sur la foi et la religion. Leur compréhension est grevée, néanmoins, par les querelles de l'époque. C'est dans ce contexte que Victor Cousin lance un retentissant appel à les éditer sur nouveaux frais. Tour à tour ministre de l'Instruction publique dans le second ministère Thiers (1840), directeur de l'École normale supérieure, titulaire de la chaire de philosophie de la Sorbonne, président du jury de l'agrégation de philosophie, Cousin a eu l'occasion de consulter le manuscrit des *Pensées*. Saisi par la différence qu'il a constatée entre son contenu et celui de l'édition de 1670, il lit en 1842 à l'Académie française un long rapport appelant à une nouvelle édition de l'œuvre. Les *Pensées* publiées par Port-Royal ne sont pas, dit-il, « le texte authentique de Pascal ». L'édition de 1670 « n'est rien moins qu'une infidélité continuelle ». Pour Cousin, les premiers éditeurs du volume se sont écartés de l'original par crainte de « la censure jésuitique » et ils souhaitaient « faire avant tout de l'ouvrage de leur illustre ami un livre édifiant ». Mais, ce faisant, ils l'ont trahi.

Cousin appelait, sans l'entamer, à une reprise intégrale du travail réalisé au XVIIe siècle. L'entreprise est conduite, avec une époustouflante rapidité, par un jeune historien, Prosper Faugère. La célérité s'imposait, explique-t-il : le texte disponible étant frappé de discrédit, « nous n'avions plus le livre des *Pensées* ; il était dans nos bibliothèques sans y être ». Ainsi publie-t-il dès 1844 la première édition des *Pensées, fragments et lettres de Blaise Pascal* conforme aux manuscrits originaux. Elle révèle de nombreux fragments jusqu'alors ignorés, à l'instar du superbe « Mystère de Jésus ». Dans un souci d'authenticité et de retour à l'origine, il s'emploie à procurer la lettre du texte, à en fournir la lecture la plus exacte grâce à la confrontation du manuscrit, souvent peu déchiffrable, avec les copies. Cette quête aboutit à la publication, en 1905, par le philosophe Léon Brunschvicg, d'une reproduction phototypique de l'original autographe, un an après qu'il en a donné une édition magistrale, pourvue d'un très riche appareil critique, dans le cadre des *Œuvres complètes* de Pascal en quatorze volumes qu'il rassemble entre 1900 et 1914 pour la collection « Grands écrivains de la France ». Elle définit pour longtemps la silhouette des *Pensées* dans la littérature française[4].

Retour aux originaux et désir de littéralité n'impliquent pas, néanmoins, un traitement neutre. Le geste philologique s'inscrit dans son temps. Pour Victor Cousin, Pascal est un sceptique

4. Son auteur en a publié dès 1897 une version scolaire. Ce petit volume des « Classiques Hachette » sera la référence de générations d'élèves et d'étudiants.

que la destitution de tout système, y compris philosophique, a conduit à se jeter dans la religion. Les fragments du manuscrit qu'il choisit d'exhumer dans son rapport favorisent à dessein la représentation romantique d'un Pascal malade et torturé, conduit à la religion par la fièvre et le désespoir. Cousin utilise le texte original pour faire valoir son « âme » : « Les idées de Pascal ne sont point un jeu de son esprit ; c'est le travail douloureux de son âme [...]. Oui, c'est par l'âme que Pascal est grand, et comme homme et comme écrivain ; le style qui réfléchit cette âme en a toutes les qualités, la finesse, l'amère ironie, l'ardente imagination, la raison austère, le trouble à la fois et la chaste discrétion [...]. » Le style des *Pensées* permet à Cousin d'imposer, contre la démonstration à laquelle les *Pensées* s'emploient, un Pascal inquiet et tourmenté. Port-Royal a-t-il corrigé l'œuvre ? C'est, selon Cousin, par bigoterie ! L'édition de 1670 traduit la « censure » ordinaire de « la médiocrité sur le génie ». Elle répand un Pascal « mutilé et défiguré » pour dissimuler que seule une crainte effrénée de la mort le fait basculer dans le giron de la religion. Le réquisitoire est brutal, mais l'autorité de Cousin, le caractère sensible de son discours en plein essor du rationalisme et du positivisme promeuvent durablement une approche qui, en infirmant la vocation apologétique des *Pensées*, condamne à les lire de façon biaisée.

Faugère, dont l'édition est placée sous l'égide d'Abel Villemain, un spécialiste de littérature, non de philosophie, n'épouse pas ce discours. Il s'emploie à restituer un Pascal qui ne soit ni le dévot assagi de l'édition de 1670, ni le philosophe présenté par Condorcet. À cet effet, il propose un plan en deux parties inspiré d'un fragment pascalien (« Première partie : Misère de l'homme sans Dieu. Deuxième partie : Félicité de l'homme avec Dieu »), dissociant discours moral et discours apologétique. Renvoyé à un simple discours sur la « religion », la dimension polémique de ce dernier est cependant masquée. Brunschvicg choisit, quant à lui, de procéder à un classement thématique par matières. À son tour, il place en premier les dossiers dont le contenu est le plus clairement philosophique et moral. Dans un second ensemble, il réunit les textes directement relatifs à la religion. Cette organisation, pérennisée par l'extraordinaire diffusion de l'édition des Classiques Hachette, installe l'idée d'un Pascal « moraliste », plutôt qu'apologiste. Au moment où la catégorie des « moralistes classiques » se voit élaborée, l'auteur des *Pensées* devient un de ses trois plus illustres représentants avec La Rochefoucauld et La Bruyère. En pleine querelle de la séparation des Églises et de l'État, la laïcisation de ces écrivains majeurs du XVIIe siècle est très opportune : leur christianisme constitutif risquait de constituer un sérieux embarras, tandis qu'ainsi toilettés, rhabillés en « moralistes », ils entrent sans difficulté dans le patrimoine national à l'usage des classes et deviennent de dignes représentants d'un « siècle de Louis XIV » dont ils avaient pourtant violemment dénoncé les vices et les offenses à la charité.

Une troisième révolution de l'édition des *Pensées* se produit au cours de la seconde moitié du XXe siècle, dans le sillage de la crise du sens consécutive au triomphe du nazisme et à la Seconde Guerre mondiale. Elle débute avec des travaux qui procèdent apparemment toujours de la quête du texte authentique. Zacharie Tourneur publie une édition « paléographique » des *Pensées* en 1938 et 1942 qui vise à rendre aussi exactement que possible les textes du manuscrit, les corrections diverses qu'ils ont subies, les détails de graphie, etc. Il est, à cette occasion, le premier à remarquer la présence de trous d'enfilage dans les papiers originaux et à comprendre à quoi correspond l'organisation en liasses, sur laquelle personne ne s'était encore arrêté.

S'inspirant des analyses de Paul-Louis Couchoud en 1948, Louis Lafuma franchit une nouvelle étape quand il publie, en 1951, une édition qui reproduit à l'identique l'ordre de la Première copie du manuscrit, considérant qu'elle reflète le dernier agencement de son texte par Pascal. Cette décision l'amène à distinguer deux grands ensembles : les *Papiers classés*, suivis de « papiers mêlés » qui comprennent les fragments sur les miracles et les prophéties, des *miscellanea*, ainsi que des fragments extraits de différentes sources manuscrites. Une version allégée de son livre paraît aux éditions du Seuil en 1962 et s'impose durablement[5]. En 1976, Philippe Sellier accomplit une dernière avancée. Il choisit, en effet, de publier le texte de la Seconde copie, qui propose un texte continu de cahier en cahier : une même liasse peut commencer dans l'un et se finir dans un autre. Alors que chaque liasse correspond à un cahier autonome dans la Première copie, ce qui rend leur succession aléatoire (des permutations ont pu avoir lieu), la Seconde copie offre un ordre *ne varietur* qui a toutes les chances de correspondre vraiment à celui des papiers de Pascal au moment de sa mort. Avec elle, le lecteur découvre comme un cliché du chantier définitif des *Pensées.*

Il devient alors possible d'en pratiquer une lecture historique ou chronologique, c'est-à-dire de suivre la genèse de l'ouvrage et d'étudier, pour la première fois, la dialectique élaborée par Pascal, fondée sur la conviction du « défaut d'une droite méthode » : un ordre logique et rationnel ne saurait satisfaire l'esprit (« L'éloquence continue ennuie »). Contre ce risque, Pascal privilégie une « confusion » qui est « le véritable ordre ». L'éclatement du propos et le retour par vagues de la réflexion relèvent d'une stratégie parfaitement calculée, car, selon Pascal, « la nature agit par progrès. *Itus* et *reditus*, elle passe et revient, puis va plus loin, etc. Le flux de la mer se fait ainsi. Le soleil semble marcher ainsi ». L'interprétation de la disposition de son livre selon ce principe transforme sa perception et la façon de le lire, car elle suppose la reprise, le ressassement, et appelle une lecture par *ruminatio,* ce « ruminement » pratiqué par les moines pendant les repas et qui a vocation à nourrir le cœur, comme les mets ingérés nourrissent le corps. C'est souligner la vocation spirituelle du texte. Le *staccato* du harcèlement pascalien s'inscrit dans une réitération plus ample, qui l'accompagne

5. Soixante-dix ans plus tard, l'édition de Michel Le Guern, disponible aux éditions Gallimard dans la collection « Folio » et celle de la « Bibliothèque de la Pléiade » (1977), corrige des lectures fautives de Lafuma, mais continue essentiellement de reproduire ses choix.

et le justifie. La brutalité apparente du verbe va de pair avec des modulations poétiques, des répétitions, un usage du refrain, qui ne sont pas des joliesses, mais la déclinaison, dans l'ordre de la rhétorique poétique de l'Ancien Testament, d'une volonté de scansion destinée non plus à fustiger la créature récalcitrante et peccamineuse, mais à enflammer le cœur angélique en elle. À la veille du quatrième centenaire de la naissance de Pascal, le XXIe siècle découvre une œuvre pleine de vigueur et de joie, d'une éclatante santé. Est-ce à dire que l'histoire de la genèse des *Pensées* soit, avec ses limites et ses évanescences, enfin aboutie ?

Renoncer aux Pensées *?*

Depuis 1670, tous les projets d'édition des *Pensées* reposent sur la conviction que l'œuvre est inachevée, mais qu'elle tendait à la publication d'un livre imprimé. Si la mort assurément interrompit le travail de Pascal, est-il certain, cependant, que les *Pensées* avaient vocation à paraître ?

La liste des textes que Pascal a publiés de son vivant est courte. Ces parutions, extrêmement brèves et circonstancielles, ne paraissent d'ailleurs pas sous son nom : l'auteur demeure anonyme, utilise des pseudonymes, dissimule son identité en se contentant d'employer de simples initiales, ou de faire figurer son patronyme dans des pièces liminaires, mais pas sur la page de titre. Par cette saisissante volonté de distanciation, Pascal semble refuser d'identifier sa personne civile et toute espèce de personnage d'auteur. Le procédé peut s'expliquer par le statut ambivalent qui est réservé pendant la période aux auteurs professionnels, dès lors qu'ils sont engagés dans une activité mercantile, jugée dégradante. *Plus pœtice quam humane locutus es* : Pascal prône, d'autre part, un style naturel par lequel on s'exprime « en homme » (*humane*), non en auteur ou en « faiseur » (*pœtice* : le verbe grec *poiein*, qui a donné « poète », signifie « faire », « fabriquer »). Le vrai écrivain se moque de faire l'écrivain. Les pseudonymes, enfin, que Pascal se forge, à l'instar du célèbre « Salomon de Tultie », qui combine allusion à la sagesse et à la *stultitia* (la sottise, la folie), suggèrent qu'il ne saurait y avoir pour lui de véritable auteur qu'un prophète inspiré ou, du moins, jouant du paradoxe paulinien selon lequel sagesse revendiquée vaut sottise, tandis qu'une sottise assumée ou l'esprit d'enfance peuvent conduire à la véritable sagesse. Les usages de la publication à l'âge de l'imprimerie, *a fortiori* quand le livre devient moins une affaire artisanale que pleinement commerciale, impliquent un travail et un rapport au « produit » peu compatibles avec l'idée que le souffle de l'Esprit y passe. Un livre selon l'ordre du cœur, tel que Pascal le conçoit avec les *Pensées*, peut-il s'accommoder de cette réalité ?

Nul hasard sans doute si l'auteur pratique souvent le genre épistolaire, qui renvoie au modèle d'une parole vive et singulière. Le refus de l'éloquence et de l'abondance conduit par ailleurs Pascal à rechercher des formes sans cesse raccourcies. La collation des différents états des fragments des *Pensées* prouve que, sans relâche, il abrège, densifie, condense, remplaçant les propositions relatives par une tournure brève ou par un simple mot. Pascal cherche à dire mieux en disant moins. Ce mouvement s'accompagne d'un souci de la disposition spatiale du texte impossible à ignorer de la part d'un géomètre : la projection de l'écriture dans l'espace fait sens chez lui. Dispersé, disposé en archipel, le texte devient calligrammes ou versets. Pascal met en place une scénographie de l'écriture qui suggère une dramaturgie du verbe et de la lecture. Les *Pensées* impliquent à la fois une progression soigneusement méditée et une déliaison, source de « feu », peu compatibles avec les lois du livre imprimé et de sa consultation. Le grand œuvre pascalien pouvait-il y aboutir ? L'édition des *Pensées* ne fait-elle pas violence à leur logique profonde ? Le classement en liasses correspond à une technique d'archivage utilisée par les banquiers ou les hommes d'affaires de l'époque moderne, non par les écrivains. Les *Pensées* ne sont-elles pas ainsi un livre ni inachevé ni introuvable, mais structurellement impossible ? Toute édition ne produit-elle pas un livre que son auteur n'aurait jamais accompli, trahissant le texte si singulier ourdi par Pascal au moment même où elle le sauve de l'oubli ? Impossibles et toujours à recommencer, les *Pensées* sont comme la mer : flux.

Bibliographie sélective

Éditions de référence

Pensées, opuscules et lettres, éd. Philippe Sellier, Classiques Garnier, 2018.

Pensées sur la religion et sur quelques autres sujets, étude et édition comparative de l'édition originale avec les copies et les versions modernes, éd. Jean-Robert Armogathe et Daniel Blot, Honoré Champion, 2011.

Œuvres complètes, éd. Michel Le Guern, Gallimard, coll. « Bibliothèque de la Pléiade », 1998, 2 vol.

Sur Pascal

Châtelain, Jean-Marc (dir.), *Pascal, le cœur et la raison*, BnF Éditions, 2016.

Mc Kenna, Antony, *De Pascal à Voltaire, le rôle des* Pensées *dans l'histoire des idées entre 1670 et 1734*, The Voltaire Foundation, 1990.

Mesnard, Jean, *Les* Pensées *de Pascal*, SEDES, 1993.

Pérouse, Marie, *L'Invention des* Pensées *de Pascal. Les éditions de Port-Royal (1670-1678)*, Honoré Champion, 2009.

Susini, Laurent, *L'Écriture de Pascal. La lumière et le feu : la « vraie éloquence » à l'œuvre dans les* Pensées, Honoré Champion, 2008.

Thirouin, Laurent, *Pascal : le défaut de la méthode. Lecture des* Pensées *selon leur ordre*, Paris, Honoré Champion, 2015.

Le site « Les *Pensées* de Blaise Pascal » de Dominique Descotes et Gilles Proust (www.penseesdepascal) constitue une référence irremplaçable.

La Bibliothèque nationale de France a numérisé le recueil original des *Pensées*, accessible sur sa plateforme « Gallica ».

La chaîne YouTube de la Société des amis de Port-Royal, « Les Minutes de Port-Royal », propose de nombreux sujets sur Pascal.

6

Candide
de Voltaire
(1759)

par Pierre-Henri Tavoillot

Comment va le monde ? Bien ou mal ? De mieux en mieux ou de plus en plus mal ? Cette question simple, mais universelle, est celle qu'affronte Voltaire dans Candide. *Mais au lieu d'apporter une improbable réponse, il nous embarque dans un voyage ironique et joyeux au cœur de la condition humaine. Il s'y moque des philosophes et des théologiens, et de tous ceux qui s'endorment et s'enlisent dans les dogmes. Pourtant, nul relativisme chez celui qui est alors le patriarche des Lumières, car, à travers l'humour, l'insolence et la fantaisie, c'est une profonde confiance en l'homme qui s'exprime. À cet homme, empli de vices, mais aussi capable de vertu, qui cherche, désespérément, toutes les planches de salut, le parrain des encyclopédistes offre cette maxime aussi simple qu'efficace : « Cultivons notre jardin ! »*

Huit décembre 1755, 14 h 20. Voltaire vient de passer à table. Il est, depuis mars, aux Délices, son refuge genevois, où il espère trouver enfin liberté et sérénité, même si la frénésie parisienne lui manque. Bien qu'il soit désormais riche, ami des rois (sauf de celui de France), familier des reines, admiré de l'Europe des Lumières, il demeure *persona non grata* à la Cour et détesté par toutes les Églises. À chacun de ses textes, ses nombreux ennemis guettent le faux pas qui le fera tomber.

Soudain le sol tremble ; cela ne dure qu'une poignée de secondes ; une carafe de vin muscat s'écrase par terre. Tous les convives sont effarés par ce qui leur rappelle la tragédie que l'Europe a apprise quelques jours plus tôt. C'était le 1er novembre à 10 heures. Lisbonne a été ravagée : un tremblement de terre, suivi d'un raz-de-marée, puis d'un incendie causé par tous les fourneaux laissés allumés durant la messe de Toussaint, et enfin une terrible épidémie. Les victimes se comptent par dizaines de milliers. Certaines dépêches annoncent même que toute la population a péri. « Le Portugal n'est plus », écrit Voltaire, bouleversé. Comme des répliques se font sentir ensuite du Maroc à Amsterdam, il plane sur le continent comme un air de fin du monde. D'ailleurs, les prédicateurs se déchaînent pour dénoncer les péchés du temps ; mais sans convaincre car, comme l'écrira celui qui est alors le patriarche des Lumières :

> Quels crimes quelle faute ont commis ces enfants ?
> Sur le sein maternel écrasés et sanglants.
> Lisbonne, qui n'est plus, eut-elle plus de vices
> Que Londres, que Paris, plongés dans les délices ?

Et, dans le drame, il note une seule bonne nouvelle : le palais de l'Inquisition n'a pas été épargné, ce qui eût été un comble. *Exit* donc l'idée de punition divine ! Mais c'est aussi celle de la bonté de Dieu qui est ébranlée. D'ailleurs, des témoins fiables ont rapporté que la première réaction de l'écrivain, apprenant la catastrophe, fut assez rudimentaire : « La Providence en a dans le c… ! » Plus châtié, il dira plus tard « Le *Tout est bien* et l'optimisme en ont dans l'aile ! » Car, en bon philosophe, Voltaire intègre l'événement à une vaste polémique en cours : la querelle de l'optimisme dont *Candide*, qui paraît en 1759, marque le sommet.

La querelle de l'optimisme

À son origine, un redoutable problème : celui du mal, *scandale pour les croyants et folie pour les savants.* Si, pour les premiers, le mal est scandaleux, c'est que son existence met en péril celle de Dieu ; car comment un Dieu bon, tout-puissant et omniscient a-t-il pu créer un monde empli de tant de maux aussi bien physiques (la souffrance), moraux (le péché) que métaphysiques (l'imperfection humaine) ? D'où l'énigme : *Si deus est unde malum* : si Dieu existe, d'où vient le mal ? Et si le mal existe, que fait Dieu ? Dilemme que Voltaire résumera en ces termes dans son *Poème sur le tremblement de terre de Lisbonne* (1756) :

> Mais comment concevoir un Dieu, la bonté même
> Qui prodigue ses biens à ses enfants qu'il aime,
> Et qui versa sur eux les maux à pleines mains ?

Du côté des savants, le mal est une insulte à la raison, car n'est-ce pas briser la chaîne des causes et des effets que d'imaginer, entre elles, quelque intention maligne ? Croire au mal, c'est un peu raisonner comme un enfant qui dirait : « Elle est méchante, la pluie, qui m'empêche d'aller jouer dehors. » La connaissance exacte se doit d'examiner sans juger ; ni le bien ni le mal n'y ont leur place.

Tel est le double défi lancé à la religion comme à la science. Défi d'autant plus redoutable, à l'âge des Lumières, que l'une et l'autre sont en conflit ouvert. On traque l'athéisme, on pointe la superstition, selon que l'on adore la foi ou la raison. Et ce n'est jamais à la légère, car, en ces temps dogmatiques, les querelles les plus abstraites ont des effets très concrets : censure, prison, exil ou… pire.

Lorsque Voltaire s'engage dans la controverse, les positions adverses sont déjà bien campées. Côté religion, on argue que le mal ne vient pas de Dieu, mais de sa créature préférée, l'homme, à qui le Très-Haut a donné le libre arbitre pour le meilleur et (souvent) pour le pire. À ceux qui objectent que la plupart des maux n'ont rien à voir avec ce libre arbitre humain – cataclysmes, épidémies, handicaps de naissance, mort... – et frappent autant les méchants invétérés que les innocents à peine nés, les religieux opposent l'autorité biblique : celle du livre de Job, pilier de la Providence. Job – « mon ami Job », dira Voltaire avec une ironique tendresse dans son *Dictionnaire philosophique* – est l'homme pieux par excellence, rempli de foi et d'obéissance. C'est pourtant lui que Dieu décide d'éprouver en l'accablant de malheurs, de sorte qu'aux yeux de tous, celui qui semblait béni devient maudit. Et lui-même, réunissant le conseil de ses vieux amis, se met peu à peu à douter... Dieu intervient alors avec fracas : « Mais qui êtes-vous, minuscules créatures, pour juger de l'ampleur et la beauté de la Création ? » – leur dit-il en substance –, « Vos maux dérisoires participent de sa perfection ; vous devriez les aimer au lieu de les haïr. » Ce à quoi, bien sûr, Job répondra humblement qu'il a parlé sans savoir... et qu'on ne l'y reprendra plus à douter. Aussitôt ses malheurs disparaissent.

Telle est l'idée : le mal au fond n'existe pas. Il n'est qu'une illusion issue d'un regard étroit et de peu de foi sur le Tout. La Création est comme un puzzle : toutes les pièces, prises isolément, sont insignifiantes et sans intérêt, mais rangées ensemble, elles produisent une harmonie qui n'est révélée qu'une fois la dernière posée. Voilà la providence divine.

Le rationalisme des savants ne propose pas une réponse très différente, à ceci près que Dieu est « une hypothèse dont on peut se passer ». Il suffit pour cela de traduire Création par Ordre des choses, ou Nature, ou Réalité... et le tour est joué. C'est ce que fait Spinoza (1632-1677), dont le nom est alors synonyme d'athéisme, la pire accusation du temps. C'est aussi ce que propose le philosophe allemand Leibniz (1646-1716), même si, pour sa part, il tente de réconcilier foi et science en affirmant que *Dieu* et *Raison* ne font qu'un.

Pour lui, en effet, l'ensemble de la Création obéit à trois principes avec lesquels nul (pas même Dieu, puisqu'il est la Raison même) ne peut transiger. D'abord, le principe de non-contradiction qui fait qu'une chose ne peut pas être son contraire. Ensuite, le principe de raison, selon lequel toute chose a une cause suffisante. Enfin, le principe du meilleur, qui pose qu'entre une cause et son effet, c'est toujours la voie la plus rapide et directe qui est privilégiée. Telle est la Création, selon Leibniz : un système causé (par Dieu) où rien n'est inutile ni vain (y compris donc ce qui nous semble mauvais) et qui, parmi tous les mondes possibles, constitue à n'en pas douter *le meilleur*. Certes, Dieu n'a pas pu faire le *maximum* (car une Création ne saurait être aussi parfaite que son Créateur), mais il a choisi l'*optimum*, soit : le « meilleur des mondes possibles ».

Telle est l'origine du mot « optimisme » créé en 1737 par le père jésuite Castel pour critiquer cette pensée. C'est ce terme, qui est alors à la fois technique et péjoratif, que Voltaire choisira comme sous-titre de *Candide* pour ironiser sur la philosophie de Pangloss, le très cher maître allemand de son héros. Tout autant que Leibniz, Pangloss aurait pu user de cette image, proche de celle du puzzle : « Considérons une très belle peinture. Cachons-la tout entière, sauf une infime petite partie : que verrons-nous d'autre en elle, malgré l'examen le plus approfondi, ou mieux : d'autant plus qu'on l'examinera de plus près, sinon un amas confus de couleurs sans choix et sans art ? Et cependant, le voile une fois retiré, on considérera tout le tableau… on comprendra que ce qui paraissait appliqué au hasard sur la toile a été pour l'auteur l'œuvre d'un art suprême » (Leibniz, *Sur l'origine radicale des choses*, § 13).

On ne saurait sous-estimer la puissance de cette thèse qui ne se limite d'ailleurs pas à la théologie. On la retrouve à l'origine des théories du marché, inaugurées par un contemporain de Leibniz, Bernard Mandeville, dont la *Fable des abeilles* (1705) avait pour sous-titre explicite « Les vices privés font le bien commun ». Ses détracteurs l'appelaient *Man Devill* (« l'homme diable »), car seul le Malin pouvait inspirer cette idée que la prospérité globale est moins le résultat des vertus que d'une foultitude d'égoïsmes ! Le même schéma est à l'origine de l'écologie, puisque, dans une Nature réputée harmonieuse, il faut bien que les petits poissons soient mangés par les gros… Autrement dit, au sein d'un écosystème, nous devons accepter les innombrables petites tragédies parce que, *in fine*, « tout est bien ».

À l'époque de Voltaire, le plus célèbre défenseur de cette formule (« *Whatever is, is right* ») est le poète anglais Alexander Pope (1688-1744). Beaucoup plus accessible que le difficile Leibniz, il publie en 1733 un *Essai sur l'homme* qui prône un déisme, c'est-à-dire une religion épurée des croyances incompatibles avec la raison. Et c'est là que les choses vont se gâter avec les Églises ; car, derrière l'éloge de la Création, certains religieux (notamment jésuites) vont identifier un projet diabolique : celui d'enchaîner la grandeur de Dieu aux mêmes petites règles que l'étroite raison humaine. Eh oui ! L'optimisme flirte avec l'athéisme, parce qu'il revient à nier que les voies du Seigneur sont et doivent rester impénétrables : ce qui s'appelle « le mystère de la foi »… D'où la querelle.

Voltaire avait été séduit un temps par les idées de Pope. Il l'avait même rencontré lors de son exil forcé dans la très libérale Angleterre, où, âgé de trente-deux ans, il avait dû s'enfuir pour un trait d'esprit contre l'insignifiant rejeton d'une grande famille du royaume. Il fut un peu déçu après le triste souper qu'il avait partagé avec ce petit bossu vivant chichement chez sa vieille mère : profond certes, mais pas assez flamboyant pour le mondain qu'il était. Et puis son déni du mal l'avait rebuté : « Mon pauvre Pope, mon pauvre bossu, que j'ai connu, que j'ai aimé, qui t'a dit que Dieu ne pouvait te former sans bosse ? » (lettre du 17 février 1756). Et Voltaire ajoute contre cet optimisme béat : « Pour moi, je souffre et je le dis », car aucun poème jamais n'abolira le tragique de la vie humaine…

Voltaire et Rousseau

À peine les brisures du flacon de muscat ramassées, Voltaire s'engage avec acharnement dans la rédaction du *Poème sur le désastre de Lisbonne*, dont les premières versions datent de la mi-décembre 1755. Le texte est publié en mars 1756, anonymement comme il se doit.

> Ô malheureux mortels ! Ô terre déplorable !
> Ô de tous les mortels assemblage effroyable !
> D'inutiles douleurs éternel entretien !
> Philosophes trompés qui criez, « Tout est bien » ;
> Accourez, contemplez ces ruines affreuses,
> Ces débris, ces lambeaux, ces cendres malheureuses,
> Ces femmes, ces enfants l'un sur l'autre entassés,
> Sous ces marbres rompus ces membres dispersés ;
> Cent mille infortunés que la terre dévore,
> Qui, sanglants, déchirés, et palpitants encore,
> Enterrés sous leurs toits, terminent sans secours
> Dans l'horreur du tourment leurs lamentables jours !

Pourtant, en dénonçant les illusions de l'optimisme, Voltaire ne sombre pas dans le pessimisme (le mot, d'ailleurs, n'existe pas encore). Reconnaître la réalité et le scandale de la souffrance humaine n'équivaut pas, pour lui, à détester le présent. C'est même le contraire : Voltaire aime son temps. Dans l'autre grande querelle du moment, celle des Anciens et des Modernes, il a d'instinct choisi son camp. Il le clamait dans ce poème de jeunesse (1736) intitulé sans vergogne *Le Mondain*.

> Regrettera qui veut le bon vieux temps
> Et l'âge d'or et le règne d'Astrée
> Et les beaux jours de Saturne et de Rhée
> Et le jardin de nos premiers parents
> Moi je rends grâce à la nature sage
> Qui pour mon bien m'a fait naître à cet âge
> Tant décrié par nos tristes frondeurs
> Ce temps profane est tout fait pour nos mœurs
> J'aime le luxe et même la mollesse
> Tous les plaisirs, les arts de toute espèce

La propreté, le goût, les ornements
Tout honnête homme a de tels sentiments…

Suit l'éloge de la prospérité, du superflu (« chose très nécessaire »), du commerce, de l'industrie, du progrès des sciences. Suit aussi un portrait assez cru d'Adam et Ève faisant des saletés dans le jardin d'Éden. Puis vient le final, qui dit tout : « Le Paradis est où je suis. »

Entre l'éloge du présent et la cruauté du monde (« je souffre et je le dis »), la position de Voltaire semble donc bien énigmatique. Optimisme impossible, pessimisme improbable ? Cette hésitation se retrouve au terme du *Poème de Lisbonne* ; ou plutôt dans ses deux fins successives.

La première version (non publiée) s'achève rudement :

Que faut-il, ô mortels ? Mortels, il faut souffrir,
Se soumettre en silence, adorer et mourir.

La seconde, éditée, offre une issue :

Un calife autrefois, à son heure dernière
Au Dieu qu'il adorait, dit pour toute prière :
« Je t'apporte, ô seul roi, seul être illimité
Tout ce que tu n'as pas dans ton immensité,
Les défauts, les regrets, les maux et l'ignorance »
Mais il pouvait encore ajouter l'espérance.

Cette hésitation n'échappe pas à l'autre grand esprit du temps, Jean-Jacques Rousseau, qui va la pointer dans une lettre (18 août 1756) aussi respectueuse dans le ton qu'incisive dans la critique.

Les relations entre Voltaire et Rousseau étaient jusqu'alors courtoises, même si l'aîné avait réagi au *Discours sur l'origine de l'inégalité parmi les hommes* (1755) et à son éloge de la nature par cette lettre assez cruelle : « On n'a jamais employé tant d'esprit à vouloir rendre Bêtes. Il prend envie de marcher à quatre pattes quand on lit votre ouvrage. Cependant, comme il y a plus de soixante ans que j'en ai perdu l'habitude, je sens malheureusement qu'il m'est impossible de la reprendre. Et je laisse cette allure naturelle à ceux qui en sont plus dignes, que vous et moi. »

On comprend que Jean-Jacques n'ait pas laissé passer l'occasion de répliquer. À peine reçu le *Poème de Lisbonne*, il rétorque par un texte auquel Voltaire n'apportera qu'une réponse de politesse. Il est vrai que les objections y sont fortes.

Le philosophe genevois oppose qu'aucun fait, aussi tragique soit-il, ne peut plaider ni contre ni pour l'optimisme, puisque, pour l'évaluer, il faudrait se placer du point de vue même du Tout, c'est-à-dire de Dieu, ce qui est impossible pour l'homme. Par ailleurs, dit Rousseau, tout mal est *humain*, car l'homme est la seule créature à regarder le monde avec les lunettes de la morale. Il formulera l'idée dans l'*Émile* (1762) : « Homme, ne cherche plus l'auteur du mal ; cet auteur c'est toi-même. Il n'existe point d'autre mal que celui que tu fais ou que tu souffres, et l'un et l'autre vient de toi. » Avec ces deux arguments puissants, Jean-Jacques montre que le débat ne relève pas de la science. En vérité, ce sont moins deux thèses que deux manières d'être au monde qui s'affrontent au cœur des Lumières. Pour Rousseau, ainsi qu'il l'écrira au tout début de l'*Émile* en visant Voltaire : « Tout est bien, sortant des mains de l'Auteur des choses, tout dégénère entre les mains de l'homme. » Autrement dit : il est un optimiste de la nature et un pessimiste de l'homme. Ce qui en fait, comme le note Luc Ferry, « le premier grand théoricien du déclin et de la nostalgie romantiques », mais aussi le précurseur de l'écologie contemporaine. Voltaire pense à l'opposé : c'est un pessimiste de la nature, mais un optimiste de l'homme, à qui il fait pleine confiance pour la comprendre (un peu) et pour l'améliorer (assez). C'est ce sillon que *Candide* va creuser.

Les premières lignes datent de janvier 1758. Il faut imaginer l'écrivain installé dans sa nouvelle maison du Grand-Chêne à

Lausanne. Tout est couvert de neige. On voit le lac, les sommets des Alpes : sublime ? Non ! Voltaire est un grand frileux, et tout ce paysage lui donne des frissons. Il exige qu'on garnisse les poêles et les cheminées jusqu'à une chaleur d'étuve, au point que les mouches se réveillent et viennent le piquer. Ce feu ardent alimente aussi son écriture. Il a en tête la structure d'ensemble et la nourrit de ses lectures du moment, de ses souvenirs, de son érudition, et surtout de sa virtuosité dans tous les genres littéraires. Traité, essai, poème, pamphlet, discours, théâtre, épopée… : tout se condense dans ce conte romanesque mené tambour battant, chapitre après chapitre. Les voyages n'interrompent pas l'écriture. Au printemps, il se rend à Schwetzingen (près de Mannheim), chez son ami et néanmoins (gros) débiteur le prince Charles-Théodore, électeur palatin. Tout en veillant très attentivement à ses propres intérêts financiers, il lui fait une première lecture du manuscrit inachevé. Au retour, il visite des résidences possibles, tout en espérant un signe du roi qui lui ouvrirait la voie vers Paris et Versailles. Mais rien ne vient. Il se résigne alors à se faire son petit royaume à lui, indépendant, et sa propre cour, spirituelle : ce sera le château de Ferney, près de Genève (aujourd'hui Ferney-Voltaire), où il passera les vingt dernières années de sa vie. En octobre 1758, le fruit est mûr. Il s'enferme plusieurs jours dans son cabinet avec son secrétaire, Wagnière, pour lui dicter la version finale… ou presque, puisqu'il ne cessera de la corriger, y compris après la première parution en janvier 1759, un an après avoir commencé. Il aura donc fallu moins d'une année à cet écrivain hyperactif et multitâche pour rédiger son chef-d'œuvre.

Meilleur des mondes contre malheurs des temps

Rousseau était persuadé qu'avec *Candide* Voltaire lui donnerait la réponse qu'il attendait. Mais ce serait lui faire trop d'honneur, car l'esprit de Voltaire a toujours plus d'une raison suffisante dans son sac. D'ailleurs, il ne goûte guère la métaphysique, ni les arguties des systèmes chères à son rival. Et, pour puissantes qu'elles fussent, les objections de Rousseau ne le troublaient guère. À soixante ans passés, le déisme rudimentaire du patriarche des Lumières est bien établi. Pour lui, Dieu, « éternel machiniste », est l'ordonnateur d'un monde que l'homme cherche en vain à comprendre et où il doit vivre tant bien que mal. Rien d'autre de plus ne peut être dit en la matière sans risquer de s'égarer. Il faut ainsi se garder de projeter nos petits défauts humains sur l'immense perfection divine. C'est le sens de sa fameuse formule : « Si Dieu nous a faits à son image, nous le lui avons bien rendu. » Contre les théologiens, contre les savants, contre Rousseau même, l'homme-siècle entend rester *candide* à l'égard de ce qui lui échappe, sans renoncer pour autant à chercher tout ce qui est à portée d'esprit. C'est ce voyage initiatique vers la candeur métaphysique que *Candide* entend raconter…

Voltaire intègre dans son bref récit tous les maux du temps. La catastrophe de Lisbonne bien sûr, mais aussi la nouvelle guerre qui ravage l'Europe à partir de 1756 et pour sept ans ; l'intolérance religieuse, l'arbitraire politique, l'esclavage de l'Ancien et du Nouveau Monde. On y retrouve aussi quelques péripéties qu'il a lui-même endurées, comme celles du retour de son séjour de Potsdam à la cour de Frédéric II. Il y était arrivé en ami admiré, il en repart en valet proscrit, poursuivi par la rancœur d'un roi prussien déterminé à semer d'innombrables embûches sur son chemin. *Candide* est un génial condensé de milles expériences, lectures, conversations, anecdotes, pensées recueillies et mises en scène avec une verve inouïe. En voici la trame.

Tout commence en Westphalie, dans « le plus beau et le plus agréable des châteaux possibles », où la belle harmonie (factice en vérité) se dérègle par la faute d'un innocent baiser (voire plus) donné à Cunégonde, la fille du châtelain. Son auteur, Candide, fils naturel de la famille, est chassé et doit parcourir l'Europe d'est en ouest. Sur son chemin : la guerre, la torture, le viol, le vol, la maladie… En cours de route, il retrouve son maître,

Pangloss, qui maintient *mordicus* que « les malheurs particuliers font le bien général » et que « plus il y a de malheurs particuliers, et plus tout est bien ». Il arrive à Lisbonne juste à temps pour le tremblement de terre, qui ne décourage nullement la sainte Inquisition locale de continuer son office. Pangloss est pendu puis brûlé, tandis que Candide ne s'échappe que de justesse. Mais, dans son malheur, il a la joie de retrouver sa chère Cunégonde. Ensemble, ils s'enfuient de l'autre côté des mers pour voir si, par hasard, le meilleur des mondes possibles ne serait pas le nouveau.

Ils déchantent vite. À peine débarqués à « Buones-Ayres », Candide doit abandonner Cunégonde au potentat local qui la trouve à son goût. Il s'enfuit au Paraguay, où il découvre les atrocités de l'esclavage. La fuite se poursuit au milieu des sauvages (qui, eux aussi, semblent le trouver à leur goût), jusqu'à ce que, quelque part vers le Pérou, il atteigne l'Eldorado. C'est un pays idyllique où la paix, la sagesse et la sérénité règnent sans partage ; l'or et les diamants n'y ont d'autre valeur que leur éclat. Bref, tout y est parfait… Mais quel ennui ! Dans cette profusion, il manque l'essentiel – l'amour – et l'accessoire – l'amour-propre –, tous deux indispensables à la vie humaine. Ce qui fait dire à Candide : « Si nous restons ici, nous n'y serons que comme les autres ; au lieu que si nous repartons dans notre monde, seulement avec douze moutons chargés de cailloux…, nous serons plus riches que tous les rois ensemble, et nous n'aurons plus d'inquisiteurs à craindre. » Tel fut d'ailleurs le choix de Voltaire : devenir riche pour rester libre ; et ne jamais s'isoler, à l'inverse de l'acariâtre Rousseau ! Se protéger ainsi à la fois de l'humiliation des grands, de la mesquinerie des petits et du harcèlement des saints. Candide quitte donc ce paradis de l'ennui… Et, bien sûr, à peine ses frontières franchies, les malheurs s'abattent à nouveau.

Convaincu de retrouver Cunégonde à Venise, il s'embarque pour retrouver l'Ancien Monde en compagnie d'un nouveau maître, Martin, pessimiste convaincu. Tout ce qui arrive en France, puis en Angleterre, semble donner raison à cet adepte du manichéisme. « Croyez-vous, lui demande Candide, que les hommes se soient toujours mutuellement massacrés comme ils font aujourd'hui ? qu'ils aient toujours été menteurs, fourbes, perfides, ingrats, brigands, faibles, volages, lâches, envieux, gourmands, ivrognes, avares, ambitieux, sanguinaires, calomniateurs, débauchés, fanatiques, hypocrites et sots ? » Et Martin de répondre : « Croyez-vous que les éperviers aient toujours mangé des pigeons quand ils en ont trouvé ? » Après avoir dîné à Venise, Candide apprend que Cunégonde est à Constantinople, mais qu'elle est devenue horriblement laide. Il s'embarque pourtant pour la rejoindre et a le bonheur de retrouver dans le bateau son bon maître Pangloss, qui, en fait, n'était ni pendu ni brûlé ! Accompagné de ses deux mentors, adeptes opposés du meilleur et du pire, Candide arrive à Constantinople, qui égale le reste du monde en termes d'abomination. La clé du problème leur sera pourtant donnée par l'exemple d'un sage vieillard, qui convie toute la fine équipe chez lui pour déguster les produits de son jardin. Tous voient dans cette humble, mais heureuse demeure l'image du bonheur simple qu'ils cherchaient par des voies compliquées. C'est le fruit d'une vie de labeur, dont on peut enfin goûter les produits le soir venu.

Le travail ! Voilà l'idée qui permet de réconcilier le bien et le mal en ce monde, tout en repoussant l'optimisme béat et le sombre pessimisme. Car pourquoi faudrait-il travailler si tout était bien ? Et à quoi bon, si tout était mal ? Et pourtant, le travailleur espère qu'un ouvrage bien fait fera du bien, même s'il doit se donner du mal. Le monde peut donc être amélioré (optimisme de la volonté), mais sans aucune garantie, y compris divine (pessimisme de l'intelligence). Voilà pourquoi la fameuse formule qui clôt le livre (« Il faut cultiver son jardin ») offre bien la solution de la querelle de l'optimisme ; et peut-être la meilleure possible.

L'art du jardin imparfait

« Qui sont les oisifs qui m'imputent je ne sais quel *Candide*, qui est une plaisanterie d'écolier, et qu'on m'envoie de Paris ? J'ai vraiment bien autre chose à faire » (lettre de février 1759).

« J'ai lu enfin *Candide*. Il faut avoir perdu le sens pour m'attribuer cette coïonnerie ! » (lettre du 15 mars 1759).

Sûr de son succès, Voltaire s'amuse à démentir à tout va. C'est sa stratégie habituelle chaque fois qu'il publie : brouiller les pistes. D'abord, envoyer le manuscrit en secret à quelques amis puissants ou, mieux encore, le leur en faire personnellement lecture : c'est un bon *teasing* ! Ensuite, ne pas reconnaître la paternité de l'ouvrage, qui, ici, se présente comme l'œuvre d'un certain Dr Ralph, traduit de l'allemand : *buzz* assuré ! Puis multiplier les lieux d'édition – Genève, Paris, Amsterdam, Liège, Londres, Lyon, Avignon, Venise... – afin d'éviter les saisies. Avant d'avouer à demi-mot tout en dénonçant les contrefaçons, innombrables en cet âge sans droits d'auteur ni dépôt légal. Et enfin surfer sur les interdictions (autorités de Genève), les censures (parlement de Paris) et la mise à l'index (Saint-Siège). Scandale garanti ! L'efficacité du « plan com » est redoutable : dix-sept éditions connues et sans doute plus de 20 000 exemplaires, ce qui en fait le *best-seller* du XVIIIe siècle.

Le succès n'a pas cessé, ce qui peut surprendre pour un ouvrage aussi ancré dans les querelles de son temps, truffé d'allusions et dont l'humour est ultra-crypté. Après un bref passage au purgatoire, du fait des romantiques qui ne goûtaient guère « la gaieté infernale » (Germaine de Staël) de ce « singe de génie » (Victor Hugo), *Candide* devient républicain en 1881, sans doute grâce au sous-titre d'une nouvelle édition : « Célèbre roman anticlérical de Voltaire ». À partir de là, il a sa place parmi les « livres du peuple ». Et puis, peu à peu, le scandale s'éteint. *Candide* court alors cet autre danger mortel : celui de devenir un classique, et pire encore : un classique scolaire !

Pourtant sa réputation est mondiale. Le grand biographe et éditeur de Voltaire René Pomeau notait avec malice que, la même année (1974), *Candide* était à la fois monté en comédie musicale à Broadway et en tête des prêts à la bibliothèque soviétique d'Oport, à la frontière mandchoue ! C'est dire si sa profonde fantaisie parle à tous. Mais, au-delà de la verve et d'une fraîcheur intactes, ce grand petit livre nous lègue deux autres précieuses leçons.

Il faut bien admettre d'abord que la querelle de l'optimisme non seulement n'a pas cessé, mais, comme un tremblement de terre, n'en a pas fini de se répliquer. Elle est même devenue la polémique favorite de l'espace public contemporain, où, sur chaque dossier (éducation, environnement, sécurité, société, politique, art...), s'opposent inlassablement les adeptes du « c'était mieux avant » aux partisans du « tout est bien qui finit bien ». La force de *Candide* est de nous donner, non pas une réponse, mais une *méthode* pour nous garder, dans cette éternelle controverse, de deux tentations inverses. La première est celle du philosophe, qui, sacrifiant sa vie aux idées, espère non seulement penser le monde, mais aussi le sauver. Or, afin de justifier ce sacrifice d'une vie, il lui faut forcément penser que le monde va mal, et si possible très mal. Voilà pourquoi les philosophes sont si volontiers pessimistes. Ce qui leur confère une profondeur crépusculaire, mais les expose aussi à dériver loin du sens du commun des mortels. La seconde tentation est inverse : si tout va bien, il n'y a plus rien à dire ni plus rien à penser. Et, pire que tout, plus rien à raconter ! Car c'est le mal qui est source et matière du récit. Or, que serait une vie sans histoire, sinon le comble de la mélancolie ? Par où l'on voit le caractère diabolique de l'optimisme comme du pessimisme quand ils sont poussés à l'extrême : ils séparent les hommes entre eux, en les condamnant soit à broyer du noir, soit à survivre dans une béatitude inepte ; et ils séparent les hommes d'eux-mêmes, puisque l'optimisme exténue la réflexion tandis que le pessimisme interdit l'action. Entre les deux, il y a l'humanisme, et notamment celui des bien nommées Lumières.

D'où la seconde leçon de *Candide*, qui nous offre l'étincelle d'esprit permettant de les (r)allumer. Au même titre que *Les Lettres persanes* de Montesquieu (1721), que *Les Voyages de Gulliver* de J. Swift (1726) ou que *Nathan le Sage* de G.E. Lessing (1779), *Candide* incarne l'ouverture d'esprit, la confiance en l'homme, mais surtout la force réflexive de la fantaisie. Le philosophe allemand Ernst Cassirer avait identifié l'esprit des Lumières au refus du dogme du péché originel ; autrement dit, au rejet d'une pensée qui part de la perfection divine pour arriver ensuite à l'imperfection humaine, réduite à une somme de manques et de défauts. Les Lumières osent le chemin inverse : elles partent de la finitude humaine pour, ensuite, penser l'absolu, qui devient ainsi un horizon et non plus une origine. Cela change tout ! D'où le goût pour l'observation plutôt que pour la déduction, pour la conversation plutôt que pour la démonstration, pour l'histoire plutôt que pour la métaphysique, pour les histoires plutôt que pour les traités (sauf en Allemagne, bien sûr !). Voltaire, Hume, Rousseau, Diderot, Kant et les autres, malgré toutes leurs différences, se retrouvent dans cette échappée belle des hommes « hors de l'état de minorité » dans lequel ceux-ci se sont eux-mêmes cantonnés. Et lorsque Kant, en 1783, formule la devise des Lumières – « *Sapere aude* » (« Ose savoir ») –, il entend par là : n'aie pas peur de grandir ni de devenir *majeur* ! C'est aussi le sens de l'odyssée de Candide qui devient, au terme de son parcours, enfin adulte. Non pas tout-puissant ni tout-sachant, tel un dieu ; mais aimant et travaillant, comme un homme.

« Nous ne sommes, écrit Voltaire dans son *Traité de métaphysique*, ni libres, ni sages, ni forts, ni sains, ni spirituels, que dans un petit degré. Si nous étions toujours libres, nous serions ce que Dieu est. Contentons-nous d'un partage convenable au rang que nous tenons dans la nature, mais ne nous figurons pas que nous manquons de choses dont nous sentons la jouissance, et parce que nous n'avons pas ces facultés d'un Dieu, ne renonçons pas aux facultés d'un homme. »

Voilà l'humilité sans l'humiliation. Il n'y a donc pas de Lumières sans un peu d'ombre. Veillons à nous en souvenir, nous qui rêvons parfois d'un monde de *transparence* où toute opacité (noirceur, oppression, injustice, discrimination, mal, maladie, mort...) aurait disparu ! Les Lumières admettent le tragique de l'existence humaine sans pour autant s'y résigner. C'est là notre « jardin imparfait » dont parlait déjà un autre grand humaniste, dont Voltaire se pose ici en héritier : Montaigne dans ses *Essais* (I, 20)[1].

« Je veux qu'on agisse, et qu'on allonge les offices de la vie tant qu'on peut, et que la mort me trouve plantant mes choux, mais nonchalant d'elle, et encore plus de mon jardin imparfait. »

BIBLIOGRAPHIE SÉLECTIVE

Éditions de référence

Candide ou l'Optimisme, traduit de l'allemand de M. le Docteur Ralph est paru pour la première fois à Genève chez Gabriel Cramer en janvier 1759. L'édition critique de référence, introduite par René Pomeau, se trouve, hélas, en Angleterre in *The Complete Works of Voltaire*, t. 48, Oxford, Voltaire Foundation, 1980.

Pour une édition de poche : Voltaire, *Micromégas, Zadig, Candide*, présentation de René Pomeau, Flammarion GF, 1994.

Voltaire, *Correspondance and Related Documents. Definitive Edition*, éd. par Th. Besterman, in *The Complete Works of Voltaire*, Oxford, The Voltaire Foundation, 1968-1977.

Sur Voltaire

BACZKO, Bronislaw, *Job mon ami. Promesse de bonheur et fatalité du mal*, Gallimard, coll. « NRF Essais », 2013.

CASSIRER, Ernst, *La Philosophie des Lumières*, Fayard, 1990.

---

1. Voir le chapitre d'Antoine Compagnon.

LOTY, Laurent, *Aux origines de l'optimisme et du fatalisme*, Classiques Garnier, coll. « L'Europe des Lumières », à paraître.
MILZA, Pierre, *Voltaire*, Perrin, coll. « Tempus », 2015.
POMEAU, René (dir.), *Voltaire en son temps*, 2 vol., Paris, Fayard/Voltaire Foundation, 1985-1995.

7

Le Contrat social de Jean-Jacques Rousseau (1762)

par Mathieu Bock-Côté

Il est des ouvrages dont le titre s'est gravé dans la conscience collective d'une nation, d'une civilisation ou d'une époque : ils y trouvent la gloire suprême, car tous en connaissent alors l'existence, directement ou indirectement. Ils en viennent ainsi à modeler les esprits sur la longue durée, mais en paient cher le prix, car chacun prétend à peu près savoir ce dont ils parlent, alors que c'est rarement le cas. Le Contrat social *de Jean-Jacques Rousseau appartient assurément à cette catégorie. On en fait souvent l'ouvrage qui a posé les bases philosophiques de la souveraineté populaire au cœur de la modernité. Avec le concept de « volonté générale », dont on cherche encore le sens deux siècles et demi après sa publication, le « citoyen de Genève » a forgé un des mythes les plus puissants de notre temps, comme s'il avait modelé ou dévoilé le noyau existentiel d'une époque entendant consacrer l'autonomie de l'homme et conduire l'humanité à l'âge adulte.*

Le *Contrat social* n'appartient pas seulement à l'histoire de la littérature française ou de la philosophie politique, mais plus encore à celle de l'imaginaire démocratique : il en représente un moment de cristallisation. Il y a néanmoins quelque chose d'étonnant dans cette consécration, et nous y reviendrons : le saint ouvrage de la souveraineté populaire a été très peu commenté du vivant de Rousseau, à la différence de ses autres livres comme l'*Émile* ou les *Confessions*. Pour le dire avec les mots de Bernard Gagnebin, « les théories politiques que Rousseau avait exposées dans ses livres n'eurent d'abord qu'assez peu de lecteurs. Elles prirent une subite actualité lorsque éclata, onze ans après sa mort, la Révolution française ». Guglielmo Ferrero y verra « le texte sacré de la Révolution », quitte à être réduit à quelques formules qui passeront seules à la postérité. L'historien des idées Jean-Jacques Chevallier l'écrivait ainsi en 1958 : « Sur la foi du *Contrat*, d'ailleurs mal lu, un mythe Rousseau, désormais indestructible, s'est substitué au Rousseau réel. » Rousseau s'imposera comme l'inspirateur principal de la Révolution, au point d'être panthéonisé par Robespierre, ce qui n'est peut-être pas sans lien avec la mauvaise réputation qui lui sera faite pendant tout un pan du XXe siècle. Mais il vaut mieux revenir sur les origines et le parcours de cette œuvre pour véritablement la comprendre et constater qu'elle peut et doit être lue en se tenant – au moins un peu – à distance des grandes interprétations consacrées qui l'auréolent et parfois la déforment.

La matrice contractualiste : aux origines philosophiques de la modernité

C'est d'abord une question d'époque : les Lumières se présentent comme une grande enquête sur les fondements de l'existence et, plus particulièrement, de l'existence humaine. Il n'y a plus de mystère à l'origine du monde devant lequel la raison capitulera à l'avantage de la foi ou des contes et légendes qui, hier encore, animaient l'esprit des sociétés. Les Lumières ne tolèrent plus les connaissances acquises, sédimentées dans le sens commun et la tradition. Depuis Descartes, cette exigence s'est toujours radicalisée. L'homme doit être connu à neuf. Tout doit être passé au doute méthodique : la raison ne doit s'interdire aucune exploration, d'autant que la société doit être reconstruite selon ses prescriptions. Mais pour cela il faut d'abord la désacraliser, dissiper les brumes venues du passé, ne plus se laisser hypnotiser par l'histoire et ses mystères – il faut replonger vers l'état de nature, retrouver l'homme « premier », l'examiner dans sa pureté virginale, et refaire le chemin mental qui le conduit à s'associer à ses semblables. Ce n'est qu'à partir de ce moment théorique qu'on pourra rebâtir la société, en faire un plan, en dresser une maquette. Elle sera à jamais considérée comme un artifice fondé sur la volonté humaine. Elle ne sera plus perçue comme un fait de nature à aménager, mais comme une création *ex nihilo*. Il y aura une plasticité intégrale du social. C'est dans cette matrice contractualiste que seront repensés, et même réinventés, tous les rapports sociaux, la raison ne doutant pas, dès lors, de sa capacité à faire du monde une fabrication humaine. Les domaines de l'existence se dérobant à cette ambition seront dès lors traités comme des résidus, où se coaguleraient des préjugés et des coutumes périmés auxquels les hommes seraient liés par la force de l'habitude mais auxquels ils devraient néanmoins s'arracher pour s'émanciper. Même la religion chrétienne doit désormais se penser dans les limites de la simple raison, comme le dira Kant, qui voudra la maintenir comme promesse d'espérance, mais en la vidant de ce qu'elle avait d'exagérément surnaturel. À l'échelle de l'Histoire, la modernité se présente donc comme un grand recommencement, presque à la manière d'un nouveau moment inaugural – la Révolution française sera même tentée de déterminer un nouveau calendrier.

S'il faut recommencer l'Histoire, c'est pour libérer l'être humain de ses chaînes, des cadres sociaux qui l'étouffent et des récits mythifiés qui les légitiment. Ce qui implique de connaître l'homme. Le projet des Lumières exige, de ce point de vue, une nouvelle anthropologie qui ne soit plus théocentrée. Il faut désormais l'ausculter au prisme des sciences naturelles, ne plus le voir à la manière du mystère de la Création. Surtout, ne pas lui attribuer un statut d'exception miraculeuse.

Plus encore, il faut le projeter dans son univers supposément originel pour l'apercevoir dans sa nudité primordiale : c'est le cadre théorique de l'état de nature, commun à tous les penseurs de la modernité offensive. Hobbes fut le premier à proposer une telle révolution anthropologique, en voulant fonder le lien politique sur une passion universelle et élémentaire : la peur de la mort violente. Elle seule justifierait la soumission des hommes à une autorité absolue, personnifiée par la figure du Léviathan. C'est la conservation physique de leur vie qui justifie désormais l'existence de l'État, lequel trouve donc sa légitimité dans le plus petit dénominateur commun qu'on puisse imaginer. Ce n'est plus par le haut qu'on justifie la cité, mais par le bas.

Une philosophie de l'authenticité

Rousseau aussi se voudra anthropologue, et partira ainsi à la découverte de l'homme sur le mode de l'ethnologie imaginaire. Mais il le fera par la voie de l'introspection, en formulant le premier les paramètres d'une philosophie de l'authenticité – c'est au fond de soi que l'on peut retrouver sa vérité primordiale, avant que la société ne s'empare de nous-mêmes pour le meilleur et pour le pire, et ne nous impose des besoins, des désirs et des relations dont nous pourrions en soi nous passer. Avec un style d'une grande liberté, qui tranche avec le ton ampoulé des Lumières et qui, encore aujourd'hui, frappe l'imagination et peut toucher les cœurs, Rousseau a aussi exploré génialement la psychologie de l'homme démocratique, dévoré de l'intérieur par ses tourments, incapable de fixer son désir, toujours prompt à la lamentation, même s'il a la certitude de son génie, indissociable de son authenticité revendiquée. Ses critiques, et ils ne manquent pas, y verront la marque d'un esprit trouble, hanté par des contradictions destructrices et une immaturité fondamentale. Ils ne cesseront de rappeler les turpitudes de sa vie privée pour discréditer sa philosophie. L'historien israélien Jacob-Laid Talmon sera probablement le plus sévère à son sujet. « Rousseau est une des natures les plus inadaptées et les plus égocentriques qui aient laissé un témoignage sur leur pénible situation. D'une part, c'est un paquet de contradictions, un reclus et un anarchiste, qui brûle de retourner à la nature, enclin à la rêverie, révolté contre toutes les conventions sociales, il est sentimental et larmoyant, pitoyablement contraint et en désaccord avec son entourage. Mais par ailleurs, Rousseau est un admirateur de Sparte et de Rome, apôtre de la discipline et de la submersion de l'individu dans l'entité collective. Le partisan d'une forte discipline est en réalité le rêve jaloux du paranoïaque tourmenté : telle est la clef de cette personnalité ambivalente. » Le portrait est sévère, mais pas nécessairement injuste. Autrement dit, selon lui, la névrose surgirait au cœur de la philosophie politique pour désormais la hanter. Et la volonté de résoudre les contradictions de l'âme humaine par la fusion-absorption de l'individu dans la cité rendrait possible le grand élan totalitaire.

Le Contrat social

Le projet de Rousseau n'en demeure pas moins celui d'une connaissance intégrale de l'homme à partir de l'homme. Il entend, comme tous les philosophes de son temps, expliciter les fondements de l'ordre politique. Tel est l'objectif du *Contrat social*. Le livre en lui-même a une histoire singulière. Dans ses *Confessions*, Rousseau raconte en avoir eu l'idée à Venise autour de 1743-1744. Elle le travaillera longtemps, même si l'ouvrage ne paraîtra finalement que vingt ans plus tard, en 1762[1]. Avec l'orthographe de l'époque, il a pour titre *Du contract social, ou principes du droit politique*, et il est signé « Jean-Jacques Rousseau, citoyen de Genève ». Il paraît à Amsterdam chez Marc-Michel Rey, son éditeur. On trouve à la première page une citation de

1. Même s'il présentera une première version en décembre 1760 à son éditeur, qu'on appelle « le Manuscrit de Genève », cette version ne paraîtra qu'à la fin du XIXe siècle.

Virgile et une vignette gravée représentant la Justice. Rousseau a prétendu avoir extrait ce livre d'un ouvrage plus vaste ayant pour titre *Institutions politiques*, vaste traité qu'il aurait toutefois renoncé à mener à terme tellement l'entreprise lui semblait ambitieuse, et même au-delà de ses forces. Le *Contrat social* ne serait donc qu'un fragment d'une œuvre plus vaste, un condensé de la thèse qu'on aurait pu y trouver. Tout le reste de l'ouvrage aurait été brûlé. Cette déclaration a suscité bien des réserves et des sarcasmes chez ses détracteurs, qui crièrent au mensonge et y virent une ruse doublée d'un péché d'orgueil.

L'essentiel dépasse largement cette anecdote : c'est dans le *Contrat social* que Rousseau fonde la politique démocratique en rompant au moins partiellement avec la vision moderne, caractérisée par Hobbes, qui assignait au politique une fonction essentiellement négative, soit la conservation de la vie des individus – Locke, dans son *Traité du gouvernement civil*, ajoutera à cela la conservation de ses biens, en garantissant son droit de propriété. Rousseau se veut, quant à lui, fidèle aux Anciens en accordant une valeur en soi, et même une valeur essentielle, à la participation de l'individu au corps civique et à la production commune de la cité. Le politique trouverait en lui-même ses propres finalités émancipatrices.

C'est en ce sens, d'ailleurs, qu'on fait de Rousseau la figure inaugurale du républicanisme moderne. Il ne se contente pas de penser l'obéissance à l'État, ni même le seul consentement des gouvernés aux autorités, mais il prône la pleine participation des cités à leur propre construction. Rousseau voit dans le politique un lieu de transfiguration de la condition humaine : c'est là que l'homme, déchu par son passage de l'état de nature à la vie sociale, peut se désaliéner en devenant l'auteur de sa propre existence, pour peu qu'il se fonde avec tous les autres dans la création d'un commun rédempteur. Peut-être devrions-nous dire de sa philosophie qu'elle est commandée par une double nostalgie, se référant à deux chutes distinctes : celle de l'état de nature d'abord, puis celle de la cité antique ensuite, qu'il idéalise, en rappelant d'ailleurs souvent que les communautés de petite taille sont les plus aptes à accueillir pleinement l'expérience du politique.

Rousseau entend poser dans toute sa radicalité la question de la légitimité. Les premières lignes du *Contrat social* nous sont familières. « L'homme est né libre et partout il est dans les fers. Tel se croit maître des autres qui ne laisse pas d'être plus esclave qu'eux. Comment ce changement s'est-il fait ? Je l'ignore. Qu'est-ce qui peut le rendre légitime ? Je crois pouvoir résoudre cette question. » L'ordre politique que nous connaissons est donc inacceptable, car il condamnerait l'homme à l'esclavage. Tout est donc à recréer. Au nom de quoi peut-on fonder une cité ? Cela pose la question de ses finalités. Rousseau donne sa réponse : il s'agit de permettre à l'homme de se gouverner lui-même, de ne plus être seulement le sujet, mais l'auteur de la loi commune, par sa participation et son adhésion à la volonté générale. La plupart des commentateurs ont convenu du caractère presque indéfinissable de cette dernière, dans la mesure où elle n'est pas censée se confondre avec celle de la majorité, ni même avec celle de tous, si elle devenait injuste. Qu'est-elle alors ? Est-elle condamnée à être insaisissable ? Peut-on trouver un arrangement institutionnel la traduisant concrètement, ou lui permettant de s'exprimer sans qu'elle soit contestée ? Il n'en demeure pas moins que la formule a hypnotisé plus d'une génération, dans la mesure où elle retraduit dans le langage démocratique l'absolutisme monarchique, en divinisant la volonté du peuple. Celle-ci démultiplie jusqu'à l'infini les possibilités du politique : elle lui prête même potentiellement une puissance démiurgique. On y verra un concept sacralisant l'unité du peuple, à la manière d'une communauté transcendant les désaccords qui traversent ceux qui la composent, ce qui est fondamental pour Rousseau, qui redoute les factions qui fractionnent la cité. On l'a dit, le philosophe réhabilite la perspective des Anciens, et n'est pas étranger à une certaine filiation aristotélicienne, dans la mesure où il fait du régime la question politique première. Ce dernier ne fait pas que prendre l'homme tel qu'il est, avec ses passions et ses pulsions, ses désirs et ses affects. Il le forme : il le modèle.

Les institutions ont une substance portant une idée de l'être humain. Le régime fait l'homme : à tout le moins, durablement, il façonne le peuple auquel il est destiné, pour peu qu'il tienne compte de sa singularité.

Le grand législateur, la psychologie des peuples et la religion civile

Rousseau, on l'aura compris, n'entend pas limiter le politique à une fonction instrumentale : il institue une forme fondamentale de l'existence humaine. L'homme qui n'a pas d'existence politique pleine et entière est diminué – il en est de même d'un peuple. C'est ainsi qu'on comprendra les passages souvent incompris du *Contrat social* sur la religion civile, qui rappelle que ce lien ne saurait jamais être intégralement contractualisé, transparent à lui-même, qu'il exige une part de sacré, nous dirions aujourd'hui une identité. Mais comment donner à une communauté les institutions dont elle a besoin ? Cela exige une volonté d'exception capable de fonder le régime, d'en délimiter les contours, de l'implanter : Rousseau accordera ainsi un rôle central à la figure du grand législateur, et lui consacrera de belles pages. D'abord en notant qu'il doit presque se sentir l'égal des dieux en se croyant capable de changer le cours de l'Histoire : « Celui qui ose entreprendre d'instituer un peuple doit se sentir en état de changer, pour ainsi dire, la nature humaine ; de transformer chaque individu, qui par lui-même est un tout parfait et solitaire, en partie d'un plus grand tout dont cet individu reçoive en quelque sorte sa vie et son être ; d'altérer la constitution de l'homme pour la renforcer ; de substituer une existence partielle et morale à l'existence physique et indépendante que nous avons tous reçue de la nature. » En politique, la délibération n'est pas tout : la décision pèse aussi. Ce ne sont pas les mêmes qualités qui sont exigées du grand législateur et de l'administrateur. Et ce n'est pas à n'importe quel moment dans la vie d'un peuple qu'on entreprend de modifier ses institutions : « Les peuples ainsi que les hommes ne sont dociles que dans leur jeunesse, ils deviennent incorrigibles en vieillissant ; quand une fois les coutumes sont établies et les préjugés enracinés, c'est une entreprise dangereuse et vaine de vouloir les réformer ; le peuple ne peut pas même souffrir qu'on touche à ses maux pour les détruire, semblable à ces malades stupides et sans courage qui frémissent à l'aspect du médecin. »

Le moderne Solon doit d'abord savoir à quel peuple il s'adresse, quelles sont ses mœurs, quelle est sa culture : « Le sage instituteur ne commence pas par rédiger de bonnes lois en elles-mêmes, mais il examine auparavant si le peuple auquel il les destine est propre à les supporter. » Le jugement politique est toujours un jugement en situation. On trouve là un aspect tout à fait singulier de sa pensée, assez rare en son temps, qui veut voir partout le même homme, sous les mêmes traits et qui en viendra à juger sa culture accidentelle, comme s'il s'agissait d'un manteau dont il pouvait aisément se dépouiller pour apparaître identique aux autres. Rousseau, à sa manière, a le premier l'intuition de ce qu'on appellera ensuite le romantisme : il faut tenir compte de la psychologie d'un peuple lorsqu'on cherche à définir un régime qui lui convienne. Les peuples ne sont pas interchangeables. Il écrit ainsi très justement que « toute forme de gouvernement n'est pas propre à tout pays », ce qui n'est pas sans contredire à l'avance tous les partisans de l'ingénierie démocratique qui rêvent d'imposer partout la même constitution. Dans ses *Considérations sur le gouvernement de Pologne*, que l'on peut considérer comme la version appliquée du *Contrat social*, Rousseau se fait très explicite : « Si l'on ne connaît à fond la Nation pour laquelle on travaille, l'ouvrage qu'on fera pour elle, quelque excellent qu'il puisse être en lui-même, péchera toujours par l'application, et bien plus encore lorsqu'il s'agira d'une nation déjà tout instituée, dont les goûts, les mœurs, les préjugés et les vices sont trop enracinés pour pouvoir être aisément étouffés par des semences nouvelles. Une bonne institution pour la Pologne ne peut être l'ouvrage que des Polonais ou de quelqu'un qui ait bien étudié sur les lieux la nation polonaise et celles qui l'avoisinent. Un étranger ne peut guère donner que des vues générales, pour éclairer non pour guider l'instituteur. » Rousseau met ainsi en garde contre l'homogénéisation politico-juridique de la planète et, surtout, contre l'arasement du monde avec une perspicacité qui pourrait interpeller les temps présents.

Rousseau, père de la Révolution ?

Voilà donc un ouvrage majeur qui ressemble bien peu à l'image que la postérité en a conservée. Par la place qu'il accorde à la figure du peuple et à la diversité des peuples, par le rôle qu'il reconnaît à l'homme d'exception dans la fondation de la cité, par l'importance qu'il réserve au rôle du régime dans la formation de ses mentalités, il tranche, à bien des égards, avec les préoccupations généralement associées aux Lumières ; il les élargit, en méditant non seulement sur le rôle du politique mais aussi sur ses conditions de possibilité. Mais il y a un hic : en son temps, rares sont ceux à l'avoir constaté, ou même deviné, comme s'ils voyaient dans le *Contrat social* un ouvrage mineur, presque un échec au regard du succès public remporté par les autres ouvrages de son auteur. S'il circule un peu après sa publication, il est en effet vite laissé de côté.

Et pourtant, les œuvres connaissent souvent un destin inattendu et celle-ci semble avoir travaillé les esprits en profondeur sans qu'on s'en aperçoive, car au moment de la Révolution, Rousseau apparaît presque d'un coup comme son père spirituel, tous s'en réclamant d'une manière ou d'une autre. Certains y verront un envoûtement. Le *Contrat social* devient dès lors une référence obligée, et ses concepts fécondent le discours et l'action révolutionnaires, en particulier durant la Convention. Mais devant quoi la Révolution s'incline-t-elle ? Que reconnaît-elle d'elle-même en Rousseau ? Est-ce vraiment dans l'architecture conceptuelle compliquée de l'ouvrage qu'elle se retrouve ? Ses lecteurs ont beaucoup glosé sur la théorie de la représentation qu'y propose Jean-Jacques, convaincus qu'il s'agissait du cœur de l'ouvrage, comme s'il répondait à sa manière à l'*Esprit des lois* de Montesquieu. Il s'agit pourtant d'une fausse piste. Revenons plutôt à la volonté générale. On l'a dit, les interprètes s'esquintent depuis la publication de l'ouvrage pour en dénouer le sens exact et en expliquer la portée. Le fait est qu'elle est quelque peu insaisissable, comme s'il s'agissait d'une formule relevant davantage de l'incantation que de la réflexion, du slogan que du concept, et c'est d'ailleurs ainsi qu'elle sera accueillie par les révolutionnaires. La volonté générale envoûte, elle plane au-delà des médiocres opinions ordinaires et des désaccords politiques contingents : au fond de lui-même, d'une manière ou d'une autre, le peuple communierait autour d'une idée de son destin, qui, par essence, ne pourrait être tyrannique et serait nécessairement juste. Le philosophe Bernard Manin voit clair en rappelant que l'influence de Rousseau sur la Révolution relève moins de la persuasion conceptuelle que de la pénétration de l'imaginaire et qu'on répète ses formules sans nécessairement leur prêter le sens qu'il leur prêtait lui-même. « Le *Contrat social* ne constitue pas le programme de la Révolution parce que les révolutionnaires ne suivent pas les prescriptions précises de Rousseau, mais trouvent surtout chez lui des images et des principes généraux concernant la nature de l'homme, de la société et de l'histoire. » Ce n'est pas un ensemble de mesures que les révolutionnaires lui empruntent, mais une manière de voir le monde. L'historien Jean-Jacques Chevallier écrit ainsi qu'un « fait est certain et il est décisif, c'est qu'à la date de 1789, soit directement soit indirectement, à travers maints écrivains secondaires qui s'étaient nourris d'elles, les idées maîtresses du *Contrat* avaient pénétré la masse des esprits cultivés, et les avaient pour ainsi dire fécondés ». Pour emprunter encore une fois les mots de Bernard Manin, « la Révolution marque assurément la rencontre entre une grande pensée et un mouvement historique ». Il raconte aussi très justement de quelle manière sa figure s'impose pour incarner et légitimer la table rase. « [...] Dès le mois d'octobre 1790, son buste est placé devant un exemplaire du *Contrat social* dans la salle de l'Assemblée ; en décembre l'Assemblée vote une motion demandant des honneurs publics pour Rousseau. » En 1794, ce « père fondateur » sera panthéonisé. Son œuvre devient le symbole de la nouvelle époque qui commence.

Rousseau après la Révolution, de l'inspirateur du totalitarisme au théoricien de la démocratie populiste ?

Avançons vers les décennies qui suivent. L'œuvre de Rousseau survivra évidemment à la Première République, même si son interprétation sera définitivement marquée par l'épreuve des événements. Elle deviendra en quelque sorte le symbole de la Révolution, de son prométhéisme, de sa tentation démiurgique, et même de l'esprit géométrique qui la caractériserait. On s'en prendra d'emblée à Rousseau comme, un siècle plus tard, on s'en prendra à Marx. Même les meilleurs esprits ne pourront s'empêcher de mener une querelle posthume contre un philosophe accusé d'avoir enflammé la France, selon la formule de Madame de Staël. On trouvera notamment chez Hippolyte Taine, dans *Les Origines de la France contemporaine* (1875), un ouvrage génial dépassant largement son objet, un bon exemple de cette critique. Taine voit dans le *Contrat social* le symbole d'un rationalisme maniaque. Le procès n'est pas complètement insensé, mais est injuste s'il ne vise que Rousseau. L'artificialisme propre à la théorie du contrat social balisera le chemin d'un étatisme généralisé remplaçant systématiquement les mœurs par la loi, et les coutumes par les règles administratives. Il vaut la peine de citer Taine longuement.

> Au nom de la raison que l'État seul représente et interprète, on entreprendra de défaire et de refaire, conformément à la raison et à la seule raison, tous les usages, les fêtes, les cérémonies, les costumes, l'ère, le calendrier, les poids, les mesures, les noms des saisons, des mois, des semaines, des jours, des lieux et des monu-

ments, les noms de famille et de baptême, les titres de politesse, le ton des discours, les manières de saluer, de s'aborder, de parler, de s'écrire, de telle façon que le Français, comme jadis le puritain ou le quaker, refondu dans sa substance intime, manifeste par les moindres détails de son action et de ses dehors, la domination du tout-puissant principe qui le renouvelle et la logique inflexible qui le régit.

Taine avait aussi noté qu'un régime qui entend former ses citoyens pour les contraindre à la vertu cherchera à s'emparer de l'éducation pour maîtriser intégralement les circuits de socialisation : « Le premier intérêt de l'État sera toujours de former les volontés par lesquelles il dure, de préparer les votes qui le maintiendront, de déraciner dans les âmes les passions qui lui seront contraires, d'implanter dans les âmes les passions qui lui seront favorables, d'établir à demeure, dans ses citoyens futurs, les sentiments et les préjugés dont il aura besoin. S'il ne tient pas les enfants, il n'aura pas les adultes. » Si sa critique n'épuise pas la pensée de Rousseau, elle cerne bien ce qu'on apprendra à appeler au fil du temps « le rousseauisme », soit son idéologisation. Mais surtout, le philosophe sera accusé d'avoir posé les bases de la Terreur, par son idéalisation du peuple en fusion et d'une volonté générale anéantissant apparemment tout ce qui est extérieur à sa définition. Si la critique apparaît dans les années qui suivent la Révolution, elle deviendra très présente, surtout dans le monde anglo-saxon, dans la seconde moitié du XXe siècle, notamment chez J.L. Talmon, qui en fera une figure centrale aux origines de la démocratie totalitaire. De la Terreur aux régimes totalitaires, on pourrait suivre la trace de cette triste dérive posthume, avec sa mystique collectiviste qui autoriserait et même favoriserait l'écrasement de l'individu.

Mais ce procès est-il encore d'actualité ? L'effondrement du communisme, à la fin des années 1980, a changé le contexte global à partir duquel aborder l'œuvre de Rousseau et, dans un monde peinant de plus en plus à retrouver la figure du commun, il resurgira comme un philosophe de la démocratie, capable de fonder théoriquement la volonté générale alors que s'impose la société des individus. Ce n'était pas nécessairement nouveau – certains lecteurs inattendus en avaient eu l'intuition depuis un bon moment, et cela, sur la rive gauche de l'Atlantique, comme s'ils trouvaient chez Rousseau un contrepoids à Tocqueville qui y est normalement vénéré. Paul Gottfried, figure fondatrice du paléoconservatisme, trouvera dès la fin des années 1990 chez Rousseau les fondements théoriques d'un nouveau populisme capable de résister à la fois à la dissolution de la citoyenneté et à son éclatement sous la pression du multiculturalisme. En ayant cherché à fusionner la communauté politique et la communauté morale, il aurait deviné d'avance la tendance à la dislocation de la démocratie libérale. Surtout, il avait compris avant tout le monde l'importance des mœurs communes et de la culture, sans lesquelles la définition partagée d'une société serait inévitablement artificielle et technocratique. Gottfried proposait ainsi une lecture nouvelle du concept de religion civile, qui a toujours gêné les interprètes et exégètes du *Contrat social.* Il n'est pas étonnant toutefois que Rousseau soit aussi réapparu en France comme un auteur de référence au début des années 1990 chez ceux qu'on a un temps appelés « les républicains des deux rives », un Philippe Séguin comme un Jean-Pierre Chevènement se tournant vers lui et se plaçant sous son autorité pour justifier leur opposition à la construction européenne, au nom de l'inviolabilité de la souveraineté nationale, qu'on ne saurait d'ailleurs découpler de la souveraineté populaire.

La vaste question de l'héritage du *Contrat social* dépasse cependant ses usages partisans actuels, même si l'œuvre est passée à l'Histoire de par justement sa capacité à modeler un ensemble de mentalités dépassant largement les cadres bien délimités de la philosophie politique consacrée. Pourquoi relire Rousseau et son œuvre maîtresse ? C'est le propre des classiques de la pensée que de répondre à chaque époque à des questionnements nouveaux – s'ils n'y parviennent plus, s'ils deviennent purs objets d'érudition, ils rejoignent alors les ouvrages asséchés dans l'histoire des idées mortes. Il n'en est pas ainsi du *Contrat social*, et ses zones d'ombre deviennent aujourd'hui les plus fécondes. Penseur contradictoire, Rousseau ? Assurément. Mais ses contradictions, disait Allan Bloom, un de ses plus fins lecteurs, sont moins logiques qu'elles n'intègrent dans un système philosophique aussi subtil que poétique les contradictions de l'âme humaine, avec lesquelles le politique doit composer, en les embrassant, sans l'espoir sot et vain de les réconcilier pour de bon. Bloom ira même jusqu'à écrire que Rousseau aurait « présenté le problème humain dans sa diversité avec plus de profondeur et de largeur d'esprit que n'importe lequel de ses successeurs ». Le parangon des Lumières représente donc un moment non seulement de l'histoire de la pensée politique, mais surtout un tournant dans l'histoire du dévoilement du cœur de l'homme. Et tel est l'essentiel : ce prophète malgré lui comprenait qu'on ne saurait privatiser intégralement l'expression de l'âme humaine sans la mutiler. Cette leçon, oubliée par la philosophie politique contemporaine qui s'est perdue dans ses spéculations procédurales aussi stériles qu'ennuyeuses, on la retrouvera chez Rousseau, même si, en dernière instance, on ne sera pas nécessairement convaincu par l'architecture conceptuelle détaillée du *Contrat social.* Mais nous avons vu que c'est moins de cette manière qu'on comprendra la richesse de l'ouvrage qu'en plongeant dans l'imaginaire qu'il a engendré, susceptible d'inspirer une époque qui cherche à nouveau les sources de la légitimité démocratique.

Bibliographie sélective

Éditions de référence

Du contrat social, ou principes du droit politique, Amsterdam, chez Marc-Michel Rey, 1762.

Du contrat social, Garnier-Flammarion, 2012.

Sur Rousseau

Bloom, Allan, « Rousseau », *in* Leo Strauss et Joseph Cropsey (dir.), *Histoire de la philosophie politique*, PUF, 1994.

Chevallier, Jean-Jacques, *Les Grandes Œuvres politiques de Machiavel à nos jours*, Armand Colin, 1958.

Cottret, Monique et Bernard, *Jean-Jacques Rousseau*, Perrin, coll. « Tempus », 2011.

Gagnebin, Bernard, « Introduction : les écrits politiques », *in* J.-J. Rousseau, *Contrat social-Écrits politiques*, Gallimard, coll. « Bibliothèque de la Pléiade », 1964.

Manin, Bernard, « Rousseau », *in* M. Ozouf et F. Furet, *Dictionnaire critique de la Révolution française*. Flammarion, 1988.

Talmon, J.-L., *Les Origines de la démocratie totalitaire*, Calmann-Lévy, 1966.

8

Le Mariage de Figaro de Pierre-Augustin Caron de Beaumarchais (1778-1785)

par Héléna Marienské

Si Le Mariage de Figaro *était un personnage, ce serait un sacré zigue… Il est le fils préféré, « l'enfant conçu dans le plaisir », de Pierre-Augustin Caron de Beaumarchais. Beaumarchais, son père ? Un Rastignac casanovesque, sympathique et génial filou prêt à tout pour réussir, s'enrichir, créer à tout va, jouer et jouir. Un ogre joyeux. Entre deux affaires d'importance, vente d'armes aux* insurgents *américains et négociations secrètes avec le chevalier (ou la chevalière ?) d'Éon, il pondit dans la douleur* Le Mariage de Figaro. *La pièce eut une nombreuse descendance, et parmi ses rejetons, le plus marquant fut une fille, cela arrive. Point désirée, certes. Reniée, même. Mais elle s'imposa. Son nom ? La Révolution française. Beaumarchais la redoutait : ce parvenu badin, ce roturier devenu richissime à force de talents et d'intrigues aimait trop la compagnie des grands et les profits qu'il en tirait. Mais en dénonçant avec une habileté inégalée leurs abus, ceux dont il avait souvent souffert et qu'il avait toujours su retourner à son avantage, il n'avait pas imaginé qu'il allait, mieux que tout autre en son siècle, saper les fondements de la monarchie. Elle ne résista pas à ses brillants assauts : cinq ans après la première, la Bastille était prise, les privilèges abolis, et la tête du roi n'allait pas tarder à tomber.*

Le Mariage de Figaro ou la Folle Journée

« La plus badine des intrigues. Un grand seigneur espagnol, amoureux d'une jeune fille qu'il veut séduire, et les efforts que cette fiancée, celui qu'elle doit épouser et la femme du seigneur, réunissent pour faire échouer dans son dessein un maître absolu, que son rang, sa fortune, sa prodigalité rendent tout-puissant pour l'accomplir. Rien de plus. La pièce est sous vos yeux. » Voilà la pièce résumée par Beaumarchais. Où l'on voit que le créateur du *Mariage* est habile homme : minimiser, toujours, la portée du propos, le faire paraître anodin et sans véritable portée polémique. Le grand seigneur dont on se moque est espagnol, et l'Espagne est bien loin de Versailles, non ? « Vérité en deçà des Pyrénées, erreur au-delà », écrivait bien Pascal. Ce que fricotent les nobles tout au sud de l'Espagne, à Séville, n'a, bien sûr, rien à voir avec les mœurs françaises…

Habile homme aussi, car il se garde bien d'évoquer la complexité de sa pièce. En fait, rien d'un simple badinage : c'en est un immense, où s'exaltent des désirs polymorphes, nous l'allons voir, et bien plus qu'un badinage. Une pièce monstre : seize personnages, près de cent scènes, des intrigues enchâssées, des foules de figurants, des intermèdes musicaux, des rebondissements en cascade, des quiproquos, un procès, une « reconnaissance », un inceste évité de justesse, cinq heures de représentation. Beaumarchais fait éclater le théâtre traditionnel, mêle les genres, comédie, tragédie, crée le drame et récrit dans la foulée le monologue d'Hamlet. Le *Mariage* est une folle journée, certes, une œuvre folle de gaieté, mais folle surtout d'outrance et d'audace. Cela bondit, lance des formules inoubliables, assourdit et abasourdit.

Badinage généralisé, d'abord, car l'amour de Figaro et Suzanne est loin d'être le seul de la pièce : il faut compter aussi avec l'obsession d'Almaviva pour la jeune et jolie servante, et avec la triste romance de la Comtesse, cette jeune Rosine dont il s'était épris dans *Le Barbier de Séville* et qu'il était parvenu à épouser malgré son tuteur Bartholo, vieux barbon jaloux qui la gardait recluse. Rosine en épouse fidèle a perdu tous ses charmes aux yeux d'Almaviva et ses ruses pour reconquérir le mari libertin sont le fil rouge de la pièce. Cette femme vertueuse trop délaissée est de plus en plus sensible aux œillades et aux déclarations de son petit page, le délicieux Chérubin. Ajoutons aussi toutes les romances de Chérubin ! Car si la Comtesse a sa faveur, le diablotin lutine tout autant Suzanne, la jeune Fanchette, et même l'antique Marceline, car enfin… « elle est femme » ! Tout est dit : dans *Le Mariage*, les femmes sont l'objet et le sujet toujours changeant du désir. Chérubin rompt radicalement avec la tradition moliéresque qui irrigue le théâtre de Beaumarchais. Il préfigure le romantisme : exaltation, hypertrophie du moi, idéalisation de l'amour, et célébration de la nature : « Cela est vrai, d'honneur ! Je ne sais plus ce que je suis ; mais depuis quelque temps je sens ma poitrine agitée ; mon cœur palpite au seul aspect d'une femme ; les mots amour et volupté le font tressaillir et le troublent. Enfin le besoin de dire à quelqu'un "Je vous aime", est devenu pour moi si pressant que je le dis tout seul, en courant dans le parc, à ta maîtresse, à toi, aux arbres, aux nuages, au vent qui les emporte avec mes paroles perdues. » Autre romance enfin : celle de Marceline, qui n'a que faire de Chérubin puisque c'est le sémillant Figaro qu'elle convoite. Beaumarchais invente au passage la cougar et ses désirs, en tout cas leur représentation.

L'ogre joyeux

Pour comprendre *Le Mariage de Figaro*, il faut regarder de près Pierre-Augustin Caron de Beaumarchais. Car Figaro EST Beaumarchais. Son double, son masque, son porte-parole. Vif comme lui, intrépide, talentueux, ambitieux : rien ne lui résiste. « Petit animal folâtre, jeune homme ardent au plaisir, ayant tous les goûts pour jouir, faisant tous les métiers pour vivre, maître ici, valet là, selon qu'il plaît à la fortune ; ambitieux par vanité, laborieux par nécessité, mais paresseux... avec délices ! Orateur selon le danger, poète par délassement ; musicien par occasion, amoureux par folles bouffées... » Voilà son autoportrait dans le célèbre monologue du dernier acte. Le comte Almaviva veut tirer profit de la situation, abuser de son statut de grand d'Espagne et donc d'administrateur de la justice ? *Ecce homo* : le grand *corregidor* est l'ennemi préféré de Beaumarchais, ce noble dont il guigne depuis toujours la position et le pouvoir et dont il vient à bout. Une incursion dans la vie de Pierre-Augustin Caron s'impose donc pour s'approcher un peu de celui que nous pouvons bien considérer comme un personnage d'exception.

Tout a été dit sur son incroyable destinée. Elle est si riche et tumultueuse que nous nous en tiendrons à la jeunesse, ce temps qui prépare et annonce l'auteur du *Mariage*. Rappelons donc qu'apprenti horloger dès l'âge de treize ans chez son maître artisan de père, l'adolescent est choyé comme un petit prince. Il a cinq sœurs qui toutes l'adorent, et dans l'échoppe paternelle les jolies clientes lui trouvent le teint frais, la taille bien prise et l'esprit vif – ce chérubin chéri plaît. On badine avec le jouvenceau primesautier, on le cajole, on se le dispute, il arrache un ruban, le taffetas des robes et les dentelles des jupons grisent son esprit et ses sens, il vole des baisers et écrit des billets doux. On lui répond, et pas seulement avec des lettres. Caron père voit le manège de ce personnage qui n'a encore trouvé ni son nom ni son rôle et, en bon protestant converti, lui fait entendre qu'il faut travailler, travailler vraiment, travailler sans relâche. Car enfin, son échoppe de la rue Saint-Denis a belle réputation. Une élégante clientèle s'y presse. Chérubin apprend les manières élégantes et l'art de la conversation. Lorsqu'il ne se dissipe pas, il voit à l'œuvre le sens du commerce de Caron père et apprend l'art de bien paraître, bien parler, et complaire.

Hélas, le jeune homme a mille talents, mais aucun pour obéir et jouer les utilités. Pour un être qui n'est qu'élan, énergie et ambition, rester penché sur un établi « entre quatre vitrages » n'est décidément pas supportable. Le jeune Pierre-Augustin a encore l'allure d'un petit page, mais il est déjà aussi roué que Figaro : d'abord insolent avec son père, il s'absente pour courir le guilledou, découche, fugue. Il revient épuisé et ravi, fait amende honorable, agence joliment quelques montres et horloges, et se met derechef à piocher dans la caisse.

Surtout, il entreprend sans en aviser son père des affaires qui ne sont pas toutes honnêtes. D'où lui vient l'idée de vendre une montre qu'on l'a chargé de réparer ? De son goût précoce pour l'argent et tous les plaisirs qu'il autorise, n'en doutons pas… Caron père, qui lui passait tout, chasse le voleur. Il disparaît, il revient en larmes. Imaginons la scène, c'est du Greuze. Le fils repenti tombe dans les bras de son géniteur, sanglote de honte, implore le pardon : le père larmoie à son tour, l'époque adore cela. Les sœurs se blottissent dans leurs bras aimants.

De fait, Pierre-Augustin a des arguments pour se faire pardonner : il a mis au point un astucieux mécanisme horloger, dit « échappement à double virgule », qui permet de réguler la détente du ressort des montres et de leur assurer la précision dont elles manquaient. Son père bougonne un peu mais s'émerveille, on travaille enfin, et il présente à sa clientèle les nouveaux modèles façonnés par son fils. On s'arrache ces trésors, on en parle, on n'y croit pas, on veut voir ces montres qui tiennent l'heure plusieurs semaines. On en réclame à Versailles… Tout Paris, toute la Cour se pressent vers la maison Caron pour acquérir la merveille du charismatique Pierre-Augustin, qui est encore bien loin de devenir Beaumarchais. Surtout, on veut le voir, ce petit génie dont même la reine parle. Il n'a pas encore montré sa bonne tête qu'il est déjà célèbre. Que sera-ce lorsqu'on la découvrira : il est ravissant, ses manières sont déjà celles d'un jeune noble, car il est aussi bon comédien qu'horloger, il a de l'esprit comme on en voit un par siècle. Et cet art d'amuser à la folie, d'un regard, d'un mot, d'un silence… Il est le charme, il est l'audace, il est l'ambition. Il sait flatter sans le trop montrer. On l'adore.

On le jalouse aussi. L'illustre sieur Lepaute, horloger de renom, passe en confrère à la boutique, achète deux ou trois montres nouvelle manière et s'empresse d'en imiter les astucieux rouages. Or le jeune Pierre-Augustin Caron n'est pas d'une espèce qui se laisse impressionner : pour ce nietzschéen avant la lettre, tout ce qui n'abat pas rend plus fort. L'adversité, en réalité, le galvanise. Lepaute le plagie et le pille ? Il ose, de surcroît, fanfaronner dans *Le Mercure de France*, où il présente comme sienne l'invention ? Le jeune homme cesse de dormir pour passer ses nuits à rédiger un traité qu'il présente à l'Académie des sciences. Sa verve, son audace, ses persiflages autant que sa bonne foi retiennent l'attention de l'illustre institution, qui hésite à désavouer l'horloger du roi, mais finit par donner raison au jeune Caron. Ne doutons pas que ce premier succès ne lui ait dicté une partie de son œuvre : Beaumarchais est un « homme à talents » qui doit tout à son mérite, et qui sait ce qu'avoir affaire à un homme bien en cour veut dire. Car il aurait pu, en brocardant Lepaute, aller faire un séjour à la Bastille. Il en a pris le risque, et a réussi à triompher de son adversaire. Rien ne l'arrêtera.

« C'est dans la bonne compagnie, pour laquelle je suis né, que je trouve mes moyens », écrit benoîtement Pierre-Augustin à son père. C'est tout simple : les Grands le grandissent, l'inspirent… et il le sait, ils lui permettront de s'enrichir. Pour réussir, réussir vraiment, il faut donc s'imposer durablement à Versailles. Mais comment ? Ce serait tellement plus simple avec quelque argent. Par amour, qui en doute ?, mais tout autant pour quitter sa roturière condition, Pierre-Augustin Caron épouse à vingt-quatre ans Madeleine-Catherine Aubertin, veuve de dix ans son aînée, mais assez aimable encore et surtout héritière de la fortune non négligeable de son premier mari, un feu Pierre-Augustin Franquet qui s'était entiché du jeune horloger. Cette épouse a le bon goût de posséder quelque arpent de terre, petit fief dit du Bosc Marchais, de mener grand train, et de mourir quelques mois après les épousailles. Caron se fait désormais donner du Beaumarchais. Les enfants Franquet veulent bien lui céder ce titre ronflant dont ils n'ont que faire, mais réclament l'héritage. Beaumarchais avait pris la précaution de signer avec son épouse un contrat en bonne et due forme : communauté et donation des biens au dernier vivant. Les héritiers s'enfurient et insinuent que cette mort précoce n'est pas naturelle. Beaumarchais n'a que vingt-cinq ans, mais sa réputation est déjà sulfureuse, et comme il a omis de faire enregistrer l'acte de mariage au Châtelet, il se retrouve Gros-Jean comme devant et sans héritage. Il continue, bien sûr, à mener grand train : il est vilipendé et perclus de dettes.

Mais alors, *quid* de ce succès dont il rêve toujours ? Il trépigne, puis repart en guerre. Son père lui confie-t-il une montre qu'il doit livrer à Versailles ? Il baguenaude au château et se débrouille pour rencontrer les filles du roi. Elles sont quatre, fort laides paraît-il, et très seules. On doute de pouvoir les marier. Comme les prétendants ne se pressent pas, elles s'ennuient à mourir. Beaumarchais les amuse, les flatte et les enthousiasme d'une nouvelle trouvaille : un mécanisme qui rend plus aisé le maniement de leur harpe. Elles raffolent de l'invention et de son inventeur ; il improvise une ritournelle galante sur leur instrument et, alors qu'il est loin d'être le musicien le plus compétent de la Cour, il devient leur professeur de musique attitré… et leur confident.

Dans l'antichambre des princesses, il croise quelquefois Pâris-Duverney, grand financier de la Cour, à qui il rend quelques menus services. Surtout, il le fait rire. Ce quasi-ministre lui confie peu à peu ses intérêts privés et lui présente un groupe d'hommes de plaisirs ou de pouvoir, dont le sieur Normant d'Étioles, joyeux époux de la Pompadour, ainsi que les ministres Maurepas, Sartine et Vergennes – autant d'appuis de taille lorsque le roi s'opposera à la représentation du *Mariage de Figaro*. Beaumarchais est à son affaire : il séduit, trouve à Paris ce qui manque à Versailles (c'est-à-dire à peu près tout), s'entremet, écrit de petites pièces dans le genre de la parade qui amusent follement, en un temps où la Cour ne songe qu'à cela, s'amuser, s'étourdir pour ne pas entendre un peuple mécontent qui gronde pourtant souvent. Sa carrière d'ambitieux est lancée pour de bon. Celle d'homme de lettres se profile : car sa dernière parade, *Jean Bête à la foire*, a tant plu, avec sa mécanique virtuose et ses sous-entendus licencieux, qu'on en redemande.

On a là, déjà, tout Beaumarchais : c'est l'homme du *kairos*, celui qui sait saisir les opportunités, toutes, toujours. Et même qui les provoque. Quitte à se retrouver musicien, entrepreneur, éditeur des œuvres du grand Voltaire, financier, spéculateur, armateur, ambassadeur, agent double, et toujours homme de main des Grands. Et pour notre plus grand plaisir, en plus du reste et comme en passant, écrivain.

La guerre du droit d'auteur

Beaumarchais termine son *Mariage de Figaro* en 1778, soit un an après la création du *Barbier de Séville*. La pièce, plusieurs fois interdite, avait d'abord fait un four retentissant, le 23 février 1775. Trop longue, trop alambiquée. On se gaussa de ce désastre : Beaumarchais n'était peut-être pas le génie que l'on disait. On l'éreinta, il souffrit le martyre, travailla trois jours et trois nuits sans manger, et livra le 26 un texte raccourci, vif – une remarquable machine comique. À la fin de la représentation, les Comédiens-Français furent salués par un tonnerre d'applaudissements, et l'heureux auteur n'eut pas le triomphe modeste : il annonça qu'il allait faire mieux, beaucoup mieux.

Il écrit donc *Le Mariage*. Présente, bien sûr, sa pièce aux Comédiens-Français : ce sont les meilleurs de Paris, il les lui faut. Surtout, *Le Mariage* étant une suite du *Barbier*, il coule de source que les interprètes de Figaro, Rosine devenue la Comtesse, Almaviva et Bartholo reprendront leurs personnages légèrement vieillis. Mais la théorie est une chose dont la vie vient souvent contrecarrer la logique. Car au moment où Beaumarchais confie sa nouvelle pièce à la troupe, il s'est tout bonnement fâché avec elle, et le conflit est à son comble. Le premier en France, il considère qu'une pièce jouée est une pièce qui ne doit pas être abandonnée aux comédiens, financièrement s'entend. Qu'il est tout simplement normal que son auteur perçoive quelque argent des énormes recettes de la troupe.

Les Comédiens-Français tombent des nues. Cela ne s'est jamais vu ! Acteurs et auteurs se sont toujours entendus en bons amis... Et lui, précisément, de quoi se plaint-il ? Ne le gratifie-t-on pas régulièrement de quelques centaines ou milliers de livres, lorsque les recettes sont bonnes ? Et surtout, qui est sur scène ? Qui reçoit les bravos ou les huées du public ? Eux, les artistes qui tous les soirs paient de leur personne... Beaumarchais aurait-il soudain sombré dans la folie des grandeurs, depuis qu'il est l'ami des puissants ? Lui qu'ils aiment tant, lui qui n'a jamais demandé un sol pour *Les Deux Amis* ni pour *Eugénie*... Beaumarchais laisse hurler et demande le compte des recettes. Un compte précis, si c'est possible. Il reçoit des calculs approximatifs. On le balade, on joue la montre – quelle erreur, on oublie qu'il est un horloger de génie. On spécule surtout sur son désir, ardent, de faire jouer sa nouvelle pièce.

Disons-le : jusqu'à lui, les auteurs avaient été indécemment exploités par les comédiens et n'avaient pas songé à protester. Peur des représailles… On vous faisait tomber la pièce en massacrant une représentation, quelques œufs pourris tachaient les pourpoints des acteurs, la claque s'emballait, et c'en était fini en trois soirs. Tant d'auteurs rêvaient d'avoir une pièce « reçue » dans la Maison de Molière que tous se montraient très conciliants. Qu'un seul se montrât trop revendicatif, et on passait au suivant.

Beaumarchais est l'homme de son siècle : il sait qu'il ne doit son train de vie et sa liberté qu'à son mérite. Qui est grand. Dans cette affaire, il bataille pour lui, seulement pour lui. Mais en réalité, tous les auteurs dramatiques de son temps et, avec eux, tous les écrivains qui suivront lui doivent une fière chandelle. Il est piquant de voir qu'il mène la lutte alors qu'il est de loin le plus riche d'entre ses pairs, car il est alors plus homme de finances qu'homme de lettres et n'écrit pour le théâtre, affirme-t-il, que pour se divertir… Or, ce que revendique Beaumarchais, ce sont certes des espèces sonnantes et trébuchantes, mais tout autant la reconnaissance de son *travail* d'écrivain. On voudrait le faire passer pour un simple affairiste obsédé par l'argent : mais en demandant une rémunération par représentation, il invente la notion de droit d'auteur. Et, par là même, la reconnaissance du travail intellectuel.

Nous ferons court sur la lutte qui l'opposa aux illustres Comédiens : elle mériterait un film. Elle commence à l'issue de la trente-deuxième représentation du *Barbier*, deux ans après la première, lorsque Beaumarchais, donc, demande une juste rétribution. On lui dépêche le bon Des Essarts, interprète de Bartholo, le barbon qui entend épouser sa pupille Rosine. Le gros Des Essart est porteur pour solde de tout compte de quelques milliers de livres et d'un imbroglio de calculs qui tiennent sur trois pages gribouillées. Beaumarchais le renvoie poliment et lui demande à nouveau des comptes exacts. La troupe noie le poisson… en continuant à jouer *Le Barbier*, toujours avec succès et belles recettes. Suit une lettre de notre Beaumarchais-Figaro, très en verve, publiée par voie de presse, et qui débouchera sur une longue guerre. Dans le camp des Comédiens, des appuis de poids – citons pour mémoire le duc de Dauras, gentilhomme de la Chambre et amant de la Vestris, superbe mais machiavélique créature qui excellait dans les rôles tragiques et ne s'abaissait point aux rôles drolatiques du petit sieur Caron, mais qui, comprenant fort bien le danger qui pesait sur tous les comédiens de la troupe, se mobilise. Beaumarchais, de son côté, peine à fédérer ses troupes. Il organise des soupers, écrit des libelles, réunit « les États généraux de l'Art dramatique », bref, comme en tout se démène. Il trouve peu d'alliés et beaucoup d'ennemis. Les auteurs ne se mobilisent pas volontiers, alors même qu'il y va de leur intérêt. Pour les plus âgés surtout, encore épris de l'idéal classique (on n'écrit que pour le plaisir, jamais pour de l'argent, sans quoi on se déclasse), c'était comme s'abaisser que de quémander l'aumône de quelque rétribution. L'affaire piétine.

Beaumarchais sollicite pour finir Diderot, le roi des philosophes, fondateur de l'*Encyclopédie* et créateur du drame bourgeois. Mais l'auteur du *Paradoxe sur le comédien* n'a guère d'estime pour celui qu'il considère comme un arriviste prêt à tout pour bassement s'enrichir. Diderot fait donc sonner ses soixante-quatre ans et son aspiration à vivre en paix avant de tenter de dissuader Beaumarchais de poursuivre une guerre perdue d'avance : « Je crains bien qu'il ne soit plus difficile de venir à bout d'une troupe de comédiens que d'un Parlement… »

Mais notre Beaumarchais vient à bout de tout ou presque. Le 3 juillet 1777, il crée la Société des auteurs. Là encore, c'est une scène : au milieu d'une compagnie d'écrivaillons ou de bons dramaturges, tel Chamfort, tous attablés devant une assiette de soupe en son superbe hôtel des Ambassadeurs de Hollande éclairé de mille chandelles, Beaumarchais ruse, charme, et avance suffisamment ses pions pour convaincre les plus frileux. Les Comédiens-Français ont beau protester, cabaler, lancer des rumeurs, ils passent désormais pour des filous. Ils négocient et acceptent pour l'heure sa nouvelle pièce, ce *Mariage de Figaro* qui nous occupe – refuse-t-on un chef-d'œuvre ? Ils la jouent avec succès, mais rétribuent chichement. Pour parvenir à faire aboutir cette cause, Beaumarchais n'aura d'autre solution que de s'en remettre… au roi lui-même ! « La première de toutes les grâces, Sire, n'est-elle pas d'assurer aux auteurs dramatiques, par une loi, la propriété de leurs œuvres et le juste fruit de leurs travaux ? » Louis XVI sera bientôt occupé à d'autres affaires. Il faudra attendre la Révolution pour qu'un décret soit adopté par l'Assemblée nationale : près de vingt ans après les démêlés de Beaumarchais avec les tenaces Comédiens-Français, le 13 janvier 1791, le droit d'auteur sera enfin reconnu.

« Cette pièce ne sera jamais jouée ! »

« C'est détestable ! Cela ne sera jamais joué ! Il faudrait détruire la Bastille pour que la représentation de la pièce ne fût pas une inconséquence dangereuse. » Ainsi parlait Louis XVI… Tout faire pour empêcher la représentation de cette comédie qui attaquait les fondements de la monarchie, ainsi en a décidé le roi. Car lui, et lui seul apparemment, a bien conscience de la portée séditieuse de ce texte. Dans son entourage, les courtisans, habitués à l'esprit frondeur des philosophes, sont majoritairement favorables à Beaumarchais. Les plus influents ? Le prince de Conti, prince du sang, et le comte d'Artois, frère du roi et futur Charles X, qui n'a encore que vingt-six ans et le goût des plaisirs de son âge. Ils fréquentent l'intrigant et goûtent son talent. Lorsqu'il fait des lectures dans des salons privés, ils applaudissent l'insolence, les audaces et les grivoiseries à peine dissimulées par un langage fleuri. La pièce est donc lue, puis vue en quelques salons très fermés où l'on fait entrer le premier cercle des courtisans. Et tout Versailles fredonne la romance de Chérubin, y compris la reine. Car, au fond, où est le danger ? Beaumarchais se joue d'un noblaillon espagnol malmené pendant cinq actes ?

La belle affaire ! Ce droit de cuissage qui fait toute l'intrigue n'existe plus depuis longtemps, voyons ! Que craint le roi ? Il s'agit tout bonnement d'une « folle journée », sous-titre de la pièce, une facétieuse fantaisie où l'on rit à toutes les scènes. C'est une fête !

Empêchera-t-on les beaux esprits de s'amuser, eux qui n'ont que ça à faire ?

Toujours est-il que le roi s'oppose. Plusieurs censeurs se succèdent pour empêcher la représentation. Voyons comment Beaumarchais les évoque dans la préface du *Mariage* : « Je ne demandais qu'un censeur ; on m'en accorda cinq ou six. » Et d'ajouter qu'il s'agit ni plus ni moins que d'un « déchaînement ». Mais cet homme ne lâche pas. « Quand je veux une chose, j'y arrive toujours : c'est mon unique pensée, je ne fais pas un pas qui ne s'y rapporte, c'est pour moi une question de temps. Je finis toujours par réussir et alors je suis deux fois satisfait, et par la réussite de mon désir, et par la difficulté vaincue. » Voilà comment se peint l'insolent à la duchesse de Bourbon, et c'est ainsi qu'il se montre dans la bataille qu'il va devoir mener pour que se joue, malgré l'opposition farouche de l'homme le plus puissant de France, son *Mariage de Figaro*.

Mais les censeurs censurent, et la pièce est interdite. Impossible de se produire sur la scène du Théâtre-Français. Beaumarchais contourne le problème. Il voit bien que le roi n'autorisera pas une représentation dans un théâtre tel que la Comédie-Française – hors de question de laisser ce trublion échauffer les esprits du peuple de Paris. Mais en comité réduit, pour des esprits éclairés… Après tout, Louis XIV, qui avait interdit au *Tartuffe* de paraître au Palais-Royal, l'avait d'abord admis aux fêtes de Versailles, de Villers-Cotterêts ou de Chantilly. Et en effet, une trentaine de répétitions du *Mariage* sont enfin officiellement autorisées sur le théâtre de l'hôtel des Menus-Plaisirs, situé à Paris mais propriété du roi. Une première est programmée : ce sera le 13 juin 1783, aux « Menus », donc. Mais Beaumarchais, une nouvelle fois, voit très grand : la représentation est annoncée en fanfare, et de jolis cartons taillés en losange, rayés « à la Marlborough », avec la figure de Figaro dans son costume espagnol, se vendent : on se les arrache. Beaumarchais invente au passage le marketing. Tout Paris ainsi que toute la Cour se pressent. Enfin, enfin ! on va voir LA pièce. Coup de théâtre. Au moment même où les acteurs entrent en scène, à midi, le duc de Villequier, dépêché par le roi, interdit la représentation. Beaumarchais, les comédiens et toute la Cour doivent décamper. Sept cents carrosses reconduisent la noblesse dépitée à Versailles, *where it belongs*, *God-dam* ! Caron paie les débours, dont les frais de répétition qui s'élèvent à une petite fortune, mais ne renonce toujours pas : car enfin tous ces contretemps font une publicité inespérée à sa pièce. Il intrigue encore, court partout, trouve des portes dérobées et se glisse aux pieds de Marie-Antoinette, à qui il chante la romance de Chérubin, qu'elle connaît par cœur et entonne avec lui. Elle prend à part son royal époux, insiste, câline, argumente : le roi cède et autorise enfin une représentation ultra-privée. Elle se donnera le 23 septembre au château de Gennevilliers, dans la maison de campagne du comte de Vaudreuil, grand fauconnier de France, chevalier des Ordres du roi, pair de France, gouverneur du Louvre et amant de la délicieuse princesse de Polignac, elle-même très proche (beaucoup trop, dit-on) de la reine. Bref, un homme puissant et libertin. Toute la fine fleur de la Cour est là à nouveau, princes, ducs et pairs, et toutes les beautés de Versailles. La représentation aura-t-elle enfin lieu, cette fois ? La troupe s'élance et enchante le public, qui rit tout haut et lance des vivats. Le lendemain, Louis XVI prie son jeune frère de lui dire ce qu'il a pensé de cette farce dont on lui rebat les oreilles. La scène se passe dans l'appartement de la reine, et Artois murmure à l'oreille royale : « Faut-il vous le dire, sire, en deux mots ? L'expression, l'intrigue, le dénouement, le dialogue, l'ensemble et les détails, depuis la première scène jusqu'à la dernière, c'est du f..., et encore du f... » Faut-il parler plus haut ? C'est bien de foutre qu'il était question. Le roi rit beaucoup, mais ne lève pas son veto. Nouvelles tentatives de Beaumarchais, refus répétés. L'auteur éconduit devient l'homme du moment, on ne parle que de sa *Folle Journée* et des folles interdictions royales. Le roi doit finalement plier sous la pression de l'opinion.

Un triomphe

La première est historique : c'est l'événement de l'année, tout le monde veut en être. Car enfin, tant de péripéties, de revirements, de coups de théâtre ont retardé ce moment que le suspense est à son comble : *Le Mariage* sera-t-il un jour donné ?

La représentation est enfin officiellement autorisée. Le 27 avril 1784, Paris et Versailles se pressent dix heures avant l'ouverture dans l'espoir d'obtenir les précieux billets. Des femmes de qualité s'enferment dès le matin dans les loges des actrices pour être aux meilleures places lorsqu'on ouvrira la salle. On attend, on s'installe. Dans les premières loges, la duchesse de Polignac et la duchesse de Lauzun saluent au balcon les gloires de la scène : Mme Dugazon, de la Comédie-Italienne, et Rosalie Duthé, de l'Opéra. Devant les grilles du théâtre, les grands se mêlent à la plèbe pour obtenir plusieurs heures à l'avance les précieux billets qui s'acquièrent à prix d'or, faisant le bonheur et la fortune de revendeurs qui monnayent la place quinze à vingt fois son prix. Lorsqu'on ouvre enfin, c'est le chaos : chacun veut sa place et, si possible, la meilleure. On court, on se précipite, on se bouscule. La garde est dispersée et ne maîtrise plus rien. Cris, mouvements incontrôlés de la foule côté cour puis côté jardin, affolement, trépignements, évanouissements… Il y a des blessés et même pire : trois hommes auraient péri étouffés.

La salle est bondée en un clin d'œil. Cohue, chahut, effervescence, liesse. La foule se calme enfin, s'assied, attend en parlant haut. On s'apostrophe des loges au parterre, on se salue, on galèje, on trépigne, on pronostique, qui un triomphe, qui un four, tandis que Beaumarchais, momentanément anéanti par le trac, s'est retranché dans une loge sombre protégée d'un grillage. Voilà un homme qui ne perd jamais une occasion de se mettre en scène – et de s'amuser : il ripaillera dans sa cachette avec à main gauche l'abbé Sabatier de Cabre, à main droite l'abbé de Calonne, qui n'est rien de moins que le frère du contrôleur des Finances. Les deux ecclésiastiques lèveront leur verre aux bravos ou lui administreront, a-t-il fait savoir, les derniers sacrements en cas de mort subite.

À cinq heures et demie, la toile est levée. Toise en main, Figaro mesure la chambre que lui a allouée le comte Almaviva. Il apprend sans tarder de Suzanne que, le jour de leurs noces, le Comte a l'intention d'user d'un « certain droit du seigneur… ». L'argument est donné, la représentation lancée : Figaro parviendra-t-il à déjouer les plans odieux du Comte, symbole de tous les abus de la noblesse ? Devant tant d'effronterie, on suspend son souffle, puis les rires fusent dès les premiers effets, bons mots ou renversements de situation. Le succès se dessine, grandit, s'affirme, malgré les quelques huées de la cabale, elle-même huée. Car on veut voir, voir enfin jusqu'où Beaumarchais poussera ses audaces. La première dure cinq heures, la tyrannie des Grands est mise à mal, mais l'important est que la vertu de Suzanne soit sauve et l'honneur de Figaro aussi. Car « tout finit par des chansons », c'est le mot de la fin, et le public se lève pour ovationner les acteurs… et l'auteur, lequel est toujours tapi dans sa loge, ivre de bonheur, de fierté et de bon vin. Il est le héros du jour et les caisses sont pleines. La recette s'élève à 5 698 livres et 19 sols – soit l'équivalent de près de 90 000 euros actuels. Là encore, du jamais vu. Le succès du siècle !

Une pièce révolutionnaire… malgré son auteur

Beaumarchais est le seul grand auteur du XVIIIe siècle à avoir vu la Révolution française. Il était du reste aux premières loges, dans cette maison à deux cents fenêtres ouvrant sur la Bastille que son immense fortune lui avait permis de s'offrir avant la prise du bastion de l'Ancien Régime. Mais il tourne d'emblée le dos au grand chambardement. Certes, il prend la liberté de fustiger les Grands, car « sans la volonté de blâmer, il n'est point d'éloge flatteur ». Mais c'est pour pouvoir mieux les flatter – non pour abolir leurs privilèges, qu'il entend bien partager.

Empêcher le Comte de jouir de Suzanne : voilà donc l'enjeu central de la pièce. Ou, pour le dire autrement, permettre à Figaro d'épouser Suzanne sans être cocufié par son maître avant même son mariage… Le spectateur s'intéresse donc ici au serviteur et non au maître. Ce qui est en soi un sujet proprement révolutionnaire, qui décentre l'intrigue matrimoniale de la comédie héritée de Molière en un renversement qui change radicalement la perspective. Le valet promu au rang de protagoniste, le roturier supplante le noble. Son mariage devient l'enjeu central de la comédie – son mariage et donc son bonheur, son honneur, sa destinée, mais aussi son patrimoine. Le message est limpide : le tiers état a les mêmes aspirations que la noblesse.

Rappelons pour mémoire la structure de la comédie classique, celle justement de Molière, héritière de la *commedia dell'arte* : un jeune noble s'éprend d'une belle et veut l'épouser. Son père, ou le tuteur de la jeune fille, tyran domestique obnubilé par une marotte (argent, maladie ou folie nobiliaire), s'y oppose. Pour que la comédie soit belle et le mariage possible, l'astuce des valets est indispensable. Ainsi, *Les Fourberies de Scapin* permettent aux jeunes premiers Octave et Léandre d'épouser, malgré la farouche opposition de Géronte, la douce Hyacinthe ou une Zerbinette plus délurée, et mêmement Frosine, par ses intrigues, déjoue les plans d'Harpagon et permet aux jeunes premiers Élise et Valère, Cléante et Mariane de convoler en justes noces. Les ruses de Toinette soustraient Angélique à la folie de son malade imaginaire de père pour qu'elle puisse épouser Cléante et non Thomas Diafoirus, etc. Bref, le valet ou la servante de Molière est toujours au service des amours de son maître. Ce faisant, il ou elle mène l'intrigue et amuse : son ingéniosité, ses stratagèmes, déguisements et autres tours sont le fond comique de la pièce. *Le Barbier de Séville* reprend cette formule qui met en vedette un valet d'intrigue. Mais l'enjeu est tout autre dans *Le Mariage de Figaro*.

Notons que le théâtre du XVIIIe siècle, suivant le mouvement général des philosophes, est hanté par la question des classes sociales. Marivaux, dès 1725, met en scène dans *L'Île aux esclaves* des naufragés isolés sur une île : un groupe de « Maîtres » s'oppose à un groupe d'« Esclaves ». Comme en des saturnales antiques, les autochtones exigent qu'ils inversent leurs rôles. Fichtre : les valets à la place des maîtres, déjà ! Mais, comme dans *Le Jeu de l'amour et du hasard*, Marivaux privilégie l'intrigue sentimentale aux dépens de la satire sociale. Et le renversement des rôles ne dure que le temps de la représentation : lorsque tombe le rideau, chacun retrouve sa place, et l'ordre social est maintenu. Plus avec Beaumarchais : Almaviva est coureur, soit. Mais derrière ses menées pour abuser de Suzanne, ce sont tous les abus d'une noblesse arrogante qui sont clairement condamnés. « Parce que vous êtes un grand seigneur, vous vous croyez un grand génie !... Noblesse, fortune, un rang, des places, tout cela rend si fier ! », lance Figaro au début du célèbre monologue, sommet de notre littérature. Et il ne s'arrête pas là : « Qu'avez-vous fait pour tant de biens ? Vous vous êtes donné la peine de naître, et rien de plus » – peut-on imaginer une condamnation des privilèges plus efficace ? Et Figaro d'enchaîner : « Du reste, homme assez ordinaire ; tandis que moi, morbleu ! perdu dans la foule obscure, il m'a fallu déployer plus de science et de calculs, pour subsister seulement, qu'on n'en a mis depuis cent ans à gouverner toutes les Espagnes. » Quelques phrases ont suffi pour dénoncer les excès de la noblesse, son arrogance, et même sa médiocrité. Les aristocrates que fréquente Beaumarchais veulent croire à des boutades. Après tout, cet homme rit de tout, y compris de lui-même : la dénonciation des charges achetées est si drôle, avec ce Brid'Oison bégayeur et sot... L'ambitieux n'a-t-il pas lui-même monnayé la charge de « maître des Forêts » ? Rien de bien méchant, donc, d'autant que Pierre-Augustin Caron de Beaumarchais s'est fait noble.

Seul le roi a vraiment pris la mesure du danger. Il n'a pu en empêcher la représentation. Quelques années suffiront à rendre les spectateurs ou les lecteurs plus lucides que les autres contemporains : Danton déclarera peu de temps après la prise de la Bastille que « Figaro a tué la noblesse », et à sa suite Napoléon résumera l'affaire : « Figaro, c'est déjà la Révolution en marche. »

La première pièce féministe

En réalité, pour se figurer la véritable portée révolutionnaire de la pièce, il faut examiner le rôle qu'y jouent les femmes. Dès la première scène. Suzanne balance son porc à particule : « Il y a, mon ami, que, las de courtiser les beautés des environs, monsieur le comte Almaviva veut rentrer au château, mais non pas chez sa femme : c'est sur la tienne, entends-tu ?, qu'il a jeté ses vues. » Voilà comment Beaumarchais invente #MeToo, en 1784, bien avant que n'éclate ce mouvement qui encourage les femmes à faire connaître les violences sexuelles qu'elles subissent. Suzanne confie à Figaro, qui doit l'épouser le jour même, que leur seigneur et maître espère obtenir d'elle avant les noces « certain quart d'heure, seul à seule », usant sans vergogne « d'un ancien droit du seigneur » qu'il avait aboli officiellement. Seulement voilà, poursuit Suzanne, il le rétablit officieusement. Et il prévoit de l'appliquer dans le lit même qu'il offre généreusement à Figaro, dont il a installé la chambre nuptiale à côté de la sienne, très précisément au centre du plateau et de l'intrigue : entre sa chambre et celle de sa femme. Et ce benêt de Figaro ne se doutait de rien, voyant là un emplacement commode, permettant aux deux valets d'être chacun au plus près de son maître… Pour Figaro, Almaviva, et pour Suzanne, son épouse la Comtesse dont elle est la camériste.

Voilà le sujet de la pièce, lancé en quelques vives répliques : « En deux pas, mime Suzanne, il est à ma porte. “Et crac !” » L'assaut qui suit est allusivement évoqué. Figaro apprend juste que le Comte essaie d'acheter par une dot les faveurs de Suzanne. Les yeux enfin dessillés, il formule aussitôt son but : trouver « le moyen d'attraper ce grand trompeur, de le faire donner dans un bon piège, et d'empocher son or ! ». L'ennemi est désigné, et le but annoncé. Préserver l'honneur de Suzanne, et duper le butor. Il n'en doute pas : il triomphera du Comte.

Mais… Figaro échouera dans toutes ses entreprises. Trop frontal, trop fanfaron, trop maladroit… Trop Beaumarchais, dans le fond. Heureusement, à ses côtés, sans grandes déclarations, sans rodomontades figaresques, les femmes se démènent à bas bruit. Tout au long des cinq actes, ce sont elles qui mènent la danse et sauvent son mariage – principalement la Comtesse et Suzanne. Loin d'être les spectatrices passives de l'action que demeuraient en général les jeunes premières de Molière (excepté Agnès qui, à l'école de l'amour, proclamait en toute innocence son droit de choisir qui elle aimait), elles intriguent et rusent à la manière de Beaumarchais, et parviennent à déjouer l'ignoble projet d'Almaviva. Suzanne se montre aussi insolente qu'un Figaro pour parer aux avances du Comte. Un exemple, au troisième acte :

> Le Comte : « Si tu manquais à ta parole, entendons-nous, mon cœur : point de rendez-vous, point de dot, point de mariage… »
> Suzanne, *faisant la révérence* : « Mais aussi, point de mariage, point de droit du seigneur, Monseigneur… »

Fait remarquable, la Comtesse vole au secours de Suzanne : dès l'acte IV, c'est elle qui lui dicte le billet qui fera tomber son mari dans un piège. Et à l'acte V, elle encore qui se glisse dans ses habits et piège le Comte. Merveilleux finale où s'inverse la hiérarchie maître-valet, et où l'on voit que l'intelligence des femmes est d'échapper à la rivalité qui d'ordinaire, à la scène comme dans la vie, les oppose si sottement pour obtenir la faveur d'être la préférée d'un homme. Non plus rivales mais solidaires, elles agissent de conserve, et la Comtesse, loin de jalouser la jeune Suzanne, sert ses intérêts… et les siens dans le même temps : dans la nuit, sous les marronniers, Almaviva confondu s'aplatira en excuses et retrouvera du désir dans les bras de sa légitime, elle qui lui paraît soudain si fraîche dans son costume de jeune camériste, et qui désormais l'a à ses pieds, contrit et repentant…

Il en va de même avec l'inénarrable Marceline. On sait que la tonitruante matrone, agitant une désinvolte reconnaissance de dettes jadis signée par Figaro qui stipulait que si l'argent n'avait pas été remboursé, elle obtiendrait de lui un mariage en justes noces, le traîne au tribunal pour faire annuler celui de Suzanne. Elle s'oppose donc, autant qu'à Figaro dont elle rêve de se rapprocher malgré leurs vingt ans de différence d'âge, à Suzanne qu'elle veut supplanter. Mais lorsqu'un coup de théâtre lui révèle qu'elle est la mère de Figaro, la cougar en corset et robe à plis Watteau n'a plus que des sentiments maternels envers lui, et accueille sans réserve la jeune et jolie promise. Elle oublie les affronts qu'elle lui a fait subir : la friponne a ri de son âge, la traitant de duègne dès le début de la pièce ? Elle a déclaré au tribunal qu'elle la trouvait « affreuse » ? Dès que Marceline comprend que son amour en quelque sorte se trompait, elle n'a de cesse que de soutenir son ancienne rivale : « Ah ! quand l'intérêt personnel ne nous arme pas les unes contre les autres, nous sommes toutes portées à soutenir notre pauvre sexe opprimé. »

Et Marceline, libérée du désir incestueux, de s'élancer dans une tirade mémorable : « Dans les rangs même plus élevés, les femmes n'obtiennent de vous (les hommes) qu'une considération dérisoire : leurrées de respects apparents, dans une servitude réelle ; traitées en mineures pour nos biens, punies en majeures pour nos fautes ! Ah ! sous tous les aspects, votre conduite avec nous fait horreur ou pitié ! » Et Figaro de s'exclamer, en aparté : « Elle a raison ! », aussitôt suivi par le Comte, même jeu : « Que trop raison !... »

La dénonciation des abus des hommes, le rôle prééminent des femmes dans l'intrigue, leur association, le cri du cœur indigné de Marceline : autant d'éléments qui incitent donc à lire dans *Le Mariage de Figaro* une pièce féministe, en un temps où l'idée même d'une égalité entre les hommes et les femmes n'était même pas envisagée. Le comble de l'affaire est que cet éloge du « sexe faible » est conçu par un Beaumarchais jouisseur, coureur de dots et inconstant, bref, plus don juan qu'épris d'égalité des sexes. Le texte parle malgré son auteur en somme, et c'est toute la force de cet homme-là : il fait du féminisme sans le savoir, comme Jourdain faisait de la prose, et son propos porte.

Certes, la Révolution s'empressera d'oublier les femmes, et les maintiendra dans leur statut d'éternelles mineures. Éternelles ? Point du tout... mais ne nous égarons pas.

Postérité

Le Mariage a deux prolongements directs : le premier est de Beaumarchais lui-même, qui tient, avec la famille Almaviva, Figaro, Suzanne et Chérubin, des personnages qui peuvent, comme ceux du *Barbier de Séville*, être saisis dans une nouvelle intrigue quelques années plus tard : ce sera *La Mère coupable* (1792). La Comtesse s'est laissé emporter par son attirance pour Chérubin et a sali le nom des Almaviva. Dans cette pièce de l'amour impossible et du déshonneur qui clôt la trilogie,

Beaumarchais renonce par force à la « gaieté » du *Mariage* et du *Barbier*. Plus rien d'une « folle journée », hélas ! C'est peu dire que cette *Mère coupable* n'a pas laissé un souvenir impérissable, même si l'histoire littéraire retient que la tentation du drame en dit long sur cette époque à la recherche de nouvelles formes qui aboutiront quelques décennies plus tard à la révolution romantique.

Notons aussi que *Le Mariage de Figaro* inspira très vite de nombreuses suites, la plupart centrées sur le personnage de Chérubin : un des censeurs du *Mariage*, Desfontaines, commit *Les Amours de Chérubin*, et tout ce que la France comptait d'écrivains obscurs voulut faire jouer sa pièce. Ce fut une mode. Même Olympe de Gouges s'y mit. Aucune de ces fredaines n'a fait date.

La postérité directe et la plus marquante est, bien sûr, l'opéra de Mozart, *Les Noces de Figaro*, composé aussitôt après le succès du *Mariage*, et donné deux ans plus tard presque jour pour jour au Burgtheater de Vienne.

Car toute l'Europe bruit du succès de scandale de la pièce de Beaumarchais. Dès que Mozart en est informé, il décide de l'adapter, alors même qu'elle a été interdite par le roi Joseph II. Il mène rondement son affaire, confie le livret au brillant Da Ponte, à qui six semaines suffisent pour composer un *opera buffa* en quatre actes. Le librettiste a la prudence d'expurger le texte de toutes ses références politiques et polémiques. Essentiellement centrée sur les intrigues amoureuses des personnages principaux (*exit* les Grippe-Soleil, Pédrille et Double-Main), admirablement construite et servie par une composition musicale qui est sans doute le meilleur de tout ce qu'écrivit Mozart, l'œuvre n'eut pas à subir l'interminable feuilleton des censeurs qui avaient donné à penser que *Le Mariage de Figaro* ne serait jamais joué.

Il en résulte un des opéras les plus populaires de tout le répertoire – ce n'est pas par hasard que, dans l'*Amadeus* de Milos Forman, le film aux huit oscars, *Les Noces* soient l'œuvre la plus représentée, et que le film se termine par les sublimes accents lyriques du « Contessa perdono ». *Les Noces de Figaro* connaîtront ainsi un succès croissant, au point d'être beaucoup plus jouées que ne le fut leur frère aîné, ce *Mariage* de Beaumarchais dont le caractère foisonnant, baroque et, il faut bien le reconnaître, interminable, dissuade parfois les metteurs en scène de s'attaquer au « monstre ».

Un monstre charmant, bien de son temps, qui fait triompher l'amour (ou le désir ?)... dans le mariage ! Le XIXe siècle peut commencer.

Bibliographie sélective

Édition originale

Le Mariage de Figaro. Comédie en cinq actes, en prose, Paris, Au Palais-Royal, chez Ruault, 1785.

Édition de référence : BEAUMARCHAIS, Pierre-Augustin Caron DE, *Œuvres*, éd. Pierre et Jacqueline Larthomas, Paris, Gallimard, coll. « Bibliothèque de la Pléiade », 1988.

Biographies

BEAUMARCHAIS, Jean-Pierre de, *Beaumarchais, le voltigeur des Lumières*, Paris, Gallimard, coll. « Découvertes », 1996.

LEVER, Maurice, *Pierre-Augustin Caron de Beaumarchais*. Tome premier : *L'irrésistible ascension 1732- 1774*, Paris, Fayard, 1999 ; tome deuxième : *Le citoyen d'Amérique 1755-1784*, Paris, Fayard, 2000 ; tome troisième : *Dans la tourmente 1785-1799*, Paris, Fayard, 2000.

ORSENNA, Erik, *Beaumarchais, un aventurier de la liberté*, Paris, Stock, 2019.

POMEAU, René, *Beaumarchais ou la bizarre destinée*, Paris, PUF, coll. « Écrivains », 1987.

Ouvrages critiques

BEAUMARCHAIS, Jean-Pierre DE, *La Folle Journée ou le Mariage de Figaro, Pierre-Augustin Caron de Beaumarchais*, Paris, PUF, 2005.

DEGAUQUE, Isabelle (dir.), *Lectures de Beaumarchais. Le Barbier de Séville, Le Mariage de Figaro, La Mère coupable*, Presses universitaires de Rennes, 2015.

FRANTZ, Pierre, BALIQUE, Florence, *Beaumarchais. Le Barbier de Séville, Le Mariage de Figaro et La Mère coupable*, Neuilly-sur-Seine, Atlande, 2004 (rééd. augmentée, 2015).

GÉRAUD, Violaine, *Beaumarchais : homme de lettres, homme de société*, ed. by Philip Robinson, Oxford, Peter Lang, 2000, p. 191-204 (porte sur *Le Barbier de Séville* et *Le Mariage de Figaro*).

MORAUD, Yves, « Figaro : l'Histoire se précipite », in *La Conquête de la liberté de Scapin à Figaro. Valets, servantes et soubrettes de Molière à Beaumarchais*, Paris, PUF, 1981, p. 137-181.

NETTER, Marie-Laurence, *Du théâtre à la liberté. Dans les coulisses des Lumières*, Armand Colin, 2012.

ROBERT, Richard, *Premières leçons sur les rapports entre maîtres et valets dans la comédie du XVIIIe siècle*, Paris, PUF, 1999.

SCHERER, Jacques, *Le Mariage de Figaro*, éd. avec analyse dramaturgique, Paris, Sedes, 1966.

—, *La Dramaturgie de Beaumarchais*, 5e éd., bibliogr. revue et augmentée par C. Scherer, Paris, Nizet, 1999.

9

Mémorial de Sainte-Hélène

de Napoléon
(1823)

par Thierry Lentz

En janvier 1823 parut le premier volume d'un ouvrage dont on peut penser qu'il changea l'histoire politique de la France et – un peu – de l'Europe. L'auteur ? Emmanuel de Las Cases. L'ouvrage ? Le Mémorial de Sainte-Hélène, ou Journal où se trouve consigné, jour par jour, ce qu'a dit et fait Napoléon durant dix-huit mois. *Même si l'on sait aujourd'hui qu'une grande partie de ce qu'il contient fut composée et ajoutée après coup par le signataire de l'œuvre, celle-ci passa immédiatement comme étant la voix de l'Empereur mort deux ans plus tôt. Le vrai et le faux n'ont pu être triés que très récemment, après la découverte d'une copie jusqu'alors inconnue du manuscrit original.*

Lorsque Napoléon se rendit aux Anglais, le 15 juillet 1815, il fut autorisé à emmener en exil avec lui, outre une poignée de domestiques pour son service intérieur, trois officiers supérieurs (Bertrand, Gourgaud et Montholon) et un secrétaire. Pour ce dernier poste, il choisit un de ses chambellans par ailleurs conseiller d'État, Emmanuel de Las Cases. Celui-ci put se faire accompagner par un de ses fils, Emmanuel-Pons. L'Empereur ne connaissait guère ce petit bonhomme (il mesurait un mètre cinquante), mais en fit immédiatement son confident et le préféré de sa suite, au grand désappointement des trois généraux. Il est vrai qu'il avait de la conversation, parlait couramment l'anglais (dont il apprit les rudiments à son impérial interlocuteur), et était l'auteur d'un *Atlas* à succès dont un exemplaire figurait dans les bibliothèques des palais impériaux. Surtout, c'était un civil aux manières parfaites et au comportement moins rigide que celui des militaires que Napoléon avait l'habitude de commander sans phrases.

Dès l'embarquement sur le *Northumberland*, qui transportait la petite colonie française au bout du monde, les deux hommes se virent plusieurs fois par jour et échangèrent sur de nombreux sujets, le secrétaire distrayant l'Empereur en le faisant se raconter et parler de lui-même. L'habitude prise pendant les trois mois de voyage se perpétua sur l'île pendant un peu plus d'une année. Dans la journée, les deux hommes se retrouvaient, se promenaient ensemble et participaient au dîner quotidien réunissant cette fois les généraux et leurs épouses. Une fois rentré dans ses appartements, Las Cases reconstituait les conversations, avec l'aide de son fils, puis attendait le jour suivant pour poursuivre sa récolte. Il n'était certes pas le seul à tenir un journal, mais, puisque nous connaissons aujourd'hui ceux des autres, on doit reconnaître que la qualité et la profondeur des propos retranscrits étaient bien supérieures à celles d'un Bertrand – intéressant mais télégraphique –, d'un Gourgaud – où éclatent surtout son mal de vivre et sa jalousie – ou d'un Montholon – qui reconstitua ses souvenirs seulement trente ans plus tard. Ces séances, qu'on imagine passionnantes, durèrent jusqu'au moment où, convaincu d'entretenir une correspondance secrète avec l'Europe, Las Cases fut expulsé de la prison de l'Atlantique Sud. Après un long séjour au Cap, il put gagner l'Europe, où il erra pendant plusieurs années avant d'être autorisé à rentrer à Paris.

On a souvent dit que Las Cases avait fomenté son expulsion, peut-être avec l'accord de Napoléon, pour pouvoir publier en Europe les notes qu'il avait prises à la suite de leurs conversations. Si tel était le cas, le secrétaire fut bien marri lorsque, après l'avoir fait arrêter, le gouverneur de Sainte-Hélène, sir Hudson Lowe, confisqua tous ses papiers, parmi lesquels un gros manuscrit déjà mis en forme qui constituait des « Mémoires de Napoléon », soit le socle du futur *Mémorial.* Malgré ses protestations et les réclamations qu'il adressa au gouvernement de Londres, Las Cases ne put récupérer ces précieux papiers qu'après la mort de l'Empereur, survenue le 5 mai 1821. On lui rendit ses liasses à l'automne de cette année-là. Il lui fallut encore un an et demi pour revoir et, nous le savons aujourd'hui, augmenter et agrémenter son travail.

Dans son malheur, Las Cases avait eu finalement de la chance : publié en 1817 ou 1818, son livre n'aurait été qu'une plainte de plus de l'empereur prisonnier, qui avait déjà réussi à en faire publier plusieurs, au nez et à la barbe du gouvernement britannique[1]. Mûri, revu et corrigé, le *Mémorial* allait devenir une bombe éditoriale[2].

Le bréviaire des libéro-bonapartistes

Annoncé par un prospectus distribué à 16 000 exemplaires, à Paris, en province et à l'étranger, le *Mémorial de Sainte-Hélène* commença à paraître au début de 1823. Las Cases en était l'éditeur, mais précisait que l'on pouvait se procurer les volumes « chez l'auteur, rue du Bac, n° 59 » et chez « tous les libraires de France et de l'Étranger ». Deux formats à la typographie très soignée étaient proposés : in-8° au prix de 14 francs les deux volumes, et in-12° (équivalent de nos livres de poche) pour 7 francs les deux volumes. Le choix du titre était heureux.

1. Voir sur ce point : Pierre Branda (éd.), *Napoléon. Écrits clandestins de Sainte-Hélène*, Perrin, 2021.

2. Le texte qui suit est inspiré des travaux que Peter Hicks, Chantal Prévot, François Houdecek et moi-même avons menés pour accompagner la publication du manuscrit « original » du *Mémorial*, publié pour la première fois en 2018, aux éditions Perrin, sous le titre : *Le Mémorial de Sainte-Hélène. Le manuscrit retrouvé.*

Le terme de « mémorial » était dans l'air du temps. Venant du latin *memoriale*, qui désigne à la fois un souvenir, un document pour instruire une affaire, et un monument, il était très souvent utilisé depuis la Révolution pour désigner un recueil de textes. Las Cases avait aussi imaginé un « produit dérivé », sous forme d'« une carte de Sainte-Hélène, soignée de manière à être encadrée » remise avec le dernier volume, mais pouvant aussi être vendue séparément pour trois francs. Il en profita encore pour proposer une réédition de son *Atlas*. Le *package* pouvait lui faire gagner beaucoup d'argent, et ce fut le cas.

Les deux premiers tomes du *Mémorial* parurent en janvier, suivis de six autres jusqu'en novembre 1823, pour un total de 3 732 pages. Le succès de la première édition fut tel qu'une deuxième fut mise immédiatement en chantier et parut dès 1824. Las Cases y avait porté de nombreux changements, notamment à la suite de protestations reçues de la part de personnes maltraitées par lui ou dans les confidences de l'Empereur faites à la première édition. Il avait encore ajouté plusieurs chapitres concernant son expulsion et sa vie postérieure, mais aussi des textes épars pris sous la dictée de Napoléon, comme des fragments de mémoires sur la première campagne d'Italie (1796-1797). À chaque édition suivante, il pratiqua de même. Le texte imprimé ne fut stabilisé qu'avec l'édition de 1840, publiée deux ans avant la mort de son auteur[3]. Avant le tournant de la décennie 1820, il avait été traduit en anglais, en allemand, en italien, en espagnol et en suédois. À côté de ces éditions « officielles », une édition contrefaite avait été mise en vente dès 1823 par le libraire bruxellois H. Rémy, en huit volumes agrémentés « d'un plan de Longwood à déplier, d'une carte de la campagne d'Italie, d'une carte de Sainte-Hélène à déplier ». L'année suivante, un libraire de Québec lui emboîta le pas. À

3. Après celles de 1823 et de 1824, de nouvelles éditions furent proposées en 1828, 1830, 1835 et 1840. Une dernière, sans changements mais rehaussée d'illustrations de Charlet, était prête au moment de la mort de Las Cases, le 14 mai 1842.

une époque où le droit des auteurs n'existait pas, Las Cases préféra, à des procès incertains, une édition belge officielle, dirigée par lui. On ignore s'il sut jamais que l'ex-Canada français pouvait aussi disposer de sa version « pirate ».

Le triomphe commercial fut fulgurant, même si, contrairement à ce qu'on peut lire parfois, le *Mémorial* ne fut pas le plus grand succès de librairie du siècle. Les chiffres publiés dans l'*Histoire de l'édition française*[4] obligent à en modérer le triomphe, mais pas l'impact. Entre 1821 et 1825, il figure à la vingt-troisième place sur la liste des livres les plus vendus en France, entre le *Petit Buffon des enfants* et les *Lettres d'Héloïse et Abélard*, pour un tirage estimé à 12 000 exemplaires. Il disparaît des trente meilleures ventes entre 1826 et 1840. Le retour des cendres de l'Empereur à Paris, le 15 décembre 1840, le relance : il se place alors en 22e position, pour un nouveau tirage estimé entre 16 000 et 20 000 exemplaires. Une lettre envoyée par le fils de Las Cases au général Bertrand peu après cet événement donne le nombre de 44 000 exemplaires vendus depuis 1823[5]. À partir de 1846, le *Mémorial* ne figure plus dans le palmarès des *best-sellers*. Ceux du XIXe siècle furent les *Fables de La Fontaine* (elles restent aujourd'hui dans le groupe de tête, sous les formes les plus diverses) et le *Catéchisme historique* de Fleury (pour sa part bien oublié). Il n'en demeure pas moins que les recettes de son œuvre, à une époque où l'écrivain pouvait gagner beaucoup d'argent avec ses livres s'il en maîtrisait la diffusion, permirent à Las Cases d'investir dans l'immobilier à Paris, dans le quartier de Bellechasse où il fit construire quatre maisons.

Qui plus est, l'ouvrage fut débité en brochures, en extraits colportés de ville en ville ou intégrés dans des compilations des « œuvres de Napoléon ». Il devint immédiatement une

---

4. Martin Lyons, « Les best-sellers », in *Histoire de l'édition française : le temps des éditeurs, du romantisme à la Belle Époque*, sous la direction de Roger Chartier et Henri-Jean Martin, Paris, Fayard, 1985, p. 409-447.

5. *Archives provenant du général-comte Bertrand, 1773-1844*, catalogue de la troisième vente, 23 mai 1986, n° 86. Nous ignorons si le fils Las Cases parle ici de collections complètes ou du nombre de volumes vendus.

source quasi primaire : même s'il avait laissé des mémoires sur quelques grands moments de sa carrière, Napoléon ne s'était jamais exprimé aussi librement sur les faits et les hommes. Ce statut unique de témoignage considéré comme de première main, sans évoquer ici les éléments permettant de suivre la captivité au jour le jour, a perduré. Il n'est guère d'ouvrages d'histoire napoléonienne qui n'en reprennent des citations, en dépit des précautions et, parfois, de la prudence de leurs auteurs. Mais ce texte est trop précis et trop bien écrit pour ne pas céder à la tentation de s'en servir. Peu importait – et peu importe encore parfois aujourd'hui – que le vaincu et son secrétaire aient dicté et imposé leur version de l'histoire, rôle généralement dévolu au vainqueur. Il était facile de se référer aux propos de Napoléon rapportés par Las Cases, aux faits racontés, détaillés et expliqués, aux portraits souvent acérés, aux bons et mauvais points distribués aux acteurs de l'épopée par un juge suprême décidant sans appel. Parfois d'une stupéfiante précision, le *Mémorial* constituait une matière première unique et « exclusive », tant il est vrai que Napoléon ne donna jamais aucune autre « interview » de cette ampleur. Sa qualité littéraire, encore rehaussée de formules ciselées, sa masse même lui assuraient pour longtemps une position privilégiée et rendaient difficiles son analyse sereine et, au-delà, sa contestation. Si l'on osait, on écrirait que le succès du *Mémorial* tenait presque du témoignage d'un « évangéliste », ainsi que Heinrich Heine surnommait les témoins de l'exil de Sainte-Hélène. Le Julien Sorel du *Rouge et le Noir* ne considérait-il pas qu'après les *Confessions* de Rousseau et les bulletins de la Grande Armée, le *Mémorial* « complét[ait] son *Coran* »[6] ?

Dès sa parution, l'ouvrage devint ainsi une sorte de bréviaire des thuriféraires de Napoléon et, au-delà, des bonapartistes. Par une mystérieuse alchimie, il passa du statut de « mémoires de Las Cases » à celui de « manifeste de Napoléon ». Il ne l'était pas pourtant, et tout lecteur attentif pouvait s'en apercevoir.

6. Voir dans cet ouvrage la contribution de François-Guillaume Lorrain.

Même nombreuses, les citations de propos attribués à l'Empereur ne constituaient qu'un dixième de l'ensemble, mais étaient habilement commentées et délayées par son scribe. Mais pour le lecteur pressé, Napoléon devenait un souverain incompris, parvenant à « confisquer les deux forces montantes du XIXe siècle, le nationalisme et le libéralisme, qu'il avait combattues ; le souverain déchu [faisant] oublier le César antilibéral au profit d'un Napoléon démocrate », comme le résume Jean Tulard. Pris au pied de la lettre, le « bonapartisme » du *Mémorial* était bien différent, voire contradictoire, de celui – complexe, évolutif et libéral seulement à ses marges – qui avait été à l'œuvre entre 1800 et 1815. Un nouveau positionnement politique de l'Empereur apparaissait ainsi : pur héritier de la Révolution française, il avait voulu en répandre les bienfaits en France et sur le continent, voire dans le monde entier ; seule la coalition des « forces de l'Ancien Régime » et de la « féodalité » avait pu empêcher son succès. Mais son triomphe était inéluctable. Des libéraux comme La Fayette, pourtant adversaire de l'Empereur lorsqu'il était au pouvoir, s'en emparèrent pour appuyer leur lutte contre la monarchie qui, avec l'avènement de Charles X, en 1824, se mettait à fleurer le retour à l'Ancien Régime. Croyant annexer le bonapartisme, ils se firent en réalité annexer par lui, ce dont allait profiter Louis Napoléon Bonaparte pour vulgariser la légende, notamment dans ses *Idées napoléoniennes* (1840), et le faire plus libéral et social qu'il ne l'avait été.

Témoignage direct ou parole d'évangile ?

C'est en ce sens que le *Mémorial de Sainte-Hélène* changea l'histoire politique de la France et d'une partie de l'Europe. Tout se passait comme si l'ancien dominateur du continent avait été terrassé par les forces réactionnaires, effrayées par ses idées de liberté et sa volonté d'établir les nations. La Pologne et l'Italie furent les plus touchées. Au sens propre cette fois, le contenu du *Mémorial* était devenu parole d'évangile. Il suffisait pourtant d'être un lecteur attentif pour s'apercevoir que, tout au long du livre, l'Empereur déchu ne parlait pas directement, mais à travers le seul témoin de ses conversations. On y rencontrait certes souvent des « l'empereur m'a dit » ou « Napoléon pensait que », mais, après une brève sentence, ils étaient toujours suivis de longs développements explicatifs qui, eux, ne sortaient pas de l'impériale bouche. Moins dupe que d'autres, Chateaubriand notait déjà dans ses *Mémoires d'outre-tombe* qu'il était difficile de « démêler ce qui appartient à Napoléon et ce qui appartient à ses secrétaires[7] ». De même, on pouvait légitimement s'interroger sur la capacité de Las Cases à reconstituer quelques longs monologues impériaux. Souvent questionné sur ce point, l'auteur eut toujours la même réponse : « Je publiais sans aucune préparation et tels qu'ils avaient été recueillis, les simples dires de l'illustre captif[8]. » Une autre fois, il expliqua qu'il les transcrivait dans les heures suivantes et en confiait la mise au net à son fils. Une lecture appliquée du résultat aurait suffi à le démentir, ne serait-ce qu'en pointant ses ajouts, retraits et repentirs au fil des éditions.

Encore ne se doutait-on pas à l'époque de la façon dont, après avoir récupéré ses papiers, Las Cases avait opéré pour établir son texte. Il avait créé autour de lui une véritable entreprise d'écriture et de documentation[9]. Deux autres anciens de Sainte-Hélène – le bibliothécaire Saint-Denis (connu sous le nom de « mamelouk Ali ») et le docteur O'Meara – avaient accepté de l'aider. Le premier joua un rôle de copiste et de relecteur. Le second donna des informations et, sans doute, permit au *Mémorial* de ne pas contredire ses propres mémoires qu'il venait d'achever. Pour coordonner leurs travaux, Emmanuel-Pons effectua plusieurs séjours en Angleterre (résidence du méde-

7. *Mémoires d'outre-tombe*, Paris, Gallimard, coll. « Quarto », 1997, p. 1536.

8. *Le Constitutionnel*, 22 novembre 1823.

9. Voir « Histoire éditoriale du *Mémorial* », *Le Mémorial de Sainte-Hélène. Le manuscrit retrouvé*, *op. cit.*, p. 729-744.

cin) ou à Sens (celle du faux mamelouk). Qui plus est, et de son propre aveu, Las Cases consulta nombre d'ouvrages publiés depuis la chute de l'Empire pour préciser certains des faits historiques abordés. Il put ainsi ajouter des dizaines de pages, ne les signalant pas toujours comme des ajouts ou, le cas échéant, justifiant la méthode par la nécessité d'éclairer le lecteur à la lumière des connaissances les plus récentes. Pour finir, il y eut encore des réunions de travail et de lecture devant un cercle choisi, auquel participèrent par exemple le général Lamarque, Hippolyte Carnot et Eugène Ney, troisième fils du maréchal. À ces collaborateurs volontaires, on pourrait ajouter les dizaines de correspondants qui, à partir de 1823, écrivirent à l'auteur pour lui faire un reproche ou lui donner une précision. Leurs traces figurent dans les éditions successives. Parmi eux, rien de moins que la reine Hortense, Joseph Bonaparte ou le cardinal Fesch.

Jusqu'au début des années 2010, seuls des soupçons et quelques éléments épars permettaient de lever ce coin du voile. Il était difficile, voire impossible, de déterminer ce qui, dans le *Mémorial*, relevait de la parole de Napoléon et ce qui n'était qu'une extrapolation ou – pourquoi pas ? – une invention de son secrétaire. Pour en avoir le cœur net, il aurait fallu disposer des notes effectivement prises par Las Cases à Sainte-Hélène, afin de pouvoir les comparer et presque les mettre à l'épreuve de ce qui fut imprimé. Mais ce « manuscrit original », c'est-à-dire les feuilles confisquées en novembre 1816 et restituées après la mort de Napoléon, demeurait introuvable. Cet évangile-là ne pouvait dès lors faire l'objet que d'une exégèse incertaine, parfois contestée, parfois admise (mais toujours à contrecœur) par une partie des croyants. On ne connaissait pas même sa forme originelle, ce qui confortait sa dimension mythique. S'agissait-il de notes éparses ou d'un texte continu ? D'un brouillon à reprendre ou d'un ouvrage déjà structuré ? Les quelques lambeaux obtenus dans tel fonds d'archives ou lors de telle vente de papiers anciens étaient de peu de secours.

Les mystères de l'œuvre levés

En 2005, enfin, le hasard, toujours excellent allié des chercheurs, a permis de percer une bonne partie du mystère du *Mémorial.* À l'occasion de recherches qu'il effectuait pour préparer une contribution à un livre collectif sur Sainte-Hélène, l'historien franco-britannique Peter Hicks découvrit à la British Library, dans les papiers du secrétaire d'État à la Guerre et supérieur de Lowe, lord Henry Bathurst, une copie manuscrite des notes qui avaient été confisquées à Las Cases lors de son expulsion de l'île. Un scribe anglais, possédant parfaitement le français et doté d'une belle écriture, avait en effet été chargé de recopier l'ensemble afin d'en garder une trace pour le cas où l'on serait contraint de le restituer à son propriétaire. Le copiste (qui reste inconnu) était même allé jusqu'à reproduire les ratures et la mise en pages, voire même quelques annotations de Napoléon, ce qui prouve qu'il avait lu le travail de son secrétaire et était, d'une certaine façon, son complice. Les quatre gros volumes concernés – 996 pages en tout – étaient jusqu'alors passés inaperçus, bien qu'ayant été signalés dès les années 1920 dans les inventaires des papiers de la famille Bathurst. Ils avaient été confiés à la British Library au milieu des années 1960 et étaient accessibles au public moyennant une autorisation de ladite famille. Après quelques vérifications (du contenu à la qualité du papier), Hicks eut la certitude qu'il s'agissait bien d'une copie du manuscrit de départ du *Mémorial*, établie à Sainte-Hélène même. Il avertit ses collègues de la Fondation Napoléon, où il occupe les fonctions de chargé des affaires internationales. Avec lui, parce que la British Library n'accorde le droit de reproduction photographique qu'à des tarifs prohibitifs, Chantal Prévot, François Houdecek et moi-même entreprîmes de les recopier lors de fastidieuses séances londoniennes. Nous les avons publiés en 2018.

Le texte du « manuscrit retrouvé » est sensiblement différent de la version imprimée en 1823. Il est présenté dès l'origine comme s'il devait être remis à un imprimeur pour être composé. Même les pages de titre, la table des matières, les titres de paragraphes ont été indiqués par Las Cases. Dans son esprit, l'œuvre était donc prête à être publiée, ce qui confirme qu'il avait l'intention de le faire dès son retour en Europe dans le but de mettre le gouvernement britannique dans l'embarras et, peut-être, d'obtenir un adoucissement du sort du prisonnier. La rigidité du gouverneur Lowe l'en a empêché. Devenus inutiles, ces « Mémoires de Napoléon » – titre du manuscrit – allaient donc devenir, cette fois par la seule volonté et le travail complémentaire de Las Cases, la saga en huit forts volumes que nous connaissons.

Pour l'historien, cette version originelle du *Mémorial* a un immense intérêt. Elle permet de mieux évaluer ce qui y relevait du reportage sur le vif – ce qu'a toujours revendiqué Las Cases – et de la recomposition ou des ajouts postérieurs. Nous avons aujourd'hui une meilleure idée de la fiabilité et de la sincérité *historiques* du texte publié, notamment pour ce qui concerne la spontanéité et, dans une certaine mesure, l'authenticité des longues citations attribuées par Las Cases à Napoléon. Pour être plus clair, on pourrait dire que les citations qui figurent dans le manuscrit sont « de première main » ou, en tout cas, plus proches de la vérité immédiate du dialogue de Sainte-Hélène, tandis que celles qui furent ajoutées dans les versions imprimées se révèlent suspectes : sont-elles vraiment de Napoléon ou ont-elles été recomposées après coup par l'auteur du *Mémorial* ?

Ce questionnement s'impose lorsqu'on soupèse simplement le volume du texte. Le manuscrit de la British Library est beaucoup moins copieux que le *Mémorial*, quelle qu'en soit l'édition. Cette différence s'explique, bien sûr, par la prolongation du récit voulue par Las Cases : le manuscrit s'arrête au 23 novembre 1816, avant-veille de son arrestation, la version publiée court jusqu'en 1822. Mais si l'on ramène les deux versions à leurs parties temporelles communes, la version imprimée est deux fois et demie plus longue que le manuscrit. Las Cases a tiré à la ligne, c'est incontestable. Reste à connaître la vraie nature de ses ajouts : réminiscences, recopiages d'autres documents ou inventions ?

Quoi qu'il en soit, malgré de notables différences de style et de fond, la tonalité générale du manuscrit n'est pas *fondamentalement* différente de celle de la publication. On peut donc confirmer que Napoléon a voulu se servir de Las Cases pour se donner un visage plus libéral et que son secrétaire a été non seulement consentant, mais en a ensuite « ajouté », si l'on ose dire. Ce qui aurait été une intéressante curiosité dans un texte témoignage sur la captivité (la corde libérale que Napoléon regrette de ne pas avoir davantage pincée) est ainsi devenu le thème central de l'ouvrage, partant, la clef de sa victoire politique posthume. L'habileté de Las Cases dans la version imprimée a été d'appuyer sur quelques phrases prises à la volée (on peut le supposer) et de les avoir fait prospérer ensuite par une réécriture et des formules plus longues, parfois sur des pages entières. Le conseiller d'État, c'est incontestable, croyait aux vertus pédagogiques de la répétition. Sans doute aussi cet entrepreneur avisé se dit-il qu'il valait mieux vendre huit volumes que cinq ou six.

Quant aux faits relatés, les différences entre la version imprimée et le manuscrit sont spectaculaires. Un exemple parmi cent : à la date du 9 mars 1816, dans la publication, Las Cases ajoute, souvent dans la bouche de Napoléon, une dizaine de pages sur la Russie et ses ambitions européennes, avant de lui attribuer une politique en faveur de l'indépendance grecque qu'il n'a jamais vue mais qui, en 1823, venait opportunément en écho au commencement de la révolution hellénique. On pourrait faire les mêmes remarques pour les pages décrivant les travaux du port de Cherbourg (15 juillet 1816), les considérations sur le Code civil et la jurisprudence ou le but principal de l'expédition d'Égypte (3 octobre), les développements sur Marie-Antoinette, Louis XVI, la princesse de Lamballe ou Mme Campan (17 octobre), les regrets d'avoir mal jugé le maréchal Jourdan (25 octobre) et bien d'autres événements, présents dans la publication mais absents du manuscrit.

La lecture du texte de la British Library fera, en outre, de la peine aux napoléonistes, en ce que beaucoup des grandes maximes attribuées à Napoléon et tirées du *Mémorial* n'y figurent pas. On y cherchera en vain le célébrissime « Quel roman pourtant que ma vie ! » qui a depuis tant servi[10]. On peut en citer d'autres, comme « Je suis le Messie de la Révolution », « Je suis le flambeau de la Révolution », « J'ai voulu être le régénérateur de l'Europe », « Je l'ai pris pygmée, je l'ai perdu géant » (pour Lannes), « J'ai refermé le gouffre anarchique et débrouillé le chaos. J'ai dessouillé la Révolution, ennobli les peuples et raffermi les rois. J'ai excité toutes les émulations, récompensé tous les mérites et reculé les limites de la gloire ! », etc. Que ces citations à succès ne figurent pas dans le manuscrit ne veut bien sûr pas dire que Napoléon ne les prononça pas. Las Cases se les est peut-être remémorées lorsque, privé de ses papiers, il tentait d'en reconstituer des morceaux de mémoire. Mais de cela, on ne peut pas être sûr non plus[11].

Cela étant dit, la publication du « manuscrit retrouvé » ne change évidemment rien à l'importance politique réelle de l'ouvrage de Las Cases tout au long du XIXe siècle. C'est bien la version imprimée qui a permis la transformation du mythe napoléonien et, à sa place qui ne fut pas mince, a contribué aux succès du bonapartisme. Elle a enfin participé à la « création », dans les mémoires, d'un Napoléon qui, sans être tout à fait « faux », n'était pas vraiment celui qui acheva son parcours terrestre en 1821.

Avec ce nouvel épisode de son romanesque parcours, le *Mémorial de Sainte-Hélène*, considéré comme œuvre littéraire et

10. La phrase figure dans le *Mémorial* imprimé à la date du 30 juin 1816.

11. Pour l'anecdote, signalons que quelques « napoléoniens » passionnés ont vertement reproché leur trouvaille aux quatre historiens qui avaient découvert, établi et publié le manuscrit de la British Library. À l'annonce de notre « pêche miraculeuse » par un quotidien national, nous eûmes droit à des courriels, des commentaires amers sur les réseaux sociaux. On n'était pas loin de nous accuser d'être des traîtres à la cause, pourquoi pas stipendiés « par le gouvernement britannique ». Un magazine historique titra même que nous déclenchions une « nouvelle affaire Napoléon ».

historique, demeure, deux cents ans après sa première parution, un objet presque vivant et à la hauteur de sa réputation politique et littéraire, comme l'atteste sa publication dans la collection de la « Bibliothèque de la Pléiade », honneur rarement réservé aux hommes d'État, à l'exception d'un certain Charles de Gaulle. Mais pour un travail véritablement historien, sans doute vaut-il mieux aujourd'hui se reporter au « manuscrit retrouvé », plus proche des conversations réelles de Las Cases et de Napoléon à Sainte-Hélène.

Bibliographie sélective

Éditions de référence

La meilleure édition du *Mémorial*, dans sa version imprimée, est celle de Marcel Dunan, chez Flammarion (1951, 2 vol.), qui recense toutes les corrections de Las Cases de 1823 à 1840. Quant au « manuscrit retrouvé », il existe désormais en plusieurs formats : édition originale (Perrin, 2018), réédition dans la « Bibliothèque de Sainte-Hélène » (Perrin, 2019) et dans la collection de poche « Tempus » (Perrin, 2021).

Sur le *Mémorial*

L'exil de Sainte-Hélène a fait l'objet de nombreuses études. Les plus récentes sont celles de Charles-Éloi Vial (*Napoléon à Sainte-Hélène. L'encre de l'exil*, Perrin, 2018) et Pierre Branda (*Napoléon à Sainte-Hélène*, Perrin, 2021).

Signalons enfin que, outre *Le Mémorial de Sainte-Hélène. Le manuscrit retrouvé*, la « Bibliothèque de Sainte-Hélène », publiée par Perrin, propose des versions largement inédites du *Journal* du général Gourgaud (2019, édité par Jacques Macé), des *Cahiers de Sainte-Hélène* du général Bertrand (2020, édités par François Houdecek) et des témoins anglais de la captivité (à paraître en 2022, édités par Peter Hicks), ainsi que les *Écrits clandestins* de Napoléon à Sainte-Hélène (2021, édités par Pierre Branda).

10

Physiologie du goût

de Jean Anthelme Brillat-Savarin (1825)

par Nicolas d'Estienne d'Orves

Sous la Restauration, la France domine les arts, l'esprit et le goût. Depuis que Carême a concocté les menus du congrès de Vienne, l'Europe sait qu'un repas peut sauver un continent. Paris est désormais la capitale du beau et du bon. Les vedettes sont en scène mais aussi en cuisine. Sous l'impulsion d'un Grimod de la Reynière, la gourmandise devient alors gastronomie. À cette science nouvelle manquait pourtant un bréviaire. C'est le très austère magistrat Jean Anthelme Brillat-Savarin qui s'en charge, en 1825, avec son extravagante Physiologie du goût.

La gourmandise est une chose sérieuse. La ripaille, les balthazars, la démesure, les orgies, les lupercales tiennent du monde ancien. À dater de Brillat-Savarin, le goût se fait respectable ; il quitte l'office pour monter au salon, gagnant de plain-pied le monde de l'art et des idées. « Missel déculpabilisant de l'épicurien modéré », comme le dit Revel, *Physiologie du goût* est un livre-pivot, qui glorifie les sens et l'essence. Jusqu'alors, il y avait le cœur et la tête. Avec Brillat, l'estomac entre enfin en scène. Il était temps ! Chose étrange : notre auteur était moins un homme de plaisir que d'esprit, de principes et de rigueur. Il attendra même le soir de sa vie pour laisser cet ouvrage unique dans l'histoire de la littérature française, qui tient à tous les genres mais ne ressemble qu'à lui-même.

L'enfant du siècle

Jean Anthelme Brillat-Savarin est un homme des Lumières. C'est aussi un provincial. Lorsqu'il naît à Belley, au cœur du bas Bugey, le 2 avril 1755, il vit à un jet de pierre des États de Savoie, donc du royaume de Sardaigne.

Le petit Jean est l'aîné d'une fratrie de huit enfants. Chez les Brillat-Savarin, la robe n'est pas optionnelle : on est magistrat de père en fils. Marc Anthelme, son père, est procureur du roi et avocat au Parlement. Claudine Aurore Récamier, sa mère, est parente de Juliette. Moins célèbre que sa cousine, elle laissera toutefois à la postérité un pâté en croûte des plus gourmands, auquel son second prénom reste associé : l'« Oreiller de la belle Aurore ». Il est pour l'instant moins question de gourmandise que d'études. En tant que premier-né, le petit Jean Anthelme doit briller dans tous les domaines. Doté d'une vraie oreille musicale, il devient vite polyglotte, parle couramment l'anglais, l'espagnol, l'allemand, chante avec talent et pratique le violon sur un Stradivarius. Il double ses études de droit, à Dijon, par quelques rudiments de chimie et de médecine. Puis il rentre à Belley exercer sa profession d'avocat, montant peu à peu dans la hiérarchie des notables. C'est que les Brillat-Savarin sont des gens respectables : ils invitent, on les reçoit, on goûte leur société.

Lorsque arrive la Révolution, Jean Anthelme est déjà maire de sa ville, et 1789 le voit rallier Versailles ; élu représentant du tiers état pour le bailliage de Belley, il siège bientôt à l'Assemblée constituante. Son rôle politique n'est pas resté dans les mémoires, sinon pour s'être fait le défenseur ardent de… la peine de mort !

Quand l'Assemblée se sépare, notre provincial regagne Belley pour poursuivre sa course aux honneurs : le voilà de nouveau maire, président du tribunal civil de l'Ain, suppléant au tribunal de cassation.

C'est compter sans la Terreur. À l'heure de la suspicion institutionnalisée, Brillat est accusé de « modérantisme ». Craignant pour sa tête, il s'exile en Suisse en 1793, puis en Angleterre, où il vit de leçons de français. En 1794, il s'embarque *via* les Pays-Bas pour les États-Unis. Brillat reste deux ans outre-Atlantique ; aux leçons de français, il ajoute des cours de violon, et devient même – de façon très éphémère – premier violon du théâtre de New York !

De cet exil, on dit qu'il aurait rapporté la recette du *welsh rabbit* (en fait, *welsh rare bit* : une tartine couverte de cheddar fondu, de moutarde et de bière, passée au four) qui fait encore aujourd'hui la joie des clients du Flore.

L'automne 1796 le voit rentrer en France, puis reprendre ses postes officiels. Brillat-Savarin est successivement magistrat au tribunal de cassation, secrétaire d'état-major de l'armée du Rhin, commissaire du pouvoir exécutif près du tribunal de Versailles (il participe ainsi à la fameuse affaire du « courrier de Lyon »). En 1800, il est nommé magistrat à la Cour de cassation, poste qu'il ne quittera plus.

Très grand, très fort, d'allure colossale, Brillat-Savarin est surnommé par Balzac « le tambour-major de la Cour de cassation ». Une tête ronde, des traits épais, un cou de taureau engoncé dans un jabot, une perruque de l'époque, il a un faux air de Mirabeau. N'était sa carrure, il n'a rien d'une personnalité lumineuse. Mais il occupe une fonction dont on ne saurait faire l'économie lors des réunions mondaines. Sociable mais discret, le notable est de tous les cénacles. Sans doute est-ce d'ailleurs par mondanité qu'il découvre les meilleures tables de Paris. Le voilà soupant chez Cambacérès, Talleyrand, sa cousine Juliette Récamier, ou même Grimod de la Reynière, premier prince des gastronomes, qui ne l'apprécie pas.

Au vrai, les gourmands de l'époque n'ont que peu d'estime pour ce magistrat, lequel n'a encore publié que des textes aux titres soporifiques typiques de la littérature pesante de l'époque (entre l'extinction des Lumières et la renaissance du romantisme) : *Discours de Brillat-Savarin sur la manière d'organiser les tribunaux d'appel* (1790), *Vues et projets d'économie politique* (1801), *Théorie judiciaire* (1808), *De la Cour suprême* (1814), *Note sur l'archéologie de la partie orientale du département de l'Ain* (1820)... Dans son *Bouquin de la gastronomie*, Jean Vitaux souligne même que le grand chef Antonin Carême n'admirait guère Brillat, lequel « était un gros mangeur et causait fort peu et sans facilité. Il avait l'air lourd et ressemblait à un curé à la fin du repas, sa digestion l'absorbait ».

Un potentat grasseyant, pontifiant, célibataire, à qui l'on ne connaît d'autre amour que sa chienne Ida, ce qui lui vaut les railleries de ses confrères malveillants : « Elle rapporte mieux que vous. »

Brillat n'est pourtant pas un ascète. On le sait libertin, et certains de ses proches ont eu la primeur de ses nouvelles licencieuses, au premier rang desquelles un *Voyage à Arras* qui fait rougir en Bugey ! C'est d'ailleurs sur ses terres natales qu'il réside de plus en plus. Dans sa propriété de Vieu, il bichonne ses vignes et joue de son Stradivarius, songeant au temps qui passe.

Quand commence-t-il à rédiger sa *Physiologie du goût* ? On ne sait pas vraiment. L'œuvre est si atypique, avec son mélange de souvenirs, de théories, de saillies, d'aphorismes, qu'elle semble le bilan de toute une vie : un herbier composite mais d'une étonnante tenue, comme un château de cartes qui résisterait aux tempêtes.

La cuisine littéraire

Lorsque, à l'automne 1825, Auguste Sautelet, jeune et sémillant éditeur des premiers auteurs romantiques (qui se suicidera en 1830 après une peine de cœur !), publie à cinq cents exemplaires, et aux frais de son auteur, *Physiologie du goût, ou Méditations de gastronomie transcendante ; ouvrage théorique, historique et à l'ordre du jour, dédié aux gastronomes parisiens, par un professeur, membre de plusieurs sociétés littéraires et savantes*, nul n'est dupe. Le tout-Paris gourmand a reconnu le vieux magistrat bugeysien. Pour vingt-quatre francs, on peut faire l'acquisition de ces deux volumes in-octavo, dont la page de titre porte en exergue la fameuse maxime : « Dis-moi ce que tu manges, je te dirai qui tu es. »

Pourquoi avoir publié sans nom d'auteur ? Pudeur ? Jeu ? Orgueil de magistrat ? Clin d'œil de gastronome ? Sans doute un peu de tout cela. Reste que ce pauvre Brillat, vite démasqué, n'aura pas le temps de jouir de cette renommée tardive. L'hiver 1826 l'enrhume, et c'est un auteur toussotant, affaibli, qui se rend malgré tout à la messe en mémoire de Louis XVI, à Saint-Denis, Le 21 janvier. Cette ultime mondanité lui sera fatale : les courants d'air de la basilique le frappent au poumon, le rhume vire à la pneumonie, et Brillat meurt dans les bras de son neveu, le docteur Récamier, le 1er février 1826. Ses héritiers (son frère Frédéric et son neveu Scipion) cèdent sans remords les droits d'auteur à Sautelet et vendent le Stradivarius. Peu importe que ses biens soient dilapidés puisque l'héritage de Brillat est désormais publié. Ses ayants droit ont de quoi se mordre les doigts, car le succès est rapide, presque surprenant. Les lecteurs de la Restauration se reconnaissent dans ces fameuses méditations, car enfin un homme a mis en mots ce qu'ils ressentent. De bouche en bouche, de table en table, on se répète les célèbres aphorismes, comme des comptines, des chansons populaires. La pensée de Brillat-Savarin se répand comme une traînée de poudre.

Physiologie du goût est bien un livre testamentaire : les dernières volontés d'un septuagénaire né au mitan du XVIIIe siècle.

De prime abord, le texte déroute. Divisé en deux parties, composé de trente « Méditations » et quelques « Variétés », il semble n'obéir à aucune logique narrative ou conceptuelle. L'ouvrage s'ouvre par les vingt aphorismes de Brillat-Savarin (« Les animaux se repaissent ; l'homme mange ; l'homme d'esprit seul sait manger » ; « On devient cuisinier mais on naît rôtisseur » ;

« Un dessert sans fromage est une belle à qui il manque un œil », etc.), puis ne cesse de jongler avec les genres littéraires : souvenirs de voyage, saynètes, dialogues, exposés scientifiques, mémoire d'un repas ou passage abstrait. Si l'auteur use du « je » avec autorité et parfois morgue, on pourrait croire que ce pronom cache une véritable équipe, tant l'ouvrage semble polyphonique. Il n'y a pourtant qu'un homme derrière ces deux volumes ; un homme qui offre ici le premier ouvrage sérieux, argumenté et écrit sur la science et l'art du goût.

Dans cet étonnant fourre-tout (reflet d'un art où l'unité procède de la diversité et du bon usage des ingrédients utilisés), Brillat ne cesse de jongler avec les théories, qui parfois relèvent du bon sens mais que l'auteur est généralement le premier à mettre en mots.

Ainsi, selon lui, le goût génère trois sensations : la directe, la complète, la réfléchie. Le sens gustatif arrive après l'odorat, ce que l'auteur résume en une phrase heureuse : « Le nez fait toujours fonction de sentinelle avancée : Qui va là ? »

On voudrait en citer beaucoup, de ces formules que Brillat distille au gré de son livre, comme autant de pépites qu'il est parfois délicat de souligner tant elles se mêlent de façon inextricable au flux général du texte : par exemple, la bière, « qu'on attribue à Osiris, remonte jusqu'aux temps au-delà desquels il n'y a rien de certain ».

Brillat aime les mots, et parfois les sonorités étranges. Il aurait fait hurler nos actuels sectateurs d'une langue traditionnelle en ce qu'il se plaît à inventer des néologismes. Ainsi guigne-t-il « le point d'esculence » d'un mets (c'est-à-dire le summum de sa saveur) ou développe l'étrange concept de l'*osmazôme*, qui serait, selon Vitaux, une « substance hypothétique, principe du bouillon ».

Lorsque Brillat se fait scientifique, il lorgne vers Diafoirus, et l'on peine à le prendre tout à fait au sérieux. C'est qu'il est ivre de ses propres théories, qu'il sirote comme des liqueurs. D'une manière générale, ce Rivarol de la table goûte les mots comme il goûte les mets, et son ardeur n'est jamais aussi contagieuse qu'à l'évocation de ses plats de cœur.

Parlant de « cuisine transcendante », il chante sa passion des becfigues, de la bécasse (qui « n'est dans toute sa gloire que quand elle a été rôtie sous les yeux d'un chasseur, et surtout du chasseur qui l'a tuée »), du dindon (« un des plus beaux cadeaux que le nouveau monde ait fait à l'ancien ») et, bien entendu, de la truffe.

« Qui dit truffe prononce un grand mot qui réveille des souvenirs érotiques et gourmands chez le sexe portant jupes, et des souvenirs gourmands et érotiques chez le sexe portant barbe. » L'austère magistrat estime même que le fameux champignon rend les femmes plus tendres et les hommes plus aimables !

Une fois encore, on ne sait jamais quand l'auteur décrète ou ironise. Une ironie qui se montre parfois incisive lorsqu'il décrit les vertus de l'alcool durant la conquête des Amériques. Les peuplades indigènes « ont été presque autant domptées et détruites par l'eau-de-vie que par les armes à feu ». Son humour est, en revanche, sans ambiguïté au sujet des volailles : « Je suis partisan des causes secondes, et crois fermement que le genre entier des gallinacés a été créé uniquement pour doter nos garde-manger et enrichir nos banquets. »

Enfin, démiurge patenté, Brillat remonte à la Genèse pour légitimer son propos : « La cuisine est le plus ancien des arts ; car Adam naquit à jeun. » Imparable !

Dans sa *Physiologie*, l'auteur entend séparer la gourmandise de sa sœur maléfique : la gloutonnerie. Il s'agit même d'arracher les plaisirs de la table aux péchés capitaux et de leur rendre leurs lettres de noblesse ; mieux : Brillat les anime, les « scientise », et parfois les sanctifie.

« Pendant une longue suite de siècles, tous les plaisirs ont été des divinités secondaires, présidées par des dieux supérieurs. » Avec lui, les joies de la table pénètrent enfin dans l'Olympe.

Pour expliquer la confusion, dans les dictionnaires, entre gourmandise et gloutonnerie, il rappelle que les lexicographes « ne sont pas de ces savants aimables qui embouchent avec grâce une aile de perdrix au suprême pour l'arroser, le petit doigt en l'air, d'un verre de vin de Laffitte ou du Clos-Vougeot ».

S'il n'a pas inventé le terme de « gastronomie », né sous la plume du poète Joseph Berchoux, Brillat le développe, le théorise, l'aborde par l'ubac et l'adret.

« La gastronomie est la connaissance raisonnée de tout ce qui a rapport à l'homme, en tant qu'il se nourrit. »

La gastronomie tient à l'histoire naturelle, à la physique, à la chimie, à la cuisine, au commerce et, bien sûr, à l'économie politique (la mondialisation des échanges commerciaux alimentaires et la manne des taxes imposées sur les produits).

L'auteur disserte donc logiquement sur la valeur diplomatique des repas : il ne saurait y avoir d'affaires, d'ententes, de contrats, de négociations, de traités, de vrais débats qu'au cours d'un repas ou au terme de celui-ci. La table apaise les tensions : « Les repas sont devenus un moyen de gouvernement et le sort des peuples s'est décidé dans un banquet. » On sait le rôle essentiel que les bons plats de Carême ont joué lors du congrès de Vienne.

On ne trouvera pas ici une seule et unique définition de la gourmandise, mais pléthore, qui parfois se recoupent ou ferraillent.

« La gourmandise est une préférence passionnée, raisonnée et habituelle pour les objets qui flattent le goût », nous dit-il. Plus loin, il insiste sur l'importance de sa dimension sociale, laquelle « réunit l'élégance athénienne, le luxe romain et la délicatesse française, qui dispose avec sagacité, fait exécuter savamment, savoure avec énergie, et juge avec profondeur ».

En homme pieux (ou commodément dévot), l'auteur inscrit la gourmandise dans les desseins du Ciel, justifiant avec allégresse les plaisirs de la table : « Au moral, c'est une résignation implicite aux ordres du Créateur, qui, nous ayant ordonné de manger pour vivre, nous y invite par l'appétit, nous soutient par la saveur, et nous en récompense par le plaisir. » On est à deux doigts des moines de Saint-Bernardin chantés par Ray Ventura et ses collégiens.

Au vrai, Brillat danse toujours sur une ligne de crête entre la théorie froide et un humour lui aussi à froid. Sentiment renforcé par le recul du temps. Ainsi, comment prendre l'assertion : « La gourmandise ne messied point aux femmes : elle convient à la délicatesse de leurs organes, et leur sert de compensation pour quelques plaisirs dont il faut bien qu'elles se privent, et pour quelques maux auxquels la nature paraît les avoir condamnées » ? De même, lorsque l'auteur déclare que « la gourmandise, quand elle est partagée, a l'influence la plus marquée sur le bonheur qu'on peut trouver dans l'union conjugale », est-il sérieux, lui qui jamais ne prit femme ni n'engendra ?

Parmi les intuitions dont regorge ce texte, l'une des plus singulières est la définition que Brillat donne du sixième sens, qu'il baptise « génésique ». Il s'agit tout simplement de l'attirance d'un sexe vers l'autre, dans le but de perpétuer l'espèce. Son exposé permet surtout une analyse comparée des sens génésique et gustatif, ce dernier ayant la préférence de l'auteur. Si l'amour physique agit avec tyrannie, le goût parvient au même but – le plaisir – « avec une lenteur qui assure la durée de ses succès ». Le sexe est une gloutonnerie, un esclavage, alors que la gourmandise est un savoir, un art de vivre, une éthique. Ô sagesse !

Révolutionnaire

On le voit, cette *Physiologie du goût* est un livre d'une incroyable liberté : de ton, de propos, de forme, de sujet, de références. En un sens, n'est-il pas un livre sur la liberté elle-même ? Un essai sur l'esprit affranchi de ses carcans, de son austérité. Un traité sur la liberté du plaisir, sur une jouissance qui ne se veut pas « sans entraves » mais mesurée. Brillat oscille constamment entre Montaigne et Rabelais ; le sérieux de son esprit, de son propos, et l'âme gaillarde qui l'anime poussent son inspiration sur des chemins de traverse, le conduisent toujours à s'aventurer hors des sentiers battus, comme si son livre s'écrivait tout seul, sous ses yeux ébahis ; l'auteur ne cesse d'être surpris par sa propre audace formelle, qui confine parfois à la désinvolture, à une manière d'autosatisfaction bonhomme, mais toujours retombe sur ses pattes car, tout en étant écrivain, Brillat n'en reste pas moins juriste, magistrat, rhéteur.

Autre paradoxe : notre gastronome n'est pas physiologiste, ni même scientifique, mais un littéraire qui, comme souvent les écrivains, se croit capable de maîtriser tous les sujets puisqu'il maîtrise le langage. Et cela fonctionne ! L'esbroufe est parfaite, car on y croit. Ce livre est un formidable écran de fumée, mais l'auteur est si convaincu, si convaincant, qu'il remporte haut la main cet étrange match narcissique avec lui-même. *Physiologie du goût* est même une permanente digression : on y voit un écrivain passer trois cents pages à se convaincre du bien-fondé de ses propos ! « *La Physiologie du goût* tout entière est littérature, invention », nous dit Hervé This, ajoutant que « c'est à la fois la naissance de la gastronomie et un sommet de la gastronomie littéraire ».

La question est alors de savoir si Brillat était réellement gourmand ou si son livre n'est pas une tentative littéraire pour s'en convaincre. Comme s'interroge encore Hervé This, « pour embobiner tous les gourmands, faut-il vraiment être gourmand soi-même ? Ou bien faut-il garder la tête froide, afin de mieux manipuler son monde » ? Brillat-Savarin use de la rhétorique comme le plus brillant des cuisiniers, qui vous mitonne un festin avec un « fond de frigo ». Et c'est là le summum de son art : ce saucier nous ensorcelle, nous fait oublier qui il est, nous force à croire à la puissance de son récit, à son authenticité, et l'on chemine avec lui sans crainte, rassuré par son sens de la persuasion. Son but n'est pas d'écrire vrai, mais d'écrire juste. Il taquine le mensonge, musarde avec l'imposture, mais son propos n'en est que plus authentique.

Et tout d'abord, quel titre ! Pour Jean-François Revel, celui choisi par Brillat est « pompeux », et l'auteur de *Ni Marx ni Jésus* n'a pas tort. À cette époque, la physiologie était partout. L'esprit scientifique était une mode et les beaux esprits se piquaient de science pour se pousser du col. « Nous dirions aujourd'hui phénoménologie du goût ou gastronomie structurale », ajoute Revel, qui envoie un coup de griffe à la lèpre jargonneuse des années septante. Mais Brillat n'a (heureusement) rien de nos universitaires mandarins accouchés de l'après-1968. Il est l'héritier d'une véritable révolution, celle de 1789, qui est aussi celle des habitudes alimentaires et d'une refonte complète de notre rapport au goût, donc à la gourmandise.

Jusqu'alors, la table était une halte, pas un but. N'était la haute société, les êtres se nourrissaient (parfois avec plaisir, mais surtout pour survivre). Seuls l'aristocratie, les prélats et quelques grands bourgeois bénéficiaient des talents de maîtres queux, mais les grands repas de l'Ancien Régime étaient le prétexte à tout autre chose que des fêtes du goût. Qu'un intellectuel se piquât de méditer sur l'art culinaire eût été impensable. Et il faut remonter à l'Antiquité romaine, au temps du fameux Apicius, pour trouver des textes qui osent s'aventurer dans de si basses extrémités.

La Révolution change la donne. La nourriture entame sa longue marche démocratique de la Cour à la ville, des Grands aux bourgeois. À dater des années 1780, les premiers restaurants s'établissent à Paris, dans les pourtours des Halles et du Palais-Royal. Pour la première fois, des gens s'y rendent uniquement dans le but d'y manger (à l'inverse des auberges, où l'on dort, des tavernes, où l'on boit). Surtout, on y va pour découvrir des plats et des mets. Après 1789, cette tendance devient générale : sans employeurs (lesquels sont en exil ou la tête tranchée), les cuisiniers deviennent des chefs, s'établissent à leur compte, donnant naissance à une floraison de restaurants qui vont faire la gloire du premier XIXe siècle. C'est, nous dit Revel, l'arrivée de « la cuisine purement professionnelle et commerciale ». C'est aussi l'« apparition du cuisinier-artiste, du cuisinier-vedette, du cuisinier novateur-doctrinaire et faiseur de livres, dont le prototype est Antonin Carême ».

À la même époque, Grimod de la Reynière invente le principe du guide gastronomique, avec son célèbre *Almanach des gourmands* (1803-1812). Brillat dresse le premier inventaire de ce nouvel âge avec un léger recul, en 1825 : ainsi naît sa *Physiologie du goût*, ouvrage unique, incomparable, inégalé, qui propose la seule véritable théorie de la gourmandise.

« Théorie » : le mot est périlleux. Que faut-il y comprendre, surtout ?

L'auteur d'*Un festin en paroles* rappelle fort justement que « malgré l'apparat trompeur et malicieux de sa table des matières », ce livre n'offre aucun système. Ce n'est ni un bréviaire, ni un *vade-mecum*, ni un recueil de recettes (il n'en propose presque pas), encore moins un guide gastronomique. Brillat annonce, non sans emphase, un traité pointu, à vues scientifiques, philosophiques et sociales, alors qu'il joue avec notre curiosité, s'amusant de notre déception, de notre surprise, pour nous entraîner exactement là où il veut nous mener, sur les chemins de traverse de sa propre inspiration décousue et gaillarde, au gré de ses souvenirs, de sa légèreté, de ses subites crises d'autorité, de ses agaceries, de sa mauvaise foi patentée, de son humour à froid et de son profond amour des bonnes choses. « C'est un livre dans un faux livre », dit Revel, pour qui ce texte appartient au style héroïcomique, tombé en désuétude depuis près de deux siècles. C'est aussi en cela qu'il nous paraît si étrange, aujourd'hui. La constante ambiguïté du ton, des intentions de l'auteur, de son cache-cache avec le lecteur (et avec lui-même) tient en ce que cette *Physiologie* est une parodie. Ce livre « est au *Traité des sensations* de Condillac et aux *Rapports du physique et du moral de l'homme* de Cabanis ce que le *Roland furieux* de l'Arioste est à la *Chanson de Roland* et à toute la poésie épique et chevaleresque. Plus le ton de Brillat-Savarin se hausse, s'ennoblit, se donne de pompe et de solennité, plus familière est la matière qu'il traite ».

Par cette liberté, cette croisée des genres, cet air de ne pas y toucher, cette constante ambiguïté, on songe au *Confort intellectuel* de Marcel Aymé. L'auteur d'*Uranus* obéit lui aussi à cette fausse désinvolture qui est en fait le talent suprême d'un maître des mots, de leur structure, de leur redoutable pouvoir de persuasion, de leur diabolique efficacité.

Les éclipses de la postérité

À dater de Brillat, la nourriture quitte le camp du trivial pour gagner ses lettres de noblesse. Elle devient un sujet sérieux, estimable, littéraire. Ce n'est pas un hasard si Balzac complète à sa manière les rééditions de la *Physiologie*, chez Charpentier, en 1838 et 1839. Au texte de Brillat, il ajoute un *Traité des excitants modernes* (alcool, tabac, sucre, thé, café), puis sa fameuse *Physiologie du mariage*. Dans *La Comédie humaine*, on ne comptera d'ailleurs plus les scènes au restaurant, les banquets, avec des détails et des précisions qui sont ceux d'un mangeur patenté. Il en sera de même chez Flaubert, Zola et, bien entendu, Proust.

Jusqu'alors, la cuisine était un univers technique et codé. Lorsque la littérature s'en mêlait, c'était pour ne décrire que des festins, pour signifier l'excès. Avec Brillat, on change de dimension : la gastronomie devient un outil de compréhension du monde, d'appréhension du réel, de la société, des complexités du quotidien. Le goût accède à la parole et ne va plus cesser de la prendre. « La cuisine devient l'ardente science du social », nous dit Johann Faerber dans *Les Littérateurs gastronomes depuis Brillat-Savarin*. « La grille sociologique inouïe, la puissance d'intellection du monde et de ses mutations. »

En un sens, Brillat serait l'ultime surgeon du siècle des Lumières, qui aborde un sujet délaissé par ses grands aînés de l'*Encyclopédie* : la cuisine. Mais la Révolution (de la politique et des mœurs) est passée par là, et notre juriste arrive à point nommé pour achever l'œuvre de Diderot, de d'Alembert ou de Voltaire. Son « maître livre » est même le trait d'union gourmand entre le siècle des Lumières et l'âge romantique.

Physiologie du goût est pourtant un texte qui agace, et certains de ses détracteurs ont la dent dure, tel Charles Baudelaire, qui le qualifie de « faux chef-d'œuvre ». Au vrai, il lui reprochait de faire peu de cas du vin, ce qui n'est pas faux. S'il écrit, non sans emphase, que « l'alcool est le monarque des liquides et porte au dernier degré l'exaltation palatale », Brillat ne développe guère les joies de Bacchus. Et l'auteur des *Fleurs du mal* s'en trouve indisposé : ire d'ivrogne ?

Plus récemment, Jean-Paul Aron estime que Brillat jouit d'une gloire usurpée. Le vrai génie, l'authentique gastronome, serait Grimod de la Reynière, personnage flamboyant, et non ce magistrat replet aux logarithmes froids. Ce à quoi Revel objecte avec justesse que Grimod a un ton, mais Brillat un style. Et puis Grimod a laissé des articles, des textes épars, et non cette somme atypique, étrange, incomparable, qu'est *Physiologie du goût*. Comme quoi l'esprit de synthèse est le plus sûr passeport pour la postérité.

L'ouvrage va pourtant tomber peu à peu dans l'oubli. Si les gastronomes se l'offrent et l'étudient, il n'en finit pas de dérouter. En 1930, la marque de fromage *Excelsior* se rebaptise *Brillat-Savarin*, mais c'est un clin d'œil pour initiés.

Lucien Tendret (1825-1896), petit-neveu de Brillat né l'année même de sa mort, aura beau chanter la geste de l'oncle illustre en 1892 dans *La Table au pays de Brillat-Savarin* (il y décrit la recette de l'Oreiller de la belle Aurore et surnomme son oncle « le Papinien des gastronomes » et le « Chrysostome des pères de la table »), c'est seulement un siècle et demi après sa publication que cette *Physiologie* retrouve l'honneur des gazettes.

En 1975, en plein cœur de la querelle des anciens et des modernes autour de ladite nouvelle cuisine, l'éditeur Hermann propose la première édition scientifique de la *Physiologie du goût*, avec un appareil critique signé Michel Guilbert et une préface (baptisée « lecture ») de Roland Barthes. On s'en doute, de ce livre hybride l'auteur des *Fragments du discours amoureux* fait son miel. « Le repas devient une recette du social », rappelle le critique et universitaire Johann Faerber, montrant combien, aux yeux de Barthes, le texte de Brillat propose une « sémiologie de la nourriture » aussi précise, pointue, que ses propres *Mytho-*

logies. Jamais son « Dis-moi ce que tu manges, je te dirai qui tu es » ne fut aussi contemporain. « Mythologiquement, souligne Barthes, la nourriture est affaire d'hommes ; la femme n'y prend part qu'à titre de cuisinière ou de servante : elle est celle qui prépare et sert, mais ne mange pas. » Mais la gourmandise selon Brillat transcende les genres et les sexes. « Le livre de Brillat-Savarin est de bout en bout le livre du "proprement humain", car c'est le désir (en ce qu'il se parle) qui distingue l'homme. »

Ce n'est donc plus le rire qui fait l'homme, mais son appétit. Brillat a remporté son pari : à table !

Bibliographie sélective

Éditions de référence

BRILLAT-SAVARIN, Jean Anthelme, *Physiologie du goût, ou Méditations de gastronomie transcendante.*

Première édition : Paris, Sautelet et Cie, 1826, 2 vol. in-8.

Édition suivie d'une lecture de Roland Barthes : Hermann, 1975.

Édition présentée par Jean-François Revel avec une préface d'Hervé This : Flammarion, coll. « Champs », 2017.

Sur Brillat-Savarin et son époque

ARON, Jean-Paul, *Le Mangeur du XIXe siècle*, Robert Laffont, 1973.

FAERBER, Johann, « Les littérateurs gastronomes depuis Brillat-Savarin », in *Elfe* XX-XXI, *Études de la littérature française des XXe et XXIe siècles*, 2019.

HAECHLER, Jean, *Balthazar Grimod de la Reynière, un gastronome à la table des Lumières*, Séguier, 2016.

REVEL, Jean-François, *Un festin en paroles. Histoire littéraire de la sensibilité gastronomique de l'Antiquité à nos jours*, Jean-Jacques Pauvert, 1979.

ROUFF, Marcel, *Brillat-Savarin*, Éditions Manucius, coll. « Livres de bouche », 2020.

TENDRET, Lucien, *La Table au pays de Brillat-Savarin,* préface de Pascal Ory, Menu Fretin, 2014.

VITAUX, Jean, *Le Bouquin de la gastronomie*, Robert Laffont, coll. « Bouquins », 2020.

11

Le Rouge et le Noir
de Stendhal
(1830)

par François-Guillaume Lorrain

Le 13 novembre 1830, quand paraît Le Rouge et le Noir, *Stendhal a quarante-sept ans et une longue carrière d'essayiste et de polémiste. Il est le premier théoricien français du romantisme, l'un des esprits les plus originaux de la capitale, mais n'a pas les habits du romancier que consacrera la postérité. Son premier roman,* Armance, *publié en 1827, a été un fiasco. C'est pourtant vers le roman, genre encore mineur à l'époque, que le Grenoblois se tourne à nouveau, frappé par un fait divers dont son Isère natale a été le décor. Sa décision relève du coup de foudre. L'exécution du* Blitzkrieg *est menée en deux temps, à cheval sur les années 1829-1830. Alors qu'il galope dans la rédaction d'un texte qui sonne la charge contre la Restauration légitimiste, celle-ci lance ses derniers feux crépusculaires. Quand le roman sort des presses, la révolution de Juillet l'a balayée depuis trois mois. Le livre prophétique arrive avec un léger retard. Mais sa violence inouïe et son style inédit divisent. Son héros rusé et trouble, Julien Sorel, effraie ou enthousiasme, faisant vite l'objet d'une « cristallisation » totémique. Ce n'est toutefois qu'au fil du XIXe siècle que le texte devient un classique, malgré quelques détracteurs considérables, au premier rang desquels Flaubert et Hugo.*

L'inspiration

Stendhal avait une étrange habitude, celle de griffonner sur les exemplaires de ses propres livres. L'écrivain poussait même l'égotisme jusqu'à commenter ses œuvres dans les marges, parfois, semble-t-il, hors contexte. Ainsi, sur une page de ses *Promenades dans Rome*, publiées en septembre 1829, écrivit-il ces quelques mots : « Dans la nuit du 25 au 26 octobre 1828, l'idée du *Rouge* m'est venue à Marseille. » Quelle confession ! Les stendhaliens ne manquèrent pas d'en faire leur miel. Les plus scrupuleux s'étonnèrent cependant. Henri Beyle, *alias* Stendhal, avait bien séjourné dans la cité phocéenne, mais à l'automne suivant, comme le prouve l'une de ses autobiographies, *La Vie de Henry Brulard*. L'erreur était-elle involontaire ? Le mystère n'a jamais été éclairci. Du moins le *rougeoiement* initial a-t-il retrouvé sa place exacte sur l'axe du temps : 25-26 octobre 1829.

Que faisait Stendhal le Parisien à Marseille ? Ses *Promenades dans Rome* sortaient de presse et il était lui-même en promenade, en quête de matériau hexagonal pour ce qui deviendrait les *Mémoires d'un touriste* (1838). Car cet esprit en perpétuel mouvement avait pour autre étrange manie de filer à l'heure où paraissaient ses livres. Pour l'*Histoire de la peinture en Italie*, en 1817, il avait mis le cap sur Londres. Pour sa *Vie de Rossini* en 1823, il avait pris le chemin de sa chère Italie. Pour *Armance*, édité en 1827, l'Italie encore. L'orgueil de l'absent, ou l'impérieux besoin de tourner la page.

Rien n'est simple avec Stendhal. Notamment au chapitre mouvant de ses amours. En septembre 1829, la dernière figure du carrousel sentimental a pour nom Alberthe de Rubempré. Une « catin à la Dubarry » dont il cherche à rallumer la flamme en s'en éloignant, selon l'une des lois de la *cristallisation* qu'il a énoncées lui-même dans son essai *De l'amour* (1822). Adieu Alberthe, direction le Midi. Avant de rallier Marseille, il se détourne par Grenoble, sa ville natale, qu'il n'a pas revue depuis dix ans. Là-bas, on lui fait part d'un drame passionnel qui a défrayé la chronique, deux ans auparavant, dans le nord de l'Isère, à Brangues. Le 23 juillet 1827, un ancien séminariste, Antoine Berthet, a tiré sur Mme Michoud de la Tour, dont il avait été le précepteur des enfants. Le procès, qui a fait les choux gras de *La Gazette des tribunaux* des 27, 28 et 29 décembre 1827, étale la vie de l'accusé. Remarqué par son curé pour son intelligence, ce fils d'artisan modeste a été envoyé au séminaire pour y faire des études, avant de le quitter pour raisons de santé et trouver une place chez cette dame dont il semble être devenu l'amant. Il ne s'y attarde pas et, après un passage au grand séminaire de Grenoble, le voilà de nouveau précepteur dans une famille noble, les « de Cordon », dont il séduit la fille avant de se faire renvoyer. Humilié, se croyant par ailleurs diffamé par Mme Michoud, il fait feu sur elle dans l'église de Brangues. On aura reconnu la trame du *Rouge et le Noir*, à quelques variations près. La plus notable consistera à transformer les *de* Cordon, nobles provinciaux, en les *de* la Mole, grands aristocrates parisiens semblables à ceux fréquentés par Stendhal.

Mais avec Berthet, l'écrivain tient son Julien Sorel. Pourquoi lui a-t-on parlé de ce fait divers ? Trois raisons probables. Brangues est voisin du château de Thuellin qui a été la propriété de sa sœur Pauline. La victime, Mme Michoud de la Tour, est aussi la cousine d'un de ses plus vieux camarades. Enfin, dans ces villes de province de la Restauration, un tel scandale, conclu par l'exécution de Berthet à Grenoble le 23 février 1828, ne peut qu'avoir frappé les esprits et alimenté les conversations. Par son cousin, Romain Colomb, qui sera son exécuteur testamentaire et premier biographe, on sait aussi qu'il s'est procuré les numéros « Berthet » de *La Gazette des tribunaux.*

Le voici donc, après ce retour sur ses terres grenobloises, parvenu à Marseille le 18 octobre. Une ville qu'il connaît bien, puisqu'il y a vécu en 1805, à l'époque où il pensait devenir banquier. Il y a consumé sa première grande passion avec une actrice, Mélanie Guilbert, dont il avait fait le siège platoniquement à Paris, avant de la rejoindre dans la cité phocéenne. C'est là qu'ils deviennent enfin amants, *for ever*, promet-il, avant de s'en lasser. Avançons une hypothèse que ne formulent ni Henri Martineau ni Michel Crozet, les deux éminents biographes de Stendhal : après son séjour à Grenoble, la ville du père avare, exécrée et fuie à l'âge de dix-sept ans, ce pèlerinage marseillais aurait réactivé une atmosphère amoureuse qui a pu chimiquement *réagir* avec la matière du fait divers, un sujet en rupture de ban. Pris entre une Alberthe trop libre mise à distance et une Mélanie ressurgie par le souvenir, Stendhal, éternel *lover*, aura été plongé dans un bain favorable pour donner chair à Mme de Rênal et à Mathilde de la Mole. Il n'en reste pas moins que cette cristallisation littéraire demeure une énigme, y compris aux yeux des stendhaliens, muets devant ce moment de grâce. Le Grenoblois avait-il besoin d'une trame préexistante pour prendre son élan, comme ce sera encore le cas pour *La Chartreuse de Parme* ? Si la création chez lui s'élance des chemins bien tracés du réel, c'est pour mieux ensuite emprunter des voies impénétrables.

Le passage à l'acte

Dès le lendemain de la nuit miraculeuse, il se met au travail. Stendhal est un sanguin des lettres, un cracheur de feu, un volcan de pages. Autre énigme fascinante. En 1826, il ne lui a pas fallu une semaine pour venir à bout du premier jet d'*Armance*, ses débuts romanesques. En 1838, les 600 pages de *La Chartreuse de Parme* seront une affaire de... cinquante-trois jours. Le critique Henri Martineau, greffier de l'existence stendhalienne, estime à quatre semaines la durée du séjour marseillais. Fin novembre, Stendhal rapporte à Paris une première mouture, grossière, d'un manuscrit qu'il a intitulé *Julien*. À son retour, il se jette dans l'écriture de la nouvelle *Vanina Vanini*, chronique italienne inspirée par le mouvement rebelle et clandestin des *Carbonari*. La nouvelle est un genre qu'il commence à pratiquer. Il songe ensuite à grossir *Vanina Vanini* en roman, puis renonce : « Où est l'intérêt ; où est la satire, *bases of every novel* ? » *Julien*, porté par cette satire d'un monde de la Restauration qu'il voudrait révolu, sera, lui, confirmé dans son statut romanesque.

S'y remettre donc, mais quand ? Une autre note, ajoutée par Stendhal en marge d'un manuscrit contemporain, la nouvelle *Mina de Vanghel*, date au 22 janvier 1830 la reprise de *Julien*, qu'il définit comme « l'histoire d'un jeune provincial élève de Plutarque et de Napoléon ». Auparavant, il a encore eu le temps de trousser deux contes espagnols. Il est en pleine effervescence : l'écriture alimente l'écriture. Il habite alors dans un hôtel meublé, le Richelieu, au 69 rue de Richelieu, à l'angle du square Louvois, où se dressait jusqu'en 1821 l'Opéra de Paris dont ce fou de musique italienne avait été un assidu. Mais l'assassinat en ces lieux du duc de Berry, fils du futur Charles X et héritier du trône, avait incité le roi Louis XVIII à le faire démolir pour y ériger une chapelle expiatoire. Entre deux fièvres d'écriture qui réchauffent son hiver, Stendhal s'accorde des pauses, posté à sa fenêtre. Hanté par les mélodies d'antan, il contemple ce symbole du légitimisme abhorré, puis retourne s'asseoir, guidant son héros mal né et orgueilleux parmi les chausse-trapes de cette société ultra dont l'agonie crépusculaire sera bientôt dépeinte par Chateaubriand dans ses *Mémoires d'outre-tombe*.

« Élève de Plutarque et de Napoléon », a résumé Stendhal pour définir Julien Sorel. Au premier, il emprunte l'ardeur et la pureté. « Tel était l'effet de la force, et si j'ose parler ainsi, de la grandeur des mouvements de passion qui bouleversaient l'âme de ce jeune ambitieux. Chez cet être singulier, c'était tous les jours tempête. » Du second, il retient l'énergie dont l'Empereur fut le professeur adoubé par la jeunesse désœuvrée d'une France assoupie qui avait troqué le galon militaire contre la manchette de lustrine. « Julien, debout sur un grand rocher, regardait le ciel… Quelque épervier parti des grandes roches au-dessus de lui était aperçu par lui… L'œil de Julien suivait machinalement l'oiseau de proie. Ses mouvements tranquilles et puissants le frappaient, il enviait cet isolement. C'était la destinée de Napoléon, serait-ce un jour la sienne ? » Ainsi s'ennoblit la trajectoire possiblement sordide de Berthet, provincial amoureux. Dans les *Promenades dans Rome*, Stendhal évoque le langage sacré des « âmes nobles et tendres comme Mme Roland, Mlle de Lespinasse, Napoléon, le condamné Lafargue ». Adrien Lafargue, un ébéniste de Bagnères-de-Bigorre, avait tué le 21 janvier 1829 sa maîtresse, coupable de l'avoir délaissé ; le compte rendu de la cour d'assises qui le condamna à mort figure dans les *Promenades*. Stendhal aurait songé aussi à ce Lafargue, dont le caractère déteint sur celui de Julien Sorel.

Le 3 février 1830, il est dérangé, rue de Richelieu, par la visite d'une jeune Italienne. Giulia Rinieri. La fille d'un grand chambellan de Sienne. Stendhal, qui fréquente le beau monde, surtout s'il lui rappelle le paradis transalpin, l'a rencontrée en 1826 chez son ami l'anatomiste Cuvier. Elle admire l'écrivain, réputé être l'un des plus fins hommes d'esprit de Paris. Un original, indépendant, paradoxal, imprévisible, mystérieux. Certes, son premier roman, *Armance*, a été comme on l'a dit un fiasco, mais Stendhal, qui s'était essayé à ce genre par jeu et goût des masques, est alors connu, et admiré, pour ses œuvres d'essayiste. La postérité, qui n'a retenu que le romancier, a oublié ce renversement des hiérarchies. À l'époque, la littérature n'était rien, la politique était tout. Son *Racine et Shakespeare* (1823-1825), où il plaidait pour le second contre le premier, pour le *romanticisme* contre le classicisme, a fait de lui, avant Hugo et sa préface de *Cromwell* (1827), le héraut de la modernité littéraire. « Jusqu'au jour du succès, nous autres, défenseurs du genre romantique, nous serons accablés d'injures. Enfin ce grand jour arrivera, la jeunesse française se réveillera », y a-t-il claironné. Il éreinte aussi bien Racine, qui ennuie, que Molière, qui ne fait rire que les collégiens. Il récuse l'imitation, appelle à l'audace. Les lettrés étrangers retiennent déjà de leurs séjours qu'il est le plus brillant causeur de la capitale. Son idiome franco-anglais déroute, ses traits fusent, son goût pour la polémique éblouit. Le sculpteur à la mode, David d'Angers, vient de graver son médaillon. Favoris, nuque de bœuf, visage taurin, cheveux mal peignés : il apparaît dans toute la force de l'âge et de son caractère. C'est à cet homme que Giulia vient se donner. « Je sais bien que tu es vieux et laid », lui déclare-t-elle en se jetant à son cou. S'il a quarante-sept ans, ce qui n'est pas jeune, et ne passe pas pour un apollon, la parole, jointe au geste, n'est pas banale. « Revoyons-nous dans deux mois », répond l'intéressé. Ce sang-froid chez lui est nouveau. Se réserverait-il le temps d'achever *Julien* ? Sans doute. Mais l'énergie et la spontanéité de Giulia infuseront chez Mathilde de la Mole, qui pratiquera l'amour de tête, envoyant par-dessus les moulins naissance et argent.

Même s'il vomit les ultras au pouvoir, l'écrivain en fréquente les salons. Le Stendhal de 1830, qui oscille entre la planque du fonctionnaire et la liberté du journaliste plaçant ses articles, est en quête d'un *état*. Sollicitant amis et réseaux, il se produit dans ces cénacles où les postes se distribuent entre deux coupes de champagne. C'est ainsi que chez Hyde de Neuville, ministre de la Marine, on lui rapporte le rapt romanesque de sa nièce partie vivre à Londres avec son amant roturier. Afin de prouver son amour à Julien, qui feint d'en douter, Mathilde lui proposera de la kidnapper en l'emmenant à Londres pour ainsi la déshonorer. La centrifugeuse stendhalienne continue de tourner à plein régime.

La publication

Fin mars, la deuxième mouture est arrivée à bon port. Le 8 avril, un éditeur, Alphonse Levavasseur, libraire au Palais-Royal, lui achète le manuscrit pour 1 500 francs, avec la garantie d'en imprimer 1 500 exemplaires, la moitié en in-12°, format populaire, l'autre en in-8°, format plus sélect, selon la coutume de l'époque. Levavasseur est jeune, vingt-neuf ans, il publiera un peu Musset et Balzac avant de faire faillite. Stendhal ne reçoit que 600 francs à la remise, 900 à la publication. La même somme lui avait été versée pour *Promenades dans Rome*, pourtant encensé, alors qu'il avait touché moins, 1 000 francs, pour *Armance*. Pour son recueil de poésie, *Les Orientales,* publié en 1829, Hugo fut payé 7 200 francs. Stendhal, qui tire le diable par la queue, se souviendra que fin 1830, il ne disposait que du « strict nécessaire » : un linge irréparable à force d'usure et de rapiéçage. L'impécuniosité n'exclut pas le bonheur. « J'étais devenu parfaitement heureux ; c'est trop dire, enfin passablement heureux, en 1830, quand j'écrivais *Le Rouge et le Noir.* » Le Stendhal de la maturité et de l'apogée est là. Un excès tempéré. Une pleine réalisation du Moi au sommet de son art et de ses amours. Il y a des moments de bonheur fou chez Julien. « La tête appuyée sur ses deux mains, Julien resta dans cette grotte plus heureux qu'il n'avait été de la vie, agité par ses rêveries et par son bonheur de liberté. » Il y a aussi cette sensibilité maladive, cette timidité l'obligeant à l'hypocrisie que Stendhal s'attribua dans sa jeunesse. Dans sa préface au roman, Claude Roy parlera de « consanguinité » entre Sorel et l'écrivain qui a laissé son double de papier lui prendre l'essentiel. « Il a les pliures de l'âme de Stendhal. »

Essayiste renommé, le voilà devenu pleinement romancier. Or, le roman n'est pas encore un genre sérieux. Sous peu, il le deviendra avec Balzac ; plus tard, Flaubert le hissera au rang d'œuvre d'art. Pour l'heure, Stendhal n'y voit qu'une extension possible de cette modernité romantique qu'il proclame. Un appel aussi au plaisir de lecture, à l'émotion du romanesque. Il s'y est lancé avec chaleur : « On ne va jamais si loin que quand on ne sait où l'on va. » Relisant *Le Rouge et le Noir*, il se jettera parfois des fleurs, *very well,* mais trouvera aussi son style « trop abrupt, trop heurté ». Cette concision qui ne s'appesantit jamais lui sera enviée. Il la déplore. Les créateurs ne sont pas toujours les meilleurs juges de leurs créations.

Mais ce roman n'est pas brut. Quand il sort, le 13 novembre 1830, il est accompagné d'un sous-titre qui en aiguille la lecture : *Chronique de 1830.* Une manière de rappeler la source judiciaire. Une façon aussi de s'inscrire dans son temps, même si le récit débute précisément en septembre 1826 pour se terminer en juillet 1831. Une volonté même de s'en réclamer en prétendant à la vérité politique du tableau. Stendhal l'avait écrit dans une lettre datée du 22 juillet : « Ma prétention est de peindre la France telle qu'elle est en 1830. » « La vérité, l'âpre vérité » : tel est d'ailleurs l'exergue du livre, emprunté à Danton. Tout un programme, menaçant, placé sous l'enseigne de cette figure révolutionnaire. L'auteur ne veut pas plaire, mais dévoiler, pire, dénoncer. Comment ne pas songer à cet autre exergue, voué à faire réfléchir plus d'un étudiant, qui ouvre le chapitre XIII : « Le roman, ce miroir que l'on promène le long d'un chemin. » Attribuée à Saint-Réal, l'un des premiers romanciers français, contemporain de Madame de La Fayette, cette phrase deviendra le porte-étendard du courant réaliste. Pour l'heure, *Le Rouge et le Noir*, qui paraît trois mois après la chute de Charles X, se veut le roman d'apprentissage d'une double révolution appelée de ses vœux. Révolution politique et romantique, dont le héros tragique et solitaire aurait pour nom Julien Sorel. Un fils spirituel de Bonaparte que son créateur, ancien administrateur anonyme de l'Aigle, promène comme un ludion dans les diverses couches de la société. À charge pour lui de se faufiler parmi les hommes en noir de l'Église, les bourgeois mesquins, les nobles exsangues et paranoïaques. Bien qu'assombrie par l'obsession de l'échec, le beylisme – du nom d'Henry Beyle – est une morale de l'action et de l'ambition trouble. Pour preuve, l'obligation que s'impose Sorel, infatué de son rôle à jouer de séducteur, de saisir la main de Mme de Rênal dont il se croit méjugé. « Au lieu d'être attentif aux transports qu'il faisait naître, l'idée du devoir ne cessa jamais d'être présente à ses yeux. » L'amour chez Julien est encore ambition : « C'était de la joie de posséder, lui, pauvre être malheureux et si méprisé, une femme aussi noble et aussi belle. » Du feuilleton judiciaire, Stendhal ne s'est servi que comme d'un canevas, un assemblement de « pilotis » sur lesquels bâtir sa maison de papier.

De ce basculement témoigne le changement de titre : au prénom du protagoniste, Julien, succède la double couleur, objet de bien des interprétations. La plus évidente : le rouge du militaire de l'Empire contre le noir de l'Église. Mais le rouge pourrait être aussi celui du sang, omniprésent. D'autres y verront le rouge et le noir de la roulette ou de l'échafaud, qu'on peignait ainsi. Selon le cousin Romain Colomb, le titre serait venu un matin à Stendhal alors que depuis le 25 avril, il avait commencé à dicter le manuscrit final. L'impression du roman va s'étaler jusqu'à l'automne, l'écrivain y glissant à mesure des événements contemporains comme autant d'effets de réel tissés dans la toile : la première fameuse d'*Hernani* de Hugo à laquelle il avait assisté le 25 février 1830, l'opéra *Manon Lescaut*, l'expédition d'Alger en juin, les attaques contre le Premier ministre Polignac, désavoué par la Chambre, qui prépare en secret les ordonnances de Juillet à l'origine des Trois Glorieuses. Au fil de l'écriture, Stendhal s'interroge sur le rôle promis au peuple : « Se réveillera-t-il avant 1847 ? », note-t-il avec ironie le 21 avril. Il ne croit guère à cet élan, et la révolution de Juillet, qui interrompra l'impression de son roman pendant huit jours – les ouvriers ont cessé le travail –, relèvera pour lui de la divine surprise. « Je vis les balles sous les colonnes du Théâtre-Français », note-t-il en voisin dans *Vie de Henry Brulard*, avant d'ajouter, par euphémisme : « Fort peu de danger de ma part. » Il préfère relire ses épreuves. Elles sont la *preuve* en roman du crépuscule d'un monde vermoulu dont son héros orgueilleux et froid, ce « plébéien en transfert de classe », comme l'écrira Paul Bourget dans sa préface de 1923, aspiré vers les sommets, révèle l'hypocrisie et la noirceur.

Un succès d'estime

« La petite ville de Verrières peut passer pour l'une des plus jolies de Franche-Comté. » Ainsi débute le roman dont, le 13 novembre, le *Journal de la librairie* annonce la parution. Certains extraits sont en prépublication dans *Le Mercure du* XIXe *siècle*, qui compare l'œuvre à Machiavel, La Rochefoucauld et lord Byron, « pour son mépris ironique pour la pauvre espèce humaine ». Stendhal n'est plus là. Il vient de filer à l'italienne prendre un poste de consul. À la faveur du nouveau gouvernement, il a fait jouer ses relations auprès du ministre des Affaires étrangères, le comte Molé, ancien favori de Napoléon. Il voulait être nommé à Naples, Gênes ou Livourne. Ce sera Trieste, ville certes italienne mais sous autorité autrichienne. L'ordonnance de sa nomination est rédigée le 25 septembre. Il part sur un échec. Le 6 novembre, il a demandé, en vain, la main de Giulia Rinieri. De quoi est-il le plus préoccupé ? De ce refus, de sa nouvelle vie consulaire ou de la parution de son roman ? Nul biographe ne le dit.

Comment mesurer la réception ? On ignore le niveau réel des ventes, mais une lettre de son éditeur Levavasseur, datée de 1832, laisse entendre qu'elles ne furent pas mauvaises : il remercie Stendhal de l'avoir sauvé de la ruine et l'entreprend pour un autre manuscrit. Autre indice : les principaux organes de presse en ont rendu compte. À commencer par le *Journal des débats*, le premier des journaux libéraux, où officie le redoutable Jules Janin. « Ouvrage remarquable, vif, coloré, il mérite d'être lu », encourage-t-il, avant d'ajouter : « même dans l'oubli de la littérature contemporaine ». Janin a déjà noté toute la singularité d'un texte qui ne ressemble à rien de connu et dont il souligne à maintes reprises « la rage et l'horreur ». Il n'omet pas les « invraisemblances si peu morales », s'agace de « cet invincible besoin de tout peindre en laid et de grossir sa voix pour être effrayant », et déplore un goût furieux et abusif pour le paradoxe. Janin prévient aussi son lecteur des charmes dangereux de l'auteur, « railleur cruel, sceptique méchant, heureux de ne croire à rien, jetant son venin sur tout ce qu'il rencontre », mais « qu'il faut suivre et qui vous entraîne malgré vous et qu'on ne peut quitter ». Il lui prédit un succès assuré. Même augure dans *Le Figaro*, alors satirique et libéral : « Malgré ses longueurs, ce livre est le plus remarquable qui ait paru depuis la Révolution de Juillet, et comme elle, le succès ira loin. »

Perce déjà la note dominante : le texte choque. L'immoralisme de Julien Sorel, son arrivisme sécessionniste font lever les sourcils. « Il faut en convenir, le regard de Julien était atroce, sa physionomie hideuse : elle respirait le crime sans alliage ; c'était l'homme malheureux en guerre avec toute la société », décrit Stendhal. De même s'indigne-t-on du comportement socialement transgressif, frisant l'indécence, de Mathilde de la Mole. On s'étonne aussi du dénouement, peu plausible, ce crime de Sorel contre Mme de Rênal que son meurtrier aime encore et à qui il pardonne. Même étonnement chez un prestigieux lecteur : Goethe. Dans ses *Conversations avec Eckermann*, il loue les « caractères de femmes, tous frappants : tous renferment de grandes preuves d'observations psychologiques aussi justes que profondes ; elles font pardonner bien des extravagances ou improbabilités de détail ». Mais pour certains de ses proches, Stendhal est allé trop loin dans l'obscénité. « Un de vos crimes, lui reproche l'ami Prosper Mérimée, est d'avoir exposé à nu et au grand jour certaines plaies du cœur humain trop salopes pour êtres vues… Il y a dans le caractère de Julien des traits atroces, dont le monde sent la vérité mais qui font horreur. » Le noir est de plomb, le rouge est de sang, à l'image de la couverture choisie par Levavasseur : Mathilde de la Mole y tient entre ses mains la tête décapitée de Julien Sorel.

Un autre motif apparaît bientôt : le désenchantement. Pour l'auteur de l'article du *Temps*, « M. Stendhal est un désenchanteur par excellence ; il aime à désoler son monde ; il affectionne l'imprévu ». « Qu'on ne s'y méprenne pas, ceci est un éloge », ajoute le signataire, derrière lequel les spécialistes ont reconnu Alfred de Musset. Même constat le 9 janvier 1831, dans *Le Voleur*, chez un romancier débutant : Balzac. Il y voit ramassé « le génie de l'époque, la senteur cadavérique d'une société qui s'éteint ». « M. de Stendhal nous arrache le dernier lambeau d'humanité et de croyance qui nous restait. » Selon lui, *Le Rouge et le Noir* est un ouvrage démoniaque, « il vient de froisser le cœur humain ». Dix ans plus tard, après la publication de *La Chartreuse de Parme*, Balzac exprimera toute son admiration pour Stendhal, qui lui avouera lire chaque matin le Code civil avant de se mettre à écrire.

Parce que *Le Rouge et le Noir* est devenu un classique, on a oublié combien il passa à sa sortie pour trop sombre, trop audacieux, monstrueux même. Des excès loués par d'autres comme une flamboyance moderne et baroque. Stendhal, avec assez d'esprit, lui prêta les allures d'une rhapsodie aux airs de caprice, non conforme aux règles académiques. Œuvre symbole de la Révolution, elle n'avait rien, en revanche, de la modération du gouvernement dont celle-ci avait accouché. Anciennement libéral, devenu saint-simonien et socialiste, *Le Globe* devina la portée révolutionnaire d'un livre qui fut révélateur avant de devenir l'emblème de la crise d'une époque. On retient le cri de Sorel à son procès : « Voilà mon crime, messieurs, et il sera puni avec d'autant plus de sévérité que, dans le fait, je ne suis point jugé par mes pairs mais uniquement par des bourgeois indignés. » Sorel, le premier enfant littéraire du siècle. De l'autre côté de l'échiquier politique, dans l'organe légitimiste *La Gazette de France*, on exécute sans surprise le roman : « Sous tous les titres, sous toutes les couleurs, cette honteuse production ne sert qu'à ajouter par une preuve à bien d'autres, qu'il est plus que temps que M. de Stendhal change encore une fois de nom, et pour toujours de manière et de style. »

« Le monde de Beyle »

Une légende tenace, élaborée à la fin du XIXe siècle, veut que le roman n'ait pas bénéficié de l'écho qu'il méritait. « Grande œuvre pourtant que ce *Rouge et le Noir*, très digne pourtant d'avoir passé à peu près inaperçue en sa nouveauté comme presque toutes les grandes œuvres », écrira Émile Faguet dans ses *Propos littéraires* (1905). Sans doute exagère-t-on cette infortune, par contraste avec ces années 1880 où débute un *revival* éditorial : on découvre et publie les écrits autobiographiques de Stendhal (*Souvenirs d'égotisme*, *Vie de Henry Brulard*), ainsi que ses romans inachevés (*Lucien Leuwen* et *Lamiel*). Par ricochet, *Le Rouge* en bénéficie et commence à être traduit : en Angleterre vers 1900, en Italie en 1913, premier pays à en proposer une adaptation cinématographique (1920), en Allemagne après la Première Guerre, en Roumanie en 1929... Mais cette légende noire d'un roman maudit est inexacte. Dans ses *Mémoires* parus en 1836, Lacenaire, le plus célèbre criminel de l'époque, s'identifiait déjà à Julien Sorel. On retrouve son influence dans le Musset – encore lui – des *Confessions d'un enfant du siècle* et dans le Vautrin de Balzac. Même noirceur, même violence, même ambition démesurée. Sorel annonce Rastignac et Lucien de Rubempré. Stendhal eut d'ailleurs assez vite conscience d'avoir inventé un type littéraire. Dès 1831, il évoquait les « 200 000 Julien Sorel que compte la France ». L'année suivante, il compara à son personnage les canuts de Lyon insurgés.

Jamais avare d'un paradoxe, l'auteur, qui détestait l'esprit de bande, contribua toutefois à alimenter la croyance d'un insuccès. N'avait-il pas prétendu qu'il écrivait pour « des amis inconnus, une poignée d'élus » qui lui ressemblaient, revendiquant une chapelle de *happy few*, termes empruntés à Shakespeare ? Le Stendhal-Club serait des plus sélect. Dans la section « Idées chic » de son *Dictionnaire des idées reçues*, Flaubert n'oubliera d'ailleurs pas d'épingler l'« admiration pour Stendhal ». Dans une lettre de 1852, il éreintait déjà *Le Rouge*, « mal écrit et incompréhensible ». L'impeccable auteur de *Madame Bovary* sera bientôt relayé par un Hugo peu charitable, il est vrai, envers ses potentiels rivaux. L'échange avec Stendhal, lors de la rencontre organisée par Sainte-Beuve chez Mérimée en janvier 1830, avait été à fleurets mouchetés. « Chacun comme deux chats sauvages, de deux gouttières opposées, sur la défensive, les poils hérissés et ne faisant pattes de velours qu'avec des précautions infinies », se souviendra Sainte-Beuve qui, pour sa part, cantonna Stendhal à l'appellation d'« homme d'esprit », lui refusant celle de « génie littéraire » accordée sans barguigner au mari d'Adèle. Le démiurge des *Misérables* sortit les griffes à l'occasion d'un échange plus tardif avec le polémiste Henri de Rochefort venu lui rendre visite à Guernesey. Son visiteur ayant eu le malheur de s'enthousiasmer pour Julien Sorel, son hôte eut un haut-le-cœur : « cette chose informe qu'on a intitulée *Le Rouge et le Noir* », avant de déplorer le « patois » dans lequel il avait été rédigé : « Je n'ai jamais été plus loin que la première page, je ne puis me passionner pour les fautes de français, chaque fois que je tâche de déchiffrer votre ouvrage de prédilection, c'est comme si on m'arrachait une dent. » Rendue publique en 1896, cette saillie émut le cercle des prestigieux stendhaliens qui s'était constitué depuis quelques décennies.

Le premier à installer sur un piédestal le roman fut Hippolyte Taine, qui dès la révolution de 1848 s'était agrégé à un cénacle enthousiaste. En 1846, la première réédition posthume, par Hetzel, le futur éditeur de Jules Verne, avait été un bouillon ; celle de 1856, chez Michel Lévy, fut déjà un demi-succès. En 1864, dans *La Nouvelle Revue de Paris*, Taine publie un long et prodigieux article : « Le monde de Beyle ne comprend que les sentiments, les traits de caractère, les vicissitudes de passion, bref, la vie de l'âme. » Il salue surtout en Sorel le premier héros romanesque, le grand caractère au-dessus des hommes, qu'il ne faut pas juger mais accepter avec ses contradictions. Même s'il n'apprécie guère le styliste, Paul Bourget, maître du roman psychologique, s'enflamme en 1882 pour la guerre avec la société de Julien Sorel et son « magnifique outillage de supériorités réelles ». Intelligence de Julien, de Stendhal lui-même, « perspicace et tourmentée, lucide comme un théorème d'algèbre et mordante comme un réquisitoire ». La modernité de Julien, Ulysse du XIXe siècle miné par l'échec, éclate. Taine historicise ce fils de la Révolution, le replace dans le temps long : « Plus nous avançons dans la démocratie, plus le chef-d'œuvre de Stendhal devient actuel. » Sorel héros de la démocratie ? Il ne peut que bien vieillir. Au début du XXe siècle, voilà *Le Rouge* installé comme un classique : le jeune de Gaulle se fait ainsi un devoir de le lire, même s'il avoue à sa mère ne guère priser le caractère un peu vain de son héros.

Chaque génération en fera son miel. La suivante s'attache à revendiquer fièrement le « patois » raillé par Hugo et Flaubert. En 1910, André Suarès, dans son *Voyage du condottière*, voit en lui le prince du langage. « Ni images, ni périodes. Ni la lyre ni l'éloquence. Pour tout dire, il est Grec. Chaque phrase est pleine de sens, et d'un feu clair, qui fait de la lumière, et sans chaleur. » De même, Gide note dès 1907 dans son *Journal* : « Stendhal, j'y reviens toujours. C'est mon os de seiche ; j'y aiguise mon bec. Oser écrire sans ordre. » Pour Jacques Rivière, Rémy de Gourmont, Alain, Jean Prévost, le livre s'affirmera aussi à rebours comme un chef-d'œuvre moderne du style concis.

La dernière génération à s'en réclamer ouvertement sera celle des hussards. Non seulement pour les fulgurances de l'écriture, mais aussi pour la complexité psychologique et le désenchantement à l'égard de l'Histoire, marque d'après-guerre. Sorel deviendrait-il un héros de droite après avoir incarné le mal-né provincial en révolte contre l'ordre établi ? Roger Nimier, sentimental, préface l'édition de 1955 : « Tout ce que nous savons de Beyle pousse à expliquer Sorel infiniment plus par les peines de cœur que par son machiavélisme de chef de gare. » Jacques Laurent présente l'édition « Bouquins » de 1980. « De la réussite, Sorel n'attend pas comme Rastignac les jouissances de la notoriété et de l'autorité, il cherche en utilisant la ruse à se donner l'âcre plaisir de tromper. » Dans le même temps, les grands érudits stendhaliens – Henri Martineau, Victor Del Litto d'abord, Michel Crouzet ensuite – s'attellent à documenter l'auteur et donc, par ricochet, à éclairer le roman, pour lui donner sa place légitime au panthéon littéraire. Les plus éminents critiques s'en emparent. Dans *Littérature et sensation* (1954), Jean-Pierre Richard insiste sur la dualité de Julien, qui est celle de Stendhal : faculté pour l'analyse aride, épanchement pour le rêve. Dans *Roman des origines, origines du roman* (1972), Marthe Robert fait de Sorel l'enfant trouvé le modèle d'un type de création littéraire. Mais cet enfant semble désormais appartenir à tout le monde : la même année, Claude Roy, ex-communiste, affirme dans une préface : « Je suis bien sûr de l'avoir rencontré, au printemps 1968, toujours pâle, insolent, insoumis, à Berkeley, Paris, Prague, Moscou, Madrid : intuable, jeune Juif errant, dissimulé derrière un autre rouge, un autre noir. » Modernité, éternité du jeune héros rebelle.

Bibliographie sélective

Éditions de référence

Le Rouge et le Noir, chronique du XIXe siècle, par M. de Stendhal, Levavasseur libraire, Palais-Royal, 1831 [fin 1830], 2 vol. in-8.

Le Rouge et le Noir, préface de Claude Roy, postface de Béatrice Didier, Gallimard, coll. « Folio », 1972.

Sur Stendhal

Henri Beyle. Stendhal. Mémoire de la critique, préface et textes réunis par Michel Crouzet, Presses de l'université de Paris-Sorbonne, 1996.

COLOMB, Romain, *Mon cousin Stendhal. Notice sur la vie et les ouvrages de Henri Beyle,* Slatkine, 1997.

CROUZET, Michel, *Stendhal ou monsieur moi-même*, Flammarion, coll. « Biographies historiques », 1990.

DEL LITTO, Victor, *La Création romanesque chez Stendhal*, Droz, 1985.

MARTINEAU, Henri, *L'Œuvre de Stendhal,* Albin Michel, 1951.

—, *Le Cœur de Stendhal. Histoire de sa vie et de ses sentiments*, tome 2, Albin Michel, 1953.

12

DE LA DÉMOCRATIE EN AMÉRIQUE

d'Alexis de Tocqueville (1835-1840)

par Laetitia STRAUCH-BONART

Règne de l'égalité, puissance de l'individualisme, tyrannie de la majorité, autant de concepts que l'on doit à ce chef-d'œuvre de la première moitié du XIXe *siècle qu'est* De la démocratie en Amérique. *Moins connu est le cheminement sinueux qui a mené l'auteur de l'idée qu'il caressait à la publication de cet ouvrage qui marquera son temps et le nôtre. D'autant qu'il n'y a pas une mais deux* Démocratie, *dont la source commune est un voyage entrepris outre-Atlantique mais dont la genèse et l'influence diffèrent. Fruit de l'enquête d'un écrivain talentueux mais tourmenté tentant de combiner les idées et l'action politiques, cet ouvrage unique en son genre a offert, comme le souhaitait son auteur, « une science politique nouvelle à un monde tout nouveau*[1] ».

L'avenir de l'Europe se lit outre-Atlantique

Issu d'une famille légitimiste, le jeune Alexis de Tocqueville est juge auditeur depuis 1827 au tribunal de Versailles lorsqu'il prête serment en 1830 au nouveau régime de la monarchie de

---

1. *De la démocratie en Amérique,* t. 1, Gallimard, 1992.

Juillet. Il s'exécute à contrecœur, même s'il estime que les Bourbons « se sont conduits comme des lâches[2] ». Cherchant une occasion de quitter la France et ses tensions politiques, il est fasciné par l'essor de la démocratie américaine, dont il pressent qu'elle sera l'avenir de l'Europe, et décide d'en faire sa destination, mentionnant pour la première fois son projet le 26 août 1830 dans une lettre à son ami de Metz, Charles Stöffels. L'Amérique n'était pourtant pas à la mode : l'élite politique et intellectuelle préférait l'Angleterre aux traditions anciennes à cette nation immature.

Il lui fallait un « prétexte » – terme qu'il emploiera lui-même dans une lettre de janvier 1835 à son cousin Louis de Kergorlay – pour se rendre dans le Nouveau Monde. Ce sera l'étude du système pénitentiaire américain, un projet que lui et son ami Gustave de Beaumont, substitut du procureur à Versailles, soumettent dans une note au ministère de l'Intérieur le 31 octobre 1830 afin d'obtenir le soutien du gouvernement pour leur périple. Le choix est habile, car le rôle des prisons est au cœur du débat politique français : doivent-elles servir à punir ? À préparer la réinsertion ? À protéger la société ? Si la France tente de s'inspirer des systèmes suisse ou anglais, elle connaît peu de chose de l'américain, hormis l'ouvrage de l'oublié Charles Lucas intitulé *Le Système pénitentiaire en Europe et aux États-Unis* (1828).

Pendant ce temps, Alexis prépare sa véritable enquête, l'étude du régime américain, comme il le révèle dans une lettre du 21 février 1831 à Eugène Stöffels, le frère de Charles :

> Comme voyage, on ne saurait rien imaginer de plus agréable que ce que nous voulons faire. Revêtus d'un caractère public, nous aurons le droit de tout demander, et l'entrée de toutes les sociétés choisies. D'ailleurs, il ne s'agit pas pour nous de voir de grandes villes et de beaux fleuves. Nous partons dans l'intention d'examiner en détail et aussi scientifiquement que possible tous les ressorts de cette vaste société américaine dont chacun parle et que personne

2. Lettre à Mary Mottley, sa maîtresse et future femme, 30 juillet 1827.

> ne connaît. Et si les événements nous en laissent le temps, nous comptons rapporter les éléments d'un bon ouvrage, ou tout au moins d'un ouvrage nouveau ; car il n'existe rien sur cette matière.

Ils commandent quelques livres pour se préparer : le *Voyage en Amérique* de Volney, les *Lettres sur l'Amérique* de Fenimore Cooper et une description statistique de l'Amérique en cinq volumes rédigée par un ancien consul des États-Unis, David Bailie Warden. Ils peinent cependant à couvrir l'étendue du sujet, tant il est large, à l'instar du pays-continent énigmatique qu'ils s'apprêtent à découvrir. Le 2 avril 1831, munis de soixante-neuf recommandations de personnalités, ils embarquent au Havre pour la grande aventure.

Une enquête intellectuelle plus qu'une exploration concrète

La traversée dure trente-huit jours, pendant lesquels les deux jeunes gens perfectionnent leur anglais avec une jeune Anglaise et s'initient aux mœurs américaines, Tocqueville assiégeant ses interlocuteurs de questions qui se ramènent à une seule, matricielle : comment une grande république comme celle des États-Unis peut-elle être viable ? Sur le bateau, le jeune Normand met aussi au point sa technique d'enquête : il répartit la matière de ses conversations entre carnets chronologiques, alphabétiques et portatifs pour les entretiens.

Tocqueville et Beaumont débarquent à New York le 11 mai, après une brève escale de deux jours à Newport à cause du mauvais temps. Ils séjournent aux États-Unis près de dix mois seulement, rembarquant de New York le 20 février 1832. Entre-temps, ils visiteront New York, passeront par l'Ouest et le Nord – avec une incursion au Canada –, puis descendront le Mississippi. Ils verront Albany, Buffalo, Cleveland, Detroit, Montréal, Québec, Boston, Hartford, Philadelphie, Baltimore, Cincinnati, Memphis, La Nouvelle-Orléans, avant de rejoindre Washington – 1 650 kilomètres parcourus en douze jours afin d'arriver à temps pour l'ouverture de la session du Congrès. À chaque étape, ils visitent les lieux les plus importants et les établissements pénitentiaires. Le voyage est finalement bref, et concentré sur les grandes villes du Nord.

Les deux amis rencontrent des membres de la société américaine, des Français du Canada et du Mississippi, ainsi que de nombreuses personnalités : des spécialistes des questions pénitentiaires (l'homme politique Edward Livingston, le pasteur Louis Dwight), des philanthropes, des responsables politiques de l'époque, comme Albert Gallatin, des juristes, tels le juge de la Cour suprême John MacLean ou le procureur général de Louisiane Étienne Mazureau. Ils passent du temps dans plusieurs prisons américaines, à Sing Sing, Auburn ou Philadelphie. Leur travail pénitentiaire est une véritable enquête de terrain, réalisée à partir de documents généraux, de travaux sur des sources de première main, de discussions et de questionnaires. Plus qu'à la prison en soi, Tocqueville s'intéresse aux mœurs qui la sous-tendent, une analyse qui viendra nourrir son étude de la société américaine.

Le voyage est peu pittoresque : point de théâtres ou de musées, d'excursions, de visites d'usines ou de trajets en chemin de fer. Les deux hommes s'accordent quand même quelques plaisirs : Tocqueville va dans le monde, trouve les Américaines charmantes, et réclame à son frère deux douzaines de gants jaunes, des bas de soie et des cravates noires. Mais c'est bien pour apprendre « les mœurs, les usages, l'esprit et le caractère d'une nation », comme le résume Beaumont ! Et du 6 juillet au 2 septembre, ils pimentent leur périple de deux excursions qui ne sont ni politiques ni pénitentiaires : vers le Nord-Ouest et le Canada, sur les traces des Indiens et Canadiens français. Au milieu de ces deux peuples condamnés par l'Histoire comme les aristocrates, « nous nous sentions comme chez nous », écrit Tocqueville à l'abbé Lesueur le 7 septembre.

Le « prétexte » devient vite un pensum, et les lettres expriment l'ennui des deux voyageurs. Leur conclusion est sommairement la suivante : après toutes ces études, on ne sait pas vraiment quel système pénitentiaire choisir. Mieux vaut, dans ces circonstances, travailler sur les questions administratives et politiques, ce qui était le but initial du voyage... Sur ce terrain, en revanche, le périple est plus que fructueux.

Qu'a appris notre jeune Normand de la démocratie ? Qu'elle est soutenable, et même compatible avec une certaine grandeur. « D'un jeune aristocrate morose, écrit Françoise Melonio, crispé dans un légitimisme familial qu'il sait sans avenir, le voyage a fait un homme politique moderne. En Amérique, Tocqueville se rallie, en rechignant, à la démocratie. » Alors que ses premières impressions à l'arrivée à New York sont négatives – les maisons sont petites et laides, les Américains obsédés par le commerce et conformistes, le gouvernement embryonnaire –, à l'été il s'est déjà persuadé qu'on ne peut arrêter le mouvement. « Ce n'est pas sans peine, je t'assure, que je me suis rendu à cette idée », écrit-il le 29 juin 1831 à son cher Kergorlay. Le 4 juillet, le voilà convaincu : à Ernest de Chabrol, il raconte avec admiration la cérémonie de la fête nationale à laquelle il a assisté à Albany, un peu burlesque, certes, mais démontrant une ferveur patriotique, une grandeur et un goût de la liberté dont la France, déchirée par les révolutions, est dépourvue[3].

Après cette conversion, les lettres deviennent une enquête sur l'art américain d'accommoder la démocratie. Impressionné par l'empreinte puritaine et la vitalité locale, Tocqueville découvre que les Américains chérissent leur régime parce qu'ils préfèrent un gouvernement médiocre élu dans une société active à un gouvernement compétent régnant sur un peuple de serviteurs. Pour autant, il y a un prix non négligeable à payer pour son avènement : le rôle prépondérant de l'opinion publique et la tyrannie de la majorité. Comment ne pas s'arrêter, par ailleurs, sur l'aberration qu'est l'esclavage dans cette contrée « libre » ?

Cependant, le ministère s'impatiente et une épidémie de choléra s'est déclarée en France : la mission pénitentiaire demeurera inachevée. Après avoir envoyé de l'huile de cajeput et d'autres

3. Lettre à Ernest de Chabrol, 16 juillet 1831.

remèdes exotiques chez eux, les deux jeunes hommes décident de hâter leur retour. Tocqueville rentre séduit par la liberté et la dignité des hommes qu'il a rencontrés, et conforté dans son intuition initiale d'un nouveau système politique aux profondes conséquences sociales et économiques. « Le voyage a fait un politique heureux », résume à nouveau Françoise Melonio.

La première Démocratie, *ou la révélation d'un jeune intellectuel*

> Ce voyage, à lui seul, vous a tiré de la classe la plus vulgaire. Les connaissances que vous avez acquises chez un peuple si célèbre achèvent de vous sortir de la foule. [...] Vous vous sentez, certes, en rentrant en France, une force que vous n'aviez pas eue en sortant. Si le moment est favorable, une publication quelconque peut avertir le public de votre existence et fixer sur vous l'attention des partis [...] voilà, je pense, un plan qui n'est pas en tout point absurde.

Prémonitoire, le jeune Alexis ? Habile même. Car Tocqueville n'écrit pas ces propos à son retour mais avant son départ, le 4 novembre 1830, dans une lettre à Charles Stöffels.

Il en suivra parfaitement le tracé. Rentré en France, il démissionne de son poste de juge après le renvoi de Beaumont pour motif politique. Le rapport sur les prisons ne l'intéresse guère : il peine à s'y atteler, finissant par laisser son collègue s'en charger, même s'il cosignera l'ouvrage, *Du système pénitentiaire aux États-Unis et de son application*, qui paraît en 1833. Son ambition, comme le suggèrent ses propos, est d'une tout autre ampleur : écrire un livre majeur qui lui ouvrira les portes du monde intellectuel et politique par l'intermédiaire d'un débat public sur le modèle démocratique à partir de l'étude du seul pays qui a su l'établir sans sombrer dans la violence révolutionnaire. Mais il est conscient qu'il est passé trop vite : comme il l'écrit à sa mère le 24 octobre 1831, « je partirai de l'Amérique en état de comprendre les documents que je n'ai pu encore étudier : voilà le résultat le plus clair du voyage ». Celui-ci n'est que le prélude à une seconde exploration, intellectuelle, qui va occuper les huit années de rédaction de la *Démocratie en Amérique.*

Dès janvier 1832, avant même la publication du rapport pénitentiaire, Tocqueville se fixe le cadre de son texte : une comparaison politique entre la France et l'Amérique pour tirer de celle-ci des leçons. Il s'adressera aux deux composantes sociales de l'élite du temps : les légistes et les « hommes du monde ». Après un court voyage en Angleterre en octobre 1833 pour étudier le point de départ aristocratique de la société américaine, il s'attelle à l'ouvrage. Il divise la matière de ses carnets en soixante-quatre rubriques thématiques et problématiques. Il supprime au passage les notations pittoresques et individualisantes, le nom des interlocuteurs et même l'analyse des variations régionales, pour bâtir un propos qui soit le plus général possible. Il relit les textes fondamentaux, notamment *Le Fédéraliste*[4]. Fin 1833, en possession de son idée maîtresse et de notes abondantes, il ébauche le plan de son ouvrage, proche du plan définitif. En janvier 1834, désespérant d'achever sa tâche, il embauche par l'entremise de leur ambassade deux jeunes Américains, qui dépouillent pour lui pamphlets, almanachs et ouvrages juridiques, dont il ne conservera finalement pas grand-chose, soucieux de ne pas trop compliquer son propos.

Les deux parties de l'ouvrage sont achevées en août 1834, son père[5], ses frères, Beaumont et Kergorlay étant recrutés comme relecteurs. Suivent des discussions laborieuses avec son éditeur Gosselin, celui de Lamartine, Hugo, Balzac ou encore Walter Scott, peu soucieux de risquer ses fonds sur le livre d'un jeune auteur traitant de politique, domaine habituellement réservé à la

4. *Le Fédéraliste* (*The Federalist Papers*) est une série de 85 essais écrits entre 1787 et 1788 par James Madison, Alexander Hamilton et John Jay sous le pseudonyme collectif de Publius. Son objectif est de convaincre les électeurs de ratifier la nouvelle Constitution des États-Unis en répondant aux critiques et en s'efforçant d'expliquer clairement son fonctionnement.

5. Hervé Clérel, comte de Tocqueville, proche des ultras, fut préfet sous la Restauration, puis pair de France. Il est l'auteur d'ouvrages historiques sur les règnes de Louis XV et de Louis XVI qui ont inspiré la genèse de *L'Ancien Régime et la Révolution.*

presse. Après un premier titre, « De l'empire de la démocratie aux États-Unis », on choisit le plus sobre *De la démocratie en Amérique*, qui paraît le 23 janvier 1835 en deux volumes in-8°, le format classique de l'époque.

« Un best-seller qui ne fut écrit que pour une élite[6] » : le livre est un succès dans la France des notables de l'époque, sans pour autant atteindre un public populaire. D'abord tiré précautionneusement à 500 exemplaires, il bénéficie de deux nouvelles éditions en juin et fin 1835, pour un total de 2 000 exemplaires vendus dans l'année, avant que les éditions 4 à 7, de 1836 à 1839, mettent en circulation environ 4 000 ouvrages[7]. Pour le livre d'un jeune auteur quasiment inconnu, étranger au monde politique, c'est un excellent résultat, supérieur au commun des ouvrages politiques qui varie alors entre 500 et 1 000 exemplaires. Il aura des lecteurs de premier plan : Royer-Collard, Guizot, Chateaubriand, Vigny, Lamartine saluent le « nouvel astre » de la philosophie politique. À l'étranger, il est lu par John Quincy Adams, le roi de Suède, Cavour ou encore Metternich. Aux États-Unis, il est naturellement fort apprécié, tel un miroir où les Américains, enfin connus et reconnus après avoir été tant dépréciés, aiment se regarder. Dès 1838, les éditions américaines et les *digests* pour étudiants se multiplient, la *Démocratie* venant combler une lacune de la littérature politique nationale. Il est même traduit en espagnol, en allemand, en grec et en danois. Les commentaires et les critiques sont nombreux et, pour la plupart, élogieux. Le travail reçoit de nouveau le prix Montyon, décerné par l'Académie française, qui avait déjà honoré le rapport sur le système pénitentiaire.

Tocqueville gagne un peu d'argent avec son ouvrage, qui se vend 20 sous (1 sou égale 5 centimes et 20 sous équivalent

6. Françoise Melonio, Introduction à *De la démocratie en Amérique*, Robert Laffont, coll. « Bouquins », 1986.

7. Le tirage ne dépassera pas 10 000 exemplaires en français du vivant de son auteur, précise toujours Françoise Melonio.

à 1 franc, sachant que la journée d'un ouvrier à cette époque est payée entre 1 et 3 francs)[8]. Il entre aussi en tractations avec des éditeurs américains, qui n'aboutissent pas, et il ne touchera aucun droit d'auteur spécifique à la publication américaine. Mais l'auteur gagne son introduction dans les salons les plus fermés : celui de la duchesse de Dino, où trône le vieux Talleyrand, celui de Mme de Castellane, où s'empressent les « politiques », celui enfin de Mme Récamier, l'égérie des romantiques et de Chateaubriand. Il est fait chevalier de la Légion d'honneur en 1837 et accède à l'Académie des sciences morales et politiques en 1838 par vingt voix sur vingt-deux. À trente ans, le voilà à la fois connu et reconnu.

Comment expliquer le succès de la *Démocratie* ? Par son caractère innovant et son sérieux dans un environnement dominé par les pamphlets aux opinions tranchées sur l'Amérique. L'auteur cherche d'abord à montrer ce que la démocratie signifie réellement et, prenant acte de son existence, comment elle peut être viable. Ainsi qu'il le résume à la fin de l'ouvrage, « mon but a été de montrer, par l'exemple de l'Amérique, que les lois et surtout les mœurs pouvaient permettre à un peuple démocratique de rester libre ». Respecté par la droite parce qu'il est issu d'une famille aristocratique, apprécié par la gauche parce qu'il ausculte en pionnier de la sociologie cette innovation politique, sa complexité – son ambivalence, diront certains – est

8. Il reçoit également 8 000 francs pour le prix Montyon le 11 août 1836. D'après sa lettre à Beaumont du 1er avril 1835, Tocqueville va trouver Gosselin avant la seconde édition et proteste, estimant que 20 sous ne sont pas suffisants. L'éditeur lui répond alors : « Je ferai l'avance que vous voudrez et quand l'édition sera épuisée, je vous laisserai le choix de compter à moitié frais ou sur le pied de 25 sous le volume. » Devenu ministre des Affaires étrangères en 1849, Tocqueville s'efforcera de pousser des négociations avec l'Angleterre qui aboutiront le 3 novembre 1851 à une convention sur la librairie. Il était très sensible à l'insuffisance de la protection des auteurs sur le plan international. (L'auteure remercie Françoise Melonio pour ces informations.)

un atout. « Je plais à beaucoup de gens d'opinions opposées, résume-t-il à Eugène Stöffels le 21 février 1835, non parce qu'ils m'entendent, mais parce qu'ils trouvent dans mon ouvrage, en ne le considérant que d'un seul côté, des arguments favorables à leur passion du moment. »

L'œuvre nourrit et enrichit le débat politique de l'époque. Bien accueillie par les légitimistes et l'opposition dynastique, elle est louée par des journaux républicains comme *Le National* et *Le Bon Sens*, et attire même l'attention de Proudhon, bien qu'il reproche à Tocqueville son manque de radicalité. Elle n'est, en revanche, guère au goût des partisans du pouvoir, qui voient dans son auteur un surgeon nobiliaire de la frénésie égalitaire des Français. Les doctrinaires[9], qui reconnaissent comme lui le flot de l'égalité mais veulent à tout prix le contenir, considèrent en particulier que l'avenir n'est pas à la démocratie mais à la prépondérance des classes moyennes. Ainsi s'explique la virulence de Guizot, leur chef de file, dans son article de *La Revue française* en octobre 1837, « De la démocratie dans les sociétés modernes », où il s'indigne du fatalisme tocquevillien.

D'autres critiques sont plus attendues. Les contre-révolutionnaires, comme Custine, refusent l'idée d'égalité, contraire à la hiérarchie selon eux inhérente à toute organisation sociale ; les jacobins critiquent l'idée d'association, qui altère la relation directe entre le citoyen et l'État ; certains républicains reprochent à Tocqueville son manque de croyance au progrès. On lui reproche aussi, en étant trop américain, d'avoir renoncé au rôle moteur de la « Grande Nation » française dans l'Histoire.

---

9. Nés sous la Restauration, les « doctrinaires » sont un petit groupe de royalistes libéraux français (Guizot, Royer-Collard, Broglie, Rémusat, Barante) qui espèrent réconcilier la monarchie avec la Révolution par l'édification d'une monarchie constitutionnelle largement inspirée par l'Angleterre. Ils constituèrent à ce titre l'un des piliers de la monarchie de Juillet.

La seconde Démocratie*, ou l'œuvre incomprise*

Tocqueville, on l'a dit, entend capitaliser sur son succès pour se lancer en politique. Ses ambitions électorales se heurtent à de premiers obstacles. Dès 1836, il commence à s'intéresser à la Normandie familiale et décide de se présenter à Valognes. Malgré ses efforts et une campagne politique qui insiste sur son impartialité, il se voit reprocher son origine aristocratique et perd l'élection. Mieux préparé, il devient député de la Manche en 1839, un siège qu'il conservera jusqu'en 1851.

Il souhaite aussi donner une suite au premier tome, en s'intéressant aux conséquences culturelles, sociales et sociétales de la démocratie. Mais alors qu'il espère achever au plus vite ce nouvel *opus* afin de se consacrer à la politique, il lui faudra quatre ans de labeur acharné pour venir à bout d'un travail qui décevra autant qu'il surprendra ses contemporains.

Il commence la rédaction en août 1835, à son retour d'un voyage en Angleterre, en se fondant sur un plan simple en trois parties : l'influence de la démocratie sur la pensée, le cœur et les habitudes. En janvier 1836, il doit s'interrompre pour quelques mois, consécutivement au décès de sa mère. Puis, en fin d'année, il tombe malade, avant de mener en 1837 sa première bataille électorale. Il finit la troisième partie du second tome en mars 1838. De juillet à octobre, c'est au tour de la quatrième et dernière. Éditeur, traducteurs et public s'impatientent. C'est alors qu'il prend conscience qu'il a dérivé de l'Amérique proprement dite à la démocratie en général, et veut tout recommencer. D'octobre à novembre 1839, il reprend les deux premiers chapitres. En novembre, il jette cent pages au feu. Il corrige et réécrit sans cesse, comme en témoignent les pages de son manuscrit raturées par son écriture fine et élégante mais qui le rend illisible. Il consulte à nouveau ses carnets de voyage, relit les philosophes et les moralistes, dévore les journaux pour mieux s'imprégner de l'air du temps. Il écrit souvent dans un isolement total, à Tocqueville, dans son château, en Normandie, ou parfois à Baugy, dans l'autre demeure familiale, à côté de Compiègne.

Sa correspondance, entre 1836 et 1839, garde la trace de ce qui finit par s'apparenter à une torture de l'esprit. Le 11 janvier 1837, il confie à son ami anglais Nassau Senior : « En ce moment, je suis si profondément enfoncé dans mon second ouvrage sur l'Amérique que je vois et entends à peine ce qui se passe autour de moi. J'aurai fini, je pense, ce nouveau travail vers le milieu de l'été et le publierai vers l'automne prochain. Je ne sais s'il sera bon, mais je puis affirmer que je ne saurais mieux faire. » Puis, le 20 août 1837, à Pierre-Paul Royer-Collard, le premier maître à penser des doctrinaires : « Le sujet est d'une difficulté qui me désespère. » Un interlocuteur, presque mentor, avec lequel il partage un constat plus pessimiste encore un an plus tard, le 30 août 1838 : « J'ai eu tant d'illusions en commençant ce livre sur le temps qui m'était nécessaire pour le terminer, que, depuis trois ans, j'annonce chaque année à mes amis et à ceux qui veulent bien prendre quelque intérêt à ce que j'écris, que je vais terminer. » Dans la dernière ligne droite, c'est épuisé qu'il se confie à Beaumont le 8 octobre 1839 : « Voyez-vous, il faut à tout prix que j'achève ce livre. Entre lui et moi c'est un duel à mort ; il faut que je le tue ou qu'il me tue : je ne peux plus vivre ainsi que je fais depuis que je l'ai entrepris. »

Les retards et refontes tiennent à l'objet même du livre. Puisque Tocqueville veut « redire complètement, raisonnablement, et avec quelque nouveauté, un grand nombre de choses qui ont déjà été entrevues ou grossièrement représentées par d'autres[10] », il lui faut labourer son sujet selon toutes les perspectives, et intégrer de nouvelles découvertes. En 1835, il s'est rendu en Angleterre pour étudier non plus, comme en 1833, le point de départ aristocratique de la société américaine, mais l'évolution démocratique du pays. Observant la conciliation de la vie locale avec la centralisation démocratique et concluant que la liberté rend les peuples commerçants, il expérimente avec ce

10. Lettre à Pierre-Paul Royer-Collard, 20 août 1837.

voyage la première étape du glissement qui l'entraîne de l'étude de l'Amérique à celle de la démocratie au sens large.

Son entrée dans la vie politique, ensuite, lui offre une plongée dans la matière réelle de la chose publique et contribue d'autant à enrichir sa réflexion. Dès 1837, il constate, pour le déplorer, le conservatisme de la monarchie de Juillet, la dégradation de l'esprit public, la tendance perverse du gouvernement à centraliser le pouvoir pour mieux l'accaparer, mais aussi l'individualisme des Français – en l'occurrence des Normands, dont l'engagement public est quasi inexistant. Comme l'écrit sa meilleure historienne, « lorsque à l'été 1838, il rédige la quatrième partie de son ouvrage, la crainte du peuple enfant terrible s'est effacée devant l'horreur qu'inspire un peuple de veaux prêts à courber l'échine. Et en 1839, tout l'ouvrage est revu dans cette perspective[11] ». Ce second tome sera ainsi et aussi le fruit de la désillusion de l'homme politique.

Alors qu'il commence son travail de député, il met la dernière main au livre. C'est, veut-il croire, la fin de sa carrière littéraire. « C'est décidément un rude et détestable métier que celui d'auteur quand on le prend comme nous, écrit-il à Beaumont le 8 octobre 1839. Dussiez-vous m'accuser de faire un serment de buveur, je vous affirmerai que mon intention, après cet ouvrage, est d'étudier, mais de ne plus écrire, ou, du moins, de ne rien faire de longue haleine. Cette idée fixe qui me poursuit depuis bientôt quatre ans m'est devenue tellement pénible que je soupire après le moment où je pourrai penser à autre chose. »

L'accueil fait à l'œuvre sera aussi réservé que le travail a été intense. Le manuscrit ayant été achevé à l'automne 1839, le livre paraît le 24 avril 1840. Tocqueville voulait faire court, mais se résigne à publier deux nouveaux volumes. Gosselin, cette fois-ci enhardi par le succès du précédent tome, tire à 2 500 exemplaires in-8° et 900 exemplaires in-18. Le livre s'écoule lentement

11. Françoise Melonio, Introduction à *De la démocratie en Amérique*, Robert Laffont, coll. « Bouquins », 1986.

jusqu'en 1848, quand Pagnerre, qui a repris le fonds de l'éditeur, lance trois nouvelles éditions pour répondre au regain d'intérêt pour l'œuvre dû à l'avènement de la Deuxième République[12]. L'édition in-8° épuisée, il publie en 1850 la première édition populaire de la *Démocratie* en deux volumes in-18 tirés à 4 000 exemplaires, pour laquelle l'auteur touche 3 200 francs et que les étudiants désargentés peuvent enfin acquérir. Mais cet élargissement d'audience accroît paradoxalement la renommée du premier tome, pas du second.

Les lecteurs sont dans l'ensemble déçus, avouant ne pas saisir la structure de l'ouvrage ni sa teneur. Ils s'attendaient à la poursuite de l'étude institutionnelle et politique des États-Unis, mais découvrent un texte dont l'interrogation centrale n'est plus l'Amérique mais l'esprit démocratique, en particulier en France. Au-delà d'une certaine monotonie du propos, on se plaint de ne pas y voir d'idées nouvelles ou intéressantes : la corrélation entre le progrès de l'individualisme et l'extension du pouvoir relevée par Tocqueville avec une rare maestria, qui intéresse tant notre époque, ne résonne pas avec la sienne. On le juge aussi volontiers trop matérialiste par sa défense de l'intérêt bien entendu. Surtout, à l'unisson de Sainte-Beuve estimant que « la partie moralisante et méditative l'emporte ici sur ce qui est d'observation », le lectorat regrette de voir se superposer au publiciste démocrate un moraliste chagrin, ce dont les journaux satiriques se feront volontiers l'écho.

Politiquement, point de controverse à l'horizon. Ses amis écrivent des articles de soutien, mécaniquement ; les proches du pouvoir critiquent, mollement ; les républicains sont déçus par la préférence de Tocqueville pour la lente réforme des mœurs et sa détestation du volontarisme législatif. Mais, sans résonance avec l'actualité du mitan de la monarchie de Juillet, l'ouvrage

12. Tocqueville sera un éphémère ministre des Affaires étrangères, de juin à octobre 1849, au sein du cabinet Barrot, sous la présidence de Louis-Napoléon. L'épisode lui inspirera certaines des plus belles pages de ses *Souvenirs*.

reste une curiosité un peu ennuyeuse. « Ce livre est de nature à ne passionner personne. Il laisse l'esprit étonné et froissé[13]. » Un commentaire peu généreux qui n'est pas celui d'un lecteur, mais de l'auteur lui-même.

La Démocratie *redécouverte*

La reconnaissance intellectuelle du député philosophe n'est pourtant pas entachée par cet échec relatif, puisqu'il sera élu à l'Académie française en 1841, à seulement trente-six ans. La renommée du premier tome suffit à asseoir sa réputation, à nouveau confortée par la publication de son autre maître livre, *L'Ancien Régime et la Révolution*, en 1856. Mais après avoir servi de référence aux libéraux sous le second Empire, l'ouvrage perd en importance au fur et à mesure que la république s'installe. Pourquoi se soucier des conditions et mécanismes d'un régime quand il est advenu ? Peu à peu, l'œuvre est remisée au placard des livres importants du passé dépassé et qu'on ne lit plus guère.

Sa redécouverte a lieu dans les années 1950, au début de la guerre froide. Elle se produit d'abord dans l'anglosphère, chez des penseurs qui, pour fourbir leurs armes contre le marxisme conquérant, ont besoin de recruter largement dans la tradition libérale. On pense d'abord à Friedrich Hayek : le titre de son ouvrage *La Route de la servitude*, publié en 1944, est une allusion directe à la « servitude » dont Tocqueville s'inquiète dans la *Démocratie*. L'Américain Russell Kirk consacre un chapitre à l'écrivain, celui portant sur les « libéraux conservateurs », dans *The Conservative Mind*. Sa présence dans cet ouvrage, dont l'influence sur le conservatisme intellectuel américain du XXe siècle a été considérable, fait beaucoup pour sa renommée. Plus récemment, l'universitaire conservateur Harvey Mansfield a repris le flambeau tocquevillien, publiant même une nouvelle

13. Lettre à Eugène Stöffels, 14 juillet 1840.

traduction de la *Démocratie*[14]. Depuis lors, l'intérêt pour l'œuvre reste vif outre-Atlantique, même si c'est au prix d'une certaine anglicisation du penseur.

En France, sa réémergence tient pour l'essentiel à des figures qui lui sont proches, libéraux inclassables et marginaux, ce qui ne leur interdit pas d'émettre des critiques à son encontre. Le premier est Raymond Aron, qui lui consacre un chapitre fameux dans ses *Étapes de la pensée sociologique* paru en 1967. S'il reconnaît l'apport du penseur, il ne considère pas l'égalité comme la pierre de touche de la modernité, notamment parce que les inégalités économiques et sociales sont devenues centrales. Surtout, en pleine guerre froide, il estime que la menace principale qui pèse sur la liberté ne vient pas de l'État providence, mais du totalitarisme. Cependant ces deux maîtres du libéralisme politique ont en commun de s'opposer tous deux à l'historicisme et à l'idéologie, Aron considérant ce grand esprit comme l'un des « fondateurs » de l'« école française de sociologie politique ».

Quelques années plus tard, un autre libéral, venu de la gauche, se penche lui aussi sur le prophétique Normand : Jean-François Revel, dans *Comment les démocraties finissent* (1983), lui consacre un petit chapitre, « L'erreur de Tocqueville ». Il y reconnaît le caractère visionnaire de sa pensée, mais relativise la justesse de ses prédictions, puisque, selon lui, l'État a certes endossé un rôle surplombant, mais qu'il a désormais face à lui des citoyens peu disposés à lui obéir.

Le plus frappant reste le sort opposé fait aux deux tomes de la *Démocratie*. Le premier a perdu de son intérêt à mesure que les connaissances sur les États-Unis s'accroissaient et que l'évolution institutionnelle démentait certains jugements du texte. Au contraire, la seconde *Démocratie* n'est relue que depuis quarante ans mais, par un complet renversement, elle est considérée comme le point central de la réflexion tocquevillienne et le bréviaire de nos actuelles désillusions. Est-ce parce que

14. Tocqueville, *Democracy in America*, University of Chicago Press, 2000, traduction Harvey Mansfield et Delba Winthrop.

Tocqueville percevait déjà à son époque certains effets de ce régime politique qui n'arriveraient à maturité qu'à la nôtre ? Parmi des dizaines de passages, celui-ci, sur le « despotisme démocratique », reste souvent cité pour son acuité : « Au-dessus [de ces hommes] s'élève un pouvoir immense et tutélaire, qui se charge seul d'assurer leur jouissance et de veiller sur leur sort. Il est absolu, détaillé, régulier, prévoyant et doux. » En réalité, la *Démocratie* est devenue un chef-d'œuvre intemporel de la pensée politique précisément parce que en tentant de s'immerger dans le particulier de son époque, elle a pu atteindre à l'universel. Près de deux siècles après sa parution, les propos de lord Acton selon lesquels, de tous les écrivains, Tocqueville est « le plus difficile à prendre en défaut. Il est toujours sage, toujours correct et aussi juste qu'Aristide », n'ont rien perdu de leur pertinence[15].

15. Lord Acton, *Lectures on the French Revolution*, Macmillan and Co, 1910.

Bibliographie sélective

Éditions de référence

TOCQUEVILLE, Alexis DE, *De la démocratie en Amérique*, Charles Gosselin, 1835-1840.
—, *De la démocratie en Amérique*, Robert Laffont, coll. « Bouquins », 1986.
—, *De la démocratie en Amérique*, in *Œuvres complètes*, Gallimard, 1992.
—, *Lettres choisies, Souvenirs, 1814-1859*, édition établie par Françoise Melonio et Laurence Guellec, Gallimard, 2003.
La publication des œuvres complètes de Tocqueville chez Gallimard, édition de référence commencée en 1951, vient de s'achever en juin 2021.

Sur Tocqueville

COUTANT, Arnaud, *Alexis de Tocqueville*, Ellipses, 2019.
JARDIN, André, *Alexis de Tocqueville*, Fayard, coll. « Pluriel », 2005.
KIRK, Russell, *The Conservative Mind. From Burke to Santayana*, Henry Regnery, 1953.
MELONIO, Françoise, *Tocqueville et les Français*, Aubier, 1993.
STRAUCH-BONART, Laetitia, « Tocqueville, libéral atypique », *in* Jean-Christophe Buisson et Guillaume Tabard (dir.), *Les Grandes Figures de la droite*, Perrin, 2020.

13

Splendeurs et misères des courtisanes

d'Honoré de Balzac
(1838-1847)

par Marie Fontana-Viala

On peut s'étonner de trouver Splendeurs et misères des courtisanes *là où l'amateur éclairé attendrait plutôt* Eugénie Grandet *ou* Le Père Goriot.

Splendeurs *est un monstre autant qu'un classique. C'est, après* Illusions perdues, *le roman le plus long de Balzac, accueillant deux cent soixante-treize personnages, et son écriture s'étire de 1835 à 1847… Douze années pendant lesquelles l'auteur publie plus de quarante autres œuvres. Constituant le dernier volet de ce que l'on nomme la* Trilogie de Vautrin, *après* Goriot *et* Illusions, *il est aussi, et de loin, le plus foisonnant, le plus hirsute et le plus sulfureux des romans balzaciens, ce qui explique en partie qu'il soit moins célèbre que les précédents.*

Retracer l'épique et rocambolesque genèse de ce monstre, à travers les changements de formats et de titres, les rapiéçages et la valse des éditeurs, nous mène au plus près de ce qu'est La Comédie humaine. *Ou comment le réel appelle tout à la fois au système d'observation réaliste et aux débordements génialement romantiques.*

Au cœur de La Comédie humaine

Laissons Balzac présenter ce roman, destiné à prendre place dans la section des « Scènes de la vie parisienne » : « Un livre où sont peintes les existences, dans toute leur vérité, des espions, des filles entretenues et des gens en guerre avec la société qui grouillent dans Paris » (Préface de l'édition de Potter, 1844). Un roman des bas-fonds, donc. Mais d'où est-il venu ? Car, chez l'auteur, aucun volume n'est conçu hors de la toile complexe qui, peu à peu, constitue le « système » de *La Comédie humaine.*

C'est Esther Gobseck, la prostituée au grand cœur, qui semble être le point de départ et la « courtisane » matricielle de *Splendeurs*. Pour donner un premier aperçu de l'œuvre, posons qu'Esther et Lucien de Rubempré s'aiment. Mais cet amour ne semble guère adapté au brillant avenir que l'ancien forçat Vautrin, ici sous le masque d'un abbé espagnol, Herrera, ambitionne pour Lucien, dont il est lui aussi, plus secrètement, épris. Si Vautrin leur permet de vivre leur liaison clandestine, il organise un mariage opportuniste pour le jeune homme, et tente de lui constituer une fortune en vendant les charmes d'Esther au vieux baron et banquier Nucingen. Tel est, autour de cet étonnant trio, l'objet des deux premières parties du roman, intitulées, d'un ton mi-docte, mi-fripon, « Comment aiment les filles » et « À combien l'amour revient aux vieillards ». Cependant, le passé de Vautrin le rattrape : sur sa piste depuis des années, le policier-espion Corentin le démasque, et ses diverses malversations le mènent à la Conciergerie. Lucien l'y suivra bientôt et ajoutera son suicide à celui d'Esther : « Où mènent les mauvais chemins », sonne, lugubre, la troisième partie. Du trio initial ne subsiste alors que l'insaisissable Vautrin : sur ses pas, nous découvrons les plus sombres recoins de la Conciergerie, ville dans la ville, ses occupants, magistrats ou bandits, les rituels et argots des prévenus. Dans cette prison, où le piège semble s'être resserré sur lui, a lieu une ultime péripétie, « La dernière incarnation de Vautrin » : l'ancien forçat accepte de rejoindre les rangs de la police.

Dans les pages de la monumentale *Comédie humaine*, l'intrigue de *Splendeurs* commence en 1824 et succède à celle des *Illusions perdues* : il s'agit en effet de la suite des aventures de Lucien de Rubempré (né Lucien Chardon) après que, d'Angoulême à Paris (et retour), sa carrière mondaine et littéraire a échoué. On se rappelle peut-être cette scène nocturne et saisissante, quelques pages avant la fin des *Illusions* : Lucien, désespéré, est détourné du suicide par un mystérieux abbé espagnol qui va payer ses dettes et l'installer à Paris. La scène initiale de *Splendeurs*, époustouflant bal masqué, montre Lucien quelques mois plus tard, dans le monde, épris d'Esther et aimé d'elle.

Mais dans les méandres de la composition, tout est bien plus tortueux : le personnage d'Esther est pensé par Balzac avant même qu'il ne rédige les premières lignes des *Illusions*, roman qui paraîtra pourtant en 1837, soit six ans avant la première édition, partielle encore, de *Splendeurs*... Où l'on entrevoit la démarche extraordinairement heurtée de l'écrivain. Tentons de retrouver un peu de chronologie dans cet entrelacs : pour cela, il nous faut suivre, au départ du moins, la piste d'Esther.

Balzac en 1835

Janvier 1835 : « La Torpille ». Ce pseudonyme inquiétant apparaît dans une marge du *Père Goriot*, que Balzac rédige alors : le personnage d'Esther est déjà là, et avec elle le noyau, si ce n'est le projet, de *Splendeurs*.

Qui est alors Honoré « de » Balzac ? Du haut de ses trente-cinq ans, le temps de ses débuts en littérature doit lui sembler déjà lointain, débuts âprement négociés avec des parents qui le voyaient notaire : on finit par lui octroyer deux ans pour s'essayer à l'écriture, dans une chambre de bonne de la rue de Lesdiguières, proche de la Bastille. Il a donc quitté la maison familiale de Villeparisis pour Paris : pour entrer en littérature, c'était bien le moins. On est alors en juillet 1819. Il est déjà massif et hâbleur, la tête ronde couronnée de boucles folles. Douze ans plus tard, Lamartine évoquera ainsi sa silhouette : « Il était gros, épais, carré par la base et les épaules ; le cou, la poitrine, le corps, les cuisses, les membres puissants. »

Marcher sur les pas de l'écrivain serait divertissant : de la mansarde initiale à la propriété de la rue Fortunée, devenue rue Balzac, en passant par la maison de la rue Raynouard, que l'on visite aujourd'hui à Passy, ce n'est pas moins de dix habitations que nous découvririons, souvent louées sous un nom d'emprunt car l'auteur, endetté, déménage à la cloche de bois !

Ses dettes ne sont pas pour autant la marque de l'inaction, ni de l'insuccès : depuis ses premières pages, il a énormément écrit, et beaucoup publié. Après s'être vainement essayé à la philosophie et au théâtre, il commence à gagner quelque argent avec des romans de commande, destinés aux cabinets de lecture… nous dirions aujourd'hui des « romans de gare » : ces volumes, parmi lesquels *L'Héritière de Birague* ou *Le Vicaire des Ardennes*, sont publiés sous divers pseudonymes : Lord R'Hoone (anagramme d'« Honoré ») ou encore Horace de Saint-Aubin. Ils ne sont pas sans intérêt pour comprendre l'œuvre à venir : étudiant les goûts de l'époque, il s'exerce, grâce à ces ouvrages mineurs, aux types d'écriture populaire alors en vogue, du roman sentimental au roman noir ou au style troubadour. Nul doute que l'extrême variété de formes et de tons de la future *Comédie humaine* doit beaucoup à ces premières gammes.

À partir de 1824, Balzac se lance en parallèle, avec énergie, dans la carrière journalistique et, l'année suivante, dans l'édition. On voit ici apparaître un trait qui se révélera prégnant chez lui : il veut entreprendre, faire des « affaires »… Or, il échoue dans ces diverses entreprises avec une régularité confondante, qu'il s'agisse de monter une imprimerie ou une exploitation d'ananas à Sèvres. Ces échecs répétés, ajoutés à un goût indéniable pour le luxe, creusent l'abîme de dettes dans lequel il va se débattre toute sa vie.

En 1828, cherchant justement à semer ses créanciers, nous le retrouvons dans un appartement de la rue Cassini, près de l'Observatoire, loué au nom de Surville, patronyme de son beau-frère. Il vient de vendre à perte son affaire d'imprimerie et médite la rédaction d'une fresque historique. Ce sera *Le Dernier Chouan*, sous-titré *La Bretagne en 1800*, premier roman publié sous son nom, premier livre également que l'auteur, dans les années 1830, intégrera au système naissant de *La Comédie humaine* avec pour titre *Les Chouans*.

De 1830 à 1835, Balzac écrit et publie abondamment, sous des formes de plus en plus variées mais rarement lucratives : des articles dans de nombreux journaux, des contes, nouvelles et romans pour la diffusion desquels il est dépendant, comme c'est fréquent à l'époque, de la presse. Ses textes paraissent en effet dans des revues, parmi lesquelles *L'Artiste* ou la *Revue des Deux Mondes*. C'est aussi dans ces années que sont publiés, en volumes cette fois, les deux premiers tomes des « Scènes de la vie privée », comportant six nouvelles, *Le Bal de Sceaux* et *La Maison du Chat-qui-pelote* notamment. Balzac lie pour un temps son destin à un premier éditeur, Louis Mame, mais ce ne sera pas une réussite. La publication de *La Peau de chagrin* en août 1831 chez un concurrent, Gosselin, constitue, une fois n'est pas coutume, un assez joli succès : il rapporte à l'auteur qui, pour la première fois signe avec la particule qu'il s'est attribuée, 1 125 francs, soit environ 4 500 euros.

La correspondance de Balzac donne le vertige quand il décrit ses journées, et surtout ses nuits d'écriture, menant en parallèle plusieurs projets souvent remis en cause et modifiés par tant d'aléas. Ces années 1830 à 1835 voient néanmoins s'affirmer les traits caractéristiques de la fabrique balzacienne : c'est un bourreau de travail et un ambitieux enthousiaste, qui se joue de tous les obstacles ! Les textes s'accumulent donc, et le véritable système que deviendra *La Comédie humaine* s'élabore, que ce soit le projet de cartographier la réalité par catégories (« Scènes de la vie parisienne » et « Scènes de la vie de province » au sein des « Études de mœurs ») ou celui de lier entre eux ses romans par le biais des personnages « reparaissants ». Ce dernier principe, dont l'idée surgit en 1833, le fait se précipiter chez sa sœur, Laure de Surville, et s'écrier : « Saluez-moi, car je suis tout bonnement en train de devenir un génie ! »

Au début de l'année 1835, Balzac est donc un personnage reconnu sur la scène des lettres françaises : plusieurs des grandes œuvres sont déjà là, parmi lesquelles *La Peau de chagrin*, *Louis Lambert* ou *Le Colonel Chabert*. Il jouit d'une belle réputation, fréquente le monde, va à l'Opéra, Rossini l'invite dans sa loge des Italiens ; il a ses entrées chez Hugo, un crédit illimité auprès de Buisson, son tailleur (dont il fait opportunément dans ses romans le tailleur de Félix de Vandenesse), et de nombreuses admiratrices lui écrivent de toute l'Europe. Ainsi, en février 1832, « l'Étrangère » adresse une première lettre à Balzac, sans révéler son identité, laissant à l'écrivain le soin d'attester de sa réception par voie de presse. Le 2 avril, il fait insérer dans *La Gazette de France* l'entrefilet suivant : « M. de B... a reçu la lettre qui lui a été adressée le 28 février ; il en garde une profonde reconnaissance ; il regrette d'avoir été mis dans l'impossibilité de répondre. » Après un autre envoi anonyme, suivi d'un entrefilet du même ordre, « l'Étrangère » dévoile son identité : Eveline Hanska, Polonaise de trente ans, vit en Ukraine auprès de son comte de mari et trompe son ennui grâce à la lecture des revues parisiennes. Leur liaison, essentiellement épistolaire pendant les années suivantes, aboutira à un mariage, après la mort du comte Hanski et quelques semaines seulement avant la mort du géant littéraire. La Polonaise est une des nombreuses aventures féminines de l'écrivain : il y aurait en cette riche matière, après maisons et éditeurs, un autre itinéraire à emprunter pour parcourir la vie et l'œuvre de Balzac !

Les tourbillonnantes années 1835 et 1836
– Première incarnation d'Esther

Mais c'est Esther que nous nous étions promis de suivre pour comprendre comment s'élabore *Splendeurs*, dans une aventure où le chaos des circonstances ne cesse de révéler le talent d'acrobate de Balzac qui, rappelant ainsi son Vautrin-Herrera, fait passer le roman par une foule d'incarnations successives.

Imaginons l'écrivain suant sur *Le Père Goriot*, dont il ne sait pas encore qu'il deviendra le premier volume de la trilogie de Vautrin : son regard quitte un instant la page et entrevoit l'amorce du *Splendeurs* à venir, par-delà le tome central des *Illusions*, qui n'est pas même à l'état de projet. En marge, il note « La Torpille », songeant à une femme qui, par ses charmes, paralyse ses victimes. La correspondance de Balzac nous montre qu'en quelques semaines, cette figure, envisagée d'abord comme une héroïne criminelle, peut-être pour faire pendant à Vautrin, devient la prostituée Esther, une sainte catin, rédimée par l'amour absolu qu'elle éprouve pour un jeune homme : dans la pensée de l'auteur, suspendue au-dessus des feuillets de *Goriot*, ce dernier a pu être Rastignac… mais il deviendra vite une figure nouvelle, Lucien de Rubempré, créature qui engendrera à son tour le volume central des *Illusions* ! On touche du doigt la logique de l'œuvre en gestation, qui évoque parfois un organisme tentaculaire générant ses propres surgeons.

Revenons à ce milieu de 1835 : Balzac envisage *La Torpille* comme un texte court qui pourrait occuper, comme c'est alors fréquent, le bas de page d'une revue, cinq ou six feuillets tout au plus. Le texte, toutefois, s'étoffe peu à peu jusqu'à former une nouvelle, que l'auteur considère alors – pour un temps – comme achevée ; nous sommes au printemps 1836.

Disons-le d'emblée : rien de *La Torpille* ne paraîtra alors. Balzac la remise, et ce pendant deux ans ! Pour un écrivain qui court après l'argent, donc après les publications, c'est à n'y rien comprendre !

Pour éclairer ce premier départ avorté, il est utile de s'attarder tout à la fois sur la vie de Balzac, tumultueuse comme toujours, et sur les conditions de ce qu'il faut bien appeler le marché littéraire, très particulières en ce mitan des années 1830.

Parmi bien d'autres éléments, éparpillés dans ses correspondances ou débusqués par ses nombreux biographes, on retient un énième déménagement en mars 1835 : Balzac s'installe dans une maison modeste et secrète, sise au 13, rue des Batailles, dans la commune de Chaillot : il est alors hors des murs de Paris, ce qui n'est pas un hasard. S'il doit, une fois de plus, échapper à des créanciers, il s'agit aussi de se placer hors d'atteinte de la Garde nationale : cette milice bourgeoise, ressuscitée par la monarchie de Juillet en vue de garantir l'ordre public, concernait tous les citoyens âgés de vingt à soixante ans. Le refus de service exposait l'indocile à plusieurs jours de détention ; il se cache là sous le nom comique de « Veuve Durand » et, pour accéder jusqu'à lui, des mots de passe sont nécessaires : « La saison des prunes est arrivée », « Madame Bertrand est en bonne santé ». Les dettes, la détention : est-ce tout ?

Sans doute pas : un nouvel amour attire également Balzac dans l'Ouest parisien : il veut se rapprocher de la jeune, anglaise et blonde, comtesse Guidoboni-Visconti, née Frances Sarah Lovell, rencontrée à l'ambassade d'Autriche en février 1835. Cela fait déjà une bonne part de tumulte. Mais le compte n'y est pas : l'écrivain se débat, de janvier à juin 1836, dans un procès qu'il appelle « l'affaire du *Lys* ». Un bras de fer l'oppose au directeur de *La Revue de Paris* qui, après avoir entamé dans ses pages la publication du *Lys dans la vallée*, a vendu à un journal étranger des épreuves du roman non corrigées. Si l'écrivain sort partiellement vainqueur du procès, cet épisode l'épuise et l'incite à risquer une nouvelle aventure : il prend la direction de sa propre revue, *La Chronique de Paris*, dont il achète les parts aux six huitièmes, le jour de Noël 1835. Il croit par là s'assurer une certaine indépendance, s'ouvrir un organe de publication.

Mais ce nouveau pari se révèle rapidement un fiasco : les plumes prestigieuses qu'il sollicite, parmi lesquelles Gautier et Hugo, ne répondent pas. Or, il faut remplir les trente-deux colonnes mensuelles, non seulement de textes littéraires, mais aussi de critiques et de longues analyses politiques. C'est Balzac qui doit s'en charger, au détriment de ses travaux romanesques au long cours. Sur les deux mille abonnés espérés, au printemps 1836, on en compte à peine trois cents : dès juillet 1836, c'est une nouvelle faillite qui engloutit 50 000 francs empruntés à ses proches.

On le voit, les conditions de publication jouent un rôle majeur dans la vie quotidienne comme dans la carrière de cet authentique forçat des lettres. À ce titre, l'année 1836, qui nous intéresse en raison de *La Torpille*, est un moment charnière, d'une extrême importance pour *La Comédie humaine* en projet et, plus largement, pour l'évolution de la littérature romanesque. C'est en effet de cette année-là que l'on date l'éclosion véritable du « roman-feuilleton ». Depuis le début des années 1830, nombre de revues consacrent le bas de leur page, appelé « rez-de-chaussée », à des articles critiques ou à des récits, sous forme d'épisodes réguliers, destinés par la suite à paraître en volumes de librairie. Mais ce n'est *stricto sensu* qu'en 1836 que cette pratique accède au statut de genre à part entière, nommé « roman-feuilleton » ou « feuilleton-roman ». Le 1er juillet, Émile de Girardin a lancé *La Presse*, un nouveau quotidien, bon marché grâce à la publicité, et de grand format, comme le *Times*. Girardin veut augmenter et fidéliser son lectorat par la publication périodique, en première page, de textes romanesques inédits. Durant l'été 1836, Alexandre Dumas fournit, selon un rythme hebdomadaire, les épisodes de *La Comtesse de Salisbury* ; vient ensuite *La Vieille Fille* de Balzac, qui paraît quotidiennement, fin octobre. On dispute aujourd'hui à l'université laquelle des deux œuvres mérite le titre de premier roman-feuilleton, Dumas gagnant par l'antériorité, Balzac par la fréquence quotidienne ! Quoi qu'il en soit, la mode semble lancée, pour quelques années, et chaque revue cherche ses plumes. La pratique s'installe donc et infléchit l'écriture, favorisant particulièrement les péripéties, l'expression exacerbée des sentiments, ou encore une nette prédilection pour les personnages aux existences scabreuses et au parler pittoresque.

C'est ici que nous retrouvons les péripéties subies par *La Torpille* : Balzac la voyait prendre logiquement la suite de *La Vieille Fille* dans *La Presse*, dont les tirages augmentent rapidement. Las ! Girardin estime que son lectorat a été suffisamment heurté par ce premier feuilleton montrant une vieille dévote courtisée par deux rivaux : il ne veut pas de l'histoire d'une prostituée ! Les relations entre le polygraphe et le patron de presse, déjà tendues, se dégradent encore et inspireront des lignes peu amènes à l'écrivain, quelques mois plus tard, au détour d'une préface qui dénoncera avec dépit « la convenance des marchands ». « Tel journal a demandé un morceau qui ne soit ni trop long, ni trop court, qui puisse entrer dans tant de colonnes et [à] tel prix. L'auteur va dans son magasin, dit : J'ai *La Maison Nucingen* ! Il se trouve que *La Maison Nucingen*, qui convient pour la longueur, pour la largeur, pour le prix, parle de choses trop épineuses qui ne cadrent pas avec la politique du journal. [...] Eh bien prenez *La Torpille* ? "*La Torpille*" est une grisette et l'on a déjà crié pour *La Vieille Fille*. Nos lecteurs, qui lisent les horreurs de *La Gazette des tribunaux* et les infamies des annonces, ont hurlé pour les seins trop volumineux de Mlle Cormon [...]. Donnez-nous quelque chose entre le sermon et la littérature, quelque chose qui fasse des colonnes et pas de scandale. »

Ainsi se trouve expliqué l'abandon, pour deux ans, de la nouvelle écrite autour d'Esther. Balzac, on l'aura compris, se trouve dans l'urgence de fournir aux éditeurs ou à la presse les ouvrages déjà promis et payés, sans compter des projets nouveaux qui pourraient l'aider à réduire sa colossale dette, estimée fin 1836 à plus de 150 000 francs, soit environ 650 000 euros : c'est à une écriture de débiteur, à tous les sens du terme, qu'il consacre ses jours et ses nuits.

Esther exhumée !

En 1838, le projet de publication de deux volumes de romans et nouvelles in-8° par l'éditeur Werdet, contenant notamment *La Maison Nucingen*, semble fournir à Balzac une occasion satisfaisante pour exhumer *La Torpille*. Les tomes prévus, en l'état, sont un peu minces, mais il faut bien publier pour honorer son contrat : la nouvelle, retouchée pour l'occasion, vient à point pour combler le vide.

Profitons de cette édition de librairie pour jeter un regard sur ce monde de l'édition qui fait pendant à celui des revues et sur le rapport, évidemment tumultueux, que Balzac entretient avec lui. Il y eut, parmi d'autres, la « veuve Béchet », avec qui l'écrivain avait signé un contrat en 1833 pour un ensemble de romans regroupés sous le titre d'*Études de mœurs au* XIXe *siècle*. Deux ans plus tard, l'éditrice, n'ayant reçu qu'une partie des titres promis et rémunérés, somme Balzac, par voie d'huissier, de fournir le reliquat ou de s'acquitter de cinquante francs d'amende par jour de retard. Comme souvent quand l'urgence lui impose de fuir les fâcheux de Paris pour écrire au calme, il se rend à Saché, dans sa Touraine natale, pour y « écrire en vingt jours les deux volumes de cette femme »... et, parallèlement, une partie entière des *Illusions perdues*. Werdet est alors le commis de la veuve Béchet ; il tente à de nombreuses reprises de rendre l'éditrice plus conciliante et de procurer de l'argent à Balzac. En août 1836, il rachète à cette dernière les *Études de mœurs* et se trouve lui-même en contrat avec l'écrivain, à qui par ailleurs il signe de nombreux billets, mettant financièrement en péril, à plusieurs reprises, sa maison d'édition. Car Balzac, pas plus en 1838 qu'auparavant, n'est en état de régler ses dettes, bien qu'il ne cesse de publier, en revue comme en volumes. Son omniprésence sur la scène littéraire lui attire les jugements sévères de critiques en vue ; parmi eux, Sainte-Beuve l'accuse d'avoir succombé à la littérature industrielle qu'il dénonçait. En outre, sur le terrain du feuilleton – et cela n'est bon ni pour son orgueil ni pour ses finances –, il se révèle moins prisé que Dumas ou Eugène Sue, qui, en 1842, obtiendra avec *Les Mystères de Paris* un succès historique.

Reprenons le fil d'Esther : tandis qu'il retravaille le texte de la nouvelle pour l'édition Werdet et alors que, nous l'avons dit, *Illusions perdues* se trouve désormais sur sa célèbre petite table rectangulaire, il ne fait aucun doute que Balzac, autour du personnage de Lucien, songe désormais à faire de *La Torpille* l'amorce d'un roman.

1843-1844 : Esther et Lucien sont dans un roman

Fidèle à lui-même, Balzac n'a pas chômé ces cinq dernières années. Il a même tenté de faire fortune au théâtre, avec une pièce consacrée à Vautrin. Ce que l'on pourrait nommer son système chaotique se poursuit : il bataille pour placer ses ouvrages en feuilletons, victime tout à la fois de la désaffection du public, un peu lassé par le genre, et de la féroce concurrence déjà évoquée. Parallèlement, il complète la publication de ses œuvres, tantôt reprises tantôt inédites, en volumes.

Sur ce dernier point, les choses ont nettement progressé. En effet, le 2 octobre 1841, il signe avec les libraires Furne, Hetzel, Dubochet et Paulin un contrat de publication de ses œuvres complètes, passées mais aussi à venir, sous le titre générique de *La Comédie humaine*, qu'il a trouvé deux ans plus tôt. C'est une étape décisive, car elle est à l'origine de la forme de l'œuvre telle qu'elle nous apparaît aujourd'hui. En 1842, après le refus de George Sand de préfacer ce monument en construction, il rédige lui-même le colossal *Avant-propos*. À partir de là, chaque année verra, assez régulièrement bien que dans le désordre, la parution de deux à quatre volumes de *La Comédie humaine*. Là encore, Balzac s'impose un important travail de relecture. En outre, l'édition en volumes in-8 l'oblige à supprimer des chapitres et des titres qui rattachaient les textes à la forme du feuilleton.

Cette âpre reprise du texte, la correspondance la montre dans un *lamento* répétitif : mieux vaut la lire dans les pages inspirées de Zweig. Balzac écrit ses romans de minuit à sept heures du matin, à grand renfort de café, enveloppé dans la célèbre robe de chambre en velours de Gênes dont Rodin revêt l'écrivain pour deux de ses statues. Après un léger déjeuner et un bain d'une heure, il reçoit ou visite pour affaires, puis travaille aux corrections d'épreuves, récrit, colle des « béquets » pour les ajouts étendus : cela représente jusqu'à quinze jeux d'épreuves pour un même manuscrit. Il les garde, les compile et parfois offre à ses proches ces étranges objets, pages lourdes de ses heures d'insomnie. Il dîne tôt, dort de 18 heures à minuit, et se fait réveiller pour reprendre la nuit d'écriture.

Début 1843, une fois encore, Balzac reprend *La Torpille* et en remanie le texte pour le mettre en cohérence avec la deuxième partie des *Illusions perdues*, écrite et publiée en 1836, qui narre le premier séjour parisien de Lucien. Dans la liste de ses œuvres passées et programmées, que l'auteur tient scrupuleusement à jour, *La Torpille* disparaît alors, pour laisser place à *Esther, ou les Amours d'un vieux banquier* : la mue de la nouvelle en roman est entérinée. Le texte commence par le récit initial, remanié donc, auquel succèdent treize chapitres, formant une grande part de l'actuelle deuxième partie qui voit apparaître le personnage du vieux banquier Nucingen ayant pour modèle le baron de Rothschild, auquel Vautrin soutire, au profit de Lucien, des sommes colossales contre la promesse de l'amour d'Esther. Comme toujours à l'affût de propositions, Balzac accepte avec enthousiasme celle d'une revue qui ne tient pas alors le haut du pavé : *Le Parisien* publie le texte en feuilleton, du 21 mai au 1er juillet 1843. Le numéro du 2 juillet annonce la publication prochaine de la suite, intitulée « Les peines de cœur d'un millionnaire » : elle n'y paraîtra jamais... Cet état intermédiaire du roman a été écrit par Balzac dans l'esprit du feuilleton, selon une division en parties et chapitres aux titres accrocheurs, tels que « Où l'on apprend qu'il n'y avait pas de prêtre dans l'abbé Herrera », ou « Chapitre ennuyeux, car il explique quatre ans de bonheur ».

Cet état du texte, constitué de trois parties, paraît en volume chez de Potter en 1844 : voici le premier in-8° portant le titre de *Splendeurs et misères des courtisanes*. Cette édition, remaniée encore, intègre en 1846 la cathédrale des œuvres complètes, autrement dit les volumes Furne, où elle forme la fin du tome XI de *La Comédie humaine*, au sein des « Scènes de la vie parisienne ».

1846 et 1847 : le roman de Vautrin

Trois ans après avoir métamorphosé la nouvelle en roman et *La Torpille* en *Splendeurs*, Balzac reprend une fois de plus le texte, auquel il va donner un équilibre nouveau : le personnage de Vautrin, qui jouait jusque-là un rôle certes essentiel, celui du grand ordonnateur de la vie d'Esther et Lucien, mais dans une sorte de coulisse, passe sur le devant de la scène. L'économie globale de l'ouvrage est modifiée : un nombre à peu près équivalent de pages désormais centrées sur Vautrin est projeté, comme en miroir ou contrepoids d'Esther. Ainsi, le monde brillant des salons (celui où la « courtisane » reçoit le Baron, celui où Lucien tente de gravir les échelons d'une réussite sociale et politique) laisse place au monde souterrain et scabreux des prisonniers, petites frappes et autres barons du crime… Les critiques malveillants virent là une stratégie de l'auteur visant à mettre à profit le goût du public pour l'univers criminel, que l'exceptionnel succès des *Mystères de Paris* paraissait confirmer. L'extraordinaire figure de Vautrin, la plus fascinante assurément de toute l'œuvre balzacienne, mène pourtant le roman très au-delà !

En janvier 1846, Balzac visite la Conciergerie et rédige « Une vue des prisons », selon son expression, qui paraît en feuilleton dans *L'Époque*, en juillet, sous le titre *Une instruction crimi-*

nelle. Nous y suivons ce qui pourrait apparaître comme la chute de Vautrin. Esther s'est donné la mort, se sentant désormais indigne de Lucien, du fait de la relation imposée avec Nucingen. Le Baron, quant à lui, découvre une partie des manipulations financières dont il a été victime : Vautrin et Lucien sont menés à la Conciergerie. Le jeune homme, esseulé, se trouve piégé par les interrogatoires. S'apercevant qu'il a dénoncé Vautrin, il se pend dans sa cellule.

Dès le mois suivant, le texte prend place au début du tome XII de l'édition Furne, intégré à *Splendeurs*, dont il constitue la troisième partie, mais avec un nouveau titre, celui que nous lui connaissons aujourd'hui : « Où mènent les mauvais chemins ». Comme toujours dans l'édition Furne, le découpage en chapitres et les titres ont été supprimés. Ce roman dans le roman est un succès comme *Le Cousin Pons* paru la même année : Balzac renoue avec une certaine autorité sur la scène littéraire.

En ce mitan des années 1840, sa vie intime s'est apaisée : la relation avec Mme Hanska, veuve depuis 1841, devient plus régulière et ils voyagent ensemble : en Allemagne, puis aux Pays-Bas en 1845, à Rome et en Suisse l'année suivante. Les dissipations qui creusaient sa dette s'amenuisent et, d'évidence, « l'Étrangère », fortunée, participe à assainir ses finances.

En 1847, en parallèle d'autres projets et de *La Cousine Bette*, appelée à faire pendant au *Cousin Pons*, Balzac rédige ce qui constituera la quatrième et dernière partie de *Splendeurs* : complétant la geste de l'ancien forçat, « La dernière incarnation de Vautrin » poursuit la plongée dans les sous-sols de la Conciergerie, dans les salles et couloirs du Palais de Justice. Quand le forçat apprend la mort de Lucien, il cesse de se défendre et accepte de rejoindre le camp de la justice : il devient l'adjoint du chef de la Sûreté, lui-même ancien bagnard, Bibi-Lupin.

Cet ultime épisode est rédigé, en un mois seulement, par un Balzac épuisé par ses habituels excès d'écriture ; vendu initialement pour le feuilleton de *L'Époque*, il est, consécutivement aux déboires de la revue, racheté par *La Presse*, dans les colonnes de laquelle il paraît au printemps 1847, avant d'être édité dès juillet, en volume séparé, chez l'éditeur Chlendowski. À la fin de l'été, Balzac quitte Paris pour le château de Wierzchownia, en Ukraine, où il séjournera plusieurs mois auprès de Mme Hanska, commençant plusieurs romans sans en terminer un seul.

Le colosse épuisé n'a plus que trois ans à vivre. Il passe toute l'année 1849 en Ukraine, malade. Au printemps 1850, Mme Hanska accepte de se séparer de ses biens personnels pour épouser un étranger : elle devient Mme de Balzac dans l'église de Berditcheff. Le couple entreprend un voyage de retour vers Paris, qui dure un mois et occasionne à l'écrivain d'extrêmes souffrances. Il meurt quelques semaines plus tard, le 18 août 1850.

Pendant ces dernières années, s'il n'a pas écrit, la publication de ses œuvres complètes dans l'édition Furne s'est poursuivie, et il continue d'annoter sans fin ses propres exemplaires de cette collection : ces volumes, appelés le « Furne corrigé » par les spécialistes, servent de référence pour les éditions contemporaines de l'œuvre. Dans le tome XII de son exemplaire, où figuraient les trois premières parties de *Splendeurs*, on trouve, de sa main : « Quatrième et dernière partie : *Dernière incarnation de Vautrin* ». Ce n'est que dans l'édition de *La Comédie humaine* par Michel Lévy, de 1868 à 1876, que ce dernier quart de l'œuvre rejoindra les trois premiers pour constituer l'ensemble que nous lisons aujourd'hui sous le titre de *Splendeurs et misères des courtisanes*.

Héritages et postérité

Il y eut compagnonnage entre ces géants du roman que furent Balzac et Hugo. Le récit de rencontres, des lettres, le discours prononcé par Victor lors des obsèques d'Honoré en témoignent. Les deux auteurs s'estimaient, dans la différence de leur style et, d'une certaine manière, dialoguaient aussi par leurs œuvres : on a souvent rapproché *Splendeurs* et *Les Misérables* pour leur commune ambition, celle d'une fresque du monde des rues, accueillant dans leurs pages, à ce titre, l'argot.

Un demi-siècle plus tard, Proust est un grand lecteur de Balzac : *La Comédie humaine* a nourri l'auteur de *La Recherche* et figure explicitement dans de nombreuses pages. Dans *Sodome et Gomorrhe*, particulièrement, *Les Illusions perdues* et *Splendeurs* font l'objet d'un vif débat entre Charlus et Brichot : contre ce dernier, à qui Proust attribue les traditionnels et caricaturaux reproches adressés à un « copieux improvisateur », le baron évoque avec émotion le personnage de Vautrin et la scène du suicide en prison de Lucien.

On n'est guère étonné, face à la dimension extraordinairement foisonnante de *Splendeurs*, que ce roman ait suscité bien moins d'adaptations à l'écran que *Le Père Goriot* ou *Le Colonel Chabert*. Michel Simon a incarné Vautrin dans un film éponyme de 1943, mais c'est presque tout.

Néanmoins, la postérité de Balzac est indéniable, que l'on considère la fresque historique, la cartographie des catégories sociales ou la peinture sans concession des mœurs contemporaines. Dans une lettre de 1846, il affirme : « J'ai entrepris l'histoire de toute la Société. J'ai exprimé souvent mon plan dans cette seule phrase : une génération est un drame à quatre ou cinq mille personnages saillants. Ce drame, c'est mon livre. »

Un aspect du programme balzacien que *Splendeurs* porte à un degré inégalé d'incandescence réside dans le dévoilement du jeu des passions ou, pour user d'un anachronisme, des pulsions, au premier rang desquelles l'argent et l'amour ; c'est aussi pour souligner ce dévoilement des petitesses humaines, mal dissimulées par les convenances, que Balzac choisit le terme de « Comédie », dans une démarche renouvelée de moraliste. Marx, dans ses lettres à Engels, s'émerveille de la lucidité et de la précision avec lesquelles le romancier narre les rapports de domination orchestrés par l'argent.

Cette représentation des passions mettant en question le jeu social explique aussi, pour une part, le goût des cinéastes de la Nouvelle Vague pour cette œuvre. Antoine Doisnel, héros de roman d'apprentissage à sa manière, lit Balzac dans

Les 400 Coups ; quant au personnage principal de *La Peau douce*, une conférence sur « Balzac et l'argent » l'amène à Lisbonne, où il entamera une relation adultère.

Décrire avec une précision cynique les batailles feutrées du monde contemporain, par exemple les effets pervers du libéralisme économique, rapproche naturellement Michel Houellebecq de Balzac ; l'épigraphe de *Plateforme*, extraite de *Splendeurs*, a tout de l'aphorisme moraliste : « Plus sa vie est infâme, plus l'homme y tient ; elle est alors une protestation, une vengeance de tous les instants. »

Si l'on retient de *Splendeurs* le roman-feuilleton des bas-fonds qu'il est aussi, c'est du côté de Virginie Despentes et de sa fresque en trois volumes, parue entre 2015 et 2017, *Vernon Subutex*, que l'on peut chercher des héritages balzaciens : outre la technique feuilletonesque admirablement adaptée par l'écrivaine, notons la mise en scène de personnages tout à la fois flamboyants et perdus, produit d'une société en pleine mutation, où les commentaires vrais ou faux, prenant la suite de la rumeur et des réputations du XIXe siècle, font et défont des destins. La Hyène, influenceuse apparemment sans scrupules qui agit dans l'ombre mais frappe fort, serait assurément le Vautrin de Despentes.

Bibliographie sélective

Éditions critiques de référence

Édition Furne, 17 vol. publiés entre 1842 et 1848 : *Splendeurs* figure aux tomes XI et XII, section des « Scènes de la vie parisienne ».

Splendeurs et misères des courtisanes, édition d'Antoine Adam, Paris, Classiques Garnier, 1958.

La Comédie humaine, édition de Pierre Citron, Paris, Gallimard, coll. « Bibliothèque de la Pléiade », 1977.

Études

Barberis, Pierre, *Le Monde de Balzac*, Arthaud, 1973.

Béguin, Albert, *Balzac lu et relu*, Paris, Seuil, 1956.

Curtius, Ernst Robert, *Balzac*, Paris, Éditions des Syrtes, 1999.

Diaz, José-Luis, *Devenir Balzac. L'invention de l'écrivain par lui-même*, Christian Pirot, 2007.

Duchet, Claude, Neefs, Jacques (éd.), *Balzac : l'invention du roman*, Paris, Belfond, 1982.

Hazan, Éric, *Balzac, Paris*, Paris, La Fabrique, 2018.

Herschberg-Pierrot, Anne (éd.), *Balzac et le style*, Paris, SEDES, 1998.

Massol, Chantal, *Une poétique de l'énigme. Le récit herméneutique balzacien*, Genève, Droz, 2006.

Vachon, Stéphane (éd.), *Balzac. Une poétique du roman*, Saint-Denis, PUV, 1996.

Zweig, Stefan, *Balzac, le roman de sa vie*, Paris, Le Livre de Poche, 1996.

14

Les Trois Mousquetaires

d'Alexandre Dumas
(1844)

par Christian Authier

Pourquoi Les Trois Mousquetaires *? À cause de l'enfance. Celle de d'Artagnan, qui est encore si proche quand surgit le jeune Gascon dès les premières lignes du roman, et la mienne, puisque je découvris l'œuvre de Dumas à l'âge de dix ou douze ans. Je dois avouer que c'est d'abord grâce au film de George Sidney (1948) avec Gene Kelly que je tombai sous le charme du héros et de ses comparses. Des duels, des machinations, des cavalcades, de nobles sentiments : il y avait tout pour fouetter l'imagination d'un petit garçon. Ce n'est que des années plus tard, autour de mes vingt ans, que je lus le roman puis ses suites. Nombre des écrivains que je lisais alors avec passion évoquaient souvent cette œuvre comme une lecture indispensable. Je compris aussitôt pourquoi.* Les Trois Mousquetaires *sont sans doute l'un des plus beaux romans sur l'amitié, et c'était aussi cela que je cherchais dans la littérature : des compagnons un peu éternels et toujours disponibles. D'ailleurs, ils ne m'ont jamais quitté.*

Que n'a-t-il pas été écrit sur Alexandre Dumas et son œuvre la plus emblématique, du moins la plus populaire ? À quoi bon ajouter quelques pages supplémentaires à ce roman qui a fait rêver des générations de lecteurs depuis plus d'un siècle et demi tout en créant un héros et des personnages mythiques ? Que dire qu'auraient négligé biographes, exégètes, universitaires et autres passionnés ? Au-delà de la littérature, le cinéma et la culture populaire se sont emparés de d'Artagnan et du monde de Dumas pour en faire une création dont les échos sont toujours universels et contemporains.

Malgré tout cela, le titre de cet ouvrage collectif offre peut-être une piste, tant la « fabrique » des *Trois Mousquetaires* est fascinante. « Fabrique » : le mot convient pour plusieurs raisons. Il est utilisé dès 1845 par le pamphlétaire Eugène de Mirecourt, qui attaque l'auteur à succès avec sa brochure *Fabrique de romans. Maison Alexandre Dumas et Cie.* Mirecourt affirme que la plupart des œuvres signées par Dumas ont été écrites en réalité par des collaborateurs. Le grief aura la peau dure et longue. Un certain Louis de Loménie, à la même époque, prétend qu'il est « physiquement impossible que M. Dumas écrive ou dicte tout ce qui paraît signé de lui ». L'accusation d'utiliser des « porte-plumes » se double de celle de plagiaire. Qu'Alexandre Dumas ne soit pas le véritable auteur de ses plus grands romans relève de la légende et du mauvais procès, martèleront jusqu'à aujourd'hui ses admirateurs. Entre ces deux thèses, la réalité semble plus subtile.

Qui a écrit Les Trois Mousquetaires *?*

Le plus important collaborateur de Dumas (mais non le plus célèbre, puisqu'il utilisa notamment les services de Gérard de Nerval, de Théophile Gautier ou d'Eugène Sue) fut Auguste Maquet. Bernard Fillaire, lui-même « écrivain de l'ombre », consacra en 2010 un essai pénétrant et vif à leur relation : *Alexandre Dumas, Auguste Maquet et associés*. La charge est souvent implacable. Fillaire fournit de solides pièces à conviction, convoque des témoignages anciens (tel celui d'Albert Delpy dans *Le Figaro* en 1888 : « J'ai lu moitié du manuscrit des *Trois Mousquetaires*, par exemple, écrite de la main de Maquet. On y retrouve absolument l'ouvrage décisif »), et le comparse discret apparaît bien comme le créateur de nombre d'œuvres, dont *Les Trois Mousquetaires*. Pourtant, par moments, le procureur nuance son réquisitoire. « La collaboration entre Dumas et Maquet ne se réduit pas à une banale histoire de "négritude" », reconnaît-il. « Maquet eut la chance de trouver Dumas [...]. Maquet n'aurait jamais écrit des œuvres aussi universelles que les *Mousquetaires* ou *Monte-Cristo* sans la présence de cet homme extraverti, ambitieux, moins embarrassé de culture », poursuit Bernard Fillaire. Maquet lui-même, dans une lettre adressée à son ami Paul Lacroix reproduite dans l'ouvrage, tempère les accusations d'imposture : « On m'attribue à tort toute l'exécution des *Mousquetaires*. J'avais, de concert avec Dumas, projeté de tirer un ouvrage important du premier volume des *Mémoires de d'Artagnan*. J'avais même, avec l'ardeur de la jeunesse, commencé les premiers volumes sans plan arrêté. Dumas intervint heureusement avec son expérience et son talent. Nous achevâmes ensemble. Il me récompensa en écrivant sur un des exemplaires : *Cui pars magna fuit* ("À celui qui en fit la plus grande part"). C'est un solécisme, mais l'intention est bonne. » En son temps, la justice trancha le débat. Le 20 janvier 1858, un premier procès oppose Auguste Maquet à Alexandre Dumas. Le premier veut être reconnu non seulement comme le collaborateur mais aussi comme le coauteur d'ouvrages sur lesquels il exige que son nom figure lors des rééditions. Il est débouté le 3 février, et le jugement est confirmé le 15 novembre 1859.

Pour les défenseurs de Dumas, la vérité est tout aussi simple que pour ses détracteurs. Maquet fut un collaborateur utile, efficace, mais besogneux et dénué du moindre talent littéraire. De Dominique Fernandez à Jean Lacouture en passant par Alain Decaux ou Gilbert Sigaux, qui préfaça et établit l'édition des *Trois Mousquetaires* dans la collection de la « Bibliothèque de la Pléiade » en 1962, la ligne ne varie pas : Maquet n'eut qu'un rôle secondaire. Les « preuves », là aussi, ne manquent pas. Les œuvres de Maquet, publiées sous son nom, ne possèdent pas le souffle ni le génie de celles du maître. Les comparaisons entre les fragments de manuscrit de la main de Maquet et les versions de Dumas, par exemple pour *Les Trois Mousquetaires*, sont éloquentes selon Sigaux, qui réfute avec fermeté une autre affirmation de Maquet selon laquelle il aurait écrit seul les trois premiers volumes.

Autre élément avancé : Maquet produisait de la copie, mais Dumas la coupait abondamment, la remodelait, insufflait couleurs et style, bref transformait le plomb en or. Cependant, Gilbert Sigaux, à son tour, nuance sa thèse. « On ne peut nier que Dumas ait eu souvent besoin d'aide », confesse-t-il, tout en soulignant que des échanges de lettres et de notes entre les deux hommes rendent à ses yeux incontestable « le rôle que Maquet joua auprès de Dumas », y compris pour *Les Trois Mousquetaires*. Nous ne trancherons pas définitivement cette vieille querelle, mais l'on peut constater qu'au-delà des positions apparemment aussi binaires que manichéennes, « Dumas imposteur » *vs* « Dumas seul véritable auteur », une vérité médiane s'esquisse : Maquet fut pour Dumas un peu plus que ce que fut Planchet pour d'Artagnan… S'il fallait trouver un équivalent contemporain au statut de Dumas, on pourrait invoquer celui du « *show runner* » mis en place d'abord aux États-Unis dans la production des séries télévisées. Sorte de scénariste en chef et de créateur d'une série, il dirige un atelier de scénaristes et de metteurs en scène, il fixe la trame et les personnages principaux, supervise l'ensemble, réécrit ou réoriente, réalise à l'occasion des épisodes déterminants. Lors du renouveau du genre, au tournant des années 2000, avec des œuvres majeures comme *Les Soprano* ou *Sur écoute*, la filiation de ces séries avec le roman-feuilleton du XIXe siècle tel que l'illustrèrent Dickens, Balzac ou Dumas devint évidente.

Une révolution éditoriale

Le pamphlet d'Eugène de Mirecourt fut largement discrédité (et son auteur condamné par la justice) en raison des injures et des propos racistes contre Dumas. Quarteron, c'est-à-dire ayant un quart de sang noir par son père (Thomas Alexandre Davy de la Pailleterie, qui deviendra général), métis né à Saint-Domingue, l'écrivain hérita de cheveux crépus, d'un teint mat et de traits témoignant de ses origines afro-antillaises, mais aussi d'yeux bleus qui ne laissèrent pas insensibles ses innombrables conquêtes féminines. Les portraits de l'époque, notamment les photographies réalisées par Nadar, nous montrent un Dumas – crinière de lion, moustache ou barbe, embonpoint… – conforme à l'image de force de la nature que l'Histoire retiendra. En revanche, là où le titre du texte d'Eugène de Mirecourt, *Fabrique de romans*, vise juste, c'est en pointant un nouveau mode de production indissociable de la création des *Trois Mousquetaires*. En 1836, le roman-feuilleton apparaît dans la presse parisienne, qui cherche de nouveaux lecteurs, en particulier dans la petite- et moyenne bourgeoisie. Ainsi, des titres naissent en se positionnant sur ce créneau porteur, à l'image du quotidien *Le Siècle* d'Edmond Dutacq, qui paraît en juillet 1836. Dix ans plus tard, ce journal, dirigé depuis 1840 par Louis Perrée, compte plus de 30 000 abonnés et se place largement au-dessus de ses nombreux concurrents. Parmi tant d'autres, Eugène Sue, Balzac ou Dumas sont sollicités pour écrire ces sagas romanesques dont le public est friand et qui dopent spectaculairement les ventes. Le feuilleton suscite une nouvelle économie et une approche quasi industrielle, fondée aussi, pour ses petites mains, sur la collaboration anonyme ou le plagiat. On produit à la chaîne. Éditeurs, imprimeurs, libraires prospèrent. Cette culture populaire – dont certaines des œuvres sont aujourd'hui élevées au rang de classiques – suscite de vives critiques. En 1836, Émile de Girardin crée *La Presse*, premier quotidien grand public à vocation généraliste et s'appuyant largement sur la publicité, qui publie, de juillet à août, le premier feuilleton-roman hebdomadaire de Dumas : *Règnes de Philippe VI de France et d'Édouard III d'Angleterre*, qui sera suivi en septembre de la même année par *Règnes d'Édouard III, de Daniel Bruce d'Écosse et de Philippe le Valois*.

S'il collabore à plusieurs journaux, c'est au *Siècle* que Dumas confie son premier roman, *Capitaine Paul*, en 1838, et d'autres encore parmi lesquels *Les Trois Mousquetaires* puis ses suites *Vingt ans après* et *Le Vicomte de Bragelonne*. Le roman est ainsi publié en feuilleton du 14 mars au 14 juillet 1844, et la première édition en volumes paraît la même année, chez Baudry, huit volumes d'une composition très aérée. Dumas est alors un dramaturge reconnu, auteur notamment d'*Antony*, *La Tour de Nesle* et *Kean*, mais les aventures de d'Artagnan et de ses comparses lui valent son premier grand succès dans le genre romanesque. Si les années 1829-1839 furent pour lui celles du théâtre, les années 1844-1853 seront celles des œuvres littéraires majeures, à l'instar du *Comte de Monte-Cristo*, dont les dix-huit volumes sortiront de 1844 à 1846. L'essor du feuilleton va ainsi accompagner l'essor du romancier. Si des romans comme *Capitaine Paul* et *Le Chevalier d'Harmental* (1843) portaient par moments des prémices du style et de l'univers foisonnants de l'écrivain, *Les Trois Mousquetaires* marquent un tournant par leur construction, leur rythme, leurs dialogues, leur mélange d'action et de comédie, et surtout par la façon dont leur auteur va marier la grande et la petite Histoire.

Qui est d'Artagnan ?

Roman historique ? Roman de cape et d'épée ? Roman d'aventures ? Roman d'initiation ? *Les Trois Mousquetaires* conjuguent tout cela à la fois, mais c'est par leur dimension historique et leur rapport à l'Histoire qu'ils marquèrent leurs lecteurs et la littérature. D'abord à travers l'invention d'un héros inoubliable qui exista réellement, même s'il n'eut à voir que de loin avec le personnage mis en scène par son « créateur ». L'écrivain le découvrit en lisant les *Mémoires de Monsieur d'Artagnan* publiés à Cologne en 1700. L'auteur n'est pas celui annoncé dans le titre, mais Gatien Courtilz de Sandras (1644-1712), qui servit au sein des mousquetaires pendant dix-huit ans avant de publier une cinquantaine de romans historiques de 1674 à sa mort. Le « vrai » d'Artagnan se nommait Charles de Batz-Castelmore. Il naquit vers 1615 dans le petit château de Castelmore, situé à Lupiac, dans le Gers, qui appartenait à ses parents Bertrand de Batz et Françoise de Montesquiou, fille du seigneur d'Artagnan en Bigorre. Le jeune homme entra dans la Compagnie des gardes du roi vers 1635, puis dans les rangs des mousquetaires autour de 1644 sous la protection de Mazarin. Dissoute en 1646, la compagnie fut reformée en 1657 et d'Artagnan en assuma le véritable commandement – le chef officiel étant le duc de Nevers. En 1673, il prit part, à la tête de la première compagnie des mousquetaires, à la deuxième campagne de Hollande[1] et fut tué au siège de Maastricht, sous les ordres de Vauban et du roi, le 25 juin 1673.

La dette d'Alexandre Dumas envers le livre de Courtilz de Sandras est grande. D'abord, le point de départ est le même : le d'Artagnan de Courtilz part pour Paris, se querelle avec un inconnu, se présente à M. de Tréville, rencontre Athos, Porthos et Aramis ainsi qu'une Anglaise nommée Milady. Dumas le vieillit à dessein. Son héros arrive dans la capitale en 1625 (au lieu de 1635), et le véritable d'Artagnan n'a rien à voir avec l'affaire des ferrets de la reine, ni avec le siège de La Rochelle. Tout est vrai et tout est faux dans *Les Trois Mousquetaires*, et là réside une part du génie de Dumas, qui mêle ses personnages à des événements historiques avérés. Pour fusionner avec une telle maestria la réalité historique et le romanesque, l'écrivain s'est fondé sur de nombreuses sources.

Il a ainsi lu abondamment les mémoires du XVIIe siècle, notamment les volumes de la collection Petitot-Monmerqué relatifs à l'histoire de France depuis le règne de Philippe-Auguste jusqu'à

1. La guerre de Hollande (1672-1678) opposa la France et ses alliés (Angleterre, Münster, Liège, Bavière, Suède) à la Quadruple Alliance (Provinces-Unies, Saint Empire, Brandebourg et Espagne). Victorieuse, la France met fin à la guerre par le traité de Nimègue et confirme son rang de première puissance européenne.

la paix de Paris de 1763 qui parurent entre 1819 et 1829, mais aussi les mémoires du valet Pierre de La Porte, de la frondeuse Mme de Motteville, du ministre-comte de Brienne, de La Rochefoucauld, du cardinal de Retz… Surtout, il se nourrit de sa propre compilation historique, *Louis XIV et son siècle*, qui paraît en 1844, la même année que *Les Trois Mousquetaires*, et qui évoque, en débordant du cadre annoncé, Louis XIII, Richelieu, Louis XIV, Mazarin, Colbert, Fouquet… L'ouvrage, qu'il prétendit avoir écrit seul, bien que fait d'emprunts aux mémoires de l'époque, constituera à la fois un dossier de travail et une source historique dans lesquels Dumas puisera pour les volumes des Mousquetaires. La matière du roman et de ses suites s'y trouve déjà, jusque dans certaines anecdotes et moult dialogues à l'authenticité douteuse.

La plupart des événements réels mis en scène dans *Les Trois Mousquetaires* sont présents dans cette somme et cette genèse, comme l'authentique histoire des ferrets. On la trouve dans les *Mémoires* de La Rochefoucauld avec une dénommée lady Carlisle, ex-maîtresse de Buckingham passée au service de Richelieu. Dumas, lui, la mixe en s'inspirant de la Milady de Courtilz et en en faisant la femme répudiée d'Athos. L'épisode des ferrets et l'expédition des Mousquetaires en Angleterre possèdent donc une base historique, mais le vrai d'Artagnan pas plus que ses compagnons n'eurent à voir avec cet épisode. Nous découvrons ici la méthode Dumas. Il utilise des faits, les détourne et les transforme, pratique des ellipses temporelles, bouscule la durée historique. La chronologie ne lui importe guère, les anachronismes ne le gênent pas plus. Au final, dans *Les Trois Mousquetaires*, trois vérités se rencontrent et fusionnent : celle de l'Histoire, celle de Courtilz et celle de Dumas.

La fabrique de l'Histoire

Sans surprise, on retrouve cette méthode « fusionnelle » pour les autres personnages. Athos, lointain cousin de Porthos et d'Aramis, s'inspire très librement d'Armand de Sillègue d'Athos d'Autevielle (Athos-Aspis étant un petit village du Béarn), qui entra dans le régiment des mousquetaires vers 1640 et disparut en décembre 1643. Isaac de Portau naquit à Pau en 1617 et servit vers 1640 dans la Compagnie des gardes du roi, intégra les mousquetaires en 1643 avant que l'on ne perde sa trace. Henri d'Aramitz, dont la date de naissance est inconnue, était le neveu par alliance de M. de Tréville et entra dans sa compagnie en 1640. Quant à Tréville justement, présent dans les *Mémoires de d'Artagnan* et d'autres témoignages de l'époque, il fut en effet capitaine-lieutenant de la Compagnie des mousquetaires en 1634 et mourut en 1672. Bien que vieilli lui aussi par l'écrivain, il est l'un des personnages historiques de second plan parmi les plus fidèlement peints, et Dumas n'inventa pas ses démêlés avec Richelieu et Mazarin ni la protection qu'il accorda aux quatre mousquetaires.

Dans sa préface, l'auteur avertit le lecteur que les héros du roman « n'ont rien de mythologique » et relate une part de ses recherches concernant les véritables Athos, Porthos et Aramis qu'il eut le bonheur de rencontrer dans un manuscrit intitulé *Mémoires de M. le comte de La Fère concernant quelques-uns des événements qui se passèrent en France vers la fin du règne de Louis XIII et le commencement du règne de Louis XIV.* « On devine si notre joie fut grande, lorsqu'en feuilletant ce récit, notre dernier espoir, nous trouvâmes à la vingtième page le nom d'Athos, à la vingt-septième le nom de Porthos, et à la trente et unième le nom d'Aramis », écrit-il. Évidemment, les mémoires du comte de La Fère n'ont jamais existé.

Voici le génie de Dumas. Il crée des personnages, s'inspire de certains, réels ou fantasmés, imagine la rencontre entre Louis XIII, Anne d'Autriche, Richelieu, ou Mazarin et l'intrépide Constance Bonacieux. Dans ses Mémoires, il explique sa manière : « Je commence par combiner une fable ; je tâche de la faire romanesque, tendre, dramatique, et, lorsque la part du cœur et de l'imagination est trouvée, je cherche dans l'histoire un cadre où la mettre. » Peu importe que la fable précède l'histoire ou lui succède, le résultat est imparable. Au-delà de la chronologie et de la vraisemblance, *Les Trois Mousquetaires* séduisent et impressionnent par leur fidélité à l'esprit et à la vérité de l'époque, par leurs caractères et leurs tempéraments, par leurs détails et la peinture de la vie quotidienne. Cette riche matière est magnifiée par l'art du roman, les transitions, les ellipses, la rapidité d'un récit qui cavale et qui galope – prouesse remarquable au regard de la longueur du livre –, sans pour autant négliger les moments de latence ou les digressions qui font aussi le prix de ce chef-d'œuvre. L'écriture de Dumas privilégie l'efficacité et l'action plutôt que les longues descriptions, tandis que l'influence du théâtre est perceptible dans la profusion et la vivacité des dialogues. La comédie s'invite, les registres se superposent ou se mêlent. Nous ne sommes pas avec lui en présence de l'un des grands et purs stylistes de notre littérature, mais quelle puissance, quelle invention chez ce conteur-né qui excelle dans ses trames narratives impulsant leurs propres dynamiques ! Il raconte, il n'explique pas, et cependant tout s'éclaire.

On pourrait citer dix, vingt, trente morceaux de bravoure. Nous nous contenterons d'un passage « anodin », « banal », qui dit pourtant le talent de Dumas. Ainsi, cet extrait du chapitre « Le vin d'Anjou » : « L'heure du festin était venue, les deux convives arrivèrent, prirent place et les mets s'alignèrent sur la table. Planchet servait la serviette au bras, Fourreau débouchait les bouteilles, et Brisemont, c'était le nom du convalescent, transvasait dans des carafons de verre le vin qui paraissait avoir été déposé par l'effet des secousses de la route. De ce vin, la première bouteille était un peu trouble vers la fin, Brisemont versa cette lie dans un verre, et d'Artagnan lui permit de la boire ; car le pauvre diable n'avait pas encore beaucoup de forces. » Nous sommes avec eux, juste à côté. Nous voyons la couleur et l'épaisseur de ce vin, la fatigue du pauvre Brisemont et l'attention de d'Artagnan. À chaque moment, Dumas nous entraîne dans l'intimité des personnages et nous fait partager le souffle de l'Histoire qui les dépasse.

Car l'orfèvre a enfin fait œuvre d'historien. En s'emparant d'événements et de personnages authentiques, il éclaire ces êtres sous un jour singulier. Le hasard, l'orgueil bafoué, l'amitié, la trahison, la fidélité expliquent mieux certaines périodes ou décisions que les implacables déterminismes sociaux ou économiques et les puissantes théories. Comme d'autres, Balzac ou Stendhal pour ne mentionner que ceux-là, il a eu le don de raconter l'esprit de toute une époque à travers des caractères particuliers et des individus, des passions humaines, des espérances trahies, des joies fugaces ou des amours défuntes. En ce sens, il agit tel un historien des mentalités dont Philippe Ariès disait qu'il devait plonger dans un « méli-mélo de généalogies, de souvenirs, de légendes, de réel, et d'imaginaire ». L'auteur de *L'Enfant et la vie familiale sous l'Ancien Régime* déclarait encore que le destin des empires ou des nations dépendait parfois de « décisions clandestines, prises au fond de l'alcôve ou du lit clos ». Porthos et Milady acquiesceront sous le regard de Louis XIII et de Richelieu. Bien sûr, la fiction conserve sa part première dans le roman de Dumas et, plus largement, dans son œuvre entière. On connaît sa célèbre phrase : « Il est permis de violer l'histoire, à condition de lui faire un enfant. » Mais à l'ère de #MeToo, on lui préférera l'affirmation non moins fameuse extraite du film *L'homme qui tua Liberty Valance* réalisé par John Ford en 1963 : « Quand la légende dépasse la réalité, on imprime la légende. » Dumas a créé et imprimé des légendes plus vraies, plus fortes, plus inoubliables que la réalité.

Postérité d'un chef-d'œuvre

La fabrique d'un chef-d'œuvre ne serait rien sans sa permanence et sa transmission, qui sont la définition même d'un classique. Lors de leur parution en feuilleton dans *Le Siècle* puis en librairie, *Les Trois Mousquetaires* ont rencontré un vif succès public, tandis que leur réception critique et institutionnelle a été plus mitigée. Dans le sillage d'un Eugène de Mirecourt déjà cité, il était de bon ton alors de flétrir cette littérature « industrielle » et populaire. Alfred Nettement – journaliste, critique, historien et, plus tard, député – publie en 1845 un vaste ouvrage, *Études critiques sur le feuilleton-roman*, s'employant à dénoncer ce qu'il considère comme une littérature de bas étage. Si Hugo encense le roman, Balzac le juge exécrable. Autre reproche récurrent adressé à Dumas : celui de trahir la vérité historique. Dans *Portraits contemporains*, en 1846, Sainte-Beuve déplore « les inventions et les hâbleries » de l'écrivain. En dépit de ces avis contrastés, *Les Trois Mousquetaires* ont traversé brillamment le temps, ont donné naissance à d'innombrables adaptations, suites, parodies, produits dérivés… Pour se cantonner au seul cinéma, on citera les films de Georges Méliès, de Max Linder (*L'Étroit Mousquetaire* en 1922) ou la merveilleuse version de George Sidney en 1948 avec Gene Kelly campant un magnifique d'Artagnan qui fit rêver des générations d'enfants. On n'oubliera pas non plus la belle série de longs-métrages réalisés par Richard Lester – *Les Trois Mousquetaires*, *On l'appelait Milady* et *Le Retour des Mousquetaires* – où, derrière la fantaisie et l'action perçait une délicate mélancolie qui touche en plein cœur. Nulle surprise si Dumas a stimulé l'imagination ou l'envie de si nombreux artistes tant sa littérature a valeur de refuge et d'inspiration. « L'œuvre d'Alexandre Dumas aura toujours été, un moment ou l'autre, un lieu de rendez-vous pour les hommes de ce pays, un point d'eau pour leurs caravanes avides de camaraderie chevaleresque », écrivit Antoine Blondin. À propos des Mousquetaires, Kléber Haedens répondit en écho dans *Une histoire de la littérature française* : « Leurs personnages, Athos, Porthos, Aramis et d'Artagnan, sont sortis des bibliothèques pour descendre dans la rue. Ils ont enseigné l'insolence et l'amitié à beaucoup de jeunes Français qui ont aussi découvert les fatalités de l'amour en rêvant aux belles épaules de Milady et à ses regards de perdition. » Oui, *Les Trois Mousquetaires* ont été et continuent d'être un indémodable roman d'apprentissage et d'initiation.

Dumas n'a pas inventé le roman de cape et d'épée, mais en a donné la référence absolue. Il a inventé des mythologies éternelles dont se sont emparés des lecteurs pour les faire leurs, quitte à les détourner – ce qui n'aurait pas déplu à l'écrivain –, à l'instar de la devise apocryphe des héros, « Un pour tous, tous pour un », qui apparaît en fait dans le roman sous la forme « Tous pour un, un pour tous ». Peu importe, car cette devise conserve ses vertus d'antidote à tous les renoncements. Panache, esprit de corps, volonté d'en découdre : cette trilogie n'a pas pris une ride. D'Artagnan et ses amis sont des professeurs d'énergie entretenant le culte de la loyauté et du dernier carré. Combien de jeunes gens ont puisé dans ce viatique, en particulier durant les périodes les plus noires, afin d'exalter et de porter ce que nous avons de meilleur ? Il nous plaît de rappeler que, pendant la Seconde Guerre, un important réseau de résistants belges s'intitula « Les Trois Mousquetaires », tandis que ses chefs prirent pour pseudonymes Athos, Aramis et Porthos. Dans un autre registre, Dumas ne cache pas les faiblesses de ses personnages, ce qui les rend encore plus fraternels et émouvants.

Aux côtés du Gascon, l'esprit d'enfance palpite, en dépit des tragédies et de quelques souvenirs amers. Roger Nimier lui rendit hommage à son tour avec *D'Artagnan amoureux ou Cinq ans avant*, son dernier roman paru peu après sa mort en 1962. Le hussard imagine le Mousquetaire tombant sous le charme d'une jeune fille qui sera la future Mme de Sévigné. Dans cette brillante déclinaison qui n'est pas qu'un pastiche, on pêche, parmi d'autres bonheurs, une phrase qui eût été un parfait exergue aux *Trois Mousquetaires* : « À cheval, Planchet, à cheval. Il n'y a que les routes pour calmer la vie. »

Bibliographie sélective

Éditions de référence

Les Trois Mousquetaires, Baudry, 8 vol., 1844.
Les Trois Mousquetaires. Vingt ans après, édition de Gilbert Sigaux, Gallimard, coll. « Bibliothèque de la Pléiade », 1962.

Sur Dumas

BERTIÈRE, Simone, *Dumas et les Mousquetaires*, Éditions de Fallois, 2009.
DECAUX, Alain, *Dictionnaire amoureux d'Alexandre Dumas*, Plon, 2010.
FERNANDEZ, Dominique, *Les Douze Muses d'Alexandre Dumas*, Grasset, 1999.
FILLAIRE, Bernard, *Alexandre Dumas, Auguste Maquet et associés*, Bartillat, 2010.
LACOUTURE, Jean, *Alexandre Dumas à la conquête de Paris*, Complexe, 2005.
SCHOPP, Claude, *Alexandre Dumas*, Fayard, 2002.
TROYAT, Henri, *Alexandre Dumas, le cinquième mousquetaire,* Grasset, 2005.

15

MÉMOIRES D'OUTRE-TOMBE

de François-René de Chateaubriand (1848)

par Olivier FRÉBOURG

Chateaubriand ? Un écrivain à breloque du XIXe siècle. Les Mémoires d'outre-tombe *? Un livre que les lycéens n'étudient plus au bac de français. Les* Mémoires d'outre-tombe *de François-René de Chateaubriand, bien trop longs pour Twitter et TikTok !*

Erreur absolue ! Faute morale, littéraire, historique ! Vous voulez savoir où nous en sommes ? Si la démocratie est menacée ? Si notre civilisation va mourir ? Vous n'en pouvez plus des confinements successifs. Vous avez besoin d'embrasser les arbres, d'évasion. Vos nerfs ont lâché devant le haché menu des chaînes d'information. Bref, vous voulez sortir du goulag 2.0 ! Le voyage au bout de la vie a justement pour titre Mémoires d'outre-tombe.

Les MOT, *c'est le code secret qui permet d'accéder au labyrinthe. Plus exactement au royaume. On pourrait penser que cet ouvrage est un fleuve, un océan. Il l'est ! Mais c'est aussi un kaléidoscope composé de* l'Iliade *et de* l'Odyssée, *des* Confessions *(celles de saint Augustin et de Rousseau). L'infiniment grand pour un homme d'1,63 m.*

Chateaubriand est un « *swimmer* », un passeur, entre la France et l'Amérique, la France et l'Angleterre, entre la monarchie et la Révolution, entre les siècles. Marc Fumaroli l'a écrit : « La singularité de Chateaubriand, perpétuel “nageur entre deux rives”, aura été d'expérimenter les deux régimes poétiques, l'ancien et le moderne, celui des araignées et celui des abeilles, en s'efforçant de contenir le second par le premier, exactement comme en politique, il aura invité la Restauration à “marcher avec son siècle” tout en imprimant à celui-ci un rythme, une mémoire, des mœurs qui le retiennent sur la pente de l'égalitarisme et l'utilitarisme. »

Mais comment devient-on Chateaubriand, « le grand paon » selon l'expression de Julien Gracq ? Comment écrit-on les *Mémoires d'outre-tombe* ?

En faut-il des aventures, des métamorphoses, une vie roulant dans la nature et l'histoire. Il faut être à la fois animal et être humain, c'est-à-dire une créature mythologique.

Que de lieux communs sur Monsieur de Chateaubriand ! Que d'images réductrices ! Les *Mémoires*, « ce Louvre de lecture » selon Francis Ponge, ne sont pas réservés aux bibliothèques des manoirs bas-bretons, même s'il y a dans ces pages l'or du Trégor et les grains de sable du pays malouin. « L'amour de la campagne », c'est bien le titre de la première œuvre imprimée du chevalier de C***.

> Que de ces prés l'émail plaît à mon cœur !
> Que de ces bois l'ombrage m'intéresse !
> Quand je quittai cette onde enchanteresse
> L'hiver régnait dans toute sa fureur.

Nous avons bien lu ! Au temps de la plume d'oie qui lui servit à écrire son œuvre, Chateaubriand parle d'un émail. Laissons planer le doute, la confusion… L'émail est une matière vitreuse, transparente, mais aussi désormais un courrier électronique. Il y a fusion et confusion des mots et des genres. Surtout quand on sait que Chateaubriand vécut en exil en Angleterre à Beecles, au 3 Saltgate Street, ville où fut assigné à résidence Julian Assange, l'homme de WikiLeaks, qui partage avec le vicomte le goût des femmes et de la toile.

Mais l'écriture et le style de Chateaubriand n'appartiennent qu'à lui. Sa calligraphie tout d'abord, déliée, ample, lisible. Les *L* élancés, les *F* plantés comme des arbres, les *M* de majesté, les *D* comme le cou d'un cygne. S'il existe plusieurs versions manuscrites des *Mémoires*, elles ne sont pas de la main de Chateaubriand. Seule la version des livres I, II, III écrite par lui a été conservée. Monsieur le vicomte, vous avez la parole : « Seule partie qui me reste du Ier manuscrit de mes *Mémoires* écrit de ma propre main. Tout le reste corrigé, raturé, a été brûlé après que Hyacinthe en a fait une copie complète (note écrite en 1840 au moment où j'achève de brûler tous mes papiers). » Hyacinthe ! Hyacinthe Pilorge, personnage extraordinaire, breton, secrétaire dévoué et principal copiste des *Mémoires*. Jean-Claude Berchet, biographe de Chateaubriand, l'a très bien démontré : « Certes, Chateaubriand a été, comme Flaubert ou Proust, un écrivain perfectionniste, pour ne pas dire un maniaque de la correction ; en revanche, il a presque toujours eu soin de faire disparaître ses brouillons. Aucun fétichisme du premier jet chez ce professionnel de la littérature pour qui ne compte, en dernière instance, que le lecteur futur du texte imprimé, et qui, dans une perspective toute classique privilégie le "produit fini" destiné au public. Loin de vouloir, comme certains, constituer lui-même les archives de son œuvre, il a tendance à éliminer les "avant-textes", au point de souligner le caractère exceptionnel de ses propres infractions à cette règle. »

Chateaubriand, c'est avant tout un style, un fleuve au-delà de l'homme avec des affluents différents, contrastés. Jean Mourot a analysé précisément dans son livre *Le Génie d'un style* le rythme et la sonorité des *Mémoires* et leurs différents tons : « narration familière ou grave, lyrisme, épopée, exposé d'idées, polémique, satire, humour ». Le style prend sa source dans l'imagination de Chateaubriand, mais sa musicalité épouse le sujet. Jean Mourot y note une constante : « un élan bref, une longue retombée ». Mais les événements sculptent les méandres de l'écriture. La nature les rend tendres et sinueux, l'Histoire les transforme en torrent abrupt. Du rousseauisme du début, on passe à une écriture dictée par la violence des orages, par un retour sur les lieux aimés, par la fidélité indéfectible à la monarchie mais surtout à la chrétienté : « Il n'est ici-bas chrétien plus croyant et homme plus incrédule que moi. » Journaliste, il créera *Le Conservateur* en 1818. Éphémère ministre et pair de France, il est libéré de son serment aux Bourbons, et donc aussi de ses charges politiques, par l'abdication de Charles X. L'alchimiste en prose se met alors de plus en plus en son écriture à nu et à cru, se libère au sens chrétien du terme (*libera me*). « L'homme est moins esclave de ses sueurs que de ses pensées : voilà comme après avoir fait le tour de la société, après avoir passé par les diverses civilisations, après avoir supposé des perfectionnements inconnus, on se retrouve au point de départ en présence des vérités de l'Écriture. »

Mais venons-en au cœur de la machine, de la trame ! L'Histoire ne se répète pas, mais se prolonge par d'autres moyens et répond à des cycles : euphorie et tragédie, révolution et régression, soleil et mort. Seuls les naïfs croient qu'il y a le monde des vivants distinct de celui des défunts, une frontière entre présent et passé. Si l'on croit en Dieu, en l'unité, les *Mémoires d'outre-tombe* ne sont qu'un monde, notre monde.

MOT donc. Que signifie ce titre-clé qui nous ouvre le nouveau et l'ancien monde ? Ce ne sont pas les *Mémoires* d'après la tombe. Ce sont les *Mémoires* d'ultra- (au sens latin) tombe. Ce sont les *Mémoires* d'au-delà de la tombe, de plus loin qu'elle, qui débordent de la terre, franchissent des limites, qu'elles soient physiques, géographiques, historiques, voire morales. « L'homme n'a pas besoin de voyager pour s'agrandir. Il porte en lui l'immensité », écrit le vicomte à la fin de son œuvre. Il s'agit donc bien d'aller au-delà de notre finitude, de se prolonger, d'embrasser des vies multiples pour échapper à notre condition. Chateaubriand cite Horace au début des *Mémoires* : *« Spatio brevi spem longam reseces »* (« Au temps bref de la vie ôte le long espoir »).

L'alchimiste

Nous sommes le 4 octobre 1811. Quatre ans plus tôt, Chateaubriand, rentré de la Terre sainte, a acheté la maison de la Vallée-aux-Loups, près de Sceaux et de Châtenay. « Cet étroit espace me parut propre à renfermer mes longues espérances. » Cette année-là, Napoléon domine l'Europe. Il est à la tête de 130 départements. Mais c'est un géant aux pieds d'argile. La récolte des céréales a été catastrophique. Des troubles éclatent : les pillages se multiplient. Entre le 18 septembre et le 4 octobre, Napoléon crée le bataillon des sapeurs chargés des pompes à incendie de Paris. C'est la naissance officielle des pompiers de Paris. Parmi les événements heureux, le couple impérial a donné naissance à un fils, le 20 mars, le futur roi de Rome. Et les vendanges s'annoncent exceptionnelles après un été particulièrement chaud.

Chateaubriand a quarante-trois ans. Le pacte est affirmé d'emblée : « Ici, j'ai écrit *les Martyrs*, *les Abancerages*, l'*Itinéraire* et *Moïse* ; que ferai-je maintenant dans les soirées de cet automne ? [...] La plupart de mes sentiments sont demeurés au fond de mon âme, ou ne se sont montrés dans mes ouvrages que comme appliqués à des êtres imaginaires. Aujourd'hui, que je regrette encore mes chimères sans les poursuivre, je veux remonter le penchant de mes belles années : ces *Mémoires* seront un temple de la mort élevé à la clarté de mes souvenirs. »

Il faut l'imaginer en cet automne, le soir, devant la cheminée. Il tisonne ses souvenirs, « radote », selon son expression. À dix heures, « tous les loups de la vallée sont couchés ». Et lorsque l'église de Châtenay sonne les douze coups de minuit, il se retire dans sa chambre « après avoir regardé s'il n'y a pas quelque voleur derrière la porte ». Il mène « une vie méthodique » d'écrivain avec ses manies, son égoïsme.

L'écrivain, déjà célèbre, vit alors en marge de la société napoléonienne. Il a certes été élu à l'Académie française le 20 février. Il a traversé l'Atlantique, découvert l'Amérique, connu l'exil, a été secrétaire d'ambassade à Rome en 1803. Mais l'exécution du duc d'Enghien, après qu'il eut été nommé chargé d'affaires dans le Valais, consomme violemment sa rupture avec Bonaparte, qui n'est alors que Premier consul. À l'écart, il peut donner la pleine mesure de son génie littéraire. L'exil intérieur a toujours été le viatique des grands écrivains.

Son grand projet ne date pas de la Vallée-aux-Loups, mais de son séjour en Italie et, plus précisément, de la mort de Pauline de Beaumont qui expire dans ses bras. « C'est aussi à Rome que je conçus, pour la première fois, l'idée d'écrire les *Mémoires de ma vie* ; j'en trouve quelques lignes jetées au hasard, dans lesquelles je déchiffre ce peu de mots : "Après avoir erré sur la terre, passé les plus belles années de ma jeunesse loin de mon pays, et souffert à peu près tout ce qu'un homme peut souffrir, la faim même, je revins à Paris en 1800." » La mort de son aimée est un vertige déclencheur de la catharsis mémorielle. Un autre accélérateur est la disparition, le 4 novembre 1811, de sa sœur Lucile, très liée aussi à Pauline. « Mon seul bonheur est d'attraper quelques heures, pendant lesquelles je m'occupe d'un ouvrage qui peut seul apporter de l'adoucissement à mes peines : ce sont les *Mémoires de ma vie.* »

Devenu sédentaire après avoir été un nomade, un *Wanderer*, c'est-à-dire un voyageur aventurier, Chateaubriand se consacre à l'écriture. Pas seulement à ses *Mémoires*. Il y a ses autres manuscrits, littéraires puis politiques, sa correspondance qui lui vole du temps (chaque jour, répondre au courrier). Chateaubriand veut mettre à nu son âme, mais ne pas se déboutonner. Écrire des mémoires, non des confessions, comme celles de Rousseau qui l'ont tant marqué. Pas question de livrer « un misérable tas de secrets ».

> Soyez tranquille ; ce ne se seront point des confessions pénibles pour mes amis : si je suis quelque chose dans l'avenir, mes amis y auront un nom aussi beau que respectable. Je n'entretiendrai pas non plus la postérité du détail de mes faiblesses ; je ne dirai de moi que ce qui est convenable à ma dignité d'homme, et, j'ose le dire,

à l'élévation de mon cœur. Il ne faut présenter au monde que ce qui est beau ; ce n'est pas mentir à Dieu que de ne découvrir de sa vie que ce qui peut porter nos pareils à des sentiments nobles et généreux.

Et pourtant il se confesse, il est dans l'aveu du moi, voire son hypertrophie, mais se démarque du sillon Rousseau pour élargir le sillage à l'Histoire et écarter les secrets d'alcôve. Le « noble vicomte » est un lecteur de grande littérature et un admirateur du Grand Siècle. Selon Jean-Claude Berchet, « Chateaubriand est parti de la tradition des mémoires du XVIIe siècle qui, après la Fronde, avaient su intégrer la frémissante leçon des *Confessions* de saint Augustin, dont Arnaud d'Andilly venait de donner une superbe version française. Mais il a su enrichir ses modèles en puisant à la source de sa propre modernité où la sensibilité existentielle de Rousseau se mêle au prophétisme de la nouvelle histoire romantique ».

Car si Chateaubriand dénoue son moi, il est aussi un homme de la maxime, de la gifle stylistique, du revers lifté. C'est un bretteur dans l'âme et la lame. L'écriture des *Mémoires* fouette, réveille. Elle joue à la fois sur les grandes orgues et se finit sur un accord de violon. C'est un opéra qui parfois se transforme en concerto. Il sait faire jouer tous les instruments, en fin connaisseur de l'émotion, en styliste de l'âme doublé d'un fin polémiste.

Les *Mémoires d'outre-tombe* : *gender fluid* ? Transgenre ? Tout chef-d'œuvre fracasse les genres. Ne pas oublier que les *MOT* sont un livre de l'absolu. Si saint Augustin est le *primus inter pares* des écrivains qui ont influencé François-René (que tout le monde appelle François), les *Mémoires* sont un livre qui emprunte aussi à la Bible dans ses prophéties et son architecture, mais également dans ses titres de chapitres et devient le livre-balai de toutes les grandes œuvres qui ont constitué l'humanité. Il n'hésite pas à plagier, à piller, chose tout à fait naturelle pour son époque. La cathédrale superpose plusieurs styles : grec, romain, byzantin, roman, gothique. « L'Enchanteur » pioche sans vergogne dans Shakespeare ou Dante. Aujourd'hui, il serait balancé, liquidé.

« Les historiens de la littérature, écrit encore Berchet, ont longtemps considéré les *Mémoires d'outre-tombe* comme une œuvre excentrique, inclassable selon la théorie des genres, hybride. [...] Comme Michelet ou Balzac, comme le Hugo de la préface de *Cromwell*, Chateaubriand a inventé "une forme" assez productive pour rendre dans toute sa richesse la variété infinie du réel sans qu'elle soit réduite à un sens appauvri, ni dissoute dans une insignifiance de surface. »

Il faut convoquer tous les genres, tous les livres, ramasser les fragments et les coller autour du Moi. Tout est éclatement. Les *Mémoires* n'ont qu'une vocation : l'unité, la grande unité autour de l'Histoire et de la poésie. Et Berchet de conclure : « Pour mener à bien cette aventure, il aura fallu inventer une écriture "psychopompe", qui retrouve parfois les accents des anciennes célébrations rituelles et qui se fonde sur une posture énonciative particulière. Diderot écrivait déjà : "On ne pense, on ne parle avec force que de son tombeau ; c'est là qu'il faut se placer, c'est de là qu'il faut s'adresser aux hommes." Le propre de cette voix *off*, c'est qu'elle est à la fois de là-bas et d'ici, présence et absence. On dirait qu'elle a surplombé le monde et traversé le miroir avant de venir prendre parmi nous un aplomb sans égal. »

C'est pourquoi Chateaubriand est vivant ! C'est pourquoi Chateaubriand est grand. Chateaubriand est mort. Vive Chateaubriand !

Mais il faut poser la voix, la transformer par l'alchimie de l'écriture. L'aide d'une muse est requise. Ce sera Velleda, une voyante présente dans *Les Martyrs*. Une prophétesse. Chateaubriand donne à la tour où il se réfugie dans le parc de la Vallée-aux-Loups le nom de cette vierge. Ce sera son écritoire et sa bibliothèque, la tour vertigineuse où naîtront les *Mémoires*. Il les porte en lui depuis si longtemps et a le sentiment d'avoir déjà vécu mille vies. Napoléon l'a mis à l'écart de la capitale. Il le tient à distance. La littérature peut le remercier.

Sans cet ostracisme bien élevé et campagnard, Chateaubriand n'aurait peut-être pas déployé toute sa mesure, grandi comme un séquoia. Car les lettres poussent en même temps que les arbres. Il y a du botaniste en lui depuis son voyage en Amérique, du paysagiste, et il y a peu d'écrivains qui n'aiment pas les arbres. Cèdre bleu de l'Atlas, cèdre du Liban, cyprès, tulipier de Virginie, catalpa, châtaigniers : ils veillent encore sur la Vallée-aux-Loups. « Je suis attaché à mes arbres ; écrira le banni au début des *Mémoires*, je leur ai adressé des élégies, des sonnets, des odes. Il n'y a pas un seul d'entre eux que je n'aie délivré du ver attaché à sa racine, de la chenille collée à sa feuille ; je les connais tous par leurs noms comme mes enfants ; c'est ma famille, je n'en ai pas d'autre, j'espère mourir au milieu d'elle. »

Mais la tour Velleda, si elle est écritoire, est aussi un boudoir. Il y reçoit ses admiratrices qui aiment le regarder écrire. Et notamment la sublime Juliette Récamier. « La tour Velleda était un peu la garçonnière de Chateaubriand », affirmait Jean d'Ormesson. Mais l'écrivain sait garder le cap malgré toutes les chevelures affriolantes qui le détournent de son travail. « L'été de 1811, écrit Mme de Chateaubriand, se passa comme les autres. Le matin, M. de Chateaubriand travaillait ; moi, je recevais tous les amis de Paris qui venaient nous faire de fréquentes visites… Il n'y a rien de plus agréable – mais en même temps de plus dispendieux – qu'une campagne à trois lieues de Paris. »

Le jeu des miroirs

Mais avant d'être à l'ombre de la Tour, avant de devenir l'un des rois en exil de la littérature, le « sachem du romantisme » fut un pion, un fou. Un caractère insoumis, à la fois amoureux de la ligne droite dans son légitimisme et de la diagonale dans ses voyages, ses états successifs : chevalier, aventurier, exilé.

Un Breton ! Mélange d'océan et de granit. Un enfant des grèves et du vent. Un marin (Saint-Malo), un châtelain (Combourg). Un cadet qui a besoin de se faire remarquer et portera haut l'orgueil de son nom. Un corsaire fidèle au roi. C'est son tempérament fougueux, rebelle et épris de liberté qui façonne les feuillets, fouette le style, mais aussi chevauche à sauts et à gambades l'Histoire, les dates, les lieux. Un courant océanique turbule toute la narration, la renouvelle. Car les *Mémoires d'outre-tombe* sont une tectonique de plaques géographiques et historiques, mais aussi une œuvre palimpseste écrite et réécrite entre le 4 octobre 1811 et le 25 septembre 1841. Trente années d'une œuvre destinée à la postérité et à une publication *post mortem*, à l'instar du *Mémorial de Sainte-Hélène*, le grand rival. Où la jeunesse, la vigueur et l'insolence dansent au soleil couchant avec la mélancolie. De son père, il héritera du sens de la formule et de l'aplomb du nom : « M. de Chateaubriand était grand et sec ; il avait le nez aquilin, les lèvres minces et pâles, les yeux enfoncés, petits et pers ou glauques, comme ceux des lions ou des anciens barbares. Je n'ai jamais vu un pareil regard : quand la colère y montait, la prunelle étincelante semblait se détacher et venir vous frapper comme une balle. Une seule passion dominait mon père, celle de son nom. »

De sa mère, la sensibilité littéraire : « Ma mère, douée de beaucoup d'esprit et d'une imagination prodigieuse, avait été formée à la lecture de Fénelon, de Racine, de Mme de Sévigné, et nourrie des anecdotes de la cour de Louis XIV ; elle savait tout *Cyrus* par cœur. Apolline de Bedée, avec de grands traits, était noire, petite et laide ; l'élégance de ses manières, l'allure vive de son humeur, contrastaient avec la rigidité et le calme de mon père. »

Comment peut-on écrire de sa mère qu'elle est laide ? Il choisit la lucidité, le vitriol plutôt que l'affection filiale. Et pourtant, c'est un sentimental. Mais il appartient à cette race d'hommes qui préfèrent un bon mot, une maxime, une formule à un quelconque trémolo familial. La vérité lui semble supérieure aux convenances. Il défendra néanmoins toujours l'honneur de son nom. La famille est omniprésente dans les *Mémoires d'outre-tombe*. La généalogie compte : noblesse oblige. Ce qui n'interdit pas de basculer dans la modernité de la proximité, voire du scandale, à l'image de sa relation incestueuse avec sa sœur Lucile.

À peine pousse-t-il ses premiers cris qu'il est menacé d'être ravi à la vie. Mais la tempête lui donne d'emblée le souffle nécessaire. « J'étais presque mort quand je vins au jour. Le mugissement des vagues soulevées par une bourrasque annonçant l'équinoxe d'automne, empêchait d'entendre mes cris : on m'a souvent conté ces détails ; leur tristesse ne s'est jamais effacée de ma mémoire. » La mort et la tempête scellent sa destinée. Elles marquent son œuvre, s'opposent. On a toujours le sentiment d'être en vie quand la tempête souffle à Saint-Malo. Comme Duguay-Trouin, Chateaubriand est un homme hauturier. Il se plaît à se décrire comme « un compagnon des flots et vents. ». La mer aurait dû être son destin. Son père avait été un aventurier des océans et des colonies, un « gentilhomme-corsaire », selon l'expression de son biographe André Maurois, qui fit sa petite fortune au-delà des horizons et grâce au commerce triangulaire. Il voulut que son fils embrassât la carrière d'officier. Il ne voulut ni de l'uniforme du marin ni de la soutane du prêtre. Mais il resta un homme de la mer, un contemplatif au sens oriental du terme, un peintre des naufrages et de l'exil. Cette mer n'est pas qu'un motif, elle est constitutive des *Mémoires*, elle est aussi sa religion. Elle est sa tentation, sa respiration, son horizon. Elle est l'unité et se confond par là même avec le catholicisme et la royauté. Le premier texte qu'il connaît par cœur, enfant, est un cantique de matelot :

Je mets ma confiance,
Vierge en votre secours ;
Servez-moi de défense,
Prenez soin de mes jours ;
Et quand ma dernière heure
Viendra finir mon sort,
Obtenez que je meure
De la plus sainte mort.

Ce sens fou de la liberté, c'est la mer, encore et toujours, qui l'a sculpté. « *Again to the sea* », clamait Byron, son petit frère d'outre-Manche (un bras de mer et vingt ans les séparent). Ils sont tous les deux des nageurs, mais François est un familier des bateaux, des mâts et de la voilure. La mer est pour lui l'intemporel, la beauté et l'invitation au voyage. Ses phrases sur l'océan claquent comme une voile au vent. « Muse, aide-moi à montrer que je connais la mer sur laquelle je déploie mes voiles. » « C'est ce que disait, il y a six cents ans, Guillaume le Breton, mon compatriote. Rendu à la mer, je recommençai à contempler ses solitudes ; mais à travers le monde idéal de mes rêveries, m'apparaissaient, moniteurs sévères, la France et les événements réels. »

Cette mer est le miroir aussi de l'Histoire. Et elle n'est qu'agitation et tempêtes. Après le voyage en Amérique (Chateaubriand a vingt-trois ans), le retour vire à la menace du naufrage. « Le navire touchait et talonnait ; il se fit un silence profond ; tous les visages blêmirent. La houle arrive : au moment où elle nous attaque, le matelot donne le coup de barre ; le vaisseau, près de tomber sur le flanc, présente l'arrière, et la lame, qui paraît nous engloutir, nous soulève. On jette la sonde ; elle rapporte vingt-sept brasses. Un huzza monte jusqu'au ciel et nous y joignons le cri de : *Vive le roi !* il ne fut point entendu de Dieu pour Louis XVI ; il ne profita qu'à nous. »

C'est donc l'océan dans tous ses états, comme l'Histoire dans toutes ses convulsions, comme le moi dans toutes ses humeurs, qui forme l'arc central des *Mémoires*. Ce sont les chevaux de feu qui transforment le grand récit autobiographique en roman maritime, historique et sentimental. « L'enfant de Saint-Malo et de Combourg, affirme Marc Fumaroli, avait été éduqué par les vents, les flots, la solitude, "instituteurs sauvages" : il s'en prévaut dans les *Mémoires d'outre-tombe*. Ce sont de tels maîtres qui, au désert, loin de Versailles et de Paris, ont nourri sa vocation de poète du royaume. »

Son pied dans l'Histoire commence à Combourg. Il y a la prise de conscience d'un héritage, d'un devoir, d'une mémoire familiale qui va être moissonnée par la Terreur. Son père meurt à ses dix-huit ans, trois ans avant la Révolution. Il assiste à l'ouverture des états de Bretagne et aux premiers troubles majeurs en Bretagne au début de l'année 1789.

Son frère Jean-Baptiste de Chateaubriand et toute la belle-famille de celui-ci (il est marié à une petite-fille de Malesherbes, le botaniste, l'avocat éclairé du roi) sont guillotinés. Puis sa mère meurt en 1798. Quelle fin de siècle ! Le XIXe siècle naîtra sur des ruines. Ces ruines, l'une des obsessions de l'orphelin et l'une de ses inspirations. D'ailleurs, le portrait pour la postérité, sa figure éternelle, reste le tableau peint par Girodet dans les vestiges de Rome. Ces décombres témoignent certes du passé, des ombres, mais elles figurent en regard un univers saint-augustinien entre vie et mort, un monde flottant, un cercle sacré où il faut prier pour sentir la présence de Dieu et de la Beauté. Que ce soit en Italie, en Égypte, à Palmyre ou dans l'Ohio, Chateaubriand est le passant et le passeur des vestiges. « J'étais impatient d'aller mêler mes délaissements aux ruines d'Athènes », écrit-il en se souvenant de son voyage au Levant en 1805. Les ruines sont aussi le chagrin des pierres. « Le Tibre sépare les deux gloires : assises dans la même poussière, Rome païenne s'enfonce de plus en plus dans ses tombeaux, et Rome chrétienne redescend peu à peu dans ses catacombes. »

N'oublions pas que c'est à Rome que meurt Pauline de Beaumont. Les ruines expriment aussi le chant du cygne de l'Histoire, cette figure de la mélancolie chère à Antoine Compagnon, l'auteur des *Antimodernes*. Barthes aimait se situer « à l'arrière-garde de l'avant-garde ». François-René épouse aussi cette position. Il a bouleversé la littérature de son temps et il l'affirme sans excès d'humilité tout en exprimant la chute de l'Histoire. « Chateaubriand est moderne par le sentiment de l'irréversibilité du temps, antimoderne par l'identification de cette irréversibilité à un déclin. »

Mais la contemplation des ruines n'est pas une finalité, même pour un poète, car la grandeur des *Mémoires d'outre-tombe* est aussi sa poétique. L'Histoire s'accélère, frappe à la porte. Elle scande comme des actes de tragédie ce livre où se superposent destinées des hommes, des couronnes, des rois et des peuples et l'histoire du moi. Composé de quatre parties et de quarante-quatre livres, les chapitres embrassent, outre la Révolution, le Consulat, l'Empire – Napoléon Bonaparte, sa vie, son œuvre constituent un livre dans le livre –, la Restauration, enfin la révolution de Juillet jusqu'à la mort de Charles X.

Après Retz et Saint-Simon, Chateaubriand n'omet pas de raconter « les journées cardinales », en l'occurrence ces « Trois Glorieuses » de 1830 qui scellent la chute des Bourbons et le triomphe de la médiocrité bourgeoise. Il y a dans les *Mémoires d'outre-tombe*, comme l'a montré l'universitaire Yves Coirault, « la création d'une temporalité nouvelle, tout à la fois personnelle et universelle, où les fractures de l'histoire sont indéfiniment soulignées et replacées dans une perspective qui les dépasse. Encore faut-il savoir sur quoi s'appuyer pour recomposer le temps, au-delà d'une linéarité absurde et irréversible. » Mais l'Histoire dans les *Mémoires* est une méditation filtrée par la poésie sur la France, l'Europe et aussi l'empire chrétien.

Le sacre de la postérité

Chateaubriand a vu huit siècles de monarchie périr. « Quand il n'y aurait dans la France que cette ancienne maison de France, bâtie par le temps et dont la majesté étonne, nous pourrions, en fait de choses illustres, en remontrer à toutes les nations. »

Car les *Mémoires* sont aussi l'odyssée du temps. Temps de la narration qui se superposent : présent, passés simple et composé, imparfait. Mais, au-delà des conjugaisons, l'or et le plomb du temps. Ce temps est une mythologie et une religion. L'instant et l'éternité. La virgule du moment présent et les points de suspension de l'avenir menacé. « René » fait aussi de l'ego-histoire et, en cela, il traite plus l'Histoire en écrivain qu'en acteur. C'est toujours l'homme du recul, de la marge qui écrit. Le sensible qui annonce Proust. L'homme qui voyage dans le temps, l'alchimise, le recrée.

Mais tout n'est pas perdu ! Une chose demeure irremplaçable : la vie, le plaisir, les femmes. Les muses veillent. Pauline de Beaumont, Nathalie de Noailles, Cordélia de Castellane, Hortense Allart et, surtout, Juliette Récamier (celle-ci tient un rôle à part et d'exception) sont des inspiratrices ou des lectrices, les étoiles dans la nuit du temps, des fées contre la dépression, notamment celle de 1830 qui signe la fin de sa vie politique, la vraie passion de son existence. Les *Mémoires d'outre-tombe* avaient pour titre originel *Mémoires de ma vie*. Vitalité de tempérament, curiosité, amour de la nature qui est le combustible de la joie, voire du sublime. Cette nature, c'est aussi le cycle des saisons !

Les *Mémoires* sont un livre en perpétuelle écriture, qui semble ne jamais se terminer et que Chateaubriand, à la veille de sa mort, corrigera encore. « J'ai commencé à écrire ces *Mémoires* à la Vallée-aux-Loups le 4 octobre 1811 ; j'achève de les relire en les corrigeant à Paris ce 25 septembre 1841 : voilà donc 29 ans, onze mois, vingt-un jours, que je tiens secrètement la plume en composant mes livres publics au milieu de toutes les révolutions et de toutes les vicissitudes de mon existence. Ma main est lassée : puisse-t-elle ne pas avoir pesé sur mes idées, qui n'ont point fléchi et que je sens vives comme au départ de la course ! »

Sève mais aussi liberté. Car l'une des grandes thématiques des *Mémoires*, c'est bien la liberté de nos sociétés. « Les excès de la liberté mènent au despotisme ; mais les excès de la tyrannie ne mènent qu'à la tyrannie ; celle-ci en nous dégradant nous rend incapables d'indépendance : Tibère n'a pas fait remonter Rome à la république, il n'a laissé après lui que Caligula. » C'est ce sens inné de la liberté qui rend l'œuvre si précieuse aux lecteurs que nous sommes.

Il y aurait un roman d'aventures à écrire sur la publication des manuscrits des *Mémoires d'outre-tombe*. On sait que dès février 1834, autour de Mme Récamier, à l'Abbaye-aux-Bois, devant une assistance d'une douzaine de personnes « élues », dont Sainte-Beuve et Edgar Quinet, deux lecteurs lurent à voix haute pendant des semaines dix-huit livres, dont les douze premiers consacrés à l'enfance, la jeunesse, les voyages et l'exil jusqu'à son retour à Paris. Il s'agissait de faire un « *teasing* », de répandre une rumeur sur le chef-d'œuvre méconnu dans les salons et la presse, qui relayèrent l'existence de ce long fleuve intranquille.

Désargenté, ayant renoncé à sa pension de pair après l'abdication de Charles X et l'avènement de Louis-Philippe, Chateaubriand doit se battre pour survivre. Il va donc vendre le manuscrit des *Mémoires*, qui ne devront être publiés qu'après sa disparition : « Mes mémoires ne doivent voir le jour qu'après ma mort : si je les fais trop connaître pendant ma vie, je sors de mon plan ; j'affaiblis l'effet d'un travail étendu et divers dont on prendrait une très fausse idée dans les passages tronqués. »

Au printemps 1836, deux anciens officiers de la Garde royale, le libraire Delloye et son associé Adolphe Sala, formèrent une société en commandite pour l'achat des *Mémoires d'outre-tombe*. Maurice Levaillant, l'éditeur des *Mémoires* chez Flammarion (pour l'édition du centenaire) et dans la Pléiade, a retracé les soubresauts de cette publication. À l'automne 1838, Chateaubriand finalise et complète la deuxième partie. En novembre 1841, il met un point final : « Je vois les reflets d'une aurore dont je ne verrai pas se lever le soleil. Il ne me reste qu'à m'asseoir au bord de ma fosse ; après quoi je descendrai hardiment, le crucifix à la main, dans l'éternité. »

Mais il continuera, dans les années suivantes, à apporter des corrections à son texte. « Je crains qu'il n'y travaille trop », affirme son ami Ballanche. Coup de théâtre : fin août 1844, la société en commandite vend à Émile de Girardin les *Mémoires* pour une publication en feuilleton dans *La Presse*. Furieux mais ne pouvant rien faire juridiquement, Chateaubriand ajoutera ultérieurement un codicille à ses dispositions : « La copie qui doit servir à l'impression des œuvres porte en tête et à la fin de chaque volume la date du 22 février 1845. Les autres copies se trouvant en d'autres lieux doivent être brûlées. »

Le 4 juillet 1848, Chateaubriand meurt. Le 21 octobre suivant, *La Presse* commence la publication en feuilleton et, le 6 janvier 1849, la société propriétaire du manuscrit publie les deux premiers volumes. Entre-temps, l'architecture de l'œuvre avait été modifiée, des passages trop offensants ou violents supprimés. On achevait bien Chateaubriand. « Il n'était pas si grand », clama même Sainte-Beuve. Ce fut un naufrage. Il faudra donc attendre un siècle pour que les « 3 514 pages augmentées de nombreuses pages *bis*, *ter* ou *quater* » fussent publiées et disposées dans leur juste architecture. Mais l'histoire ne s'arrête pas là. En 2013, le manuscrit qui avait navigué d'étude en étude fut vendu par un notaire. L'État s'en mêla, le parquet aussi. Le notaire vendeur fut condamné et considéré comme non propriétaire du manuscrit. Celui-ci fut placé sous scellés à la Bibliothèque nationale de France.

Les *Mémoires d'outre-tombe* avaient franchi en arrière toute les cercles de l'enfer puis du purgatoire avant d'accéder au paradis. Nous pouvons désormais les lire en paix dans la maison du Père.

BIBLIOGRAPHIE SÉLECTIVE

Éditions

Mémoires d'outre-tombe, Paris, Penaud, 1849-1850, 12 vol. in-8.

L'édition de référence demeure celle publiée en deux volumes (1947-1950) par la « Bibliothèque de la Pléiade ».

Mémoires d'outre-tombe, édition de Jean-Paul Clément, préface de Jean d'Ormesson, Gallimard, coll. « Quarto », 1997.

Études

BERCHET, Jean-Claude, *Chateaubriand*, Gallimard, 1994.

COMPAGNON, Antoine, *Les Antimodernes. De Joseph de Maistre à Roland Barthes*, Gallimard, 2005.

FUMAROLI, Marc, *Chateaubriand. Poésie et Terreur*, Gallimard, coll. « Tel », 2003.

MAUROIS, André, *René ou la vie de Chateaubriand*, Grasset, coll. « Les Cahiers rouges », 2005.

ORMESSON, Jean D', *Album Chateaubriand*, Gallimard, coll. « Bibliothèque de la Pléiade », 1988.

16

MADAME BOVARY
de Gustave Flaubert
(1857)

par Catherine VIGOURT

En 1857, Flaubert sort, avec Madame Bovary, *non seulement son premier ouvrage publié, mais aussi un chef-d'œuvre à la postérité inusable. Le roman impose sa beauté paradoxale, celle d'une œuvre fiévreuse où pourtant rien ne se passe, croit-on, sinon la banalité des rêves et l'ennui des provinces. Scandale d'un livre traîné au tribunal pour outrage aux bonnes mœurs, où se juge aussi un nouveau rapport au monde : Flaubert, champion du réalisme, fossoyeur du romantisme, apôtre de la modernité ? Il est surtout l'« homme-plume » avalé par l'écriture durant près de cinq ans d'un travail passionné que sa correspondance nous permet de suivre pas à pas comme si l'œuvre s'écrivait à côté de nous.*

Une nuit de décembre 1853

Cette nuit d'hiver, Flaubert écrit à Louise Colet tandis que, sous les fenêtres de Croisset, passe le fleuve noir de la Seine. Il est fort tard, ce pourrait être le matin, il ne sait plus trop, les heures n'ont pas les mêmes minutes quand il a, comme aujourd'hui, « pioché sa Bovary ». Pour se délasser l'esprit, il écrit donc à Louise, sa fougueuse « Muse » des années 1846-1848, quittée puis retrouvée, non sans tumulte, en juillet 1851. Il lui écrit, griffant le papier et fumant en sapeur, et quand il se lève pour se rôtir à la cheminée, il envoie aux murs une ombre increvable. Cette nuit de décembre 1853, il n'est pourtant qu'un trentenaire nerveux qu'un long voyage en Orient a tanné, qui se plaint de « devenir bedaine », qu'une calvitie naissante accable et que mine dans l'ombre une syphilis contractée dans un bordel à Beyrouth. Les splendeurs des déserts n'ont pas éclipsé des deuils prématurés et successifs qui le livrent à une fréquente mélancolie[1]. Autant dire que notre homme n'a déjà plus grand-chose à voir avec le colosse prometteur des plus jeunes années, alors qu'il lui reste le plus éprouvant à accomplir : devenir Flaubert, et le rester.

Cette nuit d'hiver pourrait pourtant se vivre dans une bienvenue liberté. Depuis la soudaine épilepsie qui l'a saisi neuf ans plus tôt dans un fiacre sur la route de Pont-L'Évêque, Flaubert est gracié de toute obligation, délivré des études de droit et de tout souci matériel. Son médecin de père l'a expédié avec « sa pauvre vieille mère » sur les rives rouennaises : commence ce que Roland Barthes appellera « la séquestration flaubertienne », à peine suspendue par quelques escapades parisiennes. Tout ce loisir peut être consacré à l'écriture, qui devient le travail unique. Cependant, rien n'est donné : la blessure reste cuisante après *La Tentation de saint Antoine* lue avec ferveur à ses amis jusqu'au célèbre verdict à la trente-deuxième heure : « Nous pensons qu'il faut jeter cela au feu et n'en jamais reparler[2]. » Trop de lyrisme et d'emphase, de fastidieuses exaltations... Un échec qui n'a pas manqué de raviver un camouflet antérieur quand, ayant lu quelques pages de la *Première Éducation sentimentale* à son père, le jeune Gustave l'avait vu s'assoupir dès les premières lignes.

Cette absence d'encouragement littéraire affecte d'autant plus Flaubert qu'il en est jugé responsable par l'interlocuteur

1. Mort du père le 15 janvier 1846, de sa sœur Caroline en mars de la même année, et du grand ami Alfred Le Poittevin en avril 1848.
2. Maxime Du Camp, *Souvenirs littéraires*, 1882.

précieux des premiers projets, Maxime Du Camp. Maxime, le compagnon des pyramides[3] devenu brillant codirecteur de *La Revue de Paris*, un temps camarade d'écriture aussi, car ils s'étaient partagé le récit de leur voyage breton, *Par les champs et les grèves*[4]. Il reproche à son ami sa réclusion campagnarde : a-t-on idée de fuir ce qu'il appelle « l'escrime de la vie » et de subsister en sauvage au lieu de « se placer » ? Comment pourrait-il admettre le manque d'ambition et d'entregent de Flaubert, lui si avide des marques de gloire, déjà officier de la Légion d'honneur, auteur remarqué de souvenirs de voyages et pionnier mondain de la photographie moderne ? Le 26 juin 1852, Gustave, attelé à sa *Bovary*, prend le temps de riposter dans ce qui sonne comme un manifeste personnel : « Tous ces mots, *se dépêcher, c'est le moment, il est temps, place prise, se poser* et *hors la loi* sont pour moi un vocabulaire vide de sens. *Arriver ?* – à quoi ? – [...] Être connu n'est pas ma principale affaire. Le succès me paraît être un résultat et non pas le but. [...] Que je crève comme un chien plutôt que de hâter d'une seconde ma phrase qui n'est pas mûre. » Il tiendra sa ligne, et cette fracture entre les deux hommes sera rouverte à la publication de *Madame Bovary*.

L'amour fournirait-il à notre Flaubert de cet hiver 1853 des joies dont l'amitié, si passionnée chez lui, s'est montrée plus économe ? Depuis son retour d'Orient, la flamme s'est ranimée pour sa « Muse », mais l'écrivain la combat, redoutant une emprise qui le détournerait de l'écriture. Depuis des mois, Louise le poursuit, et l'impatience le gagne : « Oui, je voudrais que vous ne m'aimiez pas et que vous ne m'eussiez jamais connu [...] ne m'en demandez pas plus, j'ai mon roman à écrire[5] ! » Puis, à vrai

3. Grand voyageur, Maxime Du Camp rédige de nombreux essais sur ses expéditions en Orient : *Souvenirs et paysages d'Orient* (1848), *Égypte, Nubie, Palestine, Syrie* (1852), *Le Nil, ou Lettres sur l'Égypte et la Nubie* (1854). Flaubert l'accompagne dans certains de ses périples.

4. Les chapitres pairs de Du Camp paraîtront en 1852, dans *La Revue de Paris*, ceux de Flaubert, impairs, à titre posthume, à partir de 1881.

5. Lettre à Louise Colet, 23 octobre 1851.

dire, même avec sa maîtresse, rien ne lui est donné : poétesse d'une belle notoriété, la grande amoureuse écrit pièces et vers, demande et obtient conseils et corrections, d'où entre eux des navigations tempétueuses jusqu'à la cale sèche de la rupture, par un billet cinglant qu'il lui adressera un printemps prochain.

Les années de travail

Mais cette nuit d'hiver à Croisset, c'est donc un Flaubert heureux qui écrit à sa « chère Muse » : « N'importe, bien ou mal, c'est une chose délicieuse que d'écrire ! que de ne plus être soi, mais de circuler dans toute la création dont on parle. » Un rare bonheur dans ce pensum dont il se plaint souvent et qu'il s'inflige depuis deux ans : ses amis Bouilhet et Du Camp lui ont recommandé de prendre un sujet « terre à terre » emprunté à la tranquillité provinciale pour se purger de tout lyrisme excessif. Flaubert s'est plié à la discipline en s'inspirant d'un fait divers : la trame lui en est fournie par la triste fin d'un ancien élève de son père, Delamare, officier de santé en Normandie, mort de chagrin après que son épouse adultère se fut empoisonnée. Flaubert étoffe et dépasse l'anecdote, souffre et ahane dans des plans successifs en travaillant contre sa nature expansive : « Dans *Saint Antoine*, j'étais chez moi. Ici, je suis chez le voisin. Aussi je n'y trouve aucune commodité », écrit-il à Louise en juin 1852. Une fois la structure inventée et le détail limé au plus près, l'alchimiste cherche à conférer de la justesse à la voix, épiant les répétitions échappées sous la plume, les images outrageusement filées, le plus mince défaut de rythme éprouvé physiquement – avant d'enchaîner copie, recopiage, nouvelle mise à l'épreuve.

Il faudra plus de cinq ans de travail, trois mille huit cent trente et un feuillets noircis, quatre à cinq jours par page imprimée, dix pages de brouillon pour chaque version finale d'un manuscrit documenté et préparé, pesé, repris, coupé, corrigé, passé au « gueuloir » sous les tilleuls, traqué chaque dimanche par l'oreille scalpel de Bouilhet... Mais, pour l'heure, restons encore derrière les volets de cette nuit du 23 décembre 1853 dans le silence de Croisset : « Homme et femme tout ensemble, amant et maîtresse à la fois, je me suis promené à cheval dans une forêt, par un après-midi d'automne, sous des feuilles jaunes, et j'étais les chevaux, les feuilles, le vent, les paroles qu'ils se disaient et le soleil rouge... »

C'est que l'auteur vient de franchir un cap périlleux, poussant Emma dans les bras de Rodolphe lors d'une promenade en forêt (chapitre IX de la deuxième partie). La dilatation du moi qu'il confie à Louise est celle-là même qu'il prête à son héroïne : une fois le paragraphe clos par un elliptique « elle s'abandonna », le trouble s'exprime sans se dire, par une captation intense du monde hors des limites ordinaires. Rien n'est sexuel dans cette scène que Flaubert appelle pourtant « la baisade », ou plutôt tout l'est. Travelling arrière sur « les ombres du soir », « le soleil horizontal, passant entre les branches », le tremblement des « taches lumineuses », jusqu'à cette puissante approximation finale : « Quelque chose de doux semblait sortir des arbres. » Alors que dans les notes de travail – aux phrases nominales et au vocabulaire cru – Flaubert s'en tenait au point de vue de Rodolphe, voilà qu'il se glisse avec une extraordinaire fluidité dans tous les éléments du récit, comme Emma, qu'un élargissement sensuel arrache temporairement à son étroitesse. Lui qui ne jure que par l'impersonnalité[6], le voici jonglant en maître dans les subjectivités successives, enterrant au passage le surplomb narratif de Balzac, bien qu'il s'en réclame encore dans le sous-titre souvent négligé du roman, *Madame Bovary, mœurs de province*.

Si les étreintes écrites ont leur volupté, il arrive qu'elles aient un prix à payer. En mars 1855, Flaubert poussera cette fois Emma dans les bras du pâle Léon : c'est la fameuse scène du fiacre

6. « L'auteur, dans son œuvre, doit être, comme Dieu dans l'univers, présent partout et visible nulle part », écrit-il à Louise Colet le 9 décembre 1852.

traversant Rouen tous rideaux descendus[7]. Deuxième chute qui rejoindra la première au procès intenté à Flaubert pour « offenses à la morale publique et à la religion ». Ces deux scènes, si différentes dans le cadre et le ton, valent d'être rapprochées, non pas tant en regard d'une impudeur certes notoire pour l'époque, que pour leur troublante similitude qui fit son effet dévastateur. Elles sont en effet calquées sur le même parcours tragique : Emma s'enlise dans un quotidien sans saveur (le village de Tostes avec Rodolphe, le bourg de Yonville avec Léon) jusqu'au moment où un temps fort et un lieu d'exception ouvrent les horizons imaginaires (le bal à la Vaubyessard, la représentation de *Lucia di Lammermoor* à l'opéra de Rouen). L'amant offre l'occasion d'une complicité à l'écart de la médiocrité collective (lors des comices agricoles pour l'un, d'une visite de la cathédrale pour l'autre). Même dénouement : l'amour consommé laisse place à la solitude et aux dettes. Emma se jette cette fois dans la mort – brisée par ce « monde où l'action n'est pas la sœur du rêve », pour reprendre les mots de Baudelaire dans *Les Fleurs du mal* – précipitant le bon Charles dans la sienne.

L'épisode du fiacre a certes choqué la morale bourgeoise, cette lascivité ambulante défiant les passants du second Empire, mais ce qui a sidéré les contemporains, et nous-mêmes encore, c'est surtout que Flaubert ait osé montrer l'exultation provisoire d'une petite-bourgeoise de campagne qui préféra quitter la scène. Une femme désireuse d'aimer comme on aime dans ses piètres lectures romanesques, une femme incapable de se satisfaire d'un gentil mari dont la conversation est « plate comme un trottoir de rue ». Qu'il ait pu montrer l'échec d'une rêveuse ruinant sa famille dans une frénésie de consommation compensatrice, « *fashion* victime » avant l'heure – mauvaise épouse et mauvaise mère au rebours des épitaphes de l'époque. Qu'à travers Emma, ses désespoirs et ses ridicules, le roman gifle une société qui berce les filles de niaiseries bien-pensantes mais n'oublie pas de célébrer le boursouflé Homais, pourtant

7. *Madame Bovary*, premier chapitre de la troisième partie.

médiocre et sournois, par cette « croix d'honneur » qui épingle cruellement la fin du récit.

Un Flaubert peut en cacher un autre

Il y a bien un genre de férocité chez Flaubert : il renvoie dos à dos le sentimentalisme stéréotypé d'Emma et le rationalisme grotesque d'Homais. Pour un arbitrage par la transcendance, on ne comptera pas sur l'abbé Bournisien[8], au discours inhabité, aux sacrements gesticulés, que la grâce n'a jamais touché. Ironie encore dans le choix des noms, par un auteur passionné d'onomastique : Bovary le bovin, Emma qui aima bien sûr, Homais qui croit incarner le meilleur de l'Homme, jusqu'au banal Léon Dupuis, qui restera « bovin » lui aussi en épousant une demoiselle Lebœuf, et que dire encore du marchand Lheureux qui fait si bien le malheur de l'héroïne ? Cette ironie ravageuse perturbe aussi la position du lecteur par une énonciation flottante, entre un « nous » initial vite envolé et ce « on » qui ne renvoie jamais aux mêmes personnages. L'auteur prétendument absent pointe parfois une tête soudain, dans la description des comices agricoles par exemple. À peine est-on saisi d'empathie pour Catherine Leroux, la vieille servante dévouée qu'on récompense, qu'il nous prend en traître en décochant ce terrible trait final : « Ainsi se tenait, devant ces bourgeois épanouis, ce demi-siècle de servitude[9]. »

Enfin, le fameux style indirect libre dont Flaubert joue en maître n'est-il pas une manière de ruser avec la parole par un discours ambigu qui n'est pas tout à fait récit et plus tout à fait dialogue ? Ainsi dans la scène du grenier, quand Emma, sous le choc de la lettre de rupture qu'elle a reçue de Rodolphe, entend la servante l'appeler pour le dîner : « Et il fallut descendre ! il

8. Ce personnage plus vrai que nature permet à l'écrivain de brosser le portrait type d'un curé de campagne à l'esprit obtus.

9. Ce portrait se situe au chapitre VIII de la deuxième partie.

fallut se mettre à table[10] ! » Qui s'exclame ici ? À la fois Emma, soulevée par le rejet d'une obligation devenue insoutenable, l'auteur, dissimulé derrière la tournure impersonnelle... et peut-être bien nous-mêmes, lecteurs, terrassés que nous sommes par le calvaire de la malheureuse livrée aux faux-semblants d'une terne existence villageoise.

Ironie suprême enfin, celle de la composition. Flaubert est attaché aux effets de structure, pensant chaque page dans la totalité du texte : « Enfiler une perle sans en perdre une seule et toujours tenir son fil de l'autre main, voilà la malice », écrit-il à Louise Colet[11]. Il fait de la disposition grinçante une arme redoutable : ainsi nous met-il d'abord à la table de Rodolphe fignolant sa lettre de rupture à grand renfort de grandiloquence (« Pourquoi étiez-vous si belle ? Est-ce ma faute ? Ô mon Dieu ! non, non, n'en accusez que la fatalité ! ») pour mieux souligner la vanité du personnage par le brusque retour à la ligne d'un monologue intérieur : « Voilà un mot qui fait toujours de l'effet, se dit-il. » Le tir à bout portant ne suffit pas : ce mot de « fatalité » avancé par Rodolphe opère un retour mortel au dénouement quand Charles, brisé par le suicide d'Emma et la révélation posthume de l'adultère, dira à l'ingrat qu'il ne lui en veut plus : « C'est la faute de la fatalité ! » Chez Flaubert, le mot juste atteint son but à courte portée comme à distance, et c'est le lecteur qui s'en trouve frappé à coup sûr, amené à sentir autrement, sans bien savoir ce qu'il lui faut tout à fait penser, laissé à la confusion désenchantée des choses autant qu'à la perplexité de son propre regard. L'époque n'allait pas endurer ce dérangement sans rechigner : en ce sens, le procès intenté à *Madame Bovary* est une riposte à la hauteur de l'offense.

Cependant demeure la tendresse de Gustave qui irrigue le roman comme malgré lui. Tendresse des personnages et tendresse pour les personnages. Quand Charles découvre chez sa femme les convulsions de l'empoisonnement, il la regarde « avec

10. *Madame Bovary*, chapitre XIII de la deuxième partie.
11. Lettre à Louise Colet, 26 août 1853.

des yeux d'une tendresse comme elle n'en avait jamais vu » : rendons justice à ce benêt placide, aussi sincère que malchanceux, qui mettra une noblesse insoupçonnée à mourir de chagrin. Tendresse encore quand Hippolyte, le garçon d'écurie boiteux et moqué, fait les frais d'une opération manquée, passant, par l'incompétence de Charles, du pied bot au martyre de l'amputation. Tendresse pour la « demoiselle Bovary », la petite Berthe privée de famille et d'avenir, envoyée « gagner sa vie dans une filature de coton ». Tendresse encore pour un dernier sacrifié, moins spectaculaire et néanmoins inoubliable, le jeune Justin, le commis rudoyé du pharmacien Homais. Amoureux transi d'Emma, il ne sait pas lui refuser la clé du « capharnaüm » où elle puisera à pleines mains l'arsenic. Flaubert choisit de refermer le dixième chapitre sur Justin, le dernier des justes, en pleurs sur la tombe d'Emma, « sous la pression d'un regret immense, plus doux que la lune et plus insondable que la nuit ». Férocité et tendresse jusque dans cette scène, car le sacristain et fossoyeur Lestiboudois, venu chercher sa bêche, reconnaît le garçon et, incapable dans sa mesquinerie de concevoir ce qui se joue, croit tenir son voleur de pommes de terre. Tendresse et férocité se mêlent souvent dans une même page, une seule phrase parfois, sans le prisme unificateur d'une idéologie ou d'une religion. Voilà ce que reflètent ces « deux bonshommes distincts » que Flaubert disait porter en lui : l'expansif qui cherche les envols sensibles et l'acharné « fouillant le vrai » sans faiblir.

Madame Bovary, est-ce lui ?

Attention : à peine constate-t-on cette double présence qu'un refrain surgit, une de ces « idées reçues » dont l'auteur se serait sans doute amusé : « Madame Bovary, c'est moi » – formule qu'il n'a jamais écrite, mais qu'on lui prête avec constance. Flaubert s'est pourtant défendu auprès de nombreux témoins et correspondants de la moindre projection personnelle dans une héroïne dont il revendiquait la nature fictive et un caractère bien loin de ses prédilections. Il s'agit, bien sûr, d'une infiltration beaucoup plus subtile : Flaubert situe son œuvre dans une Normandie d'où il est originaire et qu'il connaît par cœur ; l'empreinte médicale majeure du roman doit beaucoup à son chirurgien de père et à son docteur de frère (réalisme effectif pour Charles, médecin de campagne, et dans les scènes physiologiques, d'une exactitude confondante, que constituent l'opération du pied bot et l'empoisonnement à l'arsenic). Le romancier s'inspire au plus près de certaines de ses expériences pour exprimer les sensations de sa créature : l'exemple le plus saisissant étant, au chapitre VIII de la dernière partie, la quasi-hallucination d'Emma aux abois, courant vers son suicide après que Rodolphe lui a refusé son aide. L'angoisse explose alors dans « les mille pièces d'un feu d'artifice », « des globules couleur de feu » qui « éclataient dans l'air comme des balles fulminantes » : comment ne pas penser aux symptômes des crises d'épilepsie qui terrassèrent le jeune Gustave de 1844 ?

C'est dans cette articulation d'une impersonnalité proclamée et d'une nappe autobiographique souterraine que Flaubert nous dérange encore, se rendant invisible sans l'être tout à fait, circulant partout comme chez lui. Il s'en expliquera le 18 mars 1857 à Mlle Leroyer de Chantepie, écrivaine républicaine, en évoquant l'artiste « comme Dieu dans la création, invisible et tout-puissant : qu'on le sente partout, mais qu'on ne le voie pas ». Il conjugue une insolence imaginative et une rigueur à métamorphoser la matière et à s'y abolir dans une lecture du monde et, mieux, dans son écriture : c'est l'invention du style, cette « manière absolue de voir les choses[12] ».

Le procès et l'impossible réparation

Crème de la magistrature, le procureur impérial Pinard voulait que fussent infligés à Flaubert deux ans de prison. S'il réussira

12. Lettre à Louise Colet, 16 février 1852.

quelques mois plus tard à faire condamner le Baudelaire des *Fleurs du mal*, mal défendu et d'une famille moins éminente, il devra ici se contenter de prononcer un blâme sévère, sans pouvoir empêcher l'acquittement en février 1857. Ni le succès public de l'œuvre, mesurable à la bonne trentaine d'articles publiés en deux ans et à l'appui notoire des quatre écrivains cardinaux du temps : Sainte-Beuve, Baudelaire, Barbey d'Aurevilly et George Sand. Il ne pourra interdire les nombreux tirages du roman, la réintégration des pages dont *La Revue de Paris* avait demandé la suppression lors de la parution initiale en feuilleton : six livraisons au dernier trimestre 1856, pour lesquelles Du Camp avait exigé l'élagage de nombreux passages jugés longs, inutiles et, bien qu'il ne l'avouât pas, moralement sensibles. On alla jusqu'à proposer les services d'un correcteur professionnel à un Flaubert aussi pantelant que résistant, frais déduits de ses droits d'auteur. Marie-Hélène Lafon, grande flaubertienne s'il en est, ne manque pas d'étriller Du Camp, « une sorte de monsieur Homais des officines littéraires, un meneur de revue, un homme qui lève la jambe dans les Salons, un homme de lettres plus qu'un écrivain[13] ». La touche est violente, mais qu'on repense à l'ébahissement de Gustave recevant de Maxime ces prétendus conseils « d'ami » : « Laisse-nous *maîtres* de ton roman [...] si tu ne fais pas cela, tu te compromets absolument et tu débutes par une œuvre embrouillée à laquelle le style ne suffit pas pour donner de l'intérêt[14]. » Et Flaubert d'annoter en marge : « Gigantesque ! »

Dans l'édition d'avril 1857 chez Michel Lévy, le roman aura repris sa forme première. Quand il confiera une nouvelle édition à Charpentier en 1874, dite « édition définitive », il tiendra à y joindre les pièces du dossier pénal. En veillant ainsi à une reconstitution de l'œuvre qui est aussi une réhabilitation de soi-même, Flaubert règle ses comptes avec un Maxime Du Camp qu'il a aimé sans en être tout à fait compris, et à travers lui à

13. Marie-Hélène Lafon, *Flaubert*, Buchet-Chastel.
14. Lettre de Maxime Du Camp à Flaubert, 14 juillet 1856.

la puissance d'une bourgeoisie à laquelle il appartient sans en partager les ambitions. Rendre à son texte la forme voulue, pour un auteur d'une si extrême précision, aura sans nul doute constitué l'acquittement de bien des peines.

Triomphe donc, consécration, réparation ? Pas si simple. Trois jours après le verdict, Flaubert confie à Louise Pradier la « courbature physique et morale » qu'il garde de cette affaire : « Ce tapage autour de mon premier livre me semble tellement étranger à l'Art qu'il me dégoûte et m'étourdit. Combien je regrette le mutisme de poisson où je m'étais tenu jusqu'alors. [...] Malgré l'acquittement, je n'en reste pas moins à l'état d'auteur suspect – Médiocre gloire ! [...] Je ne vais pas tarder à m'en retourner dans ma maison des champs, loin des humains – comme on dit en tragédie – et là je tâcherai de mettre de nouvelles cordes à ma pauvre guitare[15]. »

Heureusement pour nous, il restait à Flaubert encore bien des musiques à nous offrir. Sa force transformatrice, passée au double feu des épreuves et du succès, va poursuivre son travail : le choc oriental s'instillera bientôt dans *Salammbô*, l'adieu à la jeunesse dans *L'Éducation sentimentale*, la satire antibourgeoise animant le *Dictionnaire des idées reçues* et le dialogue de *Bouvard et Pécuchet* qui fait lui-même écho aux platitudes ampoulées d'Homais. On retrouvera des échos du « demi-siècle de servitude » dans la magnifique Félicité pleurant son perroquet dans *Un cœur simple*. Quant à *La Tentation de saint Antoine* qui lui avait tant coûté, dont l'impasse initiale a ouvert la voie à *Madame Bovary*, l'écrivain la reprendra à deux reprises avant de la publier près de vingt ans plus tard.

Au fond, Flaubert, dans sa fascinante ténacité imaginative, n'a jamais fini de traduire son monde, et nous, avec lui, d'interroger le nôtre sans le confort des certitudes car – il le disait déjà au fidèle Bouilhet en 1850 : « La bêtise consiste à vouloir conclure, contentons-nous du tableau ; c'est aussi bon. »

---

15. Lettre à Louise Pradier, 10 février 1857.

Bibliographie sélective

Éditions de référence

Madame Bovary, chez Michel Lévy frères, 2 vol. in-12, 1857.
Madame Bovary, *Œuvres*, édition de René Dumesnil et Albert Thibaudet, Gallimard, coll. « Bibliothèque de la Pléiade », tome 1, 1936.
Madame Bovary, sous la direction de Gisèle Séginger, Garnier-Flammarion, 2018.

Études

BARTHES, Roland, « Flaubert et la phrase », *Nouveaux essais critiques*, Le Seuil, 1967.
BIASI, Pierre-Marc DE, *Gustave Flaubert, une manière spéciale de vivre*, Grasset, 2009.
VARGAS LLOSA, Mario, *L'Orgie perpétuelle. Flaubert et* Madame Bovary, Gallimard, coll. « Du monde entier », 1978.
WINOCK, Michel, *Flaubert*, Gallimard, coll. « Biographies NRF », 2013.

Deux titres à distinguer par leur forme et leur singularité :
LAFON, Marie-Hélène, *Flaubert*, Buchet-Chastel, coll. « Les auteurs de ma vie », 2018, (choix d'extraits présentés par l'auteure).
MICHON, Pierre, le deuxième texte dans *Corps du roi*, Verdier, 2002.

On rappellera qu'outre les nombreuses éditions partielles ou intégrales de la *Correspondance*, l'université de Rouen met gracieusement en ligne les 4 450 lettres de Flaubert dans une remarquable édition électronique dirigée par Yvan Leclerc et Danielle Girard.

17

Les Misérables
de Victor Hugo
(1862)

par Jean-François Kahn

Les Misérables *sont un roman-fleuve, à l'image du siècle démiurgique, romantique et démocratique dont Hugo fut le prophète et demeure l'emblème. Roman riche, interminable, « énaurme », pour lequel on pourrait multiplier les superlatifs et qui, à l'instar encore de son auteur, conjugue les paradoxes, à commencer par le grand écart entre l'universalité de son titre et les méandres de sa rédaction. Succès immédiat, immense, sans cesse réédité, adapté, filmé, il est pourtant rarement lu de bout en bout. Son histoire, méconnue, est un roman à part entière.*

Il serait instructif de faire l'expérience : envoyer le manuscrit des *Misérables*, en changeant les noms des protagonistes, à plusieurs maisons d'édition. La plupart le refuseraient. La raison, outre la longueur ? Incohérent, hirsute, invraisemblable, grandiloquent, ne retient pas l'attention du lecteur, va dans tous les sens. Et, gros pruneau sur l'énorme citrouille : populiste !

Mais surtout, surtout, ce qui découragerait tout arbitre éprouvé des élégances romanesques, ce seraient les digressions ! Ah, les digressions, parenthèses interminables, diversions-fleuves, affluents dans l'affluent, surgissement de Mississippi inopinés : du Eugène Sue subverti, ici, par une variation sur le thème du

Cantique des Cantiques, et là par un petit traité d'économie distributive. L'Évangile selon saint Vincent de Paul enlacé dans l'utopie selon Charles Fourier ou Étienne Cabet ; un dégagement encyclopédique inséré dans les replis d'un roman de gare, la lenteur de « l'école des Buttes-Chaumont » débranchant la rythmique électrisante de *L'Arme fatale II*, une enquête de *Détective* coincée entre une indignation à la Jean-Luc Mélenchon et un aparté humoristico-sociologique à la Edgar Morin, deux anecdotes croustillantes-vibrionnantes au milieu d'un aparté digne de *La Revue de métaphysique et de morale*. Haletant, on attend un dénouement et, patatras, la suite au prochain numéro parce que l'auteur a entrepris une croisière au grand large.

Voilà Jean Valjean, le héros, qui s'est échappé deux fois du bagne, repéré, pourchassé, traqué, cerné par la police (toujours incarnée par Javert)... qui parvient de nouveau à se dérober à ses poursuivants en franchissant le mur d'un couvent, « le Petit Picpus ». Et alors ? On attend. On n'en peut plus. Les sœurs vont-elles le livrer, la police envahir le saint lieu ? Il faudra patienter. Hugo, à cet instant précis, décrit en effet, au jour le jour, la vie quotidienne dans ce couvent et développe un vaste panoramique sur la vie monastique en général, l'agencement des lieux et la spiritualité des nonnes. Un livre dans le livre.

De toute façon, coup de veine inouïe, le jardinier du couvent est un homme auquel Jean Valjean, quand il se dissimulait sous la stature honorable de monsieur Madeleine, industriel et maire de Montreuil-sur-Mer, a sauvé la vie. « Comme c'est étrange, comme c'est bizarre, sublime coïncidence », aurait dit Ionesco.

Pourquoi, donc, ne pas se faire engager, belle couverture, comme jardinier adjoint ? Encore faut-il pouvoir sortir du couvent où Valjean est censé ne pas se trouver, pour y entrer de nouveau, mais, cette fois, en s'y trouvant. Comment fait-il ? Pour sortir, il se fait passer pour le frère du jardinier et, pour entrer de nouveau, il prend la place d'une religieuse morte et se fait enterrer dans son cercueil... Puis, hop, il ressurgit pour se présenter à la mère supérieure. Sauvé !

Alexandre Dumas, Eugène Sue, Ponson du Terrail et Zévaco, enfoncés.

Coïncidences ? Lorsque Jean Valjean se retrouve embarqué dans une émeute républicaine, il retrouvera face à lui, qui ? Javert ! Le même Javert qui avait reconnu le forçat évadé qu'il fut.

Là encore, il lui sauve la vie, mais Javert, que cette générosité a rendu fou, se jettera dans la Seine.

Et, lorsque le même Valjean sauve, cette fois, Marius, blessé, qu'il emmènera sur son dos en passant par les égouts parisiens, qui croisera-t-il par hasard, toujours par hasard, dans « l'intestin de Léviathan » ? Thénardier ! Ce même Thénardier qui, toujours par hasard, a recueilli Cosette et est le père de Gavroche.

Ce sauvetage de Marius justifiera que rien ne nous soit épargné concernant les égouts de Paris, l'économie souterraine de ce cloaque, sa signification sociale, ses suintements, ses moisissures, ses grouillements, ses symboles, ses mystères…

Que l'affreux Thénardier fasse un séjour en prison, et cela nous vaut une saisissante description d'icelle, suivie d'une solide réflexion sur les limites et les ambiguïtés de la fonction carcérale. Mieux : ce Thénardier, jadis, détroussa le cadavre du colonel Pontmercy mort à la bataille de Waterloo… Or, ce Pontmercy (nous ferons connaissance de son père) n'était autre – hasard sublime ! – que le père de Marius qui est tombé amoureux de Cosette.

Cela nous vaudra quoi ? Une description en Cinémascope triple écran de la bataille de Waterloo (Hugo, pour s'en imprégner, s'est même installé sur place), cent pages, des dizaines de milliers de figurants et des milliers de chevaux et, digression dans la digression, dix pages, fulgurance en soi, sur ce « diadème » linguistique, le mot « merde » sorti de la bouche de Cambronne.

Je passe sur les longues incises concernant le socialisme ou la politique sociale de l'Église !

On aura, j'espère, compris mon propos. Je considère *Les Misérables* comme un chef-d'œuvre absolu. Justement parce qu'il ne ressemble à rien, parce qu'on n'a jamais osé faire ça et qu'on ne l'osera plus jamais ; parce que toutes les règles y sont transgressées ; parce que cette œuvre ne contient aucun des ingrédients qui permettent, d'ordinaire, de confectionner ce que les grands prêtres du bon goût appellent « un bon roman » ; parce que, en réalité, ce n'est même pas un roman, mais un monstre non identifiable, à la fois saga, feuilleton, récit d'aventures, mélodrame bourgeois, littérature populaire – ou populiste, si l'on préfère –, reportage, investigation, thèse, pamphlet, plaidoyer, poème, opéra ; parce que les échappées, les envolées, les dérivations, les détours, les débordements s'y entremêlent en un invraisemblable bazar où viendraient s'entasser méditations religieuses, réflexions philosophiques, visions sociologiques, éditoriaux politiques, analyses économiques, intuitions anthropologiques, enquêtes sociales, mais aussi intrigues policières, *love stories*, épopées révolutionnaires, comme si, dans une même marmite, on n'avait pas hésité à mélanger *Autant en emporte le vent*, *Le Comte de Monte-Cristo*, *Chéri Bibi*, *La Lutte des classes en France*, *La Vie de saint Vincent de Paul*, *Les Possédés* de Dostoïevski et *Les Prolégomènes à toute métaphysique future*. Avec, en prime, un guide touristique et le scénario d'une bande dessinée.

Genèse

C'est en 1845 que Victor Hugo a entrepris d'écrire, non *Les Misérables*, mais *Les Misères*, dont le héros s'appelait alors Jean Tréjean. Lui, l'invité d'honneur de tous les dîners en ville, l'hypernotable choyé par la bonne société, s'est mis, en matière littéraire, comme en retrait.

Il y a une raison à cela : victime, sur la demande d'un mari, d'un constat d'adultère, il s'est soustrait, passage Saint-Roch, à la police en enfilant, bien qu'à moitié à poil, son écharpe de membre de la Chambre des pairs, laissant sa conquête Léonie se faire embarquer, seule, pour la prison Saint-Lazare. Laquelle

Léonie enverra à Juliette Drouet, la maîtresse officielle, les lettres enflammées que le muscadin lui a écrites.

D'un côté rigolade générale, de l'autre tragédie intestine.

Pendant plusieurs semaines, il se dérobe aux regards. Que mijote-t-il ?

« Il travaille enfermé, confie Sainte-Beuve à son ami Pavie, à je ne sais quelle œuvre dont il espère que l'éclat couvrira l'autre. »

En ce mois de septembre 1845, en effet, il écrit les premières lignes de ce *Jean Tréjean* qui accoucheront, seize ans plus tard, des *Misérables*.

Brusque conversion à un militantisme socialisant ? Évidemment pas. Mais simple calcul : car si Hugo, en 1845, est un des trois ou quatre hommes de lettres les plus célèbres en France, si, en outre, il est un des mieux introduits dans la bonne et haute société, il est loin, très loin, d'être resté le plus populaire. Depuis *Ruy Blas* en 1838, il n'a rien produit qui ait réellement remué les foules. Les œuvres dont on parle, qui mobilisent la jeunesse, font rêver les jeunes filles et donnent à la petite bourgeoisie sa dose d'émotions fortes sont signées Frédéric Soulié, Eugène Sue, Alexandre Dumas.

Si, de 1844 à 1846, rien n'est sorti de la maison Hugo, de l'usine Dumas, en revanche, ont surgi coup sur coup *Les Trois Mousquetaires*, *Vingt ans après*, *La Reine Margot* et, surtout, *Le Comte de Monte-Cristo*.

Nul ne peut imaginer ce que fut l'impact de *Monte-Cristo*, le formidable engouement que ce roman provoqua.

Roman – le mot est d'ailleurs bien faible – : il faudrait, pour prendre aujourd'hui l'exacte dimension de ce phénomène, faire la synthèse des succès que peuvent remporter un film comme *Les Dents de la mer*, une bande dessinée à mi-chemin de *Tintin* et de *Corto Maltese*, une série télévisée comme *Dallas*, un essai comme le *Toujours plus* de François de Closets, un spectacle de Robert Hossein, un numéro particulièrement croustillant du *Canard enchaîné*, un libelle dénonçant une énorme erreur judiciaire et la publication d'un rapport confidentiel sur les perversions de la haute société. *Le Comte de Monte-Cristo* fut tout cela à la fois. Et d'autant plus qu'Alexandre Dumas, plus exactement la société Dumas & Co, avait fait construire, pour une somme fabuleuse, un immense théâtre historique spécialisé dans la mise en scène à grand spectacle de ses propres œuvres.

Encore la folie *Monte-Cristo* ne fut-elle rien comparée à la folie *Mystères de Paris* qui, elle-même, fut dépassée par l'invraisemblable vogue du *Juif errant* du même Eugène Sue.

Lorsque le très sérieux *Journal des débats* prit l'initiative de publier en feuilleton les fameux *Mystères de Paris*, la passion fut telle que, chaque matin, il y eut la queue devant l'imprimerie d'où sortaient les exemplaires de ce sobre quotidien qui ne provoquait d'ordinaire aucun enthousiasme particulier. Les lettres affluèrent qui exigeaient soit que l'on mît un terme au calvaire de Fleur-de-Marie, soit que l'on châtiât sur l'heure les ignobles méchants. Le ministre de l'Intérieur, M. Duchâtel, arrivant la mine sombre à son ministère un matin où le climat était à l'émeute, reconnut que ce n'était pas la situation politique tendue qui le mettait dans cet état, mais le fait que le personnage qui lui était le plus sympathique mourait dans les dernières livraisons du feuilleton d'Eugène Sue.

D'ailleurs, l'auteur ayant été menacé de la prison pour désertion de son poste à la Garde nationale, il menaça d'arrêter net la publication du feuilleton et fut aussitôt gracié. On eut peur d'une insurrection.

C'est d'une vogue à peine moindre que bénéficia Frédéric Soulié, lorsque parurent les huit volumes de ses *Mémoires du diable*, histoire larmoyante et terrifiante où se succédaient, dans un cyclone grand-guignolesque, vols, viols, violences de toutes sortes, adultères, enlèvements, assassinats, incestes, fratricides, parricides et autres réjouissances de la même eau.

Victor Hugo aussi avait connu, en 1831, avec *Notre-Dame de Paris*, *remake* de Walter Scott, son moment de gloire romanesque. Mais, depuis, l'inventeur de Quasimodo et de l'Esmeralda s'était laissé totalement déborder, marginaliser, enfoncer. Il n'était plus dans la course.

Faut-il ajouter qu'en un temps où le populisme moralisant coulait à flots, le fait d'être académicien et pair de France, donc doublement costumé en prince, ne jouait pas en sa faveur. C'est ainsi qu'après la nomination de Hugo, aux côtés d'Étienne Scribe, comme membre d'une commission pour la réorganisation du théâtre français, Frédéric Soulié avait écrit : « Il n'y a pas de vrais dramaturges dans cette commission. Qu'est-ce que Scribe ? Un académicien ! Qu'est-ce que Monsieur Hugo ? Un pair de France ! » Car, en effet, il était devenu vicomte et pair de France, ce qui était d'autant plus ridicule qu'il devait son « anoblissement » au roi-bourgeois Louis-Philippe.

Notre néovicomte à la mode de Bretagne, qui se sent largué, cherche donc le moyen de frapper l'opinion, de se refaire une vertu littéraire digne de l'époque d'*Hernani*. Et il pense à un roman, populaire bien sûr, qui irait relever, sur leur propre terrain, le défi que lui ont lancé les feuilletonistes à la mode. Il n'ignore pas que la vogue est maintenant au « social ». George Sand, convertie par le républicain avancé qu'est l'avocat Michel de Bourges, y va de ses romans socialisants : *Consuelo*, *Le Meunier d'Angibault* ; Michelet publie *Le Peuple*. Lamartine, presque totalement immergé dans la politique et que son talent oratoire transforme peu à peu en idole des foules, travaille à une grande réhabilitation de la Révolution française, Terreur montagnarde exclue. Le socialiste humaniste Louis Blanc a connu un immense succès de librairie avec son pamphlet anti-louis-philippard *Histoire de dix ans*. Même le *Voyage en Icarie*, du communiste chrétien Étienne Cabet, a rencontré la faveur du public.

S'être fait faire vicomte, dans un tel climat, relevait presque de la provocation. L'éditorialiste du *National*, le républicain modéré Armand Marrast, s'en était donné à cœur joie : « Notre poitrine s'est dilatée… nous ne le savions pas : il était vicomte ! » Et d'enfoncer un peu plus profondément sa plume en forme de dague.

Le chantre du *Sacre de Charles X* et de *La Colonne de la place Vendôme*, le poète qui a célébré les bienfaits de la légitimité et les nobles infortunes des peuples souffrants, la lyre qui a eu des accents pour toutes les puissances et quelquefois aussi des consolations pour les patriotiques douleurs, cet homme, enfin, qui a essayé sans y réussir à mettre d'accord des sentiments justes et des idées fausses avait déjà bien de la peine à faire excuser un premier ridicule. Il y a joint un autre. Victor Hugo est mort, vive le « noble » vicomte.

Il faut réagir. Hugo a donc décidé de faire *Les Misérables*. Non point, à l'origine, œuvre militante, engagée, subversive, mais simple moyen de se replacer dans la course en nouant entre eux tous les ingrédients qui font les succès du moment et en y ajoutant la formidable marque de fabrique « Victor Hugo ».

Encore ne suffit-il pas de vouloir créer pour créer. Le forçat des mots s'est remis au travail. Mais presque rien n'aboutit. *Jean Tréjean* n'avance pas. Il s'y remet au début de l'année 1847, puis l'arrête et le reprend.

Entre-temps, il a fait, dans l'indifférence générale, une première intervention à la Chambre des pairs consacrée aux « marques de fabrique », autrement dit à la protection des labels. Discours terne et ennuyeux. Mieux venue, sa harangue en faveur de la Pologne, tenue sous le knout de la Russie, a été fraîchement accueillie.

La présence de Hugo en ce lieu a, de toute façon, quelque chose d'affligeant. Daniel Stern, qui n'est autre que la comtesse Marie d'Agoult, autre star de la littérature populaire, égérie tenant salon et qui, ayant vécu un grand amour avec Franz Liszt, sera la mère de Cosima Wagner, l'épouse de Richard, Stern-d'Agoult donc, décrit le très distingué aréopage au sein duquel Hugo se prélasse « sous la présidence d'un homme dont le seul principe politique était de n'en avoir point, on voyait au Luxembourg la représentation solennelle de toutes les passions serviles et de toutes les palinodies. Abritant sous les mots vénérés de religion, famille, ordre et morale, les cupidités des moins respectables, sans élan, sans fierté, sans honneur politique, la Chambre des pairs demeurait imperturbable dans son inertie. Et s'il arrivait qu'une parole généreuse isolée s'égarât dans cette enceinte, elle n'obtenait des mieux disposés qu'un sourire de compassion ».

Hugo, donc, en fut.

Ce n'était d'ailleurs pas tout : il était également membre du Comité historique des arts et des monuments ; président de la Commission des acteurs dramatiques à la Société des gens de lettres ; membre de la Commission de réforme du théâtre français.

On n'en finirait pas d'aligner ses titres et responsabilités honorifiques.

Il était riche. Il achetait de la rente d'État. Il était magnifiquement logé 6, place Royale, future place des Vosges, dans l'ancien hôtel de Rohan-Guéméné. Il affectionnait un certain luxe, il recevait les grands de ce monde. Il dînait chez les ministres et les ambassadeurs. Il assistait aux concerts royaux donnés au palais des Tuileries, courait les bals des princes qui le traitaient en ami, entretenait de courtoises relations avec Louis-Philippe lui-même, qui ne dédaignait pas de le recevoir et de l'entretenir de ses souvenirs de jeunesse. Il était presque chez lui à la Cour, il en colportait les cancans, en connaissait les secrets d'alcôve, n'ignorait rien des dernières rumeurs concernant les familles royales de Russie et de Prusse. Certes, si le petit monde princier des Tuileries avait fait office de parlement, Hugo eût siégé sur les bancs de la gauche ou du centre gauche. Cela ne l'empêchait nullement de rejeter l'idée de république, du moins telle que l'entendaient les républicains, estimant que c'était « la guerre de ceux qui n'ont ni un sou, ni une idée, ni une vertu » contre quiconque dispose de l'une de ces trois choses. Et il récusait, dans la foulée, le suffrage universel, qui n'était concevable que « le jour où le peuple saurait lire ».

Plus tard, il écrira, à propos de sa propre évolution : « Toutes les approximations possibles ont tenté tour à tour et quelquefois trompé son esprit. Ses aberrations successives ont laissé des traces dans ses œuvres. Jamais cependant, dans tout ce qu'il a écrit [Ego Hugo parle de lui à la troisième personne], on ne trouvera une ligne contre la liberté. » Mais, pour l'heure, et pour l'essentiel, il n'a pas de la liberté une conception radicalement différente de celle que professe monsieur Guizot.

C'est vrai, cependant, qu'outre l'antiesclavagiste *Bug-Jargal*, écrit quand il était encore presque gamin, Hugo est l'auteur de ce chef-d'œuvre d'une modernité presque inconcevable à l'époque, cette nouvelle sans aucune graisse qui, au-delà du plaidoyer implacable contre la peine de mort, aborde pour la première fois en filigrane la question de l'homosexualité : *Claude Gueux* !

La métamorphose

En fait, Victor Hugo, brutalisé, blessé par l'explosion de la révolution de février 1848, cessera de travailler aux *Misères*. Certes, après un moment de flottement, de désarroi, élu député sur les listes de la droite conservatrice, il prononce un discours précisément sur la misère, mercuriale empreinte d'un paternalisme bien-pensant. « Prendre des mesures pour faire reculer la misère » : cela figurait en toutes lettres dans le programme du « parti de l'ordre ». Il est donc dans la ligne. Du moins, il le croit. La seule manière, explique-t-il, d'exorciser le spectre de la révolution et de faire reculer ce cauchemar qu'est le socialisme, c'est de se pencher sur le sort des plus pauvres. Et de citer, en particulier, le cas, non d'un prolétaire, mais d'un artiste « mort de faim ».

Or, surprise, c'est du rang de la droite, de son camp, que montent les murmures ironiques ou désapprobateurs. Éradiquer la misère ? Ce sont des choses qui peuvent s'écrire sur des affiches lors d'une campagne électorale, surtout au lendemain d'une révolution, mais de là à prétendre, comme on dit, « prendre des mesures à cet égard »… Restons sérieux ! De la misère, il y en a toujours eu, il y en aura toujours. Une des conséquences parmi d'autres du péché originel.

Hugo a fait rire ceux de son parti. Cette rebuffade va agir comme un déclic. Une libération.

Ses amis, devenus peu à peu ses ex-amis, appellent à une intervention militaire pour renverser la jeune République romaine et reconfier le pouvoir séculier et absolu au pape intégriste, Pie IX pour les intimes, qui, entre autres facéties, rétablira l'Inquisition. Cette fois, il rompt. Son ex-camp propose une loi, la loi Falloux, qui confie l'enseignement à l'Église. Il se cabre, monte à la tribune comme au front et prononce un retentissant discours de rejet du cléricalisme et de défense de la laïcité. La majorité conservatrice ratatine la liberté de la presse et rabote le suffrage universel : il se déchaîne. Rallie la république. Passe à gauche. Puis à l'extrême gauche. Se fait huer par les ex-siens lorsqu'il brandit l'étendard utopiste des États-Unis d'Europe. Il appelle à la résistance contre le coup d'État de Louis Napoléon. Paie de sa personne. Fuit à temps. Choisit l'exil. Vingt ans, lui le feu follet de toutes les mondanités, sur un rocher au milieu de l'océan. Devenu homme-phare en quelque sorte. Symbole de « l'autre France » auquel les progressistes du monde entier s'adressent, celle de la déclaration des Droits de l'homme, de Condorcet et de la *Marseillaise*. Garibaldi lui demande son *imprimatur*. Mais aussi les partisans mexicains de Juarez en lutte contre les troupes françaises, le président Lincoln, et même l'empereur du Brésil lorsqu'ils abolissent l'esclavage.

Et c'est alors à Guernesey qu'il reprend, qu'il élargit, qu'il « géantise », qu'il « sublimise » ces *Misères* devenues *Les Misérables*. Vallée, plaine, montagne et jungle à la fois. Non plus livre de charité, mais épopée du peuple. Dix volumes in-octavo qui paraîtront entre avril et juin 1862, négociés avec l'éditeur Albert Lacroix, avec, à la clé, une avance sur droits d'auteur plus que juteuse : 300 000 francs.

C'est un autre éditeur, Hetzel, farouchement républicain, qui l'avait convaincu de sortir *Les Misères* de la malle où il les avait reléguées pour se remettre à l'ouvrage. Proscrit, après avoir réglé son compte à l'empereur *bis* dans *Napoléon le Petit* (en prose) et *Les Châtiments* (en vers), il s'était comme immergé, enseveli dans la poésie pure : des centaines de milliers de vers déroulés jour après jour, dont la plupart ne paraîtront qu'après sa mort : *La Fin de Satan*, *Dieu*, *Les Contemplations*, *La Légende des siècles*...

Puis, à la fin de l'année 1859, comme autoconfiné dans la petite chambre-bureau qu'il s'est fait aménager au dernier étage de cette maison de Hauteville House où il est installé depuis quatre ans, espace dépouillé posé en contrepoint d'un lourd décor autofaçonné à sa gloire, offrant aperçu réel sur la mer et imaginé sur les côtes de France avec, en vue, la fenêtre au loin d'où Juliette Drouet lui fait signe, où il revisite son ancien manuscrit, réactive ses notes, dont celles, très précises, qui concernent l'argot populaire parisien, et, en deux ans de labeur harassant, levé à 6 heures du matin, transforme un devoir de rattrapage en un hymne gigantesque, non pas à la lutte des classes, mais à l'émancipation de classe et à la rédemption universelle. C'est à Waterloo que Hugo, fin 1861, fermera la dernière écluse de l'immense canal qui relie les deux fleuves de son existence.

Triomphe et postérité

Comment le livre est-il reçu en France ? L'hostilité des « confrères » tranche comme souvent avec le succès public.

Sainte-Beuve est accablé. Prosper Mérimée se bouche les yeux et les oreilles. Lamartine ne cache pas à quel point la lecture des *Misérables*, « cette épopée de la canaille », l'a horrifié. « La plus meurtrière et la plus terrible des passions à donner aux masses, écrit-il, c'est la passion de l'impossible. Ce qui fait ce livre dangereux pour le peuple, c'est l'erreur de l'économiste à côté de la charité du philosophe ; en un mot, c'est l'excès d'idéal, ou soi-disant tel, versé partout à plein bord, et versé à qui ? À la misère imméritée et quelques fois très méritée des classes inférieures ; idéal faux qui présente la société comme une marâtre sans entrailles qu'il faut haïr et logiquement détruire de fond en comble pour faire place à la société de Dieu. » Jean Valjean ? « Un bloc de vices incorrigibles, d'instincts ignobles et de brutalités féroces », dont on se demande comment il peut atteindre à « cette lumière intérieure parfaite, cette justesse infaillible qui surgissent tout à coup en lui comme la fleur sauvage du fumier ».

Quant aux quelques pages consacrées au mot « merde », lancé par Cambronne, elles ont fait défaillir le chantre des *Méditations*.

Flaubert note, plus prosaïquement, qu'il s'agit d'un ouvrage écrit pour « la crapule catholico-socialiste, pour la vermine philosophico-évangéliste ».

Au demeurant, s'interroge Proudhon, « où est la fabrique où l'on met à la porte une fille pour avoir eu un enfant illégitime ? ». Le théoricien socialiste, qui s'est, en 1851, rallié à l'Empire, ajoute : « C'est d'un bout à l'autre faux, outré, illogique, dénué de vraisemblable, dépourvu de sensibilité et de vrai sens moral. »

Baudelaire, évoquant un banquet réuni en l'honneur du proscrit de Guernesey et de la sortie des *Misérables*, expédiera, sous pseudonyme, une missive au *Figaro* dans laquelle il se déchaîne : « Selon les occurrences et le crescendo particulier de la bêtise chez les foules rassemblées en un seul lieu, on porta des toasts à Jean Valjean, à l'abolition de la peine de mort, à l'abolition de la misère, à la *Fraternité universelle*, à la diffusion des Lumières, au vrai Jésus-Christ, enfin, à toutes les stupidités propres à ce XIXe siècle où nous avons le fatigant bonheur de vivre. » On imagine, à la lecture de ces lignes, ce que pouvait ressentir le folliculaire conservateur ou réactionnaire ordinaire.

Les réactions journalistiques à la parution des *Misérables*, ouvrage pourtant gentiment réformiste (finalement, *L'homme qui rit* va beaucoup plus loin), en donnent la mesure. L'orléaniste Cuvillier-Fleury, dans *Le Journal des débats* : « M. Hugo n'a pas fait un traité socialiste. Il a fait une chose que nous savons par expérience beaucoup plus dangereuse, il a mis la réforme sociale dans le roman ; il lui a donné la vie qu'elle n'avait pas dans les fastidieux traités où s'étale obscurément sa doctrine. M. Victor Hugo est le plus grand démagogue de France ! »

L'oublié Eugène de Méricourt : « Une élucubration attentatoire à la sagesse, ennemie de la religion, pleine d'erreurs, entachée de mensonges, regorgeant de divagations scandaleuses, prêchant toutes sortes de méchantes utopies et proclamant une foule de systèmes coupables. »

Antoine Grenier, dans *Le Constitutionnel* : « Si les conclusions de ce livre étaient admises, rien de l'ordre social ne devrait rester debout. »

Enfin, l'ennemi Sainte-Beuve, dans une lettre à la princesse Mathilde : « On ne se doute pas de cela à Compiègne. Eh bien, la jeunesse qui lit ces choses s'enflamme. Elle accepte tous les grands mots à moitié vides, mais si sonores. Sont-ce là nos envahisseurs de demain ? » Encore ignorait-il que, selon un rapport de police, dans les usines et les ateliers, les plus éduqués faisaient publiquement une lecture du roman aux analphabètes, qui pleuraient à chaudes larmes.

En fait, la critique officielle est presque unanime : comme cela ne tient pas debout, cela ne tiendra pas le coup.

Or, plus d'un siècle et demi s'étant écoulé, quand il s'agit de découvrir le meilleur scénario possible pour un film en Cinémascope, une dramatique de télévision, une comédie musicale à Broadway, un opéra rock à Londres, stupeur, cela tient encore... Et le succès ne faiblit pas. L'équation réside en ce paradoxe : l'élite enterre, le peuple déterre. Ce que l'on rejette en haut, on le ramasse en bas. *Les Misérables* comme *Ruy Blas*.

Car le mystère, le grand mystère, est là : comment le livre le plus élitiste en réalité qui se puisse concevoir, rédigé dans un style pour bac + 4, plus baroquement étrange que du Robbe-Grillet, souvent plus professoral qu'un cours au Collège de France, est-il devenu, également, le plus populaire ?

C'est madame Gandhi, la Premier ministre de l'Inde assassinée, qui déclara un jour qu'elle avait découvert la misère... dans *Les Misérables* !

C'est Joseph Staline qui fut renvoyé du séminaire parce qu'il avait été surpris en train de les lire. Et lorsque l'unique maison d'édition de Gaza fut écrabouillée par un bombardement israélien, que découvrit-on ? Qu'après le Coran, son livre le plus vendu était *Les Misérables* de Victor Hugo traduits en arabe.

Qu'est-ce que Dieu, s'il existe ? Le créateur d'êtres vivants. Ainsi, les dieux de la littérature quand ils créèrent *Don Quichotte* ou *Robinson Crusoé*. Ils sont vivants. On peut les décrire. Comme si on les avait rencontrés.

Hugo, lui, dans *Les Misérables*, a créé Jean Valjean, Javert, Gavroche, les Thénardier. Et, désormais, eux aussi existent. On pourrait les rencontrer. On les rencontre toujours.

Un couple politique des Hauts-de-Seine défraie-t-il la chronique par ses agissements peu recommandables ? On les surnomme « les Thénardier ». Gavroche, sorti des entrailles de son éléphant de carton-pâte place de la Bastille, est partout là où, à tout âge, on est prêt à mourir pour la liberté. Lorsque, en 1871, une foule réactionnaire manifesta à Bruxelles devant le logement habité par Victor Hugo, elle criait « À mort Jean Valjean ! ».

Et, lors de l'enterrement monstre du grand homme, le 22 mai 1885, des prostituées venues de toute la France tinrent à être présentes et à s'offrir en son honneur. Pourquoi ? Parce qu'elles n'avaient pas oublié que la première des leurs présentée, non comme un déchet humain, mais comme une victime de l'oppression sociale, fut Fantine dans *Les Misérables*.

Les Misérables, dont le summum est les digressions !

Bibliographie sélective

Éditions de référence

Les Misérables, Paris, Pagnerre, et Bruxelles, chez Lacroix et Verboeckhoen, 1862, 10 vol. Nombreuses éditions critiques, dont celle de Gallimard, coll. « Bibliothèque de la Pléiade », parue en 2018.

Sur Hugo

BÉNICHOU, Paul, *Romantismes français*, Gallimard, coll. « Quarto », 2004, 2 vol.

HOVASSE, Jean-Marc, *Victor Hugo*, Fayard, 2001-2008, 2 vol. parus.

JUIN, Hubert, *Victor Hugo*, Flammarion, 1980-1986, 3 vol.

KAHN, Jean-François, *Victor Hugo, un révolutionnaire*, Fayard, coll. « Pluriel », 2018.

MAUROIS, André, *Olympio ou la vie de Victor Hugo*, Hachette, 1954.

18

VINGT MILLE LIEUES SOUS LES MERS

de Jules Verne (1870)

par Benoît HEIMERMANN

« Regarde de tous tes yeux, regarde... »

Jules Verne, *Michel Strogoff*
(épigraphe de *La Vie mode d'emploi*, de Georges Perec)

De tous les Voyages extraordinaires *contés par Jules Verne,* Vingt mille lieues sous les mers *est l'un des plus achevés, et surtout l'un des plus connus. D'abord proposé sous forme de feuilleton en 1869, il consacre la passion de l'auteur pour la mer, ses mystères et ses promesses, au gré des aventures du ténébreux capitaine Nemo et de son insaisissable* Nautilus. *Adapté plus de vingt fois au théâtre puis au cinéma, ce périple sous-marin est aussi, sans doute, le livre d'aventures le plus lu de la littérature française.*

Un petit exercice d'arithmétique maritime pour commencer. Sachant – entre autres subtilités – que le volume nécessaire au stockage du combustible d'un bateau est proportionnel au cube de sa longueur, quelles seront les dimensions globales dudit bateau invité à relier Londres à Calcutta sans sacrifier la moindre escale ? Au mitan du XIXe siècle, un ingénieur un rien illuminé ose une réponse instantanée : 211 mètres hors tout ; 36,50 mètres hors membre et 27 000 tonnes de déplacement, soit des mensurations globales six fois supérieures aux plus gigantesques envisagées jusqu'à ce jour ! Déjà auteur d'un tunnel sous la Tamise et d'un pont par-dessus, audacieux l'un et l'autre, Isambard Kingdon Brunel ne s'arrête pas en si bon chemin : toute affaire cessante, il dessine, entreprend et réalise le *Great Eastern*, mis à l'eau le 31 janvier 1858. La performance est si exceptionnelle qu'il faudra patienter pas moins de quarante ans pour qu'elle soit dépassée.

Jules Verne en a neuf de moins lorsqu'il découvre le mastodonte dans le bassin de radoub de Millwall où ses 30 000 tôles de 700 kg ont été assemblées en un temps record. Les superlatifs, l'auteur le plus prolixe de l'édition française les apprécie par-dessus tout. Il en a même fait son *momentum*, sa signature. En ces temps de positivisme absolu, il voit toujours plus grand, plus loin, plus inédit. Il a déjà bourlingué *Cinq semaines en ballon*, voyagé *Au centre de la Terre* et même envisagé un raid *De la Terre à la Lune*. Pour Verne, embarquer à bord du *Great Eastern*, celui « à qui l'eau sans borne (est) promise » (Victor Hugo), relève de l'absolue nécessité.

La genèse

L'opportunité se dessine en 1867. En avril, Jules et son frère Paul, marin de profession, sont parmi les premiers visiteurs de l'Exposition universelle, sixième du nom, qui ouvre ses portes au Champ-de-Mars à Paris. La galerie numéro six retient plus spécialement leur attention. Mise au point par le jeune Gustave Eiffel, cette structure infinie de 482 mètres entérine une fois pour toutes les vertus conjuguées de l'acier et de la légèreté. Quelques mois encore, et les mêmes choisissent de valider l'évidence à bord de l'inévitable *Great Eastern* le temps d'un aller-retour entre l'Angleterre et les États-Unis, entre l'Ancien Monde (qui leur tourne le dos) et le Nouveau (qui leur tend les bras).

La traversée est menée tambour battant. Pendant onze jours, le cadet de la fratrie se persuade des performances du transport qu'il emprunte, mais, plus encore, s'émerveille de l'univers qui l'entoure : « Non, la mer n'est pas que du chlorure de sodium, elle est un être vivant [...] et plus encore un aliment pour l'imagination. » Au fil des milles et des embruns, cet espace infini devient sa préoccupation prioritaire, le milieu rêvé, la « grande affaire » qui, bientôt, alimentera l'essentiel de son œuvre, elle aussi promise à des découvertes mirobolantes. Les exégètes ont fait leurs comptes : Verne a lancé à l'abordage de ses dix-huit romans ouvertement « maritimes » (sur les trente-cinq qu'il écrira au final) pas moins de deux cent cinquante-neuf bateaux, bricks, steamers, goélettes, canots, gabares, yachts, dont la plus que fameuse *Île flottante – sistership*, ou peu s'en faut, du fameux *Great Eastern* – mise à l'eau et publiée en 1871, quatre ans après son périple atlantique.

Connaissant la force de travail de Verne, on s'étonne qu'un pareil laps de temps lui ait été nécessaire pour écrire ce récit somme toute mineur. Preuve qu'il nourrissait en parallèle une idée plus ambitieuse – elle aussi échafaudée durant la mémorable traversée –, une épopée salée d'une tout autre ampleur, plus générique, plus généreuse, plus profonde (sans jeu de mots), susceptible de rendre compte de tous les aspects d'un territoire insondable, même si, tient-il à préciser au gré d'un aparté dont lui seul a le secret, celui-ci « équivaut (très précisément) à une masse de trois quintillions de tonneaux et à une surface de trois cents millions cent trente-deux mille cinq cent cinquante-huit myriamètres carrés ». Ce projet tautologique, encyclopédique, abyssal (sans jeu de mots, là encore), Verne l'affuble, dans un premier temps, d'un nom de code anodin (« Voyage sous les eaux »). Une manière de brouiller les pistes alors qu'il n'a peut-être jamais été aussi sûr de s'engager dans une aventure à ce point enthousiasmante, l'œuvre de son œuvre, qu'il consentira finalement à la rendre publique en mars 1869 à grand renfort d'outils promotionnels (affiches, annonces, etc.) sous le désormais célébrissime étendard de *Vingt mille lieues sous les mers*.

On ne naît pas à Nantes, sur l'île Feydeau, sans y subir quelques influences déterminantes. L'eau est bel et bien l'élément que l'écrivain en devenir découvre en priorité, liquide amniotique étendu jusqu'aux limites du fleuve et de l'océan à suivre. Là où il nourrit ses toutes premières envies de lointain, ses fugues initiales, ses ambitions littéraires les plus folles. S'il s'installe temporairement à Paris, c'est contraint, pour y démarrer ses études et y poursuivre ses universités. Mais, passé une première série de succès et la signature d'un contrat avantageux consenti par son éditeur Pierre-Jules Hetzel, Verne s'offre, dès 1865, un retour aux sources en même temps qu'une coquette résidence du côté du Crotoy où, à nouveau, les mouvements pendulaires de la mer rythment son quotidien. Sa communion avec les éléments est d'autant plus probante qu'il a acquis dans le même temps une chaloupe de neuf mètres dont il concède être amoureux « comme on l'est à vingt ans d'une première maîtresse ». Un « assemblage de clous et de planches » qu'il a baptisé *Saint-Michel* et qui lui garantit de formidables « pêches miraculeuses de couleurs et d'odeurs infinies » qu'aucune bibliothèque, constate-t-il, ne lui restituera jamais.

Ce quotidien mi-studieux, mi-récréatif lui agrée, il lui permet de se consoler de bien des contrariétés : un jeune fils agité, des problèmes de trésorerie récurrents, une liaison amoureuse compliquée, sans compter une charge de travail soudain déraisonnable qui l'oblige jusqu'à l'épuisement à composer une interminable *Géographie illustrée de la France et de ses colonies* forte de quatre-vingts fascicules, exigée, elle encore, par l'inévitable Hetzel. Ses échappées à la voile sont une soupape indispensable d'autant plus profitable qu'elles l'installent dans la réalité de l'heure : partout il n'est question que de promesses navales et de progrès maritimes, de bains de mer et de stations balnéaires. Les vertus conjuguées de la vapeur et de la voile, l'apparition des premières hélices, la généralisation des coques en métal précipitent les audaces de toutes sortes. L'immensité océane, chantée par Jules Michelet (*La Mer* date de 1861) comme par Victor Hugo (*Les Travailleurs de la mer* rencontrent le succès en 1863), est désormais moins une ennemie qu'une alliée. Encore un peu et l'homme moderne consacré perceur d'isthmes le cas échéant (du côté de Suez et bientôt de Panama) donnerait le sentiment d'être capable d'apprivoiser l'élément liquide sans difficulté et pour toujours.

Un privilège dont il ne saurait se prévaloir à l'étage inférieur, sous la surface de l'eau, où, à l'inverse, il n'est question que de tâtonnements et d'expérimentations. Pour l'heure, c'est l'ignorance qui préside (encore) en ces parages. Les zoologistes refusent de croire que quelque forme de vie que ce soit est possible au-delà des cinquante mètres de profondeur et leurs collègues géologues ignorent que les abysses abritent des fosses et des montagnes démesurées. Personne n'a encore entendu parler de la tectonique des plaques, des sources hydrothermales, des poissons benthiques, des zones hadales. Ici et là, les premiers sous-marins étanches et les premiers plongeurs autonomes osent quelques explorations, mais elles sont timides et limitées. Au cours de l'été 1868, à la faveur d'un concours de circonstances tout à fait fortuit, George Sand, dont les curiosités ont déjà subjugué Chopin, Flaubert ou Delacroix, affranchit Verne, à la faveur d'une lettre anodine, de l'existence d'inédits appareils d'exploration sous-marine que « [la] science et [l']imagination » de son correspondant « pourraient, sans nul doute, améliorer ». De manière concomitante paraissent, dans les colonnes du *Petit Journal*, les *Aventures extraordinaires de Trinitus* d'Aristide Roger, où de semblables engins innovent. Il n'en faut pas davantage pour que le littérateur le plus inventif de l'heure se jette à son tour à l'eau.

Selon une méthode qui n'appartient qu'à lui, Verne passe en revue tous les progrès et études accumulés sur le sujet. Il mesure l'efficacité de la voile rabattable de Fulton, les promesses des réservoirs à air comprimé de Jacques-François Conseil, l'efficacité de l'éperon à vis de l'*Alligator*, le rendement de l'appareil respiratoire de Rouquayrol et Denayrouze. Entre autres ! Les combats orchestrés sous la surface de l'eau au plus fort de la guerre de Sécession (1861-1865) retiennent aussi son attention. Mais, au-delà des machines et des inventions, le romancier rompu n'est pas long à comprendre que son sujet promet bien davantage. Puits sans fond au sens premier du terme, cette exploration sous-marine lui permettra à coup sûr de franchir d'autres paliers jusqu'à atteindre les limites extrêmes de l'âme humaine. Son éditeur est prévenu : « Si je ratais ce livre-là, je ne m'en consolerais pas. Je n'ai jamais eu de plus beau sujet à disposition. » Hetzel lui-même se réjouit et informe son entourage : « M. Verne a entrepris un livre qui sera le plus extraordinaire de tous. [...] Six mois passés au bord de la mer, dans une retraite absolue, ont été nécessaires au consciencieux et dramatique écrivain pour rassembler les matériaux de ce livre curieux. »

L'accouchement

L'hiver 1867-1868 est interminable. Dans la villa « Solitude » du Crotoy, Verne travaille avec l'obstination (il ose le mot) « d'une bête de Somme », obéissant à une triple injonction sans cesse recommencée : un premier jet au crayon, une reprise au net à suivre et un passage à l'encre en dernier ressort. Au détour de chaque phrase, le vertige le guette. Jamais, jusqu'à ce chantier en particulier, la mise en abyme des états d'âme de son personnage central avec les siens propres ne l'a conduit à goûter pareilles angoisses. De tous ses héros de papier, le capitaine Nemo est celui qui, assurément, lui a coûté le plus d'efforts. Des jours durant, le voilà tergiversant, incapable de camper avec précision son caractère, ses ambitions, sa vision. Si Phileas Fogg incarnait le besoin de vitesse, Michel Strogoff le goût du devoir, Mathias Sandorf l'esprit de justice, Robur le Conquérant le nihilisme à l'état pur, Nemo ambitionne un projet beaucoup plus global et incertain. Si difficile à définir qu'il est, on l'aura noté, « sans nom » (*nemo*, en latin).

À la fois rebelle et terroriste, mais tout autant esthète et humaniste, le capitaine du *Nautilus* est décidé et désespéré tout autant. S'il joue volontiers de la musique sur son orgue de cathédrale, c'est – clin d'œil là encore significatif – en n'utilisant que les touches noires. La fatalité l'habite. La résolution aussi. En cela, il ressemble au Zarathoustra de Nietzsche. Comme lui, il n'obéit plus « aux règles de la société avec laquelle il a rompu ». Encore un peu et il ambitionnerait de transformer le destin de l'humanité entière jusqu'à imaginer un nouvel ordre général, où la nature composerait avec le progrès au gré d'une harmonie digne du jardin d'Éden des temps anciens.

Verne ne goûte guère les débats politiques. Il n'est idéologue en rien et n'adhère à aucun parti. Un seul de ses personnages, Kaw-djer (*Les Naufragés du* Jonathan), est ouvertement « engagé », pris en tenaille entre le socialiste Beauval (paresseux et incapable) et le communiste Dorick (fauteur de troubles notoire). À l'inverse, Nemo n'est pas même intéressé par l'opinion des autres ni pressé d'échanger avec autrui. Son modèle avoué – le colonel Charras, dont Hetzel partageait l'amitié – était certes un élu, un habitué de la Chambre des députés, mais il était avant tout un polytechnicien brillant et un philosophe inventif occupé par mille et une autres urgences. En définitive, Nemo tient du spectre et du prophète. Il désespère de ses contemporains, mais imagine néanmoins pour eux un avenir radieux. La mer est son espoir et son inspiration. Elle l'est d'autant plus qu'à la différence de toutes les terres immergées, elle équivaut à un refuge encore vierge, et donc forcément prometteur. À son commanditaire Hetzel, Verne confesse : « Il faut que cet inconnu n'ait plus aucun rapport avec l'humanité dont il est séparé. Il n'est plus sur la terre, il se passe de la terre. La mer lui suffit, mais il faut que celle-ci lui fournisse tout, habitat, vêtement et nourriture. Jamais il ne met le pied sur un continent. Plus que jamais, l'élément liquide est son royaume. » Mieux, avec des accents que ne désapprouverait pas Greta Thunberg, il insiste : « La mer est l'immense désert où l'homme n'est jamais seul. Elle est le véhicule d'une surnaturelle et prodigieuse existence ; elle n'est que mouvement et amour. […] Elle est le vaste réservoir de la nature. C'est par elle que le globe a pour ainsi dire été cimenté, et qui sait s'il ne finira pas par elle ? Là est la suprême tranquillité. »

Au-delà de ce contexte et de ces promesses, de quoi est-il donc question dans *Vingt mille lieues sous les mers* ? D'une part, du voyage sans fin d'un engin submersible démarré au large du Japon et achevé au plus haut des côtes norvégiennes (en passant par l'océan Pacifique, l'Indien et la Méditerranée). Et, d'autre part, de la cohabitation fortuite entre son propriétaire, héros prométhéen, et un trio hétéroclite composé d'un savant naturaliste, de son serviteur dévoué et d'un hurluberlu, brut de mœurs et de décoffrage, harponneur de profession. Un parfait prétexte pour embarquer de conserve à bord du *Nautilus* la curiosité, la naïveté et la hardiesse, trois ingrédients qui, frottés aux exigences du capitaine, ajoutent du piquant aux scènes que l'on imagine : la découverte de l'engin, la visite guidée qui s'ensuit, les peurs liées au milieu, le diktat suggéré par le capitaine, sans compter, au final, la remise en cause de son pouvoir discrétionnaire. Plus qu'une intrigue calibrée, cette roborative odyssée ichtyologique nous propose de feuilleter en parallèle un infini catalogue digne des classifications de Linné et de Cuvier réunis, qui ne nous laisse rien ignorer, absolument rien, du milieu et de ses ressources.

Il faut dire que le périple s'éternise au gré de péripéties innombrables, souvent rocambolesques, qui, d'un enterrement sous-marin à la visite de l'Atlantide en passant par la découverte du pôle Sud et un combat contre une pieuvre géante, offrent de multiples raisons de s'émerveiller, selon des perspectives différentes liées aux caractères particuliers des trois passagers incertains que leur geôlier tente vaille que vaille de gagner à sa cause. Faut-il s'émerveiller ? Se soumettre ? Se scandaliser ? Se révolter ? Aronnax, Conseil et Land hésitent tout au long des six cents et quelques pages du récit. Verne lui-même est embarrassé, à tel point que, pour la première fois, il reporte à plus tard l'ultime révérence de son personnage phare, et à un volume ultérieur (*L'Île mystérieuse*) sa définitive disparition.

C'est moins cette fin reportée que le jusqu'au-boutisme de Nemo qui incommode Pierre-Jules Hetzel. Une fois n'est pas coutume, l'éditeur et son auteur s'opposent sur le fond. Pour Verne, Nemo est inflexible tout simplement parce que, polonais de naissance, il a connu le pire – le joug de l'envahisseur russe et l'exécution à coups de hache de sa femme et de ses filles en particulier. L'éditeur n'en demande pas tant. Un simple militant antiesclavagiste américain ferait, selon lui, tout aussi bien l'affaire. Verne transige : Nemo sera au final un prince hindou résistant au colonialisme anglais, un ancien héros de la révolte des Cipayes. Un recul qui n'évite pas une nouvelle escarmouche : au bout du bout, Hetzel insiste et remplace d'un coup de crayon l'ultime déclaration de Nemo, le supposé inconvenant « Dieu et indépendance » par le plus que conformiste « Dieu et Patrie ».

L'éditeur ne sait pas seulement se faire entendre, il sait aussi compter. À étudier les six contrats successifs qui le lieront à son auteur phare, on s'aperçoit vite de son ascendant sur lui, pour ne pas parler de son emprise. Signé en 1862, le premier de ces engagements accorde à Verne l'équivalent de 2 000 euros pour chaque tranche de deux mille exemplaires vendus, encore celui-ci était-il tenu de livrer *a minima* trois titres par an (deux à partir de 1870). Ses pourcentages (5 % pour l'édition illustrée) frisent le ridicule. Tant et plus qu'un expert (Charles-Noël Martin) en a conclu que Hetzel avait au bout des comptes gagné huit fois plus d'argent avec les livres de Verne que l'écrivain lui-même.

Sur les gravures exécutées par Édouard Riou et Jules Ferat (111 au total), Nemo – torse bombé et barbe conquérante – apparaît sous les dehors d'un géant qui en impose. Comme toujours chez Verne, la machine qui accompagne les tribulations du héros central est représentée au plus près de lui, jusque dans ses plus infinis détails. Cette fois, le parti pris est plus systématique encore. Quels que soient l'angle ou la situation, Nemo et le *Nautilus* font cause commune, jusqu'à ne faire qu'un. Tel l'argonaute, le capitaine omnipotent est certes libre de quitter sa coquille de métal, mais il ne fait rien en ce sens. Plus que tous les ballons, dirigeables, navires ou trains sollicités tout au long de son œuvre, Verne a marié les destins du *Nautilus* et de son propriétaire jusqu'à aboutir à un protagoniste unique, un Centaure d'exception, un attelage mi-humain, mi-technologique, disposant de tous les atouts imaginables pour naviguer *a minima* entre deux eaux.

Comme son capitaine, le plus célèbre sous-marin de la littérature mondiale relève du paradoxe. Au-delà de son dessin futuriste, de ses 70 mètres de long et de ses gadgets *up to date*, il accueille dans ses flancs toutes les nostalgies du monde et quelques incongruités en prime. À l'exiguïté et à la claustrophobie qui caractérisent si fort les submersibles quels qu'ils soient, le vaisseau imaginé par Verne oppose des lieux de vie aux dimensions disproportionnées. Les organes moteurs et les réserves de vivres disposent de quartiers dédiés, mais plus encore la bibliothèque du bord forte de 12 000 volumes, l'orgue à tuyaux déjà évoqué, sans compter une madone de Raphaël, une vierge de Vinci, une femme du Titien et toute une série de trésors picturaux dignes de figurer dans les meilleurs musées du monde. Le salon, la chambre et la salle à manger sont eux-mêmes grandiloquents, tendus d'étoffes cramoisies et encombrés de meubles ouvragés.

Au charbon et à la vapeur, Verne a préféré l'électricité comme combustible susceptible de garantir l'autonomie de son engin. Son intuition était la bonne, à défaut d'être réaliste. Pour parcourir les 20 000 lieues envisagées, le *Nautilus* aurait dû embarquer 37 000 tonnes de batterie, ce qui, pour un sous-marin ne pesant lui-même que 1 500 tonnes, eût été somme toute relativement impossible. L'auteur n'est pas du genre à faire dans la demi-mesure. Le *Nautilus* file à 50 milles à l'heure (soit le double d'un sous-marin nucléaire contemporain) et plonge à – 16 000 mètres (alors que le point extrême de la planète se situe à – 10 916 mètres). Mais qu'importe ! Ce que Verne ambitionne en priorité, c'est d'offrir à ses lecteurs de pénétrer dans un paradis « sous mer », un avenir peuplé de bonnes intentions, une échappatoire aux turpitudes du moment, où l'homme non seulement pourrait envisager un habitat jusque-là insoupçonné, mais aussi des ressources illimitées.

En vérité, *Vingt mille lieues sous les mers* est beaucoup moins un livre d'anticipation que l'on ne l'imagine. Son incipit (« L'année 1866 – trois ans avant sa date de mise en vente ! – fut marquée par un événement bizarre ») suffit à alerter le lecteur à ce sujet. C'est plutôt d'actualité qu'il est question. Plus que dans bien d'autres volumes des *Voyages*, il est fait allusion à des événements (la révolte de la Crète, la guerre de Sécession) ou à des hommes (Heinrich Ruhmkorff, Robert FitzRoy) quasi contemporains. Et on ne peut nier que cette proximité accroît encore le caractère « réaliste » du récit, la vérité des mises en garde qu'il évoque et l'urgence des solutions qu'il suggère.

Victoire au long cours

Comme le veut la chronologie mise au point par Hetzel, *Vingt mille lieues sous les mers* paraît en avant-première sous la forme d'un feuilleton dans les colonnes du *Magasin d'éducation et de récréation* entre le 20 mars 1869 et le 20 juin 1870, un mois jour pour jour avant que l'Empire français ne déclare la guerre au royaume de Prusse. Un contexte qui, dans un premier temps, ne favorisa pas la diffusion de l'édition reliée prévue en deux tomes sous le célèbre cartonnage toilé rouge et or dit « à l'éléphant » (dont une tête est représentée en haut à gauche du volume) et « à l'éventail » (sur lequel est inscrit le titre). Néanmoins, les ventes s'affirmeront, jusqu'à atteindre la barre des 50 000 exemplaires, un score on ne peut plus honorable, le troisième de la série des *Voyages* derrière *Le Tour du monde en 80 jours* et *Cinq semaines en ballon*.

Même battu d'une courte tête au niveau des chiffres, *Vingt mille lieues sous les mers* est, en revanche, considéré comme la plus emblématique et la plus achevée des œuvres du « romancier des sept mers » (Rudyard Kipling). Celle aussi qui s'est assuré la postérité la plus florissante. On ne compte plus les auteurs influencés par cette épopée sous-marine. Les plus sérieux experts soutiennent que *Le Bateau ivre* d'Arthur Rimbaud, lui-même composé à la fin de l'été 1871, s'est nourri des élucubrations en cascade du jongleur de mots le plus doué de sa génération. Verne est aussi un passeur plébiscité par Raymond Roussel, Michel Butor ou Georges Perec qui, de leur vivant, n'ont pas eu de mots trop forts pour souligner les qualités d'un récit qui donne libre cours aux collections de mots les plus jubilatoires qui soient. Avant d'être enfin identifié en bonne et due forme, le poulpe géant de l'histoire fut tenu, pardonnez les hésitations, pour un monstre (34 fois), un narval (23 fois), un cétacé (22 fois), un serpent de mer (5 fois), un kraken (1 fois), un Léviathan (1 fois). Verne n'est sûr de rien, sauf de ses excès de vocabulaire...

Une luxuriance qui n'a jamais découragé les adaptateurs, auteurs de théâtre (dès 1882) ou de cinéma (vingt-deux versions). Les énumérer tous équivaudrait à sacrifier à un nouvel inventaire sans fin. Notons cependant quelques perles au passage : une interprétation de Georges Méliès rebaptisée *Le Cauchemar d'un pêcheur qui a vu un monstre marin* ; une parodie allemande contemporaine de la Grande Guerre ; un prolongement signé Michel Verne, le fils du maître, un temps pensionnaire de la colonie pénitentiaire de Mettray ; un technicolor de Maurice Tourneur ; une adaptation non aboutie de Victor Fleming avec Spencer Tracy dans le rôle de Nemo ; et, bien sûr, la grande œuvre proposée par Walt Disney et Richard Fleisher en 1954, sans doute le plus conforme de tous les *Vingt mille lieues* portés à l'écran. Notons que, quatre ans plus tard, le sous-marin (américain) qui osa le premier passage sous le pôle Nord s'appellera le *Nautilus*, comme un hommage supplémentaire.

Aujourd'hui encore, par-delà les parcs à thème et les bandes dessinées, Verne est toujours d'actualité. Au début des années 2000, Le Livre de Poche s'enquit de dépoussiérer ses éditions désormais tout de rouge vêtues. Une bonne mise en jambes avant la publication de l'œuvre désormais indispensable sous le prestigieux label de la collection de la « Bibliothèque de la Pléiade » chez Gallimard. En trois volumes et 4 128 pages, déjà huit titres parmi les plus emblématiques de sa production ont rejoint le conservatoire le plus prestigieux de l'édition française.

On l'a dit, *Vingt mille lieues sous les mers* est un roman « ouvert », sans fin véritable. Une licence qui nous autorise un inespéré retour en arrière afin de poser, *in extremis*, la question qui s'imposait d'entrée de jeu : mais pourquoi diable Verne a-t-il choisi la lieue pour unité de mesure et la valeur de 20 000 pour contenir sa surenchère ? Pour quelle raison a-t-il opté pour un mode de calcul quasi obsolète soixante-dix ans après que l'Assemblée constituante a – en 1790 – entériné le système métrique ? Pour la sonorité de l'énoncé ? L'allitération qu'il induit ? Le mystère qu'il recouvre ? C'est un bien interminable voyage en tout cas qu'il a imaginé, puisque cette distance équivaut au final à 88 000 kilomètres (20 000 fois 1/25e de degré du périmètre terrestre), soit deux tours, ou peu s'en faut, de notre bonne vieille planète ! Un raid au très long cours donc, digne de ceux menés jadis par James Cook, Louis-Antoine de Bougainville ou Jean-François de La Pérouse, mais sous l'eau, aux commandes d'un engin *mobilis in mobile* (« mobile dans un élément mobile », selon sa devise) que son capitaine – Verne le souligne à gros traits – considérait comme « la chair de sa chair », l'arche de Noé de tous ses espoirs et de toutes ses convictions, avant que ne sonne l'heure du déluge inévitable.

BIBLIOGRAPHIE SÉLECTIVE

Éditions

Vingt mille lieues sous les mers, Hetzel, 1870, 2 volumes. L'édition de référence a été publiée en 2012 dans la collection « Bibliothèque de la Pléiade », chez Gallimard, sous la direction de Jean-Luc Steinmetz.

Sur Jules Verne

Jules Verne, collectif, Les Cahiers de L'Herne, 1974.
Jules Verne, le roman de la mer, collectif, Seuil/Musée national de la Marine, 2005.
DUMAS, Olivier, *Jules Verne*, La Manufacture, 1988.
FRANK, Bernard, *Jules Verne et ses voyages*, Flammarion, 1941.
LOTTMAN, Herbert R., *Jules Verne*, Flammarion, 1996.
VALETOUX, Philippe, *Jules Verne, en mer et contre tous*, Magellan & Co., 2005.
VIERNE, Simone, *Jules Verne*, Balland, 1986.

19

À LA RECHERCHE DU TEMPS PERDU

de Marcel Proust
(1913-1927)

par Mathilde BRÉZET

*Longtemps, le roman de Marcel Proust a essuyé toutes sortes d'objections : trop long, trop snob, trop je... Elles se sont effondrées une à une à mesure qu'*À la recherche du temps perdu *apparaissait, dans le genre romanesque, comme un monument et comme une aube.*

La fabrique de ce chef-d'œuvre occupa toute la vie de son auteur : des premières nouvelles aux articles les plus tardifs qu'il publia dans Le Figaro, *chacun de ses écrits fut une étape dans sa quête d'un sujet, d'une forme et, surtout, d'une patrie intérieure.*

Cette vérité, cependant, n'a rien d'une évidence. Il y a eu, autour de la personnalité de Marcel Proust, une légende persistante selon laquelle la première partie de sa vie, passée dans le monde, n'aurait rien eu à voir avec la seconde, consacrée à La Recherche. *Rien n'est plus inexact ; mais pour qu'on s'en rende compte, il a fallu le choc de plusieurs manuscrits découverts au fur et à mesure de la seconde moitié du XX*[e] *siècle :* Jean Santeuil, *le* Contre Sainte-Beuve *ou, plus récemment,* Les Soixante-Quinze Feuillets. *À eux seuls, ils prouvent, comme l'écrivait Bernard de Fallois, éminent proustien qui fut à l'origine de nombre de ces découvertes, que « l'histoire d'un roman est un roman ».*

Genèse(s)

Comment devient-on Marcel Proust ? Comment écrit-on *À la recherche du temps perdu* ? L'œuvre elle-même semble nous apporter une réponse puisqu'elle traite, quoique de manière cachée d'abord au lecteur, de l'écriture d'un roman. Et cependant, si dans *La Recherche*, Marcel devient écrivain, si *Le Temps retrouvé* clôt l'intrigue sur la décision du narrateur d'écrire précisément les trois mille pages que le lecteur vient de lire, gare à ne pas prendre pour argent comptant ce qui y est conté… « La vie de Proust est l'histoire d'une vocation précoce. Son œuvre est l'histoire d'une vocation tardive[1]. »

Le narrateur de *La Recherche*, s'il écrit sa première page à dix ans, ne produira plus rien ou presque de toute sa vie. Il faudra attendre une trentaine d'années pour qu'il se rende à l'appel de l'écriture. De Combray à Balbec, puis à Paris, de l'enfance à l'âge adulte en passant par l'adolescence, son histoire est celle d'un homme que les passions (les jeunes filles, l'amitié, le monde, la musique, la peinture) tiennent à distance de sa vocation. Attiré par la littérature, mais découragé par ce qu'en dit le monde, il est tout au long du livre sans ardeur au travail, ce qui l'amène à cette déclaration finale dans *Le Temps retrouvé* :

> Ainsi toute ma vie jusqu'à ce jour aurait pu et n'aurait pas pu être résumée sous ce titre : Une vocation. Elle ne l'aurait pas pu en ce sens que la littérature n'avait joué aucun rôle dans ma vie. Elle l'aurait pu en ce que cette vie, les souvenirs de ses tristesses, de ses joies formaient une réserve pareille à cet albumen qui est logé dans l'ovule des plantes et dans lequel celui-ci puise sa nourriture pour se transformer en graine.

« La littérature n'avait joué aucun rôle dans ma vie. » Voilà des paroles que Marcel Proust n'aurait pas pu prononcer. Sa

1. *Introduction à la* Recherche du temps perdu, Bernard de Fallois, 2018.

vie dessine, au contraire, la courbe d'une présence constante à l'écriture : la genèse de *La Recherche* est en cela bien différente de la genèse présentée dans *La Recherche.*

La majorité des premiers lecteurs, trop confiants dans ce que racontait le roman, ont avalé sans difficulté l'idée d'une œuvre à l'éclosion tardive, d'une fleur levée par surprise dans la vie d'un mondain repenti et tardivement reclus.

C'est qu'en partie, sa vie se prêtait à une telle lecture. Marcel Proust, à peine sorti du lycée, sortant chez des bourgeoises intellectuelles comme Mme Arman de Caillavet, la maîtresse d'Anatole France, chez des femmes à la mode comme Mme Lemaire, chez des demi-mondaines rangées comme Laure Hayman, avait l'air d'un jeune homme dans le monde comme les autres. On lui connaît, bien sûr, dès cette époque, des prétentions littéraires. Mais qui n'en a pas ? Les siennes se traduisent par un mince recueil de nouvelles qui reprennent des textes écrits dans sa jeunesse du temps où il montait des revues au lycée Condorcet. Elles ne sortent pas de l'ordinaire, excepté pour le soin avec lequel il les assemble : l'ouvrage, illustré des fleurs d'une aquarelliste à la mode et préfacé par Anatole France, met si longtemps à être composé qu'il ne sort qu'en 1896. Après cela, rien, ou presque. Quelques articles, et deux traductions d'ouvrages d'un critique d'art anglais. Lorsqu'il sort *Du côté de chez Swann,* à quarante-deux ans, il n'est pas attendu dans le paysage littéraire : on le prend pour un mondain. Le visage qu'il a laissé de lui dans cette première jeunesse ne contribuera pas peu au parfum de scandale qui accompagne le prix Goncourt qu'il reçoit en 1919.

« La littérature était sa seule croyance »

Mondain, Proust ? « La nature que nous faisons paraître dans la seconde partie de notre vie n'est pas toujours, si elle l'est souvent, notre nature première développée ou flétrie, grossie ou atténuée ; elle est quelquefois une nature inverse, un véritable vêtement retourné[2]. » Proust, écrivant au sujet de son docteur Cottard, pense à tous ses personnages et, bien sûr, à lui-même. « Nous ne sommes, pour ceux que nous fréquentons, qu'une ombre » : l'avertissement est cent fois répété dans l'ouvrage, mais il fallut attendre les années cinquante pour qu'il soit véritablement entendu.

Vers cette époque, un jeune thésard en lettres nommé Bernard de Fallois, persuadé qu'il y avait erreur sur la personne qu'on donnait pour l'auteur de *La Recherche*, sonne chez la petite-nièce de l'écrivain pour fouiller dans ses archives, et découvre, parmi une masse énorme de papiers, un roman abandonné : un petit millier de pages écrites entre 1895 et 1900, volées sur le temps de la distraction. Il les déchiffre, les ordonne et les publie, en 1952, sous le titre de *Jean Santeuil* – tout en prenant soin de préciser : « Il n'y a pas d'œuvre inédite de Marcel Proust. »

Ces brouillons, qui en effet ne constituent pas une *œuvre* à proprement parler, se lisent comme un formidable avant-texte d'*À la recherche du temps perdu*. Et d'abord, ils permettent, à une critique proustienne encore balbutiante, de corriger le mythe et de se rendre compte que Marcel Proust avait toujours été occupé de littérature, et même exclusivement de cela : comme son Jean Santeuil, « la littérature était sa seule croyance ».

Dans cette première tentative pour passer au roman, l'écrivain en gestation poursuit l'histoire d'un jeune homme à l'orée de sa vie, qui part en vacances, qui fait son service militaire, qui entre dans le monde : c'est écrit à la troisième personne, mais le héros ressemble beaucoup à l'auteur – presque davantage encore que le narrateur de *La Recherche*. Comme lui, il se désole parce que ses amis le trouvent collant ; comme lui, il se passionne pour l'affaire Dreyfus. Que lui arrive-t-il ? Pas grand-chose. Il n'y a pas à proprement parler d'intrigue, pas plus qu'il n'y a de visée esthétique. On est souvent au bord du fantasme ; Marcel

2. *À la recherche du temps perdu*, t. I, p. 426.

Proust s'exprime, il ne crée pas. Il manque une ligne directrice et un principe de construction : ce n'est pas une œuvre, mais plutôt un défoulement, un énorme graffiti, un fourre-tout. Le jeune écrivain doit s'en rendre compte, parce que, brutalement, autour de 1901, il l'abandonne.

Les années Ruskin

Cet abandon est-il vécu comme un échec ? Le fait-il douter de sa vocation de romancier ? À partir de cette date, le jeune homme de trente ans semble renoncer à tout effort d'expression personnelle. La matière autobiographique est laissée de côté, comme les petits exercices, les études et les nouvelles qui avaient fourni la matière de son premier livre. Il se tourne vers la critique artistique, parce qu'il a fait, en 1897, une rencontre capitale avec les écrits du critique anglais John Ruskin (1819-1900).

La Bible d'Amiens, *Les Pierres de Venise*, *Les Peintres modernes*, *Écrits sur les Alpes* : le jeune homme a lu tout ce qu'il a pu trouver de lui. Son enthousiasme est tel qu'il entreprend des voyages-pèlerinages à Venise, à Amsterdam, mais aussi à Amiens, Lisieux et Chartres : il est à la recherche des œuvres dont parle le Maître. Et puis, en 1900, décidé à le faire connaître en France, il s'embarque dans l'aventure folle de le traduire : folle, car il ne sait pas l'anglais – du moins pas comme on le sait aujourd'hui. Maman l'aide, heureusement. La très cultivée Jeanne Weil traduit dans la matinée les pages qu'il trouve à son réveil, qu'il réécrit. Voilà *La Bible d'Amiens* achevée en 1902 ; Marcel poursuit avec *Sésame et les Lys*, cette fois-ci aidé de Marie Nordlinger, une Anglaise véritable, cousine de son ami Reynaldo Hahn.

Si en apparence, dans cette entreprise, Marcel est soumis à la pensée d'un autre, l'aventure est plus intérieure que jamais. La fonction que Ruskin assigne à l'art – représenter les choses non pas selon l'intelligence qu'on en a, mais selon l'impression qu'on en reçoit – le percute comme une révélation. En revanche, parce que, malgré des goûts similaires, son tempérament demeure à l'opposé de celui du critique très chrétien, volontiers moral et dogmatique, il se forge, au fil de ses désaccords, la conviction que l'art ne doit être entravé ni par la morale ni par le savoir. Cette liberté vraie, totale, absolue, sera pour lui un principe capital dans la création des artistes (et des artistes manqués) qui peuplent *La Recherche*.

Quand, en 1905, *Sésame et les Lys* sort, lesté d'une préface toute personnelle et de notes qui occupent dans le volume autant de place que le texte, l'éditeur passe une nouvelle commande au traducteur. Mais Proust refuse : il est temps pour lui de se traduire lui-même. Il se confie à Antoine Bibesco :

> Tout ce que je fais n'est pas du vrai travail, mais seulement de la documentation, de la traduction, etc. Cela suffit à réveiller ma soif de réalisations, sans naturellement l'assouvir en rien. Du moment que depuis cette longue torpeur j'ai pour la première fois tourné mon regard à l'intérieur, vers ma pensée, je sens tout le néant de ma vie, cent personnages de roman, mille idées me demandent de leur donner un corps comme ces ombres qui demandent dans *L'Odyssée* à Ulysse de leur faire boire un peu de sang pour les mener à la vie et que le héros écarte de son épée.

Articles et feuillets

Et puis, le 26 septembre 1905, Maman meurt. Maman, le port d'attache, l'être qu'il a le plus aimé en ce monde. Marcel passe un mois sans dormir. Il n'est plus question d'écrire. À la fin de l'année, il entre en maison de santé, comme pour adopter enfin la décision radicale qui lui permettrait de changer de vie… Seulement, il en sort six semaines plus tard, tout aussi dysfonctionnel qu'avant, dormant le jour, vivant la nuit. Pour tout changement, il déménage. À quoi pense-t-il ? « J'explore des parts inconnues de mon chagrin qui s'étend toujours plus infini à mesure que je m'y avance. »

L'écriture n'est jamais loin pourtant, car 1907 est l'année d'une série d'articles qu'il donne au *Figaro* : « Sentiments filiaux d'un parricide », « Impressions de route en automobile » et, sous le titre « Journées de lecture », un compte rendu des foisonnants *Mémoires* de la comtesse de Boigne, peinture des soubresauts de la société française du couchant de l'Ancien Régime à celui de la monarchie de Juillet. Derrière les sujets divers et, en apparence seulement, inessentiels, le ton de ces articles, brillant, sensible et personnel, montre que Marcel Proust a fait de grands pas en avant dans l'exploration de sa patrie intérieure. On trouve, dans le premier, la reprise du thème du remords filial qui traversait fortement ses premières nouvelles et qui se poursuivra dans le personnage de Mlle Vinteuil dans *La Recherche* ; dans le deuxième, la campagne normande qui fait tout le charme du cadre des *Jeunes filles* ; et, dans le dernier, une méditation sur les rapports entre le succès mondain, l'écriture et la postérité qui constituera le cœur du personnage de Mme de Villeparisis. L'heure approche.

De fait, bien qu'à cette date sa correspondance ne mentionne aucun projet d'envergure, depuis l'automne 1907, il s'est remis à une écriture romanesque personnelle. Dans l'année 1907-1908, Proust met au point six morceaux, tournant tous autour d'une matière autobiographique : une soirée à la campagne avec ses grands-parents, un développement sur une campagne où partent deux côtés, Villebon et Méséglise, un séjour au bord de la mer, la rencontre de jeunes filles, une méditation sur des noms nobles, un séjour à Venise. Cette tentative, retrouvée en 2018 et publiée en 2021 sous le titre *Les Soixante-Quinze Feuillets*, est considérée comme la première version d'*À la recherche du temps perdu* : moins Guermantes, moins Albertine, moins Gomorrhe – Sodome est présent en filigrane dans ces pages –, Proust n'a jamais été si proche de *La Recherche*… Pourtant, le projet est abandonné sans autre forme de procès en novembre 1908.

« Je vais écrire quelque chose sur Sainte-Beuve... »

À l'automne 1908 donc, Proust écarte les feuillets soigneusement mis au point et se plonge dans les œuvres de Charles-Augustin Sainte-Beuve, le maître de la critique littéraire mort depuis trente ans.

Pourquoi ? L'idée lui est venue d'un exercice auquel il s'est adonné au début de l'année 1908, pour le supplément littéraire du *Figaro* : des pastiches d'écrivains célèbres, écrits à partir d'un fait divers sordide impliquant un diamantaire escroc : l'affaire Lemoine. L'écrivain de trente-sept ans, qui excelle à entrer dans la musique intérieure de chacun, y trouve le plaisir de faire de la critique en action autour des œuvres de Balzac, Flaubert, Renan et, finalement, Sainte-Beuve.

Marcel Proust, en relisant les *Causeries du lundi*, célèbre chronique littéraire dont le succès a fait du critique un monument incontournable des lettres françaises, est exaspéré par la démarche qu'il adopte. « Avoir demandé à la biographie de l'homme, à l'histoire de sa famille, à toutes ses particularités, l'intelligence de ses œuvres et la nature de son génie, voilà ce que je reproche à Sainte-Beuve. » Échauffé, il relit tout ce qu'il peut se procurer de lui et, oubliant son projet de roman, se lance dans une critique méthodique des idées de Sainte-Beuve sur l'artiste. La contradiction le galvanise, et il y trouve ses meilleures idées : « Chaque jour, j'attache moins de prix à l'intelligence. Chaque jour, je me rends mieux compte que ce n'est qu'en dehors d'elle que l'écrivain peut ressaisir quelque chose de nos impressions, c'est-à-dire atteindre quelque chose de lui-même et la seule matière de l'art. » Proust est sur la piste de sa création.

Mais où va-t-il ? 1908 est une année de doute, de retours, de maturation. Le critique en herbe se demande quelle forme donner à son réquisitoire. « Faut-il en faire un roman, une étude philosophique ? Suis-je un romancier ? » Jusqu'en novembre en tout cas, il n'est plus question de roman. Il bâtit pour son essai un plan dialectique, et un projet de préface. Et puis, en fouillant dans la vie de Sainte-Beuve, il est happé par des détails biographiques, des anecdotes, des récits de bons mots. Peu à peu, il le met en situation : et voici un jour, sous sa plume, le critique en pyjama découvrant à son réveil dans le journal sa chronique de la veille. En essayant d'imaginer ses sentiments, Marcel Proust s'engage dans une direction inattendue...

> Sans doute n'avait-il pas l'émotion du débutant qui a depuis longtemps un article dans un journal, qui ne le voyant jamais quand il ouvre le journal, finit par désespérer qu'il paraisse. Mais un matin sa mère entrant dans sa chambre a posé près de lui le journal d'un air plus distrait que de coutume, comme s'il n'y avait rien à y lire. Mais néanmoins elle l'a posé tout près de lui pour qu'il ne puisse manquer de le lire et s'est vite retirée, et a repoussé vivement la vieille servante qui allait entrer dans la chambre[3]...

Ce débutant qui vient de publier son premier article, c'est lui, bien sûr. Proust vient de trouver comment se dire en littérature, et ce premier personnage d'une œuvre qui doit en compter plusieurs centaines lui offre la condition de possibilité narrative et énonciative de *La Recherche*. L'idée d'un cadre fictif s'impose.

> Cher Georges, écrit-il à son ami Lauris, est-ce que je peux vous demander un conseil ? Je vais écrire quelque chose sur Sainte-Beuve. J'ai en quelque sorte deux articles bâtis dans ma pensée (articles de revue). L'un est un article de forme classique, l'essai de Taine en moins bien. L'autre débuterait par le récit d'une matinée, Maman viendrait près de mon lit et je lui raconterais un article que je veux faire sur Sainte-Beuve. Et je le lui développerais. Qu'est-ce que vous trouvez le mieux ?

Renonçant à l'étude objective, c'est une nouvelle rédaction qui commence, sous cette forme plus libre de la conversation entre un « je » et « Maman ». Elle constitue le gros du *Contre Sainte-Beuve* qu'on lit aujourd'hui. Proust parle de Balzac,

3. *Contre Sainte-Beuve*, p. 226.

de Baudelaire de Nerval, en plus du causeur des *Lundis* bien sûr. Mais Balzac l'auteur l'amène au lecteur de Balzac, et il a l'idée de personnifier ce lecteur dans le personnage d'un duc un peu pénible. C'est un trait de génie : voilà les Guermantes qui naissent, et qui envahissent sa vie. Trois cahiers de notes leur sont consacrés en 1909. D'autres crayons de personnages apparaissent : Cottard, Swann, Saint-Loup (qui s'appelle alors Montargis), et un homosexuel vaniteux et superbe qui s'appelle alors M. de Quercy et qui donnera Charlus.

À la mi-1909, Proust ne s'y trompe plus. « Je termine un livre qui malgré son titre provisoire "Contre Sainte-Beuve. Souvenir d'une matinée" est un véritable roman. [...] Le livre finit par une longue conversation sur Sainte-Beuve et sur l'esthétique [...] et quand on aura fini le livre, on verra (je le voudrais) que tout le roman n'est que la mise en œuvre des principes d'art émis dans cette dernière partie, sorte de préface si vous voulez mise à la fin[4]. » La forme romanesque a triomphé.

Commencer et finir

Dans le flux de l'écriture, par la digue rompue du flot des idées qui s'écoule, Proust visualise son roman comme un édifice. « Je viens de commencer – et de finir – tout un long livre », écrit-il en août 1909 à son amie Mme Straus. Le début et la fin de son roman sont fixés : le début repart des soixante-quinze feuillets ; la fin reprend le plaidoyer esthétique prévu pour le *Contre-Sainte Beuve*. Mais « si tout est écrit, beaucoup de choses sont à remanier ».

Sa méthode de travail se fixe à cette époque : du matin au soir (ou plutôt du soir au matin), il écrit, sur de banals cahiers d'écolier. Il travaille par fragments, par épisodes, par morceaux : certains cahiers sont consacrés à une intrigue, d'autres à des personnages pris sous divers angles. Dans les marges de ces cahiers,

4. Lettre à Alfred Vallette, mi-août 1909.

ou sur les versos qu'il laisse souvent libres pour cet usage, il griffonne d'abondantes notes de régie : « Capitalissime ! », « À garder pour moi ou Bloch ou Saint-Loup » : autant de directives et d'instructions destinées à orienter le montage futur.

Les versions se suivent, reprises et réécrites inlassablement. Et quand elles ont atteint une forme qui lui paraît convenable, l'écrivain agence les fragments entre eux, de manière à constituer un fil suivi. Il les réécrit, les découpe, ou il les colle sur un nouveau cahier – mais il les reprend toujours : ajout et surnourriture demeurent les règles de sa création. Pour intégrer les ajouts, il improvise les « paperoles » : de longues bandes de papier collées à la marge supérieure, inférieure ou latérale d'une page, susceptibles elles-mêmes d'accueillir d'autres feuilles dans leurs marges, et ainsi de suite : cela donne, par exemple, dans le Cahier 57, une paperole formée de dix feuilles de papier à lettres, qui se déplie sur plus d'un mètre soixante…

La continuité relativement suivie qui émerge est donnée à dactylographier ; mais les dactylographies elles-mêmes connaissent des modifications considérables, de même que les placards et épreuves que lui enverront ses éditeurs, sur lesquels il corrigera toujours frénétiquement. Mieux encore que sa matière, c'est la manière dont est composée l'œuvre qui explique les dimensions inouïes qu'elle prendra dans la vie de son auteur.

Publication et réorganisation des masses

1909, 1910, 1911 : Proust cavale. Il court après son livre. Il le voit clairement devant lui : en disparaissant, l'essai sur Sainte-Beuve a laissé sa marque ; le roman sera « un ouvrage théorique et une construction ». C'est un ensemble délimité en deux parties bien nettes, antithétiques et, à cette date, encore égales : le temps perdu, puis le temps retrouvé. Temps des enthousiasmes toujours illusoires, et temps des leçons auxquelles on accède par des épiphanies ; point de départ et point d'arrivée du héros ; comme titre, il a prévu : *Les Intermittences du cœur.* Au fur et à mesure qu'il écrit, il fait dactylographier, et ainsi, muni de la première moitié de la première partie en 1911, il se met en chasse d'un éditeur : il lui faudra deux ans pour le trouver.

L'histoire des refus successifs que rencontre un chef-d'œuvre est toujours savoureuse. Pour *La Recherche*, il y eut d'abord celui de Jacques Madeleine, de chez Fasquelle, qui estima qu'« au bout de sept cent douze pages de manuscrit, on n'a aucune, aucune notion de ce dont il s'agit ». Il y eut ensuite celui de la NRF, qui le refusa sans l'avoir lu (le mythe veut que le paquet n'ait même pas été déficelé) : André Gide s'en mordra cruellement les doigts. Et puis il y eut celui d'Alfred Humblot, des éditions Ollendorf, qui laissa ce jugement : « Je ne puis comprendre qu'un monsieur puisse employer trente pages à décrire comment il se tourne et se retourne dans son lit avant de trouver le sommeil. » C'est finalement chez Bernard Grasset qu'*À la recherche du temps perdu* (le titre s'est modifié) atterrit en 1911, sous condition que Marcel Proust prenne à son compte les frais de publication et de publicité.

Tout de suite, la mise en composition fait apparaître que le premier volume est beaucoup, beaucoup trop gros. Il faut le diviser en deux. Le temps perdu, qui trace le temps des illusions, se dédouble donc en côté de Swann et côté de Guermantes, plaisirs bourgeois de la villégiature et plaisirs mondains des dîners d'altesses. C'est donc *Du côté de chez Swann*, premier tome, sur trois prévus, qui est mis en vente le 21 novembre 1913. Proust s'agite pour le lancement ; ses amis Maurice Rostand, Jean Cocteau, Lucien Daudet se démènent. Mais l'accueil des critiques professionnels et du public reste mitigé. Le revirement spectaculaire de la NRF suffit à payer Proust de sa peine cependant : Jacques Rivière et André Gide, faisant amende honorable, annoncent entrer en pourparlers avec Grasset pour racheter les droits d'édition du premier volume et publier la suite. Cela peut aller très vite : en 1913, le second tome est prêt. Comme il le fera toute sa vie, Proust s'impatiente auprès de son éditeur. Il attend les épreuves. C'est sans compter la guerre, qui se déclenche et suspend toute publication.

L'invention d'Albertine

Bienheureuse interruption ! Car, entre la version de 1912 et celle que nous lisons aujourd'hui, il y a une différence essentielle : Albertine n'existe pas. En guise d'histoire d'amour, le narrateur court après une mystérieuse jeune fille à la rose rouge, et après la femme de chambre de la baronne Putbus. C'est un peu maigre… Mais ce ne sont pas des raisons d'équilibre romanesque qui président à l'invention de la petite Simonet. Si Proust l'invente, c'est en fait pour panser par la littérature la terrible perte qu'il vient de faire en la personne d'Alfred Agostinelli : son secrétaire et protégé, installé chez lui depuis le mois de janvier 1913, après s'être enfui brutalement au mois de décembre suivant, et avoir échappé aux poursuites éperdues lancées par Proust dans sa direction, a trouvé la mort le 30 mai 1914 dans un terrible accident d'avion.

Marcel est désespéré. « J'ai su ce que c'était chaque fois que je montais en taxi, d'espérer de tout mon cœur que l'autobus qui venait allait m'écraser », écrit-il à un ami. Cette douleur, il la sublime dans l'invention du personnage d'Albertine. De 1914 à 1915, comme un rocher ou comme un promontoire, la jeune fille dévie le cours du roman en le redoublant de ses pages les plus intenses et les plus roboratives sur la possession et la jalousie : *La Prisonnière* et *Albertine disparue*.

À la même époque, il s'occupe aussi de modifier l'épisode de Balbec qui ouvre le second tome. Car pour satisfaire au principe du dévoilement progressif qui commande l'esthétique de son roman, il a besoin de planter un premier état d'Albertine avant la grande passion. Elle trouve tout naturellement sa place sur ce fond de bord de mer, et avec elle, le thème des jeunes filles, sommet de grâce et de poésie, rejoint également le fleuve du roman. Le tout donne un volume intercalaire : *À l'ombre des jeunes filles en fleurs*, qui sortira en 1918, aux couleurs de la NRF. Pour ce livre, tome le plus composite et le moins prévu de son œuvre, Marcel Proust, à quarante-huit ans, obtient en 1919 le prix Goncourt contre les patriotiques *Croix de bois* de Dorgelès : l'attribution fait scandale.

« Travaillez pendant que vous avez encore la lumière »

À partir de 1915, le roman a trouvé le visage qui sera globalement le sien : le plan est fixé, il ne reste plus qu'à le réaliser. L'écriture de *La Recherche* devient une course contre la montre ; la vie de Proust, cet éternel malade, qui souffre d'asthme et de faiblesse généralisée, prend la tournure d'une course contre la mort. Conscient que son état de santé s'aggrave, l'écrivain répète dans ses lettres et dans ses carnets : « travaillez pendant que vous avez encore la lumière », « ce beau commandement du Christ dans saint Jean ». Mourir avant d'avoir fini devient sa hantise. Alors il veille chaque nuit pour rédiger les parties nouvelles, réécrire les anciennes, monter les tomes, corriger les épreuves dans de telles proportions que les placards qu'il renvoie à l'éditeur nécessitent fréquemment une remise en composition.

Sa vie, tout entière dédiée à son livre, est à la fois monotone et extraordinaire. Ses sorties sont rares. Ses amis et ses connaissances sont à peine reçus, ou alors seulement pour les besoins de ses personnages. Le quotidien est géré par Céleste Albaret, l'inénarrable Céleste, qui, en plus de tenir son appartement, son linge et de préparer ses absurdes repas, l'égaie par ses imitations moqueuses.

À ce rythme, le premier tome de *Guermantes* sort en 1920, et le second en avril 1921. À la fin de ce volume, dans l'édition NRF, on trouve déjà le terrible *Sodome et Gomorrhe*, du moins le premier tome : une quarantaine de pages consacrées à la découverte de l'homosexualité masculine et à sa théorisation. La seconde partie sortira en 1922, en trois volumes. Le sujet qui, dix ans auparavant, faisait craindre à Proust de n'être jamais publié est avalé par le public « comme des bondieuseries » : la gloire efface tous les scandales. Il reçoit tant de compliments qu'il est presque déçu. « Ils me lisent comme si j'étais la comtesse de Ségur ! »

Marcel Proust va mourir dans un an, et il reste trois tomes à sortir. Toute la fin est écrite ; tout est même en épreuves, mais il faut le faire, et Proust continue de corriger à son habitude, de fond en comble, et en ajoutant plus qu'en retranchant. Survient alors l'ultime rebondissement de la fabrique de *La Recherche* : sur le roman d'*Albertine disparue*, dactylographié pour être mis en épreuves, il raye d'un trait deux cent cinquante pages. Suppression énormissime qui fait disparaître des passages nécessaires à la compréhension et à la cohérence de l'intrigue. S'agit-il d'un geste inconsidéré ? Est-ce une réorientation drastique de son ouvrage alors qu'il est sur le point de le terminer ? Ou une biffure destinée à délimiter une version abrégée destinée à la publication en revue ? Le secret du geste est parti dans la tombe.

Lorsque, le 22 septembre 1922, Marcel Proust meurt, son frère Robert récupère les cahiers où *Albertine disparue* figure d'une rédaction manuscrite continue et les publie en 1925, dans une version qui prévaut jusqu'à aujourd'hui. Dans la foulée, il publie *Le Temps retrouvé*, le cœur sans doute dépourvu d'inquiétude : son frère n'avait-il pas assez répété, depuis de longues années, que ce dernier tome était terminé ? De l'inachèvement d'*À la recherche du temps perdu*, il ne sera pas question pendant longtemps. Ce sera à peine une rumeur, au plus un doute bien gardé, jusqu'en 1986, où la mort de Suzy Mante-Proust, la petite-nièce de l'écrivain, faisant ressurgir la surprenante dactylographie biffée, relance la critique aux trousses de la genèse de cette œuvre.

« Ce qu'on appelle la postérité, c'est la postérité de l'œuvre »

Marcel Proust est mort en ayant trouvé la faveur de la critique, mais pas celle du grand public. C'est pourtant ce dernier qui lui importait davantage. Tout *Le Temps retrouvé* est travaillé par une réflexion sur la postérité. Le narrateur oscille entre un stoïque détachement (« on accepte la pensée que, dans dix ans soi-même, dans cent ans ses livres, ne seront plus… ») et la torture que lui cause la pensée que les grands livres, en général, ont tendance d'abord à manquer leurs contemporains. « Ce qui est cause qu'une œuvre de génie est difficilement admirée tout de suite, c'est que celui qui l'a écrite est extraordinaire, que peu de gens lui ressemblent. C'est son œuvre elle-même qui en fécondant les rares esprits capables de la comprendre les fera croître et multiplier. »

L'histoire de la réception de *La Recherche* ne donne pas tort à cette analyse. Même après l'obtention du prix Goncourt en 1919, l'œuvre de Marcel Proust resta un secret que se partageaient une poignée d'initiés. Il fallut attendre les années cinquante pour voir Proust devenir le sujet d'une première biographie d'importance, signée André Maurois, et son œuvre entrer dans la Pléiade ; et puis enfin, dans la décennie suivante, grâce au témoignage d'écrivains emblématiques de l'époque comme Francis Ponge, Marguerite Duras, Nathalie Sarraute, grâce à l'action de Bernard de Fallois qui la fit entrer au Livre de Poche en 1965, *La Recherche* se tailla peu à peu cette « place suréminente qu'elle occupe dans l'imaginaire français », pour reprendre les mots d'Antoine Compagnon.

Dans l'ordre de la création, le problème de la postérité se posa différemment. Parmi les écrivains lecteurs de Proust, beaucoup le prirent ouvertement comme horizon (Sartre avec *La Nausée*, Butor dans *La Modification*, Beckett avec *Compagnie*, Andreï Makine avec *Le Testament français*), et quelques-uns parfois aussi comme cible, à l'instar de Céline. Ces œuvres de fiction souffrent toujours beaucoup de la comparaison avec leur modèle. Passé le plaisir du jeu de la reconnaissance de telle ou telle référence, on soupire bien vite après l'original : on se rend compte surtout que Proust demeure sans héritier.

Aussi sa fécondité littéraire la plus remarquable se trouve-t-elle dans le champ de la critique. Dans la seconde moitié du XXe siècle, l'œuvre s'est trouvée percutée par plusieurs penseurs extraordinaires, qui ont eu besoin de la traverser pour mieux se découvrir : Gilles Deleuze, Félix Guattari, Maurice Blanchot, René Girard, Roland Barthes. Ce dernier, disant un jour de Proust qu'il était « une substance superbe pour le désir critique », a peut-être trouvé la formule qui permet le mieux de rendre compte du nombre exceptionnel d'ouvrages écrits sur ou autour de son œuvre, de sa vie, de ses thèmes – plus que sur aucun autre auteur français.

> Et voici que le monde (qui n'a pas été créé une fois, mais aussi souvent qu'un artiste original est survenu) nous apparaît entièrement différent de l'ancien, mais parfaitement clair. Des femmes passent dans la rue, différentes de celles d'autrefois, puisque ce sont des Renoir, ces Renoir où nous nous refusions jadis à voir des femmes. Les voitures aussi sont des Renoir, et l'eau, et le ciel : nous avons envie de nous promener dans la forêt pareille à celle qui le premier jour nous semblait tout excepté une forêt, et par exemple une tapisserie aux nuances nombreuses mais où manquaient justement les nuances propres aux forêts. Tel est l'univers nouveau et périssable qui vient d'être créé. Il durera jusqu'à la prochaine catastrophe géologique que déchaîneront un nouveau peintre ou un nouvel écrivain originaux[5].

Ainsi, depuis notre lecture de *La Recherche*, nous traversons la campagne et certains buissons fleuris sont proustiens ; ou bien, dans un salon, certains convives ; ou encore dans nos disputes d'amoureux, certaines obsessions. C'est le grand legs de Marcel Proust à la postérité : aux mille nuances de sensibilité, il a ajouté un univers : le sien. Quelle en est l'essence ? Inutile de tenter de définir cette vibration particulière de la

5. *À la recherche du temps perdu*, t. II, p. 623.

conscience, cette rare fréquence de l'âme : on l'atteint seulement – passionnément – courageusement – par la lecture d'*À la recherche du temps perdu.*

Bibliographie sélective

Éditions

Édition originale : *À la recherche du temps perdu*, Grasset pour le vol. I, Gallimard pour les suivants, Paris, 1913-1927.

Édition de référence : *À la recherche du temps perdu*, Gallimard, coll. « Bibliothèque de la Pléiade », édition publiée sous la direction de Jean-Yves Tadié.

Sur Proust

Albaret, Céleste, *Monsieur Proust*, Robert Laffont, 1973.

Bardèche, Maurice, *Marcel Proust romancier*, Les Sept Couleurs, 1971.

Brézet, Mathilde, *Le Grand Monde de Proust*, Grasset, 2022.

Fallois, Bernard de, *Introduction à la* Recherche du temps perdu, De Fallois, 2019.

Tadié, Jean-Yves, *Proust et le roman*, Gallimard, 1971.

20

VOYAGE AU BOUT DE LA NUIT

de Louis-Ferdinand Céline (1932)

par Jérôme DUPUIS

Que l'on veuille bien nous pardonner de commencer par un souvenir personnel. C'était un dimanche d'avril 2001. Ce jour-là, Pierre Berès, considéré comme le plus grand libraire et marchand d'autographes français du XXe siècle, nous avait convié dans son échoppe de l'avenue de Friedland, non loin de l'Étoile. Il avait « quelque chose » à nous montrer. À l'heure dite, ce petit homme déjà presque nonagénaire mais au regard vif comme une belette nous demanda de le suivre vers un rayonnage écarté de sa librairie. Comme dans les meilleurs romans d'espionnage, il appuya sur un discret bouton qui fit pivoter la bibliothèque, découvrant une véritable salle des coffres. Tandis que nous détournions pudiquement le regard, il composa un code sur l'un d'eux et nous demanda de l'aider à en extraire une lourde boîte de cuir fauve. Quelques minutes plus tard, le mystérieux objet reposait sur une table de bois.

« Ouvrez », nous enjoignit alors Pierre Berès, le regard plus pétillant que jamais. Nous ne nous fîmes pas prier et, après avoir dénoué la languette d'une épaisse chemise de toile grise, nous découvrîmes sur le premier feuillet ces mots griffonnés à l'encre violette : « Voyage au bout de la nuit – Seul manuscrit – LF Céline – 98, rue Lepic ». Ils étaient là, ces 876 feuillets que les céli-

niens du monde entier cherchaient en vain depuis trois quarts de siècle et que l'on croyait disparus à jamais ! Le cœur battant, nous tournâmes les pages : entre deux ratures, Bardamu part pour la boucherie de 1914 ; plus loin, sous une trace de rouille due à un trombone, il s'enfonce dans la terrifiante nuit africaine ; d'autres pages sont rageusement biffées à l'encre noire, et voilà Bardamu déjà à New York, puis soignant les « pauvres » dans une désespérante banlieue parisienne.

Ces 876 feuillets manuscrits que nous avions le privilège d'avoir sous les yeux ont changé la face de la littérature mondiale. Plus rien ne sera tout à fait comme avant après la publication tumultueuse de cet étonnant Voyage *en octobre 1932. Preuve en est : quelques semaines après notre visite à Pierre Berès, ce manuscrit allait faire sensation à Drouot – les enchères montant jusqu'à 12 millions de francs, battant ainsi le record mondial de l'époque. Signe de son importance dans notre patrimoine national, il sera instantanément préempté par la Bibliothèque nationale de France, où il est conservé aujourd'hui.*

« J'écris pour rendre les autres illisibles »

En traçant les derniers mots de ce manuscrit, le docteur Louis Destouches – le vrai nom de Céline – pouvait-il imaginer qu'il allait provoquer un séisme dont le monde ne s'est, au fond, jamais remis ? Pour bien mesurer l'impact considérable de ce roman, le lecteur du XXIe siècle doit faire l'effort de se replacer en 1932 et surtout – ce qui n'est pas facile – de faire abstraction du pamphlétaire antisémite et du clochard céleste que l'écrivain deviendra plus tard. Ce jeune et beau médecin de banlieue, qui n'avait pas publié le moindre texte littéraire, allait faire une entrée fracassante dans l'univers des lettres, prélude aux multiples scandales stylistiques et politiques qui scanderaient sa vie. Personne mieux que lui ne résumera l'ambition démesurée qui l'habitait alors : « Pourquoi j'écris ? Je vais vous le dire : pour rendre les autres illisibles… »

Rien ne prédisposait pourtant Louis Destouches à devenir écrivain. Né en 1894, l'année du déclenchement de l'affaire Dreyfus, fils d'un modeste correspondancier et d'une marchande de dentelles du passage Choiseul, près des grands boulevards, le jeune Destouches est un pur Parisien. Ses parents rêvent de le voir devenir « acheteur » pour les grands magasins. Encore adolescent, il multiplie les petits métiers – notamment livreur de bijoux –, découvrant la vie plutôt par la porte de service que par les perrons ouvragés des salons parisiens. Désœuvré, il s'engage finalement en septembre 1912 au 12e régiment de cuirassiers, à Rambouillet. Là, il découvre un univers noir, sale, violent, obtus, entouré de congénères parlant une langue fruste et imagée. Il saura s'en souvenir.

L'étape suivante, fondatrice, ce sera la guerre. Expérience traumatisante qui ouvrira, près de vingt ans plus tard, *Voyage au bout de la nuit*. « On est puceau de l'horreur comme on l'est de la volupté », écrira le « brigadier » Céline en l'un de ces cruels aphorismes qui surgissent régulièrement dans son roman. Et d'ajouter : « Qui aurait pu prévoir avant d'entrer vraiment dans la guerre, tout ce que contenait la sale âme héroïque et fainéante des hommes ? » Pas lui, semble-t-il, pourtant décoré de la Croix de guerre pour avoir assuré à cheval une liaison risquée dans les Flandres (qui lui valut d'être blessé au bras).

Démobilisé, Louis Destouches entame des études de médecine et s'embourgeoise en province, épousant la fille d'un ponte de la faculté de Rennes. Mais bientôt, le voilà attaché à l'Institut d'hygiène de la Société des Nations, à Genève. Le *globe-trotter* multiplie les « missions » à l'étranger, ce qui lui vaut de rencontrer Mussolini et de visiter les usines Ford de Detroit, temple du taylorisme et futur décor de la partie « américaine » de *Voyage au bout de la nuit*. À l'époque, si l'on excepte sa très littéraire thèse de médecine consacrée à l'obstétricien hongrois Semmelweis, le docteur Destouches n'a encore rien publié. En 1927, une première tentative du côté du théâtre, avec *L'Église*, une pièce qui raille les travers de la SDN, n'a pas trouvé preneur. À l'aube des années 1930, il rentre à Paris et devient médecin au dispensaire de Bezons, puis de Clichy. Médecin des ouvriers, des tuberculeux, des bannis de la « zone », auxquels il répète à longueur de consultations : « Surtout pas de café ! Pas de vin ! De l'eau ! » Son destin semble tout tracé : il sera « médecin des pauvres ».

« Le docteur écrit un roman ! »

Et puis… « Le docteur écrit un roman ! » C'est Jeanne Carayon, amie et voisine de Clichy, qui révèle la chose, un soir, à ses voisins. Par quel miracle Louis Destouches s'est-il soudain lancé dans une telle entreprise ? Jusqu'à sa mort, l'écrivain avancera imperturbablement la même justification « alimentaire », comme encore en 1957, face à Madeleine Chapsal qui l'interroge pour *L'Express* : « Je suis né à une époque où on avait peur du terme ! Je me suis dit : c'est le moment du populisme. Dabit, tous ces gens-là produisaient des livres. Et j'ai dit : moi, je peux en faire autant ! Ça me fera un appartement et je n'aurais plus l'emmerdement du terme ! » Autrement dit, à l'écouter, c'est parce que le docteur Destouches en avait assez de payer un loyer que Louis-Ferdinand Céline aurait révolutionné la littérature du XXe siècle. L'explication est évidemment fallacieuse, dictée par la pudeur orgueilleuse de celui qui aurait préféré mourir plutôt que d'être considéré comme un banal écrivain. Il suffit de voir son rictus méprisant lorsqu'il prononce l'expression honnie « hommes de "leeetttres" », dans ses rares interviews télévisées, pour mesurer le gouffre qui le sépare d'un André Gide, d'un François Mauriac ou d'un Roger Martin du Gard.

En revanche, Eugène Dabit (1898-1936), romancier « populiste » quelque peu oublié de nos jours, a bien joué un rôle déterminant : Louis-Ferdinand Céline avait été marqué par l'immense succès de son *Hôtel du Nord*, ce roman qui racontait le quotidien d'ouvriers sur le bord du canal Saint-Martin et qui fit l'objet de l'adaptation au cinéma que l'on sait avec Arletty, future grande amie de Céline. Le roman de Dabit date de 1929.

C'est précisément à cette époque que le docteur Destouches noircit les premiers feuillets de ce qui va devenir *Voyage au bout de la nuit.*

« Je m'y suis collé un bon coup, confiera-t-il à Robert Poulet. Une heure par-ci, une demi-heure par-là, en fin de journée. À cette époque, je m'appuyais le service de nuit, pour les Rouges de Clichy. À l'aube, je rentrais chez moi, je dormais tout mon soûl. Ensuite, c'était la petite corvée d'écriture. » Céline n'est donc pas de ces écrivains qui s'installent en robe de chambre de soie à leur petit bureau Louis XV à heure fixe. Il écrit entre deux malades au dispensaire de Clichy, sur la table des cafés de Pigalle ou dans son petit appartement de Montmartre. Il jette ses mots sur tout ce qui lui tombe sous la main : papier à en-tête des Sanatoriums de Plaine-Joux-Mont-Blanc, verso d'un rapport consacré aux « Tuberculeux dans la banlieue parisienne » ou encore papier à lettres du Grand Hôtel de Stockholm. Des conditions d'écriture qui expliquent peut-être, en partie, le ton haché, haletant, saccadé, de cette prose volée aux gardes de nuit.

Il ne cherche pas l'inspiration, il est littéralement habité, irrigué, envoûté par une « petite musique » qui retentit en permanence dans sa tête. Une symphonie, plutôt… Les mots sortent par flots, comme si les fixer sur la page pouvait calmer la fièvre hallucinée qui l'habite. Mais que l'on ne s'y trompe pas : Céline corrige, réécrit, « repeigne » chaque page d'innombrables fois avant d'arriver au résultat final. « Pour dire la vérité, 400 pages imprimées font 80 000 pages à la main. Le lecteur n'est pas forcé de le savoir. Il ne doit même pas le savoir. C'est l'affaire de l'auteur à effacer le travail. Vous mettez le lecteur dans un paquebot. Tout doit être délicieux. Ce qui se passe dans les soutes, ça ne le regarde pas. Il doit jouir des paysages, de la mer, du cocktail, de la valse, de la fraîcheur des vents. Tout ce qui est mécanique, ou servitude, ou service, ne le regarde pas du tout », dira-t-il.

Voyage au bout de la nuit est un roman de son temps, ce qui, paradoxe propre à la littérature, en fera un objet universel. Qu'il suffise de dire qu'il a été rédigé très exactement entre la crise de 1929 et l'avènement d'Hitler au pouvoir. Mais Céline n'est pas seulement l'impitoyable greffier de ces temps tragiques. Il écrit aussi un roman éminemment autobiographique, comme le suggère d'emblée la proximité du prénom de son auteur, Louis-Ferdinand, et celui de son personnage principal et narrateur, Ferdinand Bardamu. Les toutes premières lignes donnent le ton : « Ça a débuté comme ça. Moi, j'avais jamais rien dit. Rien. C'est Arthur Ganate qui m'a fait parler. Arthur, un étudiant, un carabin lui aussi, un camarade. On se rencontre donc place Clichy. C'était après le déjeuner. Il veut me parler. Je l'écoute. » Comme Céline, Bardamu va d'abord connaître l'horreur des tranchées de la Première Guerre mondiale, les petites lâchetés des soldats et l'indécence de l'« Arrière » (l'occasion de découvrir que l'humanité se divise toujours en riches « planqués » et en pauvres exploités, leitmotiv obsédant de l'écrivain jusqu'à sa mort) ; comme Céline toujours, Bardamu va s'enfoncer dans l'envoûtante nuit africaine, exploitant le caoutchouc à Bikomimbo au milieu de coloniaux stupides ; comme Céline encore, Bardamu abordera les rivages américains *via* New York (la fameuse « ville debout »), bringuebalé entre les usines Ford et le charme fuyant des Américaines ; comme Céline, enfin, il finit médecin des pauvres à La Garenne-Rancy, véritable concentré de misère humaine.

Roman de trois continents, donc : Europe, Afrique, Amérique. Roman antipatriotique, anticolonialiste et anticapitaliste, également. Roman des rêves à jamais inassouvis, enfin. *Voyage au bout de la nuit* peut se lire comme l'épopée de l'homme humilié, écrasé par son siècle et la folie des hommes. Bardamu est le cousin français du Joseph K. de Kafka, un homme qui erre dans les grandes villes anonymes du XXe siècle. Céline rompt avec la grande tradition française du roman provincial (Flaubert, Balzac, Maupassant…) dès les premières pages de *Voyage* : « Moi d'abord la campagne, faut que je le dise tout de suite, j'ai jamais pu la sentir, je l'ai toujours trouvée triste, avec ses bourbiers qui n'en finissent pas, ses maisons où les gens n'y sont jamais et ses chemins qui ne vont nulle part. »

Mais Bardamu aux usines Ford préfigure aussi le Charlot des *Temps modernes*. Et quand il arrive à Ellis Island avec sa valise miteuse, il incarne le migrant, cette nouvelle figure universelle du XXe siècle. Naguère, Balzac et Zola, s'ils peignaient parfois la misère humaine, ne manquaient jamais de brosser en miroir le portrait d'ambitieux capitalistes à qui tout semblait réussir. Rien de tel chez Céline. Tout y est noir comme la suie immémoriale qui recouvre la banlieue parisienne. « L'homme est nu, dépouillé de tout, même de sa foi en lui. C'est ça, mon livre », avoue Louis-Ferdinand dans sa toute première interview d'écrivain, à *Paris-Soir*. Seul éclair de lumière au cours de ce long voyage dans la nuit, les cuisses gracieuses de quelques Américaines, incarnées par les insaisissables Lola et Molly, au cœur de toutes les rêveries de Bardamu. On sait que la danseuse a toujours représenté la perfection féminine pour Céline – *Voyage* est d'ailleurs dédié à Elizabeth Craig, danseuse américaine qui fut son amante tout au long de l'écriture du roman, et l'écrivain épousera plus tard Lucette Almanzor, elle-même professeur de danse.

Noir comme la nuit, noir comme la mort surtout. « Je savais moi, ce qu'ils cherchaient, ce qu'ils cachaient avec leurs airs de rien les gens. C'est tuer et se tuer qu'ils voulaient », songe Bardamu. Rétrospectivement, on a du mal à rapprocher l'auteur de *Bagatelles pour un massacre* de Sigmund Freud, ce symbole de l'intellectuel juif de la Vienne début de siècle. Pourtant, comme le remarque fort justement Henri Godard dans son édition de *Voyage au bout de la nuit* en « Bibliothèque de la Pléiade », Céline ne cesse de citer le médecin viennois comme inspiration de son roman. « Notre grand maître actuellement à tous, c'est Freud », proclame-t-il. Mais de la psychanalyse, Céline n'a pas retenu les pirouettes sur l'interprétation des rêves, comme les surréalistes. Non, de Freud, Céline ne ressasse éternellement qu'un seul concept, celui d'« instinct de mort ». Comment peut-on continuer à écrire comme au temps de Balzac après les vertigineuses découvertes de la psychanalyse sur l'esprit humain ? s'interroge le romancier. À cette question, il va répondre à sa manière, brutale et crue : *Voyage au bout de la nuit*, c'est *Malaise dans la civilisation* mis en roman.

La « Nénéref » rate Voyage au bout de la nuit

Quand il a enfin tracé la dernière ligne de son manuscrit, le docteur Destouches le donne à dactylographier à la secrétaire du dispensaire de Clichy où il officie alors. Farouchement attaché à son anonymat, il ne veut surtout pas que sa véritable identité de médecin soit rendue publique. Il se choisit donc un pseudonyme inspiré du prénom de sa grand-mère : Céline. Au printemps 1932, « Louis-Ferdinand Céline » dépose son « ours » chez deux éditeurs : Gallimard, le plus prestigieux de l'époque, avec sa fameuse collection blanche de la NRF, et Denoël, qui avait édité *Hôtel du Nord* de Dabit.

Céline joint à son manuscrit une longue lettre adressée à Gaston Gallimard. Il faut s'y arrêter tant elle dit tout de la folle ambition – et de l'aplomb – d'un inconnu au moment même où il se mue en écrivain : « Ce *Voyage au bout de la nuit* est un récit romancé, dans une forme assez singulière et dont je ne vois pas beaucoup d'exemples dans la littérature en général. Je ne l'ai pas voulu ainsi. C'est ainsi. Il s'agit d'une manière de symphonie littéraire, émotive, plutôt que d'un véritable roman. [...] C'est de la grande fresque, du populisme lyrique, du communisme avec une âme, coquin donc, vivant. [...] C'est du pain pour un siècle entier de littérature. C'est le prix Goncourt 1932 dans un fauteuil pour l'Heureux éditeur qui saura retenir cette œuvre sans pareille, ce moment capital de la nature humaine. Avec mes meilleurs sentiments, Louis-Ferdinand Céline. » Malgré cette lettre, la maison Gallimard agit de manière très... « gallimardienne », tergiversant, réunissant son fameux comité de lecture, faisant circuler le manuscrit de main en main. Après de longues semaines, un rapport de lecture signé Benjamin Crémieux suggère de le publier, mais à condition d'y pratiquer des coupes.

Pas question, évidemment, pour Céline, que l'on ose toucher à la moindre virgule de son texte. La « Nénéref » rate *Voyage*.

Tout autre fut la réaction de Robert Denoël, jeune éditeur belge installé à Paris. La scène est connue : rentrant un soir du théâtre, il tombe sur ce volumineux manuscrit signé d'un inconnu. La légende prétend qu'il aurait lu le roman dans la nuit. « Tout de suite, ce fut le coup de foudre. J'étais suffoqué par cette liberté de ton, ce lyrisme si fort, si nouveau », racontera-t-il. Seul problème, l'auteur n'a pas laissé ses coordonnées sur son manuscrit. Mais il est emballé dans un papier portant l'adresse d'une voisine de palier. Dès le lendemain, Denoël retrouve ce « Céline ». Il est subjugué par l'intensité de ses yeux bleu délavé et la fièvre avec laquelle il évoque la guerre, la mort, la littérature. Affaire conclue : *Voyage au bout de la nuit* sera publié chez Denoël. Le contrat est signé le 30 juin 1932. Céline touchera 10 % du prix de vente par volume à partir du 4 000e exemplaire, 15 % de droits à partir de 10 000 exemplaires et 18 % au-delà de 50 000. Largement de quoi « payer le terme » en cas de succès…

Mais Céline n'est pas un auteur facile, comme en témoigne sa première lettre adressée à Denoël quelques jours plus tard : « De grâce surtout n'ajoutez pas une syllabe au texte sans me prévenir ! Vous foutriez le rythme par terre comme rien – moi seul peut [*sic*] le retrouver où il est. J'ai l'air baveux mais je sais à merveille ce que je veux. » Les typographes avaient en effet tenté de rétablir une ponctuation classique dans ce torrent de mots. Horrifié, Céline confie à une amie : « Ils veulent me faire écrire comme Mauriac ! »

Voyage au bout de la nuit paraît donc en octobre 1932. C'est un volume épais de 624 pages sous une couverture typographique à gros caractères rouges (« Une couverture lourde et discrète. Pas de music Hallisme. Pas de sentimentalisme typographique ! », avait exigé Céline). Le prix de vente a été fixé à 24 francs. Le 10 novembre, un journaliste de *Paris-Soir* frappe à la porte du docteur Destouches. « Vous êtes bien Louis-

Ferdinand Céline ? » Fini l'anonymat du pseudonyme. Désormais, le docteur doit aussi s'assumer comme écrivain.

« Un chef-d'œuvre criminel »

Rarement premier roman aura connu un tel retentissement à sa sortie. Qu'il suffise d'égrener la liste éblouissante des personnalités qui commenteront *Voyage au bout de la nuit* : Paul Valéry, Léon Trotski, Louis Aragon, Henry Miller, Georges Bernanos, Maxime Gorki ou encore le jeune Claude Lévi-Strauss (évidemment marqué par la partie « africaine » du roman)... Au-delà des divergences, tous ou presque s'accordent sur un point : *Voyage* est un roman... « de gauche ». Céline abonde dans leur sens : « J'ai inventé une langue antibourgeoise [...] parce qu'il y a des sentiments que je n'aurais pas trouvés sans elle », assène-t-il. Mieux, alors que Staline est le maître tout-puissant de l'Union soviétique, certains voient même en *Voyage* un roman « communiste » ! Louis Aragon lui tresse des louanges et c'est sa compagne, Elsa Triolet, qui s'attelle à la traduction du roman en russe. Jacques Duclos, numéro deux du PCF, rêve même de faire de Céline un compagnon de route du Parti... Bien des années plus tard, tandis que ses pamphlets l'auront définitivement rangé du côté des nazis, Céline s'amusera de ce formidable malentendu : « C'est moi l'auteur du premier roman communiste qu'a jamais été écrit... qu'ils en écriront jamais d'autres ! jamais !... qu'ils ont pas la tripe ! »

Mais Céline est le romancier du petit matin blême plutôt que du grand soir révolutionnaire. Certains esprits plus acérés le comprennent vite. Maxime Gorki pointera le nihilisme viscéral de l'auteur, incompatible, selon lui, avec la marche triomphale du prolétariat. « Bardamu est tout à fait mûr pour accepter le fascisme », conclut même l'« écrivain officiel » soviétique, faisant preuve d'un sens de la prémonition étonnant. De son exil turc, Trotski ne dit pas autre chose : le pessimisme du roman ne peut en aucun cas servir de levier pour renverser l'ordre bourgeois.

Gorki et Trotski ont vu juste : quatre ans plus tard, de retour d'un voyage à Leningrad, Céline publiera *Mea Culpa*, un pamphlet ravageur qui compare le communisme à une gigantesque entreprise d'abrutissement humain...

À droite aussi, on est embêté par ce « chef-d'œuvre criminel » (Paul Valéry), qui se moque du patriotisme et réduit en charpie l'héroïsme des Poilus. Surtout, on le trouve « vulgaire ». On parle d'« épopée de la bassesse », de « roman de l'abjection », de « charabia scatologique ». L'ancien combattant et membre de l'académie Goncourt Roland Dorgelès résume bien l'opinion dominante : « Si le chauffeur ou le valet de chambre se permettait d'employer un des mots [de Céline] qui font frétiller d'aise tous ces snobs, on le flanquerait dehors avec des airs pincés. » François Mauriac, lui aussi offusqué par ce torrent de mots crus, évoque « un livre asphyxiant [...] dont il ne faut conseiller la lecture à personne ». Cela vaudra à l'auteur de *Thérèse Desqueyroux* une cinglante réponse de Céline : « Rien ne peut nous rapprocher. [...] Pour moi, simplet, Dieu c'est un truc pour penser mieux à soi-même et pour ne pas penser aux hommes, pour déserter en somme superbement. Voyez combien je suis argileux et vulgaire ! Je suis écrasé par la vie, je veux qu'on le sache avant d'en crever, le reste je m'en fous, je n'ai que l'ambition d'une mort peu douloureuse mais bien *lucide* et tout le reste c'est du yoyo. »

Ces lecteurs qui se pincent le nez en dénonçant la « vulgarité » de Céline n'ont pas pris la mesure de la nouveauté radicale de *Voyage au bout de la nuit*. L'écrivain le répétera jusqu'à sa mort : si son roman est révolutionnaire, ce n'est pas tant parce qu'il parle crûment de la guerre – Barbusse l'avait déjà fait avec *Le Feu* dès 1916 –, mais parce qu'il est écrit dans un style unique. L'écrivain le répétera cent fois : au XXe siècle, on ne peut plus lire Balzac pour savoir comment vit un médecin de campagne, ni Flaubert pour découvrir les affres de l'adultère. Certes, le naturalisme avait entrouvert la porte : mais si, dans les dialogues, les mineurs de Zola parlent comme des ouvriers et les paysans cauchois de Maupassant en patois normand, leurs romans eux-mêmes restent écrits dans une langue classique. « Une langue morte, fustige Céline. C'est le beau style, l'instrument des rapports, de la lettre à la cousine. [...] Ce sont là des projets de romans, ce ne sont jamais des romans. Tout le travail reste à faire. Je ne veux pas narrer, je veux faire RESSENTIR. » Telle est la révolution copernicienne menée par Céline : introduire l'émotion du langage parlé dans l'écrit.

Contrairement à ce que diront nombre de ses contemporains, *Voyage au bout de la nuit* n'est pas écrit en argot. Céline considérait même l'argot comme un « truc, un procédé, un artifice », bref, une autre langue figée. Lui a l'ambition démesurée de créer une écriture nouvelle – et s'il cite fréquemment Rabelais, Shakespeare ou Dostoïevski comme ses précurseurs, ce n'est pas par orgueil démesuré, mais tout simplement parce que, comme eux, il est une sorte de « monstre » littéraire. Une langue faite de néologismes, d'élisions et d'interjections restituant l'émotion brute, voilà ce qu'il poursuit inlassablement. Pour décrire son travail, il utilise toujours la même métaphore : « Si vous prenez un bâton et si vous voulez le faire paraître droit dans l'eau, vous allez le courber d'abord, parce que la réfraction fait que si je mets ma canne dans l'eau, elle a l'air d'être cassée. Il faut la casser avant de la plonger dans l'eau. C'est un vrai travail. C'est le travail du styliste. »

Six mois avant sa mort, en janvier 1961, dans un entretien fort justement intitulé *À propos du style*, Céline résumera formidablement l'expérience romanesque qu'il offre au lecteur : « Je fais rentrer les gens par la bonne porte, les gens ne sont pas perdus, ils montent l'escalier un peu tordu, les fenêtres gondolent, les mots ne sont pas faux, mais ce n'est pas ceux qu'on attendait. [...] Quand on regarde par la lucarne, on voit un vrai paysage ; ce n'est pas non plus ce qu'on attendait mais c'est un paysage. Quand ils ont bien regardé, je fais descendre les gens et je les fous dehors. » Comment s'étonner, dès lors, que les lecteurs de 1932 soient ressortis *groggys* de la lecture de *Voyage au bout de la nuit* ?

Scandale chez les Goncourt

Cette obsession du style va bientôt se retrouver au cœur d'une nouvelle « bataille d'*Hernani* ». La scène, cette fois-ci, se joue dans le salon des Goncourt, au premier étage de chez Drouant. *Voyage au bout de la nuit* est donné favori. Malgré son mépris pour le monde des lettres, Céline joue le jeu, dédicaçant son roman à certains jurés et en rencontrant même un ou deux. Le vote est prévu pour le mercredi 7 décembre. Une semaine auparavant, lors d'un déjeuner préparatoire, les dix de Drouant se déclarent majoritairement favorables à *Voyage*, au point qu'on hésite même à proclamer le prix dans la foulée. Léon Daudet et les frères Rosny semblent acquis à Céline. Lucien Descaves, ardent partisan lui aussi, exulte. Le vote du 7 décembre ne devrait être qu'une formalité.

Ce jour-là, place Gaillon, Céline, accompagné de sa mère et de sa fille Colette (douze ans), se glisse parmi les curieux qui attendent la proclamation du Goncourt, devant chez Drouant. Au premier étage, les jurés délibèrent. Coup de théâtre : au premier tour, *Les Loups* (Gallimard) de Guy Mazeline obtiennent six voix, contre trois seulement pour Céline ! Majorité absolue, l'affaire est entendue, Mazeline est Prix Goncourt 1932. Céline est terriblement déçu. Dans sa biographie de l'écrivain, François Gibault raconte qu'il broya de colère un petit grelot en argent appartenant à sa fille. Celle-ci l'a conservé jusqu'à sa mort en souvenir de cet étrange moment. Petite consolation, néanmoins : dans le salon attenant à celui des Goncourt, les jurés du Renaudot attribuent leur prix à *Voyage au bout de la nuit.*

Il est un autre homme que le vote des Goncourt ulcère : Lucien Descaves. Il se sent trahi par le revirement des autres jurés. « Jamais je ne remettrai les pieds dans cette Académie qui est un marché, une foire, où, à quelques exceptions près, tout est à vendre ! », déclare-t-il. La polémique vire au scandale. Des articles de presse évoquent – sans preuves – des achats de voix, au point que Roland Dorgelès et J.-H. Rosny attaquent en justice le patron du *Crapouillot*, Galtier-Boissière, et son confrère Sicard. Les attendus du jugement sont révélateurs de la manière dont *Voyage au bout de la nuit* bouscule tous les codes de la bien-pensance de l'époque : « Ce livre contient des expressions triviales, grivoises, susceptibles de révolter [...] et de gêner le lecteur au point de vue moral. »

On le sait, rien de tel qu'un bon scandale pour lancer un livre. À la mi-janvier 1933, soit trois mois après sa sortie, le tirage initial de *Voyage*, 50 000 exemplaires, est épuisé. On est à 70 000 exemplaires en mars et à 87 000 en juillet. Au total, les éditions Denoël déclareront avoir vendu 112 000 exemplaires à la fin de la guerre, auxquels il faut ajouter les 36 000 exemplaires d'une réédition parue en 1942 agrémentée de dessins de Gen Paul, grand ami montmartrois de Céline.

Le succès ne se démentira pas jusqu'à aujourd'hui. Des millions d'exemplaires de *Voyage au bout de la nuit* ont été vendus en France depuis sa parution et il s'en écoule toujours plusieurs dizaines de milliers de volumes par an, notamment en édition de poche. Le roman a été traduit très tôt dans de nombreuses langues : en allemand, en italien et en polonais dès 1933, en anglais, en russe et en néerlandais l'année suivante, en portugais et en espagnol après la guerre, et dans près de quarante autres depuis, y compris le japonais.

La postérité littéraire de Céline ne se limite d'ailleurs pas à la seule France. Si *Voyage au bout de la nuit* a évidemment influencé des auteurs tels qu'Albert Paraz, Alphonse Boudard ou Roger Nimier, certains écrivains américains n'ont jamais caché leur dette à l'égard de *Journey to the End of the Night*. Au premier rang de ces admirateurs, il faut ranger Henry Miller, dont le *Tropique du Cancer* fut en partie écrit sous influence célinienne. Il en envoya d'ailleurs un exemplaire à Céline, à sa sortie, en 1934, s'attirant en retour une lettre du « maître » : « Toujours plus de discrétion ! Sachez avoir tort – le monde est rempli de gens qui ont raison – c'est pour cela qu'il écœure. » Charles Bukowski, archétype de l'écrivain « déjanté » et auteur des *Contes de la folie ordinaire*, ne transigera jamais non plus avec son admiration pour le romancier français : « Céline, le plus grand écrivain depuis deux mille ans... »

Il est un autre auteur, au statut un peu particulier, qui, lui non plus, ne se remit jamais vraiment de sa découverte de *Voyage au bout de la nuit* : Michel Audiard. Il s'amusait d'ailleurs à parsemer ses dialogues de discrètes citations céliniennes, tel le fameux « mousse et pampre » des *Tontons flingueurs*. Comme Abel Gance, Sergio Leone, Jean-Luc Godard et beaucoup d'autres, Audiard eut le projet d'adapter sur grand écran *Voyage au bout de la nuit* (avec Jean-Paul Belmondo en Bardamu). Aucun de ces projets cinématographiques, pourtant, ne vit le jour, comme si le style célinien, si imagé, se dérobait paradoxalement à toute transposition filmée. Seule tentative d'adaptation réussie, la version illustrée par Jacques Tardi dans un esprit rappelant Gus Bofa, le célèbre dessinateur de la Grande Guerre.

Près de quatre-vingt-dix ans après sa parution, *Voyage au bout de la nuit* est souvent présenté comme l'une des deux grandes révolutions romanesques françaises du XXe siècle (la seconde étant, dans un genre très différent, *À la recherche du temps perdu*, de Marcel Proust). Pourtant, dans une savoureuse lettre à Eugène Dabit, Céline semblait douter de la postérité de son œuvre : « D'abord notre littérature mon vieux n'existe plus. C'est une archéologie. La littérature ne signifie plus rien dans la vie d'aujourd'hui. La vie ne passe pas plus par elle. C'est une ville ancienne capitale – comme Dijon – abandonnée aux retraités à renvois... aux automobilistes de troisième main – aux chats amputés... C'est fini mon vieux. À nous la casquette des gardiens de musée... » Louis-Ferdinand Céline se trompait : son musée ne désemplit pas.

Bibliographie sélective

Éditions

CÉLINE, Louis-Ferdinand, *Voyage au bout de la nuit*, Denoël et Steele, 1932, in-8 (édition de référence dans la « Bibliothèque de la Pléiade », 1981).

Sur Céline

BRAMI, Émile, *Louis-Ferdinand Céline et le cinéma*, Écriture, 2020.
CÉLINE, Louis-Ferdinand, *D'un château l'autre*, Gallimard, 1957.
—, *Lettres*, Gallimard, coll. « Bibliothèque de la Pléiade », 2009, édition établie par Henri Godard et Jean-Paul Louis.
GIBAULT, François, *Céline 1894-1932, le temps des espérances*, Le Mercure de France, 1977.
POULET, Robert, *Mon ami Bardamu*, Plon, 1971.
Interview avec Louis-Albert Zbinden, Radio-Lausanne, 1957.

21

La Peste
d'Albert Camus
(1947)

par Marylin Maeso

Lorsque Camus reçoit une reconnaissance internationale avec l'attribution du prix Nobel en 1957, il vient de publier La Chute, *un roman que Sartre considérait comme son meilleur avec* L'Étranger, *auquel il consacra une longue analyse dans la revue* Les Temps modernes *et qui demeure à ce jour, du haut de ses 7 millions d'exemplaires vendus, l'une des acquisitions les plus fructueuses de la maison Gallimard. C'est pourtant à un autre livre que l'écrivain algérois doit sa réputation :* La Peste, *qui connaît, dès sa sortie le 10 juin 1947, avec 22 000 exemplaires tirés, un succès immédiat et jamais démenti depuis. Si ce roman séduit, aujourd'hui comme hier, un très large public aux quatre coins du globe ; s'il est, de tous ses écrits, celui qu'on ne cesse de redécouvrir à la lumière d'époques et de situations diverses, c'est d'abord parce que, de l'aveu même de l'auteur, il y est question de « ce que tout le monde connaît*[1] *». Les événements qui y sont relatés relèvent de l'exceptionnel, et néanmoins, en les retranscrivant, il donne à voir des expériences humaines formatrices, des vécus dans lesquels chacun se retrouve.*

1. Extrait d'une interview radiophonique donnée à la RDF en 1950.

Un triomphe inespéré

« Je suis revenu d'Amérique avec l'unique désir de me mettre au travail. J'ai quitté Paris pour la Loire et j'ai travaillé comme un forçat pendant un mois. Au bout du compte, j'ai fini *La Peste*. Mais j'ai l'idée que ce livre est totalement manqué, que j'ai péché par ambition et cet échec m'est très pénible. Je garde ça dans mon tiroir, comme quelque chose d'un peu dégoûtant », écrit Camus à Louis Guilloux le 12 septembre 1946. Quelques jours après, il confiera à Francis Ponge : « *La Peste* est finie. Mais je n'ai pas envie de publier ni cela, ni autre chose. Je les garde pour moi jusqu'à ce que le goût me revienne », avant de s'avouer définitivement vaincu auprès de son ancien professeur, Jean Grenier, trois mois plus tard : « J'ai eu toutes les peines du monde à finir mon livre sur la peste. Il est terminé maintenant mais je suis plein de doutes à son (et à mon) égard. » C'est dire si ce roman avait tout du vilain petit canard aux yeux de son créateur. Cinq années d'une gestation éprouvante et douloureuse, suivies d'un accouchement à contrecœur, ont durablement inscrit sur les lèvres de l'auteur l'amertume de l'échec et de l'inachevable. Ni les encouragements de ses amis (Jean Grenier, Louis Guilloux, Francis Ponge, René Char), ni la réception globalement enthousiaste du monde intellectuel – malgré les réserves de Bataille et d'Étiemble, il se verra décerner le prix des Critiques le 14 juin 1947 –, ni même le plébiscite des lecteurs débouchant sur cinq réimpressions en l'espace de cinq mois ne parviendront à le faire changer d'avis. *La Peste* restera à jamais le rejeton renié par son géniteur, non seulement étonné mais agacé de sa réussite, tant il est persuadé de n'avoir rien en commun avec lui. Goguenard, il balayera auprès de Janine et Michel Gallimard ce triomphe instantané d'un : « *La Peste* en est à 96 000 exemplaires. Elle a fait plus de victimes que je ne pensais. »

Si illégitime fût-il aux yeux de son père, l'enfant s'est envolé en même temps que les ventes : avec désormais quelque 3 millions d'exemplaires écoulés, ce joyau de l'illustre « collection Blanche » dont il porte la griffe – titre rouge sur fond écru – est devenu le troisième plus gros succès des éditions Gallimard, derrière son prédécesseur *L'Étranger* et *Le Petit Prince* de Saint-Exupéry. Traduite en plus de dix langues, jouée au théâtre, adaptée au cinéma et bientôt en série, *La Peste* a accompli, par son irrésistible ascension, le destin que lui prédisaient les lecteurs privilégiés qui ont accompagné Camus sur le chemin tortueux de son écriture : fort d'une « résonance grave et profonde » (Jean Grenier), « c'est un très grand livre, et qui grandira », prophétise Louis Guilloux dès sa parution. On ne saurait mieux caractériser la spécificité de *La Peste*, qui lui confère sa force si singulière : celle de gagner en profondeur avec le temps, comme un grand cru. D'être à la fois le fidèle reflet de son époque et le miroir intemporel de toutes celles qui suivront. En 1947, le roman ravive le souvenir encore tenace des années d'occupation, où la peur et le sentiment d'emprisonnement étaient le lot de tous. Soixante-quinze ans plus tard, l'explosion des ventes dans plusieurs pays (200 000 exemplaires rien qu'en France, soit huit fois plus que d'ordinaire) consécutive à la pandémie de coronavirus traduit le besoin de se raccrocher à un précédent littéraire, de trouver dans la chronique de Rieux l'écho des épreuves et des souffrances – panique, suspension de l'avenir, isolement, impossibilité de faire le deuil des êtres chers, etc. – qu'une maladie meurtrière inflige à toute une population. Celle-ci, arrachée au train-train rassurant de ses habitudes individualistes, réalise brutalement qu'à l'instant où, par la malédiction de la contamination, chaque action peut mettre en danger la vie d'autrui, le fléau et le combat qui nous y oppose deviennent nécessairement l'affaire de tous.

Pourquoi ce succès a-t-il pour rançon une telle mélancolie ? Si les difficultés qu'éprouve Camus à supporter la notoriété y sont peut-être pour quelque chose, c'est dans le roman lui-même qu'il faut chercher les raisons de cet abattement. Un livre écrit à même son expérience de la maladie (il en entame l'écriture en pleine rechute de tuberculose), de la guerre, de l'exil, de l'horreur et de l'impuissance devant une époque où la polémique l'emporte sur le dialogue – que dirait-il, aujourd'hui, de la tyrannie du *buzz* qui essaime de réseaux sociaux en plateaux médiatiques ? –, où la raison s'est mise au service du meurtre et où les bourreaux réclament la Légion d'honneur. Tout cela ne pouvait que laisser à son auteur un arrière-goût de sang. Le relent dégoûtant d'une violence immémoriale, aussi indécrottable que la condition humaine elle-même (« [...] je souffrais de la peste bien avant de connaître cette ville et cette épidémie[2] », confie Tarrou à Rieux) et qui ne s'achèvera pas avec la fin, toujours temporaire, du carnage.

Sisyphe et son rocher

« Peste. De toute ma vie, jamais un tel sentiment d'échec. Je ne suis même pas sûr d'arriver jusqu'au bout... », se lamente Camus dans ses *Carnets*. Comment achever ce qui, selon la formule de Rambert, « consiste à recommencer » ? Cette tâche sisyphéenne est un motif récurrent dans le roman : le journaliste, coincé malgré lui par la mise en quarantaine d'Oran, est contraint de reprogrammer continuellement son évasion avortée. L'employé de mairie Grand, obsédé par la quête du mot juste, ne cesse de réécrire la première phrase de son roman. Le docteur Rieux lui-même est condamné à accomplir sans répit un travail ingrat qui lui impose de voir mourir chaque jour des innocents pour lesquels il ne peut rien. À y regarder de plus près, c'est finalement l'ensemble des Oranais qui sont réduits à visionner le même film au cinéma, à aller écouter le même opéra et à envoyer aux proches le même télégramme stéréotypé. La mise en abyme est flagrante pour qui sait que l'auteur du roman,

2. *La Peste*, in *Œuvres complètes*, Paris, Gallimard, 2006, t. II, p. 204.

lui-même éternel insatisfait, n'a cessé de remettre son ouvrage sur le métier sans jamais parvenir, même une fois le manuscrit sous presse, à toucher du doigt le sentiment réconfortant du devoir accompli.

Le projet d'écrire un livre racontant une épidémie, inspiré par Artaud, travaille Camus dès la fin des années 1930. Soucieux de l'imprégner de réalisme et de l'incarner, il parcourt force ouvrages médicaux (*La Peste. Épidémiologie, bactériologie, prophylaxie* du docteur Bourges), historiques (*Mémoires sur la peste en Algérie* d'Adrien Berbrugger) et littéraires (*Journal de l'année de la peste* de Daniel Defoe), où il trouve notamment la description des symptômes spectaculaires que la maladie grave dans le corps des pestiférés. L'accumulation de détails, d'anecdotes et de données, qui confère au roman sa crédibilité, a pour contrepartie un processus de composition éreintant. L'écriture de Camus, qui oscille entre le souci de la structure minutieuse et le foisonnement de la matière comme de l'inspiration, présente un casse-tête avec lequel il se débat : « Des notes, des bouts de papier, la rêverie vague, et tout cela des années durant. Un jour, vient l'idée, la conception, qui coagule ces particules éparses. Alors commence un long et pénible travail de mise en ordre. Et d'autant plus long que mon anarchie profonde est démesurée. » On comprend, en découvrant cette confidence à Jean-Claude Brisville, que sa fascination pour la mesure, pure tension entre des extrêmes invivables, fut, avant de devenir un concept clé de sa pensée, une tentative pour dompter ses propres travers. La première version (qui l'occupe d'août à décembre 1942) à peine achevée, il pose sur elle un verdict tranché et songe déjà à la reprendre intégralement : « La première ébauche de *La Peste* est terminée. Elle est moche », dit-il, lapidaire, à Pascal Pia le 26 décembre 1942. Méticuleusement construit mais prolifique, ambitieux mais tâtonnant, Camus part à la recherche d'un livre qui ne cesse de lui échapper, à l'image de Rieux, épuisé par sa dévotion au métier de médecin qu'il accomplit sans illusion : « Je suis dans la nuit, et j'essaye d'y voir clair[3]. » D'un premier jet en quatre parties, qui alterne des points de vue différents (Rieux, Tarrou et le professeur Philippe Stephan) auxquels s'ajoutent les réflexions du narrateur, *La Peste* adopte progressivement, entre la fin de 1942 et juin 1946, la structure quintipartite d'une tragédie, voit sept chapitres disparaître et dix nouveaux faire leur apparition, le personnage de Stephan retoqué, celui de Rambert introduit, et la narration désormais confiée à un seul narrateur (Rieux). En tout, plus de mille variations sont à relever, mais au bout du compte, la même déception inconsolable.

L'écriture ramassée, ponctuée de ratures et d'annotations, parfois difficile à déchiffrer, de la première version du manuscrit, qui alterne entre l'encre bleue du texte d'origine et l'encre noire des corrections, témoigne d'une élaboration éreintante mais obstinée. Il faut imaginer Camus heureux.

« *Comme des rats* »

Derrière ce mécontentement tenace, la pesanteur de l'histoire : tels les Oranais du roman, Camus est pris au dépourvu par la force des choses. Insouciant et occupé à se soigner au bon air montagnard du Vivarais-Lignon, son intention de rejoindre sa femme à Alger pour y reprendre son manuscrit est contrariée le 11 novembre 1942 par l'invasion des Allemands, qui s'emparent de la zone sud. Cinglante ironie du sort : tout à ses projets, comment aurait-il pu songer « à la peste qui supprime l'avenir, les déplacements et les discussions[4] » ?

« Comme des rats », note-t-il alors dans ses *Carnets*. Isolé au Panelier, il infuse au texte le fardeau éprouvé de la séparation qui devient un thème central dans la nouvelle version – Rambert est justement cet étranger venu à Oran pour faire un reportage

3. *La Peste*, *op. cit.*, p. 120.
4. *Ibid.*, p. 59.

et qui se retrouve empêché par la quarantaine de retrouver celle qu'il aime. Le symbolisme de *La Peste* s'abreuve et s'étoffe à la source de l'expérience : « Je veux exprimer au moyen de la peste l'étouffement dont nous avons tous souffert et l'atmosphère de menace et d'exil dans laquelle nous avons vécu. Je veux du même coup étendre cette interprétation à la notion d'existence en général. La peste donnera l'image de ceux qui dans cette guerre ont eu la part de la réflexion, du silence – et celle de la souffrance morale. » Un roman qui s'écrit à l'encre de la vie touche juste parce qu'il creuse à l'endroit où la douleur sourd. Les premiers titres pressentis prennent ici tout leur sens : « Les Séparés », puis « Les Prisonniers ». Dans cette ville métamorphosée en tombeau à ciel ouvert, la maladie devient la seule réalité, l'unique balise, l'étalon de chaque instant pour une population coupée du monde et privée d'avenir : une fois les portes fermées, les dates chiffrées sont remplacées par des repères temporels liés à l'hécatombe. Les camps où s'agglutinent les malades, les trains qui charrient les cadavres infectés, les fours crématoires où l'on s'en débarrasse promptement pour éviter la propagation du virus, et l'insistance sur la dimension bureaucratique et implacable de la gestion sanitaire hantent le roman du spectre des années de guerre. Tandis que les piques subtilement lancées par le narrateur en direction de l'incompétence des autorités, plus inquiètes de préserver une illusion de normalité que de protéger la population en l'informant, et sa critique implicite de la frivolité des journaux qui ne s'intéressent qu'au sensationnel mais laissent les humains agoniser derrière les volets clos ne sont pas sans rappeler les réflexions désabusées de l'écrivain engagé qui, la Libération venue, réalise que ses rêves de renouveau ne verront pas le jour. Englué dans un pays qui, en dépit de ses serments sur l'air du « plus jamais ça ! », n'a pas l'intention d'apprendre de ses erreurs, Camus comprend vite que le répit sera de courte durée et que le fléau, loin d'être vaincu, s'apprête simplement à se métamorphoser. En témoignera « Le siècle de la peur », texte qui, un an après *La Peste*, dressera le portrait-autopsie d'une époque rongée par l'angoisse et par la violence, tout juste sortie d'une guerre mondiale et déjà prête à se jeter dans une bataille idéologique non moins délétère. Les charniers sont encore chauds que, déjà, la guerre froide se prépare.

« *Je me révolte, donc nous sommes* »

Roman annonciateur des thèses qui seront exposées dans *L'Homme révolté*, *La Peste* esquisse une issue à l'isolement paralysant qui est le lot de l'existence : « Dans l'expérience absurde, la souffrance est individuelle. À partir du mouvement de révolte, elle a conscience d'être collective, elle est l'aventure de tous[5]. » Tout dans la version finale du roman conspire à arracher les prisonniers de la maladie à leur solitude par la voie de la solidarité, suivant une tension qui trouve son écho et ne cesse de se rejouer dans l'ensemble de l'œuvre de Camus[6]. La substitution d'un narrateur unique au trio de narrateurs initial rend possible l'adoption d'un point de vue qui se veut le plus objectif possible, non pas pour atteindre une fausse neutralité, mais pour acter la primauté, en temps d'épidémie, du collectif sur le singulier, ou plutôt la tendance du second à rejoindre le premier. En privilégiant le « on » impersonnel sur la première personne du singulier, le narrateur conserve un certain recul et suggère par là au lecteur que son expérience est semblable à celle de ses concitoyens, puisqu'il a partagé en première ligne leurs inquiétudes, leurs douleurs, leurs colères, leurs deuils et leur détermination. Un cheminement également effectué par les autres protagonistes, chacun à sa manière : le journaliste Rambert passe ainsi du désir égoïste assumé de s'échapper par

---

5. Cette formule, que l'on trouve dans un texte intitulé « Remarque sur la révolte » publié en 1945 dans *L'Existence*, sera reprise telle quelle au sein du premier chapitre de *L'Homme révolté*.

6. On la trouve notamment à la fin de la nouvelle *Jonas ou l'Artiste au travail*, lorsque la toile du peintre, enfin dévoilée, ne contient qu'un mot indéchiffrable : « On ne savait s'il fallait y lire *solitaire* ou *solidaire*. »

tous les moyens à la décision de rester pour aider ses amis à combattre le fléau parce que, s'il n'y a pas de honte à préférer le bonheur, « il peut y avoir de la honte à être heureux tout seul[7] ». Et le père Paneloux, d'abord engoncé dans le ton réprobateur de son premier prêche, remplace, dans le second, le « vous » qui le distinguait de ses ouailles par un « nous » qui, en le ramenant parmi les hommes, consacre le choix de la résistance *hic et nunc* contre la prophétie apocalyptique. Voilà le paradoxe : c'est au moment où ils se retrouvent aux prises avec un fléau déshumanisant que les protagonistes acquièrent une conscience aiguë de ce qui fait leur humanité. Comme s'il fallait la perdre pour la retrouver.

Face à un fléau qui nous concerne tous, la lutte et, avec elle, le témoignage ne peuvent être que collectifs. En conservant l'anonymat jusqu'à la fin de sa chronique, Rieux laisse entendre que son récit le dépasse, que sa voix est celle d'une communauté d'hommes unis par, dans et contre le mal, dont certains ne sont plus là pour témoigner et que les liens de fraternité tissés au cœur de l'adversité commandent de ne pas laisser sombrer cette tragédie dans l'oubli. Camus tâchera de demeurer lui-même fidèle à ce devoir de mémoire dans sa conférence de 1948 intitulée « Le témoin de la liberté », où il affirme l'appartenance de chaque artiste à une communauté résistante en guerre contre toute tentative de rationaliser le meurtre de masse : « Par sa fonction même, l'artiste est le témoin de la liberté, et c'est une justification qu'il lui arrive de payer cher. [...] C'est au nom de la passion de l'homme pour ce qu'il y a d'unique en l'homme, que nous refuserons toujours ces entreprises qui se couvrent de ce qu'il y a de plus misérable dans la raison. Mais ceci définit en même temps notre solidarité à tous. C'est parce que nous avons à défendre le droit à la solitude de chacun que nous ne serons plus jamais des solitaires. »

7. *La Peste*, *op. cit.*, p. 178.

L'importance de la lecture allégorique du fléau comme transposition littéraire de la « peste brune » et, par là même, des formations sanitaires comme équivalent des groupes de résistance est rappelée par Camus dans une lettre de 1955 adressée à Roland Barthes : « *La Peste* [...] a cependant comme contenu évident la lutte de la résistance européenne contre le nazisme. La preuve en est que cet ennemi qui n'est pas nommé, tout le monde l'a reconnu, et dans tous les pays d'Europe. [...] *La Peste*, dans un sens, est plus qu'une chronique de la résistance. Mais assurément, elle n'est pas moins. » C'est que, de tous les niveaux de lecture que comporte le roman, celui qui met en évidence les mécanismes sociopolitiques de la déshumanisation est, au vu de l'actualité, le plus urgent à méditer. Composant une fois encore à même sa propre expérience – faute de pouvoir rejoindre le front, en raison de sa santé fragile, Camus s'est engagé dans la résistance intellectuelle en rejoignant le journal clandestin *Combat* –, il donne à voir la cristallisation de la bataille contre l'épidémie comme élaboration d'une stratégie fondée sur une éthique de l'honnêteté. Honnêteté des mots d'abord, qui consiste à appeler les choses par leur nom, à rebours des mystifications typiques des idéologies criminelles et de la standardisation du verbe qui, en ankylosant la pensée, prépare le terrain au pire – « J'ai compris », dit Tarrou, visionnaire sur le front linguistique, « que tout le malheur des hommes venait de ce qu'ils ne tenaient pas un langage clair[8] ». Honnêteté des actes ensuite, incarnée par des individus ordinaires – le docteur Rieux, le petit fonctionnaire Grand –, qui luttent non en accomplissant un destin d'épopée, mais, plus modestement, en jouant leur rôle d'hommes : « Là était la certitude, dans le travail de tous les jours. Le reste tenait à des fils et à des mouvements insignifiants, on ne pouvait s'y arrêter. L'essentiel était de bien faire son métier[9]. »

Cette éthique du sens de la vie trouvé dans le travail de tous les jours, Camus la met en pratique en tant que journaliste puis

8. *La Peste*, *op. cit.*, p. 210.
9. *Ibid.*, p. 62.

rédacteur en chef à *Combat*, un sacerdoce qui, tout en l'éloignant provisoirement de l'achèvement de son roman, l'y ramène pourtant inlassablement. Les formations sanitaires se donnant pour tâche ingrate de sauver ce qui peut l'être d'un fléau qui n'épargne personne trouveront à la Libération un nouvel hommage dans l'article « Sauver les corps », issu de la série « Ni victimes ni bourreaux » publiée cinq mois après *La Peste*. Le texte illustre un combat cher à Tarrou : s'opposer résolument à « tout ce qui, de près ou de loin, pour de bonnes ou de mauvaises raisons, fait mourir ou justifie qu'on fasse mourir », honorant à nouveau l'engagement énoncé par Camus dans sa lettre à Roland Barthes : faire de *La Peste* un plaidoyer pour « toutes les résistances contre toutes les tyrannies ».

« *La peste ne meurt ni ne disparaît jamais* »

« Toutes les tyrannies », c'est-à-dire non seulement le nazisme, référence qui vient le plus spontanément à l'esprit du lecteur de *La Peste*, mais aussi celles qui continuent de sévir et celles qui renaîtront sur les décombres des victoires célébrées trop tôt. « La tâche des hommes de la résistance n'est pas terminée », prédit Camus dans un éditorial du 21 août 1944. « Il y a eu le temps de l'épreuve et nous en voyons la fin. Il nous est facile de donner son temps à la joie. Elle prend dans nos cœurs la place que pendant cinq années y a tenue l'espérance. Là aussi, nous serons fidèles. Mais le temps qui vient maintenant est celui de l'effort en commun. » C'est sur le même message que le roman s'achève, à la fois mise en garde contre le relâchement de la vigilance et exhortation à ne pas rendre les armes. L'esprit de la révolte, forgé au cœur de la fraternité des résistants et que Camus théorisera dans *L'Homme révolté* en 1951, devient, avec *La Peste*, une boussole précieuse que célébrera Romain Gary, deux ans après la mort de l'auteur, dans la préface qu'il consacre à l'édition américaine du roman. En 1946, Camus prononce plusieurs conférences outre-Atlantique, dont une en particulier, « La crise de l'homme », souligne la gravité du mal dont le monde agonise et qui, facilité par les compromissions idéologiques et politiques, n'en finit pas de se propager. C'est cet enseignement que Gary tâche de garder vivant, en en rappelant obstinément l'éternelle actualité : « Albert Camus a publié son roman-prophétie huit ans avant que le noir linceul de "la peste" ne se jette sur l'Algérie. [...] Car désormais, chacun est contaminé, et quand bien même nous appellerions cela d'un autre nom – colonialisme, nationalisme, racisme, communisme, fascisme –, le mal sommeille chez les meilleurs d'entre nous. Les idées infectes vont grouillant et se multipliant dans les recoins les plus sombres et les plus tortueux de nos cerveaux. [...] On peut rester dans les rues d'Oran et passer des heures à débattre des origines de l'épidémie et à chercher ses responsables. C'est un jeu qui se joue aussi bien à Berlin, à Little Rock, à Budapest, en Angola, en Afrique du Sud. Choisissez votre terrain, n'importe où ; les germes sont en nous tous, prêts à s'épanouir au nom d'une bonne cause. Car c'est un fait que lorsqu'on explique : "c'est la faute des Russes", "des Allemands", "des Français", "des Américains", "des Juifs", "des Arabes", "des...", c'est sur l'homme lui-même qu'on dit quelque triste et terrible vérité. » Par sa structure circulaire (la fin du roman laissant présager la réitération du fléau) comme par le travail de répétition qui incombe à ses personnages, *La Peste* dessine ainsi un univers tragique où les hommes se battent pour diminuer arithmétiquement les malheurs du monde, en sachant que chaque infime nuance se gagne au prix de mille sacrifices, et que les victoires sont toujours provisoires. Le choix lucide de la modestie, en faisant le deuil d'une impossible guérison, est le seul à même de nous mettre sur la voie de la rémission.

Post mortem

« Ceux de mes livres qui ont plu m'exprimaient mal et ne me ressemblaient pas[10]. » De tous les griefs que Camus a exprimés à l'encontre de *La Peste*, celui-ci est peut-être le plus infondé. C'est, au contraire, parce qu'il traduit et illustre fidèlement la pensée de son auteur que ce roman parvient à toucher autant de lecteurs depuis des décennies sur tous les continents. Le souci de sauver la fragile communauté des hommes contre les forces historiques et idéologiques qui l'écartèlent, le refus de se résigner au mal et de lui chercher des excuses en lui inventant des raisons, la conviction qu'en dépit de leurs crimes, de leurs aveuglements et de leurs trahisons, « il y a dans les hommes plus de choses à admirer que de choses à mépriser[11] » sont autant de traits de caractère qui définissent l'écrivain. Au croisement des trois cycles autour desquels il a échafaudé son œuvre – l'absurde figuré par le motif sisyphéen d'un fléau qui « consiste à recommencer », la révolte incarnée par les habitants qui s'obstinent malgré tout à se battre en créant des formations sanitaires, l'amour, enfin, des pestiférés pour les chers absents et pour les disparus –, *La Peste* incarne la parfaite synthèse des thèmes, des engagements et des doutes qui font de Camus une personne touchante, un penseur irremplaçable et un phare dans les tempêtes, passées et à venir.

---

10. Extrait d'un entretien accordé à la RDF en 1950.
11. *La Peste*, *op. cit.*, p. 248.

Bibliographie sélective

Éditions de référence

La Peste, Gallimard, 1947.
La Peste, in *Œuvres complètes*, Paris, Gallimard, t. II, 2006.

Sur Camus

LEVI-VALENSI, Jacqueline, La Peste *d'Albert Camus*, Paris, Gallimard, coll. « Foliothèque », 1991.
MATTEI, Jean-François, *Albert Camus. Du refus au consentement*, Paris, PUF, 2011.
SALAS, Denis, *Albert Camus, la juste révolte*, Paris, Michalon, 2002.
TODD, Olivier, *Albert Camus. Une vie*, Paris, Gallimard, 1999.

22

Mémoires d'Hadrien

de Marguerite Yourcenar (1951)

par Josyane Savigneau

Quand Marguerite Yourcenar (1903-1987) a publié Mémoires d'Hadrien, *en 1951, à quarante-huit ans, elle n'était pas une débutante. Dès son premier roman,* Alexis ou le Traité du vain combat *– signé « Marg Yourcenar » – en 1929 aux éditions Au Sans Pareil, elle avait été remarquée par les critiques de l'époque. Puis elle avait publié chez Grasset et chez Gallimard, avant que la guerre ne la contraigne à quitter la France pour les États-Unis. Mais ses livres restaient ignorés du grand public.*

Mémoires d'Hadrien *est-il son seul grand livre, dans une œuvre beaucoup plus diverse qu'on ne le croit ?* L'Œuvre au noir *lui tenait particulièrement à cœur. Non parce qu'elle avait reçu le prix Femina 1968 à l'unanimité, mais sans doute parce que Zénon, contrairement à Hadrien, personnage historique, lui devait son existence. « J'aimais Zénon comme un frère », disait-elle.*

Toutefois, c'est l'aventure que fut la rédaction de Mémoires d'Hadrien *qui demeure singulière et lui donne une place à part dans la longue histoire littéraire. Singularité couronnée par un joli coup de force : être la première femme élue à l'Académie française, en mars 1980.*

Marguerite Yourcenar a toujours dit que la majorité de ses livres étaient en germe dans ses « projets de la vingtième année », ce qui est vrai. Ainsi, *L'Œuvre au noir* a été précédée d'une nouvelle, « D'après Dürer », dans le recueil *La mort conduit l'attelage* (Grasset, 1934). Mais le projet d'*Hadrien* venait de plus loin encore.

À dix-neuf ans, en visitant la villa Adriana à Rome, avec son père, qui, déjà, encourageait son désir d'écrire – peut-être parce qu'il s'était lui-même rêvé écrivain –, Marguerite de Crayencour – qui vient juste de trouver le pseudonyme de Yourcenar et de publier à compte d'auteur *Le Jardin des chimères*, un poème dialogué (1921) – décide que son premier grand roman sera consacré au successeur de Trajan. « C'était un empereur helléniste », insistera-t-elle des années plus tard, en 1979, à « Apostrophes », pour expliquer sa passion pour lui, « le premier empereur au fond qui a été profondément un amateur de la pensée et de la vie grecques ». Détail très important, tant était forte la fascination de Yourcenar pour la Grèce, où elle allait passer beaucoup de temps dans les années 1930. Années d'une vie très nomade, agitée de nombreuses amours, notamment avec une jeune femme grecque, Lucy Kyriakos. Ponctuées de publications presque chaque année : 1931, *La Nouvelle Eurydice* ; 1932, *Pindare* – premier livre où elle devient, pour toujours, Marguerite Yourcenar – ; 1934, *La mort conduit l'attelage* et *Denier du rêve* ; 1936, *Feux* ; 1938, *Les Songes et les Sorts* (tous chez Grasset). La même année, elle passe chez Gallimard pour *Nouvelles orientales*, au sein desquelles paraît, en 1939, *Le Coup de grâce*.

Entre-temps, elle traduit *Les Vagues*, de Virginia Woolf (1937).

En dépit de cette vie littéraire et amoureuse intense, elle s'attelle de nouveau à ce qui deviendra *Mémoires d'Hadrien*. Elle avait écrit, au milieu des années 1920, une première version, complète, sous forme dialoguée, « à la Gobineau », dira-t-elle. Pas convaincue par le résultat, en dépit de passages qu'elle estimait réussis, ou du moins « pas si mal », elle l'avait jetée.

Ensuite, pensant qu'il serait plus judicieux de consacrer un essai à cet empereur auquel elle voue une admiration toute particulière, elle en entreprend la rédaction. Assez vite abandonnée. Selon Marguerite, son niveau d'érudition est trop faible pour mener à bien une telle entreprise. Elle n'est pas assez savante. Il n'est pourtant pas question pour elle de renoncer définitivement à s'occuper d'Hadrien. Elle recommence en 1936 puis en 1937, lors de son premier voyage aux États-Unis, où elle fait des recherches relatives à Hadrien à la bibliothèque de l'université de Yale. Mais le déclic qui permet de se mettre vraiment au travail n'est pas là. « Il m'a fallu des années pour apprendre à calculer exactement les distances entre l'empereur et moi », écrira-t-elle plus tard dans les *Carnets de notes de* Mémoires d'Hadrien. Puis les hasards de la vie et le cours de l'Histoire l'obligent à tourner ses pensées ailleurs.

Une guerre, un exil et une malle

Quand éclate ce qui va être la Seconde Guerre mondiale, Marguerite Yourcenar n'a plus d'argent. Elle a en vain tenté d'obtenir une mission culturelle pour aller en Grèce. L'Américaine Grace Frick, avec laquelle elle entretient une relation amoureuse depuis deux ans, lui propose de venir la rejoindre aux États-Unis. Elle se rend à Bordeaux, pour embarquer vers l'Amérique. Certes, il est encore temps de rebrousser chemin, de rester en Europe, car partir à un tel moment, c'est l'assurance de ne pas pouvoir revenir très vite. Mais si elle est à Bordeaux, c'est que son choix est déjà fait.

Ses premières années américaines sont rudes. Tout attachée qu'elle était, ensuite, à construire sa statue, elle a voulu qu'on n'en retienne que les joies, la découverte de l'île des Monts-Déserts dans le Maine, l'achat de « Petite Plaisance », leur maison commune, à Grace et elle, à North East Harbor. De ses archives, censément complètes, confiées à la Houghton Library de Harvard, elle a expurgé tout ce qui aurait pu la faire apparaître comme déprimée, faible, désemparée. Heureusement pour la postérité, certains de ses correspondants ont gardé toutes ses lettres. Ainsi son ami Jacques Kayaloff, auquel elle confie ses difficultés matérielles – elle finira par obtenir un poste d'enseignante à Sarah Lawrence College –, ses doutes et parfois même son désespoir « de la largeur de l'océan Atlantique ». Elle pense que l'Europe ne se relèvera pas de ce conflit, que la barbarie va gagner. Devenir américaine ne la dérangera pas, la notion de patrie lui est étrangère – elle est naturalisée en 1947 et oublie même de faire un détour par le consulat de France pour conserver sa nationalité française. En revanche, peu de gens ayant décidé de vivre durablement dans un pays dont ils ne sont pas originaires mettent autant d'énergie qu'elle pour se protéger de l'envahissement de la culture et du mode de vie du pays en question. Mais entre 1939 et 1949, le vœu le plus cher de Marguerite, dont le pseudonyme, Yourcenar, est devenu le nom légal, c'est de rester un écrivain français – épargnons-lui « écrivaine » ou « autrice » qui l'auraient hérissée. Or, à part quelques projets pas vraiment aboutis – et une pièce de commande, *La Petite Sirène*, pas inoubliable –, ses dix ans d'exil figurent plutôt un désert. D'ailleurs, elle n'a plus guère de contacts avec les gens qui, à Paris, ont soutenu et défendu son travail.

La guerre terminée, elle décide de rester aux États-Unis, non pour s'adonner à une vie tranquille d'Américaine – écologiste de la première heure, qui cesse de manger de la viande et pétrit son pain –, mais parce qu'elle a retrouvé un certain espoir dans sa carrière future et qu'elle veut se donner les moyens de réaliser enfin ses ambitions. Elle renoue avec ses amis, leur correspondance le prouve. Pourtant, il est clair que son avenir se passera loin du milieu qui l'a accueillie dans les années 1930. Un avenir qui, donc, lui appartient entièrement.

À la fin de 1948, Marguerite est seule à Hartford, Connecticut. L'île des Monts-Déserts n'est alors que son lieu de vacances, « Petite Plaisance » ne sera achetée qu'en 1950. Grace est en Californie depuis la fin novembre. Quand se termine la nuit de la Saint-Sylvestre, qu'elle passe en solitaire, elle entre, sans le savoir, dans une année décisive. Celle de la reconquête de ses ambitions littéraires. C'est la fin d'une parenthèse de dix années.

Que se passe-t-il ? Le 24 janvier, elle reçoit la malle qu'elle avait dû, en partant précipitamment, laisser à l'hôtel Meurice de Lausanne, en 1939. On l'a retrouvée à l'endroit même où elle l'avait entreposée. Dans la chronologie – assez fantaisiste – que Yourcenar a écrite pour l'édition de ses œuvres dans la « Bibliothèque de la Pléiade », l'arrivée de la malle est datée de « novembre ou décembre 1948 » – alors que tout est noté au jour le jour dans les agendas qu'elle tenait. Elle est toujours seule, Grace est dans sa famille, et elles doivent se retrouver le 12 février au Nouveau-Mexique. La malle ne contient aucun trésor. Les rares objets un peu précieux ont disparu. Ce sont surtout des papiers de famille, des vieilles lettres. Elle a envie de tout jeter ou brûler. Grace, qui aurait freiné son ardeur destructrice, étant absente, elle se livre à un vrai feu de joie. Non sans, quand même, jeter un œil sur ces correspondances passées et depuis longtemps oubliées. Mais voilà qu'elle tombe sur quelques feuillets écrits de sa main, dont le papier a jauni, et dont le texte commence par « Mon cher Marc ». Personne dans sa famille ne portait ce prénom. Un ami ? Un éphémère amant ? « Il fallut quelques instants, écrit-elle dans les *Carnets de notes de* Mémoires d'Hadrien, rédigés et publiés après le succès du livre, pour que je me souvinsse que Marc était mis là pour Marc Aurèle et que j'avais sous les yeux un fragment du manuscrit perdu. Depuis ce moment, il ne fut plus question que de récrire ce livre coûte que coûte. »

Ainsi, après le renoncement à l'essai, commença l'écriture propre (ou la « résurrection ») d'*Hadrien* – elle désignera toujours son manuscrit et son livre ainsi. Yourcenar n'avait jamais oublié cette phrase trouvée dans la correspondance de Flaubert : « Les Dieux n'étant plus et le Christ n'étant pas encore, il y a eu, de Cicéron à Marc Aurèle, un moment unique où l'homme seul a été. » « Une grande partie de ma vie, précise-t-elle encore dans les *Carnets de notes...*, allait se passer à essayer de définir, puis à peindre, cet homme seul, et d'ailleurs relié à tout. »

En réfléchissant, tout se remet en place à propos de cet *Hadrien*, recommencé douze ans plus tôt dans ce qui deviendra sa forme définitive, les mémoires d'un homme faisant le point sur sa vie alors que la mort s'approche. Ces quelques feuillets sont le début de cette version interrompue. Dans le livre, ne subsistera de ce qu'elle a trouvé dans la malle qu'une seule phrase : « Je commence à apercevoir le profil de ma mort. » Et aussi, mais « largement remaniés », la visite au médecin et le passage sur le renoncement aux exercices du corps.

Écrire tous les jours, en tout lieu

Le 10 février 1949, Marguerite Yourcenar indique sur son agenda qu'elle reprend la rédaction d'*Hadrien*. Mais elle doit avant tout retrouver Grace à Santa Fe. Le voyage en train dure deux jours, pendant lesquels elle écrit presque sans arrêt. D'abord dans son wagon-lit. Puis en attendant un autre train, en gare de Chicago. Enfin dans l'express qui la mène à Santa Fe, à l'hôtel de Vargas, où elle écrit encore, « presque tous les jours », en dépit d'une escapade à Taos, où vécut D.H. Lawrence. Pour la première fois depuis son arrivée aux États-Unis, en 1939, elle est vraiment heureuse. Et sa compagne note au jour le jour sa renaissance. Pendant les quatre premiers mois de rédaction, elle écrit partout, dans les trains, les autobus, sur ses genoux, sans consulter aucun document, comme s'il s'agissait d'une pure fiction, une histoire qui n'aurait besoin d'aucune référence extérieure. Les recherches viendront ensuite.

Elle a souvent dit qu'elle écrivait, en grec, pendant des heures, « pour se rapprocher d'Hadrien ». On pouvait en douter jusqu'à ce que, après sa mort, on retrouve dans son bureau de nombreux feuillets d'une écriture grecque hâtive, presque illisible. Toujours dans les *Carnets de notes...*, elle donne quelques explications sur sa manière de travailler : « Je passe le plus rapidement possible sur trois ans de recherches, qui n'intéressent que les spécialistes, et sur l'élaboration d'une méthode de délire qui n'intéresserait que les insensés. Encore ce dernier mot fait-il la part trop belle au romantisme ; parlons plutôt d'une participation constante, et la plus clairvoyante possible, à ce qui fut. » Lesdits spécialistes, en examinant de près ce qu'elle a dit au fil des années, ont constaté qu'elle mentionnait parfois des documents dont elle s'était peu servie et faisait silence sur d'autres, qui lui avaient été beaucoup plus utiles.

Le 22 juin, alors qu'elle se prépare à passer l'été dans l'île des Monts-Déserts, elle signale qu'elle en arrive à la première rencontre d'Hadrien avec Vénus. À partir de là, et jusqu'en juin 1950, grâce à ses notes et à celles de Grace, on peut suivre pas à pas l'élaboration du texte, les révisions, les coupes. Il serait fastidieux de suivre toutes ces étapes de la rédaction d'*Hadrien*, mais il faut souligner l'ampleur et la précision du travail de documentation fait par sa compagne, qui passe des heures en bibliothèque. Laissons la parole à Yourcenar et aux *Carnets de notes...* pour un propos définitif sur ce roman : « Ce livre est la condensation d'un énorme ouvrage élaboré pour moi seule. J'avais pris l'habitude, chaque nuit, d'écrire de façon presque automatique le résultat de ces longues visions provoquées, où je m'installais dans l'intimité d'un autre temps. Les moindres mots, les moindres gestes, les nuances les plus imperceptibles étaient notés ; des scènes, que le livre tel qu'il est résume en deux lignes, passaient dans le plus grand détail et comme au ralenti. Ajoutés les uns aux autres, ces espèces de comptes rendus eussent donné un volume de quelques milliers de pages. Mais je brûlais chaque matin le travail de la nuit. J'écrivis ainsi un très grand nombre de méditations fort abstruses, et quelques descriptions assez obscènes. » Une petite pierre dans le jardin de ses détracteurs, qui la croient conventionnelle, trop rationnelle et écrivant comme on traduit une version latine.

Publier. Mais où ?

Le 10 juin 1950, trois jours après les quarante-sept ans de Marguerite Yourcenar, arrive de Paris une lettre à en-tête des éditions Plon. Georges Poupet, une des éminences grises de la maison, est enthousiaste sur ce qu'il a lu – les cent quatre-vingt-quatre premières pages – et propose une option en vue d'un contrat. Elle répond, s'en dit bien sûr heureuse, mais précise de quoi va être faite la suite du livre avant d'ajouter : « Attendons pour parler de contrat, de voir si votre intérêt et celui de la maison Plon se soutiennent après cette lecture. » Et, en conclusion, une phrase dont elle ignore qu'elle lui causera de sérieux démêlés : « Je suis d'accord avec vous quant à la possibilité de détacher des Mémoires les trente-quatre premières pages pour *La Table ronde*. Ma condition est qu'il n'y soit fait aucune coupure. »

À la fin de l'été, le manuscrit est terminé. À Paris, chez Plon, il est examiné avec la plus grande attention et donne lieu à plusieurs rapports de lecture, dont celui, un peu réservé, d'André Fraigneau, qui fut son éditeur chez Grasset et avec lequel elle a entretenu des relations personnelles assez mouvementées. Quoi qu'il en soit, le texte est accepté et, le 18 avril 1951, Grace et Marguerite embarquent sur le *Mauritania*. Yourcenar va retrouver l'Europe, et la France, après douze ans d'absence. Le 7 juin, veille de ses quarante-huit ans, elle signe le contrat. Quelques semaines plus tard, Grace et elle partent pour la Suisse, où elles vont séjourner près de deux mois. Pendant que Yourcenar renoue avec la Suisse et la mémoire de son père, qui y passa ses dernières années, la revue *La Table ronde* publie, dans ses numéros de juillet, août et septembre, des extraits de *Mémoires d'Hadrien*, avec la mention : « à paraître chez Plon ». Le fin lecteur qu'est Jean Paulhan, après avoir lu les deux premières livraisons, écrit en août à Gaston Gallimard que ce roman lui paraît idéal pour un prix Femina et qu'il devrait chercher à le publier. Rue Sébastien-Bottin, on s'aperçoit très vite que le contrat signé avec Yourcenar en 1938 pour *Le Coup de grâce* prévoyait un droit de préférence pour la suite. En résumé, Marguerite Yourcenar aurait dû proposer son manuscrit en priorité à « la Maison blanche ».

C'est alors que commence ce qu'elle a appelé « l'affaire Hadrien » et qui, soixante-dix ans plus tard, alors que toute son œuvre est chez Gallimard, relève de la péripétie comique, mais montre à quel point elle pouvait être obstinée et inflexible. Chez Plon, on en est déjà aux épreuves quand Gaston Gallimard, début septembre, fait savoir que c'est à lui de publier *Hadrien*. S'ensuit une joute entre lui et l'auteur, qu'il persiste à appeler « Mademoiselle », alors qu'elle a imposé depuis longtemps l'usage de « Madame ». Elle fait valoir qu'il a refusé en 1947 *Dramatis personae*, un recueil de petites pièces. Que *Le Coup de grâce* est introuvable, jamais réimprimé. Nullement impressionnée par ses démêlés avec le sachem de l'édition, Marguerite, de retour à Paris, demande même à Gaston de venir lui parler à son hôtel. Si mademoiselle Marguerite Cleenewerk de Crayencour avait refusé le nom de ses ancêtres pour s'en forger un bien à elle, elle savait opportunément se rappeler leur existence et montrer sa hauteur d'aristocrate à un bourgeois monté en graine, fût-il l'éditeur des plus grands écrivains du siècle. Bref, elle refuse de céder, disant qu'elle préfère ne pas publier du tout plutôt que de le faire chez Gallimard. Et elle gagne. Gaston Gallimard, qui, sans doute, ne perd pas de vue l'avenir, lui envoie des roses avec un mot d'apaisement. *Hadrien* est mis en vente par Plon le 5 décembre 1951. Il n'a évidemment pas pu concourir pour les grands prix d'automne.

Un succès qui « passe toute attente »

Dès la publication du livre, les critiques sont unanimement élogieuses. Et, pour la première fois, un des livres de Marguerite Yourcenar se vend. Cette notoriété et ce succès tardifs – à quarante-huit ans – lui semblent logiques. Elle attribue les échecs des premières versions d'*Hadrien* à sa jeunesse. « Il est des livres qu'on ne doit pas oser avant d'avoir dépassé quarante ans, dit-elle encore dans les *Carnets de notes*... On risque, avant cet âge, de méconnaître l'existence des grandes frontières naturelles qui séparent, de personne à personne, de siècle à siècle, l'infinie variété des êtres, ou au contraire d'attacher trop d'importance aux simples divisions administratives, aux bureaux de douane ou aux guérites des postes armés. » Les réactions d'autres écrivains, généralement peu enclins à l'indulgence et à l'admiration, sont plutôt flatteuses. Même Jules Romains, qui se dit « un lecteur fâcheux », s'ennuyant très vite, lui écrit le 25 décembre. Après lui avoir avoué que jusqu'ici il ignorait tout d'elle, il lui dit qu'il a lu *Mémoires d'Hadrien* « de la première à la dernière page », qu'il a même relu certains passages. « Il me faudrait maintenant plusieurs pages pour vous dire à quel point votre livre me paraît admirable. J'y trouve les qualités les plus diverses : une pensée d'une vigueur et d'une hauteur étonnantes ; un sens psychologique des plus aigus ; un style dont la perfection et le bonheur sont presque constants. » Juste un mois après la sortie, Émile Henriot, de l'Académie française, consacre au roman son prestigieux feuilleton du *Monde*, « La vie littéraire ». « J'admire beaucoup Mme Marguerite Yourcenar d'avoir si bien réussi dans son entreprise. Ajoutez à ce savant mérite une remarquable intuition féminine à l'égard d'une psychologie d'homme à pénétrer et à expliquer jusque dans les mystères de sa vie amoureuse et de sa folle passion pour le jeune Grec Antinoüs [...] Hadrien en arrive à voir dans l'amour un envahissement de la chair par l'esprit, mais là, c'est Mme Yourcenar qui s'exprime, de son point de vue féminin : un homme dirait le contraire, il me semble, car l'érotisme masculin n'est pas autre chose que l'envahissement de l'esprit par les exigences et la pensée constantes de la chair. » On saura gré à l'éminent critique de ne pas participer au concert, qui a commencé avec *Hadrien* et n'a jamais cessé, célébrant « sa virilité de pensée » et « son style mâle ». Thomas Mann n'a lu *Hadrien* que trois ans plus tard. Mais il est enthousiaste au point de l'écrire, dans une lettre à Charles Kerenyi, le 19 janvier 1954 : « Je suis en ce moment (à retardement) sous l'influence des *Mémoires d'Hadrien* de Marguerite Yourcenar, une œuvre poétique pleine d'érudition qui m'a enchanté comme aucune autre lecture ne l'avait fait depuis longtemps. »

Pourtant, l'œuvre n'a pas échappé aux critiques. Pas vraiment au moment de la publication, mais au fil des années. On a moqué son style jugé trop classique, « empesé » diront certains. Évidemment *Hadrien* – comme toute son œuvre – est très éloigné des recherches sur la narration qui ont marqué la seconde moitié du XXe siècle. Il n'est pas inutile de rappeler que cette même année 1951, outre *Le Rivage des Syrtes* de Julien Gracq, qui refusa le prix Goncourt et que tous les détracteurs de Yourcenar portent aux nues – à la relecture on se demande bien pourquoi –, paraissaient aussi *Molloy* et *Malone meurt*, de Samuel Beckett... Une tout autre histoire.

On a aussi reproché à Yourcenar – surtout récemment – d'avoir « héroïsé » Hadrien à l'excès, en faisant notamment l'impasse sur son antisémitisme. Pour l'essayiste François Rachline, grand lecteur de la Bible, c'est un propos « beaucoup trop rapide et imprécis, et pas seulement parce que le mot "antisémitisme" est apparu seulement en 1879, car la chose a souvent précédé le mot. Certes Hadrien a réprimé la révolte des Juifs et renommé la Judée en Philistine. Certes, il avait certainement une aversion, assez répandue, pour les Juifs ». S'il y a dans *Mémoires d'Hadrien*, « par ailleurs un chef-d'œuvre », quelque chose d'erroné à propos des Juifs, c'est la conversation entre Hadrien et un Juif, estime-t-il. Hadrien lui explique que sa doctrine est intenable, avec ce « Aime ton prochain comme toi-même », car « le sage ne peut pas s'aimer lui-même ». Mais, précise toujours Rachline, ce n'est pas ce que dit la Bible. Elle dit : « Tu aimeras ton prochain pour toi-même. »

Marguerite Yourcenar, sans mentionner les réserves faites sur *Hadrien*, est revenue sur la réception du livre dans ses entretiens avec Mathieu Galey, *Les Yeux ouverts*, en 1980. « J'ai eu une presse enthousiaste… qui insistait beaucoup sur Antinoüs, et sans doute y insistais-je moi-même. […] Il y a toutes sortes d'éléments dans ce livre qui me paraissent intéressants et que le public voit mal. Lucius, par exemple, l'héritier manqué, l'homme élégant qui a presque été un grand prince, et qui meurt sans laisser de trace. Ces personnages "qui existent presque" sont pour moi également très attachants. Il est curieux aussi de voir Hadrien vieillir. C'est différent pour chacun de nous et les gens vieillissent toujours, je l'ai dit, sur leur propre ligne. Celle d'Hadrien, c'est la lucidité portée à la fin jusqu'à la méfiance. » Voilà, au fond, un bel autoportrait, comme ce passage des *Carnets de notes* : « En un sens, toute vie racontée est exemplaire ; on écrit pour attaquer ou pour défendre un système du monde, pour définir une méthode qui nous est propre. Il n'en est pas moins vrai que c'est par l'idéalisation ou l'éreintement à tout prix, par le détail lourdement exagéré ou prudemment omis, que se disqualifie presque tout biographe : l'homme construit remplace l'homme compris. Ne jamais perdre de vue le graphique d'une vie humaine, qui ne se compose pas, quoi qu'on dise, d'une horizontale et de deux perpendiculaires, mais bien plutôt de trois lignes sinueuses, étirées à l'infini, sans cesse rapprochées et divergeant sans cesse : ce qu'un homme a cru être, ce qu'il a voulu être, et ce qu'il fut. »

Le récit de l'aventure que furent *Hadrien* et l'accession de Marguerite Yourcenar à une réputation qui ne s'est jamais démentie ensuite – l'ouvrage, toujours lu, a été inscrit au programme de l'agrégation de lettres modernes 2015 – ne peut que se terminer par un retour vers ce livre magnifique, qui commence ainsi : « Mon cher Marc, Je suis descendu ce matin chez mon médecin Hermogène, qui vient de rentrer à la Villa après un voyage en Asie. […] Je t'épargne des détails qui te seraient aussi désagréables qu'à moi-même, et la description du corps d'un homme qui avance en âge et s'apprête à mourir d'une hydropisie du cœur. […] Ce matin, l'idée m'est venue pour la première fois que mon corps, ce fidèle compagnon, cet ami plus sûr, mieux connu de moi que mon âme, n'est qu'un monstre sournois qui finira par dévorer son maître. » Et qui, des centaines de pages plus tard, se termine ainsi : « Petite âme, âme tendre et flottante, compagne de mon corps, qui fut mon hôte, tu vas descendre dans ces lieux pâles, durs et nus, où tu devras renoncer aux jeux d'autrefois. Un instant encore, regardons ensemble les rives familières, les objets que sans doute nous ne reverrons plus… Tâchons d'entrer dans la mort les yeux ouverts… »

Bibliographie sélective

La matière de ce texte provient des recherches que j'ai faites pour *Marguerite Yourcenar, l'invention d'une vie*, paru chez Gallimard en 1990.

GAUDIN, Colette, *Marguerite Yourcenar à la surface du temps*, Amsterdam, Rodopi, 1994.

HALLEY, Achmy, *Marguerite Yourcenar en poésie : archéologie d'un silence*, Amsterdam, Rodopi, 2005.

SARDE, Michèle, *Vous Marguerite Yourcenar. La passion et ses masques*, Robert Laffont, 1995. Michèle Sarde est, par ailleurs, l'une des maîtres d'œuvre de la correspondance de Marguerite Yourcenar.

YOURCENAR, Marguerite, *Mémoires d'Hadrien*, Plon, 1952.

—, *Mémoires d'Hadrien*, suivi de *Carnets de notes de* Mémoires d'Hadrien, Gallimard, coll. « Folio » n° 921, 1971.

—, *L'Œuvre au noir*, suivi de *Carnet de notes de* L'Œuvre au noir, Gallimard, coll. « Folio » n° 798, 1968.

—, *Œuvres*, vol. 1 : *Œuvres romanesques*, Gallimard, coll. « Bibliothèque de la Pléiade », 1982.

—, *Lettres à ses amis et à quelques autres*, Gallimard, 1995.

23

Mémoires de guerre de Charles de Gaulle (1954-1959)

par Arnaud Teyssier

« Qui sait ce qu'auront pu valoir les pages que voici ? En tout cas, c'est pour servir, qu'elles ont été écrites. » Ce propos, inscrit à la plume, le 4 novembre 1948, avant le faux-titre d'une réédition « de luxe » du Fil de l'épée[1]*, pourrait illustrer l'œuvre entière de Charles de Gaulle, et tout particulièrement ses* Mémoires de guerre.

Les Mémoires *ont été, dès la parution du premier tome en octobre 1954, puis, plus encore, dans la profondeur et la densité de leur postérité, abondamment cités, commentés, admirés. Le thème de l'écriture chez de Gaulle, la question même du « de Gaulle écrivain » sont devenus objet de controverse, notamment dans les premiers jours de la Cinquième République où s'affirmait un certain esprit frondeur. Jean-François Revel publia ainsi, en 1959, un pamphlet expéditif où il épinglait « un style de rapport de gendarme ». Dominique de Roux, au contraire, en fit l'apologie méthodique et enflammée. En 2010, l'entrée de l'œuvre gaullienne dans les programmes du baccalauréat littéraire fit rebondir une polémique qui avait déjà réaffleuré, dix ans plus tôt, avec l'entrée des* Mémoires de guerre, *au côté des* Mémoires d'espoir, *dans*

1. Édition publiée par Berger-Levrault dans l'immédiat après-guerre.

la prestigieuse collection de la « Bibliothèque de la Pléiade ». Au reste, ce débat aurait pu être clos, dès 1954, par l'écrivain et académicien Marcel Arland, qui fut le premier à rendre compte de l'ouvrage : « Il est vain de se demander, devant une telle œuvre, ce qui est de l'écrivain, ce qui est de l'homme et ce qui est de l'histoire. Admirons plutôt une si rare conjonction ; elle donne à ce livre un caractère de grandeur qui l'introduit, à peine vient-il de paraître, parmi les œuvres du patrimoine français[2]*. »*

L'architecte de l'Antiquité Vitruve est resté célèbre pour avoir montré, dans son *De architectura* (Ier siècle avant Jésus-Christ), qu'une structure devait présenter les trois qualités de *firmitas*, *utilitas* et *venustas* – solidité, utilité et beauté. Ces trois vertus sont exactement celles qu'a recherchées par l'écriture l'auteur des *Mémoires de guerre*. Les trois volumes sont comme une cathédrale, ou plutôt comme les fondations d'une cathédrale en construction. Une cathédrale qui sera la France nouvelle telle que de Gaulle l'a voulue et rêvée depuis des décennies et dont l'épreuve de la guerre l'a fait l'architecte. Car une chose est certaine : on ne peut traiter des *Mémoires de guerre* comme d'une œuvre littéraire ordinaire. C'est un authentique chef-d'œuvre. Mais ce chef-d'œuvre est une composition architecturale, presque palladienne, et non le fruit d'un élan poétique. « Un monument plus pérenne que l'airain », dira son éditeur dans la Pléiade, Marius-François Guyard. Comme l'était déjà l'œuvre du Gouvernement provisoire à la Libération, comme le sera bientôt la Cinquième République, c'est une pièce essentielle dans la construction gaullienne, marquée par le fameux rythme ternaire. « Les trois volumes des *Mémoires de guerre*, écrit Adrien Le Bihan, s'articulent en chapitres de longueurs presque égales, aux titres d'une symétrie presque maniaque. [...] Aux lignes rectilignes de la place forte, correspondent les exposés de la

2. Ce propos ouvre le texte de Marcel Arland, « Sur les "Mémoires" du général de Gaulle », publié dans son ouvrage *La Grâce d'écrire*, Paris, Gallimard, 1955, p. 231.

situation, les récits de batailles ou de manœuvres diplomatiques, les récapitulations en vue d'actions ultérieures. »

Mais c'est une construction dont l'écriture et la publication s'étendent sur plusieurs années s'identifiant au retrait du pouvoir et à la traversée du désert, de surcroît dans un contexte politique, et même géopolitique, qui ne cesse de se modifier : car de Gaulle quitte le pouvoir avec fracas en janvier 1946, puis, face à une Quatrième République naissante qui est en tout point contraire à ses vœux et à ses desseins, fonde un grand mouvement politique d'opposition et de reconquête, le Rassemblement du peuple français (RPF). Au moment où la parution des *Mémoires* s'engage, fin 1954, il vient déjà de mettre un terme à cette brève aventure électorale, et se prend à douter de jamais pouvoir revenir au pouvoir pour achever l'entreprise de refondation politique, sociale, administrative engagée à la Libération. Mais en 1959, alors que l'édition du tome III s'achève, c'est déjà la Cinquième République qui commence et le cycle de l'action qui reprend, avec une force et une énergie renouvelées. Les *Mémoires de guerre*, dont le succès en France, et même à l'étranger, est considérable, prennent dès lors toute leur dimension : l'inscription de l'aventure guerrière dans un grand projet politique. Le paradoxe est que le dernier chapitre du tome III, conclusion de l'œuvre, s'intitule « Départ ». Les lignes en sont écrites au moment même où la crise algérienne commence de créer le contexte favorable... au retour tant espéré. Dès lors, de Gaulle expédie en quelques lignes son action postérieure à janvier 1946 : « Au moment d'achever ce livre, je sens, autant que jamais, d'innombrables sollicitudes se tourner vers une simple maison. » Le temps est venu d'écrire de nouveaux chapitres, mais d'abord dans les faits.

De Gaulle et l'écriture

Lorsqu'il commence à composer les *Mémoires de guerre*, de Gaulle n'en est pas à son coup d'essai. Il a déjà publié, avant guerre, plusieurs ouvrages qui ont lui permis d'affirmer une forme de pensée et un style originaux, même si leur écho, à l'époque, est resté souvent limité. Le premier texte substantiel qu'il ait publié fut *La Discorde chez l'ennemi* (1924), un essai brillant et enlevé, moins « drapé » que ses ouvrages futurs, sur les causes de l'effondrement allemand en 1918. Comme dans certains ouvrages de Clausewitz, le jeune officier s'y livre à une série de portraits, fort vivants, des protagonistes. Mais la thèse du livre prime déjà sur le style de la composition : de Gaulle nous dit que ce sont les nations désunies, aux prises avec des institutions déréglées, qui s'exposent aux grandes catastrophes. Les ouvrages qui suivront jusqu'à la guerre – *Le Fil de l'épée* (1932), *Vers l'armée de métier* (1934), *La France et son armée* (1938) – seront bien plus que des essais stratégiques ou militaires : de véritables traités à caractère politique, où se profilent, déjà, le modèle du chef, les élites nécessaires, la manière de concevoir la décision face à l'imprévu et en fonction des enseignements de l'Histoire. En 1938, le style s'est affirmé, l'officier s'avère un écrivain confirmé. Il sait « fabriquer », et pas seulement « écrire » un livre : beaucoup de ses textes sont des réunions d'articles ou de conférences réorganisés en fonction d'une thèse ou d'un objectif.

Mais dès sa prime jeunesse – c'est le propre éditeur des *Mémoires d'espoir*, Marcel Jullian, qui devait le rappeler plus tard –, « il accorde clairement la primauté à l'écrit, c'est-à-dire à ce qui peut circuler, se répandre et surtout laisser derrière soi une trace indélébile ». De Gaulle considérera toujours que l'écrit doit primer, et non la parole publique, qui doit être dispensée avec mesure et surtout honnêteté et franchise – faute de quoi, comme il le dira plus tard, on ne fait chanter à la nation qu'une « berceuse sans amour ». Il subit des influences littéraires considérables, fruit de ses innombrables lectures – notamment pendant la longue période de captivité qu'il subit pendant la Grande Guerre. Ces influences ont été abondamment étudiées : les plus importantes semblent avoir été Bergson, Péguy, Barrès, les grands prosateurs du XVIIe siècle comme le cardinal de Retz. Ses modèles historiques : Richelieu, Louvois, Vauban…

sans oublier l'influence militaire et stratégique d'un officier et théoricien anticonformiste, le colonel Mayer. La liste n'est pas exhaustive, mais l'essentiel est ailleurs : lorsque commence la « fabrique » des *Mémoires de guerre*, de Gaulle a cinquante-cinq ans et sa formation intellectuelle très riche, l'abondance de ses lectures, la pratique précoce et régulière de l'écriture l'ont solidement armé pour cette grande aventure éditoriale, avec un penchant très net pour le bon ordonnancement et la symétrie du propos, traversé parfois de stupéfiantes fulgurances.

Le dessein

Cette aventure, il juge avoir peu de temps pour la conduire à son terme. La vieillesse, de Gaulle y pense depuis longtemps. Sur un carnet, il notera en 1953 : « J'ai soixante-trois ans. Désormais tout ce qui se rapporte à moi s'organise en fonction de ma mort. » 1953, c'est l'époque où la brève et foudroyante aventure du Rassemblement du peuple français (RPF) s'essouffle déjà. L'homme du 18 Juin sait qu'il est comme enchaîné au souvenir de la guerre, et donc à un passé que l'on entend vite oublier dans un pays qui n'aspire qu'à revivre. Il ne sait s'il pourra revenir au pouvoir, mettre un terme au destin sans issue que la Quatrième République offre à la France, et poursuivre l'effort de redressement et de rénovation engagé à la Libération. Quoi qu'il arrive, il doit donc écrire, mais écrire vite, en un temps où il se demande à chaque instant si son œuvre sera seulement son testament ou le ressort d'une nouvelle et vaste entreprise. Au début de son *Testament politique*, Richelieu, s'adressant au roi, écrivait trois siècles plus tôt : « J'avoue qu'encore qu'il y ait plus de contentement à fournir la matière de l'histoire qu'à lui donner la forme, ce ne m'était pas peu de plaisir de représenter ce qui ne s'était fait qu'avec peine. » De Gaulle a pu éprouver cette forme de sensation extraordinaire : écrire l'Histoire à la fois par le Verbe et par l'Action, dans un seul et même mouvement. Le temps de l'écriture des *Mémoires de guerre* permet la réalisation d'un dessein dont l'ampleur épouse le cours changeant des choses.

Le lieu

En 1946, de Gaulle a fait agrandir la Boisserie, sa modeste maison de Colombey-les-Deux-Églises : il l'a dotée d'une tour hexagonale en moellons, coiffée de vieilles tuiles du pays, et c'est là, en son rez-de-chaussée, qu'il installe son bureau, étroit cabinet de travail d'où, d'un regard, il peut embrasser le paysage immense et vierge qui va nourrir son inspiration. Ses compagnons du moment sont d'abord les livres, ceux du salon-bibliothèque adjacent, et ceux, plus choisis encore, de ce petit bureau qui s'ouvre sur le vaste horizon des collines champenoises : une véritable cellule de quelques mètres carrés, d'où il ne peut sortir directement dans le jardin, puisqu'il a préféré les fenêtres aux portes-fenêtres. Il ne s'octroie pas moins pour autant de fréquentes promenades dans le petit parc (« J'en ai fait quinze mille fois le tour »). Comme tant de grands écrivains et intellectuels qu'il admire, comme Péguy, comme Daniel Halévy, il trouve dans la marche régulière, dans la compagnie des arbres, de la nature et du silence, la source ou le renfort de son inspiration. « Cette partie de la Champagne est tout imprégnée de calme : vastes, frustes et tristes horizons ; bois, prés, cultures et friches mélancoliques ; relief d'anciennes montagnes très usées et résignées ; villages tranquilles et peu fortunés, dont rien, depuis des millénaires, n'a changé l'âme, ni la place. [...] Le silence emplit ma maison. De la pièce d'angle où je passe la plupart des heures du jour, je découvre les lointains dans la direction du couchant. Au long de quinze kilomètres, aucune construction n'apparaît. Par-dessus la plaine et les bois, ma vue suit les longues pentes descendant vers la vallée de l'Aube, puis les hauteurs du versant opposé. D'un point élevé du jardin, j'embrasse les fonds sauvages où la forêt enveloppe le site, comme la mer bat le promontoire. Je vois la nuit couvrir le paysage.

Ensuite, regardant les étoiles, je me pénètre de l'insignifiance des choses. » Ce paysage va, d'une certaine manière, teinter sa pensée de mélancolie et façonner les contours les plus visibles, les plus rhétoriques de son style[3].

La composition

De Gaulle disait lui-même qu'il avait composé les *Mémoires de guerre* entre 1952 et 1958. Cette période correspond à son éloignement du pouvoir après la mise en sommeil du RPF. Mais en réalité, le travail d'écriture a commencé dès janvier 1946, lorsqu'il s'est installé à Marly, dans un pavillon loué aux Domaines. Il vient juste de quitter, selon le mot de François Mauriac, « tout ce petit monde, résidu grouillant de la Troisième République, très vivace encore ». Il se met aussitôt au travail, comme il le fera, d'ailleurs, après son départ du pouvoir, au printemps 1969, pour les *Mémoires d'espoir* : sans attendre, dès qu'il aura posé le pied sur le sol irlandais. Quand de Gaulle n'agit pas, il écrit. À Marly, son collaborateur Claude Mauriac, fils de François, aperçoit sur son bureau « les pages manuscrites serrées » qui sont la première ébauche de la première partie – de Gaulle écrit sur de grandes feuilles de papier, généralement à l'encre noire ou bleu-noir, d'une écriture couchée qui est par moments difficilement lisible. Mais il doit souvent interrompre sa rédaction, car il est

3. De toute l'œuvre de De Gaulle, c'est le passage qui se ressent le plus de l'influence intellectuelle et littéraire de Maurice Barrès, qui écrit dans *La Colline inspirée* (1913), à propos d'un paysage lorrain, la colline de Sion-Vaudémont, différent mais proche par la géographie et par l'esprit : « En automne, la colline est bleue sous un grand ciel ardoisé, dans une atmosphère pénétrée par une douce lumière d'un jaune mirabelle. J'aime y monter par les jours dorés de septembre et me réjouir là-haut du silence, des heures unies, d'un ciel immense où glissent les nuages et d'un vent perpétuel qui nous frappe de sa masse. [...] Ce sont de paisibles journées faites pour endormir les plus dures blessures. [...] Tous ceux qui ne subissent pas, qui défendent leur sentiment et se rattachent aux choses éternelles trouvent ici leur reposoir. »

vite rejoint, à nouveau, par l'action politique au moment des référendums constitutionnels qui vont conduire à la fondation de la Quatrième République, puis, par réaction, à la création du RPF. Le lancement de son mouvement bientôt l'accapare, mais il reprend la rédaction dès que le temps lui en est laissé : ce sera le cas, par exemple, au début de 1949. Pendant toute cette période, même lorsqu'il n'écrit pas, il veille à réunir les documents – grâce à son collaborateur René Trotobas (René Thibault dans la Résistance), mais aussi à d'autres, comme Geoffroy de Courcel –, ces pièces dont il a besoin ou qu'il prévoit déjà de mettre en annexe de son œuvre. Dès le printemps 1949, il a demandé à Georges Pompidou, entré dans sa confiance depuis plusieurs années déjà, de prendre en charge le traitement de ses archives : « Je souhaite que les documents d'archives qui ont une réelle importance soient tirés des dossiers afin que je puisse les utiliser facilement. Idem pour les manuscrits de moi. Toutes les archives restantes pourraient être versées aux Archives nationales. » Il reprend aussi, cela va de soi, les textes qu'il a déjà écrits : pour les améliorer, les remanier, leur donner une forme définitive. L'étude de ces manuscrits successifs montre le soin minutieux qu'il apporte à l'écriture de ses textes, qu'il enrichit, corrige, biffe parfois avec énergie. Corrections de fond, mais aussi de forme. *Venustas*, mais aussi *firmitas* : écrire, c'est déjà gouverner. Il prise particulièrement la phrase de Buffon : « Le style n'est que l'ordre et le mouvement qu'on met dans ses pensées. » Pour les *Mémoires de guerre*, on compte quatre états au moins, ainsi décrits par Marius-François Guyard : « un premier manuscrit qui est presque illisible pour une dactylo tant il est plein d'interlignes, de corrections, de ratures de lignes jetées en travers perpendiculairement à la direction générale de l'écriture. Le Général ne peut donc pas passer ce manuscrit à sa dactylo – sa fille, Mme de Boissieu. Il entreprend donc de recopier, mais tout en se recopiant, il se corrige encore, il ajoute, il retranche. Puis il reçoit un premier dactylogramme, là encore corrections et pas seulement des fautes de frappe – d'ailleurs rares. Deuxième dactylogramme et encore des corrections sans parler des épreuves. » Plus de quatre états, donc, au minimum, et davantage pour certains chapitres. On comptera ainsi sept à huit versions pour le seul chapitre « Alger ».

Le processus de création gaullien est singulier. Le journaliste Roger Stéphane rapportera un entretien avec de Gaulle, tenu le 29 mai 1957, qui en dit long sur son rapport à l'écriture et sur le mode de « fabrication » des textes. Vient en effet un moment où le Général lui lit les pages qu'il a écrites sur Churchill, pour le dernier tome à paraître des *Mémoires de guerre.* Cette lecture, observe Stéphane, est faite *recto tono*, d'une voix monocorde, comme il est d'usage dans les réfectoires des couvents. Chaque mot se suffit, et notamment la chute de l'admirable portrait du leader britannique, lorsqu'il est question de son départ : « C'est alors que je compris que je devais saisir la première occasion pour me retirer volontairement. » C'est un usage, chez de Gaulle : lire à voix haute, le plus souvent devant des proches, des passages en cours d'écriture. Il s'agit peut-être d'une manière de se rassurer sur la qualité de son texte. C'est aussi une façon pour lui de le confronter au cours même des événements qui se poursuivent, en lui donnant une forme de vie. Cette pratique va de pair avec son usage singulier de la ponctuation : si sa syntaxe est rigoureuse, il doit lutter, en revanche, contre les interventions intempestives de correcteurs qui ne veulent pas comprendre que chez lui, la virgule est placée là où elle doit être, en dehors de toute convention – là où le texte trouve la respiration propre à l'orateur qu'il est devenu.

De Gaulle disait : « Churchill, c'est du bout à bout. » De fait, les *Mémoires* du Premier ministre britannique se présentent parfois comme ceux des maréchaux français de la Première Guerre mondiale : une histoire au jour le jour, entrecoupée de documents. Ils sont tout de même supérieurs à la moyenne, car parsemés de jugements qui portent la griffe du lion. Et Churchill s'est fait aider par des historiens de la meilleure origine, il dispose d'une véritable équipe éditoriale. Mais de Gaulle, plus solitaire, veut surtout de la hauteur : les documents essentiels figurent en annexe, et certains – de grande importance – seront ajoutés dans le tirage de tête sur grand papier : le tirage imprimé sur papier de Hollande (premier grand papier) du *Salut* comportera ainsi une bonne moitié de pièces, dont des reproductions de manuscrits. Rien d'étonnant à cela : il s'agit de l'ultime partie qui s'achève sur le départ du pouvoir en janvier 1946, et qui doit donc projeter sa lumière sur l'année 1959, celle de la publication et de la première fondation de la Cinquième République. Extraordinaire mise en résonance, puisqu'il doit décrire l'achèvement de sa première expérience au pouvoir au moment même où il engage la seconde, plus décisive encore... Or, pour lui, cette aventure personnelle qui s'inscrit dans l'histoire collective forme un tout indissociable. Janvier 1946 et janvier 1959 se répondent dans un même mouvement de l'Histoire, car la Quatrième République n'était qu'une parenthèse. Le cours des choses, celui de la grande construction gaullienne, peut reprendre sans inutile transition : les Français ont désormais en main tous les éléments qui leur permettront de refouler un passé inutile, d'oublier le temps perdu et de s'inscrire déjà dans l'élan du futur. Fait significatif, de Gaulle enchaînera dix ans plus tard avec les *Mémoires d'espoir*, récit des premiers temps de la Cinquième République, et ne consacrera jamais une seule ligne à la « période » 1946-1958.

C'est donc ainsi qu'il compose : le mémorialiste ne se contente pas d'enchaîner les documents, l'artiste ressaisit l'ensemble dans un mouvement permanent, avec le jeu de sa mémoire, et compose une forme de fresque où alternent les portraits, les jugements, le simple récit des événements parfois. Il donne un ordre, structure l'histoire de la France libre pour la soustraire aux interprétations ou récupérations qui ont déjà commencé. Derrière la trame apparente du passé, on distingue déjà le décor de l'avenir politique qu'il prépare. D'ailleurs, chaque partie se répond, comme le montre le choix des titres, ceux de chaque volume, ceux de chaque chapitre : et comme les circonstances ont changé entre 1954 et 1959, comme il est rattrapé inéluctablement par l'Histoire, le souci architectural s'affirme encore au fil de l'œuvre[4].

À partir de 1952, et jusqu'en 1958, il peut donc se consacrer entièrement à ses écrits. Début 1954, il achève le premier volume, qu'il qualifie lui-même, dans une lettre à son fils Philippe, d'« énorme travail ». Le premier tome, *L'Appel*, paraît en octobre 1954. Le deuxième, *L'Unité*, paraît le 18 juin 1956. La rapidité de composition est remarquable. *Le Salut* aurait dû être achevé à la fin de l'été 1958, mais à cette date, l'Histoire s'est accélérée, et de Gaulle n'a pu terminer son travail selon le calendrier prévu. Il lui reste à composer le fameux chapitre VII, qui n'est pas le moindre : « Départ ». La Quatrième République est morte : il reprend l'entreprise où il l'a laissée. De Gaulle ne pourra achever le dernier tome qu'une fois passée la période très lourde de la présidence du dernier gouvernement de la Quatrième République, et dès lors qu'il sera installé à l'Élysée, en janvier 1959. Il écrit alors à son éditeur, Maurice Bourdel, le lendemain même de sa prise de fonctions : « Ayant désormais, je pense, un peu plus de temps disponible, j'espère bien terminer cet hiver le troisième tome ! » Ce n'est pas ironie de sa part, même si cette promesse peut paraître stupéfiante au lecteur de notre époque, qui s'est accoutumé depuis à tel ou tel président hyperactif, omniscient, se mêlant de tout et de rien à chaque instant : rien n'est moins gaullien que cette posture, car le fondateur de la Cinquième République, lui, et bien qu'il ait à faire face à une charge écrasante – conduire à son terme l'affaire d'Algérie, mettre en place les nouvelles institutions, redresser les finances du pays, affronter un climat naissant de guerre civile –, sait respecter le rôle des grands acteurs institutionnels, à commencer par celui du Premier ministre et de son gouvernement. Quand

4. Pour le premier tome, il avait songé à l'appeler *Au fond de l'abîme*, mais il avait écarté ce titre trop désespéré au profit de *L'Appel*. Il avait pensé, pour les volumes suivants, à *Alger* et *Paris*, pour opter donc, finalement, pour *L'Unité* et *Le Salut*.

écrit-il ? Sans doute un peu à l'Élysée, dans les brefs moments de quiétude qu'il sait conserver pour son travail personnel, et à la Boisserie, pendant les séjours, plus espacés mais réguliers, qu'il continue d'y faire le week-end.

L'architecte et son moi

Pour autant, de Gaulle ne tient pas tout à fait sa promesse… mais tout de même : *Le Salut* est terminé à la mi-août, il pourra paraître dès octobre. Dernier volume, de tonalité à la fois mélancolique et personnelle sur sa fin, ce qui n'est pas le moindre paradoxe, puisque tout semble renaître : c'est que l'auteur reste obsédé par le vieillissement. « Vieille Terre, rongée par les âges […] Vieille France, accablée d'Histoire […] Vieil homme, recru d'épreuves, détaché des entreprises, sentant venir le froid éternel, mais jamais las de guetter dans l'ombre la lueur de l'espérance ! » Telles sont les dernières lignes qui concluent les *Mémoires de guerre* : étrange message qu'il adresse aux Français alors qu'il vient de reprendre le pouvoir avec maestria et qu'il fonde un nouveau régime. C'est sa façon, bien à lui, de parler de lui-même, lui qui en parle si peu dans ces *Mémoires* qui ne ressemblent à aucun modèle du genre – et surtout pas à ceux, très égocentrés, de Chateaubriand. Après avoir perdu sa fille handicapée, de Gaulle a subi, dans son corps, les premières atteintes de l'âge et de la faiblesse physique : il a cru qu'il avait un cancer – ce qui lui a ôté définitivement le goût de la cigarette – ; il a été opéré (mal) de la cataracte, ce qui affectera durablement la qualité de sa vue, le rendant même presque aveugle. La vieillesse, la possibilité d'une décrépitude physique le tourmentent plus que jamais. Certes, en 1959, le voici face à un champ d'action nouveau : il doit achever son œuvre, redresser la France, assurer ses fondations pour qu'elle puisse affronter un avenir dont il a toujours craint qu'il apporte de nouveaux dangers. Le temps lui manque : telle est la clef du dernier chapitre. L'angoisse du temps qui s'écoule, et qui pourrait l'empêcher de « gagner sa vie », comme il le dira joliment plus tard aux gens du Nord, dans un discours émouvant de 1964 : ainsi s'expliquent la dureté, la rudesse obstinée qu'il mettra dans le règlement du conflit algérien et que les pieds-noirs ressentiront si légitimement. Il n'aura plus le temps d'attendre, de panser des plaies, de s'attendrir. C'est le message qu'il adresse aux Français avec les dernières lignes, passablement mélancoliques, de ce grand traité, autobiographique, conçu pour l'action, qu'il livre à la postérité : il leur offre bien les fondations d'une cathédrale, mais en leur rappelant que cette cathédrale, comme toute construction de main d'homme, sera fragile, exposée aux dangers, soumise à la grande érosion des faiblesses humaines.

C'est cette tension du temps qui passe, mais aussi cette tension permanente entre le passé – un passé récent, encore vivant dans la conscience collective et même dans la chair des Français –, le présent – un travail d'écriture qui s'accomplit en parallèle des frustrations subies dans l'action politique sous la Quatrième République, mais aussi de l'angoisse devant les tragédies qui se nouent – et l'avenir – ces bouleversements de civilisation que de Gaulle pressent et pour lesquels il va devoir armer un peuple qui, pour l'heure, ne veut songer qu'au progrès, au bien-être, au confort qu'il estime avoir mérités : c'est cette tension extraordinaire entre le de Gaulle intime, qu'il laisse nécessairement entrevoir comme tout auteur, et l'homme du destin, qui donne leur force singulière aux *Mémoires de guerre*, leur confère un ton, un style inimitables et, au total, une forme de sincérité absolue qui est la marque d'un chef-d'œuvre.

D'autant que le récit est parsemé d'intuitions, déjà égrenées au fil de nombreux et mémorables discours. L'idée de départ est simple : en 1940, les institutions et leurs élites ont failli et le peuple français dans ses profondeurs s'est résigné à la défaite. Il faut donc tout reconstruire : les institutions, l'armée, la diplomatie, mais aussi la société et de nouveaux rapports entre le capital et le travail. Cette cathédrale des *Mémoires* conjugue une reconstruction par de Gaulle de son propre destin avec une réflexion sur l'action à venir qui va bien plus loin qu'une vague mise en cause de la modernité : « Comme tout le monde, je constate que, de nos jours, le machinisme domine l'univers. De là s'élève le grand débat du siècle : la classe ouvrière sera-t-elle victime ou bénéficiaire du progrès mécanique en cours ? De là sont sortis, hier, les vastes mouvements : socialisme, communisme, fascisme, qui s'emparèrent de plusieurs grands peuples et divisèrent tous les autres. [...] De là résulte cette évidence que le flot de passions, d'espoirs, de douleurs, répandus sur les belligérants, l'immense brassage humain auquel ils se trouvent soumis, l'effort requis par la reconstruction, placent la question sociale au premier rang de toutes celles qu'ont à résoudre les pouvoirs publics. Je suis sûr que, sans des changements profonds et rapides dans ce domaine, il n'y aura pas d'ordre qui tienne. » Comme le *Testament politique* de Richelieu ou les *Mémoires sur le règne de Louis XIII* qui sont composés sous la direction, et parfois sous la dictée directe du cardinal, il s'agit de témoigner, de déconstruire, puis de reconstruire la formation d'un grand projet politique, bref, à la fin des fins, d'instruire. Lira-t-on jamais assez, ligne à ligne, cette somme prodigieuse des *Mémoires de guerre*, où, noyés parfois dans le récit méthodique des étapes de la lutte, surgissent, soudain, les axes d'une pensée en formation comme la flèche d'une cathédrale ?

On relèvera un autre point commun avec Richelieu : l'usage alterné de la première et de la troisième personne dans la formulation du récit. Pour de Gaulle, on fait souvent le même contresens. Si, dans les *Mémoires de guerre*, il parle parfois de lui à la troisième personne[5], c'est peut-être parce qu'il a lu Pascal et sait distinguer les « grandeurs naturelles » et les « grandeurs d'établissement ». Il y a l'homme, et il y a le Chef, porteur du Destin national. Les deux corps du roi. Mais plus encore, Malraux, dans ses *Antimémoires* (1967), devait souligner que les *Mémoires de guerre* ne sont pas un livre de confessions ou

5. Ce qui ne sera plus le cas dans les *Mémoires d'espoir*.

de mémoires au sens de saint Augustin ou de Saint-Simon, mais « le récit d'une action historique, par celui qui l'accomplit », dans l'esprit des *Commentaires* de César ou de l'*Anabase* de Xénophon. Il ajoutait : « Son héros est le héros sans nom du *Fil de l'épée.* » Marius-François Guyard rappelle, par ailleurs, que l'usage de la troisième personne est en réalité très rare – le texte s'ouvre par le fameux « Toute ma vie je me suis fait une certaine idée de la France » – et s'explique par le dédoublement entre le narrateur et son personnage, né du symbole qu'il devient pendant la guerre, du rôle que cela lui impose de jouer en certaines circonstances : « Il en résultera pour moi une lourde tutelle intérieure », résume de Gaulle. C'est encore la marque d'une construction littéraire singulière qui se reflète à chaque étape de la fabrication des *Mémoires.*

L'édition

L'éditeur des *Mémoires de guerre* choisi depuis l'origine est Charles Orengo, directeur éditorial chez Plon, l'une des plus grandes figures de l'édition française de l'après-guerre, qui terminera sa carrière à la tête de Fayard au début des années soixante. Un homme assez mystérieux, gros travailleur, séducteur et persuasif – suffisamment persuasif pour convaincre de Gaulle de venir éditer son monument chez lui. Il est arrivé depuis peu chez Plon, maison alors gérée par des héritiers et dont la réputation est d'être passablement endormie et par trop académique. Il veut la réveiller, tout en capitalisant sur sa renommée dans le domaine de l'histoire et des mémoires. Il avait été question que le Général publie chez Gallimard, poussé en ce sens par André Malraux. Robert Laffont était également intéressé, ainsi que d'autres éditeurs. Orengo l'apprend, se rend à Colombey, joue l'audace. De Gaulle connaît la maison : elle a publié Clemenceau, Foch, Poincaré, Churchill… et même de Gaulle lui-même, en 1938, pour *La France et son armée*. Georges Pompidou conduit la négociation comme mandataire du Général : un contrat d'exclusivité est signé. Orengo, convaincu de tenir le *best-seller* qui va sortir la maison de sa léthargie, mobilise tous ses moyens de communication et vend au plus haut prix les bonnes feuilles. On connaît cette scène amusante : de Gaulle, en civil, serrant la main du personnel de la librairie Plon qui est aligné devant la vitrine où sont exposés une rangée d'ouvrages d'amiraux de Vichy : « Que d'eau ! Que d'eau ! », aurait commenté le Général à voix basse…

On l'a dit : depuis son arrivée comme chargé de mission au cabinet du général de Gaulle, en septembre 1944, Georges Pompidou est donc devenu peu à peu l'homme de confiance. L'une des tâches – essentielles – qui lui sont confiées est d'assurer les relations avec les éditeurs du Général. Lorsque Pierre-Louis Blanc sera chargé de la même tâche quinze ans plus tard, après la démission de De Gaulle, il retrouvera les dossiers suivis par Pompidou : « de nombreuses correspondances ou notes rédigées par lui, d'une clarté et d'une précision toujours remarquables. L'homme avait acquis une solide connaissance des affaires. Il défendit à cette époque les intérêts de De Gaulle en y mettant ce qu'il fallait d'intelligence et de rigueur ». Un normalien, un agrégé, qui savait aussi faire de la politique et négocier des affaires, tout en bénéficiant de la confiance la plus étroite du Général : Pompidou était l'homme idéal. Depuis son départ chez Rothschild, après la mise en sommeil électoral du RPF, il ne voit plus que rarement le Général. Les agendas de ce dernier, fort bien tenus et conservés, montrent que les deux hommes se rencontrent une ou deux fois par mois, tout au plus. À partir de 1956, le rythme devient plus fréquent, et la raison – ou le prétexte – en est souvent la rédaction et la publication des *Mémoires de guerre*.

Postérité

Les lecteurs, dès la parution du premier tome, fin 1954, ont découvert un de Gaulle inédit : un écrivain, et non plus seulement le Libérateur, l'homme du 18 Juin, la grande figure des discours. Le succès est immédiat, grâce, notamment, à la forte implication de l'éditeur : 100 000 exemplaires sont vendus en cinq semaines. Dans sa grande majorité, la presse réagit avec enthousiasme et reproduit abondamment des passages de l'œuvre. Si *L'Humanité* passe l'ouvrage sous silence, si la presse d'extrême droite lâche quelques commentaires acerbes, en revanche *Le Monde, Le Figaro*, *Combat*, *Témoignage chrétien*, *L'Express, Libération* ou *France Observateur* ne tarissent pas d'éloges. « Le grand ton de Bossuet », commente François Mauriac. « De Gaulle est un des grands écrivains latins de langue française », admire Claude Roy. L'écrivain est célébré autant que le politique. Les premières réserves apparaîtront avec le tome II, en 1956, malgré un accueil encore très favorable. En 1959, pour le tome III, ce sont toujours les mêmes louanges, émanant souvent des mêmes plumes, mais les critiques se font plus nombreuses, et surtout plus politiques : le Général est désormais au pouvoir, et sa critique du parlementarisme dans les derniers développements des *Mémoires* prend un relief de grande actualité. De son vivant, l'ensemble connaîtra plusieurs rééditions, notamment en livre de poche, ainsi que de nombreuses traductions[6]. Son auteur n'y apportera que des retouches fort rares, pour corriger essentiellement des erreurs matérielles qui devaient nécessairement se glisser dans un texte aussi proche des événements, donc si tributaire de la mémoire, et écrit dans des conditions aussi rapides. Sur la durée, le suc-

6. La diffusion est très vite mondiale, sauf en Chine communiste où la traduction sera plus tardive. Les tirages étrangers ne sont jamais, bien sûr, comparables aux tirages français, mais l'intérêt manifesté par la presse internationale est en revanche spectaculaire, notamment en Grande-Bretagne, aux États-Unis et, plus encore, en Allemagne.

cès ne se démentira pas : en octobre 1961, les trois volumes de l'édition originale totaliseront déjà 567 000 exemplaires vendus. Dès cette époque, le succès des *Mémoires* est tel que Plon engage, pour s'en occuper, l'un de ses traducteurs, qui est aussi un écrivain : il a pour nom Michel Tournier… Il travaille désormais, pour les questions de fabrication et de diffusion, en liaison directe avec Georges Pompidou, ce qui fait tout de même un beau compagnonnage. En 1992, vingt ans après la mort de De Gaulle, on sera à 410 000 exemplaires vendus en France pour le tome 1, 340 000 pour le tome 2 et 330 000 pour le tome 3[7]. On a connu, bien sûr, des chiffres de vente plus fabuleux encore, mais l'importance, et surtout la constance des ventes de cette œuvre, qui n'est pas toujours d'un accès facile, sont frappantes. Aujourd'hui encore, l'ouvrage figure constamment en bonne place dans les ventes de livres, quelles que soient les éditions – poche ou grand format. La force de la légende gaullienne, l'abondance des documentaires et des débats, la représentation de plus en plus fréquente du Général dans des fictions – qui eût été inconcevable autrement que par une silhouette lointaine ou par une simple voix dans les productions plus anciennes – nourrissent un intérêt constant qui soutient la vente régulière des livres[8]. Dès l'origine, le « Connétable » a eu en tête l'importance que revêtirait une sortie en livre de poche, seule à même d'atteindre un public de masse : les *Mémoires de guerre* seront le premier titre historique à être publié dans cette collection fondatrice, créée par Hachette en 1953, et jusque-là exclusivement romanesque. Car il s'agit bien, encore une fois, d'instruire : instruire les Français, et ceux qui les gouverneront. À la fin des *Mémoires d'espoir*, texte que sa mort laissera inachevé, l'auteur n'écrit-il pas : « D'ailleurs, dans tous les dits et

7. Pour ce dernier tome, 15 000 exemplaires sont vendus aux libraires le jour même de la sortie, 20 000 le lendemain, puis 6 000 par jour dans la semaine qui suit.

8. Selon le contrat négocié par Pompidou, on sait que de Gaulle devait laisser l'à-valoir, ainsi qu'une grande partie de ses droits d'auteur, à la Fondation Anne-de-Gaulle.

écrits qui accompagnèrent mon action, qu'ai-je été moi-même sinon quelqu'un qui tâchait d'enseigner ? »

Mais il s'agit aussi d'une cathédrale, d'une œuvre dont la beauté formelle doit nourrir la foi du croyant. Marcel Arland, dans l'article déjà cité, notait : « On dirait que chez lui la grandeur est une nature, qu'il pense, agit et parle dans une atmosphère de grandeur, qu'il y vit, qu'il y respire, comme dans son élément originel. » De Gaulle n'oubliera pas cet hommage juste et nuancé, dépourvu de toute flagornerie. Envoyant, quelques mois avant sa mort, au même Arland le tome III de ses *Discours et messages*, il lui fera cette dédicace qui définit magnifiquement son attachement à la littérature – totalement inséparable de sa passion pour la France : « À M. Marcel Arland, chacun de nous dans le sens de la grandeur de la France, et en saluant de tout cœur, mon cher maître, votre sens intime et profond de la beauté. »

Grandeur et beauté, unies dans un esprit tout « romain ». Le dernier des classiques livrait le secret des *Mémoires de guerre* : bien écrire, c'est encore servir la France, parce que le destin d'un grand pays est aussi affaire de beauté, de *venustas.*

Bibliographie sélective

Éditions de référence

GAULLE, Charles DE, *Mémoires de guerre*, Plon, 1954 pour *L'Appel 1940-1942* (jaquette bleue), 1956 pour *L'Unité 1942-1944* (jaquette blanche), 1959 pour *Le Salut 1944-1946* (jaquette rouge).

—, *Mémoires*, Paris, Gallimard, coll. « Bibliothèque de la Pléiade », 2000. Cette remarquable édition, qui contient les *Mémoires de guerre* et les *Mémoires d'espoir*, est munie d'une introduction de Jean-Louis Crémieux-Brilhac, d'une présentation de Marius-François Guyard et d'un riche appareil critique constitué par ce dernier et Jean-Luc Barré.

Sur de Gaulle

DOSSE, François, *Les Hommes de l'ombre. Portraits d'éditeurs*, Perrin, 2014.

JACKSON, Julian, *De Gaulle. Une certaine idée de la France*, Seuil, coll. « Points », 2021.

JULLIARD, Jacques, *De Gaulle et les siens. Bernanos, Claudel, Mauriac, Péguy*, Les Éditions du Cerf, 2020.

LARCAN, Alain, *De Gaulle inventaire*, Bartillat, 2003.

LE BIHAN, Adrien, *De Gaulle écrivain*, Fayard, coll. « Pluriel », 2010.

MAURIAC, François, *De Gaulle*, Grasset, 1964.

RATTE, Philippe, *De Gaulle et la République*, Odile Jacob, 2018.

ROUSSEL, Éric, *Charles de Gaulle*, Perrin, coll. « Tempus », 2020.

TEYSSIER, Arnaud, *L'Énigme Pompidou-De Gaulle*, Perrin, 2021.

Notices biographiques

Christian Authier
Écrivain, essayiste, critique au *Figaro littéraire* et au *Figaro Magazine*, il a été couronné par le prix Roger-Nimier 2006 pour *Les Liens défaits* (Stock), le prix Renaudot de l'essai 2014 pour *De chez nous* (Stock) et le prix des Hussards 2021 pour *Demi-siècle* (Flammarion).

Mathieu Bock-Côté
Sociologue québécois, il a écrit plusieurs essais, dont *Le Nouveau Régime* (Boréal), *L'Empire du politiquement correct* (Cerf) et le très remarqué *La Révolution racialiste* (Les Presses de la Cité). Il est également chroniqueur dans plusieurs médias, des deux côtés de l'Atlantique (*Journal de Montréal*, LCN, Qub, *Le Figaro*, CNEWS, Europe 1). Depuis septembre 2021, il anime l'émission hebdomadaire sur CNEWS « Il faut en parler ».

Mathilde Brézet
Agrégée de lettres classiques, elle enseigne dans un lycée de la région parisienne. Elle est l'auteure du *Grand Monde de Proust* (Grasset), un dictionnaire des personnages d'*À la recherche du temps perdu*.

Antoine Compagnon
Écrivain, professeur émérite au Collège de France et professeur à Columbia University. On lui doit notamment des ouvrages consacrés à Montaigne, Baudelaire, Proust et Pascal. En 2021, il a publié *La Vie derrière soi* (Les Équateurs).

Jean-Michel Delacomptée

Essayiste et romancier, il a publié de nombreux portraits littéraires, notamment de La Boétie, Ambroise Paré, François II, Racine, Bossuet, Saint-Simon, La Bruyère. Il est l'auteur de plusieurs romans, et, en 2021, d'une pièce de théâtre, *Cabale à la cour*. Il est par ailleurs l'auteur de *Passions, la Princesse de Clèves* ; *Écrire pour quelqu'un* ; *Adieu Montaigne* ; *Notre langue française* (Grand Prix de l'Académie française) et, en 2021, *Les Homme et les Femmes. Notes sur l'esprit du temps*.

Jérôme Dupuis

Ancien élève de l'École normale supérieure, journaliste au *Point*, à *L'Express* et à *Lire*, où il a couvert l'actualité célinienne depuis une vingtaine d'années, coordonnant notamment un numéro hors série de *Lire* (2007) consacré à l'écrivain. Journaliste indépendant depuis 2020, il est l'auteur, en août 2021, d'un article dans *Le Monde* qui a révélé la redécouverte de 6 000 feuillets manuscrits inédits du romancier.

Nicolas d'Estienne d'Orves

Écrivain et journaliste, il écrit sur la musique, Paris et la gastronomie. Auteur d'une trentaine d'ouvrages, il a reçu le prix Roger-Nimier pour *Othon ou l'Aurore immobile* (Les Belles Lettres, 2002), le prix Cazes-Brasserie Lipp pour *Les Fidélités successives* (Albin Michel, 2012), le prix Jean-Jacques Berger de l'Académie des sciences morales et politiques pour son *Dictionnaire amoureux de Paris* (Plon, 2015) et le prix des Écrivains gastronomes pour *Petit éloge de la gourmandise* (François Bourin, 2021).

Marie Fontana-Viala

Professeure de Chaire supérieure à Paris. Son enseignement et ses travaux concernent la théorie des genres littéraires dans la littérature antique et, à l'autre extrémité de la frise chronologique, la fiction contemporaine de langue française.

Olivier Frébourg

Écrivain, il a obtenu le prix des Deux-Magots pour *Roger Nimier. Trafiquant d'insolence* (Éditions du Rocher) et le prix François-Mauriac de l'Académie française pour *Port d'attache* (Albin Michel). On lui doit également, au Mercure de France, *Maupassant, le clandestin*, *Gaston et Gustave* et *La Grande Nageuse*. En 2003, il a créé les éditions des Équateurs.

Benoît Heimermann

Ancien grand reporter au *Matin de Paris* et à *L'Équipe magazine*, cet écrivain et éditeur (chez Stock) a publié de nombreux ouvrages sur le sport et l'aventure, parmi lesquels *Les Combats de Muhammad Ali* (Le Castor astral), *Tabarly* (Grasset), *Titaÿna* (Flammarion), *Les Femmes des pôles* (Paulsen) et *Les Champions d'Hitler* (Stock). Il a réalisé plusieurs documentaires de télévision.

Stéphane Hoffmann

Écrivain et chroniqueur au *Figaro Magazine*, il a obtenu le prix Roger-Nimier pour *Château Bougon* en 1991. On lui doit notamment *Un enfant plein d'angoisse et très sage* (prix Jean-Freustié 2016), *Les Belles Ambitieuses* (prix des Hussards 2019, Grand Prix Michel Déon 2019) et *On ne parle plus d'amour*, publiés chez Albin Michel.

Jean-François Kahn

Fondateur de *L'Événement du jeudi* en 1984, puis de *Marianne* en 1997, il est l'auteur d'une quarantaine d'essais sur la société française. En 2021, il a publié aux éditions de l'Observatoire le premier tome de ses mémoires : *Mémoires d'outre-vies*.

Sébastien Lapaque

Écrivain, critique au *Figaro* et à *La Revue des deux mondes*, il s'est vu décerner le prix Jean-Freustié en 2021 pour *Ce monde est tellement beau* (Actes Sud). On lui doit également *Les Barricades mystérieuses*, *Les Identités remarquables*, *Théorie d'Alger*, *Chez Marcel Lapierre* et *Le Petit Lapaque des vins de copains*.

Thierry Lentz

Directeur de la Fondation Napoléon et professeur associé à l'Institut catholique de Vendée, il s'est imposé comme un des maîtres de l'histoire napoléonienne. Auteur d'une quarantaine d'ouvrages, il a été distingué par l'Institut de France pour l'ensemble de son œuvre. Récemment, il a publié *Napoléon, dictionnaire historique*, *Pour Napoléon* et *Napoléon. La biographie inattendue*.

François-Guillaume Lorrain

Normalien, agrégé de lettres, rédacteur en chef au *Point* des pages du Postillon, où il est responsable des rubriques « Histoire » et « Débats », cet écrivain a publié une quinzaine d'ouvrages, dont *L'Homme de Lyon* (Grasset), *L'Année des volcans* (Flammarion), *Ces lieux qui ont fait la France* (Fayard), *Scarlett* (Flammarion). Chez Perrin, il a dirigé deux ouvrages collectifs avec Patrice Gueniffey : *Les Grandes Décisions de l'histoire de France* et *Révolutions françaises.*

Marylin Maeso

Normalienne, agrégée et professeure de philosophie, Marylin Maeso a publié, aux éditions de l'Observatoire, *Les Conspirateurs du silence*, *Les lents demains qui chantent*, *La Petite Fabrique de l'inhumain* et *L'Abécédaire d'Albert Camus*. Elle collabore au *Magazine littéraire.*

Héléna Marienské

Écrivaine et agrégée de lettres modernes, elle a été saluée en 2006 pour son premier roman *Rhésus* (POL) par la mention spéciale du prix Wepler, le prix du 15 minutes plus tard, le prix *Lire* du meilleur premier roman et le prix *Madame Figaro*/Le Grand Véfour. Elle a depuis publié un recueil de pastiches, *Le Degré suprême de la tendresse* (Héloïse d'Ormesson), prix Jean-Claude Brialy, et des romans : *Fantaisie-sarabande* (Flammarion), *Les Ennemis de la vie ordinaire* (Flammarion). Son dernier livre paru, *Presque toutes les femmes* (Flammarion), est une autobiographie.

Laurence Plazenet

Écrivaine, on lui doit *L'Amour seul* (Albin Michel), *La Blessure et la Soif* (Gallimard) et *La Disproportion de l'homme* (Gallimard). Spécialiste de la littérature du XVIIe siècle et du jansénisme, elle est professeure à l'université de Clermont-Ferrand et dirige le Centre international Blaise-Pascal.

Josyane Savigneau

Journaliste littéraire et biographe, on lui doit *Marguerite Yourcenar, l'invention d'une vie* (Gallimard), *Carson McCullers, un cœur de jeune fille* (Stock), *Avec Philip Roth* (Gallimard), ainsi que *Point de côté* (Stock). De 1991 à 2005, elle a dirigé « Le Monde des livres », le supplément hebdomadaire du *Monde*.

Laetitia Strauch-Bonart

Essayiste, elle a publié *Vous avez dit conservateur ?* (Cerf), *Les hommes sont-ils obsolètes ?* (Fayard) et *De la France. Ce pays que l'on croyait connaître* (Perrin/Les Presses de la Cité). Rédactrice en chef au *Point*, elle est responsable de la rubrique « Débats » et de la veille d'idées « Phébé ».

Pierre-Henri Tavoillot

Président du Collège de philosophie, il enseigne à la faculté des lettres de Sorbonne Université. Il a notamment publié *Comment gouverner un peuple-roi ?* (Odile Jacob) et, avec François Tavoillot, *L'Abeille et le Philosophe* (Odile Jacob).

Arnaud Teyssier

Président du conseil scientifique de la Fondation Charles-de-Gaulle, il s'est fait connaître par une *Histoire politique de la Ve République* et par ses biographies de Lyautey, Péguy, Richelieu et Philippe Séguin. Il a également publié, toujours chez Perrin, *De Gaulle, 1969* et *L'Énigme Pompidou-de Gaulle*.

Catherine Vigourt

Écrivaine et agrégée de lettres. Couronnée par le prix François-Mauriac en 1997, on lui doit notamment *Pense à Tolstoï* (Flammarion), *La Vie de préférence* (Flammarion) et *Le Retour de Gustav Flötberg* (Gallimard), dans lequel elle fait revenir Flaubert aujourd'hui dans la peau d'un écrivain islandais.

MIXTE
Papier issu de
sources responsables
FSC® C003309

L'éditeur de cet ouvrage s'engage dans une démarche
de certification FSC® qui contribue à la préservation
des forêts pour les générations futures.

Pour en savoir plus :
www.editis.com/engagement-rse/

Achevé d'imprimer en janvier 2022
par Normandie Roto Impression s.a.s.
61250 Lonrai
N° d'impression : 2106579

Imprimé en France